# Dair le Diabolique

# DE LA MÊME AUTEURE

*— La saga de la famille Roxton —*
NOCES DE MINUIT
DUCHESSE D'AUTOMNE
DAIR LE DIABOLIQUE
LA FIÈRE MARY
LE FILS DU SATYRE

*— Série Salt Hendon —*
L'ÉPOUSE DE SALT
RETOUR À SALT HENDON

*« Avec mon lorgnon et ma plume, je pars dans ma chaise à porteurs – le 18ᵉ siècle est vraiment génial ! »*

Quand je ne me balade pas dans le Londres du 18ᵉ siècle dans ma chaise à porteurs où que je ne suis pas en train d'échanger des ragots avec des nobles parfumés et bien mis dans les salons dorés de Versailles, j'écris des romances historiques georgiennes primées et des romans à suspense (avec une bonne dose de romance).

Mes livres se déroulent dans l'Angleterre georgienne des années 1700, avec quelques voyages éventuels sur le continent européen. Je m'arrête à la Révolution française durant laquelle je suis morte dans une vie antérieure, guillotinée pour mon mode de vie terriblement hédoniste en tant qu'aristocrate oisive !

| | | |
|---|---|---|
| lucindabrant@gmail.com | \| | lucindabrant.com |
| pinterest.com/lucindabrant | \| | twitter.com/lucindabrant |
| facebook.com/lucindabrantbooks | \| | youtube.com/lucindabrantauthor |

MARION GABILLARD

J'ai adoré découvrir, en travaillant sur ces livres,
le monde de l'aristocratie du xviii<sup>e</sup> siècle, ses codes,
ses coutumes et ses personnages hauts en couleur.
J'espère que vous prendrez autant de plaisir que
moi à vous plonger dans cette histoire.

marion.gabillard@gmail.com

# Dair le Diabolique

UNE ROMANCE HISTORIQUE GEORGIENNE

SAGA DE LA FAMILLE ROXTON, LIVRE 3

# Lucinda Brant

TRADUIT PAR MARION GABILLARD

Un livre des éditions Sprigleaf
Publié par Sprigleaf Pty Ltd

Dair le Diabolique : Une romance historique georgienne.
Copyright © 2022 Lucinda Brant, tous droits réservés.
Traduction : Marion Gabillard.
Édition : Gaelle Ty R So.
Photographie, visuel et conception : Sprigleaf et GM Studios.
Modèles de couverture : Jam Murphy et Guy Macchia.
Bijoux sur mesure : Kimberly Walters, Sign of the Gray Horse, reproduction
de bijoux et créations d'inspiration historique

Le fleuron de ananas de Rory a été conçu par Sprigleaf.
Le visuel à trois feuilles de Sprigleaf est une marque
déposée appartenant à Sprigleaf Pty Ltd.
La silhouette d'un couple georgien est une marque
déposée appartenant à Lucinda Brant.



Mis en page avec Adobe Garamond Pro.

Également disponible en livres numériques et autres langues.

ISBN 978-1-925614-77-0

10 9 8 7 6 5 4 3 2 1   Studio Art édition de poche   (i) I

*pour ma fille*

*Cinda Ann*

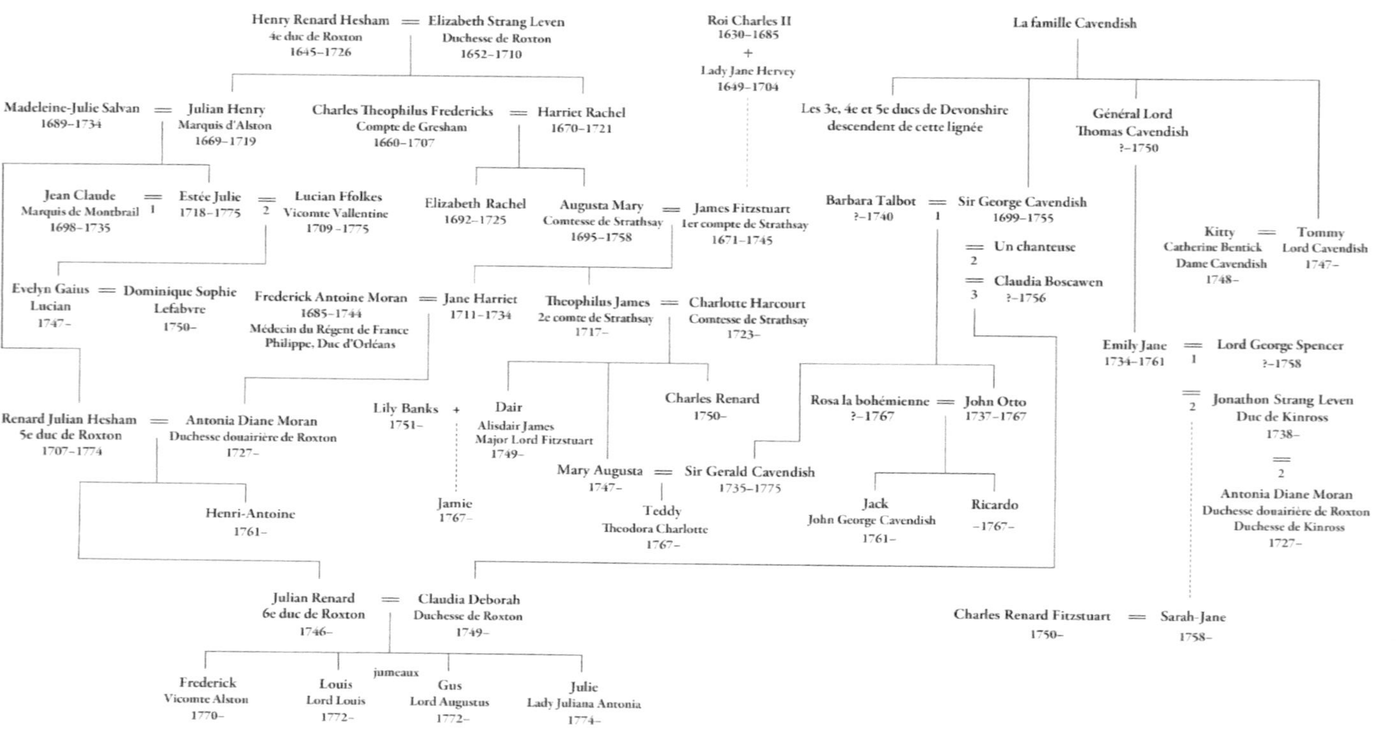

La famille Cavendish

Henry Renard Hesham
4e duc de Roxton
1645–1726
Elizabeth Strang Leven
Duchesse de Roxton
1652–1710

Roi Charles II
1630–1685
+
Lady Jane Hervey
1649–1704

Les 3e, 4e et 5e ducs de Devonshire
descendent de cette lignée

Général Lord
Thomas Cavendish
?–1750

Madeleine-Julie Salvan
1689–1734
Julian Henry
Marquis d'Alston
1669–1719

Charles Theophilus Fredericks
Compte de Gresham
1660–1707
Harriet Rachel
1670–1721

Jean Claude
Marquis de Montbrail
1698–1735
1
Estée Julie
1718–1775
2
Lucian Ffolkes
Vicomte Vallentine
1709–1775

Elizabeth Rachel
1692–1725

Augusta Mary
Comtesse de Strathsay
1695–1758
James Fitzstuart
1er compte de Strathsay
1671–1745

Barbara Talbot
?–1740
1
Sir George Cavendish
1699–1755

2
Un chanteuse

3
Claudia Boscawen
?–1756

Kitty
Catherine Bentick
Dame Cavendish
1748–
Tommy
Lord Cavendish
1747–

Evelyn Gaius
Lucian
1747–
Dominique Sophie
Lefabvre
1750–

Frederick Antoine Moran
1685–1744
Médecin du Régent de France
Philippe, Duc d'Orléans
Jane Harriet
1711–1734

Theophilus James
2e comte de Strathsay
1717–
Charlotte Harcourt
Comtesse de Strathsay
1723–

Emily Jane
1734–1761
1
Lord George Spencer
?–1758

2
Jonathon Strang Leven
Duc de Kinross
1738–

2

Renard Julian Hesham
5e duc de Roxton
1707–1774
Antonia Diane Moran
Duchesse douairière de Roxton
1727–

Lily Banks
1751–
+
Dair
Alisdair James
Major Lord Fitzstuart
1749–

Charles Renard
1750–

Rosa la bohémienne
?–1767
John Otto
1737–1767

Antonia Diane Moran
Duchesse douairière de Roxton
Duchesse de Kinross
1727–

Henri-Antoine
1761–

Jamie
1767–

Mary Augusta
1747–
Sir Gerald Cavendish
1735–1775

Teddy
Theodora Charlotte
1767–

Jack
John George Cavendish
1761–
Ricardo
–1767–

Julian Renard
6e duc de Roxton
1746–
Claudia Deborah
Duchesse de Roxton
1749–

Charles Renard Fitzstuart
1750–
Sarah-Jane
1758–

Frederick
Vicomte Alston
1770–
Louis
Lord Louis
1772–
jumeaux
Gus
Lord Augustus
1772–
Julie
Lady Juliana Antonia
1774–

# UN

## CAVENDISH SQUARE, LONDRES. LA PREMIÈRE SEMAINE DE MAI 1777

Alisdair « Dair » Fitzstuart fit passer sa chemise en lin blanc par-dessus ses épaules carrées, la roula en boule et la lança à son officier d'ordonnance. Bill Farrier attrapa le vêtement froissé de son unique main et le fourra dans un grand havresac en toile, par-dessus le gilet en soie bleu nuit et la redingote assortie de Sa Seigneurie. Il avait placé les bottes de jockey en cuir noir de son maître contre un haut mur en pierre, hors du chemin des passants, même s'il était peu probable de croiser des piétons à cet endroit et à cette heure-ci.

Red Lyon Lane se trouvait derrière une rangée de maisons de ville élégantes située en face de Cavendish Square. La ruelle était empruntée par les commerçants et leurs consorts. Les gentlemen fréquentaient rarement ce lieu, à moins de se livrer à des activités douteuses. Les trois gentilshommes ivres qui se passaient une bouteille de vin et en buvaient de grandes gorgées préparaient assurément un mauvais coup. Bill Farrier le savait pertinemment. L'ancien soldat flegmatique savait aussi que leurs frasques ne mèneraient à rien de bon.

La nuit tombait en ce soir de nouvelle lune ; elle serait aussi noire que du charbon. Ce qui était préférable, se dit l'officier d'ordonnance. Son maître et ses deux amis auraient peut-être une chance de s'échapper dans la nuit avant d'être attrapés ou reconnus. Il faisait entièrement confiance au commandant Lord Fitzstuart. Cinq années en tant qu'officier d'ordonnance auprès de Sa Seigneurie avaient permis à Farrier de jauger cet homme. Il le suivrait jusqu'au bout du monde et sauterait même du bord s'il le lui demandait.

Il ne faisait pas autant confiance aux deux amis civils de son maître.

À eux deux, ils n'avaient sans doute pas plus de courage au combat que Sa Seigneurie en possédait dans son auriculaire. Mais puisqu'ils étaient les joyeux compères du commandant depuis ses jours à Harrow, ce n'était pas à lui d'émettre un jugement à leur égard, à moins qu'on le lui demande. Et on ne lui avait rien demandé. Il resta silencieux et attendit patiemment que Sa Seigneurie se débarrasse du reste de ses vêtements : bas, haut-de-chausses en peau de daim et caleçon. Il indiqua à un porte-flambeau de s'avancer d'un geste du doigt, comme si la lumière d'une chandelle pouvait éclairer la discussion en cours ou, au moins, apporter une étincelle de chaleur au commandant torse nu.

Dair ne faisait pas attention à la fraîcheur de l'air printanier, ses orteils se recroquevillant dans la terre fraîche qu'il sentait sous ses pieds, à travers ses bas. Il déboutonna les trois boutons recouverts de tissu au niveau de ses genoux et tira sur le cordon de son haut-de-chausses, puis releva la tête quand on l'interpella.

— Une minute ! s'écria un grand gentleman aux cheveux blond platine, vêtu uniquement de son haut-de-chausses, avant de pointer le goulot de la bouteille de vin vers son ami. On ne m'a pas prévenu qu'il faudrait se mettre nu comme un ver !

— Si vous voulez faire irruption dans l'atelier de Romney en vous faisant passer pour un Amérindien, vous ne pouvez pas être habillé comme un Anglais, articula Cedric Pleasant comme s'il s'adressait à un enfant.

Dair fit glisser son haut-de-chausses jusqu'à ses pieds, s'en extirpa, retira ses bas, les enveloppa dans son haut-de-chausses et jeta le tout à Farrier.

— Le pagne, Mr. Farrier, je vous prie.

— Ainsi, vous portez bel et bien le caleçon, déclara Lord Grasby – le beau blond platine – avec satisfaction. Voilà un pari que je gagne. Votre humble serviteur remporte une guinée !

Cedric Pleasant glissa sa montre à gousset en argent dans une poche profonde de sa redingote.

— Un pari ? Sur les *caleçons* de Dair ?

— Sur le fait qu'il en porte ou non, expliqua Lord Grasby. J'ai affirmé savoir que, contrairement à ce que peuvent penser les autres, Alisdair Fitzstuart est un gentleman.

— Merci, Grasby.

Lord Grasby salua Dair en posant le goulot de la bouteille de vin contre sa tempe.

— Qui diable parierait sur le contraire ? s'interrogea Cedric Pleasant à voix haute.

— Qui diable s'en soucierait ? ajouta Dair en soufflant.

Lord Grasby but du vin goulûment et reprit :

— Mon beau-frère, le Putois. Voilà qui ! Selon lui, un soldat – un *dragon* par-dessus le marché – n'aurait aucune utilité d'un vêtement tel que les caleçons, car il doit être prêt à dégainer son arme à tout instant. (Il renâcla.) Vous entendez ça, Cedric ? Le Putois… prêt à dégainer… à tout instant.

Cedric répondit par un grognement et voulut attraper la bouteille que Lord Grasby agitait dans tous les sens, mais il la manqua.

Dair leva les yeux vers le ciel qui s'assombrissait et fit signe à Farrier d'approcher.

— La voiture a bien été avancée ?

— Oui, m'lord.

— Et les bedeaux ont bien été payés ?

— Pour rester sourds comme des pots ? Oui, m'lord. Aucun appel à l'aide ne viendra d'eux.

— Bien. Une fois que Lord Grasby et moi nous serons glissés par la porte du jardin, déguerpissez avec nos vêtements et nous vous retrouverons au carrosse, sur la place. Pas devant la maison de Romney. Garez-le de l'autre côté de la rue. Nous le rejoindrons au pas de course. Ne vous inquiétez pas, ajouta-t-il en voyant le regard sceptique que Farrier lançait à son camarade d'école blond et saoul. Je le porterai sur mon épaule s'il le faut.

— Très bien, m'lord, répondit Farrier sans faire d'autre commentaire. Le pagne ?

— Le pagne.

Lord Grasby posa un coude osseux sur l'épaule de Cedric Pleasant afin de lever un pied pour enlever son bas sans s'étaler de tout son long.

— Hé ! Dair ! Redites-moi… pourquoi nous déshabillons-nous dans une ruelle ?

Cedric Pleasant soupira d'agacement et s'apprêtait à répondre quand Dair expliqua patiemment :

— Pour deux raisons. Premièrement : nous nous introduisons dans l'atelier d'un peintre dans l'espoir de dynamiser la vie amoureuse inexistante de Cedric. Deuxièmement : vous voulez embarrasser votre bon à rien de beau-frère, dit le Putois ; ce sont vos mots, pas les miens. Et donc, vos meilleurs amis vous rendent service avec cette petite mise en scène.

Lord Grasby laissa le temps à cette explication de pénétrer son esprit enivré.

— Bien. Ravi de pouvoir vous aider, Cedric. J'espère que le Putois s'étouffera sur une côte d'agneau ! Pouah, ajouta-t-il avec une grimace, comme s'il avait goûté à quelque chose d'étonnamment amer. Pourquoi a-t-il fallu que je finisse avec un beau-frère tel que Watkins le Putois ? Ce type est un-un… hésita-t-il, fouillant son vocabulaire limité par l'alcool. Un *putois*.

Dair arbora un grand sourire.

— À la bonne heure ! Maintenant, déshabillez-vous.

Lord Grasby retira docilement son deuxième bas.

— Vous savez, ce que je déteste plus que tout chez lui, plus que ses jérémiades moralisatrices, plus que son étroitesse d'esprit et sa suffisance, plus que la façon qu'il a de rôder autour de ma sœur…

— C'est déjà une belle liste…

— … c'est qu'il a eu l'infamie d'avancer l'opinion selon laquelle Charlie Fitzstuart ferait un meilleur comte de Strathsay que Dair. Il a même assuré que c'est également ce que pensent les membres de la famille de Dair ! Non mais quel toupet !

— C'est vrai, mon frère ferait un meilleur comte, approuva Dair en dénouant le cordon de son caleçon. Et, oui, les estimés membres de ma famille sont du même avis. (Il haussa les épaules.) Ce n'est pas nouveau. Le Putois est un sous-fifre doublé d'un lèche-bottes, mais j'admets qu'il sait se servir du peu de matière grise qu'il a entre ses deux oreilles en feuille de chou.

— Je trinque à ces foutaises ! déclara Lord Grasby avant de boire derechef une grande goulée de vin et de s'essuyer la bouche du revers de la main, celle qui tenait fermement le bas qu'il avait retiré. J'apprécie votre frère, Dair, mais Charlie ne vous arrive pas à la cheville. N'est-ce pas, Cedric ?

— Certainement ! approuva Cedric Pleasant. Charles est un rat de bibliothèque, contrairement à vous. Que savent les rats de bibliothèque, à part ce qu'ils lisent dans les livres ? Écrits par des gens morts, ces livres. Des types épouvantables, les auteurs.

— Un rat de bibliothèque peut pas hériter d'un comté, ajouta Lord Grasby. On aurait l'air de moins que rien en comparaison. Il n'y a rien de mal à tout avoir dans les bras et rien dans la tête, et c'est ce que j'ai dit au Putois. Sans vous, sans les braves gars en uniforme, les pleurnicheurs comme le Putois passeraient leur temps à trembler de peur sous une couverture. Et c'est ce que je lui ai dit.

Dair pouffa de rire.

— Je ne porte plus l'uniforme, Grasby. Mais merci pour cette défense fougueuse ; enfin, je crois que c'était l'objectif de votre tirade.

— Je prendrais ce que dit Grasby avec des pincettes, commenta

Cedric Pleasant sur le ton de la confidence. C'est surtout le bordeaux qui parle.

Dair, de ses yeux foncés, soutint le regard de Cedric Pleasant.

— Mais William Watkins ne boit pas… Bien sûr que je ne vais pas prendre ces paroles à cœur, Cedric, ajouta-t-il avec un grand sourire forcé en donnant une tape sur l'épaule de son ami quand il remarqua son embarras. En plus de ne rien avoir dans la tête, il semblerait que je ne possède pas de cœur. Ah ! Je me demande quels organes internes Watkins le Putois me laissera posséder.

— Pas de cœur ? C'est la première fois que j'entends une telle chose, répondit Cedric Pleasant avec un sourire, adoptant la même nonchalance que Dair. Il vous prend peut-être secrètement pour un automate ? Il faut tourner une clé pour vous donner vie. Qu'en pensez-vous, Grasby ? Mystère résolu ! Le commandant a survécu à neuf années dans l'armée parce qu'il n'est pas fait de chair et de sang, mais de rouages et de ressorts !

— Un automate ? Sans cerveau ni cœur ? Eh bien, cela pourrait expliquer pourquoi il aurait accepté de trousser une infirme pour remporter un atroce pari d'un shilling, déclara Grasby, se retournant vers Dair dans un accès de lucidité. L'avez-vous fait ? Avez-vous accepté de relever un défi aussi méprisable, Dair ?

Cedric Pleasant était stupéfait.

— Diable, il ne le ferait jamais ! Qui a dit cela ?

— Le Putois, voilà qui !

Cedric se tourna vers Dair, ahuri.

— Vous n'avez pas accepté ! Impossible !

Dair dissimula rapidement sa gêne passagère en répondant avec un rire nonchalant forcé :

— Si elle est quelque peu jolie et volontaire, alors pourquoi pas ?

Son regard passa d'un visage sombre à un autre ; il ne comprenait pas la tension soudaine entre ses deux meilleurs amis.

— Quel est le problème ? J'étais saoul. C'était il y a des années.

Puis, pour les faire rire, il ajouta avec un sourire penaud :

— Ce n'est pas parce qu'elle est boiteuse qu'elle est crétine. Et puisque je n'ai rien dans le crâne, elle se rendrait compte que je suis un automate et me confisquerait ma clé avant que je ne puisse aller plus loin qu'un baiser sur ses lèvres pulpeuses.

— Vous ne vous approcheriez même pas assez pour cela ! Je suis prêt à parier un shilling là-dessus, proclama Lord Grasby.

Ils rirent et la bonne entente fut restaurée.

— N'est-il pas temps de retirer votre haut-de-chausses, Grasby ? demanda Cedric, revenant à l'instant présent.

Les épaules de Lord Grasby s'affaissèrent.

— Est-il absolument nécessaire que je retire mon haut-de-chausses *et* mon caleçon ?

— Oui, répondit Dair, une pointe d'excuse dans la voix. C'est crucial à la réussite de notre mission.

— Et ma montre à gousset indique presque la demie… ajouta Cedric Pleasant en haussant les sourcils.

— D'accord. D'accord, grommela Lord Grasby en tirant à contre-cœur sur les larges boutons en corne de son haut-de-chausses en lin.

Incapable de réprimer la bulle d'air qui montait dans sa gorge, il laissa échapper un rot bruyant. Se sentant mieux, il gloussa et reprit :

— Je pense que j'ai bu un peu trop de bordeaux. Drusilla – Silla –, ma très chère épouse, me réprimandera sévèrement à mon retour à la maison. « Harvel Grasby, vous êtes saoul et allez passer la nuit dans votre propre lit. » Vous connaissez mon épouse, n'est-ce pas, Dair ? Cedric ? demanda-t-il en relevant la tête alors qu'il tirait sur le quatrième et dernier bouton.

— Oui, répondit Dair en levant les yeux au ciel, tourné vers Cedric qui arborait un large sourire. Nous étions tous les deux présents lors de vos noces.

— Ah ! Oui, c'est vrai ! s'exclama Grasby. C'est ma sœur qui était absente pour mon grand jour. Alitée. Elle avait de la fièvre.

— Dair portait son uniforme, ajouta Cedric Pleasant. C'était juste avant que vous ne soyez envoyé dans les colonies pour vous occuper de ce conflit tout à fait désagréable…

Dair grimaça en entendant le mot « désagréable », comme si la guerre en Amérique était comparable à un mal de dents. Comme il en avait toujours eu l'habitude, il ne fit aucun commentaire sur son temps passé dans l'armée, et en particulier sur sa participation au conflit sanglant qui opposait, de l'autre côté de l'Atlantique, ceux qui restaient loyaux à la couronne et les fauteurs de trouble qui avaient pris les armes contre leur roi. Il avait pris des décisions, au cours de sa vie, auxquelles il aurait voulu mieux réfléchir, mais il n'avait aucun regret et il était assez philosophe pour espérer avoir appris quelque chose en chemin.

Il retira son caleçon, et quand Bill Farrier lui tendit une fine ceinture en cuir tressé, il la fit passer autour de ses étroites hanches nues et noua les liens entre eux. Il tira dessus pour s'assurer qu'ils étaient solidement attachés, puis fit glisser le nœud pour le placer juste sous sa hanche droite, afin que les deux rectangles en cuir souple cousus à la ceinture se retrouvent à l'avant et à l'arrière, couvrant son entrejambe. En relevant la tête, il s'aperçut que Lord Grasby fronçait les sourcils, perplexe.

— C'est un pagne. Farrier va vous en donner un aussi.

Lord Grasby observa son meilleur ami, entièrement nu à l'exception des pans en cuir entre ses deux cuisses musclées, et son assurance s'envola.

— Les Amérindiens ne portent *que ça* ?

— En été, oui.

Lord Grasby laissa échapper un renâclement paniqué.

— Vous vous moquez de moi !

— Non. C'est ça ou rien du tout, répondit Dair, bien dans sa peau. Faites votre choix.

Quand Lord Grasby fit un geste impatient de la main, comme s'il chassait une abeille, Dair ajouta pour le rassurer autant que possible :

— Vous vous sentirez plus l'âme d'un guerrier quand nous aurons appliqué nos peintures de guerre. Tout homme peut se cacher derrière des peintures de guerre. Et pressez-vous, Grasby, avant que les colombes ne s'envolent dans la nuit.

Lord Grasby aimait l'idée de se cacher derrière des peintures de guerre. Il retira rapidement son caleçon, arracha la ceinture à laquelle étaient attachés les rectangles en cuir des mains de Farrier, qui patientait près de lui depuis déjà un moment, et la passa autour de sa taille. Dans sa gêne extrême, il noua les liens de la ceinture à toute vitesse et soupira de soulagement quand il eut terminé sa tâche en un temps record. Il ne remarqua pas que les deux pans de cuir n'étaient pas positionnés à l'avant et à l'arrière, comme il le pensait, mais à gauche et à droite, sur ses flancs nus.

Quand Cedric Pleasant éclata de rire, Grasby le fusilla du regard, mains sur les hanches, se demandant ce qui n'allait pas. Incapable de parler tant il riait, Cedric agita un doigt vers l'entrejambe de Grasby. Sa Seigneurie baissa les yeux, sursauta et essaya précipitamment de rectifier la position de son pagne, le visage cramoisi.

— Bon sang ! Il est coincé maintenant !

— Puis-je vous venir en aide, m'lord ? s'enquit Farrier de son ton le plus neutre.

— Oui. Oui. Très bien ! Et dépêchez-vous !

Grasby, avec le menton relevé et toute la dignité d'un homme qui se trouverait dans sa garde-robe et non dans une ruelle, nu, endura les bons soins de l'officier d'ordonnance qui ajusta le pagne.

— Si vous voulez bien simplement vous assurer que les nœuds que vous avez faits sont assez serrés, m'lord, ce sera bon.

— Vous ne pouviez pas le faire aussi, voyons ? demanda Lord Grasby, les dents serrées.

Puisque l'officier d'ordonnance restait silencieux, le bras gauche levé, Grasby le regarda enfin. Là où la main de l'homme aurait dû être, il n'y avait que du vide. Sa curiosité l'emporta et il jeta un coup d'œil dans la manche du manteau de Farrier qui, en réaction, en fit sortir son moignon. Il était recouvert d'un petit crochet en argent poli, la prothèse ajustée étant attachée à son avant-bras par une sangle en cuir.

Grasby fit un bond.

— Pour le roi et pour la patrie, m'lord, dit Farrier d'un ton neutre face à la réaction de Lord Grasby à la vue de sa main amputée.

— Vous m'avez fait une peur bleue ! Soyez maudit !

L'officier d'ordonnance s'inclina et secoua son bras d'un geste ample pour que le moignon soit de nouveau caché ; seul le bout de son crochet était visible à l'intérieur de sa manche.

— Merci, Mr. Farrier, intervint Dair en détachant ses épaules nues du mur en pierre. Vous vous êtes assez amusé pour ce soir, c'est à notre tour à présent. Il est temps de sortir le pot de peinture et la suie.

L'officier d'ordonnance s'inclina et se retira, laissant derrière lui un silence pesant.

— Neuf années dans l'armée et vous vous en êtes sorti avec seulement quelques bosses et cicatrices, mais Farrier a eu la malchance d'y perdre une main, commenta Cedric Pleasant, rompant le silence. Enfin, vous avez tous les deux réussi à garder la tête sur les épaules, c'est le principal, non ?

— Vous auriez pu me prévenir ! lança Grasby à Dair avant d'être parcouru par un frisson de dégoût. Je vais en faire des cauchemars pendant des semaines. Sacrément désagréable…

Le visage de Dair se durcit. Il était sur le point de rappeler à son ami que des milliers d'hommes comme Farrier avaient perdu un membre, sans même parler de ceux qui avaient fait le sacrifice ultime pour servir leur roi et leur patrie, pour que des gentilshommes comme Grasby soient libres de vivre leur quotidien en paix et sans entraves. Il se ravisa, ravala sa diatribe muette et se détourna pour récupérer le pot de peinture des mains de son officier d'ordonnance.

— Observez et prenez-en de la graine, Grasby, dit-il en faisant signe à son ami d'approcher.

Il trempa son index dans le petit pot en céramique rempli de peinture blanche et, en se regardant dans un miroir à main que son officier d'ordonnance tenait levé dans la lueur orangée de la lanterne du porte-flambeau, Dair traça une ligne continue qui reliait ses deux pommettes en passant sur l'arête de son nez. Il ajouta deux lignes sur chacune de ses joues et une ligne unique qui partait de sa lèvre inférieure et descendait au centre de son menton large et carré. Satisfait de ses peintures de guerre, il échangea le pot contre un chiffon plein de suie qu'il frotta sur ses paupières fermées avant de noircir le dessous de ses yeux, noirceur qu'il étendit sur ses tempes jusqu'à la naissance de ses cheveux. Puis il appliqua de la suie sur le dessus de ses épaules musclées. Il regarda derechef dans le miroir et sourit de toutes ses dents. Le blanc de ses yeux semblait maintenant accentué, menaçant. Ses grandes dents blanches paraissaient également plus éclatantes et tranchantes en contraste avec la peinture et la suie.

Dair dirigea ce sourire macabre vers ses amis, qui écarquillèrent les yeux et esquissèrent des sourires appréciateurs face à cette transformation. Et quand il pencha la tête en arrière pour hurler à la lune, Grasby se joignit à lui, contaminé par l'enthousiasme de son ami.

Une fois que les deux gentlemen furent suffisamment parés de peinture et de suie, appliquée non seulement sur le visage de Lord Grasby, mais également saupoudrée sur ses cheveux pour en camoufler la blondeur, Cedric Pleasant jeta un dernier coup d'œil à ses amis et déclara qu'ils étaient prêts à mener leur mission à bien. Tandis que Farrier et le porte-flambeau rassemblaient les affaires des gentilshommes, Dair passa les détails en revue une dernière fois :

— Et quand Cedric menacera de me transpercer avec son épée, conclut Dair, ce sera notre signal pour déguerpir…

— … en prenant un air proprement terrifié, ajouta Cedric Pleasant.

— Nous serons morts de peur, mon vieux, confirma Grasby. Pétrifié, je cesserai de courir après les danseuses et je m'enfuirai de la maison sur les talons de Dair. Et nous rejoindrons le carrosse de l'autre côté de la place.

Dair sourit.

— Cedric sauve la mise et la divine Consulata Baccelli n'a d'yeux que pour son nouveau héros. Rien de plus simple. Gentlemen, partons à l'aventure ! s'écria-t-il en tendant la main.

Les trois hommes se serrèrent la main, une étincelle espiègle illuminant leurs regards, et se souhaitèrent bonne chance avant de se séparer. Mr. Cedric Pleasant redescendit dans la ruelle d'un pas sautillant, une main gantée posée sur la garde de son épée. Le commandant Lord Fitzstuart et Lord Grasby entrèrent furtivement,

par le portail du fond, dans le jardin de la maison de ville appartenant
à George Romney.

Au même moment, Lady Grasby, Mr. William Watkins et Miss Talbot, la sœur de Lord Grasby, étaient accueillis à l'intérieur de la maison
par le majordome de Mr. Romney.

# DEUX

Mr. William Watkins remarqua l'heure tardive à la lueur d'un flambeau et glissa sa montre gravée, accrochée à une chaîne en argent, dans la poche de son gilet. Il s'arrêta en bas des trois petites marches en pierre pour laisser sa sœur Lady Grasby et Miss Talbot entrer chez Mr. George Romney avant lui.

— Redites-moi pourquoi vous tenez absolument à voir votre portrait inachevé maintenant ? demanda-t-il à Lady Grasby d'une voix résignée, chassant d'un geste de la main un valet de pied qui s'était avancé pour le débarrasser de sa cape, un indice évident que leur visite serait de courte durée. Nous n'avons pas rendez-vous et Mr. Romney n'est peut-être pas chez lui, ou peut-être en compagnie d'un client… ?

— Cela ne prendra qu'un instant, William, répondit platement Lady Grasby, sortant ses mains gantées d'un manchon en vison de taille démesurée qu'elle tendit d'un geste brusque au majordome. Puisque nous dînions deux maisons plus loin, il aurait été idiot de ma part d'être si près et de ne pas lui rendre visite. Il y a peu de chances que Mr. Romney me congédie. J'ai fait neuf séances de pose jusque-là. Et pourtant, il y a quelque chose qui ne va pas et qui m'empêche de dormir. Cela me préoccupe tellement que je n'ai même pas fait attention aux plats sur la table de Son Altesse. Je me souviens seulement d'un centre de table, une sculpture en sucre élaborée représentant des moutons qui broutaient…

— Des vaches.

— Des vaches ? s'enquit Lady Grasby, sourcils froncés, momentanément distraite. Êtes-vous certaine que ces morceaux de sucre représentaient des vaches, Aurora ?

Rory (seule sa belle-sœur l'appelait par son nom de naissance) hocha la tête et feignit de tousser, une main gantée couvrant sa bouche, sur laquelle se dessinait un sourire face à l'air éprouvé de Mr. Watkins qui devait supporter les bavardages de sa sœur.

— Une charmante scène bucolique et bovine, confirma Mr. Watkins. Il y avait également une crémière – ou y en avait-il deux, Miss Talbot ?

— Je ne m'en souviens pas, monsieur. Mais c'était charmant, approuva Rory, autorisant un valet de pied à la débarrasser de sa cape en laine rouge. Selon Lady Cavendish, le confiseur le plus talentueux d'Angleterre travaille pour Son Altesse, et je la crois sur parole.

Lady Grasby haussa les épaules.

— Je suis sûre que c'était charmant, et j'aurais été du même avis si je ne m'inquiétais pas à propos de mon portrait. Je n'entendais qu'un mot sur cinq de la conversation, même si cette jacasse de Lady Cavendish avait beaucoup de choses à dire.

— Tout comme son corpulent mari, ajouta Mr. Watkins avec un reniflement de dérision sonore. Ce qui était surprenant, puisqu'il reprend rarement son souffle entre deux bouchées, et qu'il s'accorde encore moins le temps de parler. Je crains qu'un jour, Lord Cavendish… *éclate*.

— Seigneur, j'espère que je n'aurai pas la malchance d'être assise à côté de lui quand cela arrivera, lança malicieusement Rory, ses yeux bleu clair empreints d'amusement. Espérons que Lord Cavendish aura la décence d'*éclater* en privé…

— Je me moque que Lord Cavendish éclabousse toute la salle à manger ! annonça Lady Grasby, exaspérée. Vous avez parfois, tous les deux, des discussions de tellement mauvais goût que je m'interroge sur votre décence à vous. (Elle lança un regard noir à son frère.) Vous voulez que je puisse dormir la nuit, William, non ?

— Rien ne compte plus à mes yeux, rien n'a plus d'importance que votre bien-être, Silla, mais…

— Avez-vous entendu les bavardages de Lady Cavendish au moment du dessert, Aurora ? demanda Lady Grasby en s'avançant dans le hall d'entrée avec le majordome sur ses talons, sa question pour son frère n'ayant été, comme il venait de s'en rendre compte, que rhétorique. Est-il possible que ce soit vrai ? La fille d'un marchand, cette Miss Strang, aurait-elle *refusé* la demande en mariage de Lord Fitzstuart ?

— C'est ce que Lady Cavendish racontait, répondit Rory avant de marquer une pause, pensive. Cela dit… je suis plus surprise qu'une demande ait été *faite*, plutôt qu'elle ait été refusée.

— Loin de moi l'idée de poursuivre une telle conversation dans le couloir d'un peintre, mais le refus de Miss Strang à la demande de Lord Fitzstuart dénote son bon sens, répondit Mr. Watkins. Le commandant est un scélérat coureur de jupons. Aucune femme saine d'esprit n'accepterait d'épouser un tel homme.

Rory parvint à réprimer un sourire. Légèrement appuyée sur sa canne, elle reprit d'une voix mesurée :

— Je n'ai entendu personne dire que Miss Strang n'était pas saine d'esprit. Mais c'est peut-être contestable. Elle a rejeté le grand frère et s'est enfuie avec le plus jeune, si l'on en croit Lady Cavendish.

— Elle va *épouser* le *frère* de Fitzstuart ? demanda Lady Grasby, si stupéfaite qu'elle fit taire le majordome qui lui annonçait que Mr. Romney était libre de la recevoir. Dites-moi que ce n'est pas vrai ! Une fille qui traîne dans son sillage l'odeur de Covent Garden a le toupet de rejeter l'héritier d'un comté, préférant un fils cadet qui n'a aucun avenir et encore moins de fortune ? En effet, cette fille doit être folle !

— Ou amoureuse… ?

— Voyons, Aurora ! déclara Lady Grasby avec dédain. On apprend aux enfants de marchands à croire, en premier lieu, à la valeur d'une *chose*. L'amour est un idéal, une émotion de la plus haute qualité. C'est une notion impossible à mesurer, qui a donc très peu d'importance, voire aucune, aux yeux de ces gens si pragmatiques.

Rory se demanda si sa belle-sœur parlait de sa propre expérience, ayant un grand-père dont l'immense fortune avait été accumulée au cours d'une vie entière passée à vendre du poisson sur le marché de Billingsgate. Mais comme elle avait utilisé la troisième personne, Rory espérait, pour le bien de son frère, que sa belle-sœur avait oublié les origines commerçantes de sa propre famille.

— Ne parlons plus de cette Miss Strang et de ses faiblesses mentales. Et je ne veux pas entendre un mot de plus à propos de Lord Fitzstuart, continua Lady Grasby.

Elle couvrit la main gantée de sa belle-sœur de la sienne et reprit à voix basse :

— Pour être honnête, c'est l'amitié servile que votre frère entretient avec Fitzstuart qui m'empêche de dormir. Parfois je me dis… J'ai parfois l'impression que Grasby tient plus à cet homme qu'à moi ! Si seulement…

— Grasby vous est dévoué ! l'interrompit Rory.

— … Fitzstuart était mort dans les colonies !

Rory poussa une exclamation de surprise.

— Vous n'en pensez rien, Silla !

— Malheureusement, il possède la chance du diable en personne, soupira Mr. Watkins, offrant son mouchoir en lin blanc parfaitement repassé et plié à sa sœur larmoyante. Plus la mission est dangereuse, plus la cause est audacieuse, et plus Fitzstuart est disposé à jouer les héros. Et il a réussi à revenir de l'armée avec sa tête et tous ses membres intacts !

Le regard de Rory, sidérée, passait de la sœur au frère.

— Je n'en crois pas mes oreilles. Mr. Watkins, vous pouvez dénoncer le fait que c'est un coureur de jupons et vous, Silla, pouvez le détester de tout votre cœur et être jalouse du temps que Grasby passe en sa compagnie… Il est vrai qu'il serait bien difficile pour Lord Fitzstuart de défendre ses écarts de conduite, mais aucun de vous deux n'a le-le *droit* de souhaiter sa *mort*. C-c'est réellement peu charitable, en particulier quand on sait que le commandant est un héros de guerre !

— Non. Non, Miss Talbot. Vous avez mal interprété mes propos, s'excusa William Watkins, avec un petit sourire et un air mystérieux. En tant que secrétaire du Comité de correspondance coloniale, j'ai connaissance de certains… *échanges* et autres *détails* concernant la guerre en Amérique… À certaines occasions – quand le danger était grand, Miss Talbot –, quand le commandant recevait l'ordre d'intervenir, il s'exécutait volontiers, mettant les hommes sous ses ordres, mais aussi sa propre personne, face à des risques considérables. On le dit téméraire à l'extrême, à tel point que je ne suis pas le seul à me demander franchement s'il n'aurait pas signé un pacte avec…

Il s'interrompit, regarda par-dessus son épaule le majordome qui se détourna rapidement, et pointa un doigt ganté vers le sol, concluant dans un murmure :

— *Vous-savez-qui.*

Rory battit des paupières en entendant suggérer l'idée scandaleuse que Lord Fitzstuart aurait pu entreprendre ces missions périlleuses, qui pouvaient souvent se révéler fatales, et y survivre, parce qu'il aurait vendu son âme au diable. Mais elle n'eut pas le temps de faire un commentaire avant que Lady Grasby ne s'en prenne à Rory, expliquant avec une moue :

— Si vous ne faites pas attention, le fait de défendre si ardemment un gentleman que vous ne connaissez absolument pas et qui ne vous connaît ni d'Ève ni d'Adam, mais que vous admettez volontiers observer, pourrait vous faire passer pour une vieille fille banale et délirante qui vouerait un intérêt malsain à un beau débauché.

Le visage de Rory devint cramoisi. Elle était peut-être vieille fille, mais elle n'était pas délirante. Elle n'était pas banale non plus. Pour décrire ses cheveux, on pouvait dire qu'ils étaient d'un blond terne, comme de la paille mouillée, et ses yeux étaient bleus, mais d'un bleu tellement pâle qu'ils paraissaient froids. Mais elle avait un visage en cœur et sa peau n'avait aucune imperfection ; en fin de compte, on considérait qu'elle était mignonne et jolie, à défaut d'être belle. Si elle semblait banale, c'était seulement quand elle se trouvait à proximité des beautés aux cheveux foncés qui avaient les joues empourprées après avoir voleté sur la piste de danse. Mais à vingt-deux ans, elle n'entretenait aucun espoir de se marier un jour, que ce soit par amour ou pour toute autre raison. Rory n'était ni fortunée ni assez belle pour compenser une maigre dot, elle était donc résignée à continuer sa vie tel qu'elle l'avait commencée : dépendante de son grand-père.

Ainsi, sa magnifique belle-sœur, une brunette remarquablement jolie aux yeux marron pétillants, en soulignant la réalité de sa situation d'une façon aussi directe *et* en public, faisait preuve d'une malveillance qui blessait Rory au plus profond d'elle-même. Elle était seulement surprise que Drusilla ne soit pas allée encore un peu plus loin en mettant le doigt sur ce qui était d'une évidence aveuglante ; William Watkins, qui partageait le manque de tact involontaire de sa sœur, s'en chargea.

Rory fit mentalement la grimace, souhaitant pouvoir se transformer en souris afin de disparaître à travers un trou dans les plinthes, quand il dit avec un sourire compatissant à vomir :

— Je suis persuadé que l'intérêt que Miss Talbot porte à Lord Fitzstuart ne va pas plus loin qu'une appréciation de son exceptionnel corps d'athlète. Comme souvent, nous admirons énormément chez les autres ce qui nous fait défaut. Ma chère Miss Talbot, vous n'y pouvez rien si vous êtes boiteuse, tout comme on ne peut pas me reprocher ma mauvaise vue. C'est la volonté de Dieu, que nous respectons de bonne grâce et avec patience.

— Si vous voulez bien me suivre jusqu'au salon de l'étage, Mr. Romney sera à vous dans un instant, psalmodia le majordome, brisant le silence qui suivit l'homélie de Mr. Watkins, un orteil posé sur la première marche.

— Avez-vous vos lunettes, William ? s'enquit Lady Grasby, relevant ses jupons en soie abricot pour monter l'escalier aussi rapidement que le lui permettaient ses mules à talons hauts. Je tiens à ce que vous examiniez le portrait, que vous me disiez ce qui peut bien me contrarier.

Elle marqua une pause quand une idée soudaine lui traversa l'esprit, regarda par-dessus son épaule et reprit, une main gantée posée sur la balustrade lustrée :

— Ne vous embêtez pas à monter, Aurora. Nous ne serons pas là-haut plus d'une demi-heure.

— C'est mieux ainsi, répondit joyeusement Rory, debout au pied de l'escalier qu'elle mettrait deux fois plus de temps à monter que n'importe qui, à l'exception d'un enfant qui ferait ses premiers pas. Je suis si peu cultivée dans le domaine de l'art que je ne vous serais d'aucune aide. Mr. Romney doit bien avoir un vestibule convenable pour ses invités au rez-de-chaussée... dit-elle en balayant le hall d'entrée du regard, à la recherche d'un canapé ou d'une bergère.

Elle parlait toute seule. Le majordome et Lady Grasby, suivie de près par son frère, avaient disparu dans l'escalier.

Un des assistants du peintre lui vint en aide. Vêtu d'une blouse couverte de taches de toutes les couleurs, il était sorti de l'atelier à l'arrière de la maison, arrivant dans le hall d'entrée juste à temps pour surprendre la conversation. Il proposa à Rory de le suivre dans une petite salle d'exposition adjacente à l'atelier de peinture de Mr. Romney. Un feu brûlait dans la cheminée et il y avait un fauteuil confortable dans lequel s'asseoir pour patienter.

Le feu était accueillant, mais son attention n'était pas portée sur les nombreux tableaux empilés contre deux murs, ni sur ceux qui, exposés sur des chevalets, attendaient d'être inspectés ; elle se concentrait sur le vacarme qui venait de derrière une porte que l'assistant avait laissée entrouverte. Sa curiosité piquée, Rory pénétra, sans y avoir été invitée, dans une vaste pièce bien éclairée où chacun s'agitait et riait à profusion.

Elle avait traversé la moitié de la pièce et se tenait près d'un tableau posé sur un chevalet quand les personnes présentes sur la scène devant elle remarquèrent enfin son intrusion. Elle se contenta d'un coup d'œil rapide au tableau à moitié achevé, étant bien plus intéressée par le groupe de femmes légèrement vêtues, à la décence sauvée par des soieries diaphanes drapées sur elles de manière stratégique. Bien que ces étoffes recouvrent leurs poitrines et ondoient jusqu'à leurs pieds vêtus de bas, le tissu était tellement fin qu'il cachait à peine leurs membres et attributs féminins. Elles possédaient toutes les longues jambes galbées des danseuses d'opéra, ce qui fut confirmé quand trois d'entre elles se séparèrent du groupe et traversèrent la scène en dansant ; elles se tenaient la main et tournoyaient dans un sens puis dans l'autre sur la pointe des pieds, leurs bras minces et gracieux offrant un contrepoint élégant à leur jeu de jambes.

Elles ressemblaient à des statues grecques de marbre blanc et brillant qui auraient pris vie, avec leurs membres pâles aux muscles bien dessinés et leurs visages poudrés ; leurs mouvements gracieux, alors qu'elles dansaient sur la scène, étaient captivants. Rory se délectait de leur exubérance et de leur agilité, tant et si bien qu'il lui fallut un instant avant de se rendre compte que quelqu'un lui adressait la parole, ce quelqu'un étant la ballerine principale qui s'éventait sur la méridienne.

— Je vous demande pardon. J'étais tellement absorbée par vos collègues que je n'ai pas entendu votre question.

Consulata Baccelli ne répondit pas immédiatement, prenant le temps d'apprécier la robe de Rory, en taffetas à rayures vert menthe avec des jupons en soie lilas ; le jupon du dessus était ruché et retroussé à l'arrière, suivant la mode polonaise. C'était une femme de goût, à défaut d'appartenir à l'élite de la société, et Consulata se demanda où pouvait bien se trouver le chaperon masculin – ou au moins une femme de chambre attitrée – de cette jeune femme, surtout à cette heure tardive. Elle n'eut pas à s'interroger sur la présence d'une canne dans sa main.

En voyant Rory traverser la pièce de sa démarche maladroite, elle avait compris qu'elle avait besoin d'une canne pour se déplacer. Le court ourlet de sa robe à la polonaise, qui s'arrêtait à quelque sept centimètres au-dessus du sol, révélait ses fines chevilles dans leurs bas blancs brodés et ses chaussures à talons en soie assortie ; son pied droit, tourné vers l'intérieur, expliquait sa démarche bancale.

Rory avait les yeux écarquillés de curiosité et Consulata pensa qu'il était fort dommage que cette femme soit incapable de danser ou de faire preuve de grâce dans ses mouvements, ce qui impliquait sûrement qu'elle ne pouvait jamais se montrer sous son meilleur jour. Mais son enthousiasme sincère face aux ballerines qui s'amusaient à tournoyer sur la scène convainquit Consulata qu'il s'agissait d'une jeune femme sans aucune malveillance avec laquelle elle décida immédiatement de se lier d'amitié.

— Signora…

— Signorina. Signorina Talbot, la corrigea Rory avec un sourire, son regard se tournant vers Consulata Baccelli tandis qu'un assistant à l'air las remettait les danseuses en formation et qu'un autre venait l'aider à rajuster les draperies et les coiffes fleuries. Elles dansent délicieusement bien. Comme vous toutes, j'en suis persuadée.

— *Sí*. C'est le cas. Mais moi, Consulata Baccelli, je suis la danseuse la plus délicieuse de toutes.

La première ballerine rit de sa vanité derrière l'éventail qu'elle agitait.

— Je vous ferais bien une démonstration si je ne portais pas l'une de ces robes scandaleuses que Signore Romney nous oblige à mettre. Venez vous asseoir avec moi, dit-elle en désignant la méridienne en damas bleu.

Quand Rory regarda autour d'elle, comme s'il valait mieux qu'elle s'installe sur une chaise à proximité plutôt que sur scène avec les danseuses, Consulata sourit et tapota le coussin damassé.

— Venez. Divertissez-moi en attendant que le spectacle commence.

Rory monta les trois marches en bois à contrecœur et s'assit à l'endroit indiqué, veillant à ne pas abîmer les plis de son jupon dans son dos. Elle garda sa canne près d'elle, une main gantée posée sur son pommeau en ivoire.

— Vous devez être ravie qu'un peintre talentueux et réputé comme Mr. Romney vous immortalise, vous et vos magnifiques danseuses.

— Signore Romney ne nous peint pas en danseuses, mais en personnages d'un mythe grec. Moi ? Je préfère être représentée comme je suis, une très célèbre ballerine. Mais tout ceci, continua-t-elle en agitant un poignet charnu entouré de perles vers le grand tableau posé sur un chevalet, ce tableau pour lequel nous portons ces draps pénibles et ridicules, sera pour le duc de Dorset. Il sera accroché dans la galerie de Knole. (Consulata se pencha vers l'avant, un sourire espiègle aux lèvres.) Et ensuite, puisque Dorset est mon amant, il me fera peindre en train de danser. Et ce tableau-là sera accroché dans ses appartements privés, seulement pour ses yeux. Dorset, il veut que Signore Romney me peigne nue, ajouta-t-elle d'une voix que seule Rory pouvait entendre, ses grands yeux marron pétillants de gaieté. Je dirai peut-être oui, hein ?

Rory s'empourpra malgré elle. La suggestion de Consulata Baccelli était scandaleuse et tout à fait inappropriée pour les oreilles d'une célibataire qui menait une existence recluse dans le foyer de son grand-père vieillissant. Il aurait été horrifié de savoir que sa seule petite-fille était en compagnie d'une troupe de danseuses aux mœurs douteuses, au mieux.

Rory se dit qu'elle garderait sa conversation avec la célèbre maîtresse du duc de Dorset pour elle-même. Pour éviter de passer pour une prude, elle rassembla son courage, regarda dans les grands et beaux yeux de Consulata et dit avec un sourire qui, elle l'espérait, débordait d'une sagesse qu'elle ne possédait absolument pas :

— Le duc chérira assurément un tel tableau. Votre silhouette gracieuse force l'admiration et mérite d'être immortalisée.

Consulata, satisfaite de cette réponse, arbora un grand sourire.

— Je pense que nous serons de bonnes amies. Oui, de très bonnes amies, Signorina Talbot. Je dirai à Dorset de vous inviter à dîner. Ainsi, vous et moi pourrons rire en repensant à la petite incartade que le commandant Fitzstuart a organisée pour son plaisant ami.

Rory essaya de ne pas laisser paraître sa curiosité dans sa voix et sa surprise sur ses traits.

— Le commandant ? Le commandant Fitzstuart ?

Les yeux foncés de la danseuse se plissèrent d'espièglerie. Avant de pouvoir éclairer la lanterne de Rory, elle se tourna vers le groupe de danseuses qui gloussaient et se bousculaient derrière la méridienne et claqua violemment son éventail contre le cadre en bois doré du dossier. Les danseuses ravalèrent immédiatement leur hilarité, restant silencieuses et immobiles assez longtemps pour être réprimandées.

— Si vous n'arrêtez pas immédiatement, aucune de vous ne dansera plus jamais à Haymarket. (Elle indiqua les fenêtres d'un geste brusque de la tête.) Surveillez les fenêtres, et faites toutes ce qu'on vous a dit de faire quand le beau commandant et son ami arriveront. *Sí ? Bene*, ajouta-t-elle quand les danseuses hochèrent docilement la tête. Maintenant, je vous prie de contenir votre impatience. Quand vous verrez le commandant Fitzstuart dans toute sa gloire, je vous autorise à pousser des hurlements d'excitation si bruyants que son plaisant ami se précipitera dans la pièce pour me sauver la vie.

Elle se retourna vers Rory et continua d'un ton joyeux :

— Le début est pour bientôt, et pour éviter de vous alarmer, je vais vous expliquer ce qu'il va se passer. Mais d'abord, vous devez me promettre de ne rien dire aux domestiques de Signore Romney. Il est primordial d'assurer la surprise afin que l'ami du commandant, qui s'est naturellement épris de moi, me pense terrifiée et soit persuadé qu'il m'a sauvée d'un sort pire que la mort.

Rory était tellement intriguée qu'elle ne put qu'acquiescer. Elle se rapprocha de Consulata sur la méridienne, impatiente d'entendre sa confession sur le commandant Fitzstuart. Mais à peine s'était-elle exécutée que les danseuses dans son dos se mirent à faire des bonds et à pousser des cris de joie perçants. Consulata Baccelli se releva et un assistant de Romney jeta peinture et pinceaux dans les airs comme s'il était soudain pris de panique, avant de fuir la pièce. Deux danseuses soulevèrent les traînes des draperies qu'elles portaient, descendirent les trois marches de la scène d'un pas sautillant et traversèrent l'atelier en courant pour s'approcher des fenêtres.

Cette soudaine flambée d'enthousiasme fut telle que Rory pivota instinctivement pour regarder par-dessus son épaule ; elle se tourna vers les danseuses plutôt que de chercher la cause de leur agitation à l'autre bout de l'atelier. Lorsqu'elle se retourna enfin, un intrus qui s'était faufilé dans l'atelier par une fenêtre ouverte poursuivait deux danseuses à travers la pièce.

Le choc d'assister à un comportement aussi excentrique fit perdre sa voix à Rory, et tandis qu'elle battait plusieurs fois des paupières comme pour se convaincre que la scène qui se déroulait sous ses yeux était bien réelle, elle n'eut aucune impression de danger immédiat pour sa personne, ni pour aucune des danseuses. Ceci la surprit, car cet intrus était un homme nu, hormis une ceinture passée autour de sa taille avec des pans en cuir au niveau de son entrejambe pour préserver sa pudeur. Elle l'observa poursuivre les danseuses hilares, qui n'opposaient aucune résistance, et remarqua que son accoutrement ne se révéla d'aucune utilité pour le couvrir ; son visage s'enflamma de gêne et d'indignation.

Puis, en un clin d'œil, son embarras profond se transforma en immense stupeur, et de sa surprise surgit la panique, non pour elle-même, mais pour cet intrus. Quand il s'approcha de la scène à toute vitesse et attrapa par la taille une danseuse qui poussait des cris aigus et qu'il serra fermement dans ses bras, Rory s'aperçut que ses cheveux étaient recouverts d'une poudre grise, que ses yeux étaient noircis et que son visage rieur était dissimulé sous d'épais traits de peinture blanche. Mais ce déguisement sommaire ne suffisait pas à tromper quelqu'un qui le connaissait. Et Rory le connaissait mieux que n'importe qui. Cet intrus dénudé était Harvel ; Harvel Edward Talbot, Lord Grasby ; son frère unique.

# TROIS

Plus tôt, Lord Grasby avait suivi Dair sur la pointe des pieds, restant à proximité de son ami dans l'obscurité alors qu'ils se frayaient un chemin dans le petit jardin derrière la maison de ville de George Romney.

— Dair ! *Psst !* Dair ? siffla Grasby. C'est là ? C'est la bonne fenêtre ?

Dair hocha la tête. Il s'était accroupi sous l'une des trois fenêtres à guillotine, celle dont le châssis le plus bas avait été légèrement relevé et dont les rideaux en velours étaient ouverts sur la nuit. Il jeta un coup d'œil par la fenêtre. Grasby se joignit à lui, le nez juste au-dessus du rebord, ses yeux bleus grands ouverts.

Des bougies flamboyaient dans tous les coins. À l'autre bout de la pièce, sur une estrade derrière laquelle avait été tendue une draperie en lin blanc qui servait de décor, une demi-douzaine de nymphes en tenue légère gloussaient et badinaient avec deux gentilshommes sobrement vêtus qui essayaient de les placer en un ordre précis derrière une méridienne recouverte de damas. Sur cette méridienne était étendue la célèbre ballerine italienne Consulata Baccelli, qui agitait son éventail et discutait avec une femme dissimulée à leurs regards par un troisième assistant de Romney, qui donnait des ordres à ses deux collègues.

Ni Dair ni Grasby ne s'intéressèrent à cette femme inconnue. Sa présence représentait plutôt une complication dont Dair se serait bien passé. Consulata n'avait évoqué aucune autre femme, et puisqu'elle n'était pas vêtue comme les danseuses, il s'agissait probablement d'une mécène agaçante qui venait rendre visite au peintre pour lui parler d'un tableau. Dair se dit qu'elle n'avait aucune importance et oublia bientôt son existence quand il se joignit à Grasby dans sa contemplation de la troupe de magnifiques danseuses dans leurs fines soieries, leurs poitrines d'un blanc laiteux libérées des limites restrictives des corsets, leur offrant une vision captivante.

Si Grasby avait été moins ivre ou moins hypnotisé, il aurait peut-être remarqué la canne de cette femme partiellement cachée, une anomalie au sein d'une troupe de danseuses. Et s'il avait remarqué la canne, il aurait voulu voir le visage de celle qui possédait cet accessoire typiquement masculin, seulement utilisé par les femmes âgées ou infirmes, et par sa sœur Rory depuis aussi longtemps qu'il s'en souvenait.

Dair fut chanceux que son ami ne remarque pas la présence de la canne et que l'assistant continue à cacher le visage de sa propriétaire. S'il avait reconnu sa sœur, Grasby n'aurait pas sauté par la fenêtre et couru vers la scène avec les bras levés, hurlant tel un interné de Bedlam en fuite. Il aurait détourné son mince derrière de la fenêtre et se serait enfui dans l'obscurité nocturne, repartant sur le chemin qui traversait le jardin, abandonnant son ami, qui serait resté perplexe face à un acte aussi lâche.

— Quelle chance, Romney n'est pas dans la pièce. Le tableau a été laissé sans surveillance. C'est maintenant ou jamais, Grasby !

— Comment ? Moi ? *Moi d'abord ?*

— Oui. Je serai juste derrière vous. Allez à gauche de la scène et hurlez aussi fort que possible pour attirer l'attention. Je prends le côté droit ; je vais m'approcher discrètement de ces types et les affronter, si jamais ils font preuve d'une once de courage.

Grasby aimait l'idée que Dair s'occupe de toute violence qui pourrait survenir, mais il restait réticent.

— On pourrait sérieusement contrarier ces créatures si délicieuses avec nos histoires, et je ne pense pas en être capable, de les contrarier. Il faut agir en gentlemen. Il ne me paraît pas correct de les effrayer.

Dair comprenait. Il n'avait aucune envie de terroriser des femmes, qu'elles soient sans défense ou non.

— Je vais partager un secret avec vous, quelque chose que Cedric ne sait pas, car il est déterminé à être le héros du jour. Consulata sait ce qu'il va se passer ; je lui ai dit de mettre les filles au courant. Elles nous attendent. J'imagine que c'est pour cette raison qu'elles gloussent et s'agitent autant. Jetez un autre coup d'œil, vous verrez qu'elles sont incapables de rester en place. Charmantes, n'est-ce pas ? ajouta-t-il avec un grand sourire quand Grasby passa son regard au-dessus du rebord de la fenêtre.

— Divines… commenta Grasby avant de redescendre. Ce plan me plaît beaucoup plus. (Il fit semblant de fermer sa bouche à clé.) Je ne dirai rien à Cedric.

Dair lui tendit la main.

— Bonne chance.

Ils partagèrent une poignée de main ferme. Tous deux souriaient de toutes leurs dents tant ils étaient impatients de courir après des danseuses légèrement vêtues qui poussaient des cris de joie stridents.

Dair poussa lentement le châssis ouvrant et hocha la tête quand il fut assez relevé pour permettre une intrusion humaine. Quand Grasby se releva, Dair agrippa brièvement ses épaules pour lui donner du courage. Grasby escalada le rebord de la fenêtre et se laissa tomber dans la pièce.

Trente secondes suffirent.

Les cris perçants d'une demi-douzaine de danseuses qui sautaient de joie se répercutèrent sur les murs de l'atelier. Deux d'entre elles traversèrent la pièce en courant, bras grands ouverts, pour accueillir l'intrus qui se faisait passer pour un Amérindien.

Lord Grasby était au septième ciel.

Lorsqu'elle reconnut son frère, Rory se leva de la méridienne et s'appuya sur sa canne. Quand une main attrapa son poignet ganté, elle détacha son regard de Lord Grasby qui s'ébattait avec deux danseuses gloussantes et fixa Consulata Baccelli sans la voir.

— Ne vous inquiétez pas, la rassura la ballerine. Il n'y a aucun danger. Le commandant et son ami sont simplement en train de jouer…

— Il faut que je descende de là immédiatement !

Consulata resserra sa prise sur son poignet, souriant toujours.

— C'est impossible, pas avant la fin de la prestation. Asseyez-vous et restez calme.

— Vous ne comprenez pas. Je ne peux pas être vue ici. Je dois partir, et sans attendre !

— Il est naturel que les jeux auxquels jouent les hommes provoquent de la nervosité chez nous les femmes, car ils se montrent toujours imprévisibles, répondit Consulata, interprétant la détermination de Rory comme de l'angoisse féminine. Mais leurs jeux sont inoffensifs, ajouta-t-elle pour essayer de lui faire entendre raison. Et ces deux-là, ils sont comme deux petits garçons qui prétendent être des sauvages. Quant à mes danseuses, elles s'amusent beaucoup face à un tel divertissement. Ainsi, Signorina, je vous demande de vous asseoir et de ne pas gâcher notre plaisir d'assister à un tel spectacle, *sí* ?

— Je vous assure que si je ne quitte pas cette pièce immédiatement, les conséquences pour ces deux hommes seront bien pires que le simple fait de gâcher votre plaisir. Alors je vous prie de bien vouloir me lâcher.

— Pourquoi agissez-vous comme une poule mouillée face à une telle bagatelle ? demanda Consulata d'un ton indigné, haussant la voix pour être entendue par-dessus toute cette agitation.

Elle comprit pourquoi l'admiration vocale des danseuses s'était accentuée quand elle jeta un coup d'œil par-dessus l'épaule de Rory. Un deuxième intrus avait sauté dans l'atelier par la fenêtre à guillotine. Il s'agissait du commandant Fitzstuart. Elle reporta son regard sur Rory à contrecœur. Elle était maintenant furieuse contre cette jeune femme à qui elle avait offert une place de choix pour assister à la démonstration scandaleuse du beau commandant.

— Vous êtes terriblement ennuyeuse ! déclara-t-elle en se levant de la méridienne. Moi, je ne présente pas d'excuses à une femme qui se glace d'effroi à la vue d'un homme dénudé ! Alors quoi ? Le corps masculin est beau, puissant, *stupendo*. S'il faut défaillir, c'est d'admiration ! Vous voulez fuir devant quelque chose d'on ne peut plus naturel, mais Consulata ne vous laissera pas faire ! C'est l'opportunité rêvée pour que vous ouvriez les yeux et *observiez*.

La première danseuse attrapa les épaules de Rory, la fit tourner pour qu'elle se retrouve face à l'atelier et lâcha un petit rire satisfait.

— Maintenant, regardez bien ce qui se trouve devant vous, car j'ai personnellement une vaste expérience des hommes, et aucun d'eux ne possède un corps aussi sublime et viril que celui du commandant Fitzstuart. *Ecco !*

Rory ne se débattit pas pour échapper à la poigne de Consulata, mais elle ne fit pas non plus ce qu'on lui demandait et ne rechercha pas le commandant du regard. Ses yeux restèrent fixés à mi-chemin, sur le sol où la peinture, les pinceaux et tout l'attirail de l'artiste étaient éparpillés après qu'un assistant les ait jetés en l'air sans prendre la peine de tout rassembler avant de battre en retraite. Ce faisant, Rory espérait éviter d'apercevoir son frère afin que, s'il se risquait à détacher son attention des danseuses dans ses bras et la reconnaissait, il ne soit pas immédiatement envahi par une gêne profonde. Assurément, la découverte de sa sœur au milieu d'une troupe de danseuses légèrement vêtues et aux mœurs douteuses, bien qu'un choc en elle-même, ne serait rien comparé au fait que sa petite sœur l'avait trouvé en train de batifoler avec ces mêmes danseuses.

Sa deuxième réflexion, celle qui la rongeait le plus, était de savoir comment elle pourrait bien empêcher sa belle-sœur et Mr. Watkins d'entrer dans l'atelier. Ils se trouvaient à l'étage juste au-dessus, et le tapage était tellement assourdissant et constant que, même s'ils avaient été trois étages plus haut, il leur aurait été impossible de ne pas entendre les cris aigus et les protestations hilares des danseuses poursuivies. Ce n'était qu'une question de temps avant que chaque occupant du foyer de Romney n'accoure afin de comprendre d'où venait toute cette agitation. Et si Lady Grasby découvrait que l'un des intrus était l'homme qu'elle avait épousé trois ans plus tôt, Rory était persuadée que le mariage de son frère ne vaudrait plus, par la suite, la peine d'être vécu.

Pour éviter que le mariage de son frère ne soit ruiné, que sa famille ne soit victime d'un scandale, et dans l'intérêt de l'harmonie domestique, Rory savait qu'il était de son devoir de faire tout son possible pour traverser le studio et fermer la porte à clé pour les séparer du monde extérieur. Il fallait à tout prix empêcher sa belle-sœur et Mr. Watkins d'entrer. Si elle pouvait verrouiller la porte, elle était sûre que Grasby et le commandant pourraient s'échapper de la maison par là où ils étaient entrés sans que personne d'autre décèle leur présence et sans qu'aucun membre de leur entourage soit mis au courant de leur comportement scandaleux.

Puis la petite voix dans sa tête, celle qui se manifestait quand elle était perdue dans ses pensées, seule dans sa chambre ou dans la serre où elle s'occupait de ses précieux ananas, prononça les deux petits mots qu'elle connaissait si bien.

*Et si ?*

Quand elle était bien plus jeune, et donc bien plus impétueuse et moins réfléchie, ces deux mots avaient été source de chagrin et de conflits intérieurs un nombre incalculable de fois. Ces deux mots lui avaient permis d'imaginer d'autres possibilités à un avenir qui avait été tracé pour elle dès sa naissance.

Sa mère était morte en couches et elle était née boiteuse. L'accoucheur qui l'avait mise au monde avait postulé qu'il y avait une probabilité que son cerveau soit également touché. Il avait estimé qu'elle ne serait jamais capable de marcher, que son corps ne se développerait pas et que ses fonctions cérébrales seraient réduites. Il valait mieux ne pas la nourrir afin que la nature suive son cours. Son grand-père l'avait sauvée. Personne, en revanche, n'avait pu sauver son père. La mort de sa femme bien-aimée l'avait plongé dans une profonde dépression et, deux mois après sa naissance, il avait fait l'impensable. On l'avait retrouvé noyé dans la Tamise. Un accident de bateau, avait-on dit au reste du monde.

*Et si* elle était née sans difformité ? *Et si* elle avait pu marcher sans l'aide d'une canne, droite et confiante, avec toute la grâce des jeunes femmes qui voulaient faire bonne impression ? Elle se serait trouvé un prétendant. Elle se serait mariée. Elle aurait déjà des enfants.

*Et si* son grand-père ne l'avait pas sauvée ? Il s'agissait de son « et si » le plus viscéral.

Alors qu'elle se tenait sur la scène, indécise, retenue contre son gré par Consulata Baccelli, ces deux petits mots firent irruption dans sa tête et elle s'autorisa à envisager les conséquences de ce « et si » ?

*Et si* elle restait sur scène, obéissait à Consulata Baccelli et observait le commandant Fitzstuart dans sa tenue de sauvage ? La ballerine insistait et se vexerait si elle ne s'exécutait pas. Et après tout, en tant qu'acteur principal, il souhaitait assurément que chaque membre du public soit attentif à sa prestation. Il serait extrêmement mal élevé de ne pas lui prêter attention…

Rory sourit pour elle-même, lissa ses jupons et se rassit sur la méridienne. Le dos droit, une main gantée délicatement posée sur les plis soyeux couleur lavande qui couvraient ses genoux et l'autre sur le pommeau en ivoire sculpté de sa canne, elle releva lentement ses yeux bleu clair et les laissa examiner calmement l'acteur principal, un certain commandant Lord Fitzstuart.

Seigneur… Même dans ses rêveries les plus folles, il n'avait jamais ressemblé à *cela*.

Son imagination n'était jamais allée plus loin que le visualiser simplement vêtu d'un haut-de-chausses et d'une chemise blanche. Et lors de la récente régate de Pâques des Roxton, le commandant Lord Fitzstuart avait involontairement satisfait ce rêve éveillé quand il était entré à grandes enjambées sous son chapiteau, à la recherche d'un rafraîchissement après s'être dépensé pour gagner la course nautique. Il était passé devant elle sans même lui accorder un regard, ce qui était prévisible. Il ne la connaissait pas. Elle avait six ans de moins que son frère et le commandant était dans l'armée, parti à l'étranger avant même qu'elle fasse son apparition en société. Et comme toujours pendant ce genre de réception, elle était assise avec les personnes âgées, les infirmes, et les invités qui refusaient d'entreprendre la longue marche pour aller encourager les rameurs au bord du lac. Délaissée, Rory avait pu admirer à loisir Sa Seigneurie dans son haut-de-chausses humide et sa chemise blanche encore plus mouillée qui moulait son corps viril.

Mais jamais, dans tous ses fantasmes, le commandant n'avait porté qu'un simple bout de cuir entre ses cuisses musclées. Quand il s'arrêta et rejeta la tête en arrière, hilare de voir Grasby se tortiller joyeusement sur le parquet, deux danseuses s'étant écroulées sur lui, elle eut l'opportunité de l'évaluer davantage. Le commandant semblait taillé dans le même marbre céleste que les danseuses. Son dos et ses larges épaules étaient polis et lisses, les contours musclés de ses bras et de ses jambes aussi ciselés qu'une sculpture antique d'Apollon. Mais quand il fit demi-tour et courut vers la scène, elle fut tellement interloquée qu'elle poussa une exclamation de surprise et se mit à haleter, comme si elle avait besoin d'oxygène pour faire disparaître son étourdissement. Ce n'étaient ni ses yeux noircis, ni les peintures de guerre, ni les deux tresses qui encadraient son beau visage qui la prirent complètement au dépourvu. C'était le choc de l'inattendu.

Les gentilshommes de son cercle social étaient toujours rasés de près ; les joues et le menton de certains d'entre eux gardaient une teinte légèrement foncée entre les rasages. Elle savait que s'ils ne se rasaient pas, des poils poussaient sur le visage des hommes et que, s'ils les laissaient pousser, ces poils se transformaient en barbe. La mâchoire puissante et le menton carré du commandant Lord Fitzstuart avaient cette teinte foncée, et alors que son cou était lisse et imberbe, ce n'était pas le cas du reste de son corps. La toison foncée qui recouvrait son large torse la surprit totalement. Les poils foncés ne s'étendaient pas seulement sur sa poitrine, ils descendaient sur les contours marqués de son ventre et disparaissaient en une ligne nette sous le cuir préservant sa pudeur qui était tendu entre ses jambes. D'un rapide coup d'œil, elle remarqua que ses pieds nus étaient grands et imberbes, ce qui n'était pas le cas de ses mollets robustes et de ses cuisses musclées. Une vraie révélation. Rory avait la gorge sèche et brûlante. La virilité du commandant dépassait largement les attentes de ses rêveries de fillette. Il était peu étonnant que les danseuses applaudissent et fassent des bonds d'admiration ! Mentalement, elle en faisait autant.

Une fois remise du choc de cette révélation, elle se laissa absorber par sa démonstration de bravoure virile et ses prouesses athlétiques.

L'un des assistants de Romney, assez courageux – ou bien était-il idiot ? – pour se défendre, leva les poings. Le commandant rit et accepta le défi. Il garda cependant les mains sur les hanches, provoquant l'assistant pour qu'il donne le premier coup. Quand l'homme s'exécuta, le commandant esquiva nonchalamment la série de petits coups frappés dans le vide devant lui. Visiblement lassé de ce petit jeu, il attaqua enfin. Son poing atteignit la mâchoire de l'assistant du premier coup et l'homme recula en titubant, sous le choc.

Rory se releva à moitié de la méridienne.

Les danseuses derrière elle poussèrent des cris d'encouragement.

Le commandant enchaîna avec une série de petits coups précis frappés à des endroits stratégiques sur le corps de l'homme. L'assistant perdit connaissance et s'écroula sur le parquet, le souffle coupé.

Rory applaudit.

Les acclamations des danseuses se firent plus bruyantes que jamais.

Le commandant se tourna vers la scène pour les remercier, mais les danseuses et Rory poussèrent un cri de surprise, leurs sourires remplacés par l'émoi alors qu'elles pointaient du doigt quelque chose ou quelqu'un dans son dos.

Un deuxième assistant était assez imprudent pour se précipiter dans le dos du commandant en soulevant une chaise. Instantanément, le commandant tourna sur ses talons, aperçut la chaise dans les airs, s'accroupit et avança les épaules. L'assistant fonça droit sur les épaules du commandant ; il décolla, perdit l'équilibre et sa prise sur la chaise, et fut envoyé dans les airs. Tandis que le commandant se redressait, la chaise et l'assistant retombèrent lourdement par terre. La chaise rebondit et vola en éclats. L'assistant atterrit sur le dos, le souffle coupé, son amour-propre anéanti. Quand il retrouva son souffle, il se précipita hors de la pièce à quatre pattes, suivi par le rire tonitruant du commandant et les railleries des danseuses.

Toute résistance vaincue, le commandant Lord Fitzstuart se tourna vers la scène, s'inclina d'un geste exagéré et reprit rapidement son rôle d'Amérindien. Il traversa habilement le champ de bataille fait d'objets typiques d'un atelier de peintre, qui s'étaient répandus lors de l'accès de panique de l'un des assistants de Romney : des pinceaux éparpillés tels des bouts de bois brisés, une palette semblable au bouclier d'un soldat, et de la peinture de toutes les couleurs qui avait giclé des pots et éclaboussé le parquet, à l'image du sang des vaincus blessés.

Des acclamations et des cris d'allégresse perçants s'élevèrent de la scène pour accompagner une traversée aussi réussie d'un champ de bataille périlleux et, pour célébrer sa victoire, le commandant hurla à la lune, les poings levés en un geste triomphant. Les danseuses poursuivirent leurs applaudissements, espérant toutes être celle que le commandant capturerait quand il assaillirait la scène.

Consulata Baccelli se pencha en avant sur la méridienne, la soie diaphane de ses atours glissant de son épaule de façon aguichante alors qu'elle l'invitait à se joindre à elle. Et quand le commandant regarda dans sa direction, elle lui fit signe d'approcher d'un doigt, avec un sourire sensuel. Il n'eut pas besoin de davantage d'encouragement pour rejoindre la méridienne d'un bond.

Le commandant Lord Fitzstuart, ne pouvant pas la voir, n'avait pas remarqué l'agitation dans son dos, tandis que les danseuses qui elles s'en étaient rendu compte n'y prêtèrent guère attention. Des envahisseurs s'étaient introduits dans l'atelier après avoir violemment ouvert la porte qui avait cogné contre le mur en lambris. Le bruit sec que provoqua le choc violent du bois contre le bois se perdit dans le vacarme causé par les danseuses qui hurlaient pour attirer l'attention du commandant.

Rory vit non seulement la porte s'ouvrir brusquement, mais elle fut aussi témoin de l'arrivée de Mr. Cedric Pleasant, qui vint se placer au centre de la pièce d'un pas décidé avant de tirer son épée d'un geste dramatique et de la tenir en l'air, tel un preux chevalier d'antan lancé dans une quête pour rosser l'ennemi. Après son entrée théâtrale, il claironna que lui, monsieur Cedric Pleasant, était venu les sauver. À sa grande déception, seules les personnes dans son dos entendirent sa déclaration courageuse.

Mr. George Romney, Mr. William Watkins et Lady Grasby, suivis par un gentleman que Rory ne connaissait pas, s'engouffrèrent par la porte presque tous à la fois.

Rory se releva d'un bond.

Il fallait que quelqu'un – *qu'elle* – prévienne Grasby.

Au bord de la scène, son regard passa des envahisseurs à son frère, qui était étalé par terre et semblait ravi d'y rester. Sa tête couverte de suie était posée sur les genoux d'une danseuse tandis qu'une autre était à califourchon sur ses genoux à lui. Les deux femmes cherchaient, du bout des doigts, les endroits les plus chatouilleux sur le corps du sauvage qu'elles avaient capturé. Et au vu de la crise de gloussements à laquelle son frère était en proie, ses longues jambes donnant de grands coups dans le vide, il endurait leur méthode de torture de prédilection du mieux possible.

La sœur était tellement dévouée au frère que, malgré la nature scandaleuse de la situation dans laquelle il se trouvait, l'observer s'amuser dessina un sourire affectueux et indulgent sur ses lèvres. Elle ne l'avait pas vu aussi à l'aise depuis des années. Elle avait presque oublié qu'il pouvait rire de si bon cœur.

Le sourire indulgent de Rory scella son destin. Si elle ne s'était pas arrêtée pour observer son frère avec une tendre affection, dans un moment de contemplation, elle aurait peut-être eu le temps d'éviter le désastre en se mettant précipitamment à l'abri du danger. Quand son regard revint sur la porte, où les envahisseurs étaient figés comme des statues, muets de stupéfaction, elle vit quelque chose de terrifiant, de tellement surprenant que chaque fibre de son être se ligua contre elle, de sorte qu'elle fut incapable de bouger le moindre muscle. Le commandant Lord Fitzstuart s'était élancé dans un bond spectaculaire et il était en plein vol, sur le point d'atterrir près de la méridienne. Il fonçait droit sur elle et elle ne pouvait rien faire pour s'échapper. Rory ferma résolument les yeux et prit une profonde inspiration. Prête pour la catastrophe, elle croisa les doigts.

# QUATRE

Pendant que Dair s'occupait des assistants de Romney, il se demandait où était passé Cedric Pleasant. Son ami trapu n'avait pas encore fait son entrée spectaculaire. Quant à Grasby, que faisait-il pendant cette échauffourée ? Non pas que Dair ait besoin de son aide pour se débarrasser des deux hommes. Il avait joué avec eux puis s'était lassé de leurs singeries et les avait tous les deux neutralisés à bref intervalle. Il fut surpris et ravi de découvrir son ami à la chevelure blonde allongé sur le dos, subissant les chatouillements de deux danseuses ; Dair était infiniment heureux pour lui. Il n'avait pas vu Grasby aussi insouciant depuis son mariage à la froide beauté qu'était Drusilla Watkins. Il décida donc de laisser Grasby tranquille et passa à l'action sur scène, seul. Quand Consulata lui fit signe d'approcher, il n'eut pas besoin de plus d'incitation.

Dair bondit vers la scène.

Les acclamations, les cris et les applaudissements étaient assourdissants.

Et l'inattendu se produisit.

C'était tellement inattendu que le temps ralentit, permettant à cet instant de se graver dans la mémoire collective de tous ceux qui étaient présents. L'incrédulité était telle que tous restèrent muets et immobiles pendant quelques secondes, se demandant si cela faisait partie de la démonstration de bravoure effarante du commandant. Il n'avait pas été surnommé Dair le Diabolique parce qu'il restait au White's Club pour jouer aux cartes.

Dair était dans les airs, en plein bond, quand la femme vêtue de jupons en soie vert menthe et lavande apparut sur son chemin. Par Jupiter, d'où sortait-elle ? Elle n'aurait pas pu choisir pire moment. Avait-elle un cerveau de la taille d'un petit pois pour ne pas comprendre les conséquences d'un geste aussi idiot pour elle ? Il était impossible pour Dair de s'arrêter en plein vol. Son instinct de soldat lui dit que s'il ne procédait pas immédiatement à une manœuvre d'évitement, sa large carcasse robuste entrerait en violente collision avec cette nigaude. Des os seraient fracturés. Ses os à elle. Il était impossible de la mettre en garde, il n'avait plus le temps, même s'il la prévenait en hurlant.

Les nymphes, qui se trémoussaient, gloussaient et poussaient des exclamations d'encouragement une seconde plus tôt, remarquèrent la catastrophe qui était sur le point de se produire, et elles se dispersèrent en hurlant pour se mettre à l'abri.

Dair fit la seule chose possible pour échapper au pire. Il plaqua ses bras le long de son corps et contracta tous ses muscles, espérant que cela suffirait à le faire dévier de sa trajectoire pour éviter cette stupide créature. Sa vivacité d'esprit aurait été couronnée de succès si la femme était restée à sa place et ne s'était pas retournée. C'était comme si elle avait senti une présence menaçante, et en essayant d'y échapper, elle se plaça de nouveau sur son chemin. Il n'eut plus le choix.

Il atterrit lourdement sur la scène, entraîné vers l'avant par son élan, souleva la femme et l'attira fermement contre son torse tout en continuant à courir. Il trébucha en tentant de résister à la force d'inertie. Sa cuisse percuta le coin de la méridienne, faisant sursauter celle qui y était assise, qui s'avança avant de retomber sur les coussins avec un cri strident involontaire quand la méridienne, qui avait basculé vers l'avant, retomba sur ses quatre pieds dans un bruit sourd.

Dair estima que le bord de l'estrade était à un mètre de lui environ, donnant sur un fossé d'un mètre cinquante entre la scène et le mur enduit de plâtre du fond de l'atelier. Il voulait à tout prix éviter de tomber dedans avec sa prisonnière ; elle pourrait se retrouver sous lui et finir écrasée. Et même s'il parvenait à traverser ce fossé, il n'y avait nulle part où aller. Ils percuteraient le mur. S'il pouvait s'en sortir avec seulement quelques bleus et éraflures, il ne pouvait pas garantir qu'il pourrait éviter de casser les os, possiblement les côtes, de la femme entre ses bras.

Il devait agir, et rapidement. Du coin de l'œil, il aperçut la draperie en lin blanc dont le peintre se servait comme décor. Elle ondoyait dans la brise qui s'engouffrait par la fenêtre ouverte. Il détermina qu'elle était à portée de main. Tenant sa prisonnière d'un bras, il tendit l'autre, agrippa le tissu à pleine main et pria pour que la tringle ne cède pas. Il fallait que le tissu reste cousu aux anneaux assez longtemps pour qu'ils s'y retrouvent enchevêtrés, ce qui les empêcherait de tomber de la scène.

Sa stratégie fonctionna. La vitesse couplée au mouvement les fit tournoyer dans les plis du lin. Le rideau décrivit un large arc de cercle. Les épaules de Dair percutèrent le mur avec un bruit sourd, puis le rideau et ses deux prisonniers furent ramenés sur scène avant de s'immobiliser. Le couple était enroulé dans le tissu, mais encore sur pied, indemne.

Satisfait de ses efforts pour éviter un désastre, il laissa échapper un petit rire involontaire. Pendant quelques secondes, il n'entendit que sa propre respiration haletante, ne sentit que son cœur marteler ses côtes. Au loin, à l'autre bout de l'atelier, il y avait beaucoup d'agitation. Mais dans leur cocon de lin, il n'y avait que le silence… et leur respiration. Sa prisonnière était haletante, elle aussi. Il sentait son souffle sur son torse nu, où son front était appuyé, et elle tremblait, d'effroi sans aucun doute. Mais elle ne criait et ne gémissait pas, ce qui lui indiqua qu'elle n'était pas blessée. Aucun os fracturé, donc. Bien. Il aurait possiblement de vilains bleus sur la cuisse et l'épaule, mais ce n'était rien comparé au bleu sur son amour-propre, causé par la femme bêtement inconsciente qui était maintenant en sécurité dans ses bras.

De qui diable s'agissait-il, d'ailleurs ? D'où venait-elle ? Que faisait-elle sur scène, entourée de danseuses déguisées en nymphes grecques, alors qu'elle-même était habillée de la tête aux pieds ? Son esprit embrumé par le vin cherchait des réponses. Il s'agissait sûrement d'une amie de Consulata. Une chanteuse, peut-être, ou bien une actrice, ou encore une prostituée de luxe qui satisfaisait les besoins des hommes de sa classe sociale. La maîtresse d'un des amis de Dorset, peut-être ? Cela paraissait sensé.

Il ne s'agissait certainement pas de l'une de ces femmes à l'éducation délicate telles que sa sœur, ses cousines ou sa mère, qui n'oseraient même pas glisser la pointe de leurs chaussures coûteuses dans l'atelier d'un peintre sans chaperon masculin, par peur de tomber sur exactement le genre de femmes pour lesquelles Grasby et lui s'étaient donnés en spectacle. Une demoiselle de salon se serait évanouie ou serait à présent en train de hurler. Le terrible choc que représentait le fait d'être emportée par un homme nu qui jouait le rôle d'un sauvage entraînerait sûrement une crise de nerfs. Mais elle ne montrait aucun signe d'hystérie. Sa prisonnière était peut-être trop glacée d'effroi pour protester ? Ce qui expliquerait pourquoi elle s'accrochait à lui aussi fermement qu'une épouse fervente s'agrippant à un mari enthousiaste lors de leur nuit de noces.

Il détermina qu'elle n'était peut-être pas idiote, après tout, mais plutôt friponne et maligne. L'exécution de son stratagème était idiote — aucune personne saine d'esprit ne se jetterait devant un dragon au torse aussi large qu'une chaise à porteurs —, mais elle restait maligne dans le sens où, si c'était son objectif, elle avait réussi à accaparer son attention pleine et entière. De plus, elle n'était pas réticente à lui manifester ce qu'elle voulait de lui. Diablesse.

Quel était cet adage que Cedric répétait *ad nauseam* quand il avait bu trop de bordeaux ? *Carpe* quelque chose ? *Carpe… Carpe diem…* Profiter de l'instant présent ! Voilà. Il était certain qu'il tenait dans ses bras quelque chose de chaleureux, doux et, sans aucun doute, délicieux… Il sourit de toutes ses dents. Il n'était pas contre l'idée de profiter de l'instant présent. Au diable ce qu'il se passait hors de leur cocon.

Il était très arrangeant que ses jupons soient désordonnés, ses paniers remontés en accordéon sur ses hanches ; il avait donc son bras gauche plaqué sur sa taille et sa main posée sur sa fesse ronde et ferme. Sa légère chemise en lin ne constituait pas de vraie barrière à la sensation tactile et plaisante de la chair féminine chaleureuse et pulpeuse, et il se demanda si elle était aussi agréable à l'odeur qu'au toucher.

Il baissa la tête, s'attendant à un de ces parfums sucrés et entêtants concoctés par Floris et dont s'aspergeaient ses maîtresses comme s'il s'agissait d'eau et qu'il avait de l'argent à jeter par les fenêtres. Mais le fait de coucher avec une belle femme avait-il un prix ?

Il fut agréablement surpris. Ce parfum était bien plus subtil, bien plus attrayant…

Il ferma les yeux et la huma, s'interrogeant sur les éléments qui constituaient une senteur aussi envoûtante. C'était un mélange indéfinissable et à peine perceptible de vanille, de lavande et de charme féminin. Ce parfum provoqua en lui un profond désir qu'il aurait été incapable de décrire et refusait de reconnaître. Il savait seulement qu'il en voulait plus d'elle, sur-le-champ. Sa main se resserra autour de sa fine chemise, froissant le lin entre ses longs doigts alors qu'il se délectait d'elle.

Elle releva la tête de son torse et il s'écarta d'elle en se penchant vers l'arrière, juste assez pour voir son visage, pour voir si elle était aussi captivée que lui. Elle fit cligner ses grands yeux bleus, limpides sous ses lourdes paupières, quand elle le regarda. Quand ses lèvres s'écartèrent, lentement et de façon terriblement séduisante, il n'eut pas besoin de plus d'encouragement. Il appuya sa bouche sur la sienne et s'abandonna à l'instant présent…

Ce furent les chevilles en bois dans le plâtre qui cédèrent en premier. Elles permettaient aux supports en métal de rester fixés au mur. L'un d'eux se détacha et s'écrasa sur la scène dans un bruit métallique au moment où la tringle en bois, pliant sous le poids des deux captifs entortillés dans le rideau, se brisa nette. Dans un souffle sonore, les anneaux en bois du rideau glissèrent de la tringle cassée en deux et retombèrent avec fracas. Dair et sa prisonnière se noyèrent dans la draperie.

Tout fut terminé en quelques secondes. Pris par surprise, le couple emmitouflé eut du mal à garder l'équilibre, maintenant qu'ils n'étaient plus maintenus par le rideau tendu par leur poids. Grâce à ses réflexes aiguisés, Dair enveloppa sa prisonnière dans ses bras et la serra fermement. Et quand ils furent projetés au sol, il recula les coudes pour amortir le plus gros de la chute. Emprisonnés dans le tissu, ils roulèrent encore et encore et tombèrent de la scène, terminant leur course dans l'étroit fossé entre celle-ci et le mur enduit de plâtre.

Dair atterrit sur le dos, sous sa prisonnière qui s'agrippait à lui comme s'il était le seul déchet à la dérive au milieu d'un océan déchaîné. Ils étaient tous les deux secoués, mais indemnes. Ils restèrent immobiles, prenant de profondes inspirations dans l'espoir de retrouver leurs esprits à défaut de leur dignité. Et soudain, ils se rendirent compte de la situation embarrassante dans laquelle ils se retrouvaient maintenant. Quand ils avaient roulé sur la scène, le lin s'était relâché, les libérant lors de leur chute dans le fossé. Ils formaient maintenant un enchevêtrement de bras et de jambes nus, avec le pagne de travers, les paniers tordus et cassés, les jupons en soie de bonne facture à présent froissés et en désordre, et le tout exposé aux regards.

Dair trouva cela très amusant.

Tout sourire, il plaça un bras derrière sa tête et se mit à l'aise, pas le moins du monde perturbé. Son sourire se mua en joie sincère quand il observa sa prisonnière essayer tant bien que mal de démêler ses membres et ses vêtements de sa silhouette musclée. Sans son aide, ce n'était pas un franc succès. Il voyait bien à son air entêté qu'elle était agacée qu'il refuse de l'aider, mais quand elle parvint à se redresser et à repousser ses cheveux blonds ébouriffés de son visage, il lui attrapa le poignet. Il était bien décidé à la ramener vers lui pour qu'ils reprennent là où ils s'étaient arrêtés quand ils étaient enveloppés dans le rideau, et que les autres aillent au diable.

Puis une voix retentit à l'autre bout de l'atelier, par-dessus le vacarme. Dair immobilisa sa main autour du poignet de sa prisonnière. Après avoir posé un doigt sur ses lèvres pour lui indiquer de rester silencieuse, il se redressa sur un coude pour écouter. Ce n'était pas Cedric Pleasant, annonçant qu'il venait les sauver. Il ne reconnut pas la voix, mais il reconnut l'ordre qu'on aboya, accompagné par des bruits de pas, familiers également. Il s'agissait d'hommes qui portaient des bottes et marchaient d'un pas synchronisé. Il estima qu'ils étaient une douzaine, peut-être plus.

Des soldats.

# CINQ

Rory n'avait pas voulu qu'il l'embrasse. Au contraire, elle avait été sur le point d'exprimer son indignation, de lui dire qu'il était extrêmement grossier de sa part de renifler son cou, le cou de n'importe qui ! Elle aurait dû être terrifiée, bouleversée, voire hystérique, de se retrouver ainsi appuyée contre un homme nu, une simple peau de daim les séparant. Une bien piètre séparation, par ailleurs. Une certaine partie de son anatomie ne se comportait pas convenablement – ou alors, et là était le dilemme, peut-être se comportait-elle exactement comme elle le devrait, mais sans en avoir reçu la permission. Non pas qu'elle sache quoi que ce soit à *ce propos*, à l'exception de ce qu'elle avait glané en étudiant les tapisseries exposées dans une fabrique en forme de temple située sur le domaine de ses parrains dans le Hampshire.

À vingt-deux ans, elle était totalement inculte en matière d'amour, et plus précisément en matière de désir. Vingt-*deux*. Elle avait du mal à croire à sa propre ignorance !

En tant que femme célibataire, il était de son devoir de s'évanouir. À défaut, elle était tenue de faire tout ce qui était en son pouvoir pour le repousser et de se débattre pour sortir de ce cocon. Hurler. Tout faire pour éloigner autant que possible son corps virginal d'un homme aussi viril et puissant. Sa réputation immaculée l'exigeait. Sa famille s'y attendrait. La bonne société la condamnerait si elle ne le faisait pas.

Mais le commandant Lord Fitzstuart avait secoué son monde bien ordonné comme s'il s'agissait d'une boule à neige au décor fascinant. Flottant dans un océan de possibilités liquides et colorées, elle prit conscience que cette visite impromptue dans l'atelier de George

Romney se révélait être la soirée la plus palpitante de sa sage vie. Dans sa vie quotidienne, il ne se passait jamais rien qui serait sanctionné par les convenances, il fallait toujours que tout soit considéré comme acceptable, paisible et *prudent* pour la petite-fille célibataire d'un pair.

Et la voilà qui se retrouvait dans les bras du héros de guerre le plus beau et le plus diabolique de l'époque. Que devait-elle faire ? Elle savait ce qu'elle voulait faire, mais c'était contraire à tout ce qu'on lui avait toujours dit ou appris. Que disait Cedric Pleasant dès qu'il en avait l'opportunité... *Carpe... Carpe Diem.* Voilà ! Dans ce cas, elle profiterait de cet instant et au diable les conséquences !

Quel mal y avait-il à échanger un simple baiser ? Il lui suffirait d'un baiser pour enfin savoir s'ils étaient surfaits. On ne l'avait jamais embrassée, et surtout pas de la façon dont les femmes voulaient être embrassées par de beaux hommes, ardemment et sans retenue. Un jour, alors qu'elle était seule dans la serre où elle faisait pousser ses ananas, elle s'était laissé aller à des rêveries sur les baisers, la mécanique d'un baiser, et les sensations que cela devait provoquer chez quelqu'un. Elle en avait conclu que si deux personnes y réfléchissaient avant de commettre cet acte, ils ne le feraient pas. Sa rêverie l'avait menée à recouvrir entièrement un ananas mûr de tan, jusqu'à ce que le jardinier lui signale son inattention. Deux personnes, bouches appuyées l'une contre l'autre. Qu'y avait-il de si particulier là-dedans ?

Il était tellement brûlant et tellement... tellement *masculin*. Il sentait le poivre et le musc, ainsi que... les citrons verts fraîchement pressés... Elle était fascinée par la peau de son visage qui semblait lisse, mais qui, quand elle fit remonter sa main sur son menton, se révéla rêche comme les perforations aiguisées sur la râpe à noix de muscade en argent de son grand-père... Son large nez avait des allures de bec... Elle avait déjà remarqué cela chez lui... Et ses cils... Ils étaient assez longs, foncés... Elle était sûre d'avoir les lèvres gonflées... Il avait un goût salé, délicieux... Avait-on fermé la fenêtre sur l'air nocturne et allumé un feu dans la cheminée... ? Elle avait soudain chaud, se sentait enivrée, et un picotement, ou plutôt une pulsation, était apparue quelque part...

Oh, Seigneur !

Il ne lui était jamais venu à l'esprit que, pour apprécier réellement un baiser passionné, il fallait ouvrir la bouche. Tout cela était tellement... *décadent.* Et il était tellement... *délicieux.* Elle s'appuya contre lui, elle en voulait plus, ne voulait pas qu'il s'arrête. Elle voulait que chaque détail de ce moment soit gravé dans son esprit ; sa main chaude qui tenait sa fesse ; le contact de son corps, large et dévêtu, appuyé contre elle ; les doigts qu'il avait emmêlés dans les cheveux sur sa nuque, attachés par un ruban en satin lavande ; et sa merveilleuse façon de l'embrasser, comme s'il ne désirait rien et personne d'autre aussi sincèrement et ardemment qu'elle.

Oh, comme il était facile de succomber à une croyance erronée. Il suffisait d'un baiser…

Si Rory était inconsolable que la chute de la tringle à rideaux ait subitement mis un terme à leur délicieux interlude intime, elle se retrouva muette de stupéfaction quand elle atterrit à califourchon sur lui, toute débraillée. Elle ne s'inquiétait même pas de savoir si elle avait des côtes brisées ou non. Elle savait qu'elle aurait des bleus de la tête aux pieds après une telle chute, après avoir été écrasée sous lui alors qu'ils roulaient sur la scène avant d'en tomber. Et quand leur chute fut brutalement arrêtée par le sol qu'ils percutèrent, il se contenta de rester étendu sur le dos, secoué d'une telle hilarité qu'elle rebondissait sur son abdomen.

Mais la chute lui fit soudain prendre conscience de son comportement, et elle ne pensait plus qu'à se rhabiller et à s'éloigner de lui le plus rapidement possible. Il fallait qu'elle prenne ses distances avant que Drusilla et Mr. Watkins ne découvrent où elle se trouvait, avant que Grasby ne se rende compte que sa petite sœur l'avait vu ivre et turbulent, en train de s'ébattre avec des femmes de mauvaise réputation. Mais comment pourrait-elle leur expliquer son état ? Ses paniers étaient tordus et cassés, les boutons et lacets qui relevaient ses jupons dans un style polonais avaient lâché, et le tissu retombait maintenant de façon désordonnée. Et sa canne, où était-elle passée ? Elle ne se rappelait pas l'avoir vue depuis qu'elle s'était envolée de sa main gantée, quand un mur de muscles masculins lui était tombé dessus. Elle espérait n'avoir causé aucune blessure grave chez une danseuse.

Elle revint à l'instant présent quand Dair exerça une délicate pression sur son bras et, avec un clin d'œil et un doigt posé sur la bouche, lui indiqua de rester silencieuse. Nul besoin d'explication. Le fracas puissant et régulier des bottes sur le parquet, accompagné par les cris de panique des danseuses, la poussa à s'éloigner de lui précipitamment et à s'agenouiller près du bord de l'estrade, afin de voir ce qu'il se passait.

Mr. George Romney se tenait dans l'embrasure de la porte, bras croisés, tête rentrée dans les épaules, l'air troublé. Près de lui, son frère

Peter souriait de toutes ses dents. Ils s'écartèrent d'un pas traînant pour laisser passer un contingent de militaires en uniforme qui suivaient un capitaine de la garde rougeaud. Les soldats s'arrêtèrent abruptement au milieu de l'atelier, où se tenait un gentleman robuste, vêtu d'une redingote bleu givré constellée de fils et de paillettes métalliques, ses jambes écartées exposant ses mollets aux muscles bien dessinés sous leur meilleur jour. Cependant, il avait marché en plein milieu de la peinture renversée qui avait généreusement éclaboussé ses chaussures à boucles, ce qui amoindrissait sa prestance. Il levait son épée et déclamait son discours devant son public : des danseuses en larmes et affolées. Il interrompit rapidement son allocution préparée quand le capitaine de la garde se mit à aboyer des ordres, mais son épée resta dans les airs. Rory soupçonnait que sa langue et son corps s'étaient figés quand il avait entendu puis aperçu les soldats. Elle reconnut l'épéiste figé. Il s'agissait du meilleur ami de son frère, Mr. Cedric Pleasant. Elle en déduit que c'était lui, le « plaisant ami » que Consulata Baccelli avait mentionné.

Elle se demanda où se trouvait son frère et pria pour qu'il ait réussi à se cacher quelque part dans la pièce. Il était peut-être accroupi derrière les tableaux empilés contre un mur, ou sous la table recouverte d'un drap sur laquelle était posé tout le matériel nécessaire à un peintre de portraits. Encore mieux, peut-être avait-il réussi à sortir en plongeant par la fenêtre qu'il avait escaladée pour entrer. Il ne faisait pas partie de ceux qui étaient maintenant réunis dans l'atelier, ainsi quand Dair tira sur la dentelle au niveau de son coude afin d'attirer son attention, elle se détourna du mélodrame sans hésiter. Elle fut surprise de constater qu'il était toujours nonchalamment appuyé sur un coude, hors de vue.

— Au rapport, belle éclaireuse ! Que se passe-t-il là-bas ?

— Ne voulez-vous pas vérifier par vous-même ?

— Laissez-moi deviner, dit-il. Douze – peut-être quinze – miliciens, sans compter leur capitaine… ?

Rory balaya l'atelier du regard, compta et hocha la tête, impressionnée.

— Je n'aurais pas pu rêver meilleure conjecture ! J'aurais été insulté s'ils avaient été moins d'une douzaine. S'ils n'avaient été que six, les bergeronnettes les auraient pris pour des clients. Huit, et nos cocottes se penseraient bonnes pour le trou pour racolage. Mais si c'est une *douzaine* des meilleurs miliciens de la ville qui a envahi les lieux, ils soupçonnent qu'il y a quelque chose de bien plus sérieux sur le feu.

Rory fronça les sourcils.

— Bergeronnettes et cocottes ? Sur le feu ? Je ne sais absolument pas de quoi vous parlez, mais cela n'a aucun rapport avec une volière. Et je serais prête à parier que vous avez préparé tout cela pour vous amuser.

Surpris, Dair fixa intensément Rory du regard, pour la première fois depuis qu'il était entré en collision avec elle. S'il appréciait ce qu'il voyait – elle était bien proportionnée, avait de grands yeux bleus et des cheveux brillants –, son assurance et son air intelligent le perturbaient. Il n'aurait pas vraiment su dire si elle riait *de* lui ou *avec* lui. Son instinct lui disait qu'elle riait avec lui, il fit donc acte de foi et s'ouvrit à elle, lui disant de son ton le plus nonchalant :

— Vous ne semblez pas particulièrement perturbée par le fait que l'atelier de Mr. Romney ait été envahi par des voyous en uniforme.

— Pourquoi le serais-je ? demanda-t-elle en haussant les épaules, ajoutant avec un sourire impertinent : J'ai un héros de guerre à mes côtés pour me protéger.

— Ah ! C'est vrai ! répondit-il.

Il sentit la chaleur lui monter aux joues. Seigneur ! Était-il en train de rougir ? Une telle faiblesse lui donnait la nausée. De nombreuses femmes avaient utilisé cette accroche avec lui, à grand renfort de battements de cils et de moues de leurs lèvres rouges, et pour coucher avec les plus belles d'entre elles, il s'était prêté au jeu. Mais il ne s'était jamais empourpré en entendant cette remarque.

— Un héros de guerre qui se fait passer pour un sauvage, le taquina Rory.

— Tout cela pour remporter un pari, lâcha-t-il comme s'il lui devait un aveu.

— Oui, je me suis dit que c'était peut-être le cas. Mais ces pauvres... bergeronnettes et cocottes... elles ne le savent pas, si ? Et la milice... J'espère que vous ne vous êtes pas ruiné pour assurer leur invasion. À moins que l'argent rapporté couvre aussi les dépenses ?

— Futée, dit-il en réprimant un sourire. Je parierais mon pagne que vous savez également ce que « perturbée » signifie.

Rory se détourna pour regarder de nouveau par-delà la scène ; elle aurait fait n'importe quoi pour qu'il cesse de l'observer aussi intensément. Elle se sentait légèrement étourdie. Elle lui décrivit ce qu'il se passait et ajouta :

— Le capitaine a ordonné à deux de ses hommes de monter la garde au niveau de la porte qui est maintenant fermée. Vous ne pourrez pas vous enfuir par là, si c'est ce que vous aviez prévu.

Il tira derechef sur sa dentelle et désigna du pouce un endroit derrière son épaule nue.

— La porte derrière nous. Elle n'est pas fermée à clé. Que fait le gentleman à l'épée maintenant ?

— Il a rangé son épée et il discute avec le capitaine.

— Mr. Pleasant sera aussi bougon qu'un champignon que l'on vient d'écraser de se voir voler la vedette. Il était sage de sa part de remettre son épée au fourreau et de ne pas jouer les héros. Ce n'est pas un lâche, mais il serait idiot d'affronter des hommes en uniforme, surtout avec aussi peu de chances de l'emporter.

— C'est ce que ferait un héros de guerre. C'est ce que vous feriez. Rien ne vous effraye.

Pour la deuxième fois en autant de minutes, Dair fut surpris par tant de conviction. Mais il retrouva rapidement son sang-froid et inclina la tête en remerciement, ajoutant avec un grand sourire :

— Je les ferais capituler en les effrayant. Je doute que ces hommes aient jamais vu un colon, et encore moins un indigène de ce continent.

Le regard de Rory papillonna sur son visage peint, encadré de deux tresses qui retombaient près de ses oreilles et sur ses larges épaules, mais elle n'osa pas le laisser s'aventurer plus bas. Rapidement, elle reporta son attention sur son visage et ses yeux noircis. Il l'observait attentivement, ce qui était évident au vu de son regard fixe.

— Oui, je suis sûre que vous y arriveriez, dit-elle calmement. Et vous n'auriez pas besoin de porter un déguisement aussi absurde pour cela. Vous ne ressemblez en rien à un Amérindien.

— Absurde ? Combien d'Amérindiens avez-vous… ?

— J'ai vu des gravures !

Il étouffa rapidement un éclat de rire involontaire en plaquant une main sur sa bouche et se pencha vers elle en haussant les sourcils.

— Je vous montre le mien si vous me montrez le vôtre… ?

Mais quand elle fronça les sourcils, sans comprendre son commentaire, il se recula, soudain mal à l'aise, et reprit avec une rudesse inhabituelle :

— La prochaine fois que je devrai me ridiculiser, je solliciterai vos conseils !

— Vous n'avez guère besoin de mes conseils. Vous vous débrouillez très bien tout seul ! Oh ! Oh ! Voilà qui était grossier de ma part ! Veuillez m'excuser.

Il sourit de la voir bafouiller des excuses, troublée, les joues rouge tomate d'embarras. Il lui donna une petite chiquenaude sous le menton et le pinça affectueusement.

— Vous, ravissante demoiselle à la bouche sucrée, ne ressemblez en rien aux femmes de la coterie habituelle d'amies de Consulata… Je suis ravi que vous vous soyez jetée en travers de mon chemin.

— Jetée ? s'exclama bruyamment Rory. *Jetée ?*

Elle ne savait pas quoi dire de plus pour répondre à une accusation aussi surprenante. Elle échappa à davantage d'embarras et d'explications quand Dair plaça un doigt sur ses lèvres pour la faire taire, avec un mouvement de tête vers la scène.

— Écoutez ! On dirait une dispute. Une femme qui remonte les bretelles d'un pauvre gars. Ce n'est pas Consulata. Quand elle s'enflamme, elle parle génois et gesticule dans tous les sens ! Qui avez-vous dit avoir vu dans la pièce ?

— Je n'ai rien dit.

Rory jeta un coup d'œil par-dessus le rebord, même si cela n'aurait pas été nécessaire pour savoir à qui appartenait cette voix agitée. Lady Grasby, suivie de près par William Watkins, avait fait irruption dans ce diorama surprenant composé de soldats au garde-à-vous et de danseuses blotties les unes contre les autres, le tout dans un décor d'atelier de peintre en désordre. Ils s'étaient tous les deux précipités vers Mr. Romney, exigeant des explications. Il y avait tant de bruits superposés que Rory était incapable d'entendre ce qu'il se disait. Elle pouvait très bien imaginer que le peintre était accusé de tous les maux du monde par sa belle-sœur qui faisait de grands gestes, agitant son éventail plié.

Mécontente de la réponse laconique du peintre, qui désigna le capitaine du doigt, elle prit à partie cet officier en uniforme sans hésiter et se mit à le fustiger sans égard pour son rang, sa mission ou leur public. Les armes de prédilection de Drusilla ne changeaient jamais : l'ascendance de la famille Talbot, qui remontait jusqu'à Edward III ; le comté du grand-père de son mari, dont ce dernier hériterait un jour ; et les relations privilégiées du comte avec tous les membres du Conseil privé, qui s'assureraient d'envoyer le capitaine sur l'île Saint George dans l'océan Austral s'il ne faisait pas ce qu'elle lui demandait.

Rory soupira et dit d'une voix presque désolée :

— Lady Grasby menace le capitaine et il semble réellement intimidé.

— Grasby ? *Lady* Grasby ? s'enquit Dair, les oreilles brûlantes, en se redressant. Dites-moi, mon délice, apercevez-vous un type aux grands yeux et aux cheveux roux, aussi fin qu'un pilori – un scribouilleur équipé d'un buvard et d'un crayon ? Prend-il de copieuses notes ?

— En effet, acquiesça-t-elle. Et il n'arrive pas à suivre la conversation. Il vient de casser la pointe de son crayon, qui a volé de sa main.

Oh non ! Le pauvre homme s'est baissé pour le ramasser et Mr. Watkins lui a écrasé la main...

— Mr. *William* Watkins ? *Watkins le Putois* est ici aussi ? Alléluia ! Quelle heureuse journée !

Rory regarda par-dessus son épaule juste à temps pour voir Dair donner un coup de poing en l'air pour exprimer sa joie.

— Putois ? Watkins *le Putois* ? C'est ainsi que vous l'appelez ?

Elle essaya de réprimer son sourire, mais Dair le remarqua et la pointa du doigt.

— Admettez, mon délice, que ce surnom lui va comme un gant ! Ces yeux bigleux ! Ces sourcils broussailleux ! Ces fines narines réprobatrices !

— Je n'admettrai rien du tout. Honte à vous. Tout le monde ne peut pas être un Adonis. Certainement pas Mr. Watkins. Mais il s'habille bien, ce qui compense ses défauts.

— Mais il s'habille bien, ce qui compense ses défauts, l'imita Dair avec une grimace de dégoût.

Rory ne put s'en empêcher – elle gloussa.

— Dans mes rêves les plus fous, je n'aurais jamais cru le commandant Lord Fitzstuart capable d'envier quelqu'un d'autre. Vous pourriez porter des haillons que les femmes tomberaient quand même en pâmoison à vos pieds. Ce pauvre Mr. Watkins doit mettre à profit toutes ses compétences vestimentaires pour devenir quelque peu digne de l'attention d'une femme. Il vous suffirait d'entrer dans une pièce vêtu d'un sac pour réduire les efforts de Mr. Watkins à néant.

— Approchez, mon délice, requit-il doucement, l'attirant vers lui en tenant fermement sa main gantée.

Il n'y avait plus aucune trace de son sourire espiègle quand il la regarda dans les yeux et murmura :

— Il est temps que je mette un terme à cette mascarade. Il le faut, avant que mon ami le scribouilleur ne remplisse tout son parchemin. Mais avant ma sortie grandiose, je veux connaître votre nom. Vous n'êtes ni une danseuse, ni une actrice. Votre conversation – et tout le reste – m'indique que l'on prend bien soin de vous, ou que c'était le cas dans le passé. Non. Ne vous débattez pas. Je ne veux vous causer aucun désarroi. Je veux vous proposer...

Puisque Rory le regardait toujours d'un air ahuri, il souffla, détourna les yeux et reporta son attention sur elle, exaspéré.

— Diable ! Que suis-je en train de vous proposer... ?

Rory déglutit avec difficulté, la gorge asséchée par l'attente, les yeux rivés sur son beau visage. En voyant les profondes rides entre ses deux sourcils, elle comprit que l'indécision tourmentait son esprit.

— Comment pourrais-je le savoir si vous ne le savez pas vous-même ? demanda-t-elle d'une petite voix.

Il baissa alors les yeux, mais son regard n'était pas fuyant ; il descendit sur sa bouche. Puis il poursuivit sa descente vers sa petite poitrine ferme retenue dans un corsage serré en soie rayée avec un décolleté carré et plongeant ; le joli bord en dentelle de sa chemise se devinait seulement sous l'ourlet en soie. Il effleura un pli de la délicate dentelle entre son pouce et son index, mourant d'envie de caresser bien plus que cela… Enfin, il releva le menton de Rory de son index et ses yeux remontèrent sur son visage.

— Vous savez ce que je veux, mon délice. Vous ne pouvez pas embrasser un homme comme vous m'avez embrassé sans attendre quelque chose en retour. Eh bien, c'est votre jour de chance. Je vais vous donner ce que vous voulez.

Rory battit des paupières. À son tour, elle se sentit tourmentée. Son esprit palpitait autant de joie que de crainte. De joie, car elle s'apercevait qu'il éprouvait du désir pour elle. Elle était peut-être ignare, mais elle n'était pas nigaude. L'homme le plus beau de Londres la trouvait désirable, *elle*. Personne ne l'avait jamais regardée de cette manière. Il n'avait à l'évidence jamais été au courant de son existence avant ce jour-là, bien qu'elle ait été présente au bal de Pâques des Roxton moins d'un mois plus tôt. Mais sa joie fut bientôt engloutie par la crainte, la crainte de ce qu'il était sur le point de proposer. Après un seul baiser, il prétendait savoir ce qu'elle voulait ? Les hommes étaient vraiment des créatures pressées !

Elle ne voulait pas entendre ce qu'il avait à lui proposer et elle s'éloigna donc afin de lisser ses jupons et de remettre de l'ordre dans sa tenue et dans sa personne avant d'être découverte, ce qui était inévitable. Sa belle-sœur avait cessé de maltraiter verbalement le capitaine, qui s'adressait à présent à ses hommes. Les danseuses s'étaient calmées, elles aussi. Un bruit sourd près d'elle la fit sursauter ; des bruits de pas, sur la scène. On redressa la méridienne. Pour la première fois depuis leur chute dans le fossé, ils entendirent Consulata Baccelli se plaindre dans sa langue maternelle.

Mais avant que Rory ne puisse jeter un coup d'œil à ce qu'il se passait, Dair l'attira dans ses bras et déposa un rapide baiser sur ses lèvres.

— Quelle est donc cette chose en vous qui m'assujettit ? Je dois être fou ! Peu importe. C'est fait. Tout ce que vous voulez. Une maison. Un véhicule. Des vêtements. Donnez-moi une semaine pour tout préparer. En attendant, allez chez les Banks à Chelsea. La maison est mitoyenne au jardin botanique. Lil – Lily Banks. Elle vous accueillera jusqu'à ce que je vienne vous chercher, sans poser de questions. Il vous suffira de lui donner mon nom. Répétez mes instructions pour que je m'assure que vous n'allez pas les oublier. Allez-y !

— Chez les Banks à Chelsea. La maison est mitoyenne au jardin botanique. Lily Banks s'occupera de moi, sans poser de questions. Qui est Lily ?

— Une amie... une très bonne amie, répondit-il avec un grand sourire. La mère de mon fils.

Le visage de Rory pâlit. Elle était sous le choc. Mais pour quelle raison, elle n'en savait rien. Ce n'était pas comme si elle ignorait que le commandant avait une maîtresse et qu'il avait une descendance illégitime. Les habitudes des nobles et de leurs maîtresses étaient volontiers évoquées dans tous les salons. Elle avait même été présente lors d'une discussion entre deux épouses éprouvées qui discutaient de la charge et de l'éducation des enfants de leurs maris par leurs diverses maîtresses. L'une des deux dames se lamentait sur la capacité de son mari à mettre enceintes toutes les femmes sur lesquelles il posait les yeux. Sa belle-sœur l'avait immédiatement éloignée, avant qu'elle ne puisse en entendre davantage. Cependant, à ses yeux, ces conversations n'étaient que de simples conversations comme les autres. Elle n'avait jamais réellement pris en considération ce qui était, pour beaucoup d'épouses de pairs, une réalité. Mais qu'on le lui dise ainsi de but en blanc, et de la bouche de l'homme en personne ! Elle ne savait pas ce qui la bouleversait le plus, que le commandant ne porte rien de plus qu'un pagne, ou qu'il lui parle du fils illégitime qu'il avait eu avec une femme du nom de Lily Banks.

Pendant plusieurs secondes, elle n'entendit et ne ressentit plus rien. Sans vraiment le voir, elle observa Dair jeter un coup d'œil par-dessus la scène, avant de se baisser derechef et de lui dire quelque chose. Mais elle ne l'entendit pas. Elle pensait seulement à cette maison de Chelsea, à sa maîtresse et à son fils. Que lui avait-il proposé ? Une maison ? Des vêtements ? Un véhicule ? Mais qu'en était-il de Lily Banks et du garçon ? Lily Banks était-elle mise de côté pour elle, ou venait-elle agrandir son harem ? Combien d'autres femmes y avait-il ? Et d'enfants ? Qu'en penserait son frère ? *Son frère ?* Pourquoi Grasby s'était-il introduit dans ses pensées troublées à propos du commandant et de son infâme mode de vie ?

Grasby ! Elle l'entendait. Elle reprit ses esprits et s'aperçut que Dair avait disparu.

— Dair ! Dair. Pour l'amour du Ciel ! Ne me laissez pas croupir ici !

C'était Grasby, qui l'implorait. Mais d'où venait sa voix ? Elle était étouffée, comme si elle s'élevait du fond d'un puits. Les soldats couraient maintenant dans tout l'atelier. On allait bientôt la trouver ! Oh, où était donc passé le commandant ? Rory s'était à peine posé la question qu'il réapparut de sous l'estrade. Il rampa sur le ventre jusqu'à ce qu'il puisse soulever ses épaules et se retourna pour se retrouver sur ses fesses nues ; Rory détourna la tête pour ne pas le voir s'asseoir. Quand il souffla, elle se retourna vers lui. Il était couvert de toiles d'araignée et de poussière.

— Vous êtes du genre prude, hein ? déclara-t-il sans qu'il s'agisse d'un reproche. (Il tourna brusquement la tête vers la scène.) Mon ami est dans la panade. Il est coincé sous une poutre. Il faut que je le libère. Veuillez m'excuser. Et je vous mets en garde, il vaut mieux que vous restiez couchée jusqu'à ce que la bagarre…

— *La bagarre… ?*

— … soit terminée.

Il se pencha vers l'avant et déclara sous l'estrade :

— Je ne vous abandonnerais jamais, Grasby ! Faites simplement ce que je vous dis ! Vous ne pouvez pas avancer. L'ouverture est trop étroite, même pour votre maigre carcasse ! Vous devez reculer, les fesses en premier !

— Oh, Seigneur ! Non ! Pas par là ! Dair ! Dair ! Il faut que vous me sortiez de là !

— C'est ce que je vais faire, mon cher compère ! Il faut d'abord que je fasse diversion. Quand vous entendrez du vacarme et les hurlements des filles, vous pourrez détaler vers l'arrière, par là où vous êtes entré, et le plus vite possible. Compris ?

— Compris ! Quand il y a du bruit et des cris, je sors.

— Le plus vite possible !

— Le plus vite possible !

— À la bonne heure !

— Dair ! Dair ? Que diable puis-je faire après ? Où est-ce que je vais ? Je fonce vers la fenêtre ?

— Non ! Pas la fenêtre ! Traversez l'estrade. De l'autre côté, il y a une porte…

— Une porte ? De l'autre côté de l'estrade ? Hé ! C'est quoi ce raffut ? On dirait un maudit rhino qui piétine au-dessus de ma tête !

— Des soldats cherchent…

— Elle a envoyé des *soldats* me chercher ? Nom d'une pipe ! Je suis cuit !

— Pas vous ! Vous n'avez rien à craindre, vous !

— À craindre ? Je me fiche de la satanée milice ! C'est ma maudite épouse – ma très chère Silla –, elle est ici, Dair ! Elle va me *tuer* ! Dair ! Dair… J'ai perdu mon maudit pagne… Dair ?

Dair pivota sur ses talons, voûté, épaules tremblotantes, une main plaquée sur sa bouche pour réprimer un éclat de rire. Des larmes de jubilation brillaient dans ses yeux. Il se retourna pour faire face au vide obscur sous l'estrade quand Grasby l'interpella d'une petite voix haut perchée :

— Dair ? Dair, m'avez-vous entendu… ? Vous riez ! J'en suis sûr ! Il n'y a rien d'amusant ! C'est *ma* tête sur le billot !

Dair parvint à contrôler son hilarité, mais il ne put réprimer son grand sourire, qui s'entendait dans sa voix. Il essuya des larmes de ses yeux, étalant la suie.

— Non. Il n'y a rien d'amusant du tout ! Mais ce n'est pas votre tête qui m'inquiète.

— Vous méritez d'aller en enfer pour m'avoir embarqué dans ce pétrin !

— Oui. Oui. J'y serai bien assez vite. Recouvrez votre *cazzo* de vos mains et rejoignez cette porte en traversant la scène le plus rapidement possible ! Allez au carrosse. Grasby ? Grasby !

— Oui ! Oui ! Porte ! Carrosse ! Être aux petits soins de Silla. Être gentil. Ses nerfs. Le choc… M'écoutez-vous, Dair ? Dair ? Dair ! Que le diable vous emporte ! Maudite, stupide blague ! Maudite…

Le reste de la tirade injurieuse de Lord Grasby se noya dans les protestations des danseuses que l'on rassemblait sur l'estrade.

Dair jeta un coup d'œil par-dessus la scène afin de déterminer la position des soldats. La plupart d'entre eux étaient encore en formation et attendaient les ordres. Les civils étaient toujours près de la porte, tout comme Lady Grasby et le Putois, et deux soldats gardaient la sortie. Il était étrange qu'ils soient positionnés à cet endroit ; cela ne faisait pas partie de son accord avec le capitaine. Les danseuses étaient agglutinées sur la scène et l'empêchaient de voir le côté droit de l'atelier. Il supposa que c'était Consulata qui était allongée sur la méridienne ; il voyait seulement son éventail s'agiter frénétiquement au-dessus du dossier. Et là, au milieu de la pièce près de Mr. Cedric Pleasant, se trouvait le journaliste, crayon et buvard à la main, l'air intéressé et les yeux écarquillés comme s'il tenait l'histoire de la Saison ! Dair sourit. Il allait lui donner une histoire à raconter, et plus encore.

Enfin, il détermina qu'il était temps de passer à l'action. En signe d'adieu, il tira délicatement sur une longue mèche de cheveux de Rory, qui s'était échappée de sa coiffure ébouriffée, puis il se releva et étira ses jambes. Quand elle s'apprêta à faire de même, il lui indiqua de rester assise, cachée.

— Restez ici. Du sang va forcément couler. Rien de bien grave, mais je ne veux pas que vous vous retrouviez au milieu de la bagarre…

— Du *sang* ? Vous serez prudent, n'est-ce pas ?

Il pensa instantanément aux neuf années qu'il avait passées dans l'armée, au carnage sanglant auquel lui et ses frères d'armes avaient survécu. Personne ne lui avait alors demandé d'être prudent, et personne ne s'en souciait. Il partit d'un rire sec, regarda par-dessus son épaule pour déterminer si on l'avait déjà remarqué, et chassa l'appréhension de Rory.

— Ce ne sera pas le mien ! Le leur, là-bas. Enfin, peut-être une petite goutte du mien, admit-il en la voyant froncer les sourcils d'inquiétude.

D'un geste impulsif, il se pencha vers elle et chuchota à son oreille :
— Je serai prudent, rien que pour vous…

À l'aide de ses dents, il tira sur le ruban en satin lavande noué dans ses cheveux décoiffés, et gloussa quand elle prit une soudaine inspiration.

— Pensiez-vous que je comptais vous mordre ? demanda-t-il en nouant précipitamment le ruban en satin au bout de la tresse qui retombait devant son oreille droite.

Non. Rory avait cru qu'il comptait l'embrasser, et quand il ne l'avait pas fait, elle avait été agacée de l'avoir espéré. Cela avait dû se voir sur son visage, car il reprit avec un sourire d'excuse :

— Chaque guerrier récupère sa part du butin de guerre. Voilà la mienne. Souhaitez-moi bonne chance, mon délice !

Elle n'eut pas l'opportunité de lui souhaiter quoi que ce soit. Il se releva dans le fossé et grimpa sur scène, la tête haute et les mains sur les hanches, avant qu'elle ne puisse prononcer une seule syllabe. Puis il hurla dans toute la pièce et avec l'enthousiasme d'un homme qui savoure le résultat de son invitation :

— Alors, les gars ! Qui veut m'attaquer en premier ?

L'atelier sombra dans le chaos.

# SIX

Lord Shrewsbury était dans la soixante-dixième année de sa vie, mais il avait l'impression ce jour-là d'avoir cent ans de plus. C'était à ce genre d'occasion qu'il envisageait de démissionner de son poste de chef des services secrets anglais. Il prendrait sa retraite et passerait le reste de ses jours dans sa maison de style néerlandais du quartier de Chiswick, en compagnie de sa petite-fille bien-aimée. Ensemble, ils regarderaient les bateaux aller et venir sur la Tamise – tous les maux du monde, toute l'infamie et les complots relégués aux pages secrètes de son histoire.

Mais il avait promis à son souverain de rester chef des services secrets jusqu'à la résolution de la « contrariété insignifiante » dans les colonies américaines. Les membres du Conseil privé qui évoquaient l'actuelle guerre de l'autre côté de l'Atlantique en de tels termes étaient soient des imbéciles optimistes, soient de simples idiots qui ne comprenaient rien. Sa Majesté entretenait une croyance inébranlable selon laquelle cet « incident insignifiant » serait bientôt résolu, et que ses « enfants » américains reviendraient vers lui, leur parent anglais.

Secrètement, Shrewsbury était convaincu que les colonies américaines étaient déjà perdues. Il en était persuadé, car lui, plus que n'importe quel autre homme du royaume, avait accès aux correspondances et aux renseignements secrets fournis par un réseau d'espions qui s'étirait dans tout le royaume, à travers l'Europe et jusque de l'autre côté du vaste océan Atlantique, dans chaque colonie américaine. Par ailleurs, il savait que ces enfants américains s'étaient tournés vers un autre parent, un rival, l'ennemi juré de la Grande-Bretagne : la France. L'ambassadeur français à la cour du palais Saint James s'évertuait à assurer au roi George que la France n'entrerait pas en guerre aux côtés des rebelles américains, qu'elle resterait neutre.

De vraies foutaises ! pensait Shrewsbury. Il savait que les Français mentaient. Le gouvernement de Louis apportait secrètement son soutien aux rebelles sous diverses formes, afin qu'ils puissent mener une guerre complète contre les troupes britanniques qui défendaient les sujets coloniaux de Sa Majesté. Il était plongé jusqu'au cou dans des renseignements secrets qui le lui confirmaient. Il avait récemment appris qu'un agent français basé à Lisbonne était prêt, en échange d'une somme intéressante, non seulement à trahir ses compatriotes, mais aussi à révéler le nom du traître au sein même des rangs bureaucratiques du réseau d'espions de Lord Shrewsbury. Ce dernier connaissait l'existence de ce traître, il avait d'ailleurs été sur le point d'attraper son intermédiaire, Charles Fitzstuart, un jeune idéaliste qui avait réussi à échapper à la capture grâce à l'aide de sa noble famille.

Le seul fait de penser à la fuite de Charles Fitzstuart en France faisait monter la bile dans sa gorge. Il n'était maintenant plus possible de le traduire en justice pour ses activités traîtresses, et il avait emporté avec lui l'identité du traître qui se cachait dans le réseau d'espions anglais. Il était donc indispensable d'établir un contact avec l'agent double français qui se trouvait à Lisbonne. Shrewsbury y enverrait son meilleur élément, qui avait la capacité de se fondre dans le décor, pouvait parler n'importe quelle langue demandée, était expert dans la manipulation de tous types d'armes et, s'il était capturé, serait capable de supporter la torture infligée aux espions étrangers. Cette mission dangereuse et éprouvante exigeait un grand courage et de l'ingéniosité, mais il était persuadé que le commandant Lord Fitzstuart serait à la hauteur.

À l'heure actuelle, le commandant pansait ses blessures après une soirée particulièrement tapageuse qui s'était déroulée la veille dans l'atelier d'un peintre. Shrewsbury n'avait pas lu les détails du rapport des événements, mais il savait que des prostituées, de l'alcool et des poings avaient été mêlés à l'affaire, ce qui était toujours le cas avec le commandant. Une demi-douzaine d'âmes et un peintre mécontent exigeaient réparation et vengeance. Rien de tout cela ne dérangeait Shrewsbury. Il avait été pareil à l'âge du commandant. Les jeunes hommes, et en particulier ceux qui mettaient leur vie en danger, avaient besoin de se distraire. Et ces hommes devenaient de vilains petits garçons quand ils en avaient l'opportunité et y étaient encouragés.

Comme c'était ironique que le commandant, son meilleur agent, se trouve être le frère aîné du traître en fuite, Charles Fitzstuart. Mais il faisait entièrement confiance au commandant. Il ne pouvait pas en dire de même pour les autres membres de la famille de Charles Fitzstuart. Deux d'entre eux étaient assis en face de lui, dans son bureau. Ces deux nobles du plus haut rang faisaient partie des suspects qui étaient probablement complices de la fuite de Charles Fitzstuart.

Le duc de Roxton, fils de son meilleur ami et cousin de Charles Fitzstuart, était le duc le plus puissant du royaume ; quant à l'autre, Jonathon Strang, qui avait récemment été élevé au rang de duc de Kinross, était le pair le plus fortuné d'Écosse, et certainement le plus franc. Un duo intimidant. Ces deux hommes étaient arrogants et courageux, et avaient des avis sur tout. Mais ils avaient tous les deux un point faible, le même point faible : Antonia, duchesse douairière de Roxton.

Le duc de Roxton exigea de savoir pourquoi ils avaient été convoqués devant lui.

Le chef des services secrets semblait remarquablement calme et suffisant.

— N'êtes-vous pas au courant, Votre Grâce ?

Lord Shrewsbury était incrédule. Il se tourna vers Kinross :

— Sa Grâce écossaise voudrait peut-être éclairer Sa Grâce anglaise ?

— Il est inutile de tourner autour du pot avec nous, déclara sèchement Kinross. Si Roxton affirme ne rien savoir, vous pouvez le croire.

Shrewsbury regarda Kinross droit dans les yeux.

— Très bien. Dans ce cas il n'y a que vous que je dois arrêter pour trahison, Votre Grâce.

— *Trahison ?* s'écrièrent les deux ducs à l'unisson.

Seul Kinross lâcha un éclat de rire, comme si Shrewsbury plaisantait, ce qu'il savait ne pas être le cas. Il souffla la fumée de son cheroot en l'air.

— Pour avoir aidé un couple à s'enfuir ? Ne soyez pas sot, enfin ! Il n'y a rien de traître à cela !

— Pour avoir sciemment aidé un traître à échapper à la capture, la sanction est… Je vois que vous n'avez aucune idée de ce qu'il s'est passé plus tôt aujourd'hui, Roxton ? continua Lord Shrewsbury avant d'être interrompu par Kinross.

— Je vais vous dire ce qu'il s'est passé ce matin. Shrewsbury ici présent a donné la permission à la milice de prendre d'assaut la maison de votre mère, à l'aube. Imaginez donc ! La maison était envahie de soldats. Une expérience sacrément effrayante pour madame la duchesse…

Roxton se releva à moitié de son fauteuil.

— *Comment ?* Des *soldats* ont envahi la maison de ma *mère* ? (Son regard passa de Kinross à Shrewsbury.) À quoi est-ce que vous jouez ? Il est inadmissible que vous me convoquiez ici cinq minutes à peine après mon arrivée en ville, m'obligeant à laisser ma femme, *ma femme enceinte*, dans l'inquiétude quant à la nature de votre mandement. Et j'apprends maintenant que vous avez causé encore plus de désarroi à ma mère ? Je ne permettrai pas…

— Ce que vous permettez ou non n'a aucune importance, Votre Grâce, l'interrompit poliment Shrewsbury, ses yeux bleus glacials regardant par-dessus la monture de ses lunettes. Ce que vous devez vous demander, c'est comment Kinross a bien pu savoir que la maison de votre mère a été fouillée par la milice sur mes ordres. Et de si bonne heure, quand la majorité des résidents de Westminster dormaient encore…

Il regarda le duc de Kinross droit dans les yeux et reprit sans ciller :

— Je parie que la duchesse était encore au lit… Personne ne pourrait le savoir aussi bien que vous, Votre Grâce.

— Ah ! Vous n'êtes pas très juste envers vous-même, Shrewsbury. Compte tenu de votre sinistre profession, je serais prêt à parier ma boîte à cheroot en argent que vous connaissez non seulement la réponse à cela, mais que vous savez également quel côté du lit elle préfère !

Shrewsbury inclina sa tête blanche en entendant ce compliment ambigu.

— Et quand ce n'est pas dans un lit, la préférence se porte sur une méridienne de la bibliothèque ou l'espace public que constitue le joli pavillon d'été de Sa Grâce, n'est-ce pas ? Les possibilités infinies de lieux pour vos accouplements torrides ne sont limitées que par votre imagination.

Kinross dévoila ses dents blanches, mais il n'y avait aucune trace d'hilarité dans ses yeux. Il tira longuement sur son cheroot et souffla délibérément la fumée vers le chef des services secrets.

— Quel triste petit homme vous êtes, Shrewsbury. Les comptes rendus salaces à propos d'une belle femme qui prend du plaisir grâce à son amant vous excitent, hein ? Vous les gardez sous votre oreiller pour pouvoir les sortir et baver dessus quand vous avez besoin de vous soulager ? Ah ! Je parie que vous espionniez madame la duchesse bien avant que je…

— Pour l'amour de Dieu, Kinross ! C'est de ma mère que vous parlez, s'écria Roxton.

Il agrippait fermement son fauteuil, le visage pourpre. L'air furieux, il se tourna vers le secrétaire de Shrewsbury, Mr. William Watkins, qui baissa instantanément le regard sur la plume dans sa main.

— *Ma mère*, Kinross, dit-il dans un aparté murmuré mais fervent. Il ne s'agit pas d'une banale fille de joie. Une duchesse. Je pensais que vous… Seigneur ! Je ne sais plus quoi penser maintenant !

Kinross tapota affectueusement la manche en velours de son cadet et se pencha pour s'adresser à lui à voix basse :

— Mes excuses. Il a réussi à me rendre fou de rage. Il n'a aucun droit, aucun droit du tout de l'espionner. Je ne voulais pas vous contrarier. Julian…

Il attendit que les yeux verts de Roxton rencontrent les siens avant de continuer :

— J'aime Antonia, de tout mon cœur, sincèrement et avec dévouement. Je ferais n'importe quoi pour la rendre heureuse. Je compte l'épouser, sans attendre. Avec ou sans votre bénédiction. Je préférerais avoir votre bénédiction, ajouta-t-il avec un sourire en coin.

— Bien. Roxton pourra vous remettre le certificat spécial qu'il s'est récemment procuré auprès de Cornwallis quand vous aurez pris congé. Peut-être l'a-t-il avec lui en ce moment même, dans la poche de sa redingote… ?

— Comment… ?

Shrewsbury esquissa un mince sourire, désinvolte et satisfait d'avoir réussi à agacer les deux nobles en seulement quelques minutes. Tout se déroulait bien plus rapidement que ce qu'il avait anticipé. Les deux ducs se fixèrent du regard avant de se tourner vers Shrewsbury.

— Ne vous attendez pas à ce qu'il vous réponde ! déclara Kinross avec un geste dédaigneux de la main. Mais j'accepte volontiers le certificat, si vous en avez bel et bien un, ajouta-t-il avec un sourire penaud.

— Bien sûr que j'en ai un ! Soyez maudit ! fulmina Roxton. Je ne peux pas dire que je sois fou de joie à l'idée d'avoir un nouveau père de huit ans mon aîné. Mais vous aimez sincèrement ma mère et vous êtes à la tête d'un duché, ce qui aide à faire passer cette pilule amère. Par ailleurs, c'est ce qu'elle veut. Vous la rendez heureuse. Et c'est tout ce que j'ai toujours voulu pour elle – qu'elle soit heureuse. Donc, pour l'amour du Ciel, épousez-la sans attendre. Cet après-midi même ne serait pas assez tôt !

Kinross secoua la tête en signe d'excuse.

— Pas aujourd'hui. J'ai promis de l'accompagner au théâtre. C'est la première de la nouvelle pièce de Sheridan. Elle attend cela depuis des semaines. Je ne peux pas la décevoir.

— Demain matin, dans ce cas. Pas plus tard.

Kinross hocha la tête, et Roxton poussa un bruyant soupir de soulagement. Il sortit un paquet portant le sceau de l'archevêque de Canterbury de la profonde poche de sa redingote, le tendit à Kinross et reprit :

— Je vous laisse régler les autres détails… Quant à vous, monsieur, dit-il en s'adressant à Shrewsbury, j'exige que vous vous excusiez pour les calomnies que vous avez avancées concernant la réputation de la duchesse douairière de Roxton, et je l'exige sur-le-champ, sans quoi je quitterai votre maison et ferai en sorte que moi et mes connaissances ne vous adressions plus jamais la parole.

Shrewsbury, pas le moins du monde intimidé, se pencha en avant sur sa chaise et croisa les bras sur le sous-main de son bureau.

— Pour quelle raison, Roxton, entretenez-vous cette croyance intrinsèque que votre duché vous place, vous et votre famille, au-dessus des lois ?

— Mon père en était certainement persuadé, lança Roxton d'un ton ironique avant d'ajouter plus sérieusement : Vous savez que je tiens toujours à faire ce qui est juste. Je suis triste et atterré à l'idée qu'un membre de ma famille puisse trahir son roi. (Il jeta un coup d'œil à Kinross.) J'avoue n'avoir pris connaissance des activités traîtresses de mon cousin Charles que récemment. Je n'applaudis pas les membres de la famille qui se sont sentis obligés de l'aider à échapper à la capture. Mais je reste convaincu que de telles actions ont été entreprises avec les meilleures intentions, bien que *malencontreuses*.

— Les meilleures intentions ? Malencontreuses ? Billevesées ! s'exclama Shrewsbury avec mépris. Vu l'*aide* qu'ils leur ont offerte, votre mère et Kinross pourraient tout aussi bien être de mèche avec les Français !

— Charles Fitzstuart s'est enfui avec ma fille pour l'épouser en France, ce à quoi j'ai donné mon assentiment, il ne s'agit donc pas d'un crime, déclara le duc de Kinross. C'est tout ce que n'importe qui hors de ces quatre murs a besoin de savoir. Fin de l'histoire !

Shrewsbury avait les yeux à moitié fermés, rivés sur Kinross.

— N'insultez ni mon intelligence, ni celle de Roxton ou de mon secrétaire. Vous et la duchesse douairière avez largement contribué à ce que Charles Fitzstuart échappe à la capture et s'enfuie vers la France. Il est maintenant impossible de le sanctionner. Mais ce n'est pas parce que cet oiseau-là s'est envolé que nous ne pouvons pas en punir un autre et en faire un exemple. Il faut montrer à ceux qui envisagent la trahison que, même s'ils échappent à la capture, ils ne sont pas libres pour autant, en particulier quand ils laissent famille et amis derrière eux. Il existe une myriade de possibilités pour sanctionner un traître sans même mettre le doigt dessus.

Les lèvres de Shrewsbury tressautèrent de satisfaction. Il leva le bras et fit signe d'approcher à quelqu'un qui se cachait dans l'ombre de la longue pièce.

— Votre famille sera tenue pour responsable, et je m'assurerai que Charles Fitzstuart ne reste pas impuni. D'ailleurs, je compte bien faire d'une pierre trois coups. Et j'ai l'instrument parfait pour cela.

— Instrument ? s'enquit Roxton, échangeant un regard avec Kinross.

Quand ce dernier haussa les épaules avec une grimace d'incompréhension, Roxton regarda derrière lui. Kinross fit de même. Les deux ducs furent pris de court quand le commandant Lord Fitzstuart sortit de l'ombre. Ce ne fut pas le fait qu'il était là depuis le début qui les surprit, mais l'état dans lequel il était.

Kinross ne put s'empêcher de s'exclamer :

— Grand Dieu ! Que vous est-il arrivé ?

DAIR SOURIT, MAIS MÊME CE SIMPLE GESTE LE FIT GRIMACER. Il toucha instinctivement le coin de sa bouche, où sa lèvre était fendue et où un horrible bleu, qui virait au noir, prenait un aspect encore plus répugnant d'heure en heure. Au-dessus de son œil gauche, son arcade était gonflée et prenait également une teinte foncée. Il avait aussi des bleus et des éraflures sur les jointures de ses doigts. Il avait l'impression d'être à vif de la tête aux pieds. Malgré tout, il parvenait à se tenir droit. Il avait pris un long bain chaud qui avait été très efficace pour soulager ses blessures. Après s'être rasé et avoir enfilé une chemise blanche propre, un jabot et un costume en lin noir charbon aux galons argentés et boutons assortis, il avait retrouvé l'apparence d'un gentleman, même si l'état de son visage et de ses mains le faisait passer pour un voyou des rues.

— Venez vous asseoir, commandant, dit Shrewsbury d'un ton sincèrement chaleureux. Servez le thé, Watkins.

Quand le secrétaire se releva à moitié de sa chaise avec une grimace, Dair agita la main pour qu'il se rassoie.

— Je préférerais une bière, mais un thé conviendra très bien. Ne vous embêtez pas, Watkins. Je vais me débrouiller. Vous devriez vérifier dans vos notes que mes informations ne sont pas erronées. Ai-je été roué de coups par dix, ou douze soldats ?

— Je ne… je ne sais… fulmina William Watkins, feignant de chercher dans ses notes en mélangeant ses feuilles.

Il se demandait comment le commandant pouvait bien savoir qu'il avait non seulement rédigé un long rapport de la scène qui s'était déroulée dans l'atelier de peinture de Romney la veille au soir, mais qu'il avait aussi été témoin de tout cet épisode inexcusable. Cet homme était un animal. Il avait hâte que Lord Shrewsbury lise son rapport, et il patientait donc, jubilant à l'idée que ce feignant arrogant reçoive ce qu'il méritait.

— Ils étaient dix, déclara Dair, laissant tomber un morceau de sucre dans sa tasse de thé avant de mélanger et de prendre une gorgée de la boisson foncée avec précaution. Pas très favorable pour moi, mais j'ai réussi à me sortir de la bagarre dans un meilleur état que certains de ces imbéciles.

À son tour, le duc de Roxton fronça les sourcils.

— *Dix* soldats vous ont attaqué ?

Dair s'affala sur une chaise près de William Watkins ; ce gentleman se sentit immédiatement rachitique à côté d'un tel amas de muscles et il s'écarta instinctivement de lui. S'il avait remarqué que le secrétaire se recroquevillait près de lui, Dair n'y prêta guère attention et étendit les jambes, posant le talon de sa botte de jockey polie sur un repose-pied capitonné.

— Je suis surpris de ne pas avoir pris un coup d'aiguille à tricoter par-dessus le marché, répondit-il nonchalamment. Enfin. Je n'ai pas à me plaindre. Les bleus guérissent bien plus rapidement que les blessures à l'épée.

— Pourquoi vous aurait-on donné un coup d'épée ? demanda Kinross.

Dair haussa les sourcils d'un air faussement surpris ; ce simple geste lui provoqua un élancement. Il était loin de se douter que les sourcils pouvaient être aussi sensibles. Il parvint néanmoins à paraître détaché et à ne pas ciller.

— N'est-ce pas ce qui arrive aux traîtres ? répondit-il, se tournant vers Shrewsbury. À moins que l'on réserve le billot et la hache aux fils traîtres des nobles ?

Shrewsbury pencha la tête et répondit :

— Je ne peux pas poursuivre votre frère en justice pour sa trahison, mais *vous*, je peux vous enfermer dans la tour de Londres.

— *Comment ?* Emprisonner *Dair* dans la tour de Londres ? P-pour *trahison* ? Avez-vous perdu la tête ? demanda le duc de Roxton. Ne soyez pas absurde ! Personne n'y croira, pas une seule seconde ! Pourquoi est-ce qu'un héros de guerre, qui a passé neuf ans dans l'armée, dont trois à combattre les rebelles, déciderait soudain de se parjurer ? Ce n'est pas possible ! Ce n'est pas plausible !

— C'est ce que vous pensez ? Hier, personne n'aurait imaginé qu'un idéaliste modéré, qui passait ses journées la tête dans un livre, serait capable de trahison, mais c'est exactement ce qu'a fait Charles Fitzstuart en transmettant des secrets d'État.

Shrewsbury lança un coup d'œil à Dair, qui buvait toujours son thé d'un air détaché, et s'adressa à Roxton et Kinross :

— Vous allez tous les deux mettre la main à la pâte. C'est le moins que vous puissiez faire, après avoir joué un rôle dans la fuite de Charles Fitzstuart. Quant à la raison pour laquelle le commandant a fait défaut à ses compatriotes ? Je vous laisse choisir : par sens moral, lassitude de la guerre... des dettes ?

Roxton balaya cela du revers de la main.

— Inepties ! Jamais. Aucune de ces excuses ne conviendra.

— Peu importe. L'une d'elles devra convenir, répondit Shrewsbury, ajoutant en haussant les sourcils face à l'air toujours aussi renfrogné de Roxton : Je vous en prie, Votre Grâce, ne vous préoccupez pas inutilement. Je n'ai pas l'intention de laisser ces révélations atteindre les journaux – rien d'aussi sordide. La bonne société doit seulement entendre dire que le commandant a été fait prisonnier dans la Tour, car il est suspecté de trahison. Si vous refusez tous les deux de confirmer ou de nier cette allégation, la société sera persuadée que c'est vrai. Vous entendrez sûrement des murmures dans votre dos, mais personne n'aura le courage d'évoquer une telle accusation face à vous. En revanche, j'ai bien peur qu'une telle révélation fasse tourner les têtes dans votre direction, et pour toutes les mauvaises raisons.

Lord Shrewsbury secoua la tête de désapprobation et s'adressa au duc de Kinross :

— Quel dommage que ce soit le héros de guerre et non son frère qui doive porter la marque du traître. J'espère que vous pourrez encore dormir la nuit, en sachant que vous avez aidé...

— Vous êtes un vrai fils de chien, Shrewsbury.

Le chef des services secrets étendit largement ses mains et sourit en réponse au dégoût et à l'insulte du duc de Kinross.

— C'est pour le bien commun, je vous l'assure, Votre Grâce. Et j'ai même l'obligeance de vous prévenir avant qu'on n'apprenne, dans tous les salons de Westminster, que le commandant a été arrêté et jeté dans la Tour.

— Et vous… ? Que pensez-vous de tout cela ? demanda Roxton à Dair.

— Vous n'avez pas l'air trop inquiet, voilà qui est sûr, marmonna Kinross.

Dair se redressa avec précaution et retira sa botte du repose-pied. Chaque centimètre carré de lui palpitait de douleur, ce qui le rendait irritable et insolent.

— Peu importe ce que je pense. Tout ce qui compte, c'est de réparer les agissements inadmissibles de mon frère. Si cela implique de me mettre aux fers dans la Tour, ainsi soit-il.

— La loi ne vous oblige pas à prendre la place de votre frère, déclara Roxton. Il ne le voudrait pas. S'il pensait que vous…

— C'est bien là le problème. Il n'a *pensé* à rien, si ? (Dair leva un bras au ciel.) Et c'est moi que l'on considère comme l'imbécile de la famille !

— Personne n'a dit…

— Je ne veux ni de votre pitié, ni de votre aide, Roxton. Les traîtres ne reçoivent que ce qu'ils méritent !

— Mais Charles est votre *frère*.

— Et mon frère a-t-il une seule fois pensé à moi, son frère, quand il servait d'intermédiaire entre les Français et les colons rebelles, tandis que je me battais pour notre roi et notre patrie ? A-t-il jamais pris la peine de réfléchir au fait que les chiffres inscrits sur les bouts de papier qu'il transmettait aux Français correspondaient à des hommes en chair et en os ? Chaque nombre correspondant à un homme avec une famille, un homme en train de se battre à des milliers de kilomètres de chez lui, sur des terres inconnues, fauché sur place, un membre amputé par-ci, une jambe emportée par une explosion par-là ? Cet homme laisse sa femme veuve et ses enfants orphelins, ne pouvant plus compter que sur eux-mêmes. A-t-il accordé la moindre pensée à moi ou à n'importe lequel de ces hommes ? Sa traîtrise a augmenté notre nombre de morts et de blessés, nous a possiblement menés à une ou deux défaites. Il mérite autant de considération qu'il m'a accordée : aucune. Mais comme c'est un lâche qui n'a rien assumé, c'est à moi de tenir bon et de recevoir ce qu'il mérite. Et je n'ai rien d'un lâche.

— Ceci explique cela, murmura Kinross dans le silence assourdissant, les joues empourprées.

Il redressa les épaules et sortit sa boîte à cheroot argentée pour s'occuper les mains. Quand il vit le regard de Dair se poser dessus, il lui proposa un cheroot et lui tendit le sien, qui se consumait, afin que le commandant puisse l'allumer. Après avoir replacé son cheroot entre ses dents, il reprit sur le ton de la conversation :

— Si vous aimez ce mélange, je vous en enverrai une boîte. Je suis censé me débarrasser de ces maudits trucs. (Il arbora un grand sourire coupable en jetant un coup d'œil à Roxton.) Elle dit que ce n'est pas un bon exemple pour les garçons...

Dair haussa un sourcil en entendant cela ; il n'en était pas entièrement sûr, mais il avait l'impression que Kinross parlait de la duchesse douairière de Roxton. Il se sentit d'humeur plus conviviale maintenant qu'il fumait un cheroot et il hocha la tête à l'intention de Kinross en disant :

— Merci. Une boîte me ferait plaisir...

Il jeta un coup d'œil à son cousin et, dans un revirement soudain, dit :

— Charles est un traître et un lâche, mais vous avez raison. Malgré tout, il reste mon frère. Je ne souhaite pas sa mort, autant pour le bien de ma mère que pour mon bien. J'espère que lui et Miss Strang vivront une longue et heureuse vie ensemble. Je suis désolé, monsieur, mais c'est la vérité, s'excusa-t-il auprès de Shrewsbury. Dans les colonies, j'ai assisté à des combats entre frères, ce qui ne devrait jamais arriver. Il n'y a rien de normal à cela. Par ailleurs, si le comté doit perdurer au-delà de ma génération, c'est Charles qui donnera naissance à l'héritier qui prendra ma suite. Nous n'honorerions pas la mémoire de notre grand-père, général et comte de Strathsay, si la lignée disparaissait avec moi, n'est-ce pas ?

— Balivernes ! déclara Roxton. Vous vous marierez et aurez un fils... enfin, un...

— ... un fils légitime ? termina Dair avec un sourire en coin. Cela semble peu probable, vous ne croyez pas ? Charles et sa femme ont bien plus de chances d'engendrer un héritier légitime du comté de Strathsay que j'en ai de passer l'hiver, vu le métier que j'ai choisi. Je veux donc qu'il reste en vie, dit-il à Shrewsbury. Je suis prêt à faire n'importe quoi pour cela. Je croupirai dans la Tour, peu importe l'accusation que vous devrez inventer, mais à condition que vous laissiez Charles et sa famille en paix. Je veux votre parole, monsieur.

Shrewsbury soutint le regard du jeune homme, comme s'il réfléchissait avec soin aux conséquences qu'aurait la promesse de laisser sa liberté à Charles Fitzstuart. Il avait envisagé d'envoyer discrètement un assassin pour se débarrasser de cet homme ; il aurait tiré une certaine satisfaction à l'idée que les Français et les rebelles américains sachent qu'il pouvait rendre sa propre justice depuis le confort de sa bibliothèque londonienne. Cependant, c'était un traditionaliste. En plus de ne pas vouloir infliger de désarroi injustifié à la comtesse de Strathsay en lui faisant perdre l'un de ses deux seuls fils, il ne souhaitait pas être responsable de l'extinction du comté de Strathsay, surtout que cette lignée avait débuté par l'union de Charles II avec Lady Jane Hervey, la fille cadette d'un duc, qui s'avérait être son ancêtre du côté de sa mère. L'aristocratie anglaise était un groupe bien incestueux.

Son regard papillonna sur les bleus qui recouvraient le beau visage du commandant et sur ses longs doigts qui tenaient le cheroot, les égratignures encore à vif. Il ne pouvait qu'être d'accord avec lui. Cet homme négligeait de façon irraisonnée sa propre sécurité. Cela avait toujours été le cas, depuis sa tendre enfance. Il n'était pas surpris que les dépêches et lettres venues du front colonial encensent l'héroïsme du commandant. Sa témérité avait été mentionnée plus d'une fois. Il s'agissait presque d'un miracle qu'il ait survécu jusqu'à son vingt-neuvième anniversaire. Shrewsbury ne s'inquiétait donc pas de savoir si le jeune homme passerait l'hiver, mais de savoir s'il survivrait aux deux prochaines semaines au Portugal. L'Angleterre et le Portugal avaient beau être alliés, l'agitation était à chaque coin de rue depuis qu'une nouvelle reine était montée sur le trône, à peine trois mois plus tôt. Lisbonne grouillait d'assassins et d'espions, à la fois espagnols et français, et il priait pour qu'Alisdair Fitzstuart revienne vivant en Angleterre, et non dans un cercueil en plomb. Enfin, au soulagement de tous ceux présents dans la pièce, il acquiesça.

— D'accord. Très bien. Vous avez ma parole, et ceux qui sont présents en sont témoins.

— Merci, monsieur, dit Dair d'un ton solennel avant d'arborer un grand sourire, ce qui lui fit mal à la lèvre. Je vais donc passer par la porte des traîtres et faire un petit séjour à la tour de Londres, hein ?

— Ne soyez pas stupide, Fitzstuart ! répondit Shrewsbury avec dédain. Un tueur intrépide et entraîné comme vous, prêt à risquer sa vie et ses membres pour son roi et sa patrie, derrière les barreaux ? Ce serait un vrai gaspillage de talent et d'énergie. Non. J'aurais bien besoin de vos... *dons* particuliers sur le continent.

Son regard dépassa Dair pour se poser sur Roxton, puis Kinross, et il reprit :

— Quant à ceux qui pourraient croire que vous êtes un traître... Ceux qui peuvent le concevoir doivent avoir un caillou à la place du cerveau. Mais il y a bien assez de cailloux dans notre entourage pour remplir toute une allée, ce qui est navrant ! Enfin. La conjecture nous

servira à gagner du temps : assez de temps pour que vous preniez la mer
et, espérons-le, que vous atteigniez votre destination et votre contact
avant que les cris réclamant votre libération ne fassent trop de bruit.
Maintenant, si vous voulez bien nous excuser, Vos Grâces, je dois m'entretenir seul à seul avec Fitzstuart.

— Et pour quelle raison suis-je devenu un traître ? s'enquit Dair.
Sens moral ? Lassitude de la guerre ? Ou des dettes ?

— Des dettes. Roxton. Kinross. Dites à la duchesse douairière que
son cousin se noie dans les dettes et qu'il est accusé d'avoir transmis des
documents sensibles à son frère, pour qu'il les vende aux Français de sa
part. Pour elle et le reste de la société, Fitzstuart fait un séjour en prison
pendant qu'une enquête plus approfondie est menée.

— Elle n'y croira pas, affirma Kinross d'un ton monotone.

Il se leva et s'étira les jambes. Les autres gentilshommes de la pièce
en firent autant.

— En effet, approuva Dair. Elle me connaît mieux que ma propre
mère.

— Eh bien, Kinross la poussera à y croire ! grogna Shrewsbury. Si
Antonia Roxton le croit, ce sera aussi le cas des autres. Et il est vital à
notre effort de guerre que nos amis et nos connaissances croient que
Fitzstuart est enfermé dans la tour de Londres. Je me moque de savoir
comment vous vous y prendrez, Kinross, mais faites en sorte que la
duchesse vous croie.

Le duc de Roxton tira sur les ruches en dentelle autour de ses
poignets.

— Si quelqu'un peut la convaincre, c'est bien vous, Kinross.

Il observa le commandant un instant et lui dit en lui tendant la
main :

— Je ne sais pas ce que vous réserve Shrewsbury, mais je crains
terriblement qu'il s'agisse d'une mission tout aussi dangereuse que de se
lancer sur le champ de bataille. Bonne chance.

— Tout cela pour que nous puissions dormir sur nos deux oreilles,
hein, Dair, ajouta Kinross en agrippant l'avant-bras du commandant.

Dair l'attira vers lui, pour que lui seul puisse l'entendre.

— Je dois voir ma cousine la duchesse avant de partir en balade
continentale. Demain matin.

Kinross hocha la tête.

— Je l'informerai de votre visite. Quelle heure ?

— Avant midi.

Kinross haussa les sourcils en entendant qu'il voulait venir de si
bonne heure, mais il acquiesça. Sans un autre mot, il suivit Shrewsbury

et Roxton hors de la bibliothèque, dans le vestibule, où ils se dirent au revoir.

— Je suppose que je vous verrai tous les deux au théâtre ce soir ? s'enquit cordialement Shrewsbury, comme si la conversation dans la bibliothèque n'avait jamais eu lieu.

— C'est *moi* qui me retrouverai enfermé dans la tour de Londres si nous manquons la nouvelle pièce de Sheridan ! s'exclama Kinross. Passez dans notre loge. Antonia attendra votre visite.

Shrewsbury était loin d'être surpris par l'invitation, ou par le fait que, en partageant une loge au théâtre, Kinross et la duchesse douairière de Roxton déclareraient leur relation de façon très publique. Malgré tout, il ne put s'empêcher de jeter un coup d'œil au duc de Roxton afin de jauger sa réaction face à cette nouvelle intéressante. Roxton se contenta de lever les yeux au ciel, mais il resta muet ; Shrewsbury réprima un sourire, se disant que le duc aux nombreux principes avait silencieusement capitulé face au cas de force majeure de sa mère.

— J'en serais ravi, répondit Shrewsbury, et ma petite-fille aussi. Rory attend cette nouvelle pièce avec presque autant d'impatience que Sa Grâce. D'ailleurs, il me semble que c'est la duchesse qui lui a écrit pour lui en parler…

Ainsi, en discutant de la soirée imminente au théâtre, Lord Shrewsbury prit congé des deux nobles dans une humeur bien plus agréable que quand il les avait reçus. À son retour dans la bibliothèque, Dair et William Watkins étaient encore debout.

— Pour l'amour du Ciel, mon garçon, asseyez-vous ! Asseyez-vous ! Quand je suis debout avec vous ou les membres de votre famille, j'ai la maudite impression d'être au fond d'un puits ! Vous aussi, Mr. Watkins. Bien, avant d'évoquer ce que j'attends de vous à Lisbonne, j'ai besoin que vous fassiez quelque chose… Pour moi… (Il se tourna vers son secrétaire.) et pour Mr. Watkins.

Dair appuya ses épaules contre le dossier de la bergère installée en face du bureau de Shrewsbury, son cheroot incandescent entre les doigts, et croisa les chevilles. Sans un regard pour William Watkins, il se concentra sur les yeux bleus du vieil homme derrière ses lunettes.

— Peu importe de quoi il s'agit, si c'est pour vous, monsieur, c'est comme si c'était fait.

— Bien. Je veux que vous oubliiez tout de l'incident qui s'est déroulé dans l'atelier de George Romney.

<h1 style="text-align:center">SEPT</h1>

— Je vous demande pardon, monsieur ? L'incident ? s'enquit Dair.

— Oui. Très bien, répondit Shrewsbury. C'est précisément de cette façon que vous réagirez et répondrez si on vous pose la moindre question.

Dair regarda William Watkins avec méfiance.

— Dans l'atelier de Romney ?

Le vieil homme acquiesça.

— Il ne s'agissait que de pitreries en compagnie de jolies danseuses et d'une petite bagarre avec la milice, répondit Dair en haussant une épaule avant de tirer sur son cheroot. Pas de quoi en faire toute une histoire, monsieur, elle serait plutôt ennuyeuse.

— *Pitreries ?* Une petite… une petite *bagarre* avec la-la milice ? *Ennuyeuse ?* répéta William Watkins d'une voix aussi grêle que celle d'une jeune fille. Rien que les dégâts causés au studio de Mr. Romney, selon mes calculs, s'élèvent à quelques centaines de guinées ! Quant au grand désarroi causé à…

— Merci, Mr. Watkins, l'interrompit Shrewsbury. Je comprends votre préoccupation, et j'ai votre rapport – les vingt-cinq pages qui le composent.

Dair fit la grimace.

— Vingt-cinq pages seulement. Aucun enjolivement, alors ?

— Quand Sa Seigneurie aura eu le temps d'assimiler mon rapport, elle comprendra que vos péripéties abracadabrantes…

— Répétez ceci cinq fois, Watkins. Je parie que vous en êtes incapable.

— … ont causé des dégâts incommensurables à…

— Oui, oui. Des centaines de guinées de dégâts, déclara Dair d'un ton monotone, avec un soupir exagéré. Envoyez-moi la facture. Romney devrait me remercier. Les articles de presse, à eux tous seuls, multiplieront par dix ses ventes de portraits. Sans parler de ceux qui lui rendront visite dans le seul but d'observer, bouche bée, l'endroit où s'est déroulée l'action ; il pourrait peut-être également les convaincre de lui acheter des huiles.

— Aucun article ne sera publié, dit Shrewsbury avec calme. Les notes du journaliste ont été… confisquées.

— Brûlées, milord, lui assura Watkins d'un ton pincé. J'y ai veillé personnellement. L'éditeur a été informé qu'on avait détecté de l'alcool dans l'haleine du journaliste, et qu'il ne fallait donc pas se fier non plus à son compte rendu verbal.

— Dites-moi, vous êtes une vraie perle rare, commenta Dair d'une voix traînante et sarcastique. Qu'avez-vous fait ensuite ? Avez-vous offert le contenu de votre haut-de-chausses aux danseuses afin qu'elles gardent elles aussi le silence ?

Tandis que Watkins était réellement choqué, Shrewsbury, lui, gloussa.

— La loyauté d'un secrétaire a ses limites…

— … tout comme son *cazzo*.

Mr. Watkins n'avait aucune idée de ce qu'était un *cazzo*, mais il fut convaincu qu'il était victime de calomnie quand le vieil homme se mit à rire de bon cœur ; le commentaire que Shrewsbury fit ensuite le lui confirma, et son visage s'enflamma d'embarras.

— Ce n'est pas très juste vis-à-vis de Watkins, si ? Peu d'hommes jouissent d'un physique avantageux et d'un équipement digne d'un taureau de concours. Afin qu'aucun de nous ne soit victime d'un sentiment d'infériorité, je suggère que cette conversation reste au-dessus des boutons de nos hauts-de-chausses, d'accord ? Si vous voulez tout savoir, continua le vieil homme d'un ton plus sérieux, nous avons menacé votre petit groupe d'admiratrices de les envoyer à la prison de Newgate si elles émettent le moindre couinement à propos des événements d'hier soir. Quant à Signora Baccelli, elle fermera sa jolie bouche si elle tient au dévouement de Dorset. Romney sera dédommagé, il va recevoir plusieurs commissions très lucratives qui faciliteront son silence ; en prime, les dettes de son bon à rien de frère seront payées. Mr. Cedric Pleasant a promis qu'il ne parlerait plus jamais de cet incident, tout comme mon petit-fils. Il ne vous reste plus qu'à me donner votre parole d'honneur que vous en ferez autant. À vrai dire, je veux que vous fassiez plus que cela. Je veux que vous affirmiez avoir été saoul au point de ne garder absolument aucun souvenir de la soirée.

Dair était très agacé par le comportement autoritaire de Shrewsbury par rapport à ce qu'il considérait n'être rien de plus qu'une soirée de jeux divertissante entre trois amis. Ce n'était pas réellement sa faute si la soirée avait fini en émeute. C'était la faute de la milice et du chef des services secrets, qui avait orchestré son arrestation. Il s'était plié de bonne grâce au plan de Shrewsbury, était prêt à être jeté dans la tour de Londres si nécessaire, ou à être envoyé sur une maudite mission à l'étranger, dans le seul but de faire avancer l'effort de guerre britannique contre les colons rebelles.

Mais il ne s'était pas attendu à être réprimandé pour une blague inoffensive, qui avait rendu son ami Grasby plus heureux qu'il ne l'avait été depuis des années, uniquement parce que Watkins le Putois et sa sœur guindée s'étaient offusqués. Le comportement lâche du Putois, qui avait rapporté à Shrewsbury un incident qui ne le regardait en rien, lui restait en travers de la gorge ; un rapport de vingt-cinq pages !

Sa colère envers l'ingérence de Watkins le Putois dans ses affaires ne l'empêchait pas de ressentir la sorte de gêne qu'il avait connue à de nombreuses occasions quand on le conduisait devant le proviseur d'Harrow afin de recevoir une râclée pour une infraction mineure. Quand il jeta un coup d'œil au secrétaire, il comprit que c'était exactement le sentiment qu'il voulait lui donner.

Il était extrêmement tenté d'effacer le sourire suffisant de Watkins d'un coup de poing. Au lieu de cela, il releva son menton puissant et dit d'un ton belliqueux :

— Cela pourrait être compliqué. Je ne suis peut-être pas brillant, mais j'ai une excellente mémoire… Et je n'ai jamais été ivre au point d'oublier les événements de la veille. Grasby, lui, était saoul et ne devrait pas être tenu pour responsable puisque c'est moi qui l'ai fait boire. J'assumerai les conséquences de ses actes, sans hésiter. Mais je refuse de me recroqueviller dans un coin pour la simple et bonne raison que votre secrétaire peureux et sa sœur hautaine s'offusquent de quelque chose à laquelle ils n'auraient de toute façon jamais dû assister !

Shrewsbury retira ses lunettes, ferma les yeux et pinça l'arête de son nez entre son pouce et son index. Quand il soupira, comme si lui-même avait atteint les limites de sa patience, William Watkins eut la conviction que le vieil homme était sur le point d'administrer une volée de bois vert au commandant ; il était temps ! Il fut donc stupéfait quand le comte dit :

— Comme vous le savez tous les deux, les douze dernières heures ont été épuisantes et auraient pu être bien mieux utilisées – mais ce qui est fait est fait… Watkins… ayez l'obligeance de prendre congé.

— Congé ? Mais… milord ! Je comprends qu'en tant que secrétaire, je devrais faire ce que vous me demandez… mais en tant que *frère* de Lady Grasby, il est de mon devoir de rester pour la représenter si vous avez l'intention de revenir sur les infractions impardonnables commises chez Mr. Romney.

Shrewsbury ouvrit les yeux et se concentra sur son secrétaire, qui restait obstinément assis derrière son bureau, derrière un nuage de fumée. Il n'eut aucun doute sur sa provenance ; le commandant soufflait délibérément la fumée de son cheroot par-dessus son épaule droite, vers Watkins. Ce jeune homme était décidément incorrigible, et Shrewsbury dut réprimer un sourire.

— C'est peut-être ce que vous ressentez, Mr. Watkins, mais cela n'a aucune importance. Le jour où votre sœur a épousé mon petit-fils, elle est devenue une Talbot, un membre de ma famille, elle n'est donc plus sous votre responsabilité, en dépit de vos puissants sentiments fraternels. Mais je n'ai aucune objection à ce que vous alliez voir Lady Grasby à cette heure-ci. Elle est peut-être déjà levée, nécessitant l'épaule de son frère pour pleurer. Il y a sans aucun doute de nombreuses larmes à venir, murmura-t-il pour lui-même tandis que Watkins refermait doucement la porte de la bibliothèque derrière lui.

Shrewsbury se renfonça dans sa chaise, croisa les mains sur son ventre rond par-dessus le gilet en soie qu'il portait, et reprit :

— Hormis le fait que vous avez presque ruiné le mariage de mon petit-fils et qu'il faudrait à présent une conception immaculée pour que sa femme tombe enceinte, puisqu'elle refuse que son mari s'approche de sa personne à moins de dix mètres, je me fiche complètement de ce qu'il s'est passé hier soir, à l'exception d'un détail important. C'est ce détail qui me pousse à solliciter votre parole d'honneur de gentleman : à partir de ce jour, vous ne révélerez à personne, par la parole ou les gestes, que vous vous souvenez d'un seul détail des événements qui se sont déroulés dans l'atelier de George Romney.

Dair se redressa, tout ouïe.

— Monsieur, si vous y tenez à ce point, je vous donne volontiers ma parole, en tant qu'officier et en tant que gentleman. Si vous souhaitez que j'affirme avoir été saoul au point d'avoir tout oublié, ainsi soit-il. Mais puis-je savoir pourquoi ? Pourquoi cette discrétion, pourquoi ce besoin que j'oublie ? Si Lady Grasby souhaite rejeter la faute sur quelqu'un, ce quelqu'un devrait être moi…

— Oh, elle rejette la faute sur vous, ne vous inquiétez pas ! Et je ne lui en veux absolument pas ! Vous avez tourné son mari, et par conséquent son mariage, en dérision, et ce, devant des témoins. C'est une créature orgueilleuse et vaniteuse qui ne se remettra peut-être jamais de cette humiliation. Il est certain qu'elle ne vous pardonnera jamais, ce qui ne me dérange absolument pas. Son amour-propre sera néanmoins grandement apaisé à l'idée que vous avez oublié les détails de toute la soirée. Elle sera peut-être même capable de soutenir votre regard avec la tête haute quand vous reviendrez de Lisbonne. Une absence de quatre ou cinq semaines devrait aussi apaiser la colère que Grasby ressent pour vous.

— Parce que je l'ai fait boire ? J'admets avoir coupé son pagne un peu court…

Shrewsbury fit un geste dédaigneux de la main.

— J'aurais moi-même aimé être présent pour assister à votre petite comédie. Je ne doute aucunement que Grasby se soit immensément amusé, jusqu'à ce qu'il se rende compte que sa femme et son frère avaient rejoint le public. Un hasard tout à fait malheureux. Mais ce n'est pas ce qui a mis Grasby en colère, ni la raison pour laquelle je vous ai fait promettre. Lady Grasby et Mr. Watkins sont venus à l'atelier avec ma petite-fille, la sœur cadette de Grasby. Quant à l'étendue de ce qu'elle a vu, je dois encore le découvrir…

L'expression d'intérêt poli de Dair face à cette nouvelle information révéla à Shrewsbury tout ce qu'il avait besoin de savoir. Quelque part dans un recoin de sa tête, le commandant était peut-être vaguement conscient que son meilleur ami avait une sœur. S'il prenait le temps d'y réfléchir, il serait peut-être même capable de retrouver dans ses souvenirs une image d'elle enfant, qu'il aurait gardée de ses visites occasionnelles entre les semestres scolaires. Il n'avait probablement aucune idée de son âge et aurait été incapable de l'identifier parmi dix autres jeunes filles de bonne famille mises en rang pour qu'il les inspecte, mais cela ne surprenait pas Shrewsbury. Dans le monde du commandant, Aurora Christina Talbot n'existait pas. Pourquoi aurait-ce été le cas ?

Ils avaient sans doute déjà été présentés l'un à l'autre depuis que Rory avait quitté la salle de classe. Ils venaient du même cercle social élargi, et leurs cercles plus intimes d'amis et de parents se croisaient de temps à autre lors d'événements organisés par la haute société. De plus, les interactions sociales du commandant avaient été plus nombreuses ces six derniers mois, depuis qu'il avait démissionné de son commandement militaire.

Le dernier événement en date avait été le weekend de Pâques des Roxton, sur le domaine du duc dans le Hampshire. Il était très reconnaissant envers Deborah Roxton, qui ne manquait jamais d'inclure Rory dans de petits groupes composés de gens de son âge quand ils jouaient au mime, pique-niquaient près du lac, assistaient à des récitals en soirée et dansaient au bal du gala. C'était sur la piste de danse que se déroulaient la plupart des interactions entre jeunes hommes et jeunes femmes à marier ; ils avaient alors l'opportunité de s'observer sans que les jeunes femmes aient leur chaperon sur le dos.

Rory ne pouvait pas danser. Mais Deborah Roxton l'invitait toujours à s'asseoir près d'elle ; elle était donc très bien placée pour observer les danseurs, et par association, ceux qui étaient présents voyaient bien que sa petite-fille était une invitée privilégiée. Quant aux doyens de la haute société, qui accordaient beaucoup d'importance à ce genre de choses et qui se demandaient quelle était la place de Rory, on leur rappelait poliment qu'en plus d'être la petite-fille du comte de Shrewsbury, Miss Talbot était la filleule de l'ancien duc de Roxton et de sa veuve, la duchesse Antonia Roxton.

Parfois, quelques invités qui ne se doutaient de rien se demandaient à voix haute pourquoi une si charmante créature n'était pas mariée ; ils n'avaient besoin d'aucune explication quand Rory se levait à l'aide de sa canne. Ces visages poudrés prenaient toujours un air déconcerté, teinté d'un embarras abject et de pitié, souvent, quand sa petite-fille s'éloignait en claudiquant – elle devenait, à leurs yeux, une personne entièrement différente et indésirable à cause de sa démarche bancale –, ce qui lui donnait envie de tous les mettre en pièces.

Mais ce qui lui brisait le cœur, ce qui ne manquait jamais de lui mettre les larmes aux yeux, c'était l'éternelle étincelle dans ses yeux, aussi bleus que les siens, qui brillaient d'émerveillement et d'enthousiasme face au monde qui l'entourait. Cela n'était jamais aussi évident que lorsqu'elle observait les contredanses, les joues empourprées par la joie de vivre. C'était comme si elle était elle-même sur la piste de danse, en train d'exécuter chaque pas avec les couples de danseurs. Il aurait donné tout et n'importe quoi pour pouvoir l'aider à réaliser ce rêve…

— Monsieur… ? Milord ? Lord Shrewsbury ?

Dair, debout, s'était approché du bureau de Shrewsbury. Le vieil homme avait les joues tellement pâles et les yeux tellement vitreux qu'il semblait soudain malade. Mais, tout aussi rapidement, il revint à son état normal et éloigna le commandant d'un geste. Ce dernier recula jusqu'à son fauteuil et écrasa soigneusement son cheroot dans un petit plateau en argent posé près de lui, donnant au vieil homme le temps de reprendre entièrement ses esprits.

— Je veux que ma petite-fille oublie que la soirée d'hier est jamais arrivée, lâcha Shrewsbury d'un ton sec, sans préambule, un sentiment frustrant d'infériorité s'emparant de lui à l'idée qu'il était incapable de guérir Rory de son infirmité. J'espère qu'avec le temps, cette soirée ne deviendra plus qu'un cauchemar lointain. Et ce devait être un cauchemar – un sacré cauchemar – pour une femme à l'éducation délicate qui n'est jamais sortie de cette maison sans chaperon et n'a jamais, *jamais* été laissée seule en compagnie d'un homme autre que son frère ou son grand-père. Elle n'est pas mariée, et elle ne se mariera probablement jamais après avoir été témoin de votre comportement répugnant et douteux !

— Je vous demande pardon, monsieur ? demanda Dair avec courtoisie.

Il se creusait la tête pour essayer de comprendre la diatribe chargée d'émotion du vieil homme, alors que dix minutes plus tôt il gloussait en parlant de cette même affaire. Par ailleurs, il n'était pas au courant qu'une autre femme était présente dans le studio de Romney, à l'exception de l'importune Lady Grasby, qui correspondait à cette description de femme à l'éducation soignée, et qui était mariée à son meilleur ami.

— Hormis Lady Grasby, qui était un témoin imprévu de nos… hum… manigances, il n'y avait aucune autre femme…

— Nom de Dieu, Fitzstuart ! Ma petite-fille a assisté à tout l'épisode sordide ! Et si l'on se fie à ce que dit Lady Grasby en pleurant dans son oreiller, il semblerait qu'elle et ma petite-fille aient assisté à une scène tirée tout droit d'une orgie bachique !

Il repoussa les papiers étalés devant lui, comme s'il voulait mettre un maximum de distance entre lui et cet événement ainsi que le commandant. Il fit tout son possible pour reprendre le contrôle de son humeur et de son ton.

— Je me contrefiche que vous sortiez votre attirail pour qu'il soit admiré par des catins dignes des sylphes et leurs semblables. La fréquence et l'intensité de vos ébats ne regardent que vous, et je vous dis bonne chance ! Vous jouez à un jeu dangereux pour votre pays, aux enjeux impossiblement élevés, vous méritez donc d'aller aussi loin dans vos jeux personnels. Mais… parfois – *cette fois-ci* – un tel comportement dépasse les bornes. Ma petite-fille, la petite sœur de Grasby, est innocente. Et, soyez maudit, elle était là !

— Je comprends, monsieur. Inutile de me le dire deux fois, dit Dair précipitamment avant de se pencher en avant dans son fauteuil, soudain en proie à une sensation de chaleur désagréable sous son jabot. Vous ne pouvez tout de même pas croire que j'aurais continué sur ma lancée, que j'aurais laissé Grasby se compromettre, si j'avais eu la moindre idée qu'elle… que la petite sœur de mon meilleur ami… serait témoin de la scène ? Vous avez ma parole, monsieur !

Shrewsbury hocha la tête, plus calme, en entendant la sincérité dans la voix du jeune homme.

— J'imagine que non… Vous ne pouviez pas savoir… Seulement, sa présence change tout à la situation, non ? (Il haussa un sourcil.) Je me demande si vous auriez agi différemment en sachant que Lady Grasby et Mr. Watkins faisaient partie du public ?

Dair ne put cacher son large sourire.

— Je le savais, monsieur.

Cette réponse suscita un rire réticent chez le vieil homme.

— Cela me fait presque regretter de ne pas avoir été une puce dans la perruque de Watkins, rien que pour voir la tête de madame. Ceci doit rester entre nous, ajouta-t-il en repoussant sa chaise, ce sur quoi Dair se leva. La prochaine fois que vous verrez ma petite-fille, je vous demanderai donc d'agir comme si la nuit dernière n'avait jamais eu lieu ; prétendez l'ignorance la plus totale. Elle sera plus à l'aise ainsi – comme nous tous. (Il fit le tour du bureau.) Ceci est aussi valable pour Grasby ou quiconque mentionnerait l'atelier de Romney ou poserait une question. Vous étiez trop saoul et ne gardez aucun souvenir des événements. Vous êtes bon acteur. Si quelqu'un peut convaincre mes petits-enfants, c'est bien vous.

— Et Watkins ? Que faire de lui ?

— Mr. Watkins fera ce qu'on lui demandera de faire. Il sait ce qui est en jeu. Il veut tout autant que moi que sa sœur donne un héritier au comté de Shrewsbury. Cela consoliderait sa place dans la famille. Il vaut mieux qu'il soit perçu comme l'oncle d'un comte que comme le petit-fils d'un poissonnier de Billingsgate.

Quand Dair renâcla, sceptique, Shrewsbury sourit et ajouta :

— C'est facile pour vous de vous en moquer, c'est le sang royal des Stuart qui coule dans vos veines, et pas l'eau de l'estuaire comme chez les Watkins. Enfin, soyez convaincant et on vous croira. Ma petite-fille, malgré sa jeunesse et son manque d'expérience, a un esprit affûté et un œil encore plus aiguisé ; à force d'avoir passé des heures assise à observer les autres. Elle vous percera à jour si vous ne faites pas en sorte d'y croire vous-même. Je compte sur vous, mon garçon, conclut-il en tendant une main à Dair.

— Vous le pouvez, monsieur, répondit Dair en serrant la main du vieil homme avec poigne.

Il essayait encore d'associer un nom à un visage pour la sœur de Grasby, en vain. En définitive, cela n'avait aucune importance. Il avait donné sa parole à Shrewsbury, le dernier homme sur terre qu'il voudrait décevoir.

— Je ne vous décevrai pas, ajouta-t-il. Vous avez ma parole.

Shrewsbury sourit, apaisé.

— Je le sais. Vous ne m'avez encore jamais déçu. Merci. Je vais faire apporter un pichet de bière que nous pourrons boire sur la terrasse, puis nous pourrons nous promener dans le jardin. L'air frais aide à se vider l'esprit et à se concentrer. J'ai encore beaucoup de choses à vous dire avant votre embarquement pour Lisbonne…

— Grand-père ! Grand-père ? Il est arrivé quelque chose de merveilleux ! C'est Crawford qui l'a découverte en premier ! Elle est exactement comme dans le livre. Oh, il faut que vous veniez dans la serre pour la voir de vos propres yeux ! Oh ! V-veuillez m'excuser. Je pensais que vous étiez seul. Crawford m'a dit que vos invités étaient partis…

— Rory. Entrez ! Entrez, ma chère ! insista Shrewsbury alors que sa petite-fille faisait un pas en arrière pour sortir de la pièce. Je sais que vous avez déjà été présentés avant aujourd'hui, mais je vais recommencer, car les présentations lors d'une réception, dans un salon plein à craquer, ne servent pas réellement de présentations, n'est-ce pas ? Voici le commandant Lord Fitzstuart, le cousin de votre marraine ; Dair, ami de Grasby depuis ses jours à Harrow. Commandant, voici ma petite-fille, Aurora Talbot.

Le seul bruit qui s'éleva dans la pièce fut celui du livre de Rory qui heurta le sol.

# HUIT


livre. Elle ne le quitta pas des yeux une seule seconde. Il s'accroupit, ramassa *Un traité général de l'élevage et du jardinage* de Richard Bradley et se redressa entièrement ; le regard de Rory se retrouva au niveau des boutons en argent gravés de sa redingote en lin noir. Pour une raison inexplicable, il semblait encore plus grand et large quand il était habillé. Il l'empêchait complètement de voir le bureau de son grand-père.

Il s'inclina légèrement pour la saluer, murmura une platitude selon laquelle tout le plaisir était pour lui et lui tendit le livre, le tout sans jamais croiser son regard. Elle était tellement heureuse de le revoir qu'elle ne remarqua pas immédiatement la froideur de ses manières et de son ton. Par ailleurs, elle était trop occupée à se demander s'il remarquerait qu'elle ne portait pas de paniers sous ses jupons – ce qu'elle évitait quand elle était chez elle – et si elle avait ou non de la terre sur la joue. Elle avait pensé à retirer ses gants de jardinage, ses mains étaient donc propres, mais le léger tablier blanc qu'elle portait par-dessus sa robe en mousseline blanche (une couleur peu adaptée pour brasser le compost) était également recouvert de saleté. Elle n'avait pas prévu de se rendre dans la serre après le déjeuner, car elle devait se préparer pour la sortie au théâtre, mais le jardinier lui avait fait parvenir une nouvelle des plus merveilleuses : une fleur d'ananas était en train d'éclore. Elle n'avait eu d'autre choix que d'aller la voir immédiatement de ses propres yeux.

Quand son grand-père lui indiqua gentiment de reprendre son livre, que le commandant tenait toujours, elle se sentit soudain gênée d'avoir oublié ses manières. Par ailleurs, elle se rendit compte qu'elle était en train de fixer son large torse et qu'elle n'avait pas encore relevé les yeux vers son visage, ce qui était très impoli. Mais quand elle voulut récupérer son livre, elle remarqua l'état de son pouce, aux jointures éraflées et ensanglantées. Son inquiétude pour son bien-être l'emporta largement sur sa gêne et son incertitude. Sans demander la permission, elle retourna délicatement la main droite du commandant et constata que ses autres doigts étaient tout autant à vif, et même recouverts de bleus. Elle était persuadée qu'il avait les doigts gonflés. Elle ne remarqua cependant pas sa réaction à l'instant où elle toucha la chair contusionnée, les doigts de Dair se resserrant tant sur le traité de Bradley qu'elle n'aurait pas pu reprendre son livre même en utilisant ses deux mains et toute la force dont elle était capable.

— Vous avez reçu une terrible rossée… J'ai peur de ne pas avoir été aussi courageuse. Je me suis évanouie dès votre premier coup…

Ses doigts toujours posés sur le dos de sa main, elle leva les yeux de ses blessures et remonta sur son menton, puis sa bouche. Elle marqua une pause, ses yeux bleus s'écarquillant d'inquiétude en voyant sa lèvre fendue. Puis son regard remonta vers ses yeux. Elle prit une soudaine inspiration involontaire face aux contusions sur son visage.

— J-j'espère que vous avez pris quelque chose pour calmer la douleur. Il faudrait vraiment appliquer un steak cru sur cet œil, afin de faire disparaître ce bleu, et il existe un remède pour que votre lèvre ne garde pas de cicatrice…

— Merci, ma chère, l'interrompit gentiment Lord Shrewsbury avant de récupérer le livre des mains de Dair. Je suis sûr que le commandant a fait son possible pour le moment.

— Bien sûr. Bien sûr, murmura Rory avec un hochement de tête, de nouveau gênée d'avoir oublié ses manières et de s'être exprimée aussi franchement.

Elle reprit conscience de ce qui l'entourait, découvrant que le commandant ne tenait plus son livre et qu'elle lui tenait la main. Elle lâcha aussitôt ses doigts et plaça rapidement sa main dans son dos, agrippant le nœud qui retenait son tablier en tulle. Sa main droite se contracta sur le pommeau en ivoire sculpté de sa canne ; elle avait l'impression de chanceler, comme si elle était à bord d'un bateau, en pleine mer agitée.

— Veuillez m'excuser, Miss Talbot, dit Dair d'un ton morne. Je sais comment me rendre à la terrasse, monsieur. Vous pourrez me rejoindre dès que cela vous conviendra.

Il inclina légèrement la tête, dépassa Rory et quitta la pièce.

Elle l'observa partir, désemparée, une étrange boule se formant dans sa gorge. Elle ne comprenait pas ce qu'il venait de se passer, mais elle s'en trouvait désespérée. Pourquoi agissait-il comme s'il ne la connaissait pas ? Inutile d'évoquer les détails de la veille, mais il n'avait pas besoin d'agir comme si rien n'était arrivé entre eux. Il lui avait donné une adresse à Chelsea. Ils s'étaient embrassés ! Elle l'avait vu et s'était retrouvée dans ses bras alors qu'il était, dans les faits, nu. Il était peut-être embarrassé ? C'était peut-être la présence de son grand-père qui le rendait guindé et froid ? Mais il aurait pu lui adresser un clin d'œil, pour lui faire comprendre qu'il était bien conscient de son existence. Elle ne l'aurait jamais trahi.

Puis elle pensa soudain à une affreuse raison qui pourrait expliquer son comportement. Il n'avait pas fait preuve de froideur mais d'embarras, un embarras maladroit qu'elle avait déjà vu à de nombreuses reprises, choisissant simplement de ne pas y prêter attention, car elle ne pouvait pas changer.

La veille, il n'avait pas vu sa canne. Il ne l'avait pas vue marcher. C'était maintenant chose faite. Il savait qu'elle était infirme. Elle ne pouvait pas lui en vouloir d'être surpris après une telle découverte. Mais la traitait-il maintenant avec mépris à cause de cette imperfection ? Ses traits n'avaient pas changé. Il n'avait pas affiché de dégoût face à elle, n'avait pas non plus fait preuve de pitié. D'ailleurs, il avait montré autant d'émotions qu'un mur de briques. Quelque chose – l'intuition, disons – au plus profond d'elle-même lui disait que la froideur dont il avait fait preuve, ou plutôt son absence totale de réaction, n'était pas due à un quelconque jugement. Peu importe ses travers, elle n'avait pas l'impression que l'intolérance en faisait partie. Pourquoi, alors, était-il resté de marbre ?

Son grand-père lui donna la réponse, et son explication la laissa plus mélancolique qu'elle ne l'aurait cru possible. Si le commandant l'avait regardée avec dégoût, il aurait au moins montré une émotion, et elle aurait pu l'oublier en se disant qu'il était indigne d'elle.

Tenant le livre de Rory contre sa poitrine, Lord Shrewsbury passa un bras autour de ses épaules et déposa un baiser sur sa tempe.

— Voilà. Ce n'était pas si difficile, n'est-ce pas, ma chérie ? Ne vous avais-je pas dit, à vous et à Drusilla, que le commandant était tellement ivre hier soir qu'il était peu probable qu'il se souvienne du moindre détail ? J'avais raison. Il a tout oublié. Aucun souvenir des événements après son intrusion dans l'atelier de Romney. Il semblerait que lui, votre frère et Mr. Pleasant aient englouti un nombre considérable de bouteilles de bordeaux avant le début de leurs frasques. Ivres morts, les trois. Nous devrions leur pardonner leur déshonneur, vous ne pensez pas ? Surtout au commandant. Tout homme qui se bat pour son pays aussi courageusement que lui mérite de s'amuser avec autant de passion. Les horreurs des combats peuvent énormément affecter un homme. Même un homme de caractère comme le commandant doit traverser des périodes sombres. Quelques pitreries sous le coup de l'ivresse permettent à ces hommes d'oublier ces moments, bien que très brièvement.

Il l'embrassa derechef et l'étreignit de côté, ajoutant avec un regret sincère :

— Quelle malchance pour ces trois-là que votre petit groupe ait justement rendu visite à Romney au même moment. Quand ils ne sont pas saouls au point de tomber dans la débauche, ce sont de vrais gentlemen, et ils sont réellement confus de vous avoir causé le moindre désarroi, à vous et à Drusilla. Si cela vous semble acceptable, je leur demanderai de ne pas s'excuser en personne, car cela ne ferait qu'accroître la détresse de votre belle-sœur. Plus vite cet épisode sera derrière nous, mieux ce sera. N'êtes-vous pas d'accord, ma chère ?

Rory hocha la tête, sans être réellement convaincue que son frère et ses amis aient été saouls au point d'oublier complètement leurs agissements, en particulier Mr. Cedric Pleasant, qui était resté entièrement lucide et habillé à tout instant. Son frère avait été ivre, en effet, mais le commandant ? Si elle avait senti de l'alcool dans son haleine, ce n'était pas au point de penser qu'il était ivre, et elle n'avait pas senti le goût de l'alcool sur sa langue… Instantanément, elle rougit au souvenir de ce baiser passionné. S'il embrassait des femmes inconnues de sorte qu'elles aient l'impression de fondre contre lui, à quoi pouvaient ressembler ses baisers avec les femmes auxquelles il tenait réellement ?

— Vous sentez-vous parfaitement bien, Rory ? s'enquit Lord Shrewsbury, le bras toujours autour de ses épaules ; il l'avait sentie chanceler et frissonner. Vous m'avez dit au petit-déjeuner que vous n'aviez souffert d'aucun cauchemar. Vous me le diriez si quelque chose d'autre vous troublait… ?

Elle se força à sourire et récupéra son livre.

— Oui. Bien sûr, grand-père. J'ai réellement bien dormi.

— Devrais-je venir à la serre pour découvrir votre grande surprise ?

— Non. Non, grand-père. Le commandant – Lord Fitzstuart – vous attend sur la terrasse. La surprise peut attendre. Par ailleurs, je dois enfiler ma tenue pour le théâtre…

Shrewsbury lui donna une chiquenaude sous le menton.

— Nous attendons cet après-midi depuis longtemps, non ? Et j'ai une surprise supplémentaire pour vous. Votre marraine nous a invités à lui rendre visite dans sa loge.

— Oh ? C-c'est très gentil. J'aurai plaisir à discuter de la pièce avec madame la duchesse.

Shrewsbury mena Rory hors de la bibliothèque et à travers le vestibule, jusqu'à la longue galerie, parlant uniquement de leur imminente excursion à Drury Lane pour assister à une représentation de *L'École de la médisance* de Sheridan. Ils s'arrêtèrent devant un petit placard fermé par une demi-porte, à l'intérieur duquel se trouvait un banc recouvert d'un coussin en velours. Une corde en soie traversait le placard dans sa verticale, passant par un système de poulies fixées en haut et en bas. Cet équipement permettait à celui qui utilisait ce placard – qui était en fait une chaise élévatrice – de monter et de descendre aisément.

Shrewsbury avait fait installer cette chaise élévatrice quinze ans plus tôt, sur le modèle de celle qui se trouvait dans les appartements privés du roi de France à Fontainebleau, permettant à la maîtresse de Louis XV, Madame de Pompadour, de lui rendre visite en secret. Dans le cas de Rory, elle lui permettait de se déplacer de manière indépendante. Dans son enfance, elle devait faire appel à un valet de pied dès qu'elle voulait monter ou descendre, pour la porter dans le large escalier aux nombreuses marches qui s'enroulait au centre de la maison néerlandaise. Assise sur le coussin en velours, elle pouvait aisément tirer sur la corde pour monter au premier étage, où se trouvaient ses appartements, et en descendre. Shrewsbury se souvenait encore de l'immense joie qui avait envahi son petit visage quand elle avait utilisé la chaise élévatrice pour la première fois, tandis que son frère s'était précipité dans l'escalier pour essayer d'atteindre le premier étage avant elle. Ils ne s'étaient jamais lassés de ce jeu, pas même aujourd'hui.

Deux valets de pied montaient la garde de chaque côté de la chaise élévatrice, et l'un d'eux ouvrit la demi-porte pour Rory, mais avant qu'elle ne puisse entrer, Shrewsbury plaça ses mains sur les siennes.

— Rory. Ma chère. Je ne veux pas que vous vous rappeliez certains détails de la soirée de la veille qui pourraient vous bouleverser, mais Mr. Watkins m'a dit qu'il vous avait trouvé recroquevillée dans un fossé derrière la scène – que vous vous étiez évanouie…

— Oui. Oui, je me suis évanouie et c'est là qu'il m'a trouvée.

— Vous rappelez-vous comment vous êtes arrivée là, ou de la raison pour laquelle vous vous êtes évanouie ?

— Je ne… je ne me souviens pas du moment précis, non…

— Mr. Watkins a rédigé un rapport de la soirée…

— Un-un rapport ? Pourquoi donc ?

— Je vous en prie, ne soyez pas alarmée. Personne ne le lira à part moi. Et d'ici là, si des détails vous reviennent... j'espère que vous me les confierez...

Rory hésita, puis vint lentement poser son regard dans les yeux bleus de son grand-père. Elle lui adressa un petit sourire.

— Bien sûr, grand-père.

LORD SHREWSBURY HOCHA LA TÊTE ET, APRÈS AVOIR DÉPOSÉ UN baiser sur son front, laissa Rory se placer sur la chaise élévatrice. Il l'observa monter, et Rory lui fit un signe de la main tandis qu'il restait là sans bouger, les yeux dans le vide. Il sourit et lui répondit du même geste. L'hésitation de sa petite-fille à répondre à ses questions, sa façon d'éviter son regard et son sourire, qui manquait de sincérité, lui indiquaient qu'elle lui cachait quelque chose. Il était espion pour Sa Majesté depuis assez longtemps pour s'avoir qu'elle ne lui disait pas tout. Connaissant Rory comme il la connaissait, il savait qu'elle ne taisait la vérité que pour protéger quelqu'un d'autre. Et il soupçonnait que ce quelqu'un d'autre était son frère, Harvel, Lord Grasby.

Il avait de l'affection pour Grasby, son héritier, mais c'était Rory qu'il aimait. Elle tenait de lui les yeux bleus et la détermination discrète des Talbot, et avait hérité de sa mère une douce nature et des traits nordiques délicats. Shrewsbury avait méprisé la mère des enfants, sa belle-fille Christina, de chaque fibre de son noble corps. Elle avait fait ressortir tout ce qu'il y avait de pire en lui, de toutes les manières possibles.

Ironiquement, malgré toute son expérience en tant qu'espion et sa capacité à discerner les désirs cachés et les machinations des gens derrière le masque qu'ils affichaient en public, il n'avait pas réussi à voir que Christina n'en portait aucun. Elle était exactement ce qu'elle semblait être : une belle femme avec un cœur en or. Shrewsbury ne connaissait alors qu'une seule femme qui correspondait à cette description – Antonia, duchesse de Roxton –, et il n'avait pas voulu croire à la possibilité de rencontrer deux femmes de ce genre au cours de sa vie. Par ailleurs, il avait été trop amer et dévoré par la honte à l'idée que son fils héritier ait épousé une femme d'un rang aussi inférieur au sien, pour ne serait-ce que concevoir l'idée d'accepter une telle femme comme belle-fille. En plus d'être une étrangère – une Norvégienne ! –, elle était la fille illégitime d'un fonctionnaire de la cour sans importance et d'une couturière.

Quand son fils était revenu en Angleterre avec sa nouvelle famille, Shrewsbury avait été tellement rongé par la rancœur qu'il avait refusé d'avoir le moindre lien avec eux, jusqu'à ce que sa belle-fille lui rende visite. C'était la première fois qu'il posait les yeux sur elle, et il s'en était immédiatement épris. Elle était venue avec son petit-fils, qui avait à peine cinq ans, et père et fils s'étaient rapidement réconciliés.

Il ne se rappelait pas tout à fait comment il avait sombré dans une dépravation aussi profonde, et il avait entièrement rejeté la faute sur elle à l'époque. Elle l'avait ensorcelé, corps et âme. Quelques heures seulement après la naissance de Rory, elle avait appris que le bébé n'était pas normal et ne vivrait pas, selon toute probabilité, plus de quelques mois. Elle s'était blâmée à cause de ce qu'elle avait autorisé Shrewsbury à lui faire, et elle s'était jetée d'un balcon. On avait dit au reste du monde qu'elle était morte en couches. Son mari était inconsolable. Il n'aurait jamais ne serait-ce que suspecté la vérité, mais sa femme lui avait laissé une lettre. Il s'était alors volontairement noyé, laissant Shrewsbury endeuillé avec la charge d'élever un petit garçon de six ans et un nouveau-né.

Ces deux orphelins l'avaient finalement libéré de sa solitude amère. Grasby avait à peine plus de sept ans quand Shrewsbury leur avait rendu visite de manière impromptue à la nursery ; Antonia Roxton l'y avait poussé en l'interrogeant sur les progrès de sa filleule. Shrewsbury se demandait pour quelle raison les Roxton avaient volontiers parrainé sa petite-fille, surtout qu'aucun médecin ne pouvait lui dire si elle pourrait marcher, ou si ses fonctions cérébrales avaient bel et bien été affectées, ce qui était souvent prédit chez les enfants atteints d'une malformation.

La requête de la duchesse l'avait poussé, de honte, à se rendre à la nursery, où il n'avait jamais mis les pieds. Il avait eu besoin qu'un valet de pied lui indique le chemin. Lui, chef des services secrets anglais, ne connaissait même pas l'agencement de sa propre demeure ! Il s'était retrouvé face à une scène qui avait décuplé sa honte, mais qui l'avait également assez choqué pour qu'il agisse.

Son petit-fils de sept ans était blotti dans un coin poussiéreux, battu à coup de joncs. De son petit corps frêle, il faisait son possible pour protéger sa sœur d'un an, qui poussait des cris incontrôlables. Mais ce n'était pas la peur qui la faisait hurler, c'était la chaussure en fer serrée autour de son petit pied tordu et fixée, grâce à des tiges métalliques et des vis, juste sous son genou potelé, forçant le tout à s'aligner. Son frère avait essayé de retirer la chaussure en fer, et sa compassion avait été punie par des coups qui avaient déchiré la peau de son dos.

Ce même jour, Shrewsbury avait pris le contrôle de tous les aspects de la vie de ses petits-enfants. Nouveaux domestiques, nouveaux tuteurs, nouvel environnement lumineux. Plus de coups, plus de chaussure en fer ou de tiges métalliques, et on avait interdiction de parler de « soigner l'infirme ». Il avait envoyé des agents passer le continent au peigne fin, à la recherche d'un médecin qui pourrait soigner la difformité de sa jeune petite-fille, et avait trouvé celui qu'il cherchait à Amsterdam, le professeur Petrus Camper. Expert dans de nombreux domaines, Camper était également expert des pieds. Et s'il fut incapable de guérir le pied bot de Rory, il assura toutefois à Shrewsbury puis à son grand frère que Rory était normale sur tous les autres aspects. À partir de ce jour-là, le frère et la sœur étaient devenus inséparables. Grasby était le champion de sa petite sœur, et Rory était la plus grande alliée et confidente de son frère.

Il était donc aisé pour Shrewsbury de croire que les deux se protégeraient, et même qu'ils mentiraient l'un pour l'autre ; que Rory lui cacherait certains détails des événements qui s'étaient déroulés dans l'atelier de Romney, afin de protéger Grasby. Il n'insisterait pas auprès d'elle pour obtenir ces informations. Il les découvrirait d'une autre façon. Le rapport de Watkins serait un bon début. Un interrogatoire des personnes présentes lui donnerait une idée plus précise des événements. Il pouvait repousser au lendemain matin la rédaction de ses instructions à ses agents les plus fiables. Le commandant l'attendait. Ce soir-là, il comptait mettre de côté les ennuis du royaume et, plus important encore, ceux de sa propre famille, afin de passer une soirée paisible en compagnie de sa petite-fille. Cependant, il ne pouvait pas se défaire de l'idée que Rory n'avait pas été honnête avec lui, qu'elle avait ressenti le besoin de mentir, ce qui le troublait plus qu'il ne l'aurait admis.

# NEUF

Rory avait menti. C'était la première fois qu'elle mentait à son grand-père, et elle en eut le cœur lourd. Elle avait menti, non pour protéger son frère, mais pour protéger le commandant Lord Fitzstuart. Si le commandant ne gardait aucun souvenir de la veille, et en particulier de sa rencontre avec elle, quel sens y avait-il à ce qu'elle se souvienne de l'incident, qui lui causait beaucoup de honte ? Quel intérêt y avait-il à ce que son grand-père connaisse la vérité ? Cela ne servirait qu'à le bouleverser. Quant au fait de pousser le commandant à se rappeler un épisode auquel il n'accordait visiblement aucune importance, lui qui ne se serait même pas intéressé à elle s'il avait été sobre, il s'agissait d'une humiliation qu'elle n'aurait pu supporter.

Elle ne blâmait pas le commandant pour son trou de mémoire. À ses yeux, cette rencontre n'en était qu'une parmi tant d'autres ; elle-même ne représentait rien de plus qu'un numéro dans la longue liste des innombrables femmes avec lesquelles il avait badiné au fil des ans. *Badiné...* Quel mot inepte ! Dans son cas, il était approprié. Mais elle était certaine que le commandant avait fait bien plus que *badiner* avec d'autres femmes. Ils avaient seulement échangé un bref baiser. Un bref baiser qui ne valait pas la peine qu'il s'en souvienne. À ses yeux à elle, cependant, non seulement ce baiser était un moment à chérir, mais la soirée entière avait été si palpitante qu'elle était gravée dans sa mémoire. Il était improbable qu'une telle rencontre se produise de nouveau. Ce qui ne faisait que souligner son existence couvée. Elle baissa les yeux sur le livre dans sa main. Dans sa vie quotidienne, elle n'était qu'une vieille fille dont l'intérêt premier était la culture des ananas.

Perdue dans ses pensées, elle tendit sa canne à sa bonne sans la voir et se hissa sur le coussiège qui donnait sur le jardin à la française. Elle laissa tomber le traité sur le jardinage de Bradley sur le tapis, la joie de sa découverte noyée sous son malaise. Sa tête lui faisait mal, et elle avait à la fois chaud et étrangement froid. Peut-être couvait-elle une fièvre ? L'atelier n'avait pas été chauffé et elle y était allée sans sa cape… Mais dans ses bras, elle n'avait pas eu froid du tout ; bien au contraire…

Elle trouva son châle en laine à ses pieds et s'apprêtait à le passer autour de ses épaules quand Edith, sa bonne, s'en chargea.

— Vous avez l'air épuisée ! Vous passez trop de temps dans la chaleur de la serre, la réprimanda affectueusement la femme plus âgée en ajustant le châle. Et j'imagine que le bouleversement d'hier soir a aussi donné de la couleur à vos joues. Restez tranquillement assise ici, je vais vous apporter du thé. Vous avez le temps d'en boire une tasse avant de vous changer pour le théâtre. Mais d'abord, laissez-moi vous enlever vos chaussures…

Rory hocha la tête, serrant un coussin tissé contre elle tandis qu'elle s'adossait confortablement à ceux qui étaient dans son dos. Comme toujours, Edith retira d'abord la chaussure droite de Rory.

À l'image des jolies chaussures portées par d'innombrables jeunes filles, celles de Rory étaient souvent recouvertes d'un tissu assorti à ses robes. Mais contrairement à la plupart des chaussures, qui avaient des formes identiques, celles de Rory étaient fabriquées pour convenir individuellement à son pied gauche et à son pied droit. Un maître cordonnier, recommandé par le professeur Camper, fabriquait ses chaussures depuis qu'elle était petite. Il utilisait des moules en plâtre de Paris et façonnait des chaussures qui respectaient la forme tordue de son pied droit ; à l'exception des mules, elle portait les chaussures les plus tendance du moment.

Celles que tenait Edith, alors qu'elle recouvrait les pieds vêtus de bas de Rory de ses jupons en mousseline blancs, étaient des pantoufles en satin violet, avec des petits talons en cuir blanc. Rory fixa les chaussures et ravala ses larmes. Elle entendit à peine Edith lui dire de faire un petit somme pendant qu'elle allait chercher le thé et se tourna vers la fenêtre tandis qu'on tirait les lourds rideaux autour du coussiège. Ce fut seulement quand elle se retrouva blottie dans son petit coin, qu'elle se rendit compte que les larmes roulaient sur ses joues rougies.

*Imbécile ! Idiote ! Ridicule créature !* se châtia-t-elle. *Arrête immédiatement de t'apitoyer sur ton sort ! Tes larmes n'ont aucune raison d'être. Si tu dois pleurer, fais-le parce que tu n'as pas dit la vérité à grand-père. La soirée d'hier soir était la plus palpitante de ta vie sans histoires ? Sois recon-*

*naissante qu'elle ait eu lieu tout court. Cela te fait un souvenir, que tu peux chérir à loisir…*

— Rory ? Rory ? Êtes-vous là ? Puis-je entrer ?

Rory plaqua précipitamment ses mains sur ses joues humides à l'instant où le velours s'écarta, Grasby passant sa tête entre les deux rideaux. Il avait l'air penaud et portait une tenue décontractée : il avait enfilé une robe de chambre en soie par-dessus sa chemise blanche et son haut-de-chausses en velours marron. Un turban en soie assorti recouvrait ses cheveux blonds coupés court. Rory hocha la tête et rassembla ses jupons en mousseline blancs, se redressant pour faire de la place à son frère sur le coussiège. Cette invitation lui suffit et il se dépêcha de la rejoindre avec enthousiasme, refermant les rideaux derrière lui comme pour les isoler du reste du monde. Grasby ne pouvait pas imaginer un endroit plus réconfortant pour panser ses blessures.

— Vous souvenez-vous des moments où nous nous cachions dans la bibliothèque de grand-père ? dit-il d'un ton sincèrement affectueux, le dos appuyé contre le panneau en bois.

Suivant l'exemple de sa sœur, il enroula ses bras autour d'un coussin tissé et le serra contre sa poitrine. Il commençait déjà à se sentir mieux.

— Nous gloussions et nous nous chuchotions mutuellement de ne pas faire de bruit, reprit-il. Grand-père ne disait jamais rien. Il faisait semblant de ne pas savoir que nous étions derrière les rideaux ! Même quand il avait des réunions avec ces types du bureau des Affaires étrangères qui allaient et venaient avec tous ces papiers. Je ne pense pas que nous l'ayons jamais dupé, et vous ?

Rory secoua la tête.

— Non. Pas une seule fois, répondit-elle, esquissant un sourire quand un souvenir lui revint. Une fois, vous étiez tombé du banc et aviez atterri sur le tapis, à la vue de grand-père et de ses invités. Ils ne se sont pas interrompus et ont continué leur réunion comme si de rien n'était. Même quand il a fallu que je me montre pour vous aider à remonter derrière le rideau, aucun d'eux n'a pipé mot.

— Je ne suis pas tombé, Rory, commenta Grasby avec un sourire en coin. Vous m'avez poussé.

Les yeux bleus de Rory s'écarquillèrent.

— Vraiment ?

— Oui, vraiment ! Ne pensez pas pouvoir faire l'innocente. Je vous connais !

Ils rirent tous les deux et retombèrent immédiatement dans un silence gêné. Rory reporta son regard vers l'extérieur, sans pour autant prêter attention au ciel bleu, aux pelouses vertes veloutées et au jardin topiaire qui s'étendait jusqu'au fleuve. Grasby l'observait d'un air inquiet. Il remarqua que ses joues étaient humides et sut qu'elle était bouleversée. Il n'était pas difficile de savoir pourquoi. Bien qu'il soit accablé par sa propre situation déplorable, il mit cela de côté, ce qui en disait long sur son dévouement fraternel ; sa préoccupation pour le bien-être de sa sœur prenait le pas sur tout le reste. Il évita cependant un peu plus longtemps le sujet qui prenait le plus de place dans leurs esprits, appréciant d'être simplement assis avec elle, coupé du monde.

— Je pensais qu'on ne m'autoriserait pas à entrer, que vous seriez en train de vous habiller pour le théâtre, dit-il d'un ton encourageant. Quand Silla se prépare pour une sortie, et en particulier si elle sait que des personnes importantes seront présentes – peu importe de qui il s'agit, Silla les connaît ! –, elle commence à s'habiller dès que le déjeuner est terminé. Je n'ose pas l'interrompre. Non pas que j'en aurais l'intention. Après le déjeuner, je préfère faire une sieste. Je parviens quand même à me préparer en moitié moins de temps. J'imagine que c'est parce que je n'ai pas à être lacé et enfermé dans des paniers...

— Edith est partie chercher du thé... Ensuite je m'habillerai...

— Oui. Je lui ai demandé de m'en prendre une tasse aussi. Avez-vous choisi une robe ? Ne vous ai-je pas entendue dire à Silla que vous porteriez une robe violette en brocart, brodée de fleurs de toutes les couleurs... ?

— Je sais que je vous ai beaucoup ennuyé et frustré, vous et grand-père, avec mon enthousiasme pour la nouvelle pièce de Sheridan et mon choix de tenue pour ce soir.

— Vous ne nous ennuyez jamais, Rory, et Silla s'est montrée tout aussi enthousiaste. Cela dit... je soupçonne que dans son cas, ce soit plus pour le spectacle que pour la pièce en elle-même. Elle n'avait toujours pas choisi quelle robe porter hier... (Il eut soudain l'air mal à l'aise.) Mais ce n'est plus un dilemme pour elle. Elle dit qu'elle est trop humiliée pour se rendre à Drury Lane, qu'elle n'y retournera plus jamais en ma compagnie... Rory ? Rory, m'avez-vous entendu ? Silla restera à la maison...

Rory se détourna de la fenêtre à contrecœur. Elle venait d'apercevoir son grand-père et le commandant Lord Fitzstuart. Ils étaient sortis de l'ombre pour rejoindre la terrasse ensoleillée où ils buvaient de la bière dans des gobelets en argent. Quand ils eurent fini leur bière, un valet de pied débarrassa les gobelets et les deux hommes descendirent de la terrasse pour rejoindre le chemin en gravier. Ils étaient côte à côte, mais puisque le commandant était bien plus grand que le vieil homme, il avait respectueusement baissé son épaule droite, les mains serrées dans le dos, une oreille rapprochée de la conversation.

Face à l'insistance dans la voix de son frère, Rory réprima son désir de continuer à observer son grand-père et son compagnon, et regarda Grasby.

— Qu'y a-t-il ? Qu'est-ce qui ne va pas, Harvel ? Vous semblez tellement fatigué. N'avez-vous pas du tout dormi la nuit dernière ?

— Je n'ai pas fermé l'œil, avoua-t-il. La méridienne de ma garde-robe est bosselée et le feu n'a pas été entretenu, j'étais glacé. (Il haussa les épaules.) Ce n'est pas la faute des domestiques. Comment pouvaient-ils savoir que j'allais y passer la nuit ? Enfin... n'importe quel laquais avec un peu de jugeote aurait compris la situation. Il a suffi que je passe la tête dans la garde-robe de Silla pour qu'elle me jette un chien en porcelaine de Saxe à la figure. Y croyez-vous ? Elle m'a attaqué, moi, *son mari*, avec de la porcelaine !

— A-t-elle atteint sa cible ?

— Non. Elle m'a raté. Jolie figurine, par ailleurs. Un cadeau pour son anniversaire... Elle a de la force, Silla. C'est parce que c'est une archère passionnée. Heureusement qu'elle n'avait pas son arc et son carquois à portée de main.

— Oh, Harvel ! Pauvre agneau. Silla finira par vous pardonner... Mais il vaudrait mieux vous abstenir de vous présenter à ses appartements pendant quelque temps... Elle est ébranlée.

— *Elle* est ébranlée ? répéta Grasby avant de gonfler les joues, indigné. Nommez une seule personne qui ne l'a pas été ! Je n'ai aucun mal à affirmer que mon amour-propre est en lambeaux. Je n'ai jamais été aussi embarrassé qu'hier soir, quand la milice m'a sauté dessus comme si j'étais un criminel comme un autre ! Quel toupet !

Bien que son frère ait l'air dépité, Rory ne put s'empêcher de glousser. Elle lui tendit la main pour lui témoigner sa sympathie.

— Mais que vouliez-vous que les soldats pensent quand vous avez couru à travers l'atelier sans vos vêtements ?

— J'étais censé atteindre la porte, mais j'ai été désorienté par Dair qui s'en prenait à toute la milice et par les coups échangés à droite et à gauche. J'ai pris la mauvaise direction. Une erreur facilement commise...

— Oh, oui. Je suis d'accord.

— ... je n'avais donc pas d'autre choix que de me précipiter vers la fenêtre, continua Grasby, soulagé de pouvoir enfin raconter sa version de l'histoire, surtout à une oreille aussi compatissante, ce qui occulta sa conviction que cette conversation était tout à fait inacceptable pour les oreilles de sa petite sœur. Ma liberté était d'ailleurs presque assurée quand on a alerté la milice de ma fuite, et deux d'entre eux m'ont jeté par terre ! Des os auraient pu être brisés ! Les miens ! Comme si ce n'était pas assez exaspérant d'essayer de cacher ma-ma *vulnérabilité* d'une main tout en traversant un espace ouvert à toute vitesse, il a fallu qu'une grosse brute s'assoie sur mon torse, m'empêchant de recouvrir quoi que ce soit ! Je vous le dis, Rory, sans cette brute, et si je ne m'étais pas ridiculisé, Silla ne m'aurait pas du tout reconnu !

— Oh ? intervint Rory, tout ouïe, les yeux grands ouverts d'attention. Je pensais que les femmes pouvaient facilement reconnaître leurs maris sans leurs vêtements ?

— Qu'en savez-vous ? Les épouses ne *regardent* pas. Mais j'ai une maudite tache de naissance, et en la voyant, elle s'est écroulée par terre ! Je...

Grasby ravala soudain ses mots, prenant non seulement conscience que leur sujet de discussion était extrêmement inapproprié pour le sexe faible, mais qu'en plus son interlocutrice était sa petite sœur. Il avait l'habitude de se confier à elle et elle était à l'écoute de ses problèmes, tant et si bien que, jusque-là, aucun sujet n'avait été hors limite entre eux.

Il était venu dans ses appartements pour lui présenter ses excuses après son comportement maladroit, et au lieu de cela il n'avait fait que confirmer qu'il était loin d'être un gentleman. Il correspondait totalement au qualificatif donné par Silla : un immense crétin sans cœur ! Cependant, avant qu'il ne puisse formuler une phrase d'excuse pour lui dire à quel point il regrettait sa conduite, Rory lui cloua davantage le bec par une observation perspicace qui le fit rougir jusqu'aux oreilles.

— Voulez-vous dire que les épouses ne regardent pas parce qu'elles le décident, souhaitant rester dans l'ignorance ? Ou bien qu'une épouse *prétend* seulement ne pas regarder son mari lorsqu'il est dévêtu parce que c'est considéré comme impoli de sa part ? Je ne peux croire qu'une femme choisisse de rester dans l'ignorance, mais puisqu'il est impoli de fixer quelqu'un dans n'importe quelle situation sociale, je peux volontiers croire la deuxième éventualité. (Elle plissa le nez en réfléchissant.) Cela expliquerait pourquoi les gentilshommes sont largement hors de portée de voix quand ce sujet est abordé par les femmes lors des rassemblements sociaux. Elles gloussent copieusement derrière leurs éventails ouverts en évoquant dimensions et estimations. Et Lady Hibbert-Baker tient un petit livre de paris.

Grasby se redressa soudain, droit comme un *i*. Son visage trahissait ce qu'il ressentait ; il était autant consterné que sidéré. Il répondit d'une voix plus aigüe que d'habitude :

— Estimations ? Dimensions ? Un livre de *paris* ? Je ne vous crois pas ! Vous mentez !

— Pour quelle raison mentirais-je ? contesta Rory, indignée. Par ailleurs, je ne comprends pas la moitié de ce qui les fait glousser.

— Non. Non, vous ne pourriez pas comprendre, approuva volontiers Grasby en grommelant.

— Je pensais que les gentilshommes faisaient constamment des paris sur les femmes ?

— Mais pas sur les *épouses*. Il ne s'agit jamais d'une épouse, d'une sœur ou d'une mère, d'ailleurs. Un homme qui ferait une telle chose ne serait pas un gentleman. C'est déplacé, et non toléré au club, de mentionner...

— Mais il est parfaitement acceptable de mentionner la maîtresse de quelqu'un ?

— C'est totalement différent !

— Pourquoi ? Ce sont des femmes, elles aussi. Et peu importe l'étiquette que leur appose la bonne société, elles n'en demeurent pas moins des femmes avec un cœur et un esprit, des désirs et des rêves...

Grasby était incapable de formuler une réfutation intelligente à l'observation perspicace de sa sœur, et il lâcha donc, frustré :

— Il a suffi d'une visite à l'atelier de Romney pour que vous deveniez experte en femmes déchues !

Rory sourit, ses yeux bleus pleins de malice.

— Oh ? Mais je pensais qu'il s'agissait de danseuses de ballet...

— Ce sont des danseuses de ballet, mais...

— Suis-je bête. Bien sûr qu'elles ne sont pas seulement danseuses. En particulier Signora Baccelli. Tout le monde sait que c'est la maîtresse du duc de Dorset, même les oiseaux qui restent enfermés dans leur cage dorée comme moi. Je ne pensais simplement jamais rencontrer la maîtresse d'un noble. Quelle expérience enrichissante... À propos, quand vous qualifiez une femme de « bergeronnette » ou de « cocotte », de tels termes ornithologiques servent-ils d'euphémismes pour désigner une *catin* ?

— Vingt dieux, Rory ! Silla a raison. Je ne suis pas seulement le pire des maris, je suis aussi un frère terriblement médiocre. Vous ne devriez rien savoir des bergeronnettes et des cocottes, ni écouter ces épouses à la cervelle de moineau et leurs-leurs... *foutaises*.

— Plus facile à dire qu'à faire, surtout quand elles discutent bruyamment d'un pari en particulier comme si je n'étais même pas là.

— Et moi qui pensais que vous ne risquiez rien quand vous alliez boire le thé. Silla a l'audace de m'accuser d'être le pire des frères, mais elle emmène ma sœur dans des antres de débauche. Je lui en toucherai un mot…

— Impossible. Elle ne vous adresse plus la parole, vous rappelez-vous ? Par ailleurs, je pense qu'elle n'a aucune idée du sujet des jacassements de ces épouses derrière leurs éventails. Elle n'est pas curieuse, voilà tout.

— Curieuse ? C'est une façon de le dire. On pourrait aussi dire « indiscrète ».

Rory fit la moue.

— Comment pourrais-je faire autrement, alors que je suis pratiquement la seule lors de ces rassemblements à ne pas être mariée ? J'ai quatre printemps de trop pour me mêler aux filles qui vivent leur première Saison, et je suis bien trop jeune pour m'asseoir avec les vieilles filles prétentieuses qui utilisent des cornets acoustiques. Et puisque Silla est assez gentille pour m'emmener avec elle quand elle leur rend visite, ses amies et connaissances oublient que je suis célibataire.

Elle jeta un coup d'œil à son frère, haussa les épaules en resserrant son châle en laine autour d'elle, et continua :

— Une fois installée, je ne peux pas aisément m'empêcher d'entendre ces conversations. Je n'aime pas me faire remarquer, et ma canne… (Elle esquissa un sourire forcé.) Pourquoi certaines personnes pensent-elles que je suis sourde parce que je boite ? C'est terriblement embarrassant quand notre hôtesse doit dire à la personne qui me crie dessus que ce n'est pas parce que je marche de travers que je n'ai pas deux oreilles en parfait état de fonctionnement !

— Rory… veuillez m'excuser. Je ne pensais pas…

— Oh, ne soyez pas contrarié pour moi. Elles n'ont pas l'intention d'être impolies, et je me suis habituée à de telles suppositions.

— C'est magnanime de votre part. Mais que vous soyez forcée d'écouter des conversations aussi répugnantes reste inadmissible. Et ces épouses prétendent être respectables ! Ah !

— Oh, mais elles sont respectables. C'est leur façon inoffensive de s'amuser, continua-t-elle avec un sourire effronté. C'est tout aussi inoffensif, sans doute, que de jouer au sauvage américain pour quelques danseuses.

Quand son frère recouvrit son visage honteux de ses mains, elle ajouta sérieusement :

— Je suis ressortie de cet incident indemne et pure, il n'y a donc eu aucun mal de fait. Et j'ai trouvé réponse à une question qui me laissait perplexe…

— Perplexe ?

— Oui. Les paris idiots dans le livre de Lady Hibbert-Baker… J'avais une connaissance exceptionnellement limitée de ce à quoi ressemble un gentleman sans ses vêtements ; uniquement des conjectures. Mais après hier soir, je n'ai plus…

— Oh. Mon. Dieu. J'ai corrompu ma propre sœur, grogna Grasby, une main posée sur le front comme pour protéger ses yeux et sa personne d'une autre franche confession. Que je sois pendu immédiatement !

— À vrai dire, dit-elle à voix basse en se penchant vers lui et sans prêter attention à son emportement mélodramatique, j'étais plus choquée de découvrir que les hommes ont des poils ici. (Elle posa une main sur son décolleté.) Je n'étais pas du tout préparée à cela.

— Je vous en prie, Rory ! Assez, l'implora Grasby.

Il laissa retomber sa tête dans le coussin tissé et se releva après quelques secondes. Redressant son turban, il lâcha un grand soupir et reprit :

— C'est dans de tels moments que je regrette sincèrement que nous soyons orphelins. Seule une mère est armée pour répondre aux questions de sa fille.

— Silla m'a confié que Mrs. Watkins ne lui avait absolument *rien* dit sur *rien*.

— Bien, c'est toujours cela de pris, dit-il en regardant ardemment sa sœur. C'est tout ce que Silla vous a dit ?

— Assurément. Silla m'a dit cela dans un moment de faiblesse. Je pense qu'elle l'a fait pour me dissuader de me confier à elle, de chercher des réponses à des questions intimes auxquelles elle n'était pas prête à répondre.

Il soupira de soulagement, mais à peine avait-il relâché ses épaules qu'il pensa soudain à quelque chose.

— Je ne… Rory… Je n'ai pas un torse poilu…

— Non. Non, en effet…

Grasby s'octroya un moment pour digérer cette information. Le visage de sa sœur était écarlate. Il sut instantanément qui elle avait décrit, et son froncement de sourcils perplexe témoigna soudain de sa colère réprimée. Il serra les dents. Quand il put maitriser ses émotions, il dit d'un ton impassible :

— Watkins dit vous avoir trouvé inconsciente derrière la scène. Il a insinué que vous aviez été en compagnie de Fitzstuart pendant un moment – seule. J'ai menacé de le frapper jusqu'à ce qu'il perde toutes ses dents s'il évoquait encore cet événement. Dites-moi la vérité, Aurora. Étiez-vous seule derrière la scène avec Dair Fitzstuart ?

Son frère ne l'avait appelée par son prénom complet qu'une seule fois, des années plus tôt, et elle était pour le moment incapable de se rappeler pourquoi, seulement qu'il avait été furieux contre elle – aussi furieux qu'il l'était à cet instant. Seigneur, elle était sur le point de mentir pour la deuxième fois en autant d'heures, et elle sentit les larmes monter. Mais elle refusait de partager le souvenir du baiser échangé avec le commandant. Si elle le faisait, les autres interprèteraient ce baiser comme quelque chose de sordide et d'indigne, quelque chose dont il fallait avoir honte. Elle n'avait pas honte et, peu importe ce que le commandant et les autres pensaient de ce bref moment intime, elle comptait bien entretenir l'idée qu'il avait apprécié ce baiser autant qu'elle.

— Il n'y a rien à dire, Harvel. J'ai dit la même chose à grand-père. Je me suis évanouie dès la première goutte de sang. Je ne supporte pas de voir des hommes se frapper. Je suis reconnaissante envers Mr. Watkins, qui m'a emmenée en lieu sûr. C'était vraiment effrayant.

— Effrayant ? Je n'en doute pas ! Vous n'auriez jamais dû assister à une scène aussi atroce. Jamais.

Toujours aussi furieux, Grasby donna un coup dans le rebord de fenêtre peint du côté de son poing avant de reprendre :

— Satané Dair, à toujours jouer les héros ! Il faut toujours qu'il se mette dans l'embarras, et il ne peut pas en sortir sans avoir pris quelques coups au mieux, à l'article de la mort au pire ! Parfois je me demande pourquoi je tolère ses maudites bravoures. *Satané crétin…* Rory, c'est mon meilleur ami, mais vous êtes ma sœur, et si je pensais qu'il avait profité de vous… touché ne serait-ce qu'un seul de vos cheveux… cela marquerait la fin de notre amitié. Je défendrais votre honneur, peu importe les conséquences.

— Je le sais, Harvel, répondit doucement Rory. Je sais aussi que les conséquences d'une telle confrontation seraient sans appel. C'est un soldat, ce qui n'est pas votre cas. Il a été entraîné à tuer, vous en êtes incapable. Et il vous tuerait…

Comme pour souligner la véracité de sa déclaration, un brusque éclat de rire s'éleva dans le jardin. Rory appuya son front contre la vitre et aperçut l'objet de leur discussion. Le commandant avait posé une fesse ferme sur un muret en pierre, balançant sa longue jambe bottée tout en se penchant vers une chandelle allumée, tenue par un valet de pied, afin d'allumer son cheroot. Son grand-père se tenait à côté de lui avec un plat en porcelaine dans les mains. Elle le reconnaissait ; à l'intérieur se trouvaient des miettes pour le banc de carpes qui peuplaient le bassin autour de la fontaine centrale, ornée de deux dauphins en plein bond. L'eau de la fontaine avait été coupée pour le nettoyage quotidien, ce qui rendait leur conversation audible, même si elle ne percevait pas les mots qu'ils prononçaient. Le commandant souffla une volute de fumée vers le ciel bleu et dit quelque chose qui poussa son grand-père à rire et secouer la tête.

Frère et sœur observèrent les deux hommes en silence, et Grasby se rassit quand son grand-père tendit le plat en porcelaine à un laquais afin de reprendre sa promenade avec Dair entre les topiaires.

— Pardonnez-moi, ma dragée, dit-il à voix basse en appelant Rory par un vieux surnom datant de l'époque où ils étaient à la nursery. Je me suis doublement couvert de honte. Hier soir, j'ai agi comme si j'étais complètement fou, et aujourd'hui, j'enchaîne les obscénités. Je suis une honte et je n'ai aucune excuse.

Rory se rapprocha de lui sur le coussiège pour l'étreindre.

— Vous êtes le meilleur frère du monde entier et je ne vous échangerais pour rien au monde. Hier encore je ne vous aurais pas cru capable de jurer, et encore moins de courir nu dans l'atelier d'un peintre, et vous m'avez surprise en faisant les deux ! Bien sûr, après un tel comportement, il m'incombe de retirer votre auréole et de la remplacer par des petites cornes et une queue fourchue. Mais je ne vous aimerai pas moins pour autant.

Il secoua la tête avec un sourire quand il comprit qu'elle essayait de prendre ses transgressions répugnantes à la légère, pour lui, mais il ne trouvait rien de drôle dans son comportement indigne d'un gentleman. Il se recula pour planter son regard dans ses yeux bleus.

— Merci. Je mérite bien que l'on me confisque mon auréole. Mon beau-frère me prend maintenant pour un fou lascif. Mon grand-père secoue la tête de déception et ma femme… Silla est tellement écœurée par mon comportement qu'elle ne veut plus rien avoir à faire avec moi. Elle rejette la faute sur Dair et me demande de couper les ponts. C'est la condition pour notre réconciliation.

— Mais… elle peut sûrement comprendre que vous trois faisiez simplement les imbéciles, ce qui n'a causé de vrai tort à personne. Et si nous – Silla, Mr. Watkins et moi-même – n'avions pas interrompu votre blague, elle n'aurait été au courant de rien.

— Elle n'est pas aussi indulgente que vous dans son pardon. Elle n'a jamais apprécié Dair, bien qu'elle soit incapable de me donner une explication raisonnable à cette aversion. Je ne me doutais pas qu'elle le

détestait autant, jusqu'à ce qu'il revienne des combats dans les
Amériques. Au cours des six derniers mois, elle a saisi chaque opportunité de l'injurier, et son attitude est maintenant devenue quelque peu
embarrassante. Vous avez raison. Nous faisions simplement les imbéciles. Et il n'y a jamais eu aucun risque que je sois infidèle. C'est ce que
j'ai dit à Silla. Mais entendra-t-elle raison ? Non. Elle devient simplement hystérique et se met à me jeter des objets à la figure ! Je lui ai dit
qu'elle devait accepter mes amis tels qu'ils sont. Je ne renoncerai pas à
eux. Dair Fitzstuart est mon meilleur ami.

— Mais Silla est votre femme, Harvel.

— Vous comprenez donc mon dilemme. Il va falloir lui faire
comprendre. Je ne changerai pas d'avis. Tant qu'elle ne cèdera pas, nous
resterons séparés.

— Dans ce cas, il vaudrait mieux que nous réfléchissions ensemble
à une solution qui sera acceptable pour vous deux, répondit Rory,
contente que la conversation se soit éloignée de son implication dans
l'invasion de l'atelier de Romney, mais inquiète que le mariage de son
frère soit si mal en point. Et quoi de mieux qu'une tasse de thé pour s'y
atteler ? ajouta-t-elle d'un ton bien plus enjoué à l'intention de sa
bonne qui venait d'annoncer sa présence d'un léger raclement de gorge.
Je vais faire le service, Edith. Merci.

Edith avait délicatement écarté les rideaux, et elle était entourée de
deux autres bonnes, l'une portant le nécessaire pour le thé, et l'autre la
théière en argent et son réchaud.

Grasby continua de ruminer en regardant par la fenêtre tandis que
sa sœur servait le thé. Il observa son grand-père et son meilleur ami
s'arrêter au croisement de deux chemins. Le vieil homme compta sur
ses doigts et Dair hocha la tête en fumant son cheroot. Il se souvenait
qu'une fois, Dair lui avait dit que les soldats fumaient et que les officiers mâchaient. Il savait que Dair n'était pas friand du tabac à priser et
qu'il ne supportait pas ces officiers qui restaient loin de la ligne de tir,
prisant du tabac sous une tente rayée, pendant que les soldats volaient
en morceaux sur le champ de bataille. Il fumait donc avec eux pour
énerver ses semblables. Et il pouvait les énerver. Lui, héritier d'un
comté, était supérieur socialement à tous ces fils cadets et benjamins de
nobles qui ne pouvaient prétendre à aucun titre, en dehors du grade
militaire qu'ils avaient acheté.

Mais ce qui agaçait ces officiers, encore plus que le mépris de Dair
pour le rang social et son attitude désinvolte, c'étaient les fantassins qui
suivaient le commandant tête baissée sur le champ de bataille, sans se
poser de questions. Les autres officiers le qualifiaient donc d'arrogant et

de téméraire et ne le supportaient pas, lui et ses prouesses, car elles les montraient sous leur vrai jour – des guerriers en papier mâché décoré. Il suffirait d'une étincelle du cheroot de Dair pour qu'ils partent en fumée.

Grasby sourit et se surprit à siroter du thé au lait chaud avant même de se rendre compte qu'il tenait une tasse en porcelaine sur sa soucoupe. Il sortit assez de sa rêverie pour commenter d'un air sombre :

— La vérité, Rory, c'est que je n'ai aucun droit de pester contre les facéties imprudentes de Dair. Je ne connais pas d'homme plus courageux. Sachant que sa famille – son père en particulier – a peu d'estime pour lui, est-ce étonnant qu'il accorde si peu d'importance à sa propre sécurité ? Non, Rory. Je ne l'abandonnerai pas. Je ne peux pas. C'est Silla qui doit comprendre pourquoi j'en suis incapable, ou bien elle sera malheureuse et me rendra malheureux par la même occasion.

Il fallait que Rory pose la question :

— Pourquoi, Harvel ? Pourquoi risquer votre mariage ?

— Sans Dair Fitzstuart, vous n'auriez pas de frère, Silla n'aurait pas de mari, et grand-père n'aurait pas d'héritier pour son titre et ses domaines.

# DIX

Rory lui prêtait une oreille tellement attentive et compatissante que Grasby lui confia rapidement des détails et anecdotes à propos de son meilleur ami qui, si on avait demandé son avis à Dair Fitzstuart, seraient restés enfouis dans le passé, sans personne pour les répéter, et surtout pas à la petite-fille de son mentor.

— Dair a pris ma défense pour la première fois lors de notre deuxième année à Harrow. Bully Biscoe, un énorme gorille d'un an de plus que nous, me rouait de coups pour une raison que j'ai oubliée. Je crois qu'il n'aimait pas la couleur de mes cheveux. Ou bien étaient-ce mes yeux bleus ? Peu importe, il s'agissait de quelque chose que je n'aurais pas pu altérer, même si je l'avais voulu. Cedric a fait de son mieux pour éloigner le gorille de moi, mais ses camarades ont attrapé Cedric, qui s'est pris un bon coup de poing, et l'ont retenu pendant que Bully s'occupait de moi. C'est à cet instant que Dair est intervenu. À l'époque, il n'était pas beaucoup plus imposant que moi. Mais il savait se battre ! Il a assommé Bully avant même qu'il sache ce qui lui tombait dessus !

— Et vous êtes donc devenus des amis fidèles... Vous, Mr. Pleasant et Lord Fitzstuart, déclara Rory pour faire avancer la conversation quand son frère s'interrompit et secoua sa tête enturbannée quand un souvenir lui revint. Et la seconde fois où il vous a défendu ?

— La seconde fois ?

— Vous avez dit que Lord Fitzstuart avait pris votre défense pour la première fois quand vous étiez à Harrow... Il doit donc y avoir une seconde fois.

— Vous êtes maligne ! Mais il ne serait pas convenable que je vous raconte les détails. Je me contenterai de dire que j'étais face à la longue lame d'une épée, dont la pointe était appuyée contre ma poitrine par un homme qui pensait que j'avais pris des libertés avec une… hum… *femme* sous sa protection.

— Sa sœur ? Sa femme ? Pas sa fille, si ?

— Non ! Non ! Non ! Pas ce genre de femme, ni ce genre de protection.

Rory écarquilla les yeux, mais répondit d'un ton factuel :

— Une catin. Continuez, je vous prie. À moins que je me trompe et que vous ayez besoin de me corriger… ?

— Non. Aucune correction n'est nécessaire. C'était juste avant que Dair ne rejoigne son régiment et que Cedric et moi ne partions pour Oxford. Nous fêtions la naissance de son… enfin, peu importe. Nous faisions la fête et nous sommes retrouvés dans un endroit qui accueillait les jeunes gentilshommes. L'homme à l'épée s'imaginait qu'il était amoureux de mon… amie. Je n'étais pas en position de me défendre. Il avait clairement l'intention de faire couler mon sang. Dair est intervenu et, pour faire court, il a mortellement blessé cet homme. C'était un duel équitable, avec des seconds et une issue juste. L'homme savait manier une épée et, sans Dair, c'est moi qui me serais vidé de mon sang par terre.

— Dans ce cas, vous lui devez bel et bien la vie. C'est étonnant qu'il ne soit pas parti à Oxford avec vous deux, mais qu'il ait préféré rejoindre l'armée. Ce n'est pas le parcours habituel pour l'aîné d'un comte, si ? Plus de thé… ?

Grasby tendit sa tasse.

— Il n'y a rien d'habituel là-dedans ! Et la famille de Dair n'a rien d'habituel non plus. Son père a abandonné sa comtesse et ses trois enfants quand Dair avait environ dix ans. Il s'est exilé dans les Indes occidentales et n'est jamais rentré. Dair disait que c'était comme si son père était mort, mais qu'il n'y avait pas de corps à enterrer.

Grasby laissa tomber un sucre dans son thé et replaça les pinces en argent dans le bol qu'on lui tendait.

— Nous étions peut-être orphelins, Rory, mais grand-père prenait soin de nous. Dair, son frère et sa sœur ont été livrés à eux-mêmes. La comtesse s'est renfermée sur elle-même. Elle avait le cœur brisé, ce qui l'a rendue folle pendant un temps…

— La comtesse de Strathsay ? Le *cœur brisé* ? Cela explique peut-être pourquoi ce n'est pas une personne agréable.

— Cela n'explique pas pourquoi elle est aussi froide qu'un lac gelé envers tout le monde, et même ses propres enfants ! Elle n'a aucun instinct maternel, de l'avis général. Mais c'est la mère de Dair, je ne dirai donc pas un mot contre elle.

— Vous ne devriez pas. Mais ce n'est pas parce qu'*elle* est dépourvue de sentiments que c'est son cas à lui aussi. Son père doit être sensible, et Lord Fitzstuart tient de lui… C'est peut-être pour cette raison que le comte a mis les voiles vers les Caraïbes ?

Grasby haussa les épaules.

— C'est possible. Je n'ai jamais posé la question. Tout ce que je sais, c'est que pendant que le comte vit sur sa plantation sucrière avec sa maîtresse basanée et leurs deux morveux, son domaine anglais tombe en ruines. Il refuse de dépenser le moindre penny pour l'entretenir. Et il ne veut pas non plus donner procuration à son héritier pour qu'il agisse à sa place. Dair attend donc son heure. Il attend que son père meure. Il attend d'hériter. Il attend de pouvoir faire autre chose qu'attendre. (Il fronça les sourcils.) Je redoute que, pendant cette attente, sa chance tourne. On ne peut pas passer son temps à risquer sa vie sans que la mort finisse par nous rattraper.

— La mort finit toujours par tous nous rattraper, dit Rory à voix basse. Mais je ne comprends pas pourquoi il tente le sort. Il m'a semblé… commença-t-elle avant de se reprendre immédiatement sans que son frère se rende compte de son lapsus : D'après ce que j'ai entendu de lui, il a une certaine joie de vivre. Il profite de chaque instant.

— Ne serait-ce pas votre cas aussi si votre prochain souffle pouvait être le dernier ? Dair devrait se marier et donner naissance à un héritier. Alors, le comte pourrait envisager de lui léguer le contrôle du domaine. C'est ce que pense grand-père. Mais puisque Dair a rejoint l'armée contre la volonté de Strathsay, celui-ci refuse de céder le moindre penny de ses fonds ou de lui donner la moindre responsabilité.

— Mais si son père n'a pas mis les pieds en Angleterre depuis vingt ans, qui s'occupe de ses domaines si ce n'est pas son héritier ?

Grasby soupira et eut le regard vide pendant un instant.

— Son cousin, je pense. Oui. Le cousin issu de germain de Dair, celui aux nombreux principes, le duc de Roxton. Il tient les cordons de la bourse, et si un membre de la fratrie Fitzstuart a besoin d'argent, ils doivent aller quémander auprès de lui.

Rory jeta un coup d'œil par la fenêtre. Son grand-père et le commandant avaient disparu. Elle ne voyait plus que les jardiniers, qui taillaient les haies et ratissaient le gravier. Elle soupira et s'appuya de nouveau contre les coussins.

— Il détesterait aller quémander auprès de qui que ce soit… Il trouverait cela humiliant.

— Oui. C'est le cas. Mais ce n'est pas une circonstance inhabituelle en soi. De nombreux fils vivent grâce aux dons et aux reconnaissances de dettes jusqu'à ce qu'ils héritent. Ce serait mon cas si grand-père ne m'avait pas légué la gestion des domaines quand j'ai épousé Silla. J'ai une activité à présent, et encore beaucoup de choses à apprendre, mais quand j'hériterai du titre, grand-père sait que les domaines auront été bien supervisés. Mais peu d'hommes sont semblables à grand-père…

— Le comte de Strathsay devrait avoir honte ! Non seulement d'avoir abandonné sa famille, ce qui est inexcusable, mais aussi parce qu'il traite ses enfants, et surtout son fils aîné et héritier, avec tant de mépris ! déclara Rory avec véhémence. Les forcer à mendier auprès d'un parent pour leur subsistance ! Alors que son héritier devrait être à la tête de la famille en l'absence de son père… Je retire ce que j'ai dit. Le comte est loin d'être sensible. Il est aussi froid et désagréable que sa comtesse. Je dirais qu'ils étaient faits pour être ensemble. Ce qui est étonnant, c'est que ce sang froid ne coule pas également dans les veines de leur fils !

— Rory, vous n'avez aucune raison de vous énerver, murmura Grasby, se demandant pourquoi elle était soudain si passionnée, bien qu'il sache qu'elle était douée d'une grande empathie. Cette situation dure depuis les dix ans de Dair. Il n'y a rien de nouveau.

— Dans ce cas, je ne suis pas du tout surprise qu'il fasse preuve d'un mépris aussi téméraire pour son héritage, son statut dans la société, et sa vie ! On le traite toujours comme un petit garçon de dix ans. Il n'a aucune raison de grandir, si ? Autant rester coincé à l'âge de dix ans, puisqu'il ne tirerait rien d'une tentative de prise de responsabilité sur sa famille et son héritage. Tant que son père est vivant et reste inflexible, Lord Fitzstuart ne peut rien faire d'autre qu'attendre. Et tout le monde sait que les garçons qui n'ont rien à faire et qui n'ont pas d'objectifs finissent par faire des bêtises, d'une façon ou d'une autre.

Grasby cligna des yeux.

— Bigre, Rory, murmura-t-il, avant d'ajouter d'une voix plus forte quand il assimila son explication : Vous avez tapé dans le mille ! Je n'avais jamais envisagé la situation de Dair sous cet angle. Mais vous avez peut-être entièrement raison. À vrai dire, c'est tout à fait logique. Vous êtes brillante !

— Merci. Mais je ne suis pas aussi brillante que cela, répondit-elle avec un sourire qui creusa ses fossettes face à un tel éloge. Sa situation n'est pas si différente de celle des femmes qui attendent de se marier.

Tant que nous sommes célibataires, nous avons peu d'objectifs dans la vie. Nous ne sommes que des fardeaux pour les autres, à tout point de vue. Mais une fois mariées, nous obtenons une position dans la société, une maison à gérer et, si Dieu le veut, des enfants à élever et pour lesquels s'inquiéter. Il en va sûrement de même pour les fils aînés, en particulier ceux qui sont rejetés par leur père. Ils attendent, eux aussi. Au moins, les femmes célibataires peuvent compter sur leur père et leurs frères pour veiller sur elles, et elles peuvent veiller sur eux à leur manière. Même si cela devient un peu moins vrai quand les frères se trouvent une épouse…

— Vous ne serez jamais un fardeau, Rory. Je compte bien prendre soin de vous, toujours.

— Je le sais, très cher. Je ne parlais pas de moi, mais d'une manière générale. Je ferai une excellente tante un jour, et Silla sera contente que je sois là. Elle aimera vos enfants, mais je ne l'imagine pas passer des heures dans la nursery, et vous ?

Grasby était sur le point de répondre que, au vu de la situation actuelle entre lui et sa femme, il faudrait presque un miracle pour que la nursery accueille un enfant à l'avenir. Rory continua, le dispensant du besoin de commenter, et il fut de nouveau surpris par sa perspicacité naïve.

— J'imagine que la vie militaire était bénéfique à Sa Seigneurie. En plus de la possibilité bien réelle d'être tué ou mutilé sur le champ de bataille, la discipline quotidienne d'un régiment donne un objectif aux hommes. L'armée leur permet sans doute même de se tenir à carreau jusqu'à ce qu'on leur octroie une permission, et c'est peut-être à ce moment-là qu'ils se lâchent un peu… ?

— Je ne peux qu'être d'accord avec vous, répondit Grasby, souriant. Cela dit, je me demande avec combien d'officiers vous avez discuté ?

— Il s'agit uniquement d'observations et d'hypothèses, mon très cher frère. J'ai déjà vu des soldats défiler ; ce n'était pas le dix-septième régiment de Lord Fitzstuart. Il doit falloir une quantité excessive de temps et d'efforts pour faire briller tous ces boutons sur leurs manteaux écarlates et pour polir leurs bottes de jockey jusqu'à ce qu'elles reflètent le soleil ! Et puis il faut que leurs hauts-de-chausses soient à tout moment plus blancs que blancs – qui a eu l'idée d'habiller les soldats avec une couleur aussi impossible ?

— Mais cela leur confère la tête de l'emploi – tout ce rouge et tout ce blanc.

— C'est vrai. Et nous n'avons même pas évoqué les heures qu'ils doivent passer à prendre soin de leur monture. Tous ces harnachements en cuivre et en cuir, et leur belle robe brillante. C'est quelque chose de voir les dragons sur leurs montures, non ?

— Certainement. C'est stupéfiant comme un peu de salive et de cire, et un manteau écarlate, peuvent changer un homme, dit Grasby pour taquiner sa sœur, avant de l'observer plus attentivement. Vous ne vous êtes pas éprise d'un homme en uniforme, Rory, si ?

— Bien sûr que non ! rétorqua-t-elle.

Elle lui lança un coussin afin de cacher le rouge qui lui montait aux joues ; il l'attrapa et le relança vers elle en riant.

— Bien, parce que je ne veux pas que vous épousiez un homme en uniforme. Je trouve qu'il est déjà assez difficile que mon meilleur ami parte au combat, je ne supporterais pas que vous vous inquiétiez pour un mari qui ferait la même chose.

Rory gloussa.

— J'adore que vous pensiez que je pourrais me marier !

— Et pourquoi pas ? Je veux dire, vous êtes plutôt jolie, et certains hommes aiment les yeux bleus.

— Je vais prendre cela comme un compliment.

Espérant que sa voix reste assez désinvolte pour ne pas éveiller les soupçons, elle demanda d'un ton plus sérieux :

— Alors, pourquoi Lord Fitzstuart a-t-il acheté une commission ?

— Ah, oui. Il n'a pas vraiment eu son mot à dire après avoir commis un acte stupide. Je crois que la décision a été prise par l'ancien duc de Roxton, le tuteur de Dair à l'époque.

— Mon parrain ? Pourquoi ?

Grasby ne put réprimer un frisson.

— Son fils est assez pompeux, mais l'ancien duc… « Sinistre » serait un mot trop faible pour le décrire ! À chaque visite à Treat, je m'attendais presque à voir son fantôme hanter les couloirs de son palais. Il avait déjà l'air d'un spectre de son vivant, avec le bec qui lui servait de nez, sa façon de parler menaçante et ces yeux noirs qui voyaient tout. Je pense que personne ne lui a jamais dit « non » au cours de sa vie !

Rory haussa les épaules.

— C'est étrange qu'il vous ait laissé une telle impression. Il était toujours gentil avec moi… Je me souviens d'une fois en particulier, quand j'avais à peu près six ans, grand-père et moi étions partis séjourner à Treat…

— Où étais-je ?

— À Harrow. Grand-père m'avait emmenée voir le bébé. C'était deux mois après que madame la duchesse avait donné naissance à son fils cadet, et on m'avait autorisée à lui rendre visite dans ses appartements… Sa dame d'honneur m'avait conduite à l'étage, dans les appartements les plus magiques qu'il m'ait été donné de voir ! Ils ressemblaient à l'idée que je me faisais d'un palais féerique, tout en doré et rose… L'odeur était délicate et délicieuse… Mais quand j'ai vu madame la duchesse allaiter son bébé, j'ai oublié tout ce qui m'entourait. J'ai dû l'épuiser avec toutes mes questions, car mon parrain m'a installée sur ses genoux et a commencé à me divertir. Enfin, *maintenant* je sais que c'était ce qu'il faisait. Il m'a raconté une histoire sur l'ancien roi français et sa cour remplie de jolies dames. Mais je soupçonne qu'il ne s'agissait pas du tout d'une histoire, mais de ses souvenirs de jeunesse, avant son mariage avec ma marraine.

— Il était *avec vous* ? Dans la pièce ? Dans la pièce, pendant que la duchesse… pendant qu'elle nourrissait le bébé ?

Rory gloussa.

— Oh, Grasby, si vous voyiez la tête que vous faites ! Il n'y a rien de plus naturel au monde qu'un bébé qui tète.

— Les duchesses ont des nourrices qui s'occupent de ce genre de chose.

— Ne soyez pas surpris si Silla décide de nourrir son propre enfant.

— Silla fera ce qui est en vogue.

— Dans ce cas, elle nourrira certainement son bébé, car la mode veut que les femmes de la bonne société allaitent elles-mêmes leurs enfants. Si je devais avoir un enfant, c'est ce que je ferais, peu importe la mode. Tout comme madame la duchesse s'en moquait.

— Peu importe sa décision, je suis sidéré que le duc ait été présent comme pour le thé de l'après-midi ! (Il fronça les sourcils.) Grand-père n'a pas pris part à cette séance d'allaitement, si ?

— Que vous êtes sot ! Bien sûr que non. À la fin de son histoire, le duc m'a raccompagnée en bas, où grand-père m'attendait. (Rory sourit de toutes ses dents et rentra la tête dans les épaules.) Et c'est à cet instant que je lui ai dit que j'aimais son nez en bec d'aigle.

Grasby en resta bouche bée.

— Impossible ! Vous avez dit à l'effrayant duc de Roxton que vous aimiez son-son *nez en bec d'aigle* ? Mince alors ! Qu'a-t-il fait ?

— À votre avis ? Je n'avais que six ans. Il a ri et m'a dit que je pourrais l'avoir quand je serais plus vieille.

— Vous êtes bien étrange, Rory, voilà qui est sûr. La plupart des petites filles diraient qu'elles aiment une jolie fleur, une bague ornée d'un diamant ou un perroquet, mais vous allez dire à un vieux duc que vous aimez son nez en bec d'aigle !

Il rit et ajouta sur le ton de la plaisanterie :

— S'il s'agit d'un critère pour obtenir votre affection, je vais devoir essayer de vous trouver un gentleman dont le bec est à la hauteur.

Rory lui répondit par un sourire, mais ne rit pas et sentit la chaleur lui monter aux joues. Elle connaissait justement un gentleman dont le nez fin était à la hauteur, mais elle garda cette réflexion pour elle-même et redemanda à son frère pourquoi on avait acheté une commission à Lord Fitzstuart.

— Je ne devrais pas vous confier cela. Mais je sais que si je ne vous le dis pas, vous irez simplement poser la même question à grand-père… Et vous ne serez peut-être pas surprise. Les rumeurs à ce sujet ont été si nombreuses que vous en avez peut-être entendu parler lors d'un thé auquel vous a emmenée Silla. Par ailleurs, Dair ne cache pas qu'il a un fils naturel, il n'en a jamais fait un secret.

— Le fils de Lily Banks ?

Grasby hocha la tête.

— Vous êtes donc au courant. Oui. C'est la raison pour laquelle Dair a été envoyé à l'armée. Lui et Lily ont essayé de s'enfuir pour se marier à Gretna ; le seul endroit où ils n'avaient pas besoin de suivre les formalités pour se marier. Il avait à peine dix-huit ans et elle, elle était assez vieille pour faire preuve de bon sens ! Assez vieille pour faire en sorte de tomber enceinte et espérer que l'héritier d'un comté l'épouserait !

— Mais comment a-t-elle fait en sorte de tomber enceinte ? Un enfant n'est-il pas une bénédiction de Dieu ?

— Pas ce genre d'enfant, Rory.

Rory fronça les sourcils, instantanément mal à l'aise. Elle n'aimait pas du tout les mots utilisés par son frère. Elle quitta le coussiège pour manipuler le nécessaire à thé, espérant qu'une occupation apaiserait ses émotions. Elle souleva la théière et remarqua qu'il ne restait assez de thé que pour une seule tasse. Elle éteignit donc la bougie du réchaud et reposa la théière sur son support. Puis elle empila les tasses et revint au coussiège où son frère était toujours assis et l'observait. Quand elle eut rassemblé ses pensées en phrases cohérentes que son frère comprendrait sans qu'elle cède à ses émotions, elle dit à voix basse :

— Harvel, je suis contrariée de vous entendre parler d'un enfant d'une façon aussi dénigrante. Un enfant est un enfant, c'est tout. Il est innocent quand il arrive dans ce monde, mais les autres lui mettent immédiatement une étiquette à cause de son ascendance, de ses attributs ou de-de ses difformités, et considèrent qu'il vaut moins que rien…

— Rory, je ne parlais pas de vous.

— Je sais bien, très cher. Mais cela n'atténue pas la douleur que je ressens quand on rejette les erreurs des autres sur un enfant. J'ai accepté mes défauts. Je mène une vie privilégiée qui me protège de la laideur du monde. Mais que vous et les autres condamniez cet enfant parce que ses parents ne sont pas mariés… Vous avez aisément oublié que notre propre mère était illégitime !

— Je n'ai pas oublié. Mais j'aimerais en être capable.

— Pourquoi ? Parce que l'union de nos parents était inégale ? Même grand-père admet que leur mariage était heureux. Si vous souhaitez autre chose, c'est que vous souhaitez effacer leur bonheur. Et vous condamnez également mon existence, car aux yeux de beaucoup de gens, je représente la punition divine de mon père, pour avoir épousé une femme d'un rang inférieur.

— Ceux qui disent cela ne seraient même pas dignes de la pâtée pour chien !

— Tout comme ceux qui condamnent le fils de Lily Banks parce qu'il est illégitime.

Grasby ne la contredit pas sur ce point. Il n'avait jamais gagné un débat contre sa sœur. Il répondit plutôt, d'un ton monotone :

— Il s'appelle Jamie – James Alisdair Banks.

— Oh ! J'aime beaucoup ce prénom. Et il a transmis son nom de baptême au garçon, en plus…

— Dair lui aurait donné son nom de famille, si on l'y avait autorisé. Il en était hors de question, au même titre qu'un mariage. L'ancien duc de Roxton les a rattrapés et tout était réglé. Lily Banks a accouché et Dair est parti à l'armée. C'était il y a dix ans, beaucoup d'eau a coulé sous les ponts depuis !

Rory le regarda d'un œil mauvais.

— C'est-à-dire ?

Grasby aurait pu se couper la langue pour son manque de bien-séance. Il lui répondit néanmoins :

— C'est-à-dire que Lily Banks est mariée et qu'elle a eu quatre autres enfants de son mari.

— Elle n'est donc pas la maîtresse de Lord Fitzstuart ?

— Maîtresse ? Je doute qu'elle l'ait jamais été, au sens strict du terme. Elle était bien jolie quand elle a attiré le regard de Dair. Cinq enfants plus tard, pensez-vous que Dair s'intéresserait à une telle femme ?

Apprendre que Lily Banks était mariée et qu'elle n'était pas la maîtresse de Lord Fitzstuart réconforta Rory plus qu'elle ne l'aurait admis, mais cela ne l'empêcha pas de dire d'un ton ironique :

— Parbleu, elle doit être assez vieille pour avoir un pied dans la tombe ! Il me semble en effet inimaginable que le commandant puisse être attiré par une vieille chouette comme elle.

— Ah, très chère sœur ! Pour être honnête, je ne sais pas du tout à quoi ressemble Lily Banks, seulement que le fils qu'elle a eu avec Dair est le portrait craché de son père. De l'avis général, Mr. Banks est un chic type. Ils sont cousins et se connaissent depuis l'enfance, d'après Dair, c'est pour cette raison qu'ils ont le même nom de famille. Cela facilite la transition, non ? Il est botaniste, à moins qu'il collectionne des plantes pour un botaniste ? Peu importe, c'est un aventurier qui parcourt le monde à la recherche de plantes exotiques.

— Ce qui explique pourquoi ils habitent à côté du jardin botanique de Chelsea… Je me demande si Mr. Banks s'y connaît en ananas… Harvel, il faut que je m'habille maintenant, ou bien je serai en retard. Et grand-père déteste qu'on le fasse attendre…

Grasby sauta du coussiège et plongea les mains dans les poches de sa robe de chambre en soie.

— J'imagine que Banks doit avoir quelques connaissances sur les ananas…

Rory passa son bras sous celui de son frère et le raccompagna jusqu'à la porte de son salon.

— Êtes-vous sûr de ne pas vouloir nous accompagner au théâtre, grand-père et moi ?

Grasby s'arrêta sur le seuil, et l'une des bonnes de Rory lui ouvrit la porte.

— Pour donner plus de poudre à canon à Silla ? Et puis, ajouta-t-il avec un sourire coupable, vous aimez plus le théâtre que moi. La colère de Silla me donne une bonne excuse pour ne pas y aller… Hé ! Attendez une seconde ! Je ne vous ai jamais dit que Lily Banks vivait à côté du jardin botanique de Chelsea. Comment avez-vous… ?

Rory referma la porte sur son frère avant qu'il ne puisse poser plus de questions. Elle prévoyait déjà de se rendre au jardin botanique de Chelsea pour voir ce que les jardiniers pourraient lui apprendre sur la culture des ananas. Elle pourrait peut-être même proposer un échange d'informations. Elle emmènerait son jardinier et elle pourrait peut-être amadouer Silla pour qu'elle l'accompagne et qu'elles en profitent pour faire un pique-nique. Et si, par hasard, elle arrivait près du mur en pierre et jetait un coup d'œil par-dessus pour voir la maison qu'occupaient Lily Banks et sa famille… Quelle chance si elle pouvait apercevoir Mrs. Banks et ses enfants, en particulier le garçon qui était le portrait craché de son père. Après tout, le commandant ne l'avait-il pas invitée chez Lily Banks, lui assurant qu'elle ne poserait aucune question ?

Rory aurait été extrêmement surprise de découvrir que, tandis qu'elle pensait à Lily Banks et Jamie, Dair Fitzstuart pensait à elle, à la promesse qu'il avait faite à son grand-père et à ce qu'il pouvait faire pour changer les choses.

# ONZE

Le lendemain de sa visite au comte de Shrewsbury, juste avant midi, Dair arriva à la résidence d'Hanover Square de sa cousine et trouva la maisonnée en pleine fête de famille. N'ayant aucune envie de déranger la fête, il annonça au majordome qu'il attendrait non dans le vestibule, mais sur les marches de l'escalier principal. Il retira ses gants d'équitation en cuir brun qu'il déposa dans la calotte de son chapeau, laissa un valet de pied lui enlever son pardessus en laine grise, et donna son épée et son fourreau au majordome. Refusant toute boisson, il demanda une chandelle pour allumer un cheroot et s'installa dans l'escalier, à un endroit où il pouvait étendre ses longues jambes dans leurs bottes et son haut-de-chausses en peau de chamois resserré au niveau des cuisses, dans une position aussi confortable que possible. Il se relaxa, fuma, les deux coudes posés sur la marche dans son dos, et étudia le portrait en pied grandeur nature d'une beauté aux cheveux blond vénitien, sa grand-mère, Augusta, première comtesse de Strathsay.

Mais ce n'était pas sa grand-mère qu'il visualisait tandis qu'il étudiait l'imposant tableau, mais une jeune femme d'à peine plus de vingt ans, aux yeux bleu pâle qui pétillaient de sincérité. Elle n'était pas magnifique, mais elle était jolie. Elle n'était pas ronde, contrairement à la mode, mais délicate comme une figurine en fine porcelaine de Saxe. Ses cheveux étaient d'un blond pâle indéterminé et, si sa bouche avait une forme parfaite, ses lèvres étaient du plus pâle des roses. Avant l'invasion de l'atelier de Romney, c'était une femme qu'il aurait croisée dans la rue ou dans un salon bondé sans lui accorder un second regard.

Il ne l'aurait certainement pas sollicitée pour discuter ou, d'ailleurs, faire quoi que ce soit d'autre. La personne qu'il était deux jours plus tôt avait toujours associé pâleur et platitude.

À présent, il ne pensait qu'à cette beauté pâle. Après l'invasion de l'atelier de Romney, alors qu'on soignait son corps martyrisé et couvert de bleus, il avait été tellement occupé à passer en revue chaque détail de leur rencontre qu'il n'avait même pas réagi à la douleur cinglante quand Farrier avait appliqué des bandages en lin imbibés d'un mélange antiseptique de térébenthine, d'alcool et d'aloe vera sur ses éraflures. L'officier d'ordonnance avait fini par se demander à voix haute si son maître ne souffrait pas d'une hémorragie interne qui le rendait insensible à la douleur. Suite à quoi Dair avait ordonné à Farrier d'arrêter de faire des histoires telle une vieille tante célibataire et de terminer le travail.

Tout en jouant avec le ruban à cheveux en soie violette qu'il lui avait pris en tant que trophée de guerre, il se dit que sa jolie pâleur était un subterfuge, à l'image de la neige qui, recouvrant de nombreux terrains, rendait le paysage monotone. Mais il n'avait pas été dupé. Il avait vu l'ombre espiègle de son sourire et l'humour dans ses yeux face à la situation scandaleuse dans laquelle elle s'était retrouvée, enfermée avec lui dans un rideau puis à califourchon sur son torse, sur le sol derrière la scène.

Son délice n'était pas une demoiselle qui minaudait et avait l'habitude de s'évanouir sur des méridiennes. Elle lui avait répondu malicieusement, avec assurance et sans artifice. Elle n'avait pas non plus essayé de badiner avec lui. Elle était restée elle-même, tout simplement, ce qu'il trouvait fascinant. Il n'était pas doué avec les mots, mais à ses yeux, faute d'une meilleure analogie, elle était comme une étoile parmi des milliers d'autres étoiles scintillantes dans la nuit, que personne n'avait aperçue et appréciée jusqu'à l'intervention du destin. Alors seulement, elle avait attiré son attention, semblable à une étoile filante qui traverse en trombe le ciel noir, dans les circonstances les plus étranges. Comment pouvait-il ne pas lui prêter attention après cela ?

Seigneur, voilà qu'il s'extasiait sur les manteaux de neige et sur les ciels nocturnes remplis d'étoiles, il devait perdre la tête ! Diable, qu'est-ce qui clochait chez lui ? Les nombreux coups qu'il avait reçus à la tête lors de sa dernière période de service pouvaient être une explication. Ou bien cette entaille due à une balle rebelle qui avait effleuré son crâne. Il savait que certains hommes se retrouvaient emprisonnés dans des camisoles de force parce qu'ils ne pouvaient plus supporter les innombrables scènes sanglantes qui tournaient encore et encore dans leur tête : les membres amputés, les visages qui ne ressemblaient plus qu'à une masse informe de chair, les hurlements à la mort, les pleurs des orphelins, les civils rebelles qui n'avaient rien à faire sur un champ de bataille, qui prenaient les armes, mais finissaient massacrés par milliers… Oui, tout cela pouvait mener un soldat sur une paillasse de Bedlam.

Mais avait-il réellement survécu à neuf ans dans l'armée et à toutes les horreurs qui allaient avec pour perdre la tête à cause d'une femme qui, il s'en rendait maintenant compte, était aussi inatteignable que si elle vivait à Vladivostok ?

Quand elle était entrée dans le bureau de Shrewsbury et avait fait tomber un livre à ses pieds, il avait immédiatement pâli. Le simple fait de la voir – non, d'entendre sa voix, teintée de cette note d'espoir enthousiaste – lui avait donné le sourire, avant même de savoir ce qu'elle disait ou à quoi elle ressemblait. Puis la réalité l'avait frappé d'un coup, comme un violent coup de poing dans le ventre. Son étoile filante était la *petite-fille de Shrewsbury*.

Pire, deux minutes avant son arrivée, il avait promis de tout oublier de la soirée de la veille – de l'oublier, *elle*. Il avait l'impression qu'on lui avait subtilisé quelque chose de précieux par la ruse. Mais il savait que Shrewsbury accomplissait seulement son devoir : protéger la réputation impeccable de sa petite-fille.

Il était resté accroupi, prenant excessivement son temps pour ramasser son livre avant de se redresser, espérant qu'il avait assez contrôlé sa stupeur pour ne pas alerter Shrewsbury. Il avait fait tout son possible pour rester passif et maître de lui-même – « transi » était un terme plus adéquat – et avait tendu le livre en regardant par-dessus sa chevelure blonde plutôt que de poser les yeux sur elle. Il voulait simplement qu'elle le récupère pour pouvoir déguerpir. Au lieu de cela, elle l'avait surpris non seulement en témoignant de l'inquiétude pour ses blessures, mais d'autant plus parce qu'elle s'était adressée à lui comme s'ils étaient de vieux amis. Et comment avait-il répondu ? De la seule façon possible : il était resté silencieux et avait montré autant de profondeur émotionnelle qu'une bûche. Imbécile sans cœur !

Mais c'est quand elle l'avait touché qu'il avait été obligé de faire appel à tous ses talents d'acteur. Elle lui avait pris la main comme s'il s'agissait du geste le plus naturel au monde. Chaque poil, chaque centimètre carré de peau sur le dos de sa main, lui avait semblé prendre feu ; cette sensation était bien plus intense que celle déjà infligée par ses blessures. Il avait forcé son esprit à s'évader, comme on lui avait appris à le faire au cas où il serait capturé et torturé. Et c'était de la torture. Pire que les vis à ailettes et les flammes.

Après une courte phrase acerbe, il s'était enfui sur la terrasse. Il observait des ifs taillés et des haies de buis aux formes géométriques quand il s'était rendu compte qu'un valet de pied l'avait suivi à l'extérieur. Le domestique lui avait offert une bière, qu'il avait bue d'une traite avant d'en demander une autre.

Il avait subi un choc monumental. Non. Deux chocs. La jolie femme pâle qu'il avait malicieusement tenté de séduire dans l'atelier de Romney n'était pas une fille de joie, et sa réputation était loin d'être teintée d'immoralité. C'était la petite-fille du comte de Shrewsbury, et il en était mortifié. S'il l'avait su, il n'aurait pas agi ainsi avec elle. Il n'aurait certainement pas dit tout ce qu'il lui avait dit. Mais, et c'était une honte constante, il savait qu'il se mentait à lui-même. Il ne souhaitait pas demander pardon pour son comportement envers elle. Il avait apprécié leur badinage, d'autant plus qu'il était honnête et spontané. Par-dessus tout, en entendant de nouveau sa voix, il avait ressenti le désir irrésistible de la prendre dans ses bras et de l'embrasser comme il l'avait embrassée quand ils étaient enveloppés dans un rideau en lin.

Il avait été moins terrifié en menant son premier assaut de cavalerie que dans le bureau de Shrewsbury. Il était impatient de mettre les voiles pour le Portugal.

En pensant au Portugal et à sa mission imminente, il prit conscience qu'il était assis dans l'escalier de la maison de maître de sa cousine depuis au moins vingt minutes. Il était censé être en route pour Portsmouth, avant que qui que ce soit ne l'aperçoive en train de se balader à Londres. Après tout, on devait le croire enfermé dans la Tour pendant l'enquête sur son soutien et son encouragement des actions traîtresses de son frère cadet. C'était là qu'il avait envoyé Farrier, à la répugnance de son officier d'ordonnance. Farrier devait y passer un mois en tant qu'invité de Sa Majesté. Dair lui avait dit de considérer ce séjour comme des vacances. Farrier avait répondu à Sa Seigneurie qu'il pouvait songer à plusieurs qualificatifs pour son incarcération volontaire, mais que le mot « vacances » n'en faisait pas partie.

Dair était sur le point d'envoyer un valet de pied déranger sa cousine dans le salon quand la porte s'ouvrit et qu'elle sortit dans le couloir dans un tourbillon de jupons en soie ivoire brodés de fils métalliques. Des rubans en satin ivoire assortis avaient été tressés dans ses cheveux dorés, et elle avait le visage empourpré et radieux. Dair ne put s'empêcher de sourire en la voyant aussi heureuse ; elle n'avait plus rien à voir avec la veuve qui avait pleuré la disparition de son époux bien-aimé pendant trois tristes années. La raison de son bonheur la suivit hors de la pièce. Jonathon Strang Leven, qui venait d'obtenir le titre de duc de Kinross, portait une tenue de velours foncé tout aussi splendide ; son gilet indien aux fils métalliques dorés et argentés paraissait éblouissant par contraste avec son teint hâlé.

Dair comprit alors la nature de cette fête de famille et il se releva lentement pour saluer le noble couple et lui présenter ses félicitations.

Jonathon attrapa Antonia par la taille, la fit tourner et l'embrassa promptement. Elle rit et voulut passer ses bras autour de son cou. Mais comme elle était bien plus petite que lui, elle dut se mettre sur la pointe des pieds et sa mule en satin glissa de son bas. Toujours aussi chevaleresque et attentif à leur différence de taille, Jonathon la souleva aisément pour l'installer sur une chaise contre le mur, ce qui permit à Antonia de le regarder de haut. Il laissa ses mains autour de sa taille soyeuse et lui adressa un sourire. Elle entoura le visage bronzé de Jonathon de ses mains et approcha sa bouche de la sienne.

Enfin seuls, après une matinée placée sous le signe de la cérémonie et de la famille ; ils étaient maintenant uniquement concentrés l'un sur l'autre et s'abandonnèrent à un long baiser paisible, ponctué de promesses d'amour éternel et de dévouement murmurées en français, la langue maternelle d'Antonia, celle qu'ils préféraient utiliser en privé.

Quand ils s'éloignèrent l'un de l'autre, Antonia resta debout sur la chaise, les bras autour du cou de Jonathon. Elle jouait avec le ruban en satin noir sur sa nuque. Elle se pencha vers lui, ses épais jupons en soie ivoire l'enveloppant comme un nuage, et dit avec une moue et une lueur malicieuse dans ses yeux émeraude :

— Je ne comprends pas du tout pourquoi notre mariage devait avoir lieu à une heure aussi indue. Ne vouliez-vous pas rester au lit avec moi ? Notre mariage ne pouvait-il pas se dérouler cet après-midi ? À une heure plus respectable.

— Mais ma chère épouse… Ah ! J'aime tellement vous appeler ainsi. *Ma* chère épouse. *Ma* duchesse. *Mon* amour… Chérie, si j'avais eu le choix, nous serions restés au lit toute la journée… Nous aurions pu y faire la cérémonie, tant qu'à faire…

Antonia gloussa.

— Vraiment ? Le pauvre révérend Jenkins n'aurait pas su où regarder !

— … mais pour le bien de notre famille, en particulier celui de votre fils probe, je me suis dit qu'il valait mieux que la cérémonie soit terminée le plus rapidement possible. Et qu'elle ait lieu dans un environnement dans lequel il serait le plus à l'aise possible.

— Julian ? À l'aise ? N'avez-vous pas vu la tête qu'il faisait ? Il avait l'air aussi à l'aise qu'un chou sur le point d'être émincé !

Jonathon laissa échapper un éclat de rire.

— Un chou ? Oui. Oui, c'est vrai qu'il avait un petit air amer. Mais ne le prenez pas à cœur. Il rumine trop. Pensez à ce qu'il doit ressentir. Hier soir, il se rend au théâtre pour voir une nouvelle pièce et que se passe-t-il ? Le public s'intéresse moins à ce qu'il se passe sur scène qu'à la loge dans laquelle se trouve sa mère. Qui, par ailleurs, n'est pas allée au théâtre depuis six ans et, quand elle y retourne, vient accompagnée d'un géant à la peau brune qui la suit comme une ombre. Pire, elle embrasse cet inconnu à la vue de tous, déclenchant presque une émeute par-dessus le marché. Et nous savons à quel point Roxton déteste l'attention publique sous toutes ses formes. Le pauvre homme était mortifié quand tous les regards se sont tournés vers lui pour voir sa réaction au comportement scandaleux de sa mère. Puis, aux premières heures du jour, il a dû se déplacer pour voir sa mère épouser le géant qu'elle embrassait, qui s'avère être à peine plus vieux que lui. Mais grâce à nos signatures sur les documents du mariage, nous sommes maintenant unis légalement et spirituellement, et il ne peut rien y faire. Ce qui veut dire que sa mère n'est plus une duchesse douairière, mais la duchesse de Kinross, et que l'homme qu'elle a épousé est son nouveau père.

Antonia poussa une exclamation de surprise.

— Nouveau père ? C'est extrêmement amusant ! Mais pas pour Julian. Oui. Quand vous le dites ainsi, je comprends mieux sa préoccupation. Bien, ajouta-t-elle avec un sourire espiègle, serait-ce impoli d'abandonner nos invités et de disparaître dans la bibliothèque ?

— Nos invités, chérie, étant vos fils, votre belle-fille, le chapelain de Roxton et le parrain de ce dernier ? Je les ai invités à rester déjeuner.

Quand Antonia se renfrogna, il rit, l'embrassa chaleureusement et reprit :

— Bien que j'adorerais m'enfuir en douce dans la bibliothèque, je pense qu'on remarquerait notre absence, surtout aujourd'hui.

La fossette d'Antonia apparut et elle le taquina :

— Mais... notre mariage doit être consommé pour être scellé, non ?

— Et vous pensez que, dans une maison remplie d'invités, la bibliothèque est le choix le plus judicieux ?

— Je n'ai jamais dit que ce serait judicieux – ou confortable.

— Simplement scandaleux ? demanda Jonathon, tout sourire. Vous êtes adorablement vicieuse !

— Et c'est pour cette raison que vous m'aimez, non ?

— Cette raison et bien d'autres encore…

Il voulut la soulever de la chaise, mais dut reposer ses pieds vêtus de bas sur le coussin tissé.

— Maudits soient ces paniers ! Comment suis-je censé vous étreindre correctement quand ce satané équipement sous vos jupons fait obstacle à tous mes gestes ? Vous porterez une tenue plus simple quand nous serons à la maison.

— Moins d'une heure après le mariage, Sa Grâce de Kinross a déjà des exigences sur la tenue de sa femme !

Jonathon fronça les sourcils et Antonia pinça son menton carré.

— Mais, oui, bien sûr. Pour vous et pour mon propre confort, je porterai le moins de vêtements possible. (Elle posa une main sur sa joue.) Mais pas aujourd'hui… ni demain…

— Nous pourrions peut-être nous éclipser, ne serait-ce que pour une demi-heure…

— Une demi-heure ? Je refuse d'être dupée !

Cette remarque fit rire Jonathon de bon cœur et les coins de ses yeux se plissèrent. Quand il put reprendre son sérieux, il dit :

— Nous avons seulement aujourd'hui et ce soir avant mon départ. Demain, votre famille pourra vous récupérer jusqu'à mon retour.

— Aujourd'hui, vous avez fait de moi la plus heureuse des femmes, mais demain je serai désespérée. Comment pourrai-je le supporter ? demanda-t-elle après avoir embrassé doucement son front puis posé le sien contre celui de Jonathon pour le regarder dans ses yeux foncés.

— Et moi, comment pourrai-je le supporter ? murmura-t-il sans détacher son regard du sien.

Jonathon se risqua à se demander si tout cela n'était pas qu'un rêve merveilleux duquel il allait se réveiller. Mais il s'était réveillé tôt ce matin-là avec cette créature exquise, qu'il aimait à en perdre la raison, blottie dans ses bras. Ils avaient fait l'amour, comme toujours, passionnément et sans retenue, sachant qu'il ne leur restait pas beaucoup d'heures avant qu'ils ne soient obligés d'attendre des mois avant de partager de nouveau un lit. Il partait en Écosse pour enterrer son vieil oncle et prendre la place qui lui revenait à la tête de la famille Strang Leven et en tant que propriétaire du château de Kinross, sur les rives du Loch Leven. Sa femme retournerait sur le domaine familial des Roxton, dans sa maison douairière, pour annoncer son remariage à son cher monseigneur défunt, préparer ses affaires pour sa nouvelle vie et attendre son retour.

Ils étaient mari et femme depuis seulement une heure, et il ne voulait rien de plus que prendre son épouse dans ses bras et la ramener dans son lit. Mais ces quelques instants qu'ils avaient pu s'octroyer à côté du salon devraient les contenter tous les deux. Leur famille les attendait. Il était sur le point de suggérer qu'ils y retournent quand l'odeur du tabac apparut dans son subconscient, une odeur âcre et terreuse, teintée d'un soupçon de cerise. Il eut instantanément envie d'un cheroot. Il n'eut pas besoin de se retourner pour savoir qui était dans les parages et il ne détacha pas les yeux de sa duchesse quand il dit doucement à Antonia :

— Chérie, nous avons un invité de dernière minute à nos noces...

Dair attendit que sa cousine germaine, Antonia, duchesse de Kinross, retrouve la terre ferme et glisse ses pieds dans ses mules en satin avant de s'avancer pour saluer et féliciter les jeunes mariés. Il serra chaleureusement la main de Jonathon et s'inclina formellement sur les doigts tendus d'Antonia. Quand elle l'attira vers elle et lui tendit la joue, il l'embrassa d'un geste mal assuré. Jonathon fut surpris qu'il soit maladroit et timide en présence de sa cousine, qu'il avait connue toute sa vie. Si Antonia le remarqua, elle ne réagit pas et ne fit pas non plus attention aux éraflures sur les doigts de Dair, à la coupure qui guérissait au coin de sa bouche ou au bleu foncé qui entourait son œil gauche.

Dair surprit encore un peu plus Jonathon quand il se mit à discuter avec eux dans un français courant. Il aurait dû se rendre compte qu'il parlait français, tout comme le reste des Roxton. Après tout, Antonia parlait presque exclusivement en français, bien qu'elle sache parler anglais si elle y était obligée. Si un Anglais surprenait leur conversation, il aurait été persuadé d'être entré dans un salon parisien.

Après un court échange de banalités, il sembla évident que Dair voulait s'entretenir en privé avec Antonia. Jonathon l'invita donc poliment à se joindre à eux pour le déjeuner familial, invitation poliment refusée, ce dont Jonathon se doutait, puis il prit congé et retourna dans le salon, laissant les cousins seuls en bas de l'escalier. Antonia déploya ses jupons et s'assit sur une marche, invitant Dair à en faire autant. Il s'exécuta.

— J'aime bien votre nouveau duc, déclara Dair, étendant de

nouveau ses longues jambes sur plusieurs marches. C'est un homme bien. Vous ne l'auriez pas épousé, sinon, ajouta-t-il avec un sourire. Et il vous rend heureuse.

— Oui. Je suis très heureuse… de nouveau.

— Peu de gens ont la chance de connaître un mariage heureux, mais en avoir deux…

— J'espère qu'un jour vous serez aussi heureux que je le suis, Alisdair.

— Mais… ma cousine la duchesse… vous ne m'appréciez même pas.

Le sourire d'Antonia disparut.

— Ce sont des balivernes et elles me blessent !

Dair inclina poliment la tête pour reconnaître que le statut d'Antonia lui permettait de dire et faire ce qu'elle voulait, mais en tant que cousin germain, il haussa grossièrement une épaule et inspira la fumée de son cheroot.

— Vous seriez la première à me réprimander si je n'étais pas sincère avec vous.

— Mais vous n'êtes *pas* sincère, vous exprimez un jugement infondé sur mes sentiments.

— Dans ce cas, pardonnez-moi. Je ne suis doué ni avec les mots, ni avec les sentiments… (Il reporta son regard sur le portrait en pied d'Augusta, comtesse de Strathsay.) Je ne peux en vouloir à personne pour mon manque d'intelligence. Charles a hérité de tout ce qui pouvait être utile dans la famille. Mais pour mon manque de sentiment, c'est le fils de cette femme, mon père, que je tiens pour responsable.

— Si vous souhaitez rejeter la faute sur quelqu'un, blâmez notre grand-mère, déclara Antonia, fixant elle aussi le portrait. Elle a monté votre mère contre votre père. Elle a monté votre père contre monseigneur. Votre père a mis les voiles pour s'éloigner d'elle. Mais il est impossible d'échapper à soi-même. Augusta était une belle femme au cœur de pierre, aussi froide qu'une vipère. (Antonia fut secouée par un léger frisson de répulsion.) Je vous en prie. Ne parlons pas d'elle, surtout en ce jour.

— Si vraiment c'était une vipère, pourquoi gardez-vous le portrait de notre grand-mère accroché au mur ? S'il était à moi, il serait enveloppé dans un drap et enfermé dans un grenier, ou bien relégué dans un coin poussiéreux d'une galerie d'art. Roxton voudrait peut-être l'avoir ?

Antonia sourit, mais secoua la tête.

— Il ne peut pas, même s'il serait assez gentil pour me débarrasser d'elle. Monseigneur a interdit sa présence à Treat. Sa dépouille n'est pas enterrée dans le mausolée familial, mais à Ely, auprès de son amant.

— Mais, à l'évidence, elle n'a pas à rester accrochée à votre mur ?

— C'est vrai. Mais je la laisse là… Elle me sert de rappel – un rappel qu'une belle façade ne va pas forcément avec un bon cœur.

— Étrange… Je veux dire, c'est étrange de votre part, vous qui êtes considérée comme la plus belle femme de l'époque, autant à l'intérieur qu'à l'extérieur…

— C'est ce que vous pensez ? Vous pensez que je ne connais pas de mauvais jours ?

Ils se mirent tous les deux à rire après cette question, et Antonia ajouta sérieusement :

— La beauté est un cadeau de Dieu, dont il ne faut pas abuser et qu'il ne faut pas tenir pour acquis. Ceux qui jouissent de la beauté physique ne peuvent se contenter de sembler bons, ils doivent *être* bons, ce qui exige de *faire preuve* de bonté.

— Réflexion faite, ne vous débarrassez pas d'elle. Ce qu'il vous faut, ce sont quelques bougies, de l'encens et un autel. Un sanctuaire papiste, si vous voulez, pour votre archange de la beauté. Ce qui, quand on y réfléchit, convient parfaitement, puisque notre grand-père était un général papiste pour le Vieux Prétendant.

— Il est important, n'est-ce pas, que ceux qui jouissent d'une grande beauté physique aient le devoir de ne pas abuser de leur don ? continua Antonia sans prêter attention à son trait d'esprit. C'est un immense gâchis que d'être désinvolte, autodestructeur, et de vouloir se faire du mal ; c'est aussi extrêmement arrogant.

Dair détacha son regard du portrait de leur grand-mère et se tourna lentement pour croiser le regard d'Antonia, sans que son expression trahisse ce qu'il pensait. Il retira le cheroot de sa bouche.

— Dixit la duchesse de la beauté, dont le premier mari était à son époque, et restera dans les souvenirs de tous, le noble le plus arrogant des deux côtés de la Manche.

Antonia lui répondit avec un sourire bienveillant.

— Oui, il était arrogant. Mais monseigneur arborait son arrogance avec une assurance grandiose et une force de caractère, comme un homme qui porte la redingote la plus exquise, la mieux ajustée de la pièce. Il avait également une haute opinion de lui-même. Il connaissait sa propre valeur et faisait en sorte que les autres la connaissent aussi. Ce qui, pour un aristocrate de sa position, était tout à fait adéquat.

— Et moi, ma cousine, comment est-ce que je porte ma redingote ? Un peu trop lâche au niveau des épaules à votre goût ? Un peu abîmée au niveau des manchettes, peut-être ? J'imagine que le tissu n'est pas convenable non plus. Ne ménagez pas mes sentiments. Si on doit me servir un sermon pour le dîner, je veux les douze plats, assaisonnés d'une pléthore d'humiliation !

Antonia resta silencieuse un instant, puis elle lui dit ce qu'elle pensait, sincèrement et sans artifice.

— L'homme que vous prétendez être, cet Adonis prétentieux qui maltraite son corps au combat et se bagarre avec des êtres inférieurs, n'a rien d'un gentleman. Il prétend se moquer de tout et de tout le monde. Il fréquente des prostituées et boit de manière excessive. Il ne refuse jamais un pari et se lance ainsi dans des défis ridicules pour ses amis, pour les faire rire, les rendre riches, ou sans aucun but précis. Cet homme, c'est un inconnu pour moi. Et je ne souhaite pas le connaître. Mais cela ne m'empêche pas de tenir à lui et de m'inquiéter. J'ai peur qu'il commence à croire en la façade derrière laquelle il se cache et qu'un jour, ces deux êtres fusionnent. Nous le perdrions alors, il se serait égaré.

— Je suis ce que je suis.

— Non ! Vous faites semblant. Vous jouez la comédie. Mais vous assumez ce rôle depuis maintenant tant d'années que vous n'arrivez plus à faire la différence entre les deux. Mais parfois, le vrai Alisdair Fitzstuart réapparait, et je me dis alors qu'il y a encore de l'espoir pour vous.

Quand Dair souffla et secoua lentement la tête en un geste poli de désaccord, Antonia leva les sourcils et reprit sèchement :

— Votre demande en mariage à Sarah-Jane Strang était donc sincère et vous n'êtes que désolation maintenant qu'elle a choisi votre frère…

— Bien sûr que ce n'était pas sincère ! gronda Dair, énervé, mordant enfin à l'hameçon. Je ne lui ai même pas posé la question. Il me suffisait de faire germer l'idée que j'étais sur le point de lui demander. Je n'ai eu qu'à confier à ma mère que j'envisageais de me marier. Très franchement, si elle me connaissait un tant soit peu, elle aurait su que l'idée ne m'a jamais traversé l'esprit ! Je savais qu'elle n'approuverait pas que la fille d'un marchand devienne la prochaine comtesse de Strathsay, peu importe le montant de sa dot. Bien évidemment, elle s'est précipitée vers Charles en pleurant pour lui annoncer que j'étais sur le point de ruiner la réputation de la famille ! Charlie a imaginé le pire et, quand il nous a vus seuls en train de marcher sur la terrasse, Miss Strang et moi, il s'est enfin décidé à agir. C'était tout l'encouragement dont il avait besoin pour rassembler son courage et révéler ses sentiments à Miss Strang.

Toujours bouillonnant de rage, il jeta un coup d'œil à Antonia avant de reprendre :

— Je suis sidéré que mon petit frère ait eu le cran de trahir son pays, mais qu'il ait agi comme un chat castré quand il était question de demander à la fille qu'il aime de l'épouser. Que pouvais-je faire d'autre à part intervenir pour faire avancer les choses ?

— Il peut être terrifiant d'être amoureux – bien plus terrifiant que n'importe quoi d'autre, surtout si on craint que notre amour ne soit pas réciproque ou qu'un obstacle empêche un dénouement heureux. (Antonia se reprit et sourit.) Mais j'ai prouvé que j'avais raison. Enfin. Qu'allons-nous faire de vous, Alisdair ? Vous qui serez comte de Strathsay et chef de famille un jour. Maintenant que Charles a été reconnu comme un traître parce qu'il agit selon ses croyances, il ne pourra plus jamais mettre un pied sur le territoire anglais et il est exclu de l'héritage familial. Vous êtes le seul espoir de continuité du comté. Veuillez donc me promettre que vous arrêterez d'essayer de vous faire tuer d'un tas de façons intéressantes. Et surtout pas dans l'atelier d'un peintre.

— Ma cousine, je peux vous promettre que si je me fais tuer, ce ne sera pas parce que j'avais envie de mourir.

Il avait vraiment voulu que cet entretien avec sa cousine soit le plus court possible. Il aurait très bien pu se passer du sermon parental, mais il savait bien qu'il était impossible de l'arrêter une fois qu'elle était lancée. Tel un félin féroce, elle allait et venait sur le carrelage en marbre noir et blanc en bas de l'escalier, ses jupons ivoire bruissant de-ci de-là, et il devait bien reconnaître qu'il était flatté qu'elle s'inquiète autant pour son bien-être. Qu'elle s'inquiète pour lui tout court, à vrai dire. Surtout en ce jour, son mariage, qui aurait dû être une journée joyeuse et insouciante, qu'elle n'aurait pas dû passer à s'inquiéter pour lui. Il fut stupéfait de constater qu'il s'agissait du premier sermon maternel qu'il recevait en vingt-huit ans ; sa mère ne sermonnait pas, elle se contentait de faire des suggestions futiles d'un ton irritant ou de fondre en larmes. Étrangement, il tirait une certaine satisfaction de la réprimande d'Antonia.

— Vous trouvez qu'il y a de quoi rire au fait que vous vous mettiez en danger ? Ne m'avez-vous pas écoutée ? Vous avez l'obligation, sinon pour vous-même du moins pour les autres, d'être à la hauteur de votre potentiel. Non ! Ne dites plus rien. J'ai encore quelques mots à vous dire. N'essayez pas de me faire croire à ces absurdités ridicules selon lesquelles *vous* seriez un traître, car je n'y crois absolument pas ! Et ne me dites pas que cette trahison, que vous n'avez pas commise, serait due à un manque d'argent. Je ne crois pas non plus à cela. Vous ne vendriez jamais votre pays pour un gain pécuniaire. C'est également un énorme mensonge, et j'imagine qu'il vient de Shrewsbury, qui pense que j'ai peu de jugeote et qui se voit comme un Machiavel des temps modernes…

Ce discours passionné fit rire Dair à contrecœur, et il se surprit à s'excuser pour son comportement plutôt que de le défendre, ce qui était son intention. Un revirement aussi inattendu le mettait dans une position encore plus délicate pour lui soumettre sa demande, surtout si cela impliquait de révéler qu'il était sur le point de mettre sa vie en danger une fois encore, dans une mission bien plus périlleuse qu'une bagarre dans l'atelier d'un peintre. C'est donc avec un sourire timide qu'il sortit un paquet scellé et une petite bourse en cuir remplie de guinées d'une poche intérieure de sa redingote.

— M'accordez-vous la permission de parler maintenant, Votre Grâce ? demanda-t-il à voix basse en la regardant depuis la quatrième marche, et donc de très haut, car il s'était levé d'un bond dès qu'elle s'était mise debout.

Elle hocha la tête, lui indiquant d'un geste qu'il pouvait se rasseoir, et s'installa sur la marche à côté de lui. Il déposa le paquet scellé et la petite bourse en cuir entre eux et reprit :

— Je ne vous aurais pas menti si vous m'aviez directement questionné à propos des allégations de trahison. Et merci… merci de croire en moi… Mais cela rend ma demande encore plus compliquée à formuler. Je veux que vous gardiez ceci, dit-il en levant le paquet scellé, dans un endroit sûr. Vous ne serez peut-être jamais obligée de rompre le sceau, mais dans l'éventualité de ma mort…

Antonia se redressa.

— Votre mort ? Alisdair, que…

— Je vous en prie, Votre Grâce, il faut que je termine sans être interrompu. Ce paquet contient mon testament et mes dernières volontés, ce qui se passe d'explications. Quand mon décès sera connu de tous, je veux que vous le remettiez à votre fils. Roxton saura quoi faire. (Il replaça le paquet sur la marche et souleva la bourse en cuir.) Pour l'anniversaire du garçon. C'est dans un mois, mais je ne serai peut-être pas revenu… revenu à temps. Il doit y avoir assez de guinées pour un succulent festin familial et son cadeau. Je n'ai aucune idée de ce qu'il veut, ajouta-t-il avec un sourire gêné. Dans sa dernière lettre, il voulait soit un mousquet, soit un microscope. Soldat ou médecin. Il n'arrive pas à se décider. Mais quel garçon de dix ans sait réellement ce qu'il voudra faire plus tard ? À cet âge-là, je voulais être pirate. Ah ! Au moins le poids de la naissance ne pèse pas sur ses frêles épaules et il peut choisir la voie qu'il veut.

Il jeta un coup d'œil à Antonia et lui dit :

— Si j'avais mon mot à dire, je ferais en sorte qu'il ne suive pas mon exemple. Sa mère dit qu'il a la tête bien sur les épaules, j'espère donc qu'il choisira le microscope. Mais si jamais vous considérez que sa seule place est dans l'armée, ainsi soit-il.

Antonia cligna des yeux.

— Vous me confiez Jamie ?

— S'il devait m'arriver quelque chose, oui. Il serait sous votre tutelle jusqu'à son vingt-cinquième anniversaire, quand il recevra l'essentiel de son héritage tel qu'il est actuellement. Si j'étais à la place de mon père, si j'étais comte, j'aurais considérablement plus d'autorité sur la distribution des richesses... Si vous et votre nouveau duc pouviez garder un œil sur lui pendant qu'il grandit, je vous en serais éternellement reconnaissant. (Dair afficha un sourire en coin.) Vous êtes les deux seules personnes de ma connaissance qui ne le traiterez pas avec dédain à cause de son ascendance.

— Alisdair... Julian non plus ne dédaignerait pas votre enfant, ou n'importe quel autre enfant. Il ferait un tuteur bien plus approprié, non ?

— Non. Nous nous adressons à peine la parole. Qui pourrait le lui reprocher, après ce qu'il s'est passé à la régate ? Son fils a failli se noyer, et j'étais concentré sur la ligne d'arrivée, coûte que coûte... Mon Dieu ! Que doit-il penser de moi ? Et vous... ?

Il tira sur son cheroot et souffla la fumée par-dessus son épaule, loin d'Antonia. Voyant qu'elle restait silencieuse, sa bouche esquissa un sourire en coin et il continua :

— Merci de ne pas poser de questions... Je vous expliquerai peut-être un jour...

Il se reprit et ajouta :

— Même si nous étions en très bons termes, lui et Deborah ont déjà une belle nichée, et un autre enfant qui arrive. Par ailleurs, après toutes les années qu'il a passées en tant que marchand sur le sous-continent, votre nouveau duc est bien plus ouvert à la possibilité et au potentiel. Je l'ai observé en présence des garçons de Roxton ; Frederick l'idolâtre. (Dair fronça les sourcils quand une idée lui traversa soudain l'esprit.) Mais si vous préférez que je ne...

— Non ! Non ! Bien sûr, nous ferons ce que vous nous demandez, répondit Antonia en retenant ses larmes, avant de poser ses doigts sur la large main de son cousin. Jonathon, il sera d'accord avec moi. Ce serait un honneur. Vraiment.

Elle renifla et sourit quand Dair leva sa main pour y déposer un baiser.

— Mais nous n'en arriverons pas là, car vous nous reviendrez, peu importe votre destination, et Jamie pourra remercier son père de vive voix pour le microscope la prochaine fois qu'il vous verra.

— J'espère que l'avenir vous donnera raison, ma cousine. Et merci. Mon esprit peut s'apaiser maintenant.

Il écrasa le mégot ardent de son cheroot contre la semelle de sa botte et le laissa retomber dans un plateau en argent qu'un valet de pied lui tendit vivement. Après avoir aidé Antonia à se relever, il lui confia le paquet scellé et la bourse. Elle les glissa sous la première couche de sa robe en satin, dans l'une des deux longues poches brodées qui étaient nouées autour de sa taille, entre ses couches de jupons.

— Aux yeux du reste de Londres, je vais passer le prochain mois dans la Tour. Vous et Kinross pouvez savoir que je me rends au Portugal. Vous pouvez vous réjouir, ce n'est pas un pays avec lequel nous sommes en guerre en ce moment – un changement agréable. Selon Shrewsbury, nous avons un accord commercial avec les Portugais et importons des tonneaux et des tonneaux de porto…

— Mais ce n'est pas pour le porto que vous y allez.

— Non. Et c'est tout ce que je peux vous dire, s'excusa-t-il. Je rapporterai une douzaine de bouteilles ou une caisse pour votre nouveau duc et Roxton, en fonction de ce que je pourrai récupérer.

— Faites attention à vous, mon cher.

Dair s'inclina sur sa main et, puisqu'elle le regardait d'un air très inquiet, il l'embrassa impétueusement sur la joue.

— Je ferai tout mon possible pour rester en vie, ma chère cousine. Je le promets.

Antonia passa son bras sous le sien et commença à le raccompagner, mais elle se détourna en entendant une soudaine explosion de bruits, rires et conversations venant du salon, dont la porte s'était violemment ouverte. Son plus jeune fils, Lord Henri-Antoine, en sortit d'un pas nonchalant, aperçut sa mère, s'approcha d'elle et lui prit la main, tout en adressant un hochement de tête à Dair, qui bouclait le fourreau de son épée.

— Fitzstuart ! Personne ne nous a dit que vous étiez là. Morbleu ! C'est un bel œil au beurre noir que vous avez là ; et votre lèvre… Venez nous raconter comment vous vous êtes fait ça. Je parie que c'était une sacrée bagarre. On s'apprêtait à commencer une partie de mimes avant le déjeuner, et vous êtes le quatrième joueur qu'il nous manque. Mère, cela ne vous dérange pas que Fitzstuart prenne votre place…

— Henri-Antoine, veuillez arrêter de parler. Je pense que vous avez bu trop de punch pendant le mariage. Écoutez-moi. Alisdair est sur le point de partir, et je vous demanderai d'oublier que vous l'avez vu. Pas un mot, ni à Jack ni à personne. D'accord ?

— Si vous ne voyez pas d'inconvénient à garder cela pour vous, Harry, je vous en serais reconnaissant, déclara Dair en adressant un clin d'œil à son jeune cousin tandis que le majordome adjoint l'aidait à enfiler son pardessus. Une mission pour Sa Majesté. Vous comprenez…

Les yeux foncés de Lord Henri-Antoine s'écarquillèrent alors qu'il regardait son cousin récupérer son chapeau et ses gants des mains d'un valet de pied. Il tapota son long nez.

— Compris. Pas un mot.

Il déposa un baiser sur la joue de sa mère et passa un bras autour de ses épaules.

— C'est donc vous, mère, qui vous retrouvez avec moi, Jack et le révérend J…

— Comment ? Jenkins ? Incroyable ! Je m'absente pendant cinq minutes et je me retrouve dans la même équipe que le chapelain ? s'écria Antonia, offensée. C'est votre frère qui a manigancé cela ? Il est très mauvais aux mimes, mais Jenkins est pire… (Elle se laissa reconduire dans le salon.) Je ne comprends jamais ce qu'il mime ! Et je suis toujours hilare derrière mon éventail parce qu'il ressemble à un poisson à bout de souffle. C'est totalement indigne.

— Qui ressemble à un poisson hors de l'eau, chérie ? s'enquit Jonathon en plaçant une flûte de champagne dans sa main. Roxton veut porter un toast.

— Le révérend Poisson, murmura bruyamment Lord Henri-Antoine, s'éloignant rapidement avant que sa mère ne puisse lui saisir le bras.

Il lui envoya un baiser quand il se retrouva en sécurité à l'autre bout de la pièce. Antonia sourit et lui envoya un baiser à son tour. Elle jeta un coup d'œil par-dessus son épaule alors que les valets de pied en livrée refermaient les portes du salon ; elle aperçut le majordome adjoint qui verrouillait la porte d'entrée. Dair Fitzstuart avait quitté la maison.

# DOUZE

Rory passa deux semaines à faire campagne auprès de sa belle-sœur pour qu'elle l'accompagne au jardin botanique de Chelsea. Elle rallia même son grand-père et Mr. Watkins à sa cause. Tous deux étaient d'accord pour dire que l'air frais, un pique-nique et un changement de décor remonteraient le moral de Lady Grasby. Rory essaya même de la faire mourir d'ennui en espérant qu'à force de parler de la reproduction de l'ananas et du fait que Crawford devait consulter les jardiniers du jardin botanique, Silla finirait par céder et dire oui à l'excursion. Elle restait implacable.

En dernier recours, Rory misa tout sur la culpabilité. La visite au jardin botanique devait avoir lieu dans les trois prochaines semaines, avant le départ de Rory et son grand-père pour leur séjour annuel dans le Hampshire, sur le domaine du duc de Roxton à Treat. Ils seraient absents pendant un mois. Comment pouvait-elle confier ses précieux ananas aux soins de Crawford s'il n'avait pas rendu visite aux jardiniers botanistes pour apprendre à s'en occuper correctement ?

Il faudrait peut-être que son grand-père parte à Treat sans elle cette année ? Mais cette année était censée être spéciale, car au lieu de séjourner dans la maison principale, le duc et la duchesse les laissaient s'installer dans le Gatehouse Lodge, de l'autre côté du lac. Ce pavillon d'entrée se trouvait au bout de l'allée de gravier qui menait à la maison douairière, le charmant manoir élisabéthain de sa marraine sur la rive du lac. Elle avait attendu de pouvoir nager et pêcher à la ligne avec tellement d'impatience…

Il était impossible de tirer Lady Grasby de son égocentrisme et de déclencher en elle le moindre pincement de culpabilité. Elle se mit à prendre son souper dans ses appartements, pour éviter non seulement la conversation enthousiaste de Rory, mais aussi les conversations des hommes de la maison. Tout le monde semblait avoir oublié l'incident, ainsi que l'humiliation totale dont elle avait été victime dans l'atelier de Romney. L'humiliation était si grande qu'elle était incapable de sortir de la maison des Talbot, de peur d'être ridiculisée. Par ailleurs, il était maintenant hors de question qu'elle retourne à l'atelier pour les dernières séances de pose pour son portrait en pied.

Au bout de deux semaines, même son frère William, son fidèle défenseur, n'avait plus de compassion pour elle. Il était las de son besoin constant de revivre l'incident et il osa même suggérer que le désarroi de Miss Talbot, une célibataire innocente, était bien plus grand que ce qu'elle avait subi. Lady Grasby était restée bouche bée, l'avait traité de monstre sans cœur et lui avait ordonné de la laisser seule à son malheur.

Lord Shrewsbury, qui consacrait peu de temps à la femme de son petit-fils en tant que personne, reconnaissait néanmoins son importance dans la préservation dynastique de la lignée Talbot et du comté de Shrewsbury, et il prit donc l'initiative de la sermonner. Il lui dit que son indignation morale ouverte face aux badinages de son mari avec des danseuses était tout à fait prosaïque et digne du comportement des pires poissonnières de Billingsgate. En tant que femme d'un noble, elle devait s'atteler à son seul objectif de vie : engendrer un héritier. Elle était mariée depuis trois ans et ne montrait toujours aucun signe de grossesse, qu'est-ce qui n'allait pas chez elle ? Le sermon de Sa Seigneurie fut interrompu par l'annonce qu'un carrosse attendait pour le conduire au palais Saint James. Ce qui était tout aussi bien. Lord Shrewsbury avait fui sa propre bibliothèque au son des sanglots bruyants de Lady Grasby.

Le seul membre de la maisonnée qui semblait indifférent au comportement de Lady Grasby, c'était son mari. À l'exception du changement dans ses habitudes pour dormir, Grasby continua à mener sa vie comme si l'incident dans l'atelier de Romney n'avait jamais eu lieu. Il passait du temps au White's Club. Il dînait en ville avec Mr. Cedric Pleasant. Il avait des rendez-vous avec son homme d'affaires et son intendant, et son tailleur avait pris ses mesures pour un nouveau costume. Il savait que sa femme se montrait éhontément égocentrique et puérile, ce qui le poussait à réfléchir à la raison pour laquelle il l'avait épousée ; non parce qu'il était tombé amoureux d'elle, mais parce que son grand-père lui avait dit qu'avec une dot de cinquante mille livres, c'était elle qu'il devait épouser. Sa beauté avait facilité sa décision. Il était en partie flatté qu'elle soit bouleversée par son comportement, car cela montrait qu'elle n'était pas indifférente. Mais il était déterminé comme jamais à ne pas céder à sa demande de mettre fin à son amitié avec le commandant Lord Fitzstuart. Il n'était pas autant préoccupé par ses problèmes conjugaux que par le fait que son meilleur ami croupissait dans la Tour, accusé de trahison, et par le refus de sa femme d'accompagner sa sœur au jardin botanique, bien qu'elle sache que Rory ne pouvait pas se rendre, sans être accompagnée d'une femme, dans un lieu où l'on entrait uniquement sur invitation et seulement fréquenté par les hommes qui y travaillaient et y étudiaient.

Mais Grasby savait comment s'y prendre pour faire plier sa femme. Il avait appris au moins cela en trois ans de mariage. Alors qu'elle soupait seule, Grasby arriva nonchalamment dans les appartements de sa femme et lui annonça d'une voix monotone qu'elle n'avait pas à s'inquiéter, que personne ne la forcerait à se rendre là où elle ne voulait pas aller. Il emmènerait sa sœur au jardin botanique le lendemain, et sa présence n'était ni nécessaire ni désirée, car la charmante Maria Hibbert-Baker avait gentiment accepté d'être la chaperonne de Rory. Si elle voulait le carrosse, elle pouvait l'avoir pour la journée, car lui et son petit groupe voyageraient en péniche, un plaisir supplémentaire pour Rory et Maria.

Sa ruse fonctionna. Drusilla s'offusqua immédiatement que Maria Hibbert-Baker prenne sa place, exactement comme il l'avait prévu. Si Grasby n'avait pas épousé Drusilla Watkins, Maria aurait été son second choix. Plus tard ce même soir, Lady Grasby déclara à Rory qu'une balade paisible sur la Tamise était exactement le remontant dont elle avait besoin pour s'éclaircir les idées. Tant qu'ils étaient au jardin botanique, peut-être qu'un des apothicaires aurait la gentillesse de lui proposer les dernières herbes médicinales contre la migraine.

Rory était on ne peut plus heureuse que l'excursion soit enfin prévue. Et comme elle était heureuse, Grasby, William Watkins et Lord Shrewsbury l'étaient aussi. La maison des Talbot retrouva son calme, pour le moment du moins. Puis il se mit à pleuvoir. Il s'agissait d'orages estivaux inhabituels, et la pluie battante perdura toute la semaine. Quand le soleil se remit à briller, dix jours s'étaient écoulés et les avaient menés à la veille du départ de Rory et de son grand-père pour le Hampshire.

Il restait assez de temps pour se rendre au jardin botanique, selon Lord Grasby. Ils partirent donc dans la péniche privée du comte, propulsée par huit rameurs costauds vêtus de la livrée verte et saumon de Shrewsbury. L'embarcation, dont la proue, la poupe et le bastingage étaient décorés de gravures dorées représentant des créatures marines fantastiques, était équipée d'une pièce intérieure moquettée, au plafond peint et aux meubles dorés. Un tapis recouvrait le toit, et il y avait même un auvent en tissu bleu-gris clair, qui permettrait à ceux qui voulaient apprécier la brise rafraichissante du fleuve de profiter d'un peu d'ombre malgré le soleil d'été qui tapait intensément pour la première fois depuis des semaines.

Rory passa un moment merveilleux à se promener dans le jardin botanique, son petit groupe la suivant consciencieusement partout où elle allait. Elle avait du mal à contenir son excitation et son émerveillement face à tout ce qu'elle voyait. Elle inspecta plusieurs parterres de fleurs, écouta attentivement le jeune apprenti apothicaire qui leur servait de guide, et observa avec admiration l'unique olivier qui avait réussi à pousser dans le climat anglais. Cela dit, par une journée aussi chaude, elle ne fut pas surprise qu'un arbre méditerranéen se développe si bien. Elle reçut une réponse tellement enthousiaste de l'élève apothicaire quand elle fit ce commentaire que, quand il les mena elle et son groupe dans la magnifique orangerie aux panneaux en verre, remplie de plusieurs rangées d'orangers, de citronniers et de limettiers plantés dans des bacs, il s'adressa presque exclusivement à Rory. Quand ils arrivèrent à la distillerie et aux parties réservées aux préparations à base de plantes, où on fabriquait les médicaments, il avait perdu sa timidité et complètement oublié que Rory était une jolie jeune femme.

Rory était au comble du bonheur, en particulier quand le jardinier en chef lui annonça qu'il connaissait le gentleman parfait avec qui elle pourrait discuter de la culture de l'ananas. Il avait pris la liberté d'envoyer un message aux Banks vingt minutes plus tôt. Mr. Humphrey était un expert des broméliacées qui logeait chez les Banks, où il dégustait actuellement son repas de l'après-midi. Il enverrait Mr. Humphrey à la péniche, si Miss Talbot ne voyait pas d'inconvénient à ce que son déjeuner soit interrompu... ?

Quand la péniche de son grand-père fut mentionnée, Rory se rappela qu'elle avait faim, et que Grasby était venu la chercher dix minutes plus tôt. Il attendait patiemment près de la statue imposante de Sir Hans Sloane, bienfaiteur des lieux. Sa main recouverte d'une mitaine tenant fermement le pommeau en ivoire de sa canne, elle attrapa le bras replié de son frère de l'autre et s'appuya sur lui un peu plus que d'habitude. Il la réprimanda tendrement de ne pas avoir pris le temps de se reposer sur l'un des nombreux bancs éparpillés dans le jardin, et ajouta qu'il était peu probable qu'un chapeau de paille suffise à lui faire assez d'ombre en une journée aussi chaude. Où était donc son ombrelle ?

— Je l'ai donnée à Silla, qui n'a pas apporté la sienne. Vous avez raison, bien sûr. J'avais oublié que le soleil pouvait être aussi féroce… Ce n'est que maintenant que je sens la douleur dans ma cheville et dans ma hanche…

— Allons vous mettre au frais… J'ai envoyé Crawford déjeuner avec les rameurs et les autres qui se sont joints à nous. Nous sommes sur la berge du mur sud.

— Le mur sud… ?

— Là où est amarrée la péniche.

— Oh ! Ce mur-là est donc le mur sud, commenta Rory d'un ton qu'elle voulait désinvolte. Comme je suis sotte. Je confonds toujours les points cardinaux.

— Je me suis dit qu'il valait mieux pique-niquer à l'intérieur ou sous l'auvent. Il fait bien trop chaud ici, sur le terrain dégagé du jardin. Par ailleurs, ajouta-t-il avec un sourire en coin, Silla est retournée sur le bateau deux heures après avoir rejoint la terre ferme, désignant les rayons du soleil comme son ennemi. Vous lui avez donc donné votre ombrelle pour rien. (Il fit la moue.) Au moins, ce n'est pas moi qui l'ai contrariée cette fois !

— Oui, au moins, murmura Rory, distraite. Donc, la maison – celle aux cheminées jacobéennes de l'autre côté du mur – doit être celle des Banks… ?

Grasby aurait aimé voir le visage de sa sœur, mais il était caché sous le large bord de son chapeau de paille. Sa question posée sur un ton innocent ne le dupa cependant pas, et il la soupçonnait d'aller de pair avec des joues empourprées.

— J'aimerais ne jamais avoir eu cette conversation avec vous à propos de Lily Banks. Vous êtes curieuse et voulez la voir vous-même. Et si je ne vous connaissais pas aussi bien, vous et votre réel intérêt pour les ananas, je penserais que toute cette excursion est une excuse pour vous approcher d'elle à pas de loup et jeter un coup d'œil par-dessus cette clôture pour voir ce qu'elle…

— Je n'ai pas besoin d'approcher à pas de loup. Et comment pourrais-je ne pas être curieuse après ce que vous m'avez dit d'elle ?

— Je savais que je regretterais de m'être confié sur Lily Banks. Dair ne parle ni d'elle ni de son fils, à personne. Il se trouve juste qu'il s'est confié à moi une fois. Et à présent, je vous en ai parlé…

— Je n'ai aucune intention de trahir vos confidences, Harvel.

— Mais vous n'allez pas freiner votre curiosité, si ? Il n'y a rien de mystérieux chez elle, en plus de ce que je vous ai dit. Elle est mariée et a eu quatre autres morveux. Que pourriez-vous vouloir savoir de plus ?

Beaucoup de choses, pensa Rory. À quoi ressemblait-elle ? Quelle était sa nature ? Était-elle une bonne épouse et une bonne mère pour son mari et ses fils ? Servait-elle encore de maquerelle au commandant ? Après tout, il l'avait invitée chez les Banks et lui avait dit que Lily Banks l'accueillerait sans lui poser de questions. Dair Fitzstuart tenait-il encore à elle, et elle à lui ? Son mariage était peut-être une imposture pour cacher sa relation immorale avec le commandant ? Leur fils ressemblait-il réellement à son père ? Était-il digne de son père, ou était-il pourri gâté ? S'agissait-il d'un foyer heureux ? Qui vivait dans cette maison ? Vivaient-ils confortablement ? Mr. Banks acceptait-il cet enfant que sa femme avait eu avec un autre homme ? Aimait-il sa femme ? Acceptait-il d'être un mari trompé pour Sa Seigneurie ? Mr. Humphrey était-il un simple locataire… ? La liste s'allongeait encore et encore.

Tant qu'elle n'aurait pas vu Lily Banks et son fils de ses propres yeux, elle savait qu'elle continuerait à se poser des questions sur eux et à en rêver. Tout comme elle rêvait du commandant Fitzstuart et de ce baiser, se demandant encore pourquoi, dans la bibliothèque de son grand-père, il avait agi comme s'il était incapable de la différencier d'un morceau de sucre !

Son cœur battait la chamade, et elle se sentait aussi étourdie qu'un moucheron coincé sous un verre, à l'idée que la maison des Banks soit à sa portée. Tout ce qui séparait le jardin botanique de cette maison, c'était un muret en pierre construit pour décourager les bêtes à quatre pattes, et non les hommes, afin de les empêcher d'entrer dans le jardin botanique et de piétiner et manger tous les spécimens soigneusement disposés et entretenus. Il y avait même un portail fermé, mais non verrouillé, entre les deux propriétés, ainsi qu'un chemin cabossé qui serpentait entre les arbres.

Elle fixait le portail et se disait qu'elle aimerait beaucoup le franchir et monter vers la maison sous prétexte de se présenter au locataire, Mr. Humphrey, quand, à sa grande surprise, un homme apparut entre les arbres. Il descendit le chemin de gravier à grandes enjambées, puis s'en éloigna, traversa le petit carré de pelouse recouvert de fleurs sauvages qui se fanaient sous la chaleur, et se dirigea droit sur eux. Il appuya son avant-bras tanné sur le muret en pierre, souleva son couvre-chef et les salua d'un sourire.

— J'vous demande pardon d'vous interrompre, gente dame, cher m'sieur, mais vous seriez pas les gens de haut rang qui veulent s'entretenir avec Mr. Humphrey qui loge chez les Banks ?

Grasby eut un mouvement de recul quand cet homme lui adressa la parole sans en avoir reçu la permission. Où étaient passées les manières de ce domestique ? Il suffisait d'un regard à ses manches retroussées, à ses avant-bras brûlés par le soleil, au foulard qu'il portait autour de sa gorge rouge et au visage transpirant qui entourait un sourire édenté pour comprendre que cet homme était non seulement un domestique extérieur, mais aussi qu'il était en bas de l'échelle dans ce groupe servile. Mais Rory s'avança et releva le menton pour que le domestique puisse apercevoir son visage.

— Oui, je suis Miss Talbot, et j'aimerais m'entretenir avec Mr. Humphrey à propos de son expertise en matière d'ananas.

— J'y connais rien à ces trucs-là, mais la maîtresse m'a envoyé voir si vous vouliez monter à la maison pour votre entretien avec Mr. Humphrey. La maîtresse a aussi demandé si vous vouliez vous joindre à elle pour un verre de sirop bien frais. Il fait une chaleur épouvantable et il y a de l'ombre dans le jardin…

— Remerciez votre maîtresse pour sa proposition accueillante, déclara froidement Lord Grasby. Nous avons assez d'ombre et de rafraîchissements sur notre péniche.

— Drusilla et Mr. Watkins préféreraient qu'on ne les dérange pas, commenta Rory derrière l'éventail qu'elle agitait. Et puis, il serait impoli de décliner l'invitation…

— … de quelqu'un que nous n'avons jamais rencontré ? Non, ce ne serait pas impoli, cela nous épargnerait la gêne de nous imposer à eux, répondit Grasby sans se soucier que l'homme entende chaque mot qu'il prononçait. Quel genre de personne envoie un garçon d'écurie ? Il devrait s'agir d'un valet de pied qui travaille à l'intérieur. Par ailleurs, il n'est pas convenable que ma sœur rencontre de telles… *personnes*.

Rory leva de nouveau le menton pour que le domestique puisse voir sous le bord de son chapeau et lui adressa un sourire. Il avait replacé son chapeau en feutre sur son crâne dégarni et appuyait ses bras croisés sur le mur en pierre, attendant patiemment une réponse. Quand elle lui sourit, il resouleva son couvre-chef, apparemment impassible face à l'impolitesse de Sa Seigneurie. Puis elle se tourna vers son frère, fâchée.

— Peut-être n'ont-ils pas de valet de pied d'intérieur ? Peut-être est-il occupé ailleurs ? Le principal, c'est que la proposition ait été faite, peu importe comment, non ?

— C'est important pour moi et pour n'importe qui ayant de

bonnes manières, déclara Grasby, le nez en l'air, incarnant parfaitement l'aristocrate arrogant. Il y a une façon correcte de faire les choses, ou alors il vaut mieux ne pas les faire du tout ! Et ceux qui ne savent pas se montrer polis ne sont que de simples chevaliers et des parvenus qui ne méritent pas notre condescendance !

— Je ne vous aurais jamais pris pour un cuistre, Harvel. Vous êtes mesquin et déterminé à faire en sorte que je ne passe pas ce portail.

— Et alors ! Je ne pense qu'à votre bien. Il vaut mieux rester ici avec notre dignité intacte, plutôt que d'aller de l'autre côté, avec qui sait quel genre de personnes – des parasites, des pique-assiette, des malotrus pour ce que j'en sais !

— C'est bien le problème. Vous n'en savez rien, si ?

— J'en sais plus que vous, et c'est suffisant !

Rory cligna des yeux. Son frère avait peut-être trop pris le soleil et n'était plus lui-même ? Elle ne l'avait jamais vu aussi impoli et implacable, sans raison apparente.

— Vous considérez que le commandant est votre *ami*, murmura-t-elle d'un air farouche, mais vous refusez de faire la connaissance de *ses* amis ?

— Ah, c'est différent, et il serait d'accord avec moi. Vous êtes une femme et vous êtes ma sœur. Vous êtes une lady, et cela doit rester inchangé. Je refuse que votre réputation soit corrompue – ou que *vous* soyez corrompue – par association avec des personnes à l'ascendance inconnue et à la réputation douteuse. Nous savons déjà que l'une de ces personnes ne jouit pas d'une réputation digne de ce nom...

— Une réputation détruite *par association* avec *votre* meilleur ami ! C'est difficilement sa faute à elle, si ?

— Ah ! Je vous ai dit qu'elle était assez âgée pour faire preuve de bon sens.

— Je ne vous laisserai pas rejeter entièrement la faute sur elle. Il faut être deux pour faire un enfant. Et j'ai...

— Du calme ! Du calme ! exigea Grasby en faisant un pas vers l'arrière, choqué. Vous avez un peu trop pris le soleil, chère sœur...

— ... j'ai fait le calcul, articula-t-elle. Il avait seulement dix-huit ans quand son fils est né, et elle devait être plus jeune. Eux-mêmes n'étaient que des enfants.

— Vous ne pouvez pas parler haut et fort des roses et des choux, dit-il dans un murmure accentué, avec un regard en coin significatif vers le domestique qui était toujours patiemment appuyé contre le mur en pierre. Pas devant...

— Mais selon vous, Harvel, ce que *nous* disons devant nos inférieurs n'a aucune importance.

Grasby était à court d'arguments, il abandonna donc et soupira :

— Venez, ma dragée, allons à la péniche pour que vous puissiez retrouver un peu d'ombre…

— Harvel, nous ne pouvons pas refuser cette invitation, chuchota-t-elle. C'est impossible. Mr. Humphrey a gentiment proposé de discuter avec moi. Quand aurai-je de nouveau cette opportunité ? Pas avant des mois. Et l'hôtesse de la maison des Banks a proposé de nous offrir un rafraîchissement. Ces gens sont les amis de *votre* meilleur ami.

— Rory, pour être honnête, je ne sais pas quelle importance ont ces gens aux yeux de Dair. Je n'ai certainement aucune idée de l'importance qu'a Lily Banks à ses yeux aujourd'hui. Mais ce que je sais, c'est qu'ils sont d'un rang inférieur et qu'ils ne font pas partie de notre cercle social, et que nous devrions donc ne pas nous approcher.

— Je ne suis pas d'accord avec vous, et je refuse de décliner l'hospitalité offerte généreusement par quelqu'un, peu importe ses origines.

Quand son frère leva une main vers le ciel, l'air gêné, elle ajouta :

— Dites-moi, qu'est-ce qui pourrait davantage corrompre votre sœur : prendre un verre de sirop frais avec les Banks et discuter avec le spécialiste des broméliacées du jardin botanique, ou partager une méridienne avec la célèbre maîtresse du duc de Dorset et ses amies de petite vertu dans l'atelier de Romney ?

— Oh, non, vous n'allez pas vous y mettre ! geignit Grasby en levant les yeux au ciel, avant de se redresser, de s'essuyer la bouche du revers de la main et de laisser échapper un long soupir de frustration. Je ne cesserai jamais d'entendre parler de cet épisode insignifiant, si ?

— Non. Pas tant que vous ne traiterez pas les gens comme ils le méritent, au lieu de laisser votre rang social vous dicter votre conduite.

Avant que son frère ne puisse ajouter quoi que ce soit, Rory se tourna vers le domestique et accepta la proposition généreuse de sa maîtresse avec un sourire.

— Nous allons vous rejoindre sous peu. J'utilise une canne, il va donc me falloir un peu de temps pour remonter le chemin.

— Très bien, mad'moiselle ! Je vais prévenir Mrs. Banks et Mr. Humphrey d'votre arrivée, répondit l'homme avec un grand sourire.

Il se découvrit une nouvelle fois et repartit en sifflotant, empruntant le chemin par lequel il était arrivé.

— Une belle part de tourte au faisan, un gros morceau du meilleur chester et une bouteille de bordeaux m'attendaient sur la péniche, marmonna Grasby en ouvrant le portail, le refermant après que Rory et lui l'eurent franchi. J'espère que vous êtes contente de vous. Ne rejetez pas la faute sur moi quand vous aurez le choc de votre vie en découvrant que ces gens ne savent pas du tout comment se comporter correctement devant la petite-fille d'un comte !

Rory le laissa voir son sourire effronté et triomphant.

— Merci, Harvel. Mais moi, je sais me comporter correctement, et c'est tout ce qui importerait aux yeux de grand-père.

Il grogna, lui offrit son bras et ne dit plus rien jusqu'à ce qu'ils aient dépassé les arbres et atteint le bord d'une pelouse qui sur la gauche descendait vers un bosquet de saules au bord du fleuve, et sur la droite remontait vers la maison, un petit manoir jacobéen en briques rouges avec des cheminées ornementées. Plusieurs portes-fenêtres alignées, qui donnaient sur une large terrasse, étaient grandes ouvertes et fixées contre le briquetage extérieur grâce à des crochets, ce qui facilitait l'accès à la maison et laissait entrer la moindre brise venant du fleuve.

Puisqu'ils ne voyaient pas le domestique qui leur avait transmis l'invitation, Grasby et Rory se dirigèrent vers la terrasse et les portes-fenêtres. Dans l'ombre de la maison, un tapis recouvrait le carrelage, sur lequel on avait installé une table de salle à manger chargée d'un festin ; une pièce de bœuf avec tous ses accompagnements, une cuisse d'agneau, des bols remplis de légumes, des saucières et plats de condiments, deux grosses miches de pain croustillantes, des verres de vin et des carafes. De chaque côté de ce festin, des assiettes contenaient des repas à moitié mangés, couteaux à manche en os et fourchettes abandonnés sur le dessus. La redingote d'un enfant était suspendue au dossier d'une chaise et à une autre place, là où aurait dû se trouver l'assiette, s'empilaient des cadeaux qui n'avaient pas encore été déballés. Tout indiquait qu'un repas était en cours. Et pourtant, c'étaient les chaises, éloignées de la table et disposées de manière désordonnée, qui révélaient ce qu'il s'était passé. Les invités semblaient avoir précipitamment abandonné leur festin. Mais pourquoi ? Pour quelle raison une demi-douzaine de personnes poseraient-elles soudain leurs couverts pour prendre la fuite ?

Le frère et la sœur se regardèrent, silencieux, incapables de trouver une seule raison plausible.

# TREIZE

Lord Grasby s'apprêtait à suggérer à Rory de partir. Il lui semblait incompréhensible qu'on abandonne tout simplement un repas aussi splendide que celui qu'ils avaient sous les yeux. Il ne voyait aucune raison de patienter si cela ne servait qu'à confirmer ses soupçons selon lesquels cette famille était bien inférieure à eux. Par ailleurs, la vue de toute cette nourriture ne faisait que décupler sa faim. S'il ne retournait pas en toute hâte à la péniche, où sa tourte au faisan et son chester l'attendaient, il craignait que son inanition ne lui fasse perdre la tête et le pousse à se servir.

Mais il écarta immédiatement l'idée de retourner à la péniche. La main de Rory, dans sa mitaine, agrippait la manche de son manteau si fermement qu'il sut qu'elle tenait debout uniquement par pure volonté. Ils avaient dû parcourir une distance deux fois plus longue pour rejoindre la maison que s'ils étaient retournés à la péniche, ce qui lui avait donc demandé deux fois plus d'efforts. Elle avait besoin de repos et d'un tabouret pour surélever son pied. Il n'aurait pas été surpris qu'il soit couvert d'ampoules. Elle avait aussi besoin de se rafraîchir.

Sans demander, il la souleva et la porta jusqu'à la chaise la plus proche, éloignant suffisamment le siège de la table avec son pied pour pouvoir l'asseoir dessus. Puis il chercha un gobelet vide sur la table en désordre. Il en trouva un au bout de la table, où se trouvaient la redingote de l'enfant et les cadeaux, ainsi qu'un pichet de sirop. Il remplit le gobelet, en approcha son nez et renifla, avant de boire une gorgée du liquide trouble et aigre-doux, pour vérifier que le goût était acceptable. Alors seulement, il le tendit à Rory. Quand il lui dit de boire l'eau citronnée, car il s'agissait selon lui d'un rafraîchissement parfaitement convenable, elle s'exécuta volontiers. Les précautions qu'il avait prises pour s'assurer que le sirop lui conviendrait la firent sourire. Puis il partit à la recherche d'un tabouret, la laissant seule sur la terrasse quand il entra dans la maison.

Rory savait qu'elle avait des ampoules au pied gauche, et d'un coup d'œil à sa cheville, elle vit qu'elle était gonflée sous son bas. Il lui tardait d'enlever sa chaussure spéciale et d'agiter ses orteils. Mais elle n'était pas chez elle. Elle ne pouvait s'en prendre qu'à elle-même d'avoir voulu visiter la maison des Banks et ne se plaignait donc pas. Elle n'aurait manqué cette opportunité pour rien au monde. Elle but son reste d'eau citronnée de bon cœur et se sentit mieux. Être assise à l'ombre aidait aussi, ainsi que le fait d'avoir retiré son chapeau de paille, qu'elle déposa sur ses genoux. Elle tapota sa coiffure du bout des doigts puis elle prit l'éventail peint à la gouache qui pendait à son poignet, le déplia d'un coup et agita l'air chaud vers son visage empourpré.

Son frère n'étant toujours pas revenu cinq minutes plus tard, Rory s'inquiéta. Elle espérait qu'il n'était pas en train de faire la morale aux résidents sur les bonnes manières ou sur la façon de traiter leurs supérieurs sociaux. Elle commençait à se demander si certaines idées erronées de Silla sur son statut élevé n'avaient pas déteint sur lui. Grasby n'avait jamais accordé d'importance aux détails de l'étiquette, affirmant que seules ces chères vieilles douairières séniles tenaient à faire respecter des règles que tous les membres de leur cercle connaissaient pratiquement depuis le berceau. Mais où étaient passés les habitants de cette maison ? Pourquoi avaient-ils quitté la table précipitamment ? Où était Mr. Humphrey ? Que s'était-il passé de si important pour que tout le monde ait dû s'absenter ? Qu'était-il arrivé à son frère ?

À peine s'était-elle posé ces questions qu'un vacarme soudain la fit sursauter. Elle se sentit reconnaissante d'avoir fini son gobelet, car elle l'aurait sûrement renversé sur ses jupons en coton perlé. Elle détourna les yeux de la pelouse et regarda par-dessus son épaule droite, vers les portes-fenêtres.

Rory eut l'impression qu'une vraie foule se déversait sur la terrasse. Hommes et femmes, jeunes et âgés, des enfants qui gambadaient, un bébé en pleurs dans un couffin, plusieurs chiens en pleine course, et trois jeunes hommes en pleine conversation et loin d'être pressés. Ils étaient tous de bonne humeur et reprirent leur place à table dans des raclements de chaises. Trois petits garçons n'accordèrent aucune attention à Rory dans leur tentative d'apaiser leur faim ; ils grimpèrent sur leurs chaises respectives avec l'aide des adultes et prirent immédiatement leurs fourchettes afin de continuer à manger ce qui avait auparavant été mis dans leurs assiettes. Les adultes reprirent leurs places mais ne mangèrent pas ; ils saluèrent Rory d'un sourire, mais semblèrent trop réservés pour faire plus que hocher la tête en silence quand elle leur sourit en retour.

Plusieurs bonnes suivirent la famille sur la terrasse, portant encore d'autres plats et des seaux à glace qui contenaient des bouteilles de vin, qu'elles placèrent à intervalles réguliers au milieu du désordre. Un domestique arriva ensuite avec un tabouret qu'il plaça devant Rory. Il le disposa à sa convenance et prit congé, la laissant à une table où les convives savaient qu'elle était présente, mais la traitaient plus comme un spectre que comme une femme en chair et en os. Elle soupira de soulagement quand son frère réapparut, mais eut le souffle coupé quand son regard se posa sur la magnifique brune à son côté. Elle accepta avec gratitude un verre de vin que lui tendait une domestique ; elle eut alors non seulement quelque chose à boire, mais également à regarder, plutôt que de fixer cette femme qui devait être Lily Banks.

Cette hypothèse se confirma au moment des présentations. Grasby s'approcha de sa chaise et Mrs. Banks entreprit de présenter le reste de sa famille, assise autour de la table : sa grand-mère Mrs. Clare Banks, ses parents Mr. et Mrs. Harold Banks, ses frères Charlie et Eddie, un cousin, Arnie, et quatre de ses cinq fils. Clive, huit ans, voulait devenir soldat comme son oncle Fitz. Bernard, six ans, prendrait la mer où il serait pirate. Oliver avait trois ans et c'était lui le petit dernier jusqu'à l'arrivée de Stephen deux mois plus tôt.

Rory n'avait aucun moyen de savoir si les adultes étaient des parents de Lily ou de son mari, mais cela n'avait aucune importance. Elle ne pouvait pas non plus espérer retenir les noms de tout le monde, mais elle fit de son mieux pour graver ceux des enfants dans sa mémoire. Le seul absent autour de la table était le mari de Lily, qui était parti pour un voyage dans les mers du Sud deux semaines plus tôt, mais qui était resté assez longtemps pour la naissance de son quatrième fils, comme tint à le préciser Grand-mère Banks, ce qui n'avait pas été le cas pour les naissances de Bernard et Oliver.

— Mon aîné, Jamie, est en train d'installer son microscope dans le bureau avec l'aide de Mr. Humphrey, qui connaît ces choses-là. Tous deux devraient bientôt se joindre à nous, sauf, ajouta Lily Banks avec un sourire, s'ils se retrouvent absorbés par une étude scientifique au point d'en perdre la notion du temps…

— Ce qui arrive bien souvent ici ! intervint Père Banks avec un grognement rieur. Quand il est préoccupé par quelque chose, Jamie en oublierait de manger si on ne lui mettait pas de la nourriture sous les yeux !

— Je vous en prie, Lord Grasby, ne voulez-vous pas vous asseoir ? s'enquit Lily Banks. Nous avons assez de nourriture pour un régiment, même si tous mes autres garçons mangent comme s'ils étaient sur le point de partir à l'assaut ! S'il vous plaît, insista-t-elle, souriant quand Grasby souleva enfin les basques de sa redingote en lin bleue aux galons argentés et glissa ses genoux osseux sous la table. Nous avons déjà récité le bénédicité, nous allons donc reprendre notre festin d'anniversaire, si cela ne vous dérange pas. Passez vos assiettes à Père Banks, il vous coupera quelques tranches de bœuf et d'agneau.

Une fois certaine que les convives ne manquaient de rien et étaient occupés à manger et boire, les garçons sous l'œil attentif de leurs grands-parents, Lily Banks se tourna vers Rory et Grasby et dit d'un ton détaché :

— Vous avez dû vous demander pourquoi la terrasse était déserte, surtout si peu de temps après que j'ai envoyé le vieux Bert vous inviter à la maison pour discuter avec Mr. Humphrey. Si je vous ai séparés de votre groupe, je vous présente mes excuses. Le vieux Bert venait de partir vers le portail quand Mr. Humphrey m'a dit qu'il vous avait vus arriver en péniche avec un grand groupe…

— Ne vous inquiétez pas, Mrs. Banks, la rassura Grasby avec un sourire entre deux bouchées, attaquant l'assiette remplie de viande et de légumes qu'on avait placée devant lui. Ils sont fatigués à cause du soleil et font une bonne sieste, ils n'ont aucune raison de penser que nous ne sommes pas avec eux. N'est-ce pas, Rory ?

Rory était ébahie par le fait que son frère se soit aussi rapidement adapté à son nouvel environnement, et par la façon dont le sourire sympathique et les attentions d'une belle femme avaient pu apaiser de façon aussi miraculeuse l'appréhension qu'il avait pu ressentir à l'idée de partager un repas avec ses inférieurs sociaux. Une femme qui, selon ses dires précédents, avait des manières et des mœurs tellement éloignées des leurs qu'il la considérait comme indigne de leur attention. Maintenant qu'elle voyait Mrs. Banks, dans sa robe en lin verte ordinaire et sa veste ajustée, ses cheveux noirs relevés et retenus pas des épingles sobres et par un ruban vert, et sans aucun bijou, elle ressemblait à n'importe quelle épouse et mère aux moyens et aux manières modestes. C'était sa beauté qui la distinguait de ses semblables et, de ce que Rory pouvait en déduire cinq minutes après leur rencontre, elle semblait modeste sur ce point également.

Rory posa son verre de vin, comme si cela avait accaparé toute son attention, et sourit à son hôtesse.

— Comme le disait mon frère, il n'y a rien de grave. Lady Grasby est sûrement en train de se reposer et ne se sera même pas rendu compte de notre absence. En revanche, Mr. Watkins se demande sans doute où nous sommes passés. Nous devrions peut-être leur transmettre une note... ?

— Ce ne sera pas nécessaire... pour l'instant, déclara Grasby.

Évitant de croiser le regard de sa sœur, il dit à Mrs. Banks avec un grand sourire :

— Vous vous apprêtiez à nous dire pourquoi la terrasse était déserte...

— Oui ! Nous sommes tous allés devant la maison pour voir le plus magnifique des carrosses...

— ... tiré par six chevaux noirs au pas relevé, avec deux éclaireurs et quatre valets de pied, intervint Père Banks, découpant encore du bœuf pour les assiettes de ses petits-fils. Ils étaient *tous* en livrée.

— Et il y avait des armoiries sur la porte... commença Grand-mère Banks.

— ... les armoiries des ducs de Roxton, conclut Mère Banks. N'est-ce pas ce que vous disiez, Arnie ? Roxton ? Tenez, Lily, donnez la bouteille à milord. Son verre est vide et il s'étouffe sur sa viande.

Grasby avait dégluti et inspiré en même temps quand on avait mentionné le duc de Roxton. Il échangea un regard avec Rory qui lui confirma qu'ils se disaient la même chose : pour quelle raison possible le sixième duc de Roxton, un noble fier et peu bavard, pouvait il rendre visite aux Banks ? Cela dépassait l'entendement. Leur question silencieuse trouva réponse sans qu'ils aient besoin d'exprimer leur incrédulité.

— Imaginez un peu, un cadeau d'anniversaire livré à Jamie dans un tel carrosse, déclara Grand-mère Banks avec fierté. Il s'en souviendra toute sa vie, hein ?

— Ce n'est pas si difficile à imaginer, grand-mère, quand on sait que le père de Jamie est... Argh ! Pourquoi vous avez fait ça ? gémit Charlie d'une voix stridente, se reculant et frottant son oreille à l'endroit où son père l'avait frappé.

— Vous savez qu'il ne faut pas dire ceci quand nous avons de la compagnie, Charlie, l'avertit Père Banks avant de reprendre sa découpe du bœuf. Personne n'en a le droit à part Sa Seigneurie...

— Évidemment, fallait tous qu'on voie ce carrosse, continua Grand-mère Banks. C'est pas tous les jours que le carrosse d'un duc s'arrête devant notre maison, ça n'arrive même jamais ! Je pense que je n'en avais jamais vu un aussi splendide. Tout en vernis noir et peinture dorée. Vous souvenez-vous avoir jamais vu un tel carrosse, Eddie ?

Eddie Banks secoua la tête, un œil méfiant tourné vers son père. Il refusait d'intervenir dans la conversation si c'était pour finir avec une oreille rouge. Cousin Arnie sauta ainsi dans le vide conversationnel et exprima la déception que tous les convives ressentaient sans l'avoir exprimée à voix haute.

— J'aurais simplement aimé que sa noble occupante descende du carrosse plutôt que de faire monter Jamie à l'intérieur pour lui dire un mot en privé. Ainsi, nous aurions tous pu la voir...

— ... ainsi que ses beaux vêtements ! ajouta Mère Banks avec un soupir mélancolique. Mais la remise du cadeau était encore plus spéciale ainsi, non ? De se dire que Jamie est le seul d'entre nous à être entré dans un véhicule occupé par la noblesse. J'imagine l'intérieur recouvert de soieries et de brocarts délicats...

— Je doute que Jamie ait pensé aux nobles postérieurs qui se sont assis sur ces coussins en soie ! déclara Eddie Banks en pouffant de rire.

Il reçut une gifle comme son frère ; Charlie rit bruyamment de son embarras, soulagé de ne pas être le seul à s'être ridiculisé devant des inconnus.

— Le pauvre Jamie était réticent au début, confia Lily Banks à Rory et son frère, sans prêter attention à l'agitation au bout de la table. Je ne pourrais pas l'en blâmer. Être convoqué dans un carrosse aussi splendide, tout seul, et par une duchesse ! Tout enfant de dix ans serait nerveux.

— Et pas seulement les enfants, Mrs. Banks, approuva Grasby. Je tremblerais d'effroi à l'idée d'y aller seul.

Les frères Banks, deux jeunes adultes, échangèrent un regard ahuri avant de lever leurs verres en même temps.

— Tout à fait ! C'est ce que nous avons dit, déclara Charlie en trinquant avec son frère Eddie, les deux de nouveau réconciliés.

Grasby posa ses couverts en jetant un coup d'œil à sa sœur.

— Donc il ne s'agissait pas du duc de Roxton... Sa Grâce de Roxton est-elle venue vous rendre visite ?

— C'est étrange que vous disiez ceci, Lord Grasby, répondit Lily Banks, ses yeux bruns tout aussi écarquillés. C'est ce que je pensais aussi. Mais le valet de pied en livrée qui a annoncé que Jamie devait se rendre à la porte du carrosse a dit un nom totalement différent – Kin-quelque chose...

— Kin*ross*. Sa Grâce la duchesse de Kinross, annonça Charlie avec un sourire supérieur. Puis-je évoquer le lien à voix haute maintenant, papa ? Le valet de pied l'a fait, donc si la duchesse de Kinross reconnaît ce lien…

Père Banks haussa une épaule avec une moue.

— C'est à votre sœur de décider si elle le dit ou non. Ça ne vous a jamais dérangée jusque-là, Lily, et ce n'est pas comme si on le cachait. Et puis, Jamie a toujours su qui est son père et ce qu'il est. Sa Seigneurie l'a reconnu comme étant le sien. Mais nous avons des convives de haut rang à notre table aujourd'hui. Votre passé, le sien et l'ascendance du garçon pourraient ne pas leur convenir…

Un petit sourire se dessina sur la bouche de Lily Banks et Rory retint sa respiration ; elle se demandait si l'heure de la révélation était arrivée. Si oui, serait-elle capable de deviner si la jolie Lily Banks était encore amoureuse du commandant Lord Fitzstuart ? Elle se demandait aussi s'ils entretenaient encore une relation, en plus du lien qui les unissait en tant que parents d'un fils illégitime.

Mais alors que Lily Banks s'apprêtait à parler, Grasby intervint et Rory eut envie de lui donner un coup de pied.

— La raison de la présence de Sa Grâce de Kinross ici ne nous regarde pas. Si cela vous convient, nous partirons du principe que Sa Grâce est venue parler à votre fils Jamie.

— Si c'est ce que vous souhaitez, répondit calmement Lily Banks avant de reprendre la dégustation des légumes dans son assiette.

— Veuillez excuser ma curiosité féminine, dit Rory, interrompant le lourd silence, sa voix prenant un ton irrité imprévu face à la soumission aveugle de Lily Banks à la proclamation de son frère. J'ai terriblement envie de savoir pourquoi la duchesse de Kinross est venue jusqu'ici depuis Westminster, dans le magnifique carrosse des Roxton, pour donner un cadeau à votre fils. J'imagine que c'est l'anniversaire de votre fils aujourd'hui, Mrs. Banks ?

Lily hocha la tête.

— Oui, en effet. Il a dix ans aujourd'hui.

Rory regarda autour de la table, sans prêter attention au regard significatif de son frère, et dit en découpant sa tranche de bœuf en petits morceaux faciles à mâcher :

— Quel dommage que Sa Seigneurie n'ait pas pu être présente pour passer cette journée avec son fils…

— Rory ! siffla Grasby entre ses dents. Vous jouez avec le feu et cela ne me plaît pas du tout.

— C'est pour cette raison que la duchesse de Kin…*ross* est venue, proposa Mère Banks puisque personne ne répondait après la remarque audible de Lord Grasby. Elle est venue avec le cadeau de Jamie, car son père ne pouvait pas, et parce que Sa Grâce est la cousine germaine de Lord Fitzstuart.

— Voilà, mère, vous l'avez dit, alors que Lord Grasby s'y opposait, dit Père Banks en secouant la tête, bien qu'il ne semble pas lui en vouloir. Il connaît peut-être Lord Fitzstuart dans la société qu'il fréquente. Enfin, je suis content que la vérité ait éclaté au grand jour comme elle le devait. Jamie est mon petit-fils et ça n'a aucune importance à mes yeux qu'il soit né de la cuisse gauche. Je me fiche qu'on l'entende, qu'on le sache. Pas de cachotteries dans cette maison. Sans vouloir vous offenser, m'lord.

— Il n'y a pas de mal, répondit Rory à la place de son frère, avec un peu trop d'entrain au goût de Grasby.

Elle observa la famille Banks autour de la table et s'aperçut qu'ils étaient tous concentrés sur son frère, qui coupait sa troisième tranche de bœuf comme s'il avait besoin de toute sa force pour s'assurer que son repas était bien mort.

— Je vous en prie, reprit Rory. Est-ce que l'un d'entre vous voudrait bien raconter la fin de l'histoire de la visite de la duchesse… ?

Ils étaient tous disposés à obtempérer, et Grand-mère Banks prit la parole :

— Un valet de pied a descendu les marches pour que Jamie puisse grimper à l'intérieur du carrosse, et un autre valet de pied était au garde-à-vous près de la porte ouverte, le nez levé comme s'il était duc lui-même ! Pauvre Jamie. Il est resté devant ces marches en regardant dans l'obscurité comme si c'était un échafaud qu'il s'apprêtait à monter ! Mais ensuite, Sa Grâce est apparue dans l'embrasure de la porte. Qu'elle était belle à voir ! Une vraie beauté. Elle portait des soieries divines et des bijoux scintillants appropriés à son statut. Même si elle n'avait besoin de rien de tout ça pour embellir ce que Dieu lui a donné.

— Elle était tout ce qu'on peut imaginer d'une duchesse, et plus encore, l'interrompit Mère Banks, les yeux écarquillés et la voix pleine d'admiration. Ses jupons étaient d'un joli rose clair, recouverts de broderies argentées et de paillettes. Et il y avait tellement de tissu qu'ils remplissaient l'ouverture du carrosse ! Et j'ai vu sa chaussure, aussi. Elle était pointue et assortie à la robe, satin rose et fils argentés. Elle était vraiment charmante. Elle a tendu une main gantée pour attirer Jamie à l'intérieur…

— Et nous avons pu admirer sa divine poitr…

— … son sourire accueillant, reprit Mère Banks, interrompant son mari tout en lui adressant furtivement un regard noir avant de se retourner vers Rory. Une femme *tellement* magnifique. Bien sûr, ma Lily a un visage tout aussi doux…

— Oh, mère ! dit Lily Banks en riant. Personne n'est aussi magnifique que la duchesse de Kinross. Je suis sûre que Lord Grasby et Miss Talbot seraient entièrement d'accord.

— Oui. Oui. On dit de Sa Grâce qu'elle est d'une beauté à couper le souffle pour une femme de son âge, marmonna Grasby.

— Et elle a la poitrine la plus admirable sur laquelle j'aie jamais posé les yeux, déclara Père Banks avec satisfaction et un clin d'œil à Charlie, Eddie et Arnie, qui souriaient de toutes leurs dents.

Mais ce qu'il dit ensuite transforma leurs sourires en expressions d'immense dégoût. Il donna un petit coup de coude à sa femme et dit, grossièrement et avec un petit rire :

— Elle rivalise pas tout à fait avec la splendeur considérable dont vous faisiez preuve à l'apogée de vos pouvoirs d'allaitement, ma chère, mais pas loin ! Quoi ? Dois-je demander pardon à tout le monde parce que je remarque ce qui est sous mes yeux ? se plaignit-il quand sa femme le fusilla du regard en même temps que sa mère et sa fille.

Il leva les bras au ciel, se leva en grognant et fit une révérence avant de se rasseoir.

— Je d'mande pardon à Sa Seigneurie et à Miss Talbot d'avoir été aussi direct. Mais j'ai pas l'habitude de parler devant des gens aussi raffinés. C'que j'aurais dû dire, pour utiliser des mots que les femmes de ma famille approuveraient, c'est que la duchesse portait un corsage brodé des plus divins, recouvert de petits nœuds, dit-il en imitant les voix émerveillées de sa femme et de sa mère quand elles parlaient de leur noble visiteuse. Il était très décolleté, aussi, et mettait parfaitement en valeur sa poitrine généreuse. Alors, mère, c'est mieux ?

Toute la tablée éclata de rire après cette imitation, tant et si bien que plusieurs secondes passèrent avant que tout le monde ne retrouve son calme. Père Banks regarda ses invités, qui ne riaient pas mais souriaient poliment.

— Ne le prenez pas mal, nous aimons que notre bœuf soit servi avec une bonne tranche de rigolade…

— Je vous en prie, Mr. Banks. Inutile de vous excuser à votre propre table, répondit Rory. Nous sommes vos invités. Par ailleurs, ajouta-t-elle, incapable de réprimer un sourire, je suis entièrement favorable aux discours francs, tout comme ma marraine, Sa Grâce de Kinross. Elle vous le dirait elle-même, elle n'est pas seulement connue pour sa beauté, mais également pour son… hum… décolletage.

Cette révélation provoqua un sentiment collectif d'admiration : la jolie jeune femme aux cheveux clairs et aux traits délicats était la filleule d'une personne aussi divine que la duchesse de Kinross. C'était comme si la duchesse elle-même s'était jointe à eux, et tous en restèrent bouche bée. La seule personne qui n'était pas impressionnée était Grasby, qui avait les oreilles toutes rouges après le discours de Mr. Banks. Elles devinrent encore plus brûlantes à cause de l'assurance de sa sœur, bien qu'il ne soit pas du tout surpris par son honnêteté naïve.

— Il me semble incompréhensible que son père ait jugé adéquat d'offrir un microscope à un garçon de dix ans, déclara Grand-mère Banks sans s'adresser à personne en particulier, haussant une épaule d'un geste consterné. Je pensais que Sa Seigneurie lui offrirait un poney rien qu'à lui, ou une batte de cricket, ce qui conviendrait plus à un enfant de cet âge.

— Grand-mère, vous savez qu'il s'agit du cadeau parfait pour Jamie, dit Lily Banks avec douceur. Vous avez bien vu sa joie quand il est sorti du carrosse, portant cette boîte en acajou comme si elle contenait l'objet le plus précieux du monde ! Il était impatient d'aller dans le bureau, et il y est encore avec Mr. Humphrey. Ils ont tous les deux oublié que nous fêtons son anniversaire sans lui. Mais je n'ai pas envie de freiner sa curiosité. Jamie veut devenir médecin quand il sera grand, confia-t-elle à Grasby et Rory avant de récupérer le bébé qui pleurait dans son couffin pour le bercer.

— Enfin, c'est ce qu'il dit aujourd'hui, intervint Mère Banks.

— C'est merveilleux ! s'enthousiasma Rory. Dans ce cas, un microscope est le cadeau parfait ! Sans aucun doute, lui et Mr. Humphrey sont, à cet instant même, en train d'observer l'aile d'un scarabée ou un pétale de fleur à travers la lentille grossissante. Je suis sûre qu'il passera bientôt à des choses plus intéressantes comme la patte d'une puce ou le sang d'un rat… Oh ! Veuillez m'excuser. C'était très impoli de ma part, non ?

— Ma sœur est également très intéressée par tout ce qui est scientifique, expliqua Grasby, espérant orienter la conversation vers un sujet plus général qui ressemblerait plus aux discussions qu'il avait l'habitude d'avoir à table. Elle s'intéresse principalement aux plantes – aux ananas, pour être précis. C'est la raison pour laquelle nous sommes venus voir Mr. Humphrey. Est-ce… est-ce que l'un de vous a des connaissances sur l'ananas… ?

— Non, milord. Pas nous. Mais je suis sûr que notre locataire Mr. Humphrey pourrait discourir une soirée entière à ce sujet ! Et il n'y a rien à pardonner, Miss Talbot, déclara Père Banks en faisant reculer sa chaise dans un raclement pour se lever.

Il tira sur la serviette à l'avant de son gilet et la laissa retomber sur la table en disant :

— Les conversations qui ont lieu à cette table entre mon beau-fils, quand il revient de l'une de ses expéditions, et Mr. Humphrey feraient dresser vos cheveux sur votre tête, Miss Talbot. Il est toujours question de rats, de pestilence et de pygmées ! Enfin, c'est toujours plus civilisé que de parler amputations et sauvages incontrôlables, ce qui est notre lot lors des rares visites du père de Jamie et de son officier d'ordonnance. Bien, mes trois petits singes, dit-il à ses petits-fils en se frottant les mains, si vous avez anéanti tout le contenu de vos assiettes, je dirais qu'il est l'heure de la partie de cricket que je vous ai promise. Eddie. Charlie. Arnie. Lequel de vous trois veut être à la batte en premier ? demanda-t-il alors que ses fils et son neveu se levaient précipitamment de table. Sa Seigneurie voudrait peut-être se joindre à nous pour une partie ?

Les deux fils aînés de Lily Banks coururent vers la chaise de Grasby.

— Vous voulez bien ? Vous voulez bien jouer au cricket avec nous, monsieur ? Hein, monsieur ? *S'il vous plaît.*

— Comment pouvez-vous dire non à deux petits aussi enthousiastes, Harvel ?

Rory se mit à rire en voyant le visage résigné de son frère et dit aux deux petits garçons sur le ton de la confidence :

— Mon frère est très doué à la batte. Mais ne le laissez pas lancer. Placez-le dans le grand champ pour qu'il puisse attraper les balles.

— Merci beaucoup ! déclara Grasby en reposant sa serviette à contrecœur. J'ai pourtant déjà détruit un guichet ou deux.

— Vous en avez détruit deux. C'est tout !

— Finie la journée paisible au bord du fleuve, grommela Grasby d'un ton faussement résigné, mais en adressant un sourire aux deux petits visages crasseux qui le regardaient avec impatience.

Il se débarrassa de sa redingote ; Arnie Banks vint l'aider et la posa sur le dossier de la chaise inoccupée de Grasby, mais pas avant d'avoir regardé d'un air envieux la coupe du vêtement, les boutons en métal travaillés et les délicates broderies faites de fils argentés au niveau des poignets et des poches.

Grasby retira les ruches en dentelle autour de ses poignets et entreprit de retrousser ses manches bouffantes jusqu'aux coudes.

— Merci pour ce merveilleux repas, Mrs. Banks, ajouta-t-il avec une petite révérence pour Lily.

Mais quand il se redressa, Rory remarqua sa pâleur et elle attrapa immédiatement sa canne pour se lever, une réaction naturelle mais non justifiée ; il se tourna et partit à la poursuite de Père Banks et de ses trois fils à grandes enjambées. Elle comprit pourquoi son frère était aussi pâle quand elle accepta une tasse de thé de Mère Banks. Lily Banks avait dénoué l'avant de sa veste en lin et avait approché son bébé de son sein, qu'il tétait avec contentement. Rory sourit en repensant à la conversation qu'elle avait eue plus tôt avec son frère sur ce sujet précis.

Elle était sur le point de se renseigner sur le bébé quand on tira sans ménagement sur la cascade de dentelle de son coude gauche. Elle posa sa tasse de thé sur sa soucoupe et se tourna, découvrant le petit Bernard, six ans, debout près de sa chaise. Au lieu de suivre ses frères Clive et Oliver sur la pelouse avec les hommes, il était resté planté là à la dévisager. Quand Rory lui sourit, il pointa le tabouret du doigt et dit brusquement :

— Vous avez le pied tordu. Qu'est-ce qu'il a ?

# QUATORZE

— Bernard ! Chut ! Tu ne peux pas poser une telle question à notre invitée, le sermonna sa mère, mortifiée.

— Mais son pied est tout bizarre, maman. Regardez !

— Elle s'appelle Miss Talbot et tu te montres malpoli. Veuillez l'excuser, Miss Talbot. Il a toujours été le plus direct et le plus curieux de la famille. Il faut qu'il sache tout sur tout.

— Il n'y a aucun mal, Mrs. Banks. Quand j'avais votre âge, Bernard, je posais tellement de questions à mon grand-père qu'il semblait sur le point d'exploser et d'en perdre sa perruque. (Elle sourit quand le petit garçon gloussa.) Je répondrai à vos questions si je le peux.

— Vous pouvez marcher avec un pied comme ça ?

— Je suis venue ici en marchant. À vrai dire, je me suis promenée dans les jardins de l'autre côté du mur, puis j'ai marché le long du chemin qui passe entre les arbres jusqu'à votre maison, répondit-elle calmement en passant la main sur les jupons qui couvraient sa cheville. J'utilise une canne. Tenez. Voulez-vous la regarder de plus près ? demanda-t-elle en tendant sa canne à Bernard. Voyez-vous l'ananas sculpté dans le pommeau ?

Bernard prit la canne sans hésiter et l'observa comme s'il s'agissait de l'objet le plus fascinant qu'il ait jamais vu, son regard passant du pommeau en ivoire finement sculpté qui ressemblait à un ananas au bâton en acajou poli, qu'il parcourut du regard jusqu'au bout abîmé. Il demanda, curieux :

— Vous en avez toujours besoin pour marcher ?

— Pas toujours, mais je préfère l'avoir pour éviter de trébucher ou de tomber.

— Est-ce que vous pouvez marcher à cloche-pied ?

— Sur mon pied gauche, oui.

— Sautiller ?

— Avec beaucoup de difficulté.

— Sauter ?

— Sur place ? Oui, mais seulement si je suis *très* contente.

Bernard sourit et demanda :

— Et courir ? Vous pouvez courir ?

— Non.

— Même pas si vous étiez poursuivie par un ours géant ?

— Non. Même pas dans ce cas-là. J'essayerais, bien sûr. Mais je crains que si un ours me poursuivait, il m'attraperait. Pensez-vous qu'il danserait avec moi si je lui demandais ?

— N'importe quoi ! Les ours ne dansent pas, sauf s'ils sont attachés à une chaîne et qu'on les a entraînés.

— Vous avez entièrement raison.

— Un ours vous mangerait juste après vous avoir regardée !

— Bernard ! C'est affreux de dire une telle chose, le réprimanda sa mère.

— Mais c'est vrai, dit Rory en souriant au petit garçon. Ne vous inquiétez pas. Je m'assurerai de rester à l'intérieur si j'apprends qu'un ours s'est échappé de la ménagerie de Tottenham Court Road.

— Est-ce que vous pouvez monter à cheval ?

— Oui. Je me déplace plus facilement à cheval.

— Vous avez des bottes ?

— Oui, des bottes spéciales.

— Est-ce que vous pouvez réparer votre pied ?

Rory secoua la tête.

— Malheureusement, non. J'aurai toujours ce pied-là, tout comme vous aurez toujours les cheveux bouclés, sauf quand ils sont mouillés. Ils sont alors lisses, non ? Moi, mon pied reste inchangé qu'il soit mouillé ou sec.

Bernard écarquilla les yeux en pensant soudain à quelque chose.

— Nager ! Vous pouvez nager ? Nager comme… comme… une *sirène* ?

Sa mère se mit à rire.

— Bernard ! Tu as des idées bien sottes. Miss Talbot a besoin de sa canne pour marcher, elle peut difficilement l'apporter dans l'eau pour nager.

— Je vous demande pardon, Mrs. Banks, mais l'idée de Bernard est excellente, répliqua Rory, sans détourner les yeux du petit garçon qui s'était empourpré de se voir admonester devant une inconnue. Je vous trouve très malin de penser que je peux nager, dit-elle en souriant et en prenant sa main pour qu'il se rapproche d'elle. Je n'ai pas besoin de ma canne dans l'eau, n'est-ce pas ? L'eau me permet de flotter.

— Est-ce que… est-ce que vous nagez comme une sirène ?

— Je n'ai jamais vu de sirène, je ne sais donc pas comment elles nagent. Mon grand-père en a peut-être déjà vu, c'est lui qui m'a appris à nager, et il est vrai que je nage très bien.

— Avec vos bras, pas vos jambes.

— Oh, mais vous êtes assurément très malin ! J'utilise plus mes bras que mes jambes, en effet, mais je peux donner des coups avec mes jambes, ce qui m'aide à avancer. Avez-vous d'autres questions ? s'enquit Rory après avoir bu une gorgée de son thé au lait.

Bernard haussa les épaules.

— Non. Si j'en ai d'autres, je pourrai vous les poser ?

— Bien sûr.

— Remercie Miss Talbot d'avoir répondu à tes questions.

— Merci.

— Et maintenant, laisse-la boire son thé tranquillement, dit Lily Banks d'un ton ferme. Va jouer avec tes frères.

Bernard rendit sa canne à Rory avec un sourire timide, puis il s'élança sur la terrasse en courant, descendit les marches et rejoignit la pelouse où se jouait la partie de cricket. Quand il regarda par-dessus son épaule, Rory lui fit un signe de la main. Il lui répondit de la même manière et fit en plus une cabriole sur la pelouse. Rory se tourna vers Lily Banks, s'apprêtant à lui dire qu'elle passait un très bon après-midi et à la remercier d'avoir envoyé le vieux Bert pour les inviter chez elle ; elle espérait voir Mr. Humphrey et rencontrer son fils Jamie avant qu'il ne soit l'heure, pour elle et Grasby, de retourner à la péniche. Mais, au lieu de ces calmes remerciements, elle ne dit rien du tout.

Elle reçut un choc et lâcha prise sur l'anse de sa tasse, qui retomba sur sa soucoupe dans un cliquetis et se renversa. La goutte de thé qui restait dans sa tasse déborda de la soucoupe et tacha le ruban en satin bleu niché dans la calotte de son chapeau de paille, toujours posé sur ses genoux. Elle était reconnaissante que le thé n'ait pas atteint ses jupons fleuris. Elle tritura cependant son chapeau de façon exagérée, ne serait-ce que pour retrouver son calme, espérant que la rougeur de son visage s'atténuerait suffisamment pour qu'elle puisse regarder le nouveau venu.

D'abord son livre, et maintenant sa tasse. Il penserait assurément qu'elle était la femme la plus maladroite qui soit !

Le commandant Lord Fitzstuart venait d'arriver sur la terrasse.

Un pardessus taché de boue cachait une redingote d'équitation violet foncé et un haut-de-chausses en peau de buffle et, avec ses bottes de jockey également recouvertes de boue, le commandant semblait avoir passé la journée à cheval et avoir traversé divers climats peu cléments. Il portait encore ses gants d'équitation en cuir de chevreau, mais il avait retiré son chapeau en feutre noir, révélant des cheveux noirs indisciplinés qui lui arrivaient aux épaules et qui étaient trempés à cause de la pluie, de l'effort ou des deux. Le bleu près de son œil avait disparu et la profonde coupure de sa lèvre avait guéri, laissant une petite cicatrice violacée. Il avait bonne mine, comme s'il avait passé de nombreux jours au soleil, et sa barbe foncée rasée de près lui donnait l'air d'un pirate. Mais c'étaient ses yeux que Rory fixait sans ciller. Il était fatigué, comme s'il n'avait pas dormi depuis une semaine, et il la dévisageait comme s'il voulait lire dans ses pensées. Ces pensées étaient en grande partie embarrassantes, car elle avait la nette impression qu'il n'était pas content de la trouver chez les Banks.

Elle fut la première à détourner les yeux et elle se concentra sur sa tasse et sa soucoupe, les posant sur la table. Puis elle inspecta le ruban en soie taché comme s'il nécessitait toute son attention. Le commandant profita de sa préoccupation forcée pour s'avancer et annoncer sa présence à Lily Banks. Rory prétendit ne rien remarquer, mais du coin de l'œil, elle le vit retirer ses gants et poser délicatement une main nue sur l'épaule de Lily. Les éraflures sur ses doigts avaient guéri aussi et sa main, comme son visage, était bronzée. Il se pencha, dit quelque chose à l'oreille de Lily, embrassa sa joue et se redressa. Ce baiser, bien que très léger et pour la forme uniquement, eut le pouvoir de faire rougir Rory, envahie d'un abattement pitoyable. Et quand Lily Banks se tourna sur sa chaise avec une exclamation de surprise et de joie et tendit une main à Dair pour le saluer, son bébé toujours en train de téter son sein, les joues de Rory prirent une teinte encore plus foncée ; elle se sentait comme une intruse gênante.

C'était un couple heureux de se retrouver, habitué à l'intimité, un couple qui avait un enfant en commun…

Pour la première fois depuis son arrivée chez les Banks, Rory se dit qu'elle aurait dû suivre les conseils de son frère et retourner à la péniche. Pour une raison que seul son cœur comprenait, elle sentit une forte pression sur sa poitrine. Cette douleur déchirante était celle de l'affection qui n'était ni réciproque ni voulue. Quelle imbécile ! Il ne l'avait jamais remarquée par le passé alors pourquoi la remarquerait-il à présent, après un baiser enivré dont il ne se souvenait pas ?

Comme pour répondre à sa question, il s'inclina légèrement vers elle quand Lily Banks mentionna son nom, mais elle était tellement perdue dans ses pensées qu'elle n'avait aucune idée de ce qui se disait. Peu importe, les salutations étaient faites, et c'était tout ce qu'on attendait de lui. Il ne la regarda plus et ne la mêla pas non plus à la conversation.

Son sentiment d'oppression s'accentua tandis qu'elle assistait à l'interaction entre les parents de Jamie Banks. Mais elle ne pouvait ni détester Lily Banks ni être jalouse d'elle parce que le commandant était à l'aise en sa compagnie. Lily Banks n'avait rien d'une prostituée. Elle ne flirtait pas avec lui et ne faisait rien qui indiquait qu'ils étaient autre chose que des amis de longue date. Pourquoi, se demanda-t-elle, les femmes qui avaient des enfants hors mariage passaient-elles immédiatement pour les créatures les plus viles, incapables de constance, d'honnêteté et de décence ? À l'inverse, on ne pensait jamais de leurs homologues masculins qu'ils étaient immoraux. Elle avait toujours vu ces normes inégales d'un mauvais œil. Bien sûr, Harvel la trouvait livresque et disait qu'elle serait enfermée pour cause de folie si jamais elle osait exprimer ces opinions en compagnie respectable. Silla avait qualifié ses réflexions d'abjectes et lui avait dit de ne jamais les répéter, et surtout pas devant le pasteur.

L'agitation générale déclenchée par l'arrivée du commandant permit à Rory de battre en retraite à l'arrière-plan, de reprendre sa place habituelle d'observatrice lors de rassemblements. À bien des égards, elle était soulagée qu'il ne pose pas les yeux sur elle, ce qui l'aida à calmer son cœur et lui permit de boire une deuxième tasse de thé sans en renverser une goutte.

Les domestiques allaient et venaient dans la maison. On emporta son pardessus, ses gants et son chapeau. On débarrassa les assiettes sales et les bols vides de la table. On fit une place au nouveau venu. On plaça une assiette et des couverts propres, du pain frais, un gobelet et un pichet de bière devant lui. Et le commandant n'hésita pas à remplir son assiette des restes du festin d'anniversaire, répondant à la question de Lily Banks quand il eut avalé sa bouchée :

— Vous seriez affamée aussi si vous n'aviez pas mangé un bon repas anglais depuis plus d'un mois !

Il détacha un morceau de pain croustillant d'une miche fraîche et sauça son assiette. Quand il put de nouveau parler, il dit avec un grand sourire :

— Après deux tranches de bœuf, je me sens déjà redevenir humain. Non ! Ne dites rien. Je sais. Il me faudra prendre un bain et me raser avant d'avoir l'air humain, mais je voulais venir ici le plus rapidement possible. Je ne vois pas Jamie, commenta-t-il en observant la partie de cricket en cours. Où est le héros du jour ?

Lily Banks lui raconta la visite de la duchesse de Kinross et la remise du microscope, ajoutant après avoir refermé et ajusté sa veste, puis approché son bébé de son épaule pour lui frotter doucement le dos afin d'apaiser son estomac :

— Il est dans le bureau avec Mr. Humphrey, ils observent tout un tas d'objets étranges à travers une lentille. La pauvre Miss Talbot est venue exprès pour voir Mr. Humphrey, mais Jamie accapare tout son temps, il ne s'est donc même pas encore montré.

— Alors faites-les sortir de là, Lil. Je ne lui ai pas offert un microscope pour qu'il monopolise le temps et l'attention de votre locataire. Pas si Humphrey est attendu ailleurs. Et je ne veux pas non plus que Jamie néglige son repas et ses obligations. Ses frères ont-ils mangé leur repas à table avec le reste de la famille ?

— Oui, bien sûr.

— Alors pourquoi pas Jamie ? s'enquit doucement Dair.

— Il était avec nous aussi. Nous avions commencé notre repas avant d'être interrompus par le carrosse de la duchesse. Mais le pauvre Mr. Humphrey n'a pas pu finir son assiette quand Jamie a vu ce qu'il y avait dans la boîte en acajou.

— Lil, il aurait dû revenir à table. C'est l'aîné. Il doit montrer l'exemple. Et ne dites pas qu'on doit faire preuve d'indulgence pour son anniversaire. Il agit ainsi dès qu'il peut s'en sortir impunément. Il n'aurait pas dû avoir accès au microscope avant d'avoir fini son repas avec la famille. Et il aurait dû attendre qu'Humphrey ait assez mangé. C'est une question de bonnes manières. L'estomac du pauvre gars doit gronder !

— Oui. Oui, bien sûr. Vous avez raison, murmura Lily Banks en se levant. Vous savez comment il est quand quelque chose attire son attention… Il est tellement intelligent. Bien plus que le reste d'entre nous.

Dair se versa un autre gobelet de bière.

— Être intelligent ne suffit pas. Il doit apprendre à utiliser son intelligence à bon escient. Il doit rester attentif aux autres. Et il doit passer du temps à l'extérieur, profiter de l'air frais et du soleil et jouer au cricket, comme les autres garçons de son âge.

— Il préfère le bureau... répondit Lily, ajoutant à voix basse quand Dair but sa bière sans répondre : Je vais aller le chercher tout de suite...

Elle voulut remettre le bébé dans son couffin, mais il commença à s'agiter et elle resta sur place, troublée, sans savoir quoi faire de lui.

Sans hésiter, Dair tendit le bras, récupéra le nourrisson qui chouinait et le plaça contre son torse, une large main couvrant son minuscule dos pour qu'il reste droit et immobile, le menton humide du bébé reposant sur son épaule. Sentant qu'elle était encore là, il dit à voix basse :

— Ne prenez pas cela trop à cœur, Lil. Je suis fatigué... Je resterai dormir, si cela ne dérange pas trop...

— Jamais. Votre chambre est toujours prête.

Il sourit en hochant la tête et Lily Banks disparut dans la maison, laissant un lourd silence autour de la table. Rory espérait que les deux Banks plus âgées qui étaient assises à l'autre bout de la terrasse, têtes rapprochées et en pleine discussion, se tourneraient et remarqueraient le nouveau venu. Elle espérait aussi que Jamie et Mr. Humphrey arriveraient rapidement. Elle posa sa tasse sur la soucoupe et releva les yeux sur le petit paquet blotti contre la poitrine du commandant, tandis que ce dernier mangeait toujours avec voracité, maniant sa fourchette du mieux possible de sa main libre pour couper et attraper les légumes dans son assiette. Il tenait le nourrisson de façon naturelle, comme s'il y était habitué, comme si ses bras étaient l'endroit le plus naturel et le plus confortable qui soit pour cet enfant.

Il y avait quelque chose de merveilleux à ce qu'un bel homme imposant porte un être aussi petit et vulnérable d'une grande main protectrice. Rory en eut inexplicablement les larmes aux yeux, larmes qu'elle chassa rapidement en battant des paupières. Elle se réprimanda mentalement d'être aussi sentimentale, de réagir de façon aussi émotive à la simple vue d'une scène domestique impliquant le commandant.

Elle tourna son regard vers la pelouse et observa la partie de cricket. Son frère, dans le grand champ, les manches retroussées jusqu'aux coudes, avait levé une main pour protéger ses yeux du soleil. L'un des frères Banks était à la batte. Un autre lançait. Les trois petits garçons faisaient des cabrioles dans l'herbe, s'intéressant seulement à moitié au match. Rory se dit que les adultes devaient dominer la partie, et que les enfants avaient donc dû s'en désintéresser. Elle détourna le regard pour vérifier si les femmes Banks étaient toujours en pleine discussion.

C'était le cas. Elle reporta son attention sur la table et sursauta quand elle se rendit compte que le commandant l'observait sans ciller. Il devait avoir les yeux rivés sur son profil depuis un moment, vu l'intensité de son regard, et comme elle ne détourna pas les yeux, il dit sans ambages :

— Avant que vous n'osiez poser la question qui vous trotte dans la tête, Miss Talbot, la réponse à cette question brûlante est non, ce gamin n'est pas à moi. Et ses trois grands frères non plus. Ils ont un père et leur mère est une épouse dévouée. Seul Jamie est à moi.

— Merci pour votre franchise, milord, répondit Rory d'une voix mesurée, offensée par sa présomption malgré son cœur lourd. Mais je ne vous remercie pas d'avoir cru pouvoir lire mes pensées. Vous serez surpris d'apprendre que je me disais en fait que Mrs. Banks a très bien élevé ses fils, seule en grande partie, puisque son époux est un explorateur intrépide et que vous, un officier, la laissez seule pendant de longues périodes. Je me disais aussi qu'il doit être merveilleux d'avoir des membres de sa famille avec soi lors de telles occasions. Nous n'avons ni oncles, ni tantes, ni parents, mais seulement un grand-père, Harvel et moi. Nous avons donc beaucoup apprécié ce repas avec une famille aussi grande et heureuse. Cela m'a rappelé nos quelques visites chez mes parrains à Treat…

— Miss Talbot, je vous présente mes excuses si je vous ai offensée…

— Milord, vous devriez attendre la fin de ma diatribe avant de décider si vous me devez ou non des excuses, l'interrompit Rory, ses yeux bleus s'illuminant quand il ferma promptement la bouche, détournant les yeux. Puisque nous avons choisi d'être francs, je vais l'être à mon tour. Bien que cela ne me regarde en rien, si Jamie a un don pour les sciences et que sa propension naturelle est de passer son temps à regarder à travers une loupe, ainsi que de classer des insectes et des plantes, ou d'autres choses qui l'intéressent, alors sa mère a raison de le laisser faire ce qu'il veut plutôt que de le forcer à faire ce qui vous plaît. Je n'ai jamais rencontré votre fils…

— … et pourtant vous supposez le connaître ?

Rory esquissa un sourire en coin. Elle avait envie de dire que, même si elle ne connaissait pas le fils, elle était sûre de comprendre les inclinations du père. Elle préféra dire, avec un peu moins de véhémence :

— Non. Pas lui. Mais si vous repensez à votre dixième anniversaire, comme je l'ai fait, vous souvenez-vous du repas ? Moi, j'en suis incapable. Mais je suis persuadée que vous vous rappelez ce que vous faisiez…

Dair n'hésita pas à répondre. Il déplaça le bébé sur son autre épaule, le tenant toujours d'une main écartée, et dit franchement :

— Je faisais des ricochets sur le lac. Je préférais – je préfère – être à l'extérieur. Tout sauf une bibliothèque. Ces pièces étouffantes me donnent la migraine. Charlie et moi attendions que notre père se joigne à nous. Il était dans son bureau, qu'il quittait rarement. Il nous observait, Charlie et moi, par la fenêtre… Quand il nous a enfin rejoints, il m'a donné un cadeau d'anniversaire que je n'oublierai jamais. Le lendemain, il partait à Londres. Nous ne l'avons jamais revu. Et avant que vous ne commentiez mes propos, ajouta-t-il avec un sourire pincé, je ne force pas Jamie à passer du temps à l'extérieur parce que c'est ce que je faisais à son âge ou parce que je pense que c'est ce qu'il devrait faire. Nous devons lui rappeler qu'il a quatre autres frères, surtout en ce jour. Entre vous et moi, sa mère, ses grands-parents – et même le mari de Lily – sont indulgents avec lui en raison de ses origines et non de son intelligence. Mon arrière-grand-père était Charles II, il a donc du sang royal dans les veines, bien qu'il soit impur, et je serai comte de Strathsay un jour. Il s'agit d'un mélange grisant pour la famille de sa mère, dont les ancêtres n'ont jamais dépassé le statut de domestique ces trois cents dernières années. Mais cela n'efface pas le fait qu'il est né hors mariage.

Rory pencha la tête sur le côté et dit d'un air songeur :

— Peut-être que cela vous dérange plus qu'eux…

— Oui, peut-être, dit-il avec un rire réticent, jetant un coup d'œil aux deux Banks plus âgées. La mère de Lil était la nourrice puis la nurse de la famille et son père était jardinier sur le domaine… Enfin, jusqu'à ce que l'impensable se produise…

— Vous êtes tombé amoureux de Lily Banks.

Dair reposa sa fourchette, repoussa son assiette et prit son gobelet, qu'il vida. Elle sentait qu'il était sur le point de lui confier quelque chose, mais l'agitation soudaine dans son dos l'en empêcha et le moment partit en fumée. Il recula sa chaise, Lily Banks récupéra son bébé, et un garçon grand et mince courut se jeter dans les bras de son père.

Tous ceux qui étaient sur la terrasse eurent l'œil humide en assistant à ces retrouvailles affectueuses entre père et fils ; même Rory sécha rapidement ses larmes avant que quelqu'un ne les remarque.

Le brouhaha attira les Banks plus âgées qui s'éloignèrent du mur et s'activèrent autour de la table. Elles embrassèrent le père de Jamie. Mère Banks prit le beau visage de Dair entre ses mains et embrassa chaleureusement son front avant de l'écraser dans son étreinte. Dair rit quand elle le houspilla, car il ne les avait pas alertées de sa présence, hocha docilement la tête quand elle lui demanda s'il avait assez mangé, et fit un grand sourire quand elle lui dit qu'il valait mieux, car elle ne voulait pas qu'il meure de faim après avoir survécu à autant d'années dans l'armée. Elle avait un intérêt personnel pour son bien-être. Après tout, elle avait été sa source principale d'alimentation de sa naissance à ses deux ans. Sur ce, Lily Banks dit à sa mère de se taire et lui rappela qu'elle disait la même chose à chaque fois qu'Al (car c'était ainsi que Lily appelait le commandant) leur rendait visite après l'une de ses longues absences. Et cette dernière absence n'avait duré que cinq semaines.

Dair accepta cette attention sans sourciller, rieur, souriant, secouant la tête en entendant les deux femmes, avant d'attirer son fils pour qu'il s'assoie sur ses genoux et lui raconte son anniversaire.

— Il est vrai que je dis toujours la même chose, confia Mère Banks à Rory tandis qu'elle s'installait sur une chaise et qu'une domestique à l'air pincé plaçait une nouvelle tasse de thé devant elle. Mais je vous demande, Miss Talbot, pourquoi devrais-je ne pas le dire ? Je suis fière que Sa Seigneurie soit devenue une vraie montagne. Quelle nourrice ne serait pas fière ? Ce n'était pas un gros bébé. Pendant un temps, juste après sa naissance, son père avait peur qu'il ne survive pas. Mais j'ai assuré au comte que j'aiderais son héritier à survivre à sa première année, et c'est ce que j'ai fait. À vrai dire, ajouta-t-elle d'une voix basse et confidentielle en resserrant son châle autour de ses épaules rondes et en se penchant vers la chaise de Rory, je ne suis pas surprise qu'il ait été un bébé si maigrichon. On le privait autant de nourriture que d'affection. La comtesse était une femme très froide, dans tous les sens du terme. Elle détestait porter ses bébés, leur donner naissance *et* les nourrir. C'est la vérité, que Dieu m'en soit témoin !

— *Mère !* Miss Talbot n'est pas habituée à de telles conversations. C'est une *lady*, murmura Lily Banks avec ferveur en jetant un coup d'œil au commandant qui tenait les mains de son fils et écoutait attentivement le garçon qui, les yeux écarquillés, racontait sa rencontre avec la duchesse de Kinross dans le carrosse opulent. J'imagine qu'elle n'est pas seulement embarrassée, mais aussi offensée. La pauvre Miss Talbot est venue ici pour parler ananas avec Mr. Humphrey, pas pour entendre vos histoires sur l'enfance d'Al. Excusez ma mère, Miss Talbot. Mr. Humphrey ne devrait pas tarder. Je ne sais pas ce qui le retient encore…

Rory sourit, déglutit et pria pour que son visage n'ait pas pris la couleur de la betterave ; si son frère avait entendu les confidences révélatrices de Mère Banks, il serait tombé de sa chaise, choqué et mortifié. Il s'en serait certainement servi comme parfait exemple pour expliquer pourquoi il ne voulait pas exposer sa sœur aux manières rustres de la famille Banks. Mais l'interaction entre le commandant et son fils, l'amour évident qu'ils partageaient, et l'immense affection de tout le clan Banks pour Lord Fitzstuart d'ailleurs, ainsi que l'affection qu'il ressentait pour eux, lui mettaient du baume au cœur. Comment pouvait-elle réellement être offensée par la sincérité de Mère Banks si elle témoignait seulement de ses sentiments chaleureux pour le commandant ? Par ailleurs, son propre comportement laissait à désirer ; si elle avait admiré la beauté de Lily Banks quand elle l'avait vue pour la première fois, elle regardait à présent deux fois plus intensément le joli garçon à la tignasse de boucles auburn qui avait les yeux foncés de son père. Oh, Jamie Banks briserait autant de cœur que son père quand il serait grand...

— Miss Talbot... ?

C'était le commandant qui la sortait de sa rêverie, un bras autour des épaules de son fils.

— Jamie, voici la sœur de Grasby, Miss Talbot. Tu te souviens de Lord Grasby – il nous a accompagnés au pavillon de chasse de Mr. Pleasant...

— Grasby ? Oui, je me souviens de Grasby.

Le garçon fit une charmante petite révérence à Rory et lui dit d'un ton solennel :

— Comment allez-vous, Miss Talbot ?

— Je vais très bien, Jamie. Puis-je vous appeler Jamie ?

— C'est ainsi que tout le monde m'appelle, répondit le garçon avec un sourire.

— J'aimerais beaucoup voir votre microscope un jour, si vous me le permettez.

Les yeux du garçon s'illuminèrent.

— Vraiment ? C'est Mr. George Adams sur Fleet Street qui l'a fabriqué, dit-il d'une voix émerveillée. Il fabrique les meilleurs microscopes. Il est en cuivre, avec *trois* objectifs Lieberkuhn, donc j'ai à la fois un microscope composé et une simple loupe. Et je peux tout démonter pour le ranger dans une grande boîte en bois... (Il leva les yeux vers son père.) Je peux lui montrer, papa ? J'ai le droit ?

— Bien sûr. Mais pas aujourd'hui. Miss Talbot doit partir et tu dois finir ton assiette. Mais avant de finir ton déjeuner, ajouta-t-il en récupérant la redingote de Grasby, apporte ceci à Lord Grasby, s'il te plaît, et dit lui de ne pas attendre. Je lui ramènerai Miss Talbot.

Rory s'apprêtait à demander au commandant pourquoi il mettait un terme à sa visite ainsi qu'à la partie de cricket de son frère quand il se détourna pour parler à un gentleman rondelet qui portait une perruque à bourse et des lunettes, et qui venait de sortir de la maison pour rejoindre la terrasse. Après un bref échange, le gentleman suivit Jamie, descendit les marches de la terrasse et rejoignit la pelouse. Rory le suivit du regard et se redressa quand elle aperçut trois silhouettes au bord de la pelouse. Jamie tenait encore la redingote de son frère ; Grasby tournait le dos à la partie de cricket, les mains sur les hanches, tandis que la troisième silhouette était légèrement penchée vers l'avant, les mains jointes comme s'il le suppliait, bien qu'il soit le seul à parler. C'était un des valets de pied de la péniche et, d'après sa posture et la position de son frère, elle était sûre que c'était Lady Grasby qui avait envoyé ce domestique se plaindre copieusement auprès de Grasby de sa part.

# QUINZE

Dair tendit la main à Rory.

— Allons. Laissez-moi vous aider.

Elle retira son pied du tabouret, qu'il repoussa de la pointe de sa botte. Il l'aida à se relever, tenant sa main jusqu'à ce qu'elle soit stable, appuyée sur sa canne.

— Êtes-vous venue en carrosse ?

— Non. Avec la péniche de mon grand-père.

— Par le fleuve ? Très agréable pour vous. Le trajet retour devrait vous donner largement assez de temps pour avoir une longue et franche discussion avec Mr. Humphrey à propos de votre fleur d'ananas – votre première, me semble-t-il ?

— Vous vous rappelez la fleur ?

— Vous avez fait tomber un traité sur le jardinage à mes pieds et vous étiez surexcitée. S'il est possible pour les yeux bleus de briller, c'était le cas des vôtres. J'imagine que la plante ne fleurit pas souvent ?

— Crawford et moi avons attendu deux ans pour en voir une. Une fleur indique l'arrivée imminente d'un fruit.

— C'est donc quelque chose de rare et digne d'enthousiasme. J'espère que les conseils de Mr. Humphrey vous seront utiles. Je vous en prie, donnez votre canne à Mrs. Banks. Elle vous sera rendue, ajouta-t-il avec un sourire quand elle hésita.

Elle s'exécuta puis il fit un pas en arrière en lui tenant toujours la main, la regarda de haut en bas et arrêta son regard à l'endroit où son corsage enrubanné accentuait sa fine taille, avant d'ajouter :

— Si je ne me trompe pas, sous ces charmants jupons à fleurs, vous portez des paniers légers ?

— Oui. Mais…

— Pas de « mais », Miss Talbot. Je vais vous porter. Rassemblez vos jupons pour écraser vos paniers, cela me facilitera la tâche. Ensuite, Mrs. Banks vous rendra votre canne, que vous tiendrez sans poser de questions, et je vous ramènerai à votre péniche. Compris ?

— Oui. Mais…

Il n'attendit pas d'entendre ses excuses. Il la souleva sans peine et elle fit rapidement ce qu'il lui avait demandé. Lily Banks vint l'aider pour lisser les couches de coton léger sur ses mollets. Puis on lui tendit sa canne. Après l'échange de quelques « au revoir » et « merci » précipités, Dair traversa la terrasse à grandes enjambées, vers les arbres qui offraient plus d'intimité entre le mur sud et le jardin botanique. Mais il n'avait pas fait plus de cinquante pas quand il s'arrêta à l'ombre d'un grand chêne.

— Miss Talbot, si je veux vous ramener à votre péniche sans incident, il faut que vous soyez détendue dans mes bras, et non aussi raide que la planche de bois que je porte actuellement.

— Je peux marcher !

— Oui. Mais pas dans votre état actuel. Mrs. Banks disait que vous aviez des ampoules aux pieds. J'imagine que vous êtes assez têtue pour marcher malgré tout, ne serait-ce que pour me contrarier. Mais ne pensez pas à vous-même, pensez à votre frère. Le temps que vous rejoigniez la péniche à pied, je crains que Grasby ne saute par-dessus bord et se perde dans l'enchevêtrement de roseaux de la Tamise. J'imagine que madame est à bord de votre vaisseau ?

— Oui. Et elle y est montée avec beaucoup de réticence. Harvel et moi les avons laissés seuls, elle et Mr. Watkins, pendant un long moment…

— Merci.

Rory pencha la tête pour le regarder. Son visage était si proche qu'elle pouvait y voir chaque poil de la barbe qui recouvrait ses joues et sa mâchoire. Ils étaient noirs, comme les cheveux qui retombaient sur son front… comme les poils sur son torse… Avec sa peau légèrement basanée, il avait vraiment des airs de pirate.

— Merci ? De quoi me remerciez-vous, je vous prie ?

— De ne pas avoir emmené madame et le Putois chez les Banks.

— Oh, ils ne se seraient pas approchés à moins de trente mètres de cet endroit ! Oh ! C'est…

— ... la vérité. Je suis surpris que Grasby vous ait permis de le faire.

— Il n'en a rien fait. Mais il n'a pas pu m'arrêter.

Il ricana.

Elle sourit, appréciant ce son.

— Je n'en doute pas. Vous êtes déterminée, hein ?

— On m'a invitée... invitée chez les Banks...

Il répondit sans hésiter, visiblement surpris.

— Ah oui ?

— Oui. Mais... mais je ne vous dirai pas qui m'a invitée, car vous seriez bien plus que surpris. Vous seriez choqué.

— Choqué ? Je ne suis pas un homme qu'on choque facilement, Miss Talbot.

— Je veux bien le croire. Vous avez dû vivre des choses effroyables dans l'armée.

— Oui.

Il se remit à avancer et n'avait parcouru que quelques mètres quand elle dit à voix basse :

— J'espère que je ne suis pas un trop lourd fardeau.

— Pas du tout. J'ai déjà porté des soldats blessés sur le champ de bataille. Croyez-moi, les hommes morts ou mourants pèsent deux fois leur poids. Vous, Miss Talbot, vous êtes aussi légère que les ailes d'une fée.

— Je suis désolée.

— Désolée... ?

Il voulut voir son visage, mais elle détourna le regard, une mèche de cheveux échappée d'une pince émaillée retombant sur son front. Il était incapable d'évaluer son humeur. Il savait en revanche qu'il appréciait beaucoup de l'avoir de nouveau dans ses bras. Et pourtant, cette sensation était également étrangement déroutante, comme s'il n'avait aucun droit et aucune raison de l'étreindre. Elle semblait toute menue. Elle était frêle, avec une petite poitrine, et il se demanda si elle avait la moindre courbe sous les couches de coton perlé. Pourquoi lui embrouillait-elle autant l'esprit ? Pourquoi, quand il était sorti sur la terrasse et l'y avait découverte, assise dans ses jolis jupons fleuris, avait-il été assailli par une envie de la prendre dans ses bras et de l'embrasser ?

Pourquoi ressentait-elle le besoin de s'excuser ? Seigneur, il espérait qu'elle ne mentionnerait pas la soirée dans l'atelier de Romney. Si c'était le cas, il serait obligé de lui mentir de nouveau et de plaider l'ignorance la plus totale à cause de l'alcool, comme il l'avait promis à son grand-père. Cela aussi le déroutait. Il était mal à l'aise à l'idée de lui mentir, de continuer à passer pour un abruti indifférent. Pour la première fois depuis des années, il n'avait aucune envie de jouer la comédie. Il voulait simplement être lui-même avec elle.

Quand elle bougea légèrement dans ses bras, interrompant le fil de ses pensées, il sentit la légère odeur de lavande dans ses cheveux, mélangée à celle de vanille sur sa peau brûlante. Cette odeur était tellement évocatrice qu'elle envoya un frisson de désir de ses narines à son entrejambe, là où rien n'avait bougé depuis la dernière fois où il l'avait tenue dans ses bras. Son cerveau désorienté n'était pas son seul organe à s'être ramolli, ce qui était alarmant !

Il avait passé un mois à l'étranger, où une volée de femmes talentueuses et plantureuses s'étaient offertes à lui chaque soir, lui donnant largement l'opportunité d'oublier Aurora Talbot et de se rassurer sur le fait qu'il restait un homme en pleine possession de ses fonctions, capable de satisfaire n'importe quelle femme. Pourquoi, alors, avait-il choisi la solitude et le froid pendant ses nuits à Lisbonne ? Comment était-ce possible qu'il soit revenu sur le sol anglais dans le même état d'émasculation qu'à son départ, en homme hors d'état de marche, pratiquement un eunuque ?

Cette situation honteuse ne pouvait pas durer, ou bien il deviendrait fou. Il se dit qu'il n'existait qu'un seul remède. S'il embrassait Aurora Talbot une nouvelle fois, il pourrait se convaincre que le baiser qu'ils avaient échangé dans l'atelier de Romney n'était qu'une passade qui n'avait rien de spécial. Il ne voulait pas qu'il ait quoi que ce soit de spécial ; il devait absolument être on ne peut plus ordinaire. Il n'avait pas de place dans sa vie pour les sentiments, en particulier avec une femme de bonne famille issue de son propre cercle social. Les sentiments impliquaient l'attente d'un mariage, une institution qu'il vilipendait. Après avoir été témoin, pendant des années, de l'union haineuse entre ses parents, il s'était promis de ne jamais succomber à l'oxymore du « bonheur conjugal ». Cela convenait peut-être à son frère Charlie, mais ce dernier était plus jeune. Charlie n'avait pas assisté à la violence et à la méchanceté de deux personnes prisonnières d'un mariage dont aucun d'eux ne pouvait s'échapper. Charlie n'était pas l'héritier ; ce n'était pas à lui que leur mère s'était confiée, sur qui elle avait placé tous ses espoirs, toutes ses attentes ; ce n'était pas avec lui que leur père avait joué comme avec une marionnette, utilisant le mariage comme un appât et une pénitence pour ses propres péchés.

Il lui suffirait d'un baiser avec Aurora Talbot pour se convaincre qu'il n'était pas plus ou moins séduit par elle que par n'importe quelle autre femme attirant son œil vagabond. Un baiser, et sa vie retrouverait la tranquillité d'avant l'incident dans l'atelier de Romney, quand il pouvait partager le lit d'un certain genre de femmes, y faire l'amour avec abandon et satisfaction mutuels, puis passer à une autre belle nymphe au sourire aguicheur – sans comptes à rendre, sans rien attendre de plus, et ce, pour les deux parties.

Plus tôt il embrasserait Aurora Talbot, plus tôt son équilibre serait restauré.

Il s'accorda un moment pour rassembler ses pensées, s'éclaircit la gorge en même temps que ses idées, et reprit d'un ton légèrement désinvolte :

— Je vous demande pardon, Miss Talbot, mais vous n'avez aucune raison de me présenter vos excuses.

— Oh, je sais que nous ne pouvons rien faire pour changer le passé. Mais ce n'est pas parce que nous ne pouvons pas changer ce qu'il s'est passé que je ne peux pas changer d'avis. Et cela ne change rien à ce que je ressens, maintenant que mon opinion a changé. Est-ce compréhensible ?

— Vous pourriez peut-être m'expliquer un peu plus ?

— Puis-je ?

— Assurément, répondit-il platement, se disant que s'il la laissait poursuivre ses bredouillements, cela l'aiderait peut-être à oublier ce qu'elle lui faisait ressentir.

— Merci… Voyez-vous, jusqu'à ce que vous mentionniez à l'instant le fait de porter les morts et les mourants sur un champ de bataille, je n'avais jamais réellement réfléchi à ce que vous et vos frères d'armes subissez dans l'armée. Oh, je savais que cela doit être terrible, trop horrible pour en parler, mais je n'ai jamais pu imaginer les horreurs auxquelles vous faites face sur le champ de bataille… Mais ce que vous venez de dire, de façon aussi détachée, m'a instantanément donné l'impression d'être au milieu du carnage…

— Pardonnez-moi. Je n'avais pas l'intention de vous bouleverser.

— Oh, il n'y a rien à pardonner. Je ne suis pas bouleversée. Je veux seulement que vous sachiez que j'aimerais – non, ce n'est pas le bon mot – que je serais *honorée* si vous vouliez un jour me parler du temps que vous avez passé dans l'armée. Peu importe de quoi il s'agit. Grand-père dit de moi que j'écoute très bien pour une femme, car je n'interromps pas et je ne pose pas de questions indiscrètes.

— Je garderai votre proposition en tête.

Sur ce, Rory partit d'un rire cristallin.

— Ce qui veut dire que vous n'avez pas du tout l'intention de me dire quoi que ce soit ! Peu importe. Ma proposition tient toujours.

Puisqu'il restait silencieux, avançant toujours sur le chemin qui débouchait sur une clairière, elle s'autorisa à poser la tête sur son épaule et à se blottir dans la douceur de sa redingote prune. Sans même s'en rendre compte, elle inspira profondément et soupira de satisfaction, appréciant son odeur masculine salée, teintée d'un soupçon de berga-mote et d'une note boisée de feuilles de tabac.

— Je voyage depuis l'aube, maugréa-t-il, gêné. Je ne dois pas vous être agréable.

— Non ! Non, pas du tout. J'aime bien… enfin, je *vous* aime bien… Je veux dire, votre redingote… votre *redingote* est très agréable.

Il resta bouche cousue, son menton carré et ses yeux noirs toujours fixés droit devant, mais son air paniqué quand elle s'était corrigée le fit sourire intérieurement.

Ils étaient arrivés au muret qui séparait le jardin botanique de la maison des Banks. Au lieu d'ouvrir le portail pour le franchir, Dair installa délicatement Rory sur les pierres.

— Cela m'attriste qu'on vous ait interdit d'épouser Lily Banks, dit Rory sur le ton de la conversation, tout en posant sa canne contre le muret. Je l'apprécie. Elle est charmante, et pas seulement physique-ment. Elle a le cœur bon et une âme douce. J'apprécie sa famille, aussi. Ce sont des gens avenants et bien intentionnés. Ils considèrent certaine-ment que vous faites partie de la famille. Et Jamie… il est évident que vous l'aimez de tout votre cœur. Tout ce qui importe vraiment, c'est la profonde affection que vous, Jamie et Mrs. Banks partagez. Dans de telles circonstances, la bonne opinion de la Société a autant de valeur qu'un bol d'avoine froid, non ? Jamie tient beaucoup de vous, mais – et vous pouvez vous moquer – il ressemble plus à l'idée que je me fais de votre frère Charles à son âge. Cela dit, les cheveux de votre frère sont bien plus flamboyants…

— Charles… ?

Quand il grogna de surprise, elle dit d'un ton mesuré :

— Je n'avais pas l'intention de vous offenser, milord.

— Ce n'est pas le cas, Miss Talbot.

Après une petite révérence, il prit congé et s'éloigna un peu dans le champ de fleurs sauvages, haussant les épaules et étirant ses bras comme pour se débarrasser d'une raideur dans ses muscles. Puis il continua à marcher, les mains plongées dans les poches de sa redingote.

Il avait beau dire qu'elle ne l'avait pas offensé, Rory était persuadée du contraire. Elle était toujours trop honnête pour son propre bien. Ses pensées se déversaient sans la circonspection dont son grand-père lui avait toujours dit qu'elle avait besoin. Son discours confus avait eu pour but de rassurer le commandant, de lui montrer qu'elle ne jugeait pas la famille Banks, qu'elle n'était pas offensée qu'il ait un fils avec Lily Banks, ou même qu'il entretienne encore une relation avec elle, peu importe la nature de cette relation, dont elle n'était pas entièrement sûre. Mais après avoir passé quelques heures en sa compagnie, elle était persuadée qu'elle n'était pas la maîtresse du commandant, qu'ils n'avaient plus été amants depuis qu'elle avait épousé son cousin.

Elle l'observa faire demi-tour et revenir vers elle, une main dans ses cheveux ébouriffés, et c'est alors que la question lui vint. Pourquoi avait-il été à cheval toute la journée ? Si c'était le cas, ce n'était pas étonnant qu'il ait envie de se dégourdir les jambes. Il était fatigué et courbaturé, et pourtant il avait pris la peine de la porter jusqu'à la jetée. Et pourquoi son visage et ses mains étaient-ils légèrement bronzés, comme s'il avait passé plusieurs jours sous un climat où le soleil était si ardent qu'il donnait à la peau une couleur caramel ? Il n'y avait assurément aucun endroit de ce côté de la Manche où il n'avait pas plu le mois précédent et qui aurait pu lui donner un tel teint. Elle en conclut qu'il avait dû quitter l'Angleterre pendant au moins quatre semaines. Était-ce pour cette raison qu'il avait laissé une barbe noire pousser sur son visage, comme s'il n'avait eu ni le temps ni l'envie de se raser depuis des jours ? Ou bien faisait-elle partie de quelque chose de plus mystérieux, un déguisement peut-être ?

La lumière du soleil lui fit plisser les yeux et placer une main sur son front, tandis qu'il la rejoignait au muret. Il se mit entre elle et les rayons du soleil afin de la protéger de la lumière éblouissante, et elle se retrouva donc dans son ombre. Elle lui sourit, retira sa main et dit d'un ton insouciant :

— J'ai toujours pensé qu'un prisonnier de la tour de Londres passait toutes ses journées dans une cellule sombre et humide. Cela démontre bien à quel point nous, à l'extérieur, ne savons rien de ce qu'il se passe dans la meilleure prison pour traîtres de Sa Majesté…

Pendant un instant, il ne comprit pas de quoi elle parlait. Il avait oublié qu'il était censé avoir passé le mois précédent dans la Tour ; cependant, il n'avait pas oublié que son officier d'ordonnance croupissait encore derrière les barreaux, se faisant passer pour lui. Il ne voulait pas lui mentir, mais il ne comptait pas non plus vendre la mèche.

— Pourquoi dites-vous cela, Miss Talbot ?

— Mon grand-père pourrait sans doute me le dire. Il connaît l'histoire de la Tour et de ses résidents aussi bien que les veines sur le dos de sa main. Les prisonniers de la Tour n'ont peut-être pas à disposition le matériel nécessaire pour se raser la barbe, de peur qu'ils se fassent du mal ou qu'ils blessent les autres. Mais je suis certaine qu'ils retrouvent rarement leur liberté avec une aussi bonne mine que vous.

Dair haussa un sourcil noir broussailleux d'un air prétendument surpris.

— Vraiment ? Peut-être m'a-t-on accordé plus de temps pour me dépenser dans la cour. Je déteste rester cloîtré, surtout dans un endroit exigu.

Rory plissa ses yeux bleus et répondit, une note de triomphe dans la voix :

— Quand bien même, milord, si vous aviez passé plus de temps dans la cour, vous auriez simplement passé plus de temps à être trempé jusqu'aux os, et ce besoin d'être à l'extérieur vous aurait possiblement coûté un rhume. Il a plu par intermittence ce dernier mois – y compris à la Tour. Les nuages noirs ne s'écartent pas pour les traîtres, même s'ils sont innocents et que leur inculpation est une ruse qui sert un objectif plus important…

Il resta silencieux un moment, et elle se demanda s'il comptait démentir. Puis il lui adressa un sourire éclatant et secoua la tête.

— Bravo, Miss Talbot. Naturellement, je ne peux vous dire ni où j'étais, ni ce que je faisais.

— Oh, mais cela je m'en moque ! Oh ! Ce n'est pas entièrement vrai. Je ne me moque pas de savoir que vous êtes rentré indemne, mais ce que vous avez fait et où…

Elle feignit un instant de réfléchir à la question, entortillant une longue mèche de ses cheveux entre ses doigts, et reprit :

— Pas à Paris. Il n'y fait pas assez chaud. Et vous vous êtes seulement absenté pendant un peu plus d'un mois… Vous n'avez donc pas fait l'aller-retour aux Caraïbes. Je dirais que vous avez descendu la Manche, que vous étiez près de la Méditerranée… Le sud de la France ? L'Espagne, peut-être ?

— Avec cette barbe, je ne vous en voudrais pas si vous pensiez que je m'étais lancé dans la piraterie en haute mer ou dans la contrebande dans les criques de Cornouailles.

Le regard de Rory se concentra sur le bout de ses doigts, qui caressaient légèrement sa mâchoire barbue, et elle eut envie de tendre la main pour faire la même chose. Elle se demanda ce que cela lui ferait de l'embrasser avec cette barbe. Serait-ce aussi délicieux que la première fois ? Les poils de son visage étaient-ils aussi doux que ceux de son torse ? Est-ce qu'ils la chatouilleraient, l'agaceraient ?

*Assez, Aurora Christina Talbot ! Tes pensées à propos de cet homme ne sont plus délicieusement espiègles, elles sont devenues ridicules et obsession-*

*nelles. Il t'a embrassée une fois, et tu penses maintenant qu'il y a un lien entre vous deux ? Ce n'est pas le cas. Peu importe ce que tu as ressenti, c'est impossible que ce soit réciproque. Arrête d'être aussi naïve, petite idiote !*

C'était la voix de la raison qui lui parlait. Mais elle ne pouvait pas s'en empêcher, surtout quand il se tenait devant elle dans toute sa beauté pirate. Elle mourait d'envie de savoir ce qu'elle ressentirait en l'embrassant maintenant qu'il portait la barbe. Elle déglutit, pinça ses lèvres sèches et dit avec un rire nerveux en haussant les épaules, faisant son possible pour paraître désinvolte :

— Pirate. Sauvage américain. Officier dans l'armée de Sa Majesté. Contrebandier, peut-être… Je me demande quels autres déguisements vous portez quand vous êtes absent des salons de la Société… ?

— Votre grand-père devrait envisager de vous engager. Vos capacités d'observation et de raisonnement sont exceptionnelles.

Rory arbora un immense sourire empreint de fierté face à un tel éloge. Mais elle remarqua son ton monotone et son évitement habile d'une réponse directe. Par ailleurs, il n'avait montré aucun signe de reconnaissance quand elle avait parlé de sauvage américain. Soit c'était un acteur exceptionnel, soit il avait en effet été ivre mort pendant la soirée dans l'atelier de Romney. Quoi qu'il en soit, sa voix de la raison se permit de lui confirmer avec satisfaction qu'une telle absence de réaction prouvait bien qu'elle n'avait aucune importance à ses yeux.

— Ce ne sont pas des compétences que j'ai acquises par envie ou en fournissant des efforts, mais avec le temps, dit-elle avec un petit soupir défaitiste et inconscient, qui répondait à sa voix de la raison. Et par ennui. Il n'y a simplement rien d'autre à faire aux bals et autres réceptions quand on est coincé sur une chaise.

— Vous ne pouvez pas danser… du tout ?

Elle entendit la pointe d'inquiétude dans sa voix, qui la tira de sa préoccupation. Cela lui apprendrait à écouter les doutes de sa voix intérieure plutôt que de se concentrer sur le moment présent ! La dernière chose au monde qu'elle voulait, c'était sa compassion ; l'avant-dernière, c'était paraître larmoyante. Elle s'apitoyait rarement sur son sort, voire jamais, et elle n'utilisait jamais son pied malformé comme excuse pour paraître intéressante aux yeux des autres ou pour susciter de la compassion. Dès son plus jeune âge, on lui avait appris qu'attirer l'attention sur soi, peu importe de quelle façon, était le comble des mauvaises manières. Quand elle avait quitté la nursery pour rejoindre la Société, son grand-père l'avait prévenue qu'il était de sa responsabilité de mettre les autres à l'aise et de s'assurer qu'ils n'étaient pas gênés en sa présence. Pour ce faire, elle devait connaître ses limites. Il lui disait qu'elle était la plus belle fille du monde et que tous les autres le verraient bientôt, si elle se contentait d'être elle-même.

Elle faisait confiance à son grand-père et suivait ses conseils. Mais avant de poser les yeux sur cet homme qui se tenait en face d'elle, il y avait une question qu'elle ne s'était jamais posée : est-ce qu'un jour quelqu'un voudrait d'elle, telle qu'elle était ?

— Vous avez raison. Grand-père devrait m'engager, répondit-elle, évitant sa question comme il avait plus tôt évité la sienne. Je pourrais lui rapporter tant de cancans après avoir passé des heures à observer les autres par-dessus ma tasse de thé ! Mais c'est inutile de vous le dire, non ? J'imagine que dans le métier que vous avez choisi d'exercer, il faut être un maître de l'observation. Mais en ce qui vous concerne, vous êtes très doué pour dissimuler vos compétences.

— Dissimuler mes compétences ? J'en ai plus d'une ? s'enquit-il, le coin de sa bouche tressautant.

Elle ne releva pas sa désinvolture et, surexcitée de l'avoir démasqué, poussa un soupir intérieur de soulagement quand il n'insista pas pour savoir si elle pouvait danser ou non. Plus elle y pensait, plus elle était sûre que sa supposition était correcte. Elle se souvenait de l'étrange impression qu'il lui avait faite quand elle l'avait observé lors des bals et des rassemblements de la Société depuis le confort de sa chaise, derrière l'éventail qu'elle agitait : il jouait son rôle de clown orgueilleux un peu trop bien, ce qui l'avait poussée à s'interroger. Et elle était perplexe que son grand-père le défende discrètement dès qu'un convive osait suggérer que le commandant Lord Fitzstuart n'était rien de plus qu'un bouffon arrogant, un imbécile égoïste qui déshonorait non seulement son héritage royal, mais aussi son auguste parent, le duc de Roxton, et sa famille.

Elle s'était toujours demandé quel lien pouvait exister entre son grand-père et l'ami d'école de son frère. Elle avait supposé que son grand-père gardait simplement un œil paternel sur le commandant, puisque son propre père avait abandonné famille et patrie. C'était peut-être vrai, mais elle était maintenant persuadée que leur relation n'avait rien de simple. Elle aurait pu se châtier elle-même de ne pas avoir soupçonné plus tôt que le commandant était le protégé du chef des services secrets. Cela semblait totalement logique, et le commandant jouait très bien le jeu.

— Tous les espions se cachent derrière un masque, sinon ils ne seraient pas de bons espions, n'est-ce pas ? dit-elle d'un ton neutre, et quand il perdit son sourire, elle fit semblant de ne rien remarquer et ajouta gaiement : L'observation est une compétence importante. Peu de gens peuvent faire deux choses à la fois, et encore moins observer les occupants d'une pièce remplie tout en feignant de se désintéresser de ce qui les entoure. Et vous êtes particulièrement doué, car vous êtes généralement au centre de l'attention, ce doit donc être doublement difficile pour vous. (Elle pencha la tête et plissa son petit nez en réfléchissant.) Vous avez tellement bien perfectionné l'art de l'arrogance et de la fanfaronnade que vous vous l'êtes approprié, et ainsi la plupart des gens vous prennent au premier degré…

— Au premier degré ? Vous m'accordez bien plus de mérite que ceux qui prétendent mieux me connaître.

Elle haussa les épaules.

— Pourquoi votre famille, vos amis et vos connaissances penseraient-ils que vous êtes différent de ce que vous montrez ? Le commandant Lord Fitzstuart peut accepter tous les paris, doit gagner à tout prix, et joue le rôle du grand et beau bouffon de façon tellement convaincante que personne ne remet sa prestation en question. La Société va rarement plus loin que les apparences. Elle préfère croire à la version la plus salace et ne change pas son opinion une fois qu'elle est forgée. C'est ainsi qu'une femme à la nature douce et de bonne réputation peut recevoir l'étiquette de catin pour l'éternité si, dans sa jeunesse, elle a eu le malheur de tomber amoureuse d'un beau garçon avec lequel elle ne pouvait espérer se marier et a eu un enfant avec lui hors mariage.

Il fut surpris par son analyse pertinente et succincte. Il savait qu'elle parlait de Lily, et il était d'accord avec elle, mais il se contenta de dire :

— Merci, Miss Talbot. Vous avez bien exprimé votre point de vue.

— Mes réflexions n'avaient aucune intention malveillante, milord.

Il soutint son regard et elle le fixa en retour, ouvertement et sans malice. Elle était tellement différente de la majorité des femmes qu'il côtoyait, un changement tellement rafraîchissant. Que ce soit dans leur lit ou en société, les femmes lui disaient toujours ce qu'elles pensaient qu'il voulait entendre. Même les femmes de la famille Banks, à qui il aurait confié sa vie, le faisaient. Mais Aurora Talbot était irrémédiablement honnête, et il doutait qu'elle soit capable d'inventer un mensonge même si elle essayait. Cependant, malgré son honnêteté et peu importe ce qu'elle pensait savoir de lui, il était sur ses gardes depuis bien trop d'années pour s'ouvrir, de quelque façon que ce soit, à une fille dont il venait tout juste de se rendre compte qu'elle existait, même si elle avait une bonne opinion de lui. Par ailleurs, la conversation devenait bien trop sérieuse et réfléchie à son goût. Il lui dit donc d'un ton taquin :

— J'ai peut-être raté ma vocation ? Devrais-je monter sur les planches… ?

— Oh, mais vous êtes sur scène dès que vous entrez quelque part. Il n'y a pas une seule tête – qu'elle soit féminine, masculine ou poudrée – qui ne se tourne pas dans votre direction quand on annonce votre nom. Et alors, votre prestation peut commencer !

Il afficha un grand sourire.

— Quelle perspicacité ! dit-il avec une grande révérence. Toute bonne prestation se doit d'être accompagnée d'un public, et rien ne vaut un fervent public féminin.

Elle baissa les yeux sur ses mitaines en coton fleuries assorties à sa robe et lissa un pli imaginaire, pensant à l'accueil enthousiaste que lui avaient réservé les danseuses dans l'atelier de Romney. Elle prit une profonde inspiration et arrangea ses traits en un sourire, avec un éclat dans le regard et une fossette sur la joue.

— Inutile d'en faire autant. Vous pourriez rester au milieu d'une pièce, sans rien faire ni rien dire, et votre fervent public féminin demeurerait plus que satisfait. Comme une statue sculptée dans le marbre ou un portrait en pied de Sir Joshua ou de Mr. Romney. J'ai de la peine pour le gentleman poète qui tente de rivaliser, à coup de verbiage, avec le festin visuel que vous représentez.

Là-dessus, il rejeta la tête en arrière et rit de bon cœur. Quand il recouvra l'usage de la parole, il s'avança pour faire disparaître l'espace qui les séparait. Il posa ses mains à plat sur le mur en pierre, près de ses jupons, et se pencha vers elle, ses yeux à la même hauteur que les siens, à quelques centimètres d'elle. Il était tellement proche qu'elle remarqua que ses pupilles s'étaient dilatées, rendant ses iris noirs comme du charbon.

— Ma chère Miss Talbot, dit-il d'une voix doucereuse, je parie une guinée qu'à chacune de mes entrées dans un salon, vous mourriez d'envie de me faire trébucher avec votre canne.

— Qu'est-ce qui vous fait penser que je suis aussi mesquine ? demanda-t-elle doucement, les yeux rivés sur son regard d'obsidienne inflexible.

— Au contraire. Je pense que vous êtes la personne la moins mesquine que je connaisse, dit-il avec un sourire en coin. Si je m'étalais de tout mon long, un autre fanfaron arrogant aurait au moins l'opportunité de se retrouver sur le devant de la scène.

— Mais si je vous faisais tomber, je priverais votre fervent public féminin. Je ne pourrais pas être aussi mesquine envers *elles*.

— Touché, Miss Talbot.

— Cela dit… j'ai une confession à faire, ajouta-t-elle d'un ton hésitant, légèrement hors d'haleine, car il soutenait toujours son regard. J'ai eu envie de vous faire trébucher plus d'une fois, mais…

Il retint son souffle, espérant de tout cœur qu'elle ne mentionnerait pas l'atelier de Romney. En la regardant dans ses yeux bleus pleins de franchise, il sentait ses défenses tomber en miettes et il était sur le point de tout lui avouer.

— … mais cette envie soudaine était purement égoïste, et je me suis abstenue.

Il se pencha encore un peu. Elle l'imita inconsciemment et se rapprocha à son tour. Ils n'étaient plus qu'à un cheveu l'un de l'autre.

— Vous auriez dû vous montrer égoïste il y a bien longtemps, Miss Talbot…

$$SEIZE$$

RORY AVAIT DU MAL À RESPIRER. LA PRESSION DANS SA POITRINE
était revenue, comme si son cœur prenait trop de place dans sa cage
thoracique, et la sensation de picotement était de retour dans ses
membres. Savait-il à quel point leurs bouches étaient proches ? Elle
sentit le bas de son torse s'appuyer légèrement contre ses jambes. À sa
grande stupéfaction, ses genoux s'écartèrent de leur propre gré, le laissant s'approcher du mur.

Elle cligna des yeux et prit une soudaine inspiration, choquée. Mais
elle ne bougea pas pour rectifier son indécence. Elle était pétrifiée, scandalisée qu'il se tienne entre ses jambes écartées, dans l'air frais d'un
jardin pittoresque. Pour le bien de sa réputation et pour la bienséance,
elle devrait le repousser aussi fort que possible et resserrer ses genoux
sur-le-champ et fermement. Mais comme elle s'était retrouvée dans une
position bien plus compromettante avec lui, tous deux enveloppés dans
un rideau alors qu'il était nu à l'exception d'un rectangle de cuir entre
ses cuisses, se montrer scandalisée maintenant paraîtrait non seulement
ridicule, mais hypocrite.

Elle se laissa donc réagir de façon instinctive, plutôt que de faire ce
qu'elle aurait dû faire. Ses jambes se refermèrent bien, mais autour de
lui, ses genoux trouvant un point d'ancrage de chaque côté de ses
minces hanches. Une fois attachée à lui, elle enroula ses pieds à l'arrière
de ses cuisses, serra et ne lâcha plus. Ses jambes avaient beau être
cachées sous des couches de jupons fleuris, il était impossible de dissimuler la proximité intime de leurs corps. Peu importe qu'il garde les
mains à plat sur le muret en pierre, que les siennes soient serrées sur ses

genoux et qu'ils soient entièrement habillés. Ils étaient à présent liés en dessous de la taille, et Rory ne connaissait aucun autre endroit où elle aurait préféré être.

Il allait l'embrasser maintenant. Il était évident qu'ils en avaient tous les deux envie, non ? Elle voulait désespérément l'embrasser et, s'il n'en prenait pas bientôt l'initiative, elle était persuadée que l'angoisse de l'anticipation la ferait défaillir. Elle ne pouvait pas l'embrasser en premier. Les femmes, celles de bonne famille, et en particulier les vierges, ne faisaient pas le premier pas. Cela mènerait à des spéculations et des conjectures inutiles. Les femmes de bonne famille attendaient qu'on les embrasse. Elles attendaient qu'on les remarque. Elles pouvaient passer toute leur vie à attendre, mais elles devaient attendre.

Mais sa petite voix adepte du « et si » osa lui suggérer qu'elle l'embrasse en premier. Et s'il attendait qu'elle fasse exactement cela ? Et voilà, elle était repartie avec ses « et si » ! Imbécile ! Les hommes comme le commandant n'attendaient rien ni personne. S'il avait envie de l'embrasser, il s'exécuterait dans la minute ou ne le ferait jamais. Peut-être jouait-il seulement avec elle ? Il avait peut-être orchestré cette scène intime dans le but de lui donner une leçon parce qu'elle l'avait traité de grand et beau bouffon, et de fanfaron arrogant. Mais il devait bien savoir qu'il s'agissait d'un compliment sur ses talents d'acteur, non ?

Elle continua donc à attendre et à ruminer, sans se rendre compte que sa respiration était devenue superficielle et qu'elle s'était empourprée de désir.

S'il n'avait pas connaissance de ses doutes et de ses désirs, Dair était parfaitement conscient d'elle sur tous les autres aspects. Il voulait embrasser cette créature délicieuse, avec son petit nez mutin et ses grands yeux bleus, l'embrasser partout, à commencer par cette exceptionnelle bouche à croquer. Puis il retirerait le fichu de décence en tulle qui couvrait le décolleté carré plongeant de son corsage, découvrirait et suçoterait sa divine poitrine et se délecterait de son odeur ; un mélange enivrant de lavande sucrée avec une pointe de vanille, mais surtout une odeur qui la caractérisait : délicate, franche, et attirante.

Il était bien conscient qu'elle l'avait emprisonné entre ses jambes écartées, jambes appuyées contre ses hanches et fermement enroulées autour de ses cuisses ; il sourit pour lui-même. Tout ce qui le séparait du paradis, c'étaient les épaisseurs de coton de ses jupons fleuris. Et, à son immense soulagement, la bête dormante qui était restée passive pendant son séjour de trois semaines au Portugal s'était enfin réveillée et menaçait de se transformer en une rigidité insoutenable qui prendrait le pas sur son bon sens, lui faisant alors oublier toute prudence. Ses mains étaient peut-être toujours posées à plat sur le mur de pierre, de chaque côté de ses paniers, mais il mourait d'envie non seulement de l'embrasser, mais également d'ouvrir son haut-de-chausses, de remonter ses jupons sur ses douces cuisses nues et de guérir sa troublante impotence temporaire sur-le-champ. Une fois comblé, il pourrait retrouver ses habitudes : coucher avec de belles femmes avec un abandon lascif.

Cependant, contrairement à l'opinion populaire, il n'avait rien d'un don Juan insouciant qui séduisait les femmes en ne songeant qu'à son propre plaisir, sans penser aux conséquences. En vérité, depuis qu'on lui avait annoncé à l'âge tendre de dix-sept ans qu'il allait devenir père, ce qui avait changé sa vie, les conséquences possibles d'une satisfaction de son appétit charnel n'étaient jamais très loin dans ses pensées. Ainsi, seules les femmes chevronnées, les femmes mariées qui avaient déjà rempli leur devoir auprès de leur mari, et celles qu'il payait et qui savaient comment empêcher les conséquences naturelles d'un accouplement, étaient autorisées à partager son lit.

Ce fut ce souvenir de ses critères personnels pour une maîtresse convenable, et l'idée terrifiante qu'il avait devant lui une jeune femme sans aucune espèce d'expérience, qui prirent le dessus sur ses instincts les plus primaires. Il n'avait aucune intention de souiller la charmante Miss Aurora Talbot. Un simple baiser suffirait. Bien sûr, il savait que même un simple baiser avec une célibataire de bonne famille à la réputation impeccable serait vu d'un mauvais œil par ses pairs et considéré comme totalement indigne d'un gentleman. Mais il réussit à se convaincre que Miss Talbot était une femme sensée et intelligente, qui verrait leur baiser pour ce qu'il était : un badinage printanier fugace. Elle avait agi de façon raisonnable après leur rencontre dans l'atelier de Romney et, de la même manière, elle garderait ce baiser pour elle, et il lui en serait éternellement reconnaissant.

Il sourit en la regardant dans les yeux, anticipant leur baiser, et quand elle lui sourit en retour, il n'eut pas besoin de plus d'encouragement. Mais contrairement à son comportement dans l'atelier de Romney, où il s'était mépris en la prenant pour une jolie prostituée à la recherche d'un nouveau bienfaiteur, l'ayant alors traitée en conséquence, il était cette fois-ci déterminé à lui prouver qu'il pouvait être doux, prévenant, et la traiter avec le respect qu'il lui devait en tant qu'égal social. Par-dessus tout, il voulait qu'elle apprécie ce baiser autant que lui, qu'elle garde un bon souvenir de cette brève rencontre.

Avec des mouvements réfléchis, se disant qu'il ne voulait surtout pas l'effrayer ou qu'elle s'attende à un traitement inférieur à celui d'un gentleman qui la vénérait, il caressa tendrement sa joue empourprée avant de coincer délicatement une mèche rebelle de ses cheveux blonds derrière son oreille. Quand il sourit en la regardant dans les yeux, il la vit déglutir. Que ce soit délibéré ou par nervosité, elle parcourut le bord de sa lèvre supérieure du bout de sa langue, les yeux rivés sur la bouche de Dair, et ce signal suffit à lui faire comprendre qu'elle lui donnait la permission d'écraser sa bouche sur la sienne.

Enfin, il prit son visage dans ses grandes mains et l'embrassa.

LES MAINS DE RORY GLISSÈRENT SUR LE DOUX VELOURS À L'AVANT de sa redingote et remontèrent autour de son cou où elle s'agrippa fermement, les doigts entortillés dans ses cheveux qui lui arrivaient aux épaules, la tête penchée dans les mains de Dair pour accommoder son nez tandis qu'il appuyait sa bouche sur la sienne. Elle était déterminée à savourer chaque seconde de leur baiser et fut agréablement surprise de découvrir que sa barbe de pirate n'était pas rugueuse et piquante, mais douce comme du velours, comme le tissu soyeux de sa redingote. Les poils noirs de sa barbe frottaient contre sa peau alors qu'ils s'embrassaient, telle une caresse qui décupla ses sens. Son corps entier fourmillait. Elle aimait beaucoup sa barbe. Mais elle fut encore plus surprise par la douceur dont il faisait preuve, par le côté timide de son baiser.

Ce baiser était tellement différent de celui qu'ils avaient échangé dans l'atelier de Romney qu'elle se demanda s'il regrettait de l'avoir embrassée. La première fois, c'était avec tout l'enthousiasme d'un homme qui la trouvait désirable. Cette fois-ci, la flamme du désir brûlait à peine. Et alors qu'elle commençait tout juste à fondre dans ses bras, il l'éteignit complètement en interrompant leur baiser. Ses joues brûlaient de honte à l'idée qu'il se soit rendu compte qu'elle ne l'attirait pas du tout quand il était sobre. Et pourtant, il ne s'éloigna pas, mais garda les yeux baissés sur elle, comme s'il lui demandait de lui fournir une explication.

Comment est-ce qu'elle, une novice dans ce genre de situation, était censée répondre ? On ne l'avait jamais laissée seule avec un homme qui n'était pas un proche parent, et elle avait encore moins été embrassée par l'un d'eux jusqu'à ce que le plus bel homme de Londres réalise son rêve. Elle admettait avoir volontiers participé à ce baiser, mais n'ayant aucune expérience du rejet, elle ne savait pas comment s'en sortir avec dignité et se figea d'indécision. Mortifiée face à une telle faiblesse de caractère, elle était au bord des larmes.

Comment pouvait-elle être aussi incapable ? Pourquoi était-elle tombée amoureuse de cet homme ? Elle le savait à la pression dans sa poitrine et à l'accélération de son rythme cardiaque dès qu'elle était en sa compagnie. Pourquoi fallait-il qu'il s'agisse de cet homme-là, dont elle connaissait bien l'infâme passé avec les femmes et qui tenait claire-ment peu à elle ? Maintenant qu'il savait qui elle était réellement, une ingénue passablement jolie qui ne danserait jamais et ne serait jamais une lady élégante et coquette, il l'avait probablement embrassée par pitié, ce qui lui donnait la nausée.

Elle enleva lentement ses mains des épaules de Dair et les fit retomber sur ses genoux. Mais quand elle commença à démêler ses jambes, à relâcher la pression de ses genoux sur ses hanches, le visage brûlant d'humiliation en se rendant compte à quel point elle était tombée bas, il la surprit en la saisissant par les bras pour ne plus la lâcher.

Son regard remonta immédiatement sur le visage de Dair et elle frissonna face à l'intensité de ses yeux noirs et sa moue renfrognée. Quelles pensées tourbillonnaient derrière ce beau visage ? S'efforçait-il de trouver les bons mots pour excuser son comportement ? Elle ne voulait pas entendre ses excuses ! Elle ne voulait pas de ses remords, et encore moins de sa pitié. Déterminée à préserver sa dignité, elle pinça les lèvres et l'observa ouvertement, les yeux rivés sur cette moue. Elle répéta une prière silencieuse, espérant que ses larmes qui montaient ne déborderaient pas pour lui donner un air aussi misérable que honteux.

Mais il la surprit une nouvelle fois quand il relâcha la pression sur ses bras, les traits de son visage se détendant. Elle l'observa tandis qu'il affichait une expression difficile à déchiffrer. Il semblait avoir vécu une espèce de révélation soudaine, quelque chose de si profond que ce savoir nouveau le surprenait lui-même. Lentement, il la parcourut du regard, suivant des yeux ses mains qui glissèrent le long de ses bras minces jusqu'à la cascade de dentelle autour de ses coudes, ses mitaines en coton, ses doigts, et enfin il prit ses mains dans les siennes. Elle remarqua le mouvement de sa pomme d'Adam quand il déglutit avec difficulté, puis sa mâchoire se contracta, comme s'il était parvenu à une décision difficile qu'il avait néanmoins prise. Elle n'eut pas l'occasion de s'interroger sur cette décision. Elle attendit, en respirant de façon saccadée, qu'il prenne la parole. Mais quand il s'exécuta, il ne lui donna aucune explication ou excuse et n'ouvrit aucune fenêtre sur ses pensées.

Il la laissa perplexe, à la dérive.

— Oh damnation… maugréa-t-il. Enfer et damnation…

Furieux contre lui-même d'avoir exprimé sa frustration face à son incapacité à articuler ses pensées de façon éloquente pour partager la nature bouleversante de sa révélation, Dair abandonna l'idée. Il était peut-être incapable de lui expliquer ce qu'il ressentait, mais il pouvait assurément lui montrer. Il embrassa donc Rory une deuxième fois.

Ses mains enveloppant sa taille fine, il écrasa sa bouche sur la sienne, toute réticence anéantie.

Ardent et dévorant, ce baiser ne laissa aucun doute à Rory quant au désir qu'il ressentait. Si elle respirait, elle n'en était pas consciente. Si elle avait la moindre pensée, c'était qu'elle avait rêvé de ce moment, de ce baiser particulier, avec cet homme en particulier, depuis l'été de ses treize ans, quand Alisdair Fitzstuart leur avait rendu visite dans son uniforme régimentaire afin de dire au revoir à son grand-père et à son frère.

Privée de sa perception du temps et de l'espace, elle n'était consciente que de sa bouche, de la persistance de sa langue, des sensations merveilleuses qu'il provoquait en elle. Elle était sur le point de défaillir, mais ne s'était pourtant jamais sentie aussi vivante. Elle voulait qu'il la prenne dans ses bras, qu'il l'emmène sous les arbres, et qu'ils s'allongent dans un coin ombragé, au milieu des fleurs sauvages. Elle voulait qu'il se déshabille devant elle, pour pouvoir de nouveau l'admirer nu, mais cette fois-ci entièrement nu ; elle voulait le caresser, partout. Plus que tout, elle voulait qu'il lui fasse l'amour comme le couple sur les tapisseries du temple faisait l'amour, leurs corps nus et entrelacés sans complexe, dans les affres d'une passion dévorante.

Mais pas ici. Pas sur le terrain des Banks. Pas à deux pas de la maison où habitaient son fils et la femme qu'il aurait épousée si leur union n'avait pas été jugée inégale. Pas quand on appelait Dair de loin, de façon aussi insistante, à l'image d'un domestique qui gratte à la porte avec une demande urgente et qui refuse de partir peu importe combien de fois on lui en a donné l'ordre. Mais... le vieux Bert n'était pas l'un des domestiques de son grand-père... Pourquoi les appelait-il, elle et Sa Seigneurie... ?

Le charme fut rompu.

Une main fermement appuyée sur le torse de Dair, elle démêla ses jambes de leur ancrage autour de ses cuisses, éloigna sa bouche de la sienne et se redressa. Elle le mit rapidement en garde et baissa la tête, les mains de retour sur ses genoux, ses doigts fermement serrés. Elle n'aurait pas su dire pourquoi elle avait baissé la tête de façon aussi lâche, car elle n'avait pas honte de l'avoir embrassé. C'était une réaction instinctive, comme si on l'avait surprise alors qu'elle faisait quelque chose de terrible, bien que ce ne soit pas du tout ce qu'elle ressentait. Mais elle se rendit compte que c'était ainsi qu'il avait dû interpréter ses gestes, car il lâcha sa taille et s'éloigna d'elle et du mur en bredouillant des excuses qu'elle ne comprit pas vraiment tant elle était préoccupée par sa propre lâcheté, même si la sincérité de ses excuses était manifeste dans son ton.

Si elle avait été attentive non seulement à l'essence de ses excuses, mais également aux mots prononcés, elle aurait immédiatement compris qu'il s'était passé quelque chose de capital, qui dépassait largement le baiser qu'ils avaient échangé. Il l'avait appelée « mon délice », comme dans l'atelier de Romney. Ce ne fut que plus tard, à l'arrivée de Mr. William Watkins et de son frère sur les lieux, qu'elle se souvint des excuses de Dair et de son utilisation de cette appellation affectueuse, ce qui changea tout.

À l'instant présent, assise sur le muret en pierre qui séparait le jardin botanique de la maison des Banks, Rory était trop occupée à essayer de sauver le peu de dignité qu'il lui restait. Elle leva lentement les mains et se lança dans la tâche banale qui consistait à lisser et rattacher ses cheveux ébouriffés, sans un regard pour le commandant. Néanmoins, elle restait extrêmement consciente de sa proximité, de son odeur masculine persistante, de son goût salé qui perdurait sur sa langue, et la culpabilité donna à son visage une teinte rouge grenade.

Toujours embrumé de désir et absorbé par l'instant présent, Dair mit du temps à réagir à son rejet. Le souffle court, il l'observa, confus, sans comprendre pourquoi elle avait interrompu un baiser aussi merveilleux et parfait. S'était-il montré trop insistant ? Aurait-il fallu qu'il soit plus doux ? Elle était jeune et inexpérimentée… c'était sûrement pour cette raison. Il devait y aller pas à pas. Son ardeur l'avait effrayée. Seigneur, quel abruti inconsidéré ! Songeant à cela, il passa une main sur sa joue et sentit ses poils du bout des doigts. Il fit la grimace, mais cela lui donna une idée. Et si c'était sa barbe qui l'avait repoussée ? Elle n'avait eu aucun mouvement de recul dans l'atelier de Romney, loin de là, alors pourquoi maintenant ? C'était forcément sa barbe. Bigre ! Il aurait dû se raser à Portsmouth avant de se mettre en route. Mais il avait été trop impatient de rentrer et de passer la journée avec son fils pour son anniversaire. Et même cela, il n'avait pas réussi à le faire correctement ! Quel sombre idiot !

Il avait tant de fois fait le rodomont, à l'image du héros fanfaron et turbulent de L'Arioste, qu'il était devenu comme ce personnage. Pour la première fois de sa vie, il n'était pas seulement énervé, mais honteux d'avoir laissé son désir et son *cazzo* lui dicter ses manières. Il avait un besoin irrépressible de la prendre dans ses bras pour la consoler et lui révéler ses intentions, mais ce n'était pas le bon moment, et elle le croirait à peine, vu ses agissements.

Il s'éloigna donc du mur avec une révérence respectueuse, agrippant d'une main son boitier à cheroot en argent dans la poche de sa redingote, et grommela des excuses avant même d'y avoir réellement réfléchi. À cet instant, il entendit à son tour qu'on appelait son nom et pivota sur ses talons bottés, découvrant le vieux Bert qui traversait le champ ouvert d'un pas lourd, agitant dans les airs un chapeau de paille au bord large dont les rubans en soie bleus flottaient dans la brise. Le vieux domestique avait le visage rouge et le souffle court. Il avait dû parcourir une bonne partie du chemin en courant.

Quand il rejoignit Dair, le vieux Bert lui donna le chapeau avec un signe de tête et baissa les yeux vers l'herbe sans un regard pour Rory. Ses manières furtives prouvaient à elles seules qu'il avait été témoin de leur échange intime. Il resta immobile quand Dair le congédia ; ce dernier se rapprocha de lui, comprenant que le vieillard voulait lui dire quelque chose. Il espérait seulement qu'en obtenant la permission de parler, le vieux Bert ferait néanmoins comme s'il n'avait rien vu, comme c'était la coutume chez les bons domestiques, et qu'il n'évoquerait pas ce qui était évident.

— Je d'mande pardon à Sa Seigneurie. Y'a un gentleman dans le jardin là-bas qui vous regarde. Je l'ai vu depuis les arbres, quand sa tête est sortie d'une haie. C'est pour ça que j'vous ai appelés. Je voulais pas vous manquer de respect ou vous offenser.

— Ne vous inquiétez pas. À quoi ressemble-t-il ?

— Un visage en lame de couteau. Des petits yeux. Une chic coiffure.

— Grand ou petit ?

— Petit.

— L'aviez-vous déjà vu ?

Le vieux Bert secoua sa tête chauve.

Ce n'était donc pas Grasby. Non pas que son meilleur ami soit enclin à rôder dans les buissons. S'il s'était agi de Grasby, il se serait directement approché, l'aurait arraché de sa sœur et lui aurait asséné un coup mérité sur le nez. Grasby n'était pas un lâche, et il n'était pas petit. Mais il connaissait un passager de la péniche de Shrewsbury qui correspondait à ces deux adjectifs. Il espérait que son intuition lui donnerait raison. Il mourait d'envie de réajuster la cravate de ce putois zélé.

— Cette fouine a-t-elle le moindre muscle ? Dois-je me tenir prêt ?

Le vieux Bert pouffa de dérision et lui adressa un sourire édenté.

— Jamais d'la vie, m'lord ! Une chiffe molle comme j'en ai jamais vu ! Non pas que j'en aie déjà vu. Mais je reconnaîtrais une chiffe molle si j'en voyais une, et lui c'en est une ! Suffirait de le pousser du doigt pour qu'il s'écroule, les deux mains sur la tête, et pleurniche comme une fille !

— Une bonne description du Putois. Bien. Je vais préserver la nouvelle peau de mes mains. Est-il toujours dans les buissons ?

— Non, m'lord. Il s'est montré dès que vous avez tourné le dos…

— Vraiment.

— … et il est directement allé voir vot' dulcinée, avec qui il discute maintenant.

Dair résista à l'envie irrépressible de se retourner. Il haussa un sourcil foncé en entendant le qualificatif employé par le vieux Bert pour désigner Miss Talbot, mais ne fit aucun commentaire. Jouant avec les rubans en soie bleus du chapeau de paille de Rory, il dit d'un ton monotone :

— Dites à Jamie que je serai de retour à la maison d'ici un quart d'heure. Et Mrs. Banks a l'autorisation de fouiller dans mes sacoches. Elle y trouvera deux bouteilles de porto, un filet rempli d'oranges pour les garçons, et une montagne de linge sale. Et il faudrait aiguiser mes rasoirs.

— Je m'occuperai des rasoirs pour vous, m'lord !

Dair n'eut pas le cœur de dire non au vieux domestique. Il s'occuperait de Farrier et de ce qu'il pensait du fait que quelqu'un d'autre s'approche des affaires de toilette personnelles de son maître en temps voulu. Pour l'instant, il voulait seulement se débarrasser de cette barbe pour que Miss Aurora Talbot n'ait plus d'excuse pour ne pas l'embrasser. Et il l'embrasserait de nouveau, il en était persuadé comme il était persuadé que le jour suivait toujours la nuit. Et la prochaine fois, il n'y aurait aucune excuse, aucune interruption, et aucun voyeur aux airs de putois dans les buissons.

Il observa le vieux Bert remonter vers la maison des Banks d'un pas lourd et en sifflotant, empruntant le même chemin qu'à l'aller. En même temps, Dair cherchait la meilleure façon de s'occuper de Mr. William Watkins et de ses propensions perfides.

Il appelait peut-être Watkins par son surnom d'écolier de Harrow, le Putois, mais cet homme n'avait rien d'un putois, c'était un serpent. C'était un lâche moralisateur doublé d'un traître, qui avait rampé pour terminer l'école et avait fait la même chose pour devenir le secrétaire je-sais-tout et suffisant du chef des services secrets anglais, grâce à son mariage à la sœur de Grasby.

Cet homme ne méritait pas de glisser ses genoux noueux sous le bureau réservé au secrétaire de Lord Shrewsbury, où il avait accès à toutes sortes de secrets d'État et personnels ; en particulier les secrets personnels. Il n'était pas question de grande moralité avec Watkins. Ce n'était pas un fonctionnaire désintéressé qui apportait sa contribution pour son pays. Il n'était pas motivé par un sens du devoir, par l'obligation de maintenir la tyrannie papale loin des côtes anglaises ou par le besoin patriote de faire respecter le droit de tout Anglais à vivre dans le pays le plus libéral sur terre. Et il n'avait certainement jamais proposé de se salir les mains en acceptant des missions secrètes qui iraient plus loin que la paperasse sur son bureau.

Dair s'était demandé comment un homme comme Shrewsbury, à l'ingéniosité magistrale et à la perspicacité supérieure, avait pu engager quelqu'un d'aussi cupide, jusqu'à ce que le chef des services secrets l'informe qu'il savait exactement quel genre de créature il avait engagé, et qu'il valait mieux garder un serpent à proximité plutôt que le laisser ramper dans les hautes herbes sans connaître ses mouvements, sans savoir où il allait frapper.

Redressant les épaules, Dair se prépara à jouer le fanfaron arrogant. Watkins était toujours nerveux à l'idée qu'il puisse faire preuve de violence physique à tout moment. Mais quand il se retourna pour rejoindre le muret d'un pas nonchalant, tenant le chapeau de bergère en paille par ses rubans en soie bleus, il se retrouva face à une scène des plus stupéfiantes.

Mr. William Watkins s'efforçait de ne pas lâcher la main de Miss Talbot, tandis que cette dernière était tout autant déterminée à libérer ses doigts. Quand Watkins, un genou à terre, se releva et se rua vers Miss Talbot, qui tendit immédiatement les bras pour le maintenir à une certaine distance, le simulacre prévu par Dair s'évapora immédiatement telle une bulle de savon qui éclate.

Il allongea le pas, en proie à un besoin primitif de protéger, peu importe les conséquences personnelles pour lui-même. C'était un instinct qu'il avait découvert à la naissance de son fils et qui s'était récemment manifesté à Brooklyn Heights, où il avait sauvé la vie d'une veuve loyaliste et de ses deux jeunes enfants qui s'étaient retrouvés au milieu des tirs croisés d'une bataille. Mais il y avait quelque chose de nouveau dans le mélange d'émotions cette fois-ci, quelque chose qu'il n'avait jamais connu, qui le surprit et le contraria davantage. Il était envieux, furieusement envieux.

Personne n'avait le droit de toucher à ce qui lui appartenait maintenant – *personne*.

# DIX-SEPT

Pour comprendre comment Mr. William Watkins s'était retrouvé avec un genou à terre devant Rory, un Dair Fitzstuart courroucé fonçant sur lui tel un taureau blessé, il fallait remonter à sa conversation avec Drusilla, Lady Grasby, une heure plus tôt.

Le frère et la sœur avaient partagé un déjeuner dans l'opulente cabine de la péniche de Lord Shrewsbury. Les rideaux dorés et damassés avaient été tirés sur les fenêtres qui donnaient sur les rameurs en livrée en plein repas, tandis que les fenêtres de la cabine qui donnaient sur les vaisseaux naviguant sur la Tamise étaient entrouvertes pour laisser entrer une brise agréable.

Il y avait assez à manger et à boire pour six, mais seuls Lady Grasby et Mr. Watkins s'assirent et se jetèrent sur les petits pois, la salade composée, la terrine de canard, un assortiment de fromages et divers fruits de saison. Ils mangèrent dans un silence seulement rompu par les rires et les conversations de leurs domestiques qui étaient allés pique-niquer sur la berge, à l'ombre des saules. Une telle gaieté ne faisait qu'accentuer l'irritation et l'embarras que le frère et la sœur ressentaient d'avoir été abandonnés par Lord Grasby et sa sœur.

— Je comprends votre agacement perpétuel vis-à-vis de votre mari après son comportement dans l'atelier de Romney, dit William Watkins en reposant son assiette vide en porcelaine de Worcester. Mais vous devez trouver, au fond de votre cœur, la force de lui pardonner, mais aussi d'oublier. Sinon, il n'y aura pas d'héritier, vous finirez divorcée et nous serons déshonorés tous les deux.

— *Divorcée ?* répéta Lady Grasby en se redressant, les yeux écarquillés d'effroi.

Elle déglutit, les doigts serrés autour des branches noires laquées de son éventail de style chinoiserie qu'elle avait refermé.

— Je ne veux pas divorcer de Grasby. J'apprécie être sa femme. Je l'apprécie, lui. Je suis peut-être même amoureuse de lui... Et je veux devenir comtesse de Shrewsbury, William. Il le *faut*.

— Alors faites-lui un enfant ; n'importe quel enfant, garçon ou fille, conviendra pour l'instant. Voilà à quel point vous êtes tombée bas dans l'estime de Lord Shrewsbury. Un bébé prouvera que vous pouvez enfanter et réparera la rupture. Quand son fils tant attendu arrivera, votre place dans le cœur et dans la vie de Grasby sera consolidée à jamais. Plus rien ne pourra plus vous atteindre. Vous deviendrez comtesse de Shrewsbury, ma chère.

— C'est entièrement la faute de *cet homme*, William. Si Fitzstuart était mort sur le champ de bataille, Grasby aurait pu faire le deuil de son ami, et notre vie sans lui aurait été parfaitement merveilleuse. C'est immoral de ma part de le dire, mais c'est ce que je *ressens*. J'étais tellement heureuse quand il a rejoint son régiment dans les colonies et qu'il nous a laissés tranquilles. J'ai prié – oui, *prié* – pour qu'il ne revienne pas ! La dernière chose à laquelle je m'attendais, c'était qu'il revienne en héros de guerre. *Cet homme* a fait de moi une mauvaise personne, William. Je vous en prie, dites-moi que ce n'est pas ma faute.

William Watkins jeta un coup d'œil aux deux valets de pied silencieux, le menton relevé et les yeux fixés droit devant eux, et dit gentiment :

— Nous sommes d'accord sur ce point. Mais il a la chance du diable, et nous n'y pouvons rien.

*À moins de le faire empoisonner ou poignarder à mort dans un bordel pendant qu'il récupère après une nuit d'ivresse et de débauche*, lui souffla sa petite voix intérieure, enivrée par le bordeaux. *Mais tu as peur de te faire prendre. Et ce serait le cas. Même dans la mort, la chance serait du côté de l'imbécile préféré de Shrewsbury, le commandant Lord Fitzstuart.*

Mr. Watkins pensa aux missions secrètes que Lord Shrewsbury avait confiées au commandant Lord Fitzstuart, au fait qu'il avait survécu à chacune d'entre elles, malgré le danger et les risques pour sa vie et son intégrité physique. Ses membres athlétiques n'avaient subi aucune blessure, et les petites entailles et cicatrices sur ses joues et son menton n'avaient fait qu'accentuer sa beauté de statue grecque. Il était convaincu que Fitzstuart avait vendu son âme à la magie noire et qu'un jour le diable viendrait la réclamer.

— J'ai beaucoup réfléchi à l'influence excessive que le commandant exerce sur votre mari et j'ai trouvé une solution convenable que, je pense, vous approuverez sans hésiter, déclara William Watkins sans pouvoir réprimer un sourire satisfait. L'emprise de Fitzstuart et de ses consorts sur Grasby est contrebalancée par les conseils tendres et sensés de Miss Talbot. Un soutien attentif ajouté à mon influence, en ma capacité plus intime d'époux de Miss Talbot, pourraient sevrer Grasby de l'emprise de son ami.

— *Aurora ?* Aurora, votre épouse… répondit Lady Grasby, clignant des yeux d'un air surpris face à cette idée à laquelle elle n'avait jamais pensé, mais qui maintenant qu'elle avait été formulée, lui semblait parfaitement logique. William ! Oh ! Oui ! *Oui !* Je serais tellement heureuse qu'Aurora devienne réellement ma sœur ! Et il est vrai que Grasby l'écoute plus que n'importe qui ; plus que moi ! Et si vous l'épousiez… Oh, pitié, dites-moi que vous êtes sérieux. Que ce n'est pas un caprice. Avec votre fortune et votre place importante au sein du gouvernement, vous pourriez épouser n'importe quelle femme, qu'importe sa beauté ou sa fortune. Mais choisir Aurora… Je pense que je vais pleurer de bonheur.

Il agita la main en un geste modeste, bien que son immense sourire suffise à indiquer qu'il était ravi de sa réponse expansive. Il indiqua à un valet de pied de poser la carafe en cristal près de lui. Il faisait tellement chaud…

— Ma chère, votre soutien me fait très plaisir. J'admets que la perspective d'approcher Miss Talbot et de demander l'assentiment de Lord Shrewsbury me rend extrêmement nerveux. C'est pour cette raison, j'en ai peur, que je suis plein à craquer de bordeaux. Je sais que rien ne me fait sortir du lot. En tant que sœur, vous avez le devoir de penser le contraire, mais…

— Oh, taisez-vous ! Lord Shrewsbury ne pourra être que reconnaissant que vous soyez prêt à épouser Aurora. Nous pensions tous secrètement qu'elle ne recevrait jamais de demande, même Lord Shrewsbury. Quant aux idées romantiques de Grasby, qui pense qu'un gentleman arrivera un jour et aimera Aurora pour ce qu'elle est, ce ne sont que des inepties saugrenues. Il est vrai qu'elle a une belle contenance et une excellente ascendance, mais ces facteurs ne rentrent plus en considération, n'est-ce pas, dès qu'elle se relève avec difficulté et utilise cette maudite canne. Mais vous, dit-elle en serrant la main de son frère, vous, très cher William, vous êtes tellement *noble*. Vous avez toujours réussi à dissimuler, tout comme moi, un malaise naturel face à ses manières disgracieuses.

William Watkins remplit de nouveau son verre. L'enthousiasme de sa sœur pour son union avec Aurora Talbot était rassurant, mais il n'était pas un parangon de vertu comme elle le croyait. Aurora avait un joli visage et une douce nature, ce qui l'aidait énormément à fermer les yeux sur son infirmité physique et son fort caractère. Il était prêt à endurer beaucoup de choses – les regards de pitié de ses pairs, sa passion pour la culture de l'ananas et sa solitude naturelle, sans parler de ses franches observations, tout cela, peu importe à quel point toutes ces choses lui étaient désagréables – s'il pouvait, en l'épousant, satisfaire sa double ambition : rejoindre la noblesse grâce au mariage et être reconnu en tant que successeur de son grand-père au poste de chef des services secrets.

— Votre confiance me réchauffe le cœur, Drusilla, dit-il avec un sourire pincé. J'avais l'intention de faire ma demande à Miss Talbot cet après-midi et, après avoir obtenu son accord, d'approcher Lord Shrewsbury ce soir. Je me rends compte qu'il s'agit d'une méthode peu orthodoxe, mais je ne souhaite pas aller le voir si Aurora ne m'a pas déjà dit oui.

Lady Grasby se leva du canapé, ouvrit les portes-fenêtres en grand et balaya la péniche et la terre ferme du regard, à la recherche de sa bonne. Elle devait se rendre présentable pour le retour de son mari et de sa sœur, nouvellement promise à son frère William.

— Je me moque de connaître l'ordre dans lequel vous allez procéder, déclara-t-elle. Je veux simplement que vous épousiez Aurora le plus rapidement possible pour éloigner mon mari de Fitzstuart ! Allez-y. Je vous en prie, allez-y et dites-lui ce que vous avez à dire pour l'éloigner de ces rustres. En revenant ici, trouvez un moment pour prendre votre courage à deux mains et la demander en mariage. Allez-y, William !

William Watkins suivit docilement sa sœur sur le pont et ferma instantanément les yeux face à la lumière du soleil. Il ouvrit légèrement un œil, lui fit la révérence et tituba en direction de la jetée. Soulagé d'être descendu de la péniche, il découvrit avec étonnement que le sentiment de vertige ne disparaissait pas ; il avait cru que c'était le léger balancement de l'embarcation qui le faisait chanceler. À présent, il se demandait si ce n'était pas le bordeaux qui prenait le dessus sur son cerveau uniquement habitué au thé. Il trébucha, remonta la jetée et se dirigea vers le muret en pierre. Heureux d'avoir retrouvé la terre ferme et d'avoir quelque chose pour le guider, il prit la direction du portail qu'il avait vu plus tôt en visitant le jardin botanique.

Il avait presque atteint sa destination quand il aperçut quelque chose de surprenant : le commandant Lord Fitzstuart portait Aurora

Talbot dans ses bras. Le commandant semblait être apparu de nulle part, sortant de sous la voûte d'un bosquet de bouleaux, et il traversa le terrain dégagé à grandes enjambées, en direction du muret. Pas du tout préparé à cette éventualité, William Watkins paniqua et fit la seule chose qui lui vint à l'esprit. Il s'accroupit, ne voulant pas être vu, crapahuta sur l'allée de gravier et se jeta dans une haie pour s'y cacher. Mais l'énergie inattendue dont il avait dû faire preuve pour s'assurer qu'il était bien caché suffit à réveiller son système digestif, pas habitué à être stimulé par l'alcool. Son estomac se noyait littéralement dans le bordeaux. William Watkins tomba au milieu des fougères et des feuilles, percuta violemment le sol, vomit promptement et perdit connaissance.

À son réveil, quelques minutes plus tard, il paniqua un instant à l'idée que la péniche puisse être partie sans lui. Mais il se dit que ce n'était que son imagination, se releva, frotta ses vêtements et s'essuya rapidement le visage et la bouche avec son mouchoir. Il paniqua derechef quand il inspecta sa redingote, à la recherche de taches digestives ou d'éraflures. Assez présentable à son goût, il jeta un coup d'œil entre les massifs. Surpris par ce qu'il voyait et pour s'assurer qu'il ne rêvait pas, il fit dépasser sa tête au-dessus de la haie, les observant ouvertement, bouche bée.

Miss Aurora Talbot, la femme sur laquelle il avait placé ses espoirs et rêves matrimoniaux, embrassait le commandant débauché ! Ce n'était pas un baiser anodin. C'était un baiser passionné. Le genre de baiser auxquelles s'adonnaient les dépravés et les putains bien payées. Et encore, les pervers s'y livraient quand ils étaient protégés par l'obscurité, ou derrière des portes fermées. Cette scène tout droit sortie d'une gravure d'Hogarth laissa William Watkins catatonique, autant de rage que d'effroi.

Ses rêves matrimoniaux allaient être réduits à néant s'il n'agissait pas immédiatement, s'il n'éloignait pas ce libertin, qui en avait plus dans les bras que dans la tête et qui s'imposait à la femme qu'il avait choisi d'épouser. Seigneur ! Fitzstuart avait dû lui resservir continuellement de l'alcool pour qu'elle se laisse faire et qu'elle soit incapable de le repousser, trop choquée et fragile.

Il les rejoindrait et le provoquerait en duel. Voilà qui serait très utile. Le commandant lui rirait au nez, à juste titre, et refuserait – ils n'étaient pas égaux socialement. Mais puisque le commandant était plus une brute qu'un noble, il n'aurait pas été surpris d'apprendre que ses poings nus étaient son arme de prédilection, et non la rapière des nobles. Mais il ne voulait pas se retrouver avec le visage en sang, il décida donc sagement de penser à sa propre sécurité avant de faire quelque chose d'irréfléchi pour sortir Miss Talbot d'une situation aussi compromettante et immorale.

Il attendit donc le bon moment tapi dans la haie, se demandant comment procéder pour sauver une jouvencelle d'un sort pire que la mort, quand l'opportunité de sauver Miss Talbot sans se mettre en danger se présenta. Le commandant, interpellé par un péquenaud, avait tourné le dos à sa victime. S'il voulait jouer les héros pour Miss Talbot, c'était maintenant ou jamais.

Mr. William Watkins sortit des massifs et se précipita à la rescousse de sa proie matrimoniale. Son heure de gloire était arrivée !

# DIX-HUIT

— Mr. Watkins ! Lâchez ma main et relevez-vous immédiatement !

Rory chercha sa canne autour d'elle, mais elle n'était pas posée contre le mur, là où elle l'avait laissée. Elle avait dû tomber dans l'herbe quand elle et le commandant étaient occupés. Mr. Watkins étant déterminé à ne pas lâcher sa main, elle ne pouvait qu'agripper le mur de sa main libre pour garder l'équilibre et s'empêcher de tomber à la renverse et d'aller rejoindre sa canne dans l'herbe.

— Miss Talbot – Aurora –, je vous en prie, écoutez-moi...

— Vous n'avez pas la permission de m'appeler par mon prénom, monsieur. Une fois de plus, je vous demande de vous lever ! Ceci ne mènera à rien de bon.

En équilibre sur la plante de son pied, les muscles de son mollet souffrant de cette position peu naturelle, William Watkins sentit la sueur de l'incertitude qui commençait à perler sur son front. La réaction de Miss Talbot ne correspondait pas à ses attentes. Elle n'agissait pas telle une jouvencelle tremblotante, une célibataire terrifiée qui serait reconnaissante de son intervention, soulagée qu'on la sauve de l'étreinte bestiale de son séducteur. Mais il se convainquit qu'elle n'était pas elle-même. Ce démon l'avait droguée. C'était l'alcool qui parlait. Et c'était sa consommation d'alcool à lui qui accentuait sa vanité naturelle, le poussant à lui faire sa déclaration immédiatement avant d'en perdre l'opportunité. S'il insistait et qu'elle l'écoutait, l'esprit dégagé, elle sauterait sur l'occasion de devenir Mrs. William Watkins. Il persévéra donc dans sa déclaration, bien que son discours soit peu orthodoxe et malgré la perte de sensation progressive dans sa jambe droite.

— Miss Talbot, il n'y a rien au monde que je désire plus que de vous voir devenir ma f…

— Non ! Non, ne dites rien, Mr. Watkins, le somma Rory. Ce n'est pas le moment, et c'est encore moins l'endroit, pour ce genre de déclaration. Si vous me posez la question, je serai obligée d'être franche, et je ne souhaite pas vous embarrasser.

— Miss Talbot, quand vous serez sobre, vous vous apercevrez de la valeur de ma demande et vous me donnerez la réponse que je v…

— Quand je… quand je serai *sobre* ? s'exclama Rory, offensée. Mr. Watkins, à l'évidence, c'est *vous* qui avez bu, ou alors vous n'oseriez jamais suggérer quelque chose d'aussi invraisemblable ! Vous m'avez insultée, mais si vous vous excusez, lâchez ma main et prenez congé de moi, alors je vous pardonnerai peut-être.

— Me pardonner, moi ? s'enquit-il, ses doigts se resserrant autour de son poignet gracile alors qu'il se relevait, sans avoir remarqué que sa jambe droite s'était engourdie. Miss Talbot, je me présente à vous avec une honnête demande en mariage. Je ne prendrai pas congé tant que je n'aurai pas assuré mon bonheur présent et futur, ce qui nécessite que vous me répondiez que, oui, vous voulez bien devenir ma femme.

— Votre… ? *Votre* bonheur présent et futur… ?

Rory se dit que Mr. William Watkins devait être très, *très* ivre, et son angoisse en fut décuplée. Pas tant pour elle-même, elle ne se sentait pas en danger personnellement. Si besoin, elle le giflerait, certaine que cela lui redonnerait conscience de ce qui l'entourait, à défaut de l'inconvenance de son comportement. C'était pour la sécurité du secrétaire qu'elle craignait, dans le cas où le commandant Lord Fitzstuart se détournerait de sa conversation avec le vieux Bert et apercevrait la scène qui se déroulait. Elle était persuadée que le noble réagirait d'abord et se soucierait des conséquences ensuite.

Si elle avait appris la moindre chose depuis sa chaise, en tant qu'observatrice forcée des événements, c'était qu'il y avait deux types de gentilshommes, avec diverses variations. L'un était flegmatique, parlait d'une voix plutôt traînante, marchait d'un pas nonchalant et, peu importe l'occasion, semblait toujours mourir d'ennui. Il s'y connaissait sans doute en maniement d'épée, mais son arme préférée était la critique verbale cinglante, qui garantissait l'humiliation de l'adversaire avec un impact maximum et un minimum d'effort physique. Le second n'était pas adepte du verbiage et se montrait bien plus tactile, dans tous les sens du terme. Les conversations auxquelles il participait étaient bruyantes et désinhibées. Il faisait tout dans l'excès – boire, danser, séduire, et fréquenter les prostituées sans doute. Ce deuxième type se délectait de chaque seconde passée à la vive lueur des bougies et avait un sens de la fête tellement contagieux qu'il attirait les admirateurs comme les papillons de nuit étaient attirés par la lumière. Le commandant appartenait définitivement au deuxième groupe et, en tant qu'acteur et espion, il savait comment exagérer ces traits à son avantage. Mais il n'exagérait ni sa taille ni son agilité. En plus d'être un homme vigoureux au sang chaud, le commandant était intrépide, ce qui empirait les choses pour Mr. William Watkins. Par ailleurs, c'était un tueur entraîné.

Si Mr. William Watkins avait été un gentleman quelconque qui l'avait abordée, elle aurait attiré l'attention du commandant sur sa situation sans hésiter et l'aurait laissé se charger de lui en conséquence. Mais Mr. Watkins était le fidèle secrétaire de son grand-père. C'était aussi le frère de Silla, ce qui faisait de lui le beau-frère de son frère, et donc un membre de la famille. Elle ne voulait pas que cet incident se dresse entre eux et rende leur vie pénible. Par ailleurs, il continuerait à l'approcher, non pas tous les jours, mais au moins plusieurs fois par semaine. Ce serait embarrassant, maintenant qu'il lui avait révélé ses intentions. L'implication du commandant ne ferait que compliquer énormément la situation et, si elle était honnête avec elle-même, tant qu'elle ne savait pas ce qu'il ressentait pour elle, elle ne se sentait pas capable de répondre aux questions de son grand-père.

Elle essaya donc de raisonner Mr. William Watkins une dernière fois.

— Mr. Watkins, je vous en prie, je vous demande de me lâcher et de vous lever. Si vous vous exécutez, j'écouterai ce que vous avez à me dire, ajouta-t-elle avec un sourire éclatant qui, elle l'espérait, paraissait sincère. Mais pas aujourd'hui. Demain. Quand vous aurez eu le temps de réfléchir à vos intentions. D'accord ?

— Miss Talbot, que ce soit demain, après-demain ou le jour suivant, ma détermination ne changera pas. Je dois vous épouser et je vous épouserai.

Elle ne doutait pas de sa sincérité et, pendant le plus bref instant, la curiosité eut raison d'elle. Elle mit son angoisse de côté, cessa de lutter pour libérer sa main et s'autorisa à converser avec lui.

— Pourquoi ?

— Je vous demande pardon ?

— Pourquoi voulez-vous m'épouser ?

William Watkins battit des paupières, son cerveau enivré s'efforçant de se rappeler et d'expliquer en phrases cohérentes toutes les raisons, énumérées dans son journal, pour lesquelles Miss Aurora Talbot, petite-fille d'un comte, sœur d'un futur comte, filleule d'une duchesse, ferait l'épouse parfaite pour lui. Mais tandis que son cerveau flottait dans l'alcool et que sa lèvre inférieure tremblotait, il ne réussit qu'à produire un petit filet de bave.

— Trois petits mots, Mr. Watkins. Pas plus. Pas moins. Seulement trois.

Il la regarda étrangement, sans aucune idée de ce que pouvaient être ces trois mots, et Rory afficha un sourire en coin. Et quand il plongea une main dans la poche de sa redingote, à la recherche de son mouchoir pour essuyer sa bouche mouillée, Rory saisit cette opportunité.

Elle agrippa le bord du muret pour ne pas basculer vers l'arrière et tira de toutes ses forces. Elle libéra sa main, mais elle n'était pas libérée de William Watkins. Son geste brusque le prit par surprise. Il relâcha sa poigne, mais à cause de son ébriété, il fut trop lent pour réagir et bouger de façon appropriée. Au lieu de tituber vers l'arrière, loin du mur, sa jambe engourdie resta figée sur place. Ainsi, sa jambe gauche surcompensa ce manque de coopération en se redressant un peu trop. Après avoir fait un pas pour s'éloigner, il trébucha vers l'avant.

Ce changement soudain de direction donna le tournis au secrétaire. Ayant perdu le contrôle sur ses membres, Mr. William Watkins bascula vers l'avant, sa jambe droite céda sous son poids et il atterrit lourde-ment sur son genou, battant des bras, cherchant un point d'ancrage. Son menton percuta violemment le genou de Rory et il tomba avec une telle force qu'il rebondit et retomba derechef, la tête la première, sur les jupons froissés de Rory. Il resta figé dans cette position, dans un état de paralysie incrédule.

Le genou de Rory reçut un coup si violent qu'elle laissa échapper un cri de douleur strident, perdit presque l'équilibre et cria à nouveau, d'effroi cette fois-ci, quand elle bascula vers l'arrière, dans le vide, avant de se jeter vers l'avant pour rester assise sur le muret. Elle poussa une exclamation de soulagement. Mais, surprise et souffrante, elle perdit l'usage de la parole tant elle fut choquée que Mr. William Watkins atterrisse la tête la première sur ses genoux et y reste. Elle était partagée entre l'envie de le repousser pour longer le mur à la hâte et mettre de la distance entre eux, et celle de savoir s'il était réellement blessé. Elle n'eut l'occasion de faire ni l'un ni l'autre.

Comme par magie, William Watkins se redressa, sa tête et ses membres relâchés, et il flotta momentanément devant elle avant de s'envoler dans les airs et d'atterrir, recroquevillé, au milieu des fleurs sauvages.

Dair attrapa William par la peau du cou. Avec une force alimentée par une véritable rage, il souleva le secrétaire des genoux de Rory tant et si bien que ses chaussures à boucles quittèrent le sol. Pendant un instant, William Watkins resta en suspens. Dair voulait jeter ce putois aux oubliettes. Cela étant impossible, il l'enverrait aussi loin que cela était physiquement possible de Miss Aurora Talbot. Il voulait le punir, sévèrement. William Watkins ne poserait plus jamais ne serait-ce qu'un ongle sur Aurora Talbot sans craindre de terribles représailles.

Par le passé, il avait résisté à son envie d'effacer le sourire hautain du secrétaire, et maintenant, il allait non seulement lui effacer son sourire, mais également le faire disparaître à jamais. Rien ni personne ne pourrait l'arrêter. Mais alors qu'il serrait le poing et faisait pivoter William Watkins pour qu'ils soient face à face, il risqua un regard vers Rory. Il vit l'immense détresse dans ses yeux et sut qu'il ne pouvait pas le faire, pas ici, pas maintenant, pas devant elle. La dernière chose qu'il voulait, c'était accentuer son angoisse. Il s'efforça donc de ravaler son accès de violence et desserra lentement le poing, écartant et étirant ses doigts.

Il fit pivoter le secrétaire, plaça brutalement sa botte au milieu de son dos et le poussa vers le champ, où William Watkins trébucha, agitant frénétiquement les bras pour tenter en vain de rester debout, avant de tomber tête la première dans l'herbe.

Dair récupéra le chapeau de paille de Rory, en secoua la saleté et s'approcha d'elle. Il le plaça délicatement sur sa coiffure blonde et lissa les rubans en soie bleus, les laissant retomber de chaque côté de son visage pour qu'elle les attache. Puis il lui fit relever le menton pour la regarder, sous le rebord en paille, de ses yeux inquiets.

— Est-ce que vous allez bien ?

Elle hocha la tête bien qu'elle soit au bord des larmes, mais seulement parce qu'elle était embarrassée de se retrouver dans une situation aussi absurde, et qu'il en ait été témoin. À quoi pensait William Watkins ? Elle ne lui avait jamais apporté le moindre encouragement, et il n'avait jamais montré aucun signe que son affection pour elle sortait de la norme. Et si le commandant la prenait pour une charmeuse qui avait encouragé William Watkins ? Certainement pas. Cela dit, elle l'avait embrassé, lui, sans hésiter et sans retenue.

— Oui. Oui, je vais bien, répondit-elle gaiement quand il continua à la fixer intensément.

Elle ajouta pour l'apaiser, se rendant néanmoins compte après coup, à sa réponse sèche, qu'elle l'avait probablement mis mal à l'aise :

— Je n'ai pas l'habitude d'être ainsi approchée, c'est sûrement le caractère nouveau de ce genre d'attention qui me trouble, expliqua-t-elle avec un petit rire nerveux, une main devant la bouche. Il doit y avoir quelque chose dans la fermentation du vin ce printemps qui enivre excessivement les gentilshommes habitués à rester sobres. Avec un peu de chance, Mr. Watkins se réveillera avec une migraine, mais aucun souvenir des événements.

— Vous a-t-il fait du mal ?

— J'aurai peut-être un gros bleu sur le genou, c'est tout. Cela dit, j'aurais préféré qu'il tombe sur mon genou gauche, et non le droit. Cette pauvre jambe a déjà assez de problèmes sans se prendre de coup ! Mais il n'y a pas de quoi s'inquiéter, vraiment, et-et... merci, ajouta-t-elle avec un sourire éclatant, car sa moue inquiète s'était transformée en air renfrogné. Merci de ne pas l'avoir frappé. Je sais que son ivresse n'excuse pas son comportement. Il a dû penser que l'alcool lui donnerait du courage. Mais je ne comprends absolument pas ce qui a pu lui faire croire que je... que lui et moi... C'est totalement absurde ! Et si je n'étais pas aussi choquée – aucun gentleman ne m'a jamais lancé d'œillade – de recevoir les attentions non désirées d'un homme comme Mr. Watkins, le secrétaire de mon grand-père... eh bien, je dois dire que si mon genou ne me lançait pas et s'il n'avait pas bavé partout sur mes jupons, je trouverais sûrement son comportement assez drôle...

Elle s'interrompit, sachant qu'elle bredouillait, mais elle n'avait pas pu s'en empêcher. Le visage renfrogné du commandant s'était détendu alors qu'elle bafouillait, et il la regardait étrangement à présent, avec un curieux sourire qu'elle n'arrivait pas à interpréter et qui lui donnait chaud et la mettait mal à l'aise.

Il haussa un sourcil, surpris qu'elle ait su qu'il voulait mettre son poing dans la figure du Putois, mais ne fit aucun commentaire. Ce qui l'intéressait, c'était de savoir pourquoi Watkins avait eu besoin de courage. Il s'apprêtait à lui demander si cet homme avait eu l'audace de la demander en mariage. Pour quelle autre raison est-ce que le Putois aurait descendu autant de vin, mis un genou à terre et lui aurait imposé ses attentions ? Mais il ne put aller plus loin que son nom avant que la franchise d'Aurora ne le surprenne réellement.

— Miss Talbot…

— Rory. Aurora, mais personne ne m'appelle ainsi. Je pense que nous n'en sommes plus aux formalités, pas vous ?

Il ricana, embarrassé.

— Oui, j'imagine que vous avez raison… Rory. *Rory*. J'aime bien. Aurora est un joli prénom, mais Rory vous va mieux. *Rory*…

Elle sentit la chaleur lui monter au visage. Sa façon de prononcer son nom, de sa voix grave et profonde, avec une inflexion presque caressante, la fit tressaillir. Mais elle réussit à garder un ton mesuré et léger, ce qui la surprit.

— Et vous ? J'aimerais vous appeler autrement que « commandant ». Trop guindé.

— Mes amis et ma famille m'appellent Dair.

— Oui, mais j'aimerais vous appeler Alisdair.

Il fronça les sourcils, loin d'être satisfait.

— Personne ne m'appelle ainsi à part Sa Grâce de Rox… Sa Grâce de Kinross. Je n'aime pas qu'elle m'appelle ainsi, mais vous savez qui elle est, on ne lui refuse rien. Et c'est ma cousine la plus proche ; je serais incapable de lui dire non. Tout le monde m'appelle Dair, ajouta-t-il avec un sourire en tirant malicieusement sur un des rubans en soie de son chapeau.

Mais Rory ne voulait pas être comme tout le monde. Elle voulait être la seule à avoir l'autorisation de l'appeler par son vrai prénom. Elle savait que seules les mères, les épouses et les sœurs adorées appelaient leurs parents masculins par leur nom de baptême, et encore cette pratique n'était pas universelle, en particulier si le mari avait un titre. Le commandant Lord Fitzstuart avait beau être l'aîné d'un noble, futur héritier d'un comté, il autorisait Lily Banks à l'appeler Al. Si la mère de son fils pouvait être en des termes si intimes avec lui, alors elle, qui l'avait embrassé et comptait bien s'offrir à lui, pouvait l'appeler Alisdair. Et s'il refusait, c'est qu'il n'était pas autant attiré par elle que le suggé-raient ses baisers. Ses doigts picotaient dans l'anticipation de sa réponse, mais elle était déterminée à le découvrir d'une façon ou d'une autre.

— Tout le monde vous appelle Dair. Je préfère Alisdair. Ce prénom vous va bien. Tout comme… tout comme la barbe…

Il lâcha le ruban et se tourna pour regarder par-dessus son épaule, momentanément distrait par un grognement. C'était le secrétaire, qui essayait de se relever dans l'herbe. Il se retourna vers Rory et lui dit d'un ton plus sec que prévu :

— Seul mon père m'appelait Alisdair. Je hais cet homme. Je hais ce nom… je le hais depuis mes dix ans.

— Oh ? (Rory demeura impassible malgré son cœur battant la chamade après cette confession.) Dans ce cas, il est peut-être temps que quelqu'un que vous appréciez, en dehors de la duchesse de Kinross, vous appelle Alisdair. Si vous m'autorisez à vous appeler par votre prénom, vous enterrerez tous ces mauvais souvenirs, ou ce qui fait que vous détestez votre père. Ainsi, au lieu de penser à votre détestable père quand on vous appelle Alisdair, vous pourrez penser à… penser à…

— … à vous embrasser ?

Il saisit les deux rubans en soie qui retombaient de son chapeau et les noua sous son menton, prenant son temps, comme s'il réfléchissait à sa proposition.

— J'aimerais que ce soit aussi simple, reprit-il. Je ne changerai jamais d'avis à propos de mon père. (Il haussa les épaules.) Peut-être qu'avec le temps, je pourrai enterrer ces mauvais souvenirs, comme vous le suggérez. (Sa bouche esquissa un sourire.) Mais… en vous entendant m'appeler ainsi, je ne peux pas promettre de ne pas faire la grimace au début. C'est une réaction instinctive, après tout.

— Merci. Je suis sûre qu'après un certain temps, vous arrêterez de grimacer et vous apprendrez à aimer votre nom autant que moi.

— J'espère que vous avez raison. J'ai une solution pour que vous m'aidiez à ne pas faire la grimace en vous entendant dire mon prénom.

Rory battit des paupières. Il voyait bien qu'elle ne savait pas du tout de quoi il parlait, ce qui élargit son sourire.

— Vous pourriez m'embrasser à chaque fois que vous le prononcez.

Rory poussa une exclamation de surprise et se mit à rire. D'un geste impulsif, elle passa la main sur l'avant de sa redingote brodée.

— Voulez-vous que je vous embrasse avant ou après avoir dit votre nom ? Si c'est avant, je doute d'en avoir l'occasion, et c'est, j'en ai peur, exactement ce que vous espérez, non ? M'empêcher de dire votre nom en m'embrassant ? Je ne me laisserai pas piéger !

— Rory, vous êtes bien trop maligne pour votre propre bien. J'aimerais vous embrasser de nouveau, maintenant… (Il la regarda droit dans les yeux.) Et je ne suis pas ivre, moi…

Rory déglutit et son sourire s'effaça.

— C'est différent… *Vous* êtes différent. Je veux… je veux que vous m'embrassiez.

— Alors dites-le. Dites mon nom.

— Alisdair.

— Encore.

— Alisdair.

Il se pencha pour l'embrasser.

— Encore, murmura-t-il, sa bouche presque sur la sienne. Dites-le, Rory.

— Alisdair… *Alisdair !*

Leurs lèvres s'étaient à peine effleurées qu'elle recula brusquement, répétant son nom une deuxième fois, mais dans un cri d'avertissement.

Dair écarquilla les yeux. Voyant qu'elle allait bien, mais qu'elle tendait une main par-dessus son épaule, comme pour repousser le mal, il sut qu'un danger approchait dans son dos. Instantanément, il pivota sur ses talons bottés. William Watkins se profilait un peu plus loin, ses deux bras relevés par-dessus son épaule droite, ses deux mains serrées sur le bas de la canne en jonc de Malacca de Rory, le pommeau en ivoire en forme d'ananas levé dans les airs. Le secrétaire brandissait la canne comme une hache et, dans un geste de pure imbécilité encouragé par l'alcool, il s'apprêtait à abattre cette hache métaphorique sur l'arrière de la tête de son ennemi juré.

Dair n'eut aucune pitié pour lui. Il le frappa prestement au visage.

## DIX-NEUF

— Morbleu ! Sacré coup ! Brillamment exécuté, mon ami ! Rapide. Précis. Parfait. Je ne me serais jamais attendu à voir une telle scène ! Bigre, Dair, vous pourriez apprendre un truc ou deux à Jack Broughton !

C'était Lord Grasby et son trop plein d'exubérance. Il était tellement enthousiaste de voir son meilleur ami écraser son poing sur le visage de Watkins le Putois qu'il remarqua à peine sa sœur, silencieuse et aussi immobile qu'une statue décorant le mur de pierre. Par ailleurs, il échoua totalement à jauger l'humeur de son meilleur ami, qui ne réagit pas à sa présence et ne tourna pas la tête vers lui, mais resta concentré sur William Watkins tout en fléchissant les doigts, aux jointures douloureuses après ce coup.

À vrai dire, Grasby se délectait tellement de voir son beau-frère obtenir ce qu'il méritait après toutes ces années et, de surcroît, de la main de son meilleur ami, qui avait toujours menacé de réarranger le portrait de Watkins le Putois sans jamais mettre cette menace à exécution, qu'il oublia qu'il était très en colère, non seulement contre William Watkins, mais aussi contre Dair.

Il était furieux contre William Watkins d'avoir eu l'audace de penser qu'il était dans son droit en faisant sa demande à Rory, alors qu'il était plein comme une barrique. À son retour sur la péniche, Grasby avait reçu une réprimande prévisible de sa femme, qui lui reprochait de l'avoir abandonnée et, d'après son apparence – il s'était baigné dans la Tamise en revenant de chez les Banks –, de s'être bien amusé sans elle. Au milieu de sa diatribe nombriliste, elle avait mentionné les intentions de son frère en passant, ajoutant qu'il s'agissait selon elle d'une merveilleuse nouvelle. Il lui avait répondu que, même si son frère était le dernier homme sur terre, il ne donnerait jamais sa bénédiction pour une telle union, ce qui avait fait pleurer Silla à chaudes larmes. Grasby l'avait laissée prostrée sur le canapé et avait remonté la jetée d'un pas lourd, partant à la recherche de Rory avant que William Watkins ne puisse lui mettre la main dessus.

Mais quand il avait pris un virage du chemin, il ne s'était pas retrouvé face à William Watkins en train de tripoter Rory, mais devant la vision stupéfiante de son meilleur ami faisant des courbettes à sa sœur ! Il avait été tellement décontenancé qu'il s'était demandé si le soleil lui jouait des tours, s'il ne s'agissait pas d'un mirage. Ou bien était-il ivre ou en train de rêver ? En réalité, il bouillonnait d'une rage aussi brûlante que les feux de l'enfer. Son meilleur ami depuis Harrow avait enfreint la règle capitale des meilleurs amis : les sœurs étaient strictement intouchables.

Les sœurs épousaient des types gentils, des balourds ennuyeux ; dans l'idéal, un type aussi proche de la virginité que possible. Un type dont le passé sexuel était donc inconnu de ses frères et amis. Un type qui partait pour le Grand Tour et faisait les quatre cents coups à l'étranger, pas chez lui. Un type gentil, qui ne cachait aucune surprise au fond d'un placard ou, dans le cas de son meilleur ami, chez les Banks, avec une ancienne maîtresse, un fils illégitime et un passé sexuel sordide non seulement connu de lui, mais de tous les membres du White's Club et plus encore !

C'était une chose de fanfaronner et d'échanger des potins sur les conquêtes de son meilleur ami quand ces femmes étaient d'une certaine classe et d'un certain genre, mais quand c'était sa petite sœur que Dair avait dans sa ligne de mire, il trouvait cela complètement répugnant et impardonnable.

À vrai dire, en voyant Rory et Dair aussi proches que pouvait l'être un couple sans s'embrasser, Grasby eut un violent électrochoc. Il n'avait pas imaginé un seul instant que sa sœur pourrait se marier un jour. Il aimait l'idée qu'elle devienne une tante vieille fille, qu'elle vive avec lui, Silla et les enfants. Quant à l'idée que Rory soit attirante aux yeux des hommes, bon, c'était sa sœur, pour l'amour du Ciel ! S'il y réfléchissait réellement, il était heureux qu'elle soit infirme, car cela impliquait qu'elle n'aurait jamais de prétendant, qu'on la laisserait tranquille. Elle resterait sa petite sœur à jamais, et non la femme d'un autre type.

La présomption de Watkins le Putois l'avait peut-être excessivement agacé, mais au moins ses intentions étaient claires. Il n'aimait pas Rory, il voulait l'épouser pour le statut que cela lui apporterait. Le Putois était prévisible, tandis qu'il ne savait pas du tout à quoi jouait Dair. S'il s'agissait de son caprice du moment, il aurait dû y résister. La dernière chose qu'il souhaitait, c'était que sa sœur tombe amoureuse du diabolique Dair Fitzstuart. Seuls du tourment et une peine de cœur pourraient en résulter, il en était convaincu.

Ainsi, quand il aperçut Rory assise sur le muret, avec son meilleur ami si proche d'elle qu'il semblait clair qu'il allait l'embrasser, le choc et la colère lui firent presser le pas. Il approcha du mur, sur le point d'exiger que Dair lâche sa sœur quand, à sa grande surprise, William Watkins apparut de nulle part d'un bond, brandissant un bâton, avec des intentions très claires. La colère de Grasby disparut immédiatement, remplacée par l'incrédulité. Il était sur le point de crier pour les avertir quand Rory s'en chargea, et son meilleur ami prit rapidement et violemment la situation en main.

Dans le feu de l'action, il oublia ses intentions colériques au profit de son admiration pour Dair et d'une grande satisfaction de voir son beau-frère recevoir enfin ce qu'il méritait. Il était impatient de tout raconter à Cedric et aux autres au White's Club. Il était persuadé que cet unique coup de poing règlerait un grand nombre de paris, épongerait une vraie pile de dettes et en créerait d'autres.

Il eut néanmoins un cas de conscience en voyant le Putois chanceler, une main sur son nez fracturé, les yeux noyés de larmes de douleur. Après tout, cet homme restait son beau-frère, et il savait que Silla s'écroulerait en apprenant que son frère avait été blessé, et pire encore, de la main du commandant Lord Fitzstuart. Il prédisait que le bonheur, qu'il soit domestique ou non, allait devenir inatteignable au sein de son foyer. Ceci le ramena à sa sœur, à la demande en mariage de Watkins, et sa sympathie s'évapora. Mais avant qu'il ne puisse rejoindre Rory, Dair l'interpella et Watkins le Putois retrouva l'usage de la parole au milieu de ses cris de douleur.

— Mon nez ! Mon nez, il-il est cassé ! Seigneur, vous m'avez *cassé le nez* ! Fitzstuart, espèce de saligaud ! Foutu butor écervelé ! Vous l'avez cassé ! Est-ce que vous savez ce que...

— Attention à votre langage, le Putois, sinon je vous briserai aussi la mâchoire.

William Watkins renâcla de dérision et le sang qui gicla de ses narines éclaboussa son gilet en soie aux exquises broderies. Malgré la douleur cinglante entre ses deux yeux, il trouva la force mentale de répondre en ricanant :

— Mon langage ? Qu'est-ce que vous y connaissez, au langage ?

Vous n'arrivez même pas à mettre deux phrases sensées bout à bout. Je doute qu'un crétin absolu comme vous sache écrire plus que son nom… Dieu du Ciel, m-mon *nez* !

Il s'essuya les yeux, qui restèrent larmoyants, puis il passa un doigt hésitant sous ses narines, vit le sang, ainsi que celui sur ses vêtements, et s'écroula dans l'herbe, jambes croisées, s'écriant :

— Mon Dieu… je me vide de mon sang ! Je souffre ! Je *meurs* !

— Non, vous ne mourez pas. Vous avez le nez cassé, et les nez cassés saignent… beaucoup. Si vous voulez savoir ce qu'est la douleur, demandez à mon officier d'ordonnance. Se faire amputer une main broyée, voilà qui est douloureux. Quatre phrases et une conjonction, sans compter celle-ci. Grasby ? Donnez-moi votre flasque.

En entendant le mot « conjonction », William Watkins tourna la tête pour fixer le commandant. Il avait l'impression de le voir pour la première fois et il se demanda si, pendant toutes ces années, il s'était trompé sur lui. Mais il se dit rapidement que la quantité de vin qu'il avait bue pendant le déjeuner, combinée à la douleur affreuse entre ses yeux, le faisait délirer. Et quand Dair lui lança un clin d'œil avec un petit sourire suffisant, il sut qu'il devait bel et bien délirer.

— Grasby ? La flasque ! Celle qui est pleine de cognac et que vous avez toujours dans la poche de votre red…

— Attendez une minute, là ! l'interrompit Grasby en pointant le commandant du doigt. Vous vous êtes laissé pousser la barbe !

Dair se frotta la joue.

— Je n'ai pas vraiment eu le choix. Les prisonniers n'ont pas le droit à un nécessaire de rasage. Ils pourraient s'en servir pour autre chose.

— Quelle autre chose ?

— Un meurtre ou un suicide, par exemple… murmura Dair.

— Ralentissez un peu ! On vous a libéré de la Tour !

Dair lui adressa un grand sourire.

— Oui.

— Seigneur, je commence à comprendre pourquoi vous êtes aussi bien assortis tous les deux ! s'exclama William Watkins entre deux grognements, incapable de supporter une conversation aussi inepte pendant une minute de plus.

— Devrais-je garder la barbe ? demanda Dair à Grasby, sans prêter attention à William Watkins.

Il jeta un coup d'œil à Rory, mais elle avait baissé la tête, et il se demanda si elle s'efforçait de contenir un fou rire face au remarquable manque de discernement de son frère. Pour la pousser à relever la tête, il ajouta :

— J'ai entendu dire que les colombes aimaient bien les barbes de pirate. Qu'en pensez-vous, Grasby ?

Quand Grasby eut l'air d'y réfléchir sérieusement, William Watkins eut un frisson de frustration incontrôlable, le sang gargouillant dans sa gorge.

— *Penser ?* Quand on a un cerveau de la taille d'un petit pois et qu'il se trouve au niveau de l'entrejambe, j'imagine qu'on ne pense qu'à une chose !

— De la taille d'un petit pois ? répéta Dair en haussant un sourcil.

— Rien chez lui n'a la taille d'un petit pois ! affirma Grasby. Que ce soit son cerveau ou-ou… Parbleu ! C'est normal qu'il fasse cela ?

Grasby échappa à l'embarras quand William Watkins se mit à tousser de façon incontrôlable. Le secrétaire laissa tomber sa tête entre ses genoux et son nez se mit à déverser du sang dans l'herbe.

— Donnez-moi votre mouchoir. Le mien ne va pas suffire, ordonna Dair, sur le point de se tourner pour s'occuper de la blessure de William Watkins quand son regard tomba sur Rory, qui l'observait et ne détourna pas les yeux. Est-ce que tout va bien, Miss Talbot ?

— O-oui. J'irai bien, quand vous aurez aidé Mr. Watkins.

Cet échange ne dura qu'un instant, dix secondes à peine, mais Grasby le remarqua et, s'il n'avait généralement pas l'esprit vif, ce fut le cas cette fois-ci. Il eut le pressentiment qu'il avait eu raison dans sa première interprétation, quand il était arrivé sur le chemin. Dair avait embrassé sa sœur, et peut-être que Watkins les avait surpris, s'en était pris à Dair et avait été récompensé de ses efforts par un coup de poing.

— Tenez, dit Dair à Watkins en s'accroupissant près de lui et en lui tendant l'un des mouchoirs. Le saignement s'arrêtera bientôt, et vous pourrez alors prendre une bonne gorgée du cognac de Grasby. Plus vite vous retournerez à la péniche pour appliquer une compresse froide sur le gonflement, plus tôt il disparaîtra. Il faudra plus de temps pour le bleu.

Watkins lui arracha le mouchoir des mains et le tapota sur son nez de façon hésitante, lançant un regard en coin plein de haine au commandant. Cet homme était un bouffon de la taille d'un gorille, mais il devait bien admettre qu'il comprenait pourquoi les femmes voulaient partager son lit. En revanche, il y a une femme en particulier qu'il était bien décidé à garder loin de son lit, à n'importe quel prix.

— Je vous préviens, Fitzstuart. Ne vous approchez pas de Miss Talbot. Elle m'appartient et je compte bien l'épouser.

Dair rejeta la tête en arrière, hilare. Il donna une bourrade à William Watkins, mi-taquine mi-brutale.

— Vous ? Vous me prévenez, moi ? Vous et quelle armée ? Quand je pense que j'espérais vous avoir remis les idées en place !

— Ne pensez pas que je ne suis pas sans savoir à quoi vous jouez !

— Mince alors, le Putois, une triple négation, et c'est *moi* que vous traitez d'imbécile en matière de phrasé. (Il dévissa le bouchon et lui tendit la flasque.) Prenez une bonne gorgée. Vous vous sentirez mieux après. Cela dit, je ne sais pas pourquoi je devrais m'inquiéter de vous…

Le secrétaire but une gorgée de cognac, se rinça la bouche et recracha. Puis il prit une petite gorgée, déglutit et rendit brusquement la flasque à Dair.

— Si vous vous en prenez encore à Miss Talbot, j'irai directement voir Shrewsbury pour lui dire ce que je sais sur vous…

— Vous êtes toujours aussi prévisible ! À l'école aussi, vous étiez une vraie commère.

— … vous et vos-vos *plaisirs pervers*.

— Plaisirs pervers ? Embrasser une jolie fille, c'est un plaisir pervers ? s'enquit Dair avec un soupir dédaigneux. Vous ne savez rien de la perversité. D'ailleurs, vous ne savez rien des jolies filles non plus !

Les tempes battantes, William Watkins sentait son visage enfler, mais il était malgré tout déterminé à lutter pour reprendre le dessus sur ce bouffon barbu. Avec une appréciation démesurée de sa propre ingéniosité et une sous-estimation de l'intelligence du commandant, il se chargea d'informer Sa Seigneurie, sans le dire mot pour mot, qu'il était au courant du vieux pari qui mettait ce démon au défi de trousser une infirme. Si tout le monde apprenait l'existence d'un pari aussi répugnant, le commandant ne serait alors plus accepté socialement. Si les paris absurdes étaient au goût du jour, il y avait certaines limites à ne pas franchir, même pour les joueurs les plus vils et insensibles ; les fous, les estropiés et les très jeunes faisaient partie de ceux qu'on ne visait surtout pas.

— Je sais pourquoi vous vous intéressez soudain à Miss Talbot, dit William Watkins en regardant par-dessus l'épaule de Dair, vers le muret où Lord Grasby s'était retiré pour parler à sa sœur, les deux en pleine conversation à voix basse, avant de reporter son regard sur le commandant. Il a dû vous falloir utiliser tous vos pouvoirs de déduction pour vous rendre compte que l'une d'elles était juste sous votre nez. Et comme Miss Talbot est d'une rare beauté, quand elle est assise, on oublierait presque son… *désavantage*.

— L'une *d'elles* ? l'interrompit Dair, incapable de comprendre ce que racontait le secrétaire, en concluant qu'il devait avoir une commotion cérébrale. L'une de quoi ?

— Oh, enfin, Fitzstuart ! se moqua William Watkins. Vous êtes stupide, mais pas aveugle ! Miss Talbot est *infirme*.

Dair serra la mâchoire et les poings.

— Et vous avez les cheveux bruns. Aucune de ces caractéristiques ne mérite qu'on en discute plus amplement.

William Watkins cligna des yeux. Ses paupières lui semblaient immenses et très lourdes.

— Son pied droit est difforme et elle boite, ce qui fait d'elle une victime de choix pour votre pari pervers, qu'en pensez-vous ?

Dair agrippa la gorge du secrétaire, assez haut pour lui refermer la mâchoire. Il serra les dents et lui siffla à l'oreille :

— Ce que j'en pense, c'est que vous pourrez ajouter des dents cassées à votre liste de blessures si vous ne fermez pas votre clapet !

Puis il le libéra, se releva de tout son haut et s'éloigna, laissant le secrétaire postillonner en essayant de reprendre son souffle, la bouche grande ouverte pour y faire entrer de l'air, car le sang séché lui bouchait le nez.

— Il est tout à vous ! aboya Dair à Grasby. Relevez-le. Ses jambes ne doivent pas être aussi inutiles que le reste de sa personne.

— Mais, qu'en est-il de ma…

— Je vais emmener Miss Talbot à la jetée.

— Non. Je ne pense pas que ce soit une bonne idée, déclara Grasby en s'éloignant du muret. Je vais emmener Rory…

— Votre sœur a mal aux pieds et ne peut pas marcher, et vous ne pouvez pas la porter jusque là-bas.

Il prit Grasby à part et lui chuchota à l'oreille :

— Si vous me laissez avec lui, je réduirai probablement ce minable larmoyant en bouillie. Voulez-vous que cela pèse sur votre conscience ?

— Certainement pas !

— Bien ! Nous procèderons donc à ma façon !

La colère était une émotion que son meilleur ami manifestait rarement, voire jamais, Grasby n'exprima donc pas d'autre objection. Il observa Dair rejoindre, à grandes enjambées, l'endroit où sa sœur était assise, silencieuse et observatrice, les mains sur ses genoux, et un sentiment troublant lui noua l'estomac. La toux persistante de William Watkins le poussa à se détourner, à contrecœur, pour offrir de l'aide à son beau-frère. C'était pour le mieux, car il était impossible de se tromper sur l'émotion qui envahit les traits de Rory quand le commandant lui tendit sa canne, trouvée dans l'herbe.

Dair avait ramassé la canne et s'apprêtait à lui rendre quand Rory leva la tête pour qu'il puisse voir son visage sous le bord de son chapeau ; toute sa colère s'évanouit instantanément. Il fut tellement pris au dépourvu par son expression qu'il s'arrêta brusquement devant elle, sans voix. Il avait eu l'intention de s'excuser d'avoir réagi violemment au comportement de Watkins, et de l'avoir laissée assise au soleil, où elle avait dû assister à une scène aussi inconvenante. Mais il ravala et oublia tous ces mots qu'il avait préparés et qu'il n'avait plus qu'à prononcer.

Elle lui souriait, mais ce n'était pas n'importe quel sourire, c'était un sourire tendre et joyeux, la dernière chose à laquelle il s'était attendu de sa part vu les circonstances actuelles. Il n'avait jamais vu plus beau sourire. Il lui sourit en retour sans même s'en rendre compte.

— Vous vous souvenez de moi, murmura-t-elle de sorte que lui seul pouvait l'entendre.

Elle récupéra sa canne, la posa sur ses genoux et tendit la main. Il la prit sans hésitation et elle l'attira vers elle avant de reprendre :

— Quand vous m'avez présenté vos excuses après m'avoir embrassée, j'entendais ce que vous disiez, mais je n'écoutais pas. Je ne sais pas si c'est clair. Mais en restant assise ici à repenser à ce baiser — ce qui était une façon de passer le temps bien plus agréable que regarder le pauvre Mr. Watkins se vider de son sang dans l'herbe…

— Je regrette de l'avoir frappé devant vous, mais pas de l'avoir frappé.

— … je me suis rappelé ce que vous m'avez dit plus tôt. Vous avez dit : « Je suis désolé, mon délice. » C'est bien la preuve, non, que vous vous souvenez m'avoir rencontrée dans l'atelier de Romney ! Vous n'étiez pas du tout ivre, n'est-ce pas ?

Il la prit dans ses bras sans un mot et la porta jusqu'au portail puis le long du chemin.

— Vous avez un peu trop pris le soleil, Miss Talbot.

— Et vous, milord, êtes incapable de mentir après m'avoir embrassée ! Admettez-le !

Il continua à avancer.

— Miss Talbot, voulez-vous bien regarder par-dessus mon épaule et me dire si vous apercevez votre frère et le Putois ?

— Appelez-moi Rory ou mon délice, mais je ne supporte plus que vous m'appeliez Miss Talbot ! Vous vous montrez entêté parce que je vous ai démasqué !

— Apercevez-vous votre frère ou non ?

Elle leva le menton, regarda par-dessus son épaule et secoua la tête.

— Non. Il y a des arbres, ils doivent être hors de notre champ de… Oh ! *Alisdair !* Que-que faites-vous ?

Il avait plongé dans les massifs. Derrière une haie, il la fit glisser pour qu'elle retrouve la terre ferme, l'appuya fermement contre son torse et, avant qu'elle n'ait pu redresser son chapeau, lisser ses jupons ou savoir que faire de sa canne, il se pencha sous le bord de son chapeau et l'embrassa sur la bouche. Cet unique baiser suffit à relever les coins de sa bouche, et à étendre ce sourire jusqu'à ses yeux foncés.

— Je me sens bien mieux maintenant. Merci… *Rory.*

Elle lâcha sa canne, passa les deux mains autour de son cou et se hissa sur la pointe des pieds pour l'embrasser.

— Est-ce Grasby qui vous a dit d'oublier ma présence dans l'atelier de Romney ? Je ne vous ai pas oublié… rien de vous… ajouta-t-elle avec un sourire timide en le regardant entre ses cils.

— Mon délice, vous êtes une femme peu respectable ! Non. Pas Grasby. Votre grand-père.

— Oh ! C'est bien plus logique. Grand-père a dû vouloir m'épargner la honte d'une telle situation, dit-elle avant de glousser. Ou alors, il voulait vous épargner, vous et Grasby, la honte de *votre* situation. M'embrasserez-vous encore ?

— Pas ici. Pas maintenant. Pas avec votre frère sur le dos.

Rory fit la moue, feignant la déception.

— Mais vous m'embrasserez encore, non ?

— Oui.

— Et avec votre barbe ?

— Ah ! Alors vous l'aimez vraiment, ma barbe de pirate ?

— Je ne suis pas une colombe, mais je sais faire preuve de discernement. Tout ce que je peux vous dire, c'est que je ne sais pas encore quelle incarnation de vous est ma préférée : sauvage américain ou pirate… Mais je vous en informerai après une étude approfondie.

Il rit à gorge déployée puis étouffa rapidement son hilarité en plaquant sa main sur sa bouche, bien que son regard soit encore rieur. Quand il fut capable de parler, il dit d'une voix rauque :

— Vous êtes incorrigible !

— Quant à vous, on doit déplorer votre absence chez les Banks, dit-elle en récupérant sa canne. Je culpabilise terriblement d'avoir accaparé autant de votre temps, que vous devriez passer avec votre fils, surtout en ce jour particulier.

— Connaissant Jamie, il est distrait par son nouveau microscope et, quand je rentrerai dans le bureau et annoncerai ma présence, il lèvera les yeux et sourira, persuadé que je n'étais jamais parti. Vous pouvez penser qu'il ressemble à mon frère Charles, mais il a la douce nature de sa mère, ce dont je suis infiniment reconnaissant.

Il voulut la reprendre dans ses bras, hésita et ajouta, sourcils froncés :

— Est-ce que cela vous dérange… Jamie… la… la famille Banks ?

— Dérange ? Je ne comprends pas ce que vous voulez dire.

Il la souleva derechef et rejoignit le chemin.

— Non. Non, j'imagine que non. Il faudra que je rectifie cela avant de… Je pense qu'il est important que je vous parle d'eux et de moi, avant que nous n'allions plus loin.

Rory retint son souffle, se demandant ce qu'il voulait lui confier, et tout aussi curieuse de savoir ce qu'il entendait par « plus loin »… Aller *où*, plus loin ?

— Si c'est ce que vous souhaitez, dit-elle calmement.

— Bien, répondit-il en hochant la tête.

Il ne dit plus rien à ce sujet, car ils avaient atteint la jetée. Il la reposa sur la terre ferme à l'instant où Lady Grasby sortait sur le pont de la péniche. Elle sursauta tant que Rory se dit que sa belle-sœur était sur le point de s'évanouir, et elle soupira de soulagement quand un valet de pied réactif plaça une chaise derrière elle avant qu'elle ne s'écroule. Sa femme de chambre présenta un éventail à sa maîtresse pour rafraîchir sa poitrine haletante. En jetant un coup d'œil par-dessus son épaule, Rory comprit que ce n'était pas son retour qui avait causé un tel émoi chez sa belle-sœur, mais l'arrivée de William Watkins, un bras autour des épaules de Grasby, un mouchoir ensanglanté sur le nez.

— Je crains que votre voyage retour ne soit pas aussi calme qu'à l'aller, dit Dair à l'oreille de Rory, alors qu'il se penchait sur sa main pour lui dire au revoir. J'espère simplement que vous pourrez vous éloigner de la scène hautement dramatique et trouver un coin tranquille pour parler culture de l'ananas avec Mr. Humphrey, sans être interrompus.

— Oh ! Est-il là ? Sur la péniche ?

— Oui. Il devrait vous attendre à bord. Il m'a semblé juste que vous puissiez profiter de toute l'attention et l'expertise d'Humphrey pendant quelques heures, sachant que Jamie l'a accaparé pendant que vous étiez chez les Banks.

— C'était très attentionné de votre part, milord. Merci, dit-elle avec un sourire qui fit apparaître sa fossette. Je vais devoir trouver une façon convenable de vous remercier.

Dair haussa un sourcil et répondit platement :

— Inutile de trop y réfléchir. Je ne suis qu'un simple soldat, mes besoins sont donc très simples eux aussi.

Il s'inclina une nouvelle fois et reprit, alors que Grasby et William Watkins arrivaient à la jetée :

— Je suis impatient de dîner avec vous et Lord Shrewsbury au Gatehouse Lodge dans les prochaines semaines, et de découvrir les secrets de la culture de l'ananas.

Il adressa un signe de tête à Grasby et dit au secrétaire, d'un ton ironique :

— Je pense avoir donné du caractère à votre visage, le Putois. Ne me remerciez pas tout de suite. Vous pourrez le faire plus tard, quand le gonflement aura disparu.

Puis il tourna les talons et s'éloigna, rejoignant le chemin, les mains plongées dans les poches de sa redingote.

Rory l'observa partir, gardant les yeux rivés sur son dos bien plus longtemps que le voulait la politesse. À sa grande honte, la culture de l'ananas était la dernière de ses préoccupations.

# VINGT



Dair remonta la pelouse entretenue avec soin puis descendit vers la jetée surplombant le lac, où plusieurs esquifs amarrés tanguaient. Le soleil était au zénith dans un ciel bleu clair, sans nuages, sans brise. C'était un temps parfait pour nager. Ce n'était pas la première fois que son regard parcourait avec envie l'eau scintillante d'un lac rempli de poissons et parsemé d'îles. Il avait tellement envie de se déshabiller et de plonger dedans pour se rafraîchir. Mais l'appréhension prit rapidement le dessus sur cette envie. Il redressa les épaules, tira sur son cheroot, et ne fit pas attention à la chaleur sous son jabot. Il ne prêta pas non plus attention à la femme derrière lui, qui l'avait suivi depuis le pavillon d'été de la duchesse.

Il l'avait trouvée là-bas, avec sa broderie. Elle attendait que sa jeune maîtresse revienne de sa baignade. Un panier posé près d'une table basse avait été vidé de son contenu pour le thé de l'après-midi, maintenant disposé sur une nappe en lin. Il reconnaissait la théière en argent sur son support et le reste du nécessaire pour le thé, fournis par la maison douairière élisabéthaine, plus haut sur la colline. La duchesse de Kinross devait rentrer d'un jour à l'autre ; c'était ce que lui avait dit l'intendante quand il était arrivé à l'improviste la nuit dernière, avec son valet et ses bagages.

Il venait de passer deux semaines éprouvantes à Fitzstuart Hall, dans le Buckinghamshire, le domaine principal de sa famille. Il avait prévu d'y rester une semaine seulement, mais s'était senti obligé de prolonger son séjour quand sa sœur veuve Lady Mary était arrivée avec sa fille Theodora la veille de son départ. Elles avaient été tellement heureuses de le voir qu'il n'avait pas pu, en toute conscience, les offenser en repartant si vite. Par ailleurs, il aimait vraiment Mary et sa nièce garçon manqué. Teddy avait supplié son oncle Dair de l'emmener faire du cheval et chasser au faucon, tout pour rester à l'extérieur et échapper aux tentatives bien intentionnées de sa mère de la transformer en jeune fille. Il n'avait pas pu lui dire non, et cela lui avait donné l'excuse nécessaire pour éviter, lui aussi, d'être confiné à l'intérieur.

Mais en rallongeant son séjour, il avait dû endurer davantage les lamentations exagérées de sa mère à propos de la fugue amoureuse socialement inacceptable, et désastreuse à ses yeux, de son frère. Elle se moquait de savoir que Charles était un traître à son pays et à la couronne, cela n'était rien comparé à son choix inadapté d'épouse. Dair n'avait fait aucun commentaire. Quel était l'intérêt, puisque seul son avis à elle comptait ? Il avait aussi dû prêter une oreille attentive aux malheurs de sa sœur. Mary avait vidé son sac sur les conditions humiliantes dans lesquelles elle vivait malgré elle, à cause du testament méprisable de son défunt mari et à cause de l'homme, que Mary qualifiait de monstre et de tyran, qui était chargé de diriger le domaine jusqu'à ce que son héritier, Sir John Cavendish, atteigne la majorité.

Quand il s'était risqué à souligner qu'elle était extrêmement chanceuse de ne pas avoir été expulsée d'une maison et de terres sur lesquelles elle n'avait plus aucun droit, Mary l'avait traité de brute sans cœur qui n'avait aucune idée de ce que c'était d'aller quémander, auprès d'un fonctionnaire, la moindre petite chose nécessaire pour rendre la vie d'une femme supportable. Puisque Lady Mary était vêtue d'une robe faite de la plus coûteuse des soies, brodée de fils dorés, avec des mules et des mitaines assorties, et qu'elle pouvait changer de tenue deux fois par jour, Dair s'était dit que ce « tyran », dont le nom lui avait échappé à ce moment-là même s'il le connaissait, était presque trop généreux.

Quand Dair avait fait remarquer qu'il savait en effet ce que c'était d'être financièrement redevable à quelqu'un, ajoutant qu'elle avait toute sa compassion, Lady Mary s'était excusée instantanément, les larmes aux yeux, bien consciente que son frère n'avait aucun contrôle sur son héritage et que toutes les décisions à propos du domaine étaient prises par leur cousin, le duc de Roxton.

En réponse à cela, la comtesse avait soupiré de façon dramatique et s'était lamentée sur le fait que son fils aîné n'était toujours pas marié. Tout ce dont Dair avait besoin pour prendre le contrôle sur ce qui lui appartenait légitimement et mettre un terme à l'emprise humiliante de Roxton sur la famille, c'était de se marier.

Il avait atteint les limites de sa patience, et sa détermination s'était consolidée. Sa mère n'avait jamais rien dit de plus vrai. Il s'était excusé de ne pas avoir suivi ses conseils plus tôt. Sur ces mots, il avait pris congé et était parti à la recherche de l'intendant. Il s'était enfermé avec le vieux domestique pendant deux jours avant de quitter Fitzstuart Hall, sans que sa famille connaisse ni ses objectifs ni ses intentions, laissant à l'intendant une longue liste de requêtes et d'exigences qu'il était impatient de mettre en œuvre immédiatement.

Dair avait chevauché en direction du Hampshire, plus satisfait qu'il ne l'avait jamais été au cours de sa vie.

Sa cousine Antonia était l'une des trois personnes qui l'avait poussé à rejoindre Treat, le siège ducal des Roxton. Lord Shrewsbury également. Il devait lui faire le compte-rendu de sa mission au Portugal. Mais c'était la troisième personne qu'il avait le plus envie de voir, et c'était elle qui profitait alors de l'eau rafraîchissante du lac.

Quand il lui avait proposé d'aller chercher sa maîtresse pour qu'elle-même puisse rester dans la fraîcheur du pavillon, la domestique avait vigoureusement secoué la tête et déclaré qu'elle et tous les autres domestiques avaient reçu la stricte instruction de ne pas laisser Miss Talbot seule. Cela fit hausser un sourcil à Dair, car Miss Talbot était assurément seule en ce moment même, dans le lac. La bonne avait rougi et corrigé sa déclaration : Miss Talbot ne devait rester seule avec aucun gentleman à l'exception de son grand-père et de son frère. Dair n'avait fait aucun commentaire, avait pivoté dans ses bottes et était parti à la recherche de Miss Talbot, la bonne de cette dernière collée aux basques de sa redingote en lin crème.

Il avait presque atteint la jetée quand il aperçut Rory. Enfin, une partie d'elle. Il entendit un *plouf*, regarda rapidement à droite des esquifs, et aperçut de la chair nue. Ses fesses rondes remontèrent à la surface avant de disparaître sous l'eau avec le reste de son corps, quand elle donna un coup avec ses jambes. Il jeta un coup d'œil par-dessus son épaule, vit la domestique souffler, une main sur les yeux pour se protéger de la lumière, et lui dit d'un ton désinvolte en indiquant du doigt un bosquet de saules sur la berge :

— Allez vous asseoir à l'ombre. La jetée restera dans votre champ de vision, et vous pourrez affirmer que vous n'avez pas laissé Miss Talbot seule... avec moi.

La chaleur du soleil estival convainquit la bonne qui partit s'installer à l'ombre. Dair put s'approcher de la jetée, ce qu'il fit avec une appréhension dissimulée et sans regarder l'eau sous ses pieds, entre les planches en bois. De l'extérieur, il semblait calme et assuré, mais les longs doigts qui approchèrent son cheroot de sa bouche tressaillirent. Il maudit son talon d'Achille, et encore plus son père, qui en était à l'origine. Mais plus que tout, il se maudissait de ne pas être capable de surmonter une telle faiblesse, car il savait que tout était dans sa tête.

Ces pensées amères s'évaporèrent quand il aperçut la canne et les vêtements de Rory au bout de la jetée. Utilisant le pommeau en ambre sculpté de la canne, il souleva les vêtements un à un pour les inspecter. Il s'y connaissait bien en habits et sous-vêtements féminins, et les éléments diaphanes lui indiquèrent que Miss Talbot, assez raisonnablement, portait le moins de couches possible pendant cette période de chaleur inhabituelle. Elle avait renoncé à porter un corset sous sa robe légère en mousseline et se déplaçait pieds nus, bien qu'il y ait une paire de bas blancs avec des taches d'herbe sous les pieds, qu'elle portait peut-être par souci de pudeur. Et, sauf erreur de sa part, elle s'était également débarrassée d'une tenue de bain en lin. Il appuya la canne contre un large bollard et, son cheroot entre les dents et sa main droite protégeant ses yeux, il chercha, à la surface transparente de l'eau, la moindre vague révélatrice.

— Bonjour ! Que faites-vous ici ?

La voix venait de derrière lui, une voix joyeuse et dénuée d'angoisse, bien qu'il l'ait surprise en train de nager nue dans le lac. Il fit volte-face, mais ne baissa pas les yeux vers l'eau, regardant plutôt la berge par-dessus les esquifs. Ce n'était pas une question de bienséance, mais d'eaux calmes. Il retira le cheroot d'entre ses dents et parvint, malgré tout, à prendre un ton détaché :

— Je suis venu vous embrasser.

Elle gloussa, ce qui le fit sourire, mais il ne baissa toujours pas les yeux vers elle.

— Vous avez gardé votre barbe.

— Oui.

— L'avez-vous gardée pour moi ?

— Oui. Au grand désespoir de ma mère. Elle dit que j'ai l'air d'un vagabond basané. Je devrai me raser avant de retourner à…

— Mais vous venez d'arriver…

— … Fitzstuart Hall.

— Oh… Vous pouvez regarder, vous savez. Je suis en grande partie cachée derrière un bateau.

Il fuma son cheroot, s'efforçant de rester calme, de garder le contrôle et d'oublier que quelques mètres sous ses bottes se trouvait l'eau du lac, paisible et pleine de roseaux. Il n'avait pas la même réaction quand il montait à bord d'un bateau pour mettre les voiles en haute mer, ce qui restait un mystère pour lui. Il aurait pensé que de vastes étendues d'eau de mer, ainsi que le roulement perpétuel des vagues, l'air marin et l'absence de terres dans toutes les directions lui auraient fait bien plus peur. Mais non. C'était la paisible surface vitreuse d'un lac, le néant de cette fosse obscure, et l'enchevêtrement inévitable des longs roseaux qui cherchaient à l'attraper qui faisaient battre son cœur à toute allure. Tout cela le ramenait immédiatement à son dixième anniversaire, quand on l'avait maintenu sous l'eau pratiquement jusqu'à ce qu'il se noie, ses poumons se remplissant d'eau alors qu'il se débattait, cherchant désespérément de l'air, les cris de son frère et la rage de son père lui sifflant dans les oreilles alors qu'on le ramenait à la surface avant de le replonger dans l'eau, encore et encore. Son père avait voulu lui apprendre une leçon de vie. Tout ce qu'il avait réussi à faire, c'était décupler la haine que Dair ressentait pour lui.

— Par ici, à vos pieds, s'écria Rory, agitant un bras au-dessus de sa tête pour attirer son attention.

Le mouvement sortit Dair de son égarement dans le passé et il se libéra d'une telle mélancolie, posant enfin ses yeux foncés sur elle.

Rory avait ancré ses coudes sur le bord de l'esquif et son menton reposait sur ses mains, il ne voyait donc d'elle qu'un visage et des bras nus. Elle lui sourit, les cheveux plaqués contre son crâne et retombant sur ses épaules en longues boucles ruisselantes. Pour sa part, il appuya une fesse sur le bollard et lui retourna son sourire.

— Farrier m'avait prévenu que le lac était peuplé de sirènes, mais je ne l'ai pas cru. Pour commencer, les sirènes sont des créatures marines.

— Farrier… ?

— Mon officier d'ordonnance depuis avant la guerre dans les Amériques. Vous l'avez peut-être vu dans les parages récemment, en train de pêcher sur un esquif ou de pêcher à la ligne depuis le barrage. Il profite de deux semaines de pêche, sa récompense après avoir passé un mois enfermé dans la tour de Londres à ma place. Avec la permission du duc, il peut attraper autant de truites et de gibier qu'il peut en manger, dormir à la belle étoile là où il en a envie, et observer les sirènes à sa guise.

— Est-ce un gentleman chauve, avec une cicatrice sur la joue et un crochet en argent à la place de la main ?

— C'est bien Farrier.

Rory secoua la tête.

— Je ne l'ai pas vu, mais grand-père me l'a décrit et m'a prévenu qu'un invité du duc profitait du lac.

— Et vous nagez quand même nue… ?

Rory fit la moue, soudain mal à l'aise.

— Il est évident que vous ne vous êtes jamais baigné en portant l'équivalent d'une robe de chambre. Affreux vêtement ! Il est plus gênant qu'utile et pourrait noyer la personne qui le porte. (Elle sourit, creusant sa fossette.) Sans lui, je nage exceptionnellement bien ; je suis pratiquement un poisson. Je ne suis pas surprise que votre officier d'ordonnance ait cru voir une sirène.

Il laissa ses yeux noirs passer rapidement sur ses bras minces et ses épaules, et descendre sur ses longs cheveux mouillés et emmêlés qui encadraient son visage en forme de cœur et disparaissaient dans l'eau. Elle ressemblait réellement à une jolie sirène. Il se demandait si son dos étroit ainsi que ses fesses rondes étaient visibles au-dessus de la surface de l'eau et, pour la première et seule fois, il envia les vacances bien méritées de Farrier. Son officier d'ordonnance était dans son esquif, à mi-chemin entre la jetée et l'île, une ligne dans l'eau. Mais s'il pêchait, Dair voulait bien être pendu. Il était directement derrière Rory, à la meilleure place. Dair nota mentalement qu'il lui faudrait ordonner à Farrier de s'éloigner un maximum de la jetée de la maison douairière et de la sirène qui y séjournait pour le reste de sa petite escapade de pêche.

En utilisant le bout de la canne, il désigna l'esquif de Farrier par-dessus la tête blonde de la jeune femme.

— Si vous ne voulez pas vous retrouver accrochée à son hameçon, je suggère que vous veniez déjeuner au pavillon.

Rory tourna la tête et aperçut le petit bateau et son passager par-dessus son épaule. Quand le pêcheur osa lever son chapeau, elle poussa un petit cri de compréhension et disparut sous l'eau, au son des éclats de rire de Dair. Elle refit surface de l'autre côté de la jetée, hors du champ de vision de Farrier, mais dans celui de sa bonne, choquée, et si Dair avait jeté un coup d'œil au-delà du rebord des planches en bois, dans son champ de vision à lui aussi. Il pivota pour lui faire face, mais resta à sa place.

— Je vais retourner au pavillon d'été le temps que votre bonne vous aide à vous habiller. J'imagine que faire la sirène vous a affamée.

Rory resta silencieuse un instant, puis elle dit à voix basse, si basse qu'il dut s'approcher du bord de la jetée pour l'entendre :

— Vous voulez peut-être vous baigner avant ? Il fait tellement chaud… Vous devez cuire dans cette redingote…

— Merci pour cette proposition, mais je…

— Oh ! Oh, je ne compte pas rester. Je ne vous proposais pas de nager *avec moi*, se corrigea-t-elle rapidement, gênée par ce rejet. Vous pouvez avoir le lac pour vous tout seul. Et puis, les hommes n'ont pas besoin de se dévêtir entièrement. Ils peuvent nager dans leur haut-de-chausses. J'ai appris à nager dans les vieux vêtements de Grasby, je sais donc à quel point c'est facile pour les hommes de... Ou pas, ajouta-t-elle rapidement, car il avait les yeux perdus au loin, à la surface de l'eau, plutôt que de la regarder elle. Vous n'êtes pas obligé de nager dans votre haut-de-chausses, si vous n'en avez pas envie. Vous pouvez...

— Rory. Il n'y a rien que j'aimerais plus que nager nu avec vous.

C'était la vérité. Il ne désirait rien de plus. Rectification. Il y avait bien quelque chose, mais cela pouvait attendre. Et s'il devait un jour surmonter sa peur des lacs, c'était l'occasion rêvée, avec elle. Mais au lieu de saisir cette chance, car il devait attendre de savoir où ils en étaient tous les deux, il refusa poliment et lui dit avec douceur :

— Je retiens votre proposition pour un autre jour. Je vais faire partir Farrier, pour que vous puissiez vous habiller. Je vous attendrai au pavillon. Il y a une question importante que j'aimerais aborder avec vous.

— Qu'y a-t-il de si important ? lui demanda-t-elle une demi-heure plus tard en montant les marches pour le rejoindre dans le joli pavillon ombragé de la duchesse.

Elle s'était habillée à la hâte. Son corsage était mouillé aux endroits où elle n'avait pas correctement séché sa peau, en particulier au niveau de sa poitrine, et bien qu'elle ait dégagé ses cheveux de son visage, les ayant attachés sur sa nuque avec un ruban en satin, ils gouttaient encore. Mais ce n'était pas une mauvaise chose. En l'absence totale de brise, même l'ombre du pavillon n'offrait qu'un soulagement minimal à la chaleur estivale.

Dair avait retiré sa redingote et portait un gilet en soie sans manches sur sa chemise, ses jambes bottées étendues sur une rangée de coussins tissés, une main derrière sa tête. Il observait le plafond peint. Il s'était presque assoupi quand la question de Rory le remit en mouvement. Il se redressa et lui proposa de s'asseoir sur les coussins en face de lui, de l'autre côté d'une table basse recouverte d'un modeste déjeuner : une meule de chester, un pot de chutney, une miche de pain frais, des tranches de bœuf froid, des oignons marinés et une salade de légumes verts. En plus d'une théière sur son support et du nécessaire à thé sur un plateau, il y avait un pichet de poiré dans un seau en porcelaine au fond duquel des glaçons avaient fondu. Rory observa le pichet avec perplexité en posant sa canne.

— Il vient de la cuisine de ma cousine la duchesse, tout comme la théière, dit Dair en lui servant un gobelet de poiré. Le thé, c'est très bien, mais avec cette chaleur il vaut mieux commencer par une boisson fraîche. Est-ce vraiment nécessaire ? demanda-t-il sévèrement quand la bonne de Rory, Edith, s'avança avec une paire de bottines.

Rory secoua la tête et Edith retourna à sa place, entre deux grosses colonnes près de l'escalier du pavillon. Elle reprit sa broderie, écoutant la conversation d'une oreille.

Rory s'installa à table, calant ses pieds dans leurs bas sous ses jupons en coton, et but son poiré avec gratitude.

— Séjournez-vous à la maison douairière ?

— Oui.

— Pourquoi pas à la maison principale avec Leurs Grâces ?

Dair se mit à remplir une assiette avec un peu de tout ce qu'ils avaient à disposition sur la table.

— Roxton est un excellent hôte, et en tant que parent il reste dans l'obligation de m'accueillir, malgré mon comportement méprisable à la régate. Mais nous nous adressons à peine la parole, dit-il en lui tendant l'assiette pleine, soutenant son regard. Par ailleurs, la distance à pied entre ici et le Gatehouse Lodge est très courte, et vous…

Rory sentit la chaleur lui monter au visage et elle sourit inconsciemment. Qu'il admette qu'il séjournait chez sa marraine pour être proche d'elle déclenchait des picotements dans tout son corps ; elle n'aurait pas pu être plus heureuse. Cependant, elle resta pensive après sa mention de la régate. Elle avait eu lieu sur le domaine deux mois plus tôt. Rory se souvenait très bien de la course de bateaux. Comment pourrait-elle, ou n'importe quel autre invité, oublier ce jour-là ?

Pendant la course, l'un des jumeaux du duc, âgé de cinq ans, était tombé de son esquif et avait failli se noyer dans le lac. Les efforts du duc de Kinross avaient sauvé sa petite vie. La course avait été pratiquement abandonnée. Cependant, le commandant avait continué à ramer et avait gagné la course avec éclat et à grand renfort de fanfaronnades de sa part. Les Roxton restaient muets à propos de cet incident. Et comme personne ne pensait un héros de guerre capable d'ignorer un appel à l'aide, il devait y avoir une très bonne raison pour laquelle le commandant avait continué à ramer pour gagner la course.

Rory ne connaissait peut-être pas la raison pour laquelle Dair avait agi ainsi, mais elle pensait avoir une meilleure compréhension de l'épisode que les autres. Le meilleur endroit pour assister à la course, c'était un chapiteau planté sur le point culminant de la pelouse ondoyante. C'est de là que Rory avait vu le commandant franchir la ligne d'arrivée sous l'arche d'un pont en pierre, premier de trois bateaux à avoir fini la course. Et tandis que la foule, qui ne se doutait de rien, acclamait le vainqueur avec effervescence, Rory avait aperçu deux autres bateaux, proches l'un de l'autre, qui avançaient lentement vers le pont, clairement sortis de la compétition. Ce n'est que bien plus tard qu'elle avait appris qu'ils avaient frôlé la tragédie sur le lac. Mais avant cela, avant que l'incident choquant ne soit connu de tous, le commandant fringant et sa suite, composée notamment de plusieurs jolies jeunes femmes pendues à ses lèvres, avaient fait irruption sous la tente, à la recherche de rafraîchissements.

Le commandant, en pleine forme, donnait de la voix. Il avait passé un bras autour des épaules de Mr. Cedric Pleasant, non parce qu'il avait besoin du soutien de son ami pour tenir debout après un tel effort physique, mais pour témoigner son affection à Mr. Pleasant, qui avait parié sur sa victoire. Il revenait sur les moments forts de la course avec ses joyeux compères, mais Rory était certaine que les adoratrices de sa suite, en particulier les jumelles Aubrey – deux sylphides aux grands yeux bruns – n'entendaient qu'un mot sur dix, trop occupées, comme Rory, à admirer le beau physique vigoureux du commandant. Ses cheveux noirs, ébouriffés et mouillés, retombaient sur son front et dans ses yeux. Sa chemise en lin, habituellement bouffante, était trempée et adhérait à chaque muscle de son torse ; de la même manière, son haut-de-chausses crème serré lui collait à la peau, révélant sous un jour avantageux ses cuisses fermes.

Rory s'était résolue à agiter son éventail, soudain étourdie de se trouver si près de tant de virilité, et parce que l'atmosphère sous la tente était subitement devenue lourde et chaude, puisqu'elle était envahie de spectateurs qui tenaient absolument à participer à la fête pour célébrer la victoire du commandant. Mr. Pleasant avait placé une bière dans les mains de son ami, et ce dernier l'avait bue d'une traite, encouragé par des cris admiratifs. Enfin, le commandant avait été englouti par la foule d'admirateurs, et Rory avait dû, depuis sa chaise, se contenter d'observer l'arrière des redingotes et les délicats jupons plissés à la polonaise des dames.

Personne ne lui prêtant attention, Rory avait eu l'impression d'être invisible ; elle avait récupéré sa canne, aspirant à retrouver air frais et tranquillité sur la pelouse. Mais, cernée par une foule trop absorbée par les événements, il ne lui avait pas été aisé de se relever de sa chaise. Cependant, à peine cinq minutes plus tard, la foule s'était écartée, permettant au commandant et à un valet de pied près de lui d'avancer vers le fond du chapiteau. Il s'était arrêté juste devant la chaise de Rory, les yeux rivés quelque part au-dessus de sa tête, sans prendre conscience de sa présence. Le valet de pied l'avait aidé à enfiler son gilet en soie brodé.

Rory n'avait pas quitté son visage des yeux une seule seconde. Elle qui restait toujours assise dans un coin tranquille en observatrice invisible, elle avait vu ce qui avait échappé aux autres, ce qu'il ne voulait pas que les autres voient. Dès qu'il leur avait tourné le dos, il avait perdu le masque d'insouciance qu'il portait en public. L'étincelle dans ses yeux et son sourire assuré avaient disparu. Son visage avait pris une expression de pur soulagement – elle ne savait pas pour quelle raison, mais c'était comme si on lui avait confié une besogne qu'il était persuadé de ne pas pouvoir accomplir, mais qu'il s'en était miraculeusement très bien sorti. Il avait pris une profonde inspiration et brièvement fermé les yeux, peut-être en signe de gratitude après avoir traversé ce qui semblait avoir été un vrai calvaire, à en juger par le soulagement manifeste sur son beau visage.

Rory avait instinctivement su que c'était en lien avec la course de bateaux, tout comme elle savait, à l'instant présent, assise en face de lui dans le pavillon ombragé, qu'il voulait se confier à elle. Elle prit donc son temps pour trouver les bons mots, détachant la mie du morceau de pain dans son assiette. Elle la mangea avant de dire, d'un ton aussi neutre que possible, avec un rapide coup d'œil de l'autre côté de la table basse, où il était assis en tailleur sur les coussins et empilait des morceaux de bœuf sur une tranche de pain :

— Vous nous avez offert une belle prestation lors de la régate…

— Prestation ? Ah ! L'une de mes meilleures. Il le fallait, sans quoi j'aurais échoué. Mais le mot « échec » ne fait pas partie de mon vocabulaire. Entre le moment où je me suis avancé sur la jetée pour monter dans l'esquif, et celui où j'en suis sorti après la ligne d'arrivée, j'ai donné la prestation de ma vie. Je suis soulagé de n'en garder aucun souvenir – l'effort pour ramer, ce qu'il s'est passé pendant la course, les cris d'encouragement qui venaient de la rive. Je me suis contenté de regarder droit devant et de ne pas m'arrêter, pour rien ni personne. Je ne peux…

— Vous avez donc continué à ramer même si les autres auraient pu avoir besoin de votre aide ?

— Oui. Mais mon frère m'a assuré qu'ils n'avaient pas eu besoin de moi.

— Vous vous seriez sûrement arrêté s'ils vous avaient appelé à l'aide, non ?

— Honnêtement ?

Il soutint son regard, malgré la chaleur qui lui brûlait soudain la gorge. Il se demanda s'il était possible de voir un homme rougir sous sa barbe.

— Je ne peux pas répondre à cette question, continua-t-il. J'ai simplement ramé comme un beau diable, déterminé à franchir la ligne d'arrivée et à retrouver la terre ferme le plus rapidement possible.

— Vous auriez pu refuser de participer à la course, dit-elle avant de répondre immédiatement à sa propre remarque : Non. Bien sûr que non. Dair Fitzstuart ne décline pas un pari. Si c'était le cas, ce serait bien étrange, et vos amis poseraient des questions…

— Oui… Ce qui me console légèrement, c'est de me dire que j'étais de toute façon trop loin dans la course pour avoir été d'une quelconque aide s'ils m'avaient appelé ; c'est ce que Charles m'a confié. Le petit Louis est passé par-dessus bord et a commencé à se noyer rapidement, Kinross a plongé et l'a sauvé avant même que Charles ou Roxton aient le temps de réagir.

Rory continua à détacher la mie de son pain sans la manger, laissant une coque vide croustillante et un tas de miettes dans son assiette.

— Je pense que si votre frère vous avait appelé, vous lui seriez immédiatement venu en aide, mettant toutes les autres considérations de côté.

— Merci pour votre confiance, elle est d'une importance capitale à mes yeux…

Elle sourit timidement en entendant cet éloge, mais ne détacha pas son regard du sien.

— Vous n'avez accordé aucune importance à votre propre sécurité quand vous avez sauvé cette famille sur un champ de bataille à Brooklyn Heights, n'est-ce pas ?

— Sur le champ de bataille, c'est différent. Je sais comment m'y comporter et comment gérer mes hommes. Et c'était sur la terre ferme.

— Mais, à l'évidence, votre objectif principal quand vous êtes au combat est de gagner à tout prix, non ?

Dair lui adressa un sourire en coin.

— Nous n'avons peut-être pas gagné de bataille récemment, mais nous étions les vainqueurs de la campagne de Long Island. Par ailleurs, nous aurions capturé Washington et ses rebelles s'ils ne s'étaient pas éclipsés au milieu de la nuit.

— Mais près de Jamaica Pass, vous avez sauvé une femme et ses deux enfants d'une maison en feu ; une maison délibérément brûlée par la milice coloniale, qui croyait que cette femme abritait le général du roi. Les rebelles n'ont pas hésité à sacrifier ces vies pour débusquer et capturer le gros lot, le général Clinton. Malgré tout, vous êtes entré dans un bâtiment en flammes, cerné par des tirs de mousquet, avec les ennemis à proximité, et avez sauvé non seulement ces trois vies, mais celle du général en prime.

— Je vois que vous vous tenez informée sur la guerre dans les colonies et que vous avez lu les articles sur ce petit accrochage, répondit-il avec un sourire modeste. Mais la capture du général Sir Henry Clinton n'a jamais été mentionnée dans ces rapports. L'impact sur le moral du public n'aurait pas été très bon.

Le pli entre les sourcils de Rory disparut, ses yeux bleus s'écarquillèrent et elle articula un « oh » silencieux. Quand Dair l'imita, la fossette de Rory apparut et elle avoua :

— En tant que petite-fille du chef des services secrets, j'ai accès à certaines informations qui ne sont généralement pas connues du public. Bien sûr, je ne révèlerais jamais mes sources, mais puisque vous êtes également dans la confidence de mon grand-père, je n'ai pas l'impression d'avoir trahi qui que ce soit.

— Rory, comprenez-vous que, de chaque côté de n'importe quel conflit, certains n'hésiteraient pas à utiliser la vie d'innocents pour atteindre leur objectif ?

Il pensait à Lord Shrewsbury en particulier. Mais il ne citerait jamais son nom devant elle, brisant ainsi l'image affectueuse qu'elle avait de son grand-père. Lord Shrewsbury était un chef des services secrets malin et impitoyable, qui n'avait aucune morale quand il s'agissait de gagner coûte que coûte. Pour lui, n'importe quel prix en valait la peine. Pas pour Dair. Les enfants étaient innocents, peu importe les décisions de leurs parents, et parfois malgré elles. Ce qui était une raison suffisante pour laquelle il ne prendrait jamais la place de Shrewsbury et déclinerait la proposition si on la lui faisait. Mais cette conversation pouvait attendre et devrait avoir lieu avec son mentor. Il écarta son assiette et dit d'un ton monotone :

— Vous aurez peut-être du mal à y croire, mais toutes les femmes ne sont pas des spectatrices innocentes de la guerre.

— Oh, je n'ai aucun mal à y croire, réfuta sincèrement Rory. Notre sexe ne nous empêche pas de prendre parti dans un conflit et d'agir selon nos convictions.

— Le mari de la femme que j'ai sauvée était un rebelle, mais pas elle. C'était une loyaliste qui espionnait pour nous. Je devais la sauver. Je ne pouvais pas la laisser tomber entre les mains ennemies. Elle en savait trop. Mais ce n'est pas pour cette raison que je l'ai sauvée. Je ne pouvais pas priver ses enfants de leur mère.

— Bien sûr que non, répondit Rory avec un sourire, avant de froncer les sourcils. Si mon mari était un soldat rebelle, ou l'un des hommes du roi, je ne pourrais pas le trahir en espionnant pour ses ennemis. Je le soutiendrais, l'aiderais de toutes les façons possibles. N'est-ce pas là la nature même du mariage ? De se soutenir l'un l'autre, dans les bons comme les mauvais moments ?

— Et si vous ne croyiez pas à sa cause ?

Rory éclata d'un petit rire incrédule à cette seule idée.

— Benêt. Pourquoi épouserais-je un homme qui soutiendrait une cause à laquelle je ne croirais pas ? J'ose espérer qu'avant le mariage, nous nous connaîtrions assez, nous aimerions assez et aurions assez d'estime l'un pour l'autre pour que la cérémonie ne soit qu'une simple formalité. Il n'y aurait aucune surprise, aucune incertitude. Nous serions en harmonie, non pas sur tout, mais certainement sur les sujets ayant une grande importance dans notre union. Si cela n'était pas le cas, eh bien, je-je… autant épouser une colonne de lit !

Dair avait très envie de lancer malicieusement qu'il valait mieux épouser une colonne de lit que Mr. William Watkins, mais il n'avait aucune envie de gâcher leur tête-à-tête en mentionnant le Putois. Il dit donc d'un ton aussi détaché que possible :

— Alors, qu'est-ce que Miss Talbot considère être d'une importance capitale dans le mariage ?

Rory haussa les épaules et leva une main d'un geste signifiant que la réponse était évidente.

— L'amour. Le respect. L'amitié. L'honnêteté. La confiance…

— La compatibilité physique ?

— Bien sûr. Assurément, s'il y a amour, respect, amitié, honnêteté *et* confiance dans un mariage, la compatibilité physique vient naturellement ?

Les lèvres de Dair tressaillirent en un bref sourire.

— La compatibilité physique peut exister hors mariage…

Le visage de Rory s'empourpra d'embarras et de colère. La suffisance et le petit sourire de Dair l'agaçaient plus que de raison.

— C'est entièrement différent. C'est comme-comme… voler de la nourriture à la table d'un autre homme ! dit-elle dans un accès de colère. On peut en tirer une satisfaction temporaire, mais à quel prix, entre l'impact sur l'amour-propre et la culpabilité ? De telles relations restent sûrement insatisfaisantes, puisqu'elles manquent des qualités que j'ai évoquées et qui rendent l'amour physique entre un homme et une femme aussi satisfaisant. Si je suis bien consciente que les hommes ont des maîtresses et que les femmes ont des amants, je ne pourrais jamais trahir mon mari de façon aussi vile. Et s'il prenait une maîtresse…

Elle prit une profonde inspiration, consciente qu'elle en avait trop dit, et regarda ses yeux à la dérobée pour voir s'il riait d'elle et de ses déclarations naïves sur un domaine dans lequel elle n'avait aucune expérience.

— Si mon mari était infidèle, il est raisonnable de penser que ces qualités qui nous auraient initialement réunis n'existeraient plus. Je ne pourrais pas rester mariée à un tel homme.

— Mais les femmes n'ont aucun moyen de sortir d'un mariage.

Rory soutint son regard.

— D'où l'importance de prendre la bonne décision, ou de ne pas en prendre du tout, avant le mariage. Cela dit, je ne sais pas pourquoi nous parlons mariage, car je suis complètement ignorante en la matière et-et… sur tous les autres sujets. Ainsi, mon opinion ne vaut rien…

— Non, ce n'est pas vrai. Votre opinion compte, elle compte beaucoup – pour moi. Je suis désolé de vous avoir mise mal à l'aise. Je voulais simplement exprimer l'idée que, s'il est possible que la compatibilité physique existe hors mariage, il est impossible qu'un mariage prospère sans compatibilité physique. Mais j'accepte votre argument. Si l'amour, le respect, l'honnêteté, la confiance *et* l'amitié existent, alors il n'y a aucune raison qu'un mari et sa femme ne jouissent pas d'une intimité physique. Et si ce n'est pas le cas, c'est alors le mari qui est en faute, car c'est lui le partenaire expérimenté. En revanche, dans certains cas, les deux peuvent être inexpérimentés…

— Sûrement pas ?

Rory trouvait l'idée absurde, surtout en ce qui concernait son interlocuteur. Mais quand Dair ne la détrompa pas, elle perdit son sourire incrédule et se demanda de qui il parlait, car il devait forcément avoir une personne, ou un couple, en tête.

— Dans ce cas, reprit-elle, est-ce que les deux partenaires ne devraient pas faire autant d'efforts l'un que l'autre pour trouver une solution à leur… à leur… casse-tête ?

Il rit à gorge déployée.

— Casse-tête ? Oh, mon délice, j'aime beaucoup votre choix de mots ! *Casse-tête.* Un euphémisme parfait !

Son rire était contagieux. Elle gloussa et s'apprêtait à lancer un trait d'esprit inapproprié quand ils furent interrompus par ce qui semblait être une souris blessée. Elle perdit le fil de ses pensées et se tourna vers sa domestique, car c'était de là que venait le bruit. Mais il n'y avait aucune souris, aucun petit animal blessé. Il n'y avait qu'Edith, assise bien droite, les mains fermement serrées sur ses genoux, les yeux écarquillés et rivés sur Rory, les lèvres pincées, tellement fort que les tendons de son cou étaient visibles.

Elle avait écouté la conversation d'une oreille, chaque mot prononcé les menant à une intimité inconvenante entre deux célibataires. Et quand la discussion avait pris la direction totalement inappropriée des relations intimes entre deux époux, puis avait continué sur l'idée scandaleuse d'une relation physique hors des vœux du mariage, Edith avait été incapable de se contenir une seconde de plus. Mais au lieu de mettre un terme à une discussion aussi déplacée en prétextant qu'il était temps de rentrer au Gatehouse Lodge et en désignant le poney et la carriole qui les attendaient à l'ombre du large tilleul sur la pelouse ondoyante en face du pavillon, elle avait exprimé sa désapprobation d'une façon tout à fait involontaire. Tous les mots qu'elle avait réprimés s'échappèrent d'entre ses lèvres en un cri d'alarme aigu qui donnait l'impression qu'une souris était attaquée par un chat ou, d'après Dair, qu'un chat s'était coincé la queue dans une fenêtre à guillotine.

Cependant, ce bruit eut l'effet désiré de rappeler au couple où il se trouvait. En plus de souligner le caractère inapproprié de leur conversation, cette interruption leur fit surtout prendre conscience qu'ils étaient très à l'aise l'un avec l'autre, ce qui parut évident quand Rory jeta un coup d'œil à Dair entre ses cils et qu'il lui adressa un clin d'œil. Ils échangèrent un sourire complice, comme si on venait de les surprendre en pleine collaboration sur un projet terriblement diabolique. Cependant, ils respectèrent l'ordre muet de la bonne et tournèrent docilement leur attention vers leurs assiettes respectives et la nourriture proposée. Ils mangèrent le reste de leur repas en silence ; Rory picorait tandis que Dair mangeait voracement, comme toujours. Elle se demandait si les hommes grands et vigoureux avaient un puits sans fond à la place de l'estomac. Même si sa baignade dans le lac lui avait ouvert l'appétit, avec lui, elle n'avait curieusement plus faim du tout. Quand il vida un gobelet de poiré et remplit de nouveau son gobelet à elle, elle lui demanda dans un murmure :

— Pourquoi deviez-vous ramer c-comme… *un beau diable* ?

Il esquissa un sourire involontaire quand elle hésita à prononcer un tel mot, en proie à une envie irrésistible de sauter par-dessus la table et d'embrasser sa jolie bouche. Il refréna ce désir, finit le reste de son pain sur lequel s'empilait du bœuf recouvert de chutney, et lui répondit une fois repu :

— Vous ne me croirez pas… Non, ce n'est pas vrai. *Vous*, plus que n'importe qui d'autre, me croirez, car vous voyez au-delà de ce que j'affiche. Vous me voyez tel que je suis, n'est-ce pas, mon délice ?

Elle hocha la tête et tendit la main par-dessus la table, entre les plats et les assiettes vides, espérant qu'Edith était retournée à sa broderie, car si sa bonne avait jugé leur conversation déplacée, elle verrait sûrement d'un mauvais œil que le couple se tienne la main. Mais Rory n'accordait plus aucune importance à l'avis de sa bonne ou de qui que ce soit d'autre. Elle était étourdie de bonheur, ou bien était-ce parce qu'elle n'avait pas mangé ? Non ! C'était sûrement ce que ressentaient les gens amoureux. Étourdis, incapables de manger, si emplis de bonheur qu'ils voulaient se mettre à courir sur la pelouse et partager leurs sentiments avec le monde entier. Elle sut qu'elle avait raison quand il entrelaça ses doigts avec les siens et qu'une sensation de chaleur, semblable à des picotements d'aiguilles – elle ne voyait aucune autre façon de la décrire –, remonta le long de son bras, envahit tout son corps et s'installa sur sa poitrine. C'était comme si elle était soudain plongée dans un bain chaud et parfumé. Quand il sourit en la regardant dans les yeux et formula une confession sincère, elle sut au plus profond de son cœur qu'il ressentait la même chose qu'elle.

— Comment ai-je pu ne pas vous voir, vous, jusque récemment ? s'interrogea-t-il d'un ton émerveillé. Comment ai-je pu être aussi aveugle… ? (Sa propre stupéfaction lui fit secouer la tête, et il esquissa un grand sourire penaud.) Je ne suis pas un homme très perspicace, en particulier quand je joue le rôle que la Société attend de moi. Vous disiez vous-même que je suis bon acteur. Je suis doué pour dissimuler mes intentions et la personne que je suis réellement aux yeux des autres. Un espion se doit d'être un expert en matière de déguisement, que ce soit de ses sentiments ou de son physique. (Il se frotta la joue, puis massa le lobe de son oreille entre son pouce et son index.) Il me suffit de me laisser pousser la barbe et de porter une boucle d'oreille dorée ainsi qu'un foulard rouge autour du cou pour déambuler chez les Portugais en tant que corsaire, sans que personne me remarque ou vienne m'importuner. J'ai porté l'uniforme de mes ennemis et participé à des batailles pour Sa Majesté en tant que dragon sans peur… Et pourtant, quand il s'agit de ramer ou de nager dans des eaux sombres infestées d'épais et solides roseaux… je… je suis un-un *lâche*, conclut-il en se penchant au-dessus de la table, son sourire ayant disparu, ne voulant pas qu'on l'entende.

Les doigts de Rory tressaillirent dans ceux de Dair quand elle entendit le mot « lâche », comprenant le courage qu'il lui avait fallu pour lui confier sa peur, lui, un soldat qui avait risqué sa vie à de nombreuses reprises pour son roi et sa patrie. Elle s'éclaircit la gorge pour en chasser l'émoi et retrouva l'usage de la parole :

— Un héros de guerre n'est pas un lâche. *Vous* n'êtes pas un lâche. Craindre de se noyer, c'est aussi naturel que respirer. Combien sommes-nous à savoir nager, à prendre la peine d'apprendre ? On ne demande pas à nos matelots de savoir nager, et ils passent la majeure partie de leur vie en mer.

— Rory, je sais nager. Enfin, je ne pense pas avoir oublié. On ne m'a pas demandé de nager depuis tant d'années. J'ai appris quand j'étais petit. J'imagine que c'est comme le cheval, une fois appris cela ne s'oublie pas. Vous allez me trouver doublement ridicule, mais je n'ai aucun mal à prendre la mer. Naviguer en haute mer ne me pose aucun problème. (Il haussa les épaules.) C'est peut-être l'odeur et le goût du sel dans l'air, le roulement des vagues, ou les deux, qui apaisent ma crainte des grandes étendues d'eau ? Peu importe la raison, elle m'est salutaire, et sans cela l'aller-retour aux Amériques avec mon régiment aurait été un moment terrible pour moi.

— Ce sont donc seulement les eaux calmes qui vous importunent ?

Il sourit.

— Merci d'avoir choisi ce mot. Oui, elles *m'importunent*. Elles m'importunent énormément.

Elle observa leurs doigts entrelacés et fut surprise de constater à quel point les siens étaient petits et fins dans ceux de Dair. C'était un vrai ours, et il semblait difficile de concevoir qu'un homme d'une telle carrure puisse redouter quoi que ce soit, et encore plus les eaux fraîches et paisibles d'un lac où elle passait tant de joyeux moments à nager, à se sentir gracieuse et entièrement vivante. Elle aimait vraiment quand il portait la barbe. Taillée de près, aussi noire que ses cheveux et les poils de son torse, elle lui allait bien. Curieusement, elle rendait ses yeux plus foncés et son sourire plus éclatant. Quel dommage que la mode soit aux visages imberbes.

Elle retardait le moment de lui demander ce qu'il lui était arrivé dans son enfance pour qu'il craigne de nager dans un lac, cherchant la meilleure formulation. Il avait dû se passer quelque chose de monu-mental, quelque chose d'épouvantable qui avait dû marquer son esprit, car c'était un soldat qui avait affronté la mort à de nombreuses reprises et qui restait autrement intrépide. Elle s'entendit lui poser la question :

— Pourquoi les eaux calmes vous importunent-elles, Alisdair ?

— Parce que, mon délice, à mon dixième anniversaire, mon père m'a noyé dans un lac.

Il n'avait pas dit « a essayé de me noyer ». Il avait dit « m'a noyé ». Rory était plus horrifiée qu'elle ne le pensait possible. Tant de questions se bousculaient dans sa tête qu'elle se dit qu'il valait mieux ne rien dire. Il lui raconterait quand il serait prêt, à sa manière. Elle ne voulait pas risquer de dire quelque chose qui pourrait l'en dissuader. En revanche, la présence d'Edith la dérangeait, peut-être encore plus qu'elle le dérangeait lui. Il ne semblait pas correct que la bonne entende ses aveux intimes et visiblement douloureux. À voix basse et en quelques mots, elle la congédia donc, l'envoyant chercher un valet de pied à la maison douairière pour qu'il débarrasse le déjeuner. Elle devait avoir l'air très éprouvée, car Edith obtempéra sans protester, quittant le pavillon après une brève révérence.

Rory se demanda si Dair avait remarqué le départ d'Edith, tant son regard semblait lointain. Cependant, sa bonne s'était à peine élancée sur la pelouse après avoir descendu les marches qu'il agrippa ses doigts un peu plus fermement que prévu et lui dit mollement :

— C'était mon dixième anniversaire. Charles et moi attendions près du lac que notre père se joigne à nous. Il devait me regarder piloter mon voilier miniature, mon cadeau d'anniversaire. Et, bon, vous savez comment sont les garçons, surtout quand ils doivent attendre si longtemps qu'ils finissent par oublier ce qu'ils attendaient.

Il releva les yeux, jusque-là rivés sur leurs doigts entrelacés, et sourit à Rory avant de continuer :

— Rapidement, nous avons retiré nos redingotes, nos chaussures et nos bas, et avons retroussé nos hauts-de-chausses au-dessus de nos genoux afin d'avancer dans l'eau pour y mettre mon bateau. N'importe quel autre jour, nous aurions tout enlevé sauf nos caleçons, mais on venait de nous sermonner et de nous dire que nous ne devions pas nous salir, car nos costumes étaient tout neufs. (Dair haussa les épaules.) Pour être honnête, les détails m'échappent encore. Tout ce que je sais, c'est que Charles et moi avons commencé à nous éclabousser, le mât du bateau s'est cassé à cause de nos bêtises, et j'ai rejeté la faute sur lui. Nous avons commencé à nous bagarrer. Rien de sérieux. J'étais déjà grand pour mon âge, et Charles faisait une bonne tête de moins que moi. Je n'aurais pas touché à un seul de ses cheveux cuivrés... Mais, comme le veut la coutume chez les petits frères, ils hurlent deux fois plus fort et deux fois plus longtemps. Il geignait tellement que je lui ai mis la tête sous l'eau. Il a avalé de l'eau et a commencé à tousser. Au lieu de me montrer compatissant, je me suis mis à rire. Plus il hurlait, plus je riais. Père nous avait alors rejoints, mais nous l'avions à peine remarqué. Charles m'a accusé d'avoir essayé de le noyer. Je ne lui en veux pas d'avoir dit cela. Il n'avait que huit ans, et nous redoutions tous les deux notre père plus que les monstres sous notre lit ! C'était un homme froid et inflexible qui n'avait pas de temps à accorder aux enfants, et encore moins à moi. Il ne parvenait pas à comprendre pourquoi je préférais être dehors à m'activer, à faire *n'importe quoi* plutôt que de rester assis devant une pile de vieux livres poussiéreux. Je passais mes leçons à regarder les moutons par la fenêtre, et on m'a donné le bâton plus de fois que je peux m'en souvenir ! Mon manque d'intelligence et d'assiduité le frustrait à lui faire perdre patience. Il avait une vision bien précise de ce à quoi devait ressembler son héritier, et je ne lui correspondais pas.

Il afficha un petit sourire en coin et secoua la tête.

— Ironiquement, ajouta-t-il, Jamie est exactement le genre de fils dont il aurait été fier : érudit, au tempérament réservé, et capable de passer des heures avec le nez dans un parchemin.

— Et vous êtes fier de lui exactement comme il est.

— Oui. Mais j'ai de l'amour-propre. J'apprécie la valeur de la différence ; la valeur qu'il a, lui. Mon père était un homme amer qui manquait d'assurance et entretenait de vieilles rancœurs. Il voulait faire de moi ce qu'il aurait dû devenir, sans y parvenir. Mais revenons à mon dixième anniversaire... Père a dit que j'avais besoin d'une bonne leçon. Il a dit que je devais savoir ce que c'était de se noyer, pour ne plus jamais m'en prendre à mon petit frère. Il m'a attrapé par l'arrière de la tête... Il m'a maintenu sous l'eau... Ma tête... Je me souviens des roseaux entremêlés... Je n'ai pas senti les coupures sur ma peau… La dernière chose dont je me souviens, c'est l'eau noire qui se précipitait dans mon nez… Quand je me suis réveillé après cette absence, j'étais sur la rive… Je crachais toute l'eau qui était entrée dans mes poumons, et du sang y était mélangé. Mon visage était lacéré du front au menton… Il y avait des gens, des cris. Ma sœur – Mary – m'a raconté le reste. Elle était sortie sur la terrasse, a vu ce qu'il se passait et a appelé notre mère en hurlant. À leur arrivée au bord du lac, j'étais hors de l'eau et je respirais, j'avais été sauvé par Banks, le jardinier en chef. Tout à fait, ajouta-t-il avec un sourire quand Rory agita ses doigts dans les siens. Le même Père Banks que vous avez rencontré chez eux. Il est intervenu, mais ils l'ont payé cher, lui et sa famille. Il a éloigné mon père, m'a ramené sur la terre ferme et m'a giflé jusqu'à ce que je recrache l'eau dans mes poumons. Plus tard, j'ai appris que mon père était trop abasourdi pour réagir face à l'intervention de Banks. Mais quand je me suis remis à respirer, il a puni Banks en le frappant violemment au visage. Banks n'a pas riposté. Comment aurait-il pu ? Il aurait été pendu pour avoir frappé un noble, ou au moins envoyé en exil. Il a finalement perdu son poste, tout comme sa femme, mon ancienne nurse, et leur famille entière a été chassée, sans référence et sans nulle part où aller…

— Comment la famille s'est-elle retrouvée dans leur maison actuelle ? l'encouragea Rory. Avaient-ils des parents dans cette maison, qui les ont accueillis ?

Dair secoua la tête.

— Non. Pendant un an, ils ont survécu grâce à la charité. Sans endroit où aller et sans certificat de bonne moralité, ils ont erré, incapables de trouver un emploi stable. Puis monseigneur – l'ancien duc de Roxton – les a retrouvés, les a hébergés et a trouvé du travail à Banks au jardin botanique.

Surprise que l'ancien duc soit intervenu dans cet épisode traumatisant de la vie de Dair, Rory ne put s'empêcher de l'interrompre :

— C'est mon parrain qui a trouvé un foyer aux Banks ? Il a trouvé un travail à Mr. Banks ?

Dair la regarda comme s'il n'y avait rien d'anormal à cela.

— Bien sûr. Il n'a pas seulement aidé la famille Banks, quand il a découvert ce que père m'avait fait, monseigneur lui a demandé de s'expliquer, de répondre de ses agissements. Je ne sais pas ce qui s'est dit lors de cet entretien, mais peu de temps après, père est parti inspecter la plantation sucrière familiale dans les Caraïbes et n'est jamais revenu. Selon la rumeur, c'est le duc qui lui a donné l'ordre de partir, et j'y crois. On m'a envoyé à Harrow, la meilleure chose qui me soit arrivée à l'époque, et j'ai passé quelques vacances avec la famille Banks.

Il eut soudain l'air penaud, et une fois encore Rory fut récompensée de son silence quand il reprit sans ambages :

— S'il avait pu prédire ce qui se passerait pendant l'un de ces séjours, le duc y aurait sans doute réfléchi à deux fois avant d'autoriser ces visites.

— Vous êtes tombé amoureux de Lily Banks et elle est tombée enceinte de votre fils.

— Rory, c'est la deuxième fois que vous affirmez avec assurance que j'étais amoureux de Lil. J'avais dix-sept ans ; elle en avait seize. Ce qu'il s'est passé entre nous n'aurait pas dû arriver, mais c'est arrivé. Je ne peux pas souhaiter le contraire, car j'ai maintenant Jamie. Nous avons beaucoup d'affection l'un pour l'autre, mais nous ne sommes jamais tombés amoureux. Lil est amoureuse de son mari, ce qui est tout à fait légitime, et moi je… j'ai dû grandir rapidement. Pas de Grand Tour pour moi. Le duc ne m'a pas laissé le choix. Il m'a acheté une commission dans l'armée et, deux mois après la naissance de Jamie, Lil a épousé Daniel Banks et je suis parti rejoindre mon régiment. Mais je n'ai aucun regret, que ce soit à propos de Lil, de Jamie ou de mes années en tant qu'officier.

— Je n'en doute absolument pas, répondit-elle avec un sourire. Vous avez un fils merveilleux, qui grandit dans un foyer plein d'amour ; Mrs. Banks est une très bonne mère pour lui, et pour tous ses fils. Mais, ajouta-t-elle avec un froncement de sourcils perplexe, je ne comprends pas pourquoi le duc de Roxton est intervenu dans vos affaires familiales… Ni comment il s'y est pris pour que votre père, qui ne semblait pas être un homme accommodant et obéissant, soit banni. Il semblait avoir un fort caractère et une compréhension limitée des enfants, et des gens en général. Il vaut mieux laisser ce genre d'hommes à leurs livres, et ils devraient peut-être même rester célibataires à vie ! J'espère ne pas vous avoir offensé…

— Pas du tout. Votre conclusion est fidèle à la réalité. Mais vous comprenez sûrement pourquoi le duc de Roxton est intervenu pour moi, pourquoi il s'est impliqué, non ?

Rory battit des paupières, toujours aussi perplexe, il expliqua donc :

— Mon père a déshonoré non seulement sa famille proche, mais aussi ses parents plus éloignés, et surtout le chef de sa famille. En renvoyant et en laissant livrée à elle-même la famille Banks, des domestiques appréciés pour leur caractère et leur service, une famille dont les ancêtres ont servi les miens depuis le règne de Jacques Ier, père a irrémédiablement terni sa réputation. Il a beau être comte, même *lui* doit répondre à une autorité familiale plus haute, son chef de famille.

Puisque Rory ne semblait toujours pas comprendre, Dair sourit et entreprit de lui expliquer patiemment quelque chose qui lui avait long-temps semblé évident :

— Nous appartenons tous à un large ensemble familial. C'est ainsi que cela fonctionne pour les gens comme nous ; c'est ainsi que la noblesse reste puissante et garde le contrôle du royaume. Contraire-ment aux nobles français, qui font des ronds de jambe à leur souverain, nous avons la Magna Carta. Même votre grand-père, quand nécessaire, doit se plier aux souhaits de son chef de famille.

— Je comprends que nous sommes tous liés d'une façon ou d'une autre, mais grand-père, en tant que comte de Shrewsbury, n'a assuré-ment à répondre qu'à lui-même et personne d'autre ?

Dair s'égara au point de saisir les doigts de Rory et d'embrasser le dos de sa main.

— Il adorerait vous l'entendre dire ! Et que vous et tous les autres en soyez convaincus. En tant que chef des services secrets, il a certaine-ment plus de pouvoirs que la moyenne. Mais en ce qui concerne les affaires familiales, les allégeances et les alliances personnelles et fami-liales, Sa Seigneurie est tout aussi docile que nous autres. Non pas que notre chef de famille intervienne souvent, seulement quand il y a des conflits ou, dans le cas du traitement de la famille Banks par mon père, quand l'honneur et la réputation de la famille sont en jeu.

— À quelle famille étendue mon grand-père doit-il son allégeance ?

À peine avait-elle posé la question qu'elle eut une illumination. Le sourire de Dair s'élargit face à l'expression d'émerveillement qui apparut sur son visage ; il la trouvait adorable. Il la laissa le dire :

— Le duc de Roxton est à la tête de la famille de grand-père, et de votre famille. Nous – vous et moi – faisons partie de la même famille étendue, mais de branches différentes ? (Quand il hocha la tête, elle sourit.) Oh, c'est très satisfaisant ! Cela explique pourquoi l'ancien duc a accepté d'être mon parrain. Comment aurait-il pu dire non à grand-père, même s'il en avait probablement envie, *à l'époque*. Quoique, c'est peut-être la duchesse qui l'a persuadé... ? Elle a un cœur si doux, si tendre, et je sais à quel point ils s'aimaient. Il ne lui aurait pas dit non, à elle.

Dair fronça les sourcils.

— Pourquoi aurait-il refusé ? Pourquoi ma cousine la duchesse aurait-elle eu besoin de persuader le duc d'être votre parrain ?

Rory s'empourpra malgré elle. Elle ne voulait pas le dire à voix haute, mais le fit quand même :

— Parce que je suis née… parce que je suis comme je suis, dit-elle à voix basse. Parce que… parce que je suis infirme.

Dair se renfrogna de colère et il pinça les lèvres. Rory ne l'avait jamais vu autant en colère – comme des nuages d'orage apparaissant au-dessus de distantes collines. Elle essaya de retirer sa main de la sienne, mais il refusa de la lâcher. Elle se demandait ce qui l'énervait davantage – qu'elle accuse ses parrains d'être aussi mesquins, ou qu'elle se soit qualifiée d'infirme, le mettant ainsi mal à l'aise en sa présence.

— Balivernes ! Ce n'est pas ce que vous êtes, petite idiote ! Vous êtes bien plus que cela, et si vous pensez que Leurs Grâces ont hésité à devenir vos parrains à cause de quelque chose d'aussi insignifiant, c'est que vous ne les connaissez pas du tout !

— Je n'ai pas dit qu'ils le regrettaient, répondit-elle doucement, rougissant néanmoins après ce plaidoyer si virulent, ne sachant quoi en penser. Mais à ma naissance, les médecins ont dit à mon grand-père que j'étais infirme autant mentalement que physiquement. Avant que je ne puisse marcher et parler, leur prouvant ainsi que mon esprit fonctionnait, il a dû être difficile pour grand-père de demander au duc et à la duchesse de me parrainer. Mais maintenant, je comprends pourquoi mon grand-père a voulu que le chef de famille me parraine. En devenant mes parrains, le duc et la duchesse ne m'ont pas seulement donné leur bénédiction, ils ont aussi silencieusement dit à tout le monde que j'étais sous leur protection. Je me suis toujours demandé pourquoi j'étais acceptée si facilement aux rassemblements des Roxton ; pourquoi les autres membres du cercle étendu des Roxton m'invitaient aux bals et aux fêtes alors que, à l'évidence, si je n'avais pas été la filleule du duc, je n'aurais même pas reçu d'invitation.

— Vous vous sous-estimez, mon délice, lui dit gentiment Dair, toute colère évaporée. Il suffit de quelques minutes en votre compagnie pour renforcer la bonne opinion qu'on se fait de vous. Par ailleurs, vous êtes la plus jolie fleur de n'importe quel bouquet de salle de bal, au-delà de toute autre considération.

— Il est donc bien dommage que je sois restée coincée dans le vase de la salle de bal depuis ma première Saison. Si seulement j'avais pu rejoindre la piste de danse avec les autres jolis pétales, plaisanta-t-elle avec un soupir de déception, la fossette sur sa joue indiquant à Dair qu'elle se réjouissait de son opinion. Alors, vous m'auriez peut-être remarquée plus tôt.

— Je suis reconnaissant que vous soyez restée dans votre vase pendant que je combattais dans des guerres, dit-il avant d'embrasser de nouveau sa main en la regardant cette fois-ci droit dans les yeux. Sinon, vous seriez mariée à un autre et vous auriez maintenant deux ou trois morveux.

— Mariée à un autre ? Cela voudrait dire qu'il y a quelqu'un d'autre pour moi…

Il pencha la tête sur le côté.

— Pensez-vous que chaque personne n'a qu'un seul amour véritable ?

C'était ce qu'elle pensait, mais elle ne pouvait pas se résoudre à le dire, pas après qu'il lui eut posé la question avec une pointe de scepticisme dans la voix. Ce fut pour le mieux, car l'aveu qu'il fit ensuite lui fit ravaler ces mots et chasser l'idée qu'il pouvait y croire aussi.

— Mes parents le pensaient aussi, au début. Avant leur mariage, avant leur première nuit en tant que mari et femme.

— Vos parents n'ont pas trouvé de solution à leur… leur *casse-tête* ?

Dair tapota le côté de son nez, indiquant qu'elle avait tapé dans le mille.

— Précisément. J'imagine que leur manque d'expérience, autant à lui qu'à elle, les ont empêchés de trouver une solution.

— S'ils étaient réellement amoureux, s'ils étaient faits pour être ensemble pour toujours, ils auraient fait plus d'efforts pour en trouver une.

— Que vous êtes romantique !

Rory fit la moue.

— Vous dites cela comme si c'était une mauvaise chose.

— Pas du tout. Mais il y a des avantages à être pragmatique, surtout que le mariage, c'est pour toujours. Mes parents n'avaient même pas échangé un baiser passionné avant leurs vœux de mariage. Remarquable.

— Vous ne pouvez pas le leur reprocher. Il n'est pas rare qu'une fille de bonne famille et un gentleman déterminé à préserver la vertu de celle-ci ne s'embrassent pas avant le mariage. Grasby et Drusilla n'ont pas échangé de baiser avant d'être mari et femme.

— Ce n'est pas parce qu'ils ne s'étaient pas embrassés qu'ils n'avaient jamais embrassé personne, si ?

Les yeux bleus de Rory s'écarquillèrent de stupeur.

— Oh ! Vous êtes *diabolique*. Grasby, oui, bien sûr. Mais Silla ? Non ! Elle était pure quand elle s'est mariée, j'en suis convaincue.

Dair ne fit aucun autre commentaire, et Rory le soupçonna de savoir exactement qui Silla avait embrassé, où et quand. Elle ne tenait pas à le savoir. Mais elle avait tendance à penser que c'était Dair que sa belle-sœur avait embrassé, et que peut-être il l'avait repoussée. Ce qui expliquerait pourquoi sa belle-sœur l'avait en horreur.

Rory eut soudain une idée machiavélique et décida de mettre sa supposition à l'épreuve.

— Je suis ravie que nous ayons eu cette discussion. Maintenant, je dois faire tout mon possible pour embrasser un maximum de gentils-hommes avant d'en choisir un pour l'épouser. L'expérience semble nécessaire…

— Inutile ! l'interrompit-il, décidant enfin que la table représentait à présent un obstacle intolérable entre eux.

Au lieu de la rejoindre de son côté de la table basse en marchant, comme tout homme calme le ferait, il bondit par-dessus. Il sauta au-dessus du désordre que représentait leur repas partagé – les différents verres, les plats en porcelaine, les assiettes et les couverts – et parvint à ne rien disperser, à l'exception d'un gobelet qu'il renversa avec son genou. Le gobelet en argent roula sur le côté et vola dans les airs, atterrissant sur le sol en marbre avec fracas.

Rory laissa échapper un cri strident à cause du bruit soudain, sursautant, car elle était entièrement concentrée sur le bond impétueux de Dair, espérant qu'il ne se blesserait pas, ne la blesserait pas elle, et ne briserait rien dans sa fougue. Elle partit d'un rire aigu quand il atterrit à côté d'elle, mais que l'élan le fit glisser et tomber sur son flanc, sur un coussin, les jambes étendues sur les côtés. Elle se mit à genoux et tendit rapidement la main pour attraper la manche bouffante de sa chemise en lin blanche, comme si cela pouvait arranger les choses. Ce ne fut pas le cas. Elle fut attirée vers lui et atterrit sur son torse, au milieu d'une pile de coussins à présent éparpillés autour d'eux. Il passa un bras autour de sa taille pour la garder près de lui, et ils restèrent allongés sur les coussins, sur le sol en marbre, les deux riant sans se retenir. Et quand il leva une pampille rose et or qui s'était défaite d'un des nombreux coussins et l'agita devant les yeux de Rory avec un grand sourire stupide, comme s'il s'agissait d'un prix capturé lors de sa folle épopée pour franchir la table, ils rirent tous les deux d'autant plus fort.

Quand ils se furent calmés et immobilisés, Rory se retrouva pelotonnée contre son torse. Dair avait une main derrière la tête, appuyée sur un coussin, et il fixait le plafond peint du pavillon tandis que sa main droite jouait avec les cheveux humides de Rory.

— Ce n'était pas aussi élégant ou dramatique que mon entrée dans l'atelier de Romney, commenta-t-il, mais j'ai obtenu le résultat voulu. Vous êtes de retour dans mes bras, à votre place.

Rory arbora un sourire satisfait, le menton posé sur sa poitrine.

— Mais où sont les danseuses qui doivent offrir applaudissements et louanges à Sa Seigneurie ?

Il leva légèrement la tête et son regard suivit son long nez pour trouver le visage renversé de Rory. Ses yeux bleus pétillaient d'hilarité, sa jolie bouche s'était courbée en un sourire effronté, et ses joues s'étaient légèrement empourprées, soulignant la pureté de sa peau de porcelaine. Elle était radieuse. À cet instant et pour toujours, elle était la plus belle créature sur laquelle il avait jamais posé les yeux.

— Je ne veux pas de leurs applaudissements, je veux seulement les vôtres…

Elle se releva sur un coude.

— Vous les avez, Alisdair. Toujours…

Il se tourna sur le côté.

— Dans ce cas, pourquoi perdons-nous un temps précieux ? Nous sommes seuls, et je suis venu jusque dans le Hampshire dans le seul but de vous embrasser. Mais d'abord, vous devez me promettre…

Elle posa un doigt sur ses lèvres pour qu'il arrête de parler. Puis elle caressa sa joue barbue.

— Je sais, et je vous le promettrai, dit-elle avec gravité, bien que ses yeux pétillent encore.

— Vous n'avez aucune idée de ce que je comptais vous demander, friponne !

Elle hocha la tête et pinça les lèvres pour réprimer un sourire avant de dire d'un ton monotone :

— Vous alliez me demander de m'abstenir d'embrasser des gentils-hommes autres que vous.

— Bon, oui, c'était ce que je comptais vous demander, mais…

— Une telle demande, vous en conviendrez, est extrêmement injuste.

— Ah oui ? demanda-t-il d'un air renfrogné.

— Bien sûr. Surtout après avoir affirmé que le manque d'expérience avant le mariage n'est pas une condition idéale pour un mari et une femme.

— Je n'ai rien dit de tel. Ce que je voulais dire, c'est que vous et moi…

— … devrions embrasser autant de personnes du sexe opposé que possible afin que, quand nous nous embrasserons, nous sachions exactement ce que nous faisons. Et puisque vous avez largement plus d'expérience, j'ai beaucoup de retard à rattraper si vous voulez que…

Elle ne put en dire davantage.

— Quelles sottises ! grommela-t-il avant d'écraser sa bouche sur la sienne, le reste de leur ridicule dispute oublié quand elle laissa sa bouche fondre contre la sienne le temps d'un long baiser luxurieux. Du retard à rattraper, oui, murmura-t-il quand ils reprirent leur souffle. Vos baisers sont parfaitement merveilleux, pas besoin d'expérience…

— Oh, mais j'embrasserais encore mieux si je pouvais embrasser autant de…

— Non ! Inutile. Plus besoin d'embrasser d'autres hommes, jamais. Rien que moi, diabolique créature. Ne prétendez pas croire que je voulais dire autre chose ! Et ne déformez pas mes propos, ajouta-t-il en boudant, faisant délicatement glisser sa grande main dans son dos étroit pour en atteindre le milieu. Vous vous débrouillez bien mieux que moi avec les mots, mais j'ai toujours pensé qu'il valait mieux montrer les choses que les dire, ajouta-t-il en se penchant pour embrasser son cou et s'y blottir, sa main venant se poser sur les jupons rassemblés au niveau de sa taille. Quel est ce parfum que vous portez ? Il y a de quoi rendre un homme… me rendre fou…

Elle gloussa puis frissonna, les doux poils de sa barbe lui chatouillant la gorge. Elle tourna dans ses bras pour se retrouver allongée sur les coussins, lui au-dessus d'elle.

— Benêt ! Mon savon. Mais plus probablement l'eau du lac, puisque je viens de m'y baigner.

— Aucun savon sur cette terre ne sent aussi bon, murmura-t-il, continuant à se délecter de son odeur, ses doux baisers descendant vers sa poitrine, pratiquement exposée dans son décolleté carré plongeant. Et si l'eau du lac a une odeur aussi enivrante, je suis prêt à me sacrifier aux dangers qui peuvent m'attendre dans ses profondeurs…

De ses doigts habiles, il entreprit de trouver et défaire les pattes qui reliaient le corsage aux jupons. Puis il fit doucement glisser le léger coton bordé de dentelle sur sa poitrine, permettant à sa bouche d'accéder au bout de ses seins. Il sourit pour lui-même quand il redécouvrit qu'elle ne portait pas de corset. Il avait oublié ce détail. Et quand il suçota l'un de ses tétons roses et sensibles avant de l'effleurer du bout de ses dents de façon aguichante, Rory poussa une exclamation de surprise et son dos se cambra de plaisir. Ses hanches commencèrent à onduler sous lui et elle agrippa fermement les manches de sa chemise, ce qui suffit à lui indiquer qu'elle appréciait beaucoup ce qu'il faisait et qu'elle ne voulait pas qu'il s'arrête.

Dans le feu de l'action, il autorisa sa main à descendre plus bas. Lentement, il remonta les nombreuses couches de ses jupons en coton, dévoilant ses pieds, ses chevilles, puis ses longues et fines jambes dans leurs bas. Ses jupons étaient remontés au-dessus de ses genoux, où ses bas en soie blancs étaient maintenus par de jolies jarretières en soie roses, et il laissa ses doigts s'aventurer sur l'une de ces jarretières, avant de remonter sur la peau soyeuse à l'intérieur de sa cuisse. Elle avait des jambes si longues, si galbées… Et soudain, elle se déroba. Sa délicieuse exploration prit fin en un clin d'œil et il se retrouva seul, appuyé sur ses coudes, désorienté et dans l'incompréhension.

# VINGT-DEUX

Rory se précipita loin de lui, vers la table, et baissa précipitamment ses jupons. Il fallait qu'elle couvre ses jambes, et surtout qu'elle cache ses pieds. Elle fit également de son mieux pour refermer son corsage grand ouvert sur sa poitrine ; elle se rendit seulement compte que les pattes avaient été habilement défaites. Comment était-elle censée les rattacher sans l'aide d'Edith ? Son comportement lui donnait l'impression d'être une idiote, d'autant plus quand des larmes de frustration commencèrent à lui piquer les yeux. Elle était submergée par des émotions contradictoires ; elle voulait qu'il continue à lui donner du plaisir, mais elle n'était pas prête à ce qu'il touche son pied. Ce qu'il n'avait d'ailleurs pas fait, et elle se demanda s'il l'avait délibérément évité. Ses caresses étaient si douces, ses baisers si passionnés qu'elle en voulait plus, et maintenant qu'elle l'avait fui, elle restait complètement sur sa faim, submergée par une sensation de vide déchirante.

Dair resta où il était, sur le sol en marbre, une longue jambe relevée, le temps que son ardeur se calme assez pour qu'il n'ait plus honte de lui-même. Puis il se redressa et observa Rory jusqu'à ce qu'il ne puisse plus supporter ses vaines tentatives pour attacher les pattes de son corsage toute seule. Il la rejoignit silencieusement près de la table et prit les choses en main. Au début, elle ne voulut pas de lui et le repoussa. Il insista, attrapa ses doigts avant qu'elle ne puisse de nouveau l'éloigner d'un petit coup, et appuya ses lèvres sur le dos de sa main ; ses épaules s'affaissèrent en signe d'approbation. Elle cessa de résister.

Quand le corsage fut attaché, il entreprit de ranger les coussins, ramassa le gobelet errant qu'il reposa sur la table et revint s'asseoir en face d'elle. Tout en se déplaçant dans le pavillon, il était bien conscient qu'elle semblait abattue, sa jolie tête penchée sur ses genoux où étaient posées ses mains, sûrement remplie de toutes sortes de réprimandes émotionnelles. Il se rappela qu'elle était encore jeune. Son expérience du monde se limitait à la maison de son grand-père et à quelques réceptions de la Société avec d'autres membres de sa famille, bien qu'éloignés. Elle était toujours accompagnée d'un chaperon, toujours entourée d'autres personnes quand elle n'était pas dans l'environnement familier de sa maison. Même chez elle, il était persuadé qu'on ne la laissait jamais seule avec un homme à l'exception de son grand-père et de son frère.

Et lui, il soulevait ses jupons dès que sa bonne avait le dos tourné ! Que devait-elle penser de lui ? Il savait précisément ce qu'en penserait son grand-père, et c'est pour cette raison qu'il était déterminé à lui parler le soir même. Cependant, il restait une pointe de doute qui prenait le pas sur sa détermination, une petite inquiétude tenace qu'il aurait dû considérer comme de la nervosité normale pour un homme qui s'apprêtait à prendre un chemin qui bouleverserait sa vie. Cette inquiétude persistait parce qu'elle l'accompagnait depuis aussi long-temps qu'il s'en souvenait ; au moins depuis qu'il avait découvert l'ori-gine du problème dans le mariage de ses parents. Il s'était opposé au mariage, en particulier à un mariage de convenance qui aurait pour seul objectif d'engendrer un héritier. Cette idée le répugnait. Il ne voulait pas d'une union sans amour, mais pour un homme de son statut, un mariage d'amour était sans doute une entreprise imprudente ?

Mais en regardant Rory, ce n'était plus ce qu'il pensait. Il le savait presque depuis leur première rencontre, même s'il avait essayé de ne pas envisager l'idée de destin et d'amour au premier baiser. Oh, mais ce deuxième baiser près du muret chez les Banks avait causé sa perte ! Il avait alors su qu'il ne pouvait pas revenir en arrière, que ses sentiments pour elle ne se limitaient pas à du simple désir. Mais ce qui l'avait le plus surpris, ce qui avait scellé sa détermination, c'était qu'elle voyait sous son masque, mais qu'elle restait à l'aise avec lui, peu importe le rôle qu'il jouait pour le reste du monde. Elle doutait moins de lui que lui-même. Avec elle, il n'y avait aucun artifice, aucune hésitation, et il n'avait pas à se demander si elle s'intéressait plus à son comté qu'à lui. Et au bout du compte, les valeurs qu'elle défendait et ses attentes chez un partenaire de vie correspondaient à ses propres valeurs et attentes.

Malgré tout, la pointe de doute perdurait, accentuée par la réaction qu'elle venait d'avoir à ses caresses. Il se rendait compte qu'il était allé trop vite. Mais si elle avait été aussi fervente que lui, aussi emportée par l'instant, elle ne se serait assurément pas éloignée ? Il redoutait l'éventualité qu'ils ne soient pas assortis. Et si l'expression physique de l'amour la répugnait ? Lors de son mariage, sa mère était jeune, innocente, et se pensait amoureuse, mais elle abhorrait tellement les relations sexuelles que c'était seulement son devoir de donner naissance à un héritier qui l'avait poussée à endurer le lit conjugal.

C'était ce que son père lui avait dit, pas de vive voix, d'homme à homme, mais dans une lettre envoyée quelques années plus tôt, quand Dair luttait pour son pays et pour sa vie de l'autre côté de l'Atlantique. Quelle révélation ! Elle aurait pu lui apporter un léger répit à la guerre sanglante s'il s'était agi d'un autre couple, si ce n'était pas le mariage de ses parents qui avait été mis à nu à l'encre noire. Son père n'avait pas blâmé la comtesse pour la faillite de leur mariage, il avait pointé du doigt son propre échec en tant que mari. Pour quelle raison, après toutes ces années, son père avait-il décidé d'avouer ses péchés ? Dair s'était posé la question, et il avait eu la réponse dans le paragraphe suivant. Son père était tombé amoureux et vivait ouvertement avec sa maîtresse, et cette maîtresse, cette Monica Drax, était son épouse en tout point sauf de nom, et ce, depuis plusieurs années.

Et puisque son père était amoureux, visiblement pour la première fois de sa vie, il portait soudain un grand fardeau de culpabilité et de honte pour la façon dont il avait traité celle qui était sa femme aux yeux de la loi et ses héritiers légitimes. Il avait été un mari épouvantable, et un père encore plus horrible. Il expliquait que, puisque Dair et son frère avaient été conçus par devoir et de la façon la plus méprisable qui soit (il n'était pas allé jusqu'à utiliser le mot « viol », mais Dair savait lire entre les lignes), il ne les avait pas aimés. Ils lui rappelaient que son mariage était dénué d'amour, représentant une prison dont il ne pouvait pas s'échapper, et qu'il était un monstre. Il demandait maintenant le pardon de ses fils. Un aveu similaire avait été envoyé à Charles.

Dès la ligne suivante, son père avait mentionné que l'amour de sa vie, cette Monica Drax, lui avait donné deux merveilleux enfants, des jumeaux. Barnaby et Bernadette étaient les deux enfants les plus précieux et parfaits à ses yeux. Et puisqu'il les aimait tant, il avait modifié son testament pour que cinquante pour cent de la fortune accumulée grâce à ses plantations sucrières reviennent aux enfants qu'il avait eus avec Monica Drax, l'autre moitié revenant à Dair. Il espérait que celui-ci remplirait son devoir auprès de son frère et de sa sœur en subvenant à leurs besoins avec cet héritage. Il était sûr que

Dair trouverait cet arrangement équitable. Après tout, il hériterait des revenus de ses domaines anglais, de son manoir jacobéen dans le Buckinghamshire, de la maison de ville et des divers loyers issus de ses propriétés londoniennes quand il lui succéderait en tant que comte de Strathsay. Par ailleurs, avait ajouté son père, ayant lui-même un fils illégitime, Dair pouvait difficilement s'y opposer, n'est-ce pas ?

Dair ne s'y était pas opposé. Mais il ne voulait recevoir aucun revenu issu des gains mal acquis de l'esclavage. En ce qui le concernait, les jumeaux Drax pouvaient tout récupérer.

Son père avait conclu sa missive révélatrice sur l'annonce qu'il ne reviendrait pas en Angleterre ; sa vie à la Barbade lui convenait parfaitement. Il avait écrit à ses avocats londoniens pour leur transmettre les ordres suivants : dès son mariage, Dair récupérerait les droits et les responsabilités sur les domaines anglais, et la gestion des revenus considérables confiés à Sa Grâce de Roxton lui reviendrait. Il souhaitait également pouvoir lui remettre sa couronne et son manteau d'hermine de comte.

Dair le souhaitait aussi. Il avait appris plus tard que Mary et Charles avaient tous les deux répondu à leur père. Il ne leur avait pas demandé ce qu'ils avaient répondu, ou s'ils lui avaient offert le pardon que leur père demandait. Il n'avait pas répondu. Il avait mis le feu à la lettre du bout de son cheroot et l'avait observée s'enrouler sur elle-même puis être réduite en cendres dans le feu de camp.

Il éloigna son méprisable père et sa dernière lettre de ses pensées, versa les dernières gouttes de poiré dans un gobelet qu'il posa devant Rory, et dit d'un ton aussi neutre que possible :

— Devrions-nous également boire le thé ? Ce serait dommage de ne pas toucher à la théière de ma cousine la duchesse…

Rory le regarda d'un air si désespéré que Dair dû faire appel à toute sa volonté pour rester immobile et ne pas se précipiter vers elle pour la prendre dans ses bras.

— J-je suis désolée, dit-elle d'une voix troublée avec un air morose. Vous devez penser que je suis terriblement puérile.

— Ce que je pense, c'est que vous ne vous êtes jamais retrouvée dans une telle situation, et vous avez été momentanément effrayée par l'inattendu. C'est tout à fait naturel.

— Vraiment ? Combien d'autres vierges faibles d'esprit avez-vous dû rassurer… Non ! Je n'aurais pas dû poser la question…

— Une seule. Lil. Et tout comme vous, elle n'est pas faible d'esprit. Mais je l'étais peut-être, et le suis encore. Nous étions tous les deux vierges quand nous nous sommes lancés dans notre idylle printanière. Depuis ? Aucune.

Elle fronça les sourcils et il sourit pour lui-même, ajoutant avec douceur :

— Vous disiez qu'il est important d'être sincère.

— Oui. En effet. Merci de me l'avoir dit.

— Mais bien sûr, la sincérité n'est pas moins blessante…

— Je ne suis pas blessée par cette information. J'aurais été surprise si vous m'aviez confié coucher avec des vierges. Et, pour être parfaitement honnête, dégoûtée. Je ne vous ai jamais pris pour un homme qui s'en prend aux innocentes pour le plaisir. Je suis toujours partie du principe que vous choisissiez des femmes qui savent ce qu'elles veulent et qui peuvent vous donner autant de plaisir que vous leur en donnez.

Il inclina la tête avec un sourire, mais n'ajouta rien de plus.

Rory serra fermement les mains sur ses genoux et s'obligea à le regarder dans les yeux.

— Je suis désolée, mais rien de tout cela ne me rassure, à l'heure actuelle.

— Rory, nous sommes ensemble dans cette situation. Vous n'avez pas à vous excuser. C'est moi qui suis en faute. J'aurais dû me rendre compte…

— Non ! Non ! Ne vous excusez pas pour *mon* comportement. Je voulais que vous m'embrassiez. Je voulais vous embrasser. Je veux que nous fassions l'amour. C'est juste que j-je ne veux pas… Je ne pense pas être prête à ce que vous…

— Rory, si vous n'êtes pas prête à ce que je vous touche *partout*, alors vous n'êtes pas prête à faire l'amour.

Le ton calme et mesuré de sa voix veloutée aurait dû la rassurer. Mais elle se sentit encore plus mal à l'aise et encore moins sûre d'elle. Il avait raison. Peut-être qu'elle n'était pas prête… Oh, mais il lui faisait ressentir tant de choses. La façon dont son corps réagissait à son toucher… Quand il l'embrassait, quand ses mains étaient sur sa peau, quand il suçotait sa poitrine… La palpitation entre ses jambes avait été presque insupportable, et maintenant cette sensation revenait à la simple idée de faire l'amour avec lui. Son visage s'enflamma d'embarras et elle but le poiré d'une traite, sans prendre conscience de son goût ou du fait qu'elle avait vidé le gobelet et l'avait reposé sans y penser.

Il avait peut-être raison. Elle avait besoin d'une tasse de thé, qui calmerait ses nerfs. Il valait mieux qu'ils parlent d'autre chose – n'importe quoi – le temps qu'elle trouve les bons mots pour s'expliquer… Puis elle se redressa soudain, comme frappée par une idée, et elle le regarda en plissant les yeux, les lèvres pincées en un sourire effronté. Comment en étaient-ils arrivés là ? Ils étaient en train de parler de sa peur de l'eau à lui et, par une espèce de supercherie, il avait réussi à détourner le sujet avant qu'elle n'ait pu conclure leur discussion de façon satisfaisante, sur une solution pour l'aider au mieux à surmonter ce pénible souvenir d'enfance.

Elle était persuadée de pouvoir l'aider, ne serait-ce que pour lui permettre de diriger un bateau sans qu'une activité aussi anodine le fasse angoisser. Elle sourit pour elle-même. Elle savait parfaitement où elle voulait le voir se rendre à la rame. Ce n'était pas très loin de la jetée. Un homme de sa force pourrait y arriver en quelques minutes seulement. C'était un endroit des plus magiques, un endroit où elle pouvait oublier ses propres défauts, et où elle s'était toujours imaginé faire l'amour pour la première fois : le temple sur Swan Island.

Son expression mutine laissa place à un sourire éblouissant quand elle formula son plan :

— Je peux vous aider à surmonter votre peur des eaux calmes, si vous m'y autorisez.

Dair afficha un sourire dubitatif.

Il était charmé par son assurance, et pas insensible à son don pour ramener leur conversation sur un épisode de son enfance qu'il évoquait toujours avec difficulté. Gêné de lui avoir avoué sa faiblesse – les soldats n'admettaient généralement aucune peur –, il prit un ton hautain.

— Laissez-moi deviner, dit-il d'une voix traînante. Vous comptez m'attirer sur la jetée et, quand j'aurai les yeux tournés, vous me pousserez dans l'eau en espérant que je sois instantanément guéri ?

Elle ne prêta pas attention à sa désinvolture.

— Si c'était aussi simple, je le ferais. Mais non. Promettez de me rejoindre à la jetée demain matin, je vous dirai alors ce que je propose.

— Nous pouvons peut-être nous aider mutuellement ? suggéra-t-il en tendant la main par-dessus la table.

Quand elle sourit timidement et attrapa ses doigts, il ajouta avec un sourire :

— Je serai là, mais vous devez venir sans votre ombre.

— Edith ? demanda Rory avant de pousser un petit soupir compatissant. Pauvre Edith. Elle a reçu l'ordre de ne jamais me laisser seule, ne serait-ce qu'une minute. Grand-père est devenu véritablement moyenâgeux depuis que vous avez frappé Mr. Watkins au visage. Il s'en remet, à propos, mais son nez ne sera plus jamais droit. Merci d'avoir pris de ses nouvelles.

Sa fossette apparut quand il rit bruyamment de son propre manque d'intérêt pour le sort du délicat appendice nasal de Watkins le Putois.

— Grasby a tout dit à grand-père, bien sûr, et maintenant grand-père est furieux contre Mr. Watkins. Oui. Je me disais que cela vous ferait plaisir. Mais ce n'est pas la peine de prendre votre air suffisant uniquement parce que personne ne vous a surpris en train de m'embrasser ! Je suis sûre que Grasby a des soupçons, mais ce n'est pas le genre de conversation qu'un frère a avec sa sœur.

— Merci pour l'avertissement.

— Oh, je ne vous avertissais pas. Vous pouvez prendre soin de vous-même, et Grasby vous pardonnerait tout. Vraiment. Il a pris votre parti, pas celui de Silla, après l'imbroglio de l'atelier de Romney, ce qui l'a rendue complètement farouche. Rien ni personne ne peut lui remonter le moral.

— Je ne suis pas surpris. Grasby n'aurait pas dû prendre parti. Et il devrait toujours rester loyal à sa femme.

— Je croyais que vous ne supportiez pas Silla… ?

— En effet. Mais je ne l'ai pas épousée. Grasby, si. C'est donc envers elle qu'il a des obligations, pas envers moi.

Rory l'observa un instant de ses yeux bleus perçants et formula ce qu'elle pensait :

— C'est intéressant que vous disiez cela maintenant. Je serais prête à parier cinquante livres que quand vous et mon frère êtes entrés par la fenêtre dans l'atelier de Romney, vous n'accordiez aucune importance au mariage de Grasby, ou au mariage de n'importe quel gentleman, à vrai dire…

Elle marqua une pause quand il secoua la tête en riant, puis reprit sur le même ton direct :

— Tout ce qui vous importait, c'était de vous donner en spectacle et de provoquer un terrible raffut, digne de l'encre des journalistes, au sein d'un groupe de danseuses qui hurlaient, à moitié nues.

Il esquissa un sourire pincé en haussant un sourcil, comme pour ponctuer son analyse d'un point d'exclamation. Elle avait visé en plein dans le mille, et il se demandait si elle se rendait compte que, si lui et Grasby n'étaient pas entrés par cette fenêtre, ils ne seraient pas en train d'avoir cette conversation. Croyait-il au destin ? Avant cette nuit-là, il aurait rejeté cette idée saugrenue. Il n'était plus aussi dédaigneux, surtout depuis que Miss Aurora Talbot l'avait poussé à remettre en question sa vision du monde, qu'il voyait à présent d'un œil neuf. C'était comme si on avait étalé sa vie, telle une goutte de sang, sur l'un des petits morceaux de verre de Jamie et qu'on avait ensuite glissé cette lame sous la lentille d'un microscope pour un examen approfondi. Comme s'il avait regardé dans l'oculaire du cadeau d'anniversaire de son fils et en avait ajusté la lentille, faisant apparaître un monde tout nouveau, un monde inconnu qu'il n'aurait jamais cru possible. Cette découverte l'enchantait autant qu'elle l'alarmait.

Rory avait le même effet sur lui. Sa présence mettait sa vie en relief. Elle faisait battre son cœur un peu trop fort, l'emplissait de désir. Il n'était pas adepte des pensées profondes ou de la cogitation, mais il était certain que la jeune femme assise en face de lui, un éclat triomphant dans les yeux, avait changé sa vision du monde de façon irréversible. Il n'y avait personne d'autre avec qui il souhaitait partager sa vie.

— Parier ? parvint-il à demander calmement. Attention, Rory. Avez-vous oublié ce qui fait ma réputation ?

— Pas du tout, dit-elle en riant. Et je vous conseille de ne pas accepter ce défi, car vous perdriez !

— Oui. Je perdrais.

— Je ne comprends pas pourquoi grand-père pense que ma vertu a besoin d'être protégée *maintenant*, palabra-t-elle, car il la regardait attentivement d'un air nouveau qui la perturbait. Il y a deux mois, il n'a pas hésité à me laisser sans surveillance avec Mr. Pleasant dans la serre, pendant tout un après-midi. Il n'y avait même pas Crawford... Il est vrai que Cedric m'aidait à préparer des pots d'ananas pour les planter dans des bacs de tan. (Elle pencha la tête sur le côté avec un grand sourire et en plissant son petit nez.) J'imagine que grand-père s'est dit que le fait d'avoir du crottin de cheval jusqu'aux coudes n'était pas propice à un intermède romantique.

— Cela ne m'aurait pas empêché de vous embrasser.

— C'est à votre tour de jouer les romantiques ! le taquina-t-elle.

— Le crottin a-t-il freiné Cedric ?

Le ton sérieux de sa question la surprit. Elle était incrédule.

— Ne soyez pas bête, Alisdair ! Mr. Pleasant, m'embrasser, moi ? Moi, l'embrasser, lui ? (Elle frissonna légèrement.) Cedric est un amour, mais je le vois plutôt comme un deuxième frère.

— Je suis sûr que ce n'est pas comme une sœur qu'il vous voit ; d'ailleurs, il en a déjà huit.

Rory n'avait pas eu conscience des sentiments de Mr. Cedric Pleasant pour elle, ce qui s'entendit à sa voix tandis qu'elle se déplaçait sur les coussins pour rejoindre le bout de la table, où la théière était posée sur son support, une bougie allumée en dessous permettant de maintenir l'eau à l'intérieur à bonne température.

— Vraiment ? C'est étrange, je ne l'avais jamais envisagé... (Sa fossette apparut.) En revanche, vous, je ne vous ai jamais considéré comme un frère… Restez assis, je vous prie, et permettez-moi, ordonna-t-elle quand il se releva du coussin pour l'aider.

Il avait été résolu à soulever la théière de son support pour elle, une tâche normalement exécutée par un majordome ou un valet de pied à cause de la lourdeur de l'argent, surtout quand la théière était remplie d'eau chaude. Mais il obéit et se rassit sur le coussin.

— Je n'ai peut-être pas la même force dans mes deux jambes, mais j'ai des bras et des poignets puissants grâce à la nage, que ce soit à la maison, dans la Tamise, ou ici dans le lac, lui dit Rory en plaçant trois tasses en porcelaine de Sèvres sur leurs soucoupes. Grand-père a insisté pour que j'apprenne dès mon plus jeune âge, déterminé à ce que je renforce mon corps et donne tort aux médecins. Je ne supporte pas les longues promenades ou la danse et, bien que j'utilise une selle d'amazone, ma cheville n'apprécie pas les longs trajets à cheval. Mais nager…

Elle souleva la théière en argent et versa du thé dans chaque tasse d'un geste expert, sans en renverser une seule goutte, avant de reposer la théière sur son support.

— … j'adore cela ! J'aimerais pouvoir nager toute l'année.

Elle utilisa ensuite les pinces en argent pour attraper un petit morceau de sucre dans le sucrier en porcelaine de la même couleur et aux mêmes motifs que le service à thé, puis le laissa tomber dans l'une des tasses. Elle posa une cuillère en argent sur la soucoupe et resta sur place un instant en tenant la tasse et en souriant à Dair.

— Quand j'étais petite, je voulais désespérément être un oiseau pour voler en toute liberté. J'avais remarqué que les oiseaux qui avaient une patte cassée ou une seule patte pouvaient quand même s'envoler très haut dans les airs. Mais nager, c'est presque aussi bien que voler. Quand je suis dans l'eau, je me sens libre et-et *gracieuse*…

Elle partit d'un rire cristallin, haussa les épaules et reprit d'un ton taquin :

— Peut-être suis-je une sirène, après tout ? Peut-être que quand je suis dans l'eau, mes jambes se transforment en une longue queue de poisson. Il vous faudra attendre demain matin pour le découvrir par vous-même. Non, Edith. Restez où vous êtes, je vous prie. Je vais vous apporter votre thé. Vous avez l'air d'être revenue de la maison en courant et, par cette chaleur, il vous faut un remontant.

Dair tourna brusquement la tête, tout aussi surpris de voir la bonne de Rory qu'Edith était surprise d'avoir été remarquée par sa jeune maîtresse.

La maison douairière était une vraie fourmilière à l'arrivée d'Edith. Les domestiques s'affairaient d'une pièce à l'autre, les bras chargés de linge, de plateaux d'argenterie et de verres polis, de seaux d'eau qu'ils montaient sans relâche à l'étage et de bois à brûler qu'ils plaçaient dans toutes les cheminées, prêtes pour la fraîcheur de la soirée, bien que cela semble inutile vu la chaleur étouffante inhabituelle de la dernière semaine, qui perdurait jour et nuit. La grande cuisine était embaumée d'un mélange d'odeurs délicieuses : pâtisseries, pains, et agneau rôti qui tournait sur la broche. Le chef français criait des obscénités dans sa langue maternelle à ses deux assistants débordés ; Edith était persuadée que ses mots ne convenaient pas aux oreilles d'une femme, car pour quelle autre raison aurait-il hurlé en français ? Personne n'avait une minute à accorder à Edith, une domestique du Gatehouse Lodge, une intruse qui les gênait alors que leur illustre maîtresse rentrait à la maison.

Edith suivit un groupe de domestiques de haut statut à la porte d'entrée grande ouverte et se plaça sous le portique juste à temps pour voir un imposant carrosse de voyage, ses portes noires laquées recouvertes de poussière et tiré par six gris à présent épuisés, s'arrêter dans l'allée de gravier circulaire. Quatre éclaireurs en livrée qui avaient accompagné le carrosse descendirent de cheval et enlevèrent leurs gants d'équitation tandis que des garçons d'écurie se précipitaient vers leurs chevaux. Un deuxième carrosse suivit, avec deux éclaireurs supplémentaires. Ce carrosse-là était presque aussi splendide que le premier, mais il croulait sous le poids des bagages, sanglés sur le toit et empilés à l'intérieur, si haut que les boîtes à chapeau et les paquets montaient jusqu'en haut d'une fenêtre. Quatre domestiques entassés à l'intérieur en sortirent, secouèrent leurs jupons froissés ou les basques de leur redingote et rentrèrent immédiatement dans la maison, laissant la passagère du plus gros carrosse être prise en charge par sa dame d'honneur, qui avait fait le voyage avec sa maîtresse. C'était aussi le cas de deux whippets fougueux, l'un noir et l'autre blanc et feu, pris en main par un valet de pied qui accrocha des laisses à leurs colliers décorés de diamants et les éloigna.

Edith savait qu'elle avait laissé Rory seule avec le beau commandant, mais elle ne pouvait pas partir tant qu'elle n'avait pas vu la maîtresse de maison, la duchesse de Kinross, une aristocrate qu'elle ne connaissait que de réputation, et en raison de sa relation éloignée avec sa jeune maîtresse. Elle ne fut pas déçue.

Elle crut d'abord que la lady élégamment vêtue d'une robe en brocart et à la coiffure relevée était la duchesse, mais elle se rendit compte que cette femme était trop jeune, et pas assez jolie. On disait de la duchesse qu'elle était d'une beauté à couper le souffle, un régal pour les yeux, et que c'était une duchesse dans tous les sens du terme. Il devait s'agir de sa dame d'honneur, ce qui fut confirmé quand la femme se plaça d'un côté des marches du carrosse, où plusieurs domestiques de haut statut, de l'intendante au majordome en passant par ceux qui étaient assez privilégiés pour avoir accès aux appartements privés de la duchesse, s'étaient alignés pour saluer leur maîtresse.

Un valet de pied tendit sa main gantée devant la porte ouverte du carrosse et une créature semblable à une fée qui faisait à peine plus d'un mètre cinquante apparut sur la plus haute marche. Ses cheveux, d'un blond éclatant, avaient été dégagés de son doux visage qui demeurait sublime. La plupart de ses lourdes boucles retombaient sur ses épaules et dans son dos ; elles étaient relevées par des rubans en satin assortis à sa robe à la française en soie d'un vert délicat et aux jupons en dentelle. Son corsage en soie assorti était orné de dentelle délicate et mettait en évidence un magnifique décolleté où était niché un collier baroque à trois rangées de perles et de diamants. Ses bras graciles étaient parés de bracelets en or et une paire de mules en soie brodées était tout juste visible sous l'ourlet de sa robe. Edith était plus que satisfaite d'avoir réussi à apercevoir une duchesse ce jour-là, et que cette duchesse en particulier soit à la hauteur de ses attentes. Elle essaya d'assimiler tous les détails de sa personne, de ses yeux en forme inhabituelle d'amande aux jolis rubans en soie dans ses cheveux, jusqu'à la dentelle de ses jupons, semblable à de la porcelaine de Dresden, persuadée qu'elle n'aurait plus jamais une telle opportunité.

Puis, comme par magie, le classement soigneux de ces souvenirs s'évapora à l'instant où la duchesse posa une chaussure coûteuse sur la terre ferme. Elle prit soudain vie, et elle était fascinante. Elle souleva ses délicats jupons à pleines mains, glissa vers les domestiques et déclara, non en anglais mais en français, qu'elle était heureuse d'être de retour dans le Hampshire. Agitant un éventail délicat, faisant remarquer que la chaleur était insupportable à cette période de l'année, elle s'adressa à chaque domestique, posant des questions et écoutant attentivement chaque réponse. Quand elle atteignit le bout de la rangée, où se tenaient l'intendante qui fit une révérence et le majordome qui inclina la tête, la duchesse prit la main de l'un puis de l'autre et discuta à voix basse avec eux pendant trois ou quatre minutes ; l'intendante chassa une larme de son œil. Puis la duchesse disparut à l'intérieur. Sa dame d'honneur et le reste des domestiques l'y suivirent, tous souriants sans exception, laissant Edith, qui s'était cachée derrière une horloge à pendule, muette d'admiration. Elle avait eu le privilège d'être aussi proche d'une aristocrate du plus haut rang et à la beauté éblouissante, ce qui avait peu de chance de se reproduire dans sa vie, et elle fit le serment de ne jamais oublier le retour à la maison d'Antonia, duchesse de Kinross.

Edith avait monté l'escalier du pavillon en haletant, et en ajustant les épingles de ses cheveux ébouriffés, après avoir couru presque tout le long du chemin sinueux depuis la grande maison. Elle était en retard, mais revenait avec plusieurs nouvelles. Elle les oublia cependant, ainsi que le message qu'elle devait transmettre au commandant, confié par un valet de pied à son départ de la maison, tant elle fut surprise qu'on lui offre une tasse de thé. La tête encore pleine d'images de l'arrivée de la duchesse de Kinross, elle oublia également le « merci » requis. Son état de préoccupation confuse fut aggravé quand elle aperçut Rory se déplacer dans le pavillon dans ses bas et sans sa canne. En l'absence de ses chaussures spéciales et d'une canne sur laquelle s'appuyer, sa démarche gauche était on ne peut plus prononcée. Cette circonstance en elle-même n'était pas surprenante pour Edith, qui s'occupait de sa maîtresse depuis l'adolescence de celle-ci. Ce qui la surprenait, c'était que Rory laisse le commandant la voir dans son état le plus vulnérable, une situation qu'elle évitait à tout prix, même avec les membres de sa famille.

Docilement, Edith accepta la tasse de thé et rejoignit le banc en marbre entre deux larges colonnes sur lequel était posée sa broderie. Elle remua le morceau de sucre jusqu'à ce qu'il se dissolve et prit une gorgée du thé foncé et sucré, reconnaissante pour cette boisson chaude, tout en gardant un œil circonspect sur sa maîtresse.

Rory revint à table et manipula le nécessaire à thé. Elle plaça une tasse de thé, le pot à lait et le sucrier devant le commandant, et posa la tasse de thé restante à sa place, mais elle ne s'assit pas immédiatement. Elle savait ce qu'elle faisait. Elle savait que les yeux de Dair étaient restés rivés sur elle quand elle bavardait de selle d'amazone, de voler comme un oiseau et de nager comme une sirène. Elle peinait à croire qu'elle palabrait telle une péronnelle. C'était la nervosité, purement et simplement. Elle savait aussi qu'il ne l'avait pas quittée des yeux quand elle avait versé le thé et apporté une tasse à sa bonne de l'autre côté du pavillon. Il s'agissait d'un éclair de génie de dernière minute. Du coin de l'œil, elle avait vu Edith monter l'escalier et s'arrêter sur la dernière marche pour reprendre son souffle. Lui apporter une tasse de thé lui donnait une raison de traverser le pavillon sans chaussures et sans canne. Elle n'était pas inquiète à l'idée de renverser du thé, de trébucher ou de se rendre ridicule dans ce sens-là. Elle se déplaçait volontiers sans chaussures dans ses appartements ou dans le jardin pendant l'été, si elle était toute seule.

Ce qui l'emplissait d'inquiétude, ce qui la rendait nerveuse, c'était de dévoiler à Dair la Rory que personne ne voyait. La Rory boiteuse, au pied droit tordu et à la démarche inégale. Celle qui adorait les robes brodées en soie et en satin et toutes les frivolités féminines qui accompagnaient une tenue, et qui pouvait se convaincre, quand elle se tenait devant un miroir en pied, que les hommes la trouveraient attirante. Ou en tout cas, jusqu'à ce qu'elle fasse un pas pour s'éloigner de son reflet. Son pied droit ne suivait pas son pied gauche, refusant d'aller vers l'avant ou de se poser à plat. Il était tourné vers l'intérieur et le poids était sur la plante de son pied, ce qui comprimait ses orteils et la faisait boiter. Elle essayait de reprocher à ses sous-vêtements ou bien à ses robes en soie brodées à paillettes d'exagérer sa claudication, mais en vérité, rien ne changeait quand elle ne portait plus que sa chemise ou sa tenue de nuit. Elle marcherait toujours ainsi. Elle ne pouvait pas échapper à cette brutale évidence physique : lors de ses déplacements sur la terre ferme, elle ne serait jamais gracieuse, élégante ou agréable à regarder.

Elle se consola légèrement en se disant qu'en ce jour, elle était vêtue d'une simple robe en mousseline crème, sans corset, et que ses cheveux retombaient dans son dos en une masse désordonnée et trempée. Il détacherait peut-être ses yeux de sa démarche pour critiquer sa tenue simple et sa chevelure semblable à un nid d'oiseau.

C'était l'occasion rêvée pour changer d'avis, s'il ne voulait plus faire l'amour avec elle.

Elle prit une profonde inspiration, le sang lui battant si fort dans les oreilles qu'elle avait l'impression de devenir sourde, et se tourna enfin vers lui. Et ce qu'elle vit, ou plutôt ce qu'elle ne vit pas, ne la réconforta absolument pas. Elle était incapable d'analyser sa réaction. Elle n'avait jamais rencontré une émotion comme celle qui se reflétait dans ses yeux. Elle soutint son regard et, à chaque seconde qui passait, la chaleur de sa gorge et de ses joues s'intensifiait. Elle refusait de prendre la parole, attendant qu'il le fasse. Elle attendait qu'il fasse avancer le temps, dans la direction de son choix.

Quand il s'exécuta, ce fut d'une façon tout à fait inattendue. Tellement inattendue que la tasse de thé que tenait Edith glissa de ses mains. Le thé noir brûlant éclaboussa et tacha l'ourlet de sa robe et la tasse se fracassa sur le marbre, volant en une centaine de minuscules éclats sur le sol du pavillon.

# VINGT-TROIS

Dair savait ce qu'elle essayait de faire, et il ne l'entendait pas de cette oreille. Il n'était pas adepte de la lecture, certes, mais cela ne l'empêchait pas de pouvoir lire les émotions et les intentions des gens. Si elle espérait, avec cette mise en scène, le repousser, amoindrir sa détermination ou lui faire prendre conscience qu'elle ne le méritait pas, c'était qu'elle ne le connaissait pas du tout. Mais il soupçonnait que c'était son manque d'assurance qui la poussait à faire étalage de sa faiblesse physique aussi ouvertement. Et cela avait dû énormément lui coûter. Depuis qu'il l'avait attrapée dans ses bras et qu'ils étaient tombés de l'estrade dans l'atelier de Romney huit semaines plus tôt (était-ce seulement huit semaines plus tôt ?), elle ne s'était déplacée devant lui qu'avec l'aide de sa canne.

Il était un peu blessé qu'elle ait besoin de mettre ainsi sa sincérité à l'épreuve ; qu'elle craigne au fond d'elle qu'il soit superficiel, qu'il puisse ne pas la désirer, l'estimer, l'aimer, à cause d'un minuscule défaut de la création de Dieu. Une fois encore, il se dit que cela venait de sa jeunesse et de son manque d'expérience. Son grand-père l'avait couvée, ce qui n'était pas une si mauvaise chose. Seul le temps l'aiderait à ne plus douter d'elle-même et à renforcer sa confiance en elle, et elle verrait alors à quel point elle était belle à l'intérieur comme à l'extérieur. Et il comptait bien passer ce temps auprès d'elle, maudit soit ce soupçon de crainte. Il savait, au plus profond de son cœur, qu'ils étaient compatibles dans tous les sens du terme. Si cette promenade dans le pavillon lui avait appris quelque chose, c'était qu'il devait se remettre en question et qu'il avait laissé le mariage dénué d'amour de ses parents et l'amertume ignoble de son père déterminer sa propre vision du monde pendant bien trop longtemps.

Il avait sous les yeux une jeune femme qui, indépendamment de sa volonté, vivait chaque journée avec une infirmité. Elle n'avait aucun contrôle dessus, mais ne la laissait pas prendre la main sur sa vision du monde. Elle n'était pas amère. Elle ne rejetait pas la faute sur les autres. Elle était joyeuse et pleine d'optimisme. Il avait besoin de cela dans sa vie. Il avait besoin d'elle dans sa vie.

Il la rejoignit près du support pour la théière.

Il ne savait pas trop comment se comporter à un tournant aussi capital de leurs vies. Il était aussi nerveux qu'elle était hésitante. Il était d'ailleurs tellement nerveux qu'il en avait des picotements dans la nuque. Pendant un instant, il crut qu'il allait perdre connaissance. Pourquoi le temps ralentissait-il dans ce genre de moment qui pouvait bouleverser toute une vie ? Il se passait la même chose à l'instant où le joueur de tambour de l'infanterie posait ses baguettes sur la membrane et commençait à battre la mesure, ou quand le trompettiste jouait du bugle, indiquant qu'il fallait lancer l'assaut. Un sentiment de terreur, teinté du soulagement d'en finir et de l'envie de s'en sortir pour vivre un jour de plus, le faisait partir à plein galop. Mais alors qu'il avait de nombreuses fois chargé l'ennemi sur sa monture, il n'avait jamais fait ceci et savait qu'il ne le referait jamais.

Ce fut seulement plus tard ce soir-là, quand il se retrouva nu sous un drap dans son grand lit à baldaquin, la fenêtre grande ouverte pour laisser entrer la brise fraîche, les deux mains sous la tête et un sourire aux lèvres dans l'obscurité, qu'il se souvint de ce qu'il lui avait dit, et de ce qu'elle lui avait répondu.

Il prit les mains de Rory, sourit en la regardant dans les yeux, et l'embrassa délicatement sur le front. Puis il lâcha sa main droite et, tenant toujours la gauche, il mit un genou à terre. Il leva les yeux vers elle et se contenta de sourire pendant un instant. Il voyait à son expression qu'elle n'avait aucune idée de ses intentions, ce qui apaisa assez ses nerfs pour lui permettre de dire d'une voix mesurée :

— Rory, je vous aime. Voulez-vous... voulez-vous... Miss Aurora Talbot, accepteriez-vous de m'épouser ?

Elle se contenta de le regarder en battant des paupières, comme s'il s'était exprimé dans une langue étrangère que lui seul connaissait, et de passer une main sur sa joue barbue ; il afficha un sourire nerveux et tourna la tête dans sa main pour en embrasser la paume. Pour la deuxième fois, il fut reconnaissant d'avoir laissé pousser sa barbe, car il savait qu'il s'était empourpré. Il se releva sans lâcher sa main.

— Rory, je veux que vous m'épousiez… Je n'ai jamais rien désiré dans la vie comme je désire vous voir devenir ma femme, mais… mais seulement si vous voulez…

Les yeux bleus de Rory s'écarquillèrent. Elle plaqua une main sur son sourire, comme si elle était incrédule et choquée de sa proposition. Puis elle se mit à rire et pleurer en même temps. Elle partit dans une série de petits hochements de tête, ce qui suffit à Dair comme signe qu'elle acceptait. Lorsqu'elle se jeta à son cou, il la serra fort contre lui et la joignit dans son hilarité. Elle s'agrippa à lui et murmura qu'elle l'aimait aussi et que rien ne la rendrait plus heureuse que de devenir sa femme. Ils restèrent ainsi, joyeux et rassurés, leurs corps parcourus de frissons de soulagement, jusqu'à ce qu'ils soient séparés contre leur volonté, quand Edith fit tomber sa tasse de thé qui vola en éclats sur le sol en marbre.

Après cela, tout s'accéléra, se déroula trop vite pour qu'il se souvienne de toutes les promesses et de tous les mots échangés. Il avait l'impression qu'en un battement de paupières, il avait fait sa demande, qui avait été acceptée, avant d'observer sa nouvelle promise retourner au Gatehouse Lodge avec sa bonne, à bord de la carriole tirée par un poney. Il se souvenait de deux choses : ils s'étaient mis d'accord pour que leurs fiançailles restent entre eux tant que Dair n'en avait pas officiellement parlé à Lord Shrewsbury, et il la rejoindrait à la jetée le lendemain matin pour la mener en barque jusqu'à Swan Island. Alors qu'il sentait le sommeil l'emporter, il n'aurait pas su dire laquelle des deux le terrifiait le plus.

Il arriva à la jetée en bras de chemise, tenant sa légère redingote en lin sur son épaule. Rory l'attendait.

Il était en retard.

Il s'était levé tôt, comme il en avait pris l'habitude depuis l'armée, et avait pris le petit-déjeuner dans ses appartements pour écrire trois lettres : une à son père ; une aux banquiers de son père ; et une à son frère Charles. Les trois lettres informaient leurs destinataires respectifs de ses fiançailles. Il savait que les deux premières seraient envoyées sans passer par le bureau de poste secret de Shrewsbury, où on ouvrait toutes les lettres suspectes, qui étaient lues avant d'être habilement refermées ; en général, le destinataire n'était pas au courant de cette intrusion. Mais sa lettre à Charles, un traître notoire, atterrirait dans le bureau de poste secret. Le sceau en cire, sur lequel il avait apposé les armoiries des Fitz-stuart grâce à sa chevalière en or, serait habilement retiré, et chaque détail de la lettre serait attentivement examiné. C'était pour cette raison qu'il l'avait écrite en utilisant le code secret dont s'était servi son frère pour transmettre des informations vitales aux rebelles américains, par le biais des Français, sur les effectifs des troupes anglaises et leur déploiement.

Sa lettre ne contenait aucuns propos traîtres ou intéressants pour les services secrets. Il informait simplement son frère de ses fiançailles et lui disait que, si les circonstances avaient été différentes, il aurait sincère-ment souhaité que Charles assiste à son mariage. Il espérait que son frère et sa nouvelle femme s'étaient bien installés dans leur vie pari-sienne, ils recevraient bientôt un cadeau de mariage de sa part. Il avait terminé sur la certitude qu'un jour, dans un futur pas trop éloigné, ils seraient réunis.

Bien que le contenu de la lettre soit inoffensif et sans intention de trahison, il savait que l'agent double au sein des services secrets de Shrewsbury ne pourrait pas risquer que cette lettre ne cache pas une information vitale à l'effort de guerre américain. Pour quelle autre raison est-ce que le commandait écrirait à son frère, et en utilisant un code ? Dair espérait que sa mention d'un cadeau de mariage serait vue comme un code pour parler des mouvements de l'armée anglaise en Amérique du Nord. Il s'agissait d'une ruse, et il était prêt à parier son futur héritage que le traître s'assurerait que la lettre arrive à destination sans que personne au sein de la poste secrète, en particulier Shrewsbury, apprenne son existence. Il n'avait plus qu'à installer le piège et attendre que le traître marche dessus, ou plutôt trébuche.

Il était certain que le traître était William Watkins. Mais ce ne serait pas facile à prouver, et il craignait que son piège ne se déclenche pas assez rapidement pour éviter l'entretien à venir avec sa cousine la duchesse. Son contact au Portugal n'allait pas attendre indéfiniment, il était donc vital que l'identité de cet homme soit confirmée, et seule la duchesse en était capable. Ensuite, le gentleman pourrait revenir en Angleterre en toute sécurité et il obtiendrait l'immunité en échange de preuves et du nom du traître dans les rangs de Shrewsbury. Il oublia l'entretien, William Watkins et le gentleman qui patientait dans une taverne de Lisbonne quand il aperçut Rory sur la jetée ; il allongea le pas.

Ses pieds n'étaient recouverts que de ses bas et l'ourlet de ses légers jupons en coton perlé effleurait juste ses chevilles. Elle portait une veste assortie, courte et échancrée, lacée sur le devant, et un léger châle en gaze était drapé sur ses épaules et croisé sur sa poitrine par souci de décence. Ses cheveux clairs étaient relâchés et retombaient sur l'une de ses épaules en une longue et épaisse tresse qui descendait jusqu'à sa taille et était attachée par un ruban en soie rose. De ses deux mains, elle agrippait la poignée incurvée d'un panier en osier, dans lequel une grosse miche de pain dépassait de sous un tissu en lin. Il y avait un autre panier, plus grand et plus lourd, près d'une échelle qui descendait de la jetée et retombait dans l'eau, où un esquif était amarré.

Quand elle aperçut Dair avancer à grandes enjambées sur la pelouse, elle posa le panier à ses pieds, où se trouvait sa canne à côté des chaussures qu'elle avait enlevées, et lui adressa de grands gestes frénétiques. Il lui répondit d'un geste similaire de la main et, la voyant aussi enthousiaste, son visage se fendit d'un grand sourire. Il était tellement impatient de passer la journée avec elle qu'il en avait oublié sa nervosité à l'idée d'embarquer dans un esquif sur un lac paisible. Il était déterminé à traverser le lac à la rame et à atteindre Swan Island pour elle, maudits soient ses terrifiants souvenirs d'enfance. Et comme il se sentait plus charitable envers le monde depuis qu'elle avait accepté sa demande en mariage, il était même prêt à accepter sereinement que la bonne de Rory leur serve de chaperon pendant leur aventure. Il fut donc surpris quand il jeta un coup d'œil hésitant par-dessus le rebord de la jetée et découvrit que l'esquif était vide.

— Edith est alitée à cause d'une migraine, elle ne peut pas se joindre à nous, lui dit Rory d'un ton neutre et sans l'ombre d'un sourire, ce qui le poussa presque à la croire. Et je n'ai pas eu à mentir à grand-père, car il est parti de la maison bien avant moi. Il a une affaire à régler avec le duc. Mais j'ai dit à Ernest, le majordome de grand-père, que je prenais la carriole pour aller voir ma marraine… Ce qui n'était qu'un demi-mensonge, puisque je suis passée à la maison douairière avant de venir ici, pour récupérer ces provisions. Le principal, c'est que je n'ai pas menti, ajouta-t-elle en réprimant un sourire et sans pouvoir le regarder quand Dair haussa un sourcil interrogateur.

Dair jeta un coup d'œil sous le tissu qui couvrait le panier en osier aux pieds de Rory, puis dans celui posé près du bollard. Ils étaient tous les deux remplis d'assez de provisions pour nourrir quatre personnes. Il posa sa redingote sur le dessus du bollard.

— Partons-nous longtemps ? Aurais-je dû laisser une note ?

— Benêt ! Je me suis simplement dit… après avoir tant ramé… vous… *les hommes* ont besoin de se sustenter après un effort physique…

Dair ne releva pas son explication confuse et ses joues rouges d'embarras. Il dit d'un ton détaché, tout en retroussant ses manches jusqu'aux coudes :

— Que vous êtes attentionnée et maligne d'avoir obtenu un tel festin avec des demi-vérités.

Elle était très fière d'elle-même.

— Pierre n'y a accordé aucune importance, à vrai dire, car la nourriture du Gatehouse Lodge vient des jardins de la maison douairière. Ils fournissent également notre pain et nos pâtisseries. Il s'est montré très obligeant, et il était heureux que le repas préparé pour la duchesse ne soit pas gâché. Il a même proposé que deux garçons de cuisine chargent les paniers et le nécessaire de voyage dans l'esquif. (Elle fronça soudain les sourcils.) Vous avez dîné seul hier soir, et non avec ma marraine ?

— Elle n'est pas descendue, elle est restée dans ses appartements. Je dois souper avec elle ce soir, si elle est assez en forme. Et ensuite, j'ai rendez-vous avec Lord Shrewsbury.

— C'est étrange qu'elle soit malade. J'espère que ce n'est rien de grave. (Elle releva les yeux vers lui avec un sourire hésitant.) Vous... vous allez parler à grand-père aujourd'hui ? Il devrait revenir après dîner.

Il sourit pour lui-même en entendant l'hésitation dans sa voix et lui donna une petite chiquenaude sous le menton.

— Ma belle, vous êtes rongée par le doute ! J'imagine qu'en vous réveillant ce matin, vous avez instantanément pensé avoir rêvé ma demande en mariage ?

Rory poussa une exclamation de surprise.

— Oh ! Comment l'avez-vous su ?

Il éclata de rire et secoua la tête.

— Oh, mon délice, votre candeur m'emplit de joie ! Ou bien, ajouta-t-il en affectant une moue, devrais-je être offensé que vous me voyiez comme un monstre volage ?

Soudain timide, elle secoua la tête. Elle voulut soulever le plus léger des deux paniers, mais il le fit rapidement à sa place. Il la suivit sur la jetée, jusqu'à l'échelle.

— Non. Mais je suis certaine que de nombreuses jeunes femmes et leurs mères entremetteuses espéreront qu'il ne s'agissait que d'un rêve quand elles apprendront que le commandant Lord Fitzstuart, qui a de quoi faire tomber les dames en pâmoison, est fiancé, à moi qui plus est, de toutes les jeunes femmes qui paradent devant vous chaque Saison.

— Qui paradent devant moi ? Je m'en suis à peine rendu compte. Vous vous sous-estimez, Rory. Ai-je de quoi faire tomber les dames en pâmoison ? demanda-t-il en penchant la tête sur le côté après avoir posé le panier.

— En doutez-vous ? Ne me croyez-vous pas quand je vous dis que, chaque fois que vous entrez dans une pièce, le cœur des femmes… Oh ! Vous êtes vraiment un monstre ! s'exclama-t-elle quand il lui adressa un grand sourire et un clin d'œil. Vous vous moquez encore de moi !

Mais son sourire disparut quand il regarda par-dessus le rebord de la jetée, vers l'esquif.

— J'imagine que vous voulez que ces paniers et moi rejoignions ce bateau ?

— Oui. Je vais vous les passer… Sauf si vous préférez que je descende en premier, et vous pourrez alors me les donner ?

Il posa le panier à ses pieds, récupéra sa redingote sur le bollard et fouilla au fond d'une poche. Quand il eut trouvé ce qu'il cherchait, il prit quelque chose dans une petite boîte en velours, rangea la boîte vide dans sa poche et posa sa redingote sur le plus grand panier. Rory se demandait s'il retardait l'inévitable et s'apprêtait à mettre son plan en action quand il lui demanda de tendre la main droite. Il se racla la gorge et dit, après avoir inspiré profondément et retrouvé une respiration apaisée :

— Avant que je ne me ridiculise, m'évanouisse, tombe de cette maudite jetée et me noie, je veux que vous ayez ceci.

Il fit glisser un fin anneau en or paré d'un saphir lavande octogonal sur son annulaire. Il fit pivoter la bague pour vérifier qu'elle lui allait et constata avec soulagement que, malgré ses doigts graciles et leurs jointures tout aussi fines, la bague lui allait parfaitement et ne pouvait pas glisser de son doigt.

— Mon père l'a donnée à ma mère quand je suis né, pour fêter le fait qu'elle lui avait donné un héritier. Elle ne l'a jamais portée et me l'a donnée à mon vingt-et-unième anniversaire pour que je l'offre à ma promise. Maintenant, ajouta-t-il avec un sourire en coin, à votre réveil, vous aurez une preuve tangible que nos fiançailles ne sont pas un rêve. Et la preuve, ajouta-t-il en la regardant dans les yeux, de mon amour… et de mon dévouement.

Elle fixait la bague, ayant du mal à y croire, bougeant inconsciemment les doigts pour que les rayons du soleil fassent étinceler les huit faces. La pâle couleur lavande du saphir changeait à la lumière. Elle n'avait jamais vu une bague aussi extraordinaire. Les larmes lui brouillèrent la vue.

— Benêt. Vous n'allez pas vous noyer, dit-elle d'une petite voix, bouleversée. Elle est… elle est *très* belle. Merci, Alisdair… J'aimerais vous embrasser, mais…

— Je comprends. Nous sommes en plein air et il y a des yeux absolument partout. Vite ! Allons sur cette île pour pouvoir nous embrasser !

Ils rirent tous les deux. Il plaisantait seulement à moitié. Avant qu'il ne puisse soulever les paniers, elle se jeta à son cou et embrassa sa joue barbue.

— Maudits soient ces yeux ! déclara-t-elle avec véhémence, oubliant toute prudence.

Elle releva le menton vers lui et reçut un délicat baiser sur la bouche.

— Oui. Rejoignons cette île, ajouta-t-elle à voix basse. Je pourrai vous remercier correctement là-bas. Et j'ai une surprise pour vous. Elle va vous plaire…

À cet instant, alors qu'il la tenait dans ses bras, il remarqua non seulement qu'elle ne portait pas de corset, mais que les pattes qui attachaient ses jupons autour de sa taille étaient bien lâches. Il s'éloigna avant de céder au désir, de défaire chaque nœud et de tirer sur les lacets pour ouvrir sa veste. Il ramassa le panier.

— Vous êtes-vous habillée toute seule ce matin ? s'enquit-il d'une voix rauque de désir.

— Comment aurais-je pu m'habiller autrement ? La pauvre Edith a la migraine. Oh, pensiez-vous que c'était un mensonge ? Non. Les événements d'hier et nos fiançailles secrètes, c'était trop pour elle. Bien sûr, savoir que nous allions à Swan Island aujourd'hui n'a fait qu'accentuer le martèlement dans sa tête. J'ai donc dû m'habiller moi-même, bien sûr, tout comme je me déshabille toute seule maintenant, et ce, pour la bonne cause.

Tout en parlant, elle fit exactement ce qu'il voulait la voir faire, mais n'aurait jamais rêvé la voir faire là, en plein air, sur la jetée. Elle fit glisser ses jupons en coton sur ses hanches et en sortit. Ensuite, elle déroula le châle en gaze autour de ses épaules. Enfin, elle dénoua les lacets de sa veste, tirant dessus jusqu'à ce qu'ils sortent des deux derniers œillets, et les deux pans de la veste s'ouvrirent, révélant sa poitrine couverte d'une fine chemise en lin. Après avoir retiré ses bras des manches qui lui arrivaient aux coudes, elle ramassa ses jupons et son châle, et plaqua les trois vêtements féminins contre la poitrine de Dair.

Il les tint mécaniquement, les yeux rivés sur elle, debout devant lui, vêtue seulement d'une fine chemise et de ses bas blancs. S'il y avait réellement des yeux qui les observaient, ils devaient tous être rivés sur elle, et pour cause ! La chemise de Rory effleurait ses jarretières brodées, attachées juste au-dessus de ses genoux. C'était presque comme si elle était nue. Il n'avait pas cligné des yeux, maintenant aussi secs que sa gorge, depuis qu'elle avait commencé à se déshabiller. Il déglutit avec difficulté et essaya de dissimuler le désir ardent dans sa voix en se raclant la gorge.

— Rory… Êtes-vous… Avez-vous perdu la tête ? Que… que faites-vous ?

Il voulut lui rendre ses vêtements, mais elle les plaqua derechef contre lui, un sourire espiègle aux lèvres. Si elle prenait le temps d'y réfléchir, elle trouverait sa réaction à sa nudité amusante. Après tout, Dair le Diabolique en personne était choqué de son comportement à elle. Mais elle savait ce qu'elle faisait, et elle avait foi en sa capacité à le prendre par surprise, le décontenancer, le dérouter et, avec un peu de chance, le distraire assez pour qu'il oublie ce qui l'attendait. En agissant ainsi, elle était sûre de pouvoir le faire monter dans l'esquif et ramer jusqu'à l'île avant qu'il ne comprenne où il était et ce qu'il faisait.

— Mettez mes vêtements dans l'esquif, avec le reste, lui ordonna-t-elle doucement. J'en aurai besoin plus tard. Au revoir.

Il n'avait aucune idée de ce qu'elle racontait. Il se tourna et baissa les yeux vers l'esquif, tenant le panier d'un bras et les vêtements de Rory de l'autre, sans savoir quoi faire de tout cela malgré ses instructions. Puis il entendit un *plouf* distinct et comprit ce qu'il venait de se passer. Il tourna brusquement la tête vers l'endroit où elle se tenait à l'instant. Sans surprise, elle avait disparu. Elle avait plongé de la jetée, dans le lac.

Il l'appela et, sans hésitation, descendit rapidement les marches rouillées de l'échelle en fer, ses jupons, sa veste et son châle en boule sous son bras et le panier dans une main. Il avait à moitié descendu l'échelle quand il jeta un coup d'œil par-dessus son épaule, vers l'eau, juste à temps pour voir Rory refaire surface des profondeurs du lac, près de la proue de l'esquif qui tanguait sur l'eau.

— N'oubliez pas l'autre panier ! cria-t-elle en se hissant hors du lac, sa chemise alourdie par l'eau embrassant chacune de ses courbes telle une seconde peau. Il faut aussi que vous détachiez la corde du bollard !

— *Seigneur…* souffla Dair, manquant lâcher l'échelle.

Rory resta ainsi, à moitié sortie de l'eau, son corps appuyé sur la coque extérieure du bateau, les bras tendus, agrippant le bord pour rester droite. Elle demeura en équilibre, attendant qu'une grande partie de l'eau s'écoule d'elle pour ne pas l'apporter dans l'esquif avec elle. Puis elle grimpa dans le bateau, sur les planches incurvées et lustrées.

Dair ne détacha pas son regard d'elle une seule seconde. Quand elle fut montée à bord sans encombre, il se détourna, remonta rapidement l'échelle pour suivre ses instructions et redescendit l'échelle en un temps record, si tant est qu'un record ait été établi pour une telle prouesse.

Rory remonta vers la poupe, tira la corde vers elle et récupéra les paniers que Dair lui tendit l'un après l'autre. Elle les rangea avec d'autres objets que les garçons de cuisine avaient auparavant montés à bord et entreposés au niveau de la proue. Un petit nécessaire de voyage recouvert d'une peau de chagrin contenait tout ce dont ils avaient besoin : de la vaisselle en porcelaine – assiettes, bols, tasses et soucoupes –, des couverts, des verres, des ustensiles de service et une petite théière en argent. On avait mis quelques bougies et une boîte à amadou dans une sacoche en cuir étanche. Il y avait également quelques serviettes et une couverture molletonnée sur laquelle ils pourraient s'asseoir et étaler leur festin.

Dair resta indifférent à tout cela quand il sauta sur le barrot, où les rames étaient coincées dans leurs dames de nage. Chacun de ses muscles était tellement tendu, maintenant qu'il avait pris conscience qu'il était sur l'eau, qu'il semblait taillé dans la pierre. Alors que Rory s'agitait autour de lui, il faisait seulement attention au balancement de l'esquif qui n'était plus amarré, au fait que seule une mince coque en bois le séparait de l'eau sombre, trouble et pleine de roseaux. Il voulait simplement sortir précipitamment de cet esquif, remonter l'échelle et rejoindre la terre ferme en courant. Il n'y avait même pas de pari qui l'obligeait à rester à moins de perdre non seulement la face, mais aussi son surnom de Dair le Diabolique et l'admiration de ses semblables. Mais de telles considérations intangibles lui paraissaient insignifiantes à présent.

Il entendit Rory lui suggérer de retirer son gilet rayé en soie, il faisait tellement chaud. Il s'exécuta sans même s'en rendre compte et son gilet disparut comme par magie ; Rory le plia et le mit de côté. Il retira même son jabot et défit les deux boutons en corne de sa chemise au niveau de sa gorge, bien qu'il n'ait aucun souvenir d'avoir fait tout cela, et sans comprendre pourquoi il sentait soudain de la fraîcheur au niveau de sa gorge et de son torse.

Ce fut seulement quand Rory s'installa à la poupe, en face de lui, qu'il oublia la fine coque en bois, l'enchevêtrement de roseaux et l'eau trouble. Il se concentra exclusivement sur elle, sans la quitter des yeux ne serait-ce qu'une seconde, comme si sa vie en dépendait. Et d'une certaine manière, c'était le cas. L'observer le calmait considérablement. Il put attraper chaque rame, avec tant de force cependant qu'il ne sentait plus le bout de ses doigts, et se prépara à briser la surface de l'eau à l'aide des pales.

Rory utilisa l'une des serviettes, non pour couvrir ses épaules ou ses jambes nues, mais pour se sécher le visage et essorer ses épais cheveux. Elle se figea momentanément, jeta un coup d'œil à sa main droite et put respirer de nouveau. Le pâle saphir lavande était toujours sur son doigt. Enfin, elle étendit la serviette humide sur ses genoux, comme si elle venait de se rappeler sa pudeur. Mais elle ne fit rien pour couvrir sa poitrine qui, dans les faits, aurait tout aussi bien pu être nue tant sa chemise humide lui collait à la peau. Si elle s'en rendait compte, elle n'en montrait rien.

— Quelle journée merveilleusement ensoleillée pour notre aventure ! s'enthousiasma-t-elle.

Avec un soupir de satisfaction, elle ferma les yeux, releva la tête vers la chaleur du soleil et se mit à l'aise.

— Alisdair, je pense que nous devrions nous mettre en route, pas vous ?

Il s'exécuta. Les yeux rivés sur sa chemise humide et moulante, il se mit en mouvement. Il rama, non de manière frénétique comme à son habitude, mais avec des gestes allongés, mesurés et puissants qui firent glisser l'esquif sur l'eau tel un couteau chauffé dans du beurre. Il rama sans peine et, tandis qu'il continuait à avancer aussi facilement, il commença à se détendre, assez pour s'interroger sur leur destination, la mystérieuse Swan Island.

# VINGT-QUATRE

Swan Island était la plus grande île de l'ensemble lacustre du domaine ducal, et elle était interdite d'accès d'aussi loin que Dair s'en souvenait. On disait qu'un vieil ermite fou y vivait, à moins qu'il ne s'agisse d'une meute de chiens sauvages ? Peu importe ce qui vivait sur l'île, c'était quelque chose de mal intentionné et de dangereux. Il ne s'agissait certainement pas de cygnes ! Des cygnes, du gibier d'eau et des canards passaient à côté en glissant sur l'eau, mais il n'avait jamais entendu parler de nuées d'oiseaux se regroupant sur le rivage de l'île, ou même près du rivage, et il n'en avait jamais vu non plus. Quand il était petit, on lui avait dit que les bateaux ne devaient pas s'approcher de l'île, ce qu'on lui avait régulièrement répété depuis. Par ailleurs, il était strictement interdit d'y mettre les pieds. Un décret ducal autorisait seulement une poignée de domestiques à s'y rendre. Personne ne savait ce qu'ils faisaient, mais un garde-chasse les accompagnait, ce qui semblait suggérer qu'on pouvait y trouver quelque chose sur lequel tirer. Les domestiques qui s'y rendaient n'en parlaient jamais ; ils avaient tous fait le serment de ne rien divulguer. À la connaissance de Dair, cet arrangement existait depuis que le cinquième duc avait accédé au titre plus de cinquante ans plus tôt, et son fils, le sixième et actuel duc, n'avait pas encore abrogé le décret de son père.

Non que Dair ait jamais vraiment envisagé de braver l'interdiction de s'y rendre. Après tout, il s'agissait d'une île entourée par l'eau du lac. Même pour tout l'or du monde, il n'aurait pas voulu y aller. Les seules occasions où il s'en était un peu approché, jusqu'à ce jour du moins, c'était lorsqu'il avait participé aux régates, au cours desquelles il avait dû dépasser l'île à la rame pour suivre le tracé de la course.

Alors qu'ils approchaient de l'île, Rory indiqua à Dair de ramer vers ce qui ressemblait à un mur forestier infranchissable qui descendait jusqu'au bord de l'eau. Il s'agissait en fait d'un canal étroit et sombre, caché sous une voûte d'ormes entrelacés. En une douzaine de coups de rame, il s'ouvrit comme par magie sur une petite crique isolée et éclairée par la lumière du jour. Il y avait là une plage de galets, et derrière elle, une forêt très dense. L'eau était assez profonde pour ancrer l'esquif près de la plage, Rory et Dair n'ayant alors plus que quelques mètres à parcourir à la nage avant de pouvoir rejoindre le rivage sur leurs pieds. Vu sa taille, Rory s'attendait à ce que Dair puisse couvrir toute la distance qui séparait l'esquif du rivage en marchant dans l'eau. Celle-ci était en plus agréablement limpide.

Dair se rendit compte qu'il avait atteint une crique d'eau transparente seulement quand Rory lui annonça à voix basse qu'il était temps de remonter les rames et de mouiller l'ancre. Il comprit alors qu'elle avait gardé les yeux rivés sur lui de la même façon qu'il l'avait fixée du regard en ramant. Et à en juger par le petit sourire mystérieux qui flottait sur ses lèvres et par l'étincelle dans son regard, elle avait plus observé son physique de rameur que sa technique. Dans ce cas, il allait lui donner de quoi l'admirer encore plus.

Sa chemise était humide de sueur, il la fit donc passer par-dessus sa tête avant de la laisser tomber près de lui sur le barrot. Puis il s'étira les bras pour détendre ses muscles et gonfla son large torse velu en prenant une grande bouffée d'air frais, pas le moins du monde fatigué ou à bout de forces. Il suivit les instructions de Rory, et quand le sac de sable fut bien attaché à la corde d'amarrage, il le fit tomber par-dessus bord, surpris et ravi par la transparence de l'eau. Il se retourna, prêt à écouter ses prochaines instructions, et adressa un clin d'œil à Rory. Elle baissa immédiatement les yeux vers les planches sous les bottes de Dair, ce qui le fit ricaner.

— Ne soyez pas timide, mon délice. Cela me plaît plus que je ne pourrais l'exprimer de découvrir que vous avez autant de désir pour moi que j'en ai pour vous.

— Veuillez m'excuser. C'était ridicule, dit-elle avec un soupir d'agacement. J'ai détourné le regard par habitude, non parce que j'en avais envie. Les jeunes femmes de bonne famille, en particulier celles qui ne sont pas mariées, entendent constamment de leur gouvernante ou de leurs parentes mariées qu'il n'y a rien de plus vil que d'admirer ouvertement un beau corps masculin. Ce qui est totalement absurde, car nous pouvons admirer les hommes en tant qu'œuvres d'art, comme les peintures et les statues, sans recevoir la moindre réprimande. (Sa fossette apparut.) Je n'ai pas détourné les yeux quand vous incarniez un sauvage américain. Cela dit, en y repensant, j'étais en compagnie tellement libérée et décontractée ce soir-là que je ne me sentais pas forcée de faire ce qu'on attendait de moi, je pouvais plutôt faire ce que je voulais, même si cela me semblait absolument vicieux sur le moment.

— Oh, j'espère bien que nous pourrons être absolument vicieux ensemble… quand le moment sera opportun.

Elle rentra la tête dans les épaules et sourit comme si elle lui cachait quelque chose. Quand il haussa un sourcil, elle gloussa et dit de façon énigmatique :

— Dans ce cas, nous sommes au bon endroit !

Il n'avait aucune idée de ce qu'elle voulait dire et n'eut pas l'occasion de lui poser la question. Elle le surprit une fois encore, comme sur la jetée. Elle sauta du bateau et disparut sous l'eau. Cette fois-ci, il ne paniqua pas et n'eut aucune hésitation à regarder par-dessus bord. L'eau redevint transparente quand les vaguelettes s'estompèrent, et il fut récompensé de son calme quand les jolies fesses rondes de Rory apparurent juste sous la surface de l'eau, sa chemise entortillée autour de sa taille. Elle donna un coup avec ses jambes pour s'élancer vers l'avant, telle une grenouille, et décrivit de larges cercles avec ses bras pour s'aider à avancer dans l'eau. Il s'émerveilla de la voir nager avec autant d'aisance, et il convint volontiers qu'une tenue de bain aurait entravé des mouvements aussi fluides.

Il se demandait justement jusqu'où elle pouvait nager avant de devoir remonter à la surface pour respirer quand elle apparut près du rivage et se releva, l'eau lui arrivant à présent juste au-dessus des genoux. Elle se tourna pour lui faire face, passa ses mains sur son visage pour dégager l'eau de ses yeux, puis sur ses cheveux et le long de sa longue tresse, l'eau ruisselant sur elle, quelques gouttelettes reflétant la lumière scintillante du soleil. Il n'avait jamais rien vu d'aussi captivant. Si les sirènes existaient, elles devaient lui ressembler.

Il eut soudain un besoin urgent de se débarrasser de ses bottes de jockey, de retirer son haut-de-chausses trop serré et de se jeter par-dessus bord ; il espérait que l'eau était glaciale.

— Vous disiez avoir découvert cette crique à quel âge ?

— Quatorze ans.

— Et vous venez ici tous les ans depuis ?

— Oui.

— Et cela ne vous a jamais troublé que le duc ait interdit à tous de venir sur cette île ?

— Non. Et cela ne vous dérange pas non plus, sinon vous ne m'auriez pas amenée jusqu'ici.

— Je vous ai amenée jusqu'ici malgré le décret de mon cousin, ce qui ne veut pas dire que cela ne me dérange pas.

S'arrêtant sur l'étroit chemin qui traversait la forêt dense et menait à la clairière, elle se tourna pour le regarder ; Dair la suivait, les bras chargés du matériel qu'ils avaient transporté dans l'esquif.

— Pourquoi ? demanda-t-elle, curieuse.

— Je peux prendre soin de moi-même. Me défendre contre un chien sauvage, un ogre sanguinaire ou un vieil ermite fou qui brandirait un couteau rouillé, s'il le fallait. Mais vous, vous êtes taillée dans de la porcelaine bien plus délicate, et vous ne devriez jamais venir ici seule – plus jamais.

— Mais je viens ici depuis sept ans et je ne me suis jamais sentie en danger.

— Ce n'est pas qu'une question de danger… Et s'il vous arrivait quelque chose ? Et si vous vous tordiez la cheville, celle qui est valide ? Que feriez-vous ? Comment appelleriez-vous à l'aide ? Qui saurait que vous êtes ici ?

Une étincelle rebelle apparut dans les yeux de Rory.

— Je refuse qu'on me range sur une étagère !

Il battit des paupières.

— Une étagère ? répéta-t-il, se demandant d'où elle sortait cela. De quelle étagère parlez-vous ? Je veux seulement prendre soin de vous…

— Je refuse que l'on me traite comme l'une de ces femmes fragiles qui passent leur temps à languir sur des méridiennes conçues spécialement pour leurs étourdissements, et qui ont besoin qu'on agite une plume brûlée sous leur nez. Elles ne font jamais aucun effort, mais s'attendent à ce que leurs maris ou leurs frères se démènent pour elles pour la moindre petite chose, juste parce que ce sont des femmes !

— Bien sûr que non. Je n'étais pas en train de suggérer…

— J'ai assisté à cela bien souvent, et il y a de quoi avoir honte. Silla se comporte souvent ainsi avec Grasby…

— Je n'en doute pas, grommela-t-il.

— … et ce n'est pas correct !

— Non, en effet.

Rory se tut un instant devant cet assentiment posé. Elle releva les yeux vers lui et fit la moue, soudain énervée contre elle-même.

— Pardonnez-moi. Vous vous montriez simplement gentiment protecteur, je suis trop susceptible.

— Oui.

— Je n'ai jamais envisagé que je pourrais me retrouver en vraie difficulté sans pouvoir appeler à l'aide. Je me suis toujours débrouillée toute seule. Grand-père dit que c'était la meilleure façon d'apprendre à vivre avec m-mes défauts.

— En effet. Mais il faut aussi être réaliste. Promettez-moi donc de ne plus vous rendre ici, ou ailleurs, toute seule…

Il la fixa comme si cette promesse était non négociable.

Elle soupira, comme pour s'avouer vaincue, et dit avec un agacement feint :

— J'imagine que quand nous serons mariés, en tant qu'époux, vous pourrez m'ordonner de faire ce que vous voulez, donc autant promettre.

— Ce n'est pas le genre de promesse que je veux, déclara-t-il, mordant à l'hameçon. Et si vous pensez que je serai ce genre d'époux, alors vous feriez mieux de me rendre cette bague !

Rory plaça vivement sa main dans son dos, comme s'il avait réellement l'intention de la lui reprendre, puis elle tira la langue telle une enfant gâtée. Il la regarda bouche bée avant de rire de bon cœur.

— E-espèce d'actrice !

— Monstre !

Ils rirent tous les deux et elle s'approcha de lui, une main posée sur son torse nu, avant de relever le menton pour réclamer un baiser. Il fit de son mieux pour la satisfaire, même s'il dut fléchir les jambes pour s'exécuter, car il tenait le plus lourd des deux paniers en équilibre sur son épaule de sa main droite, tandis que le nécessaire de voyage était coincé sous son bras gauche et qu'il portait le deuxième panier de sa main gauche.

— Merci de vouloir me protéger, dit-elle à voix basse avant de l'embrasser derechef. Je n'ai jamais eu de champion auparavant.

— Vous n'aurez pas besoin d'en trouver un autre.

Elle caressa sa joue barbue.

— Je n'ai jamais voulu d'un autre, jamais. Seulement vous…

Il se redressa entièrement et ils reprirent leur avancée.

— Alors, dit-il d'un ton neutre, il n'y a aucun chien sauvage, aucune bête, aucun danger d'aucune sorte à vaincre pendant que je suis là ?

— Aucun. C'est un endroit calme empli de chants d'oiseaux, où l'on croise parfois un canard.

— Pas même un vieil ermite fou ?

Sa déception la fit rire. Elle était persuadée qu'il se serait amusé à affronter tous les dangers qu'il aurait pu rencontrer.

— Malheureusement, pas même un vieil ermite. Mais je peux vous montrer sa maisonnette et l'endroit où il est enterré.

— Ah ! Il y avait donc bel et bien un vieil ermite fou !

— Geoffrey n'était pas fou, il préférait simplement mener une vie solitaire. Nous y sommes ! annonça-t-elle avec enthousiasme. Alors, que pensez-vous de mon paradis secret ?

La forêt s'était ouverte sur une large clairière plate encerclée d'arbres hauts et surplombée par la pente abrupte d'une falaise en arrière-plan. Mais ce qui dominait le paysage immédiat avait été créé de main d'homme : un temple circulaire grec, une *tholos*. Elle occupait fièrement le centre de la clairière, élevée sur un socle à huit degrés qui formaient des petites marches. Sa colonnade à cannelures s'élevait à six mètres du sol, et chaque colonne ionique était faite d'un assemblage de marbre. Elle n'avait pas de toit, pour rester ouverte sur les éléments, mais un autre temple rectangulaire, plus petit et intime, composé d'une pièce intérieure entourée de colonnes, était rattaché à un côté de la *tholos*. Accessible en passant par le temple circulaire principal, celui-ci avait un toit en dôme qui laissait entrer la lumière par un oculus en verre.

Rory était certaine que quand Dair aurait eu le temps d'examiner ce petit temple de plus près, il verrait lui aussi ce qu'elle n'avait compris que deux ans plus tôt : qu'il s'agissait d'une réplique à l'échelle du mausolée familial des Roxton qui était perché sur Treat Hill. Mais ce temple-là, sur l'île, ne rendait pas hommage aux illustres membres décédés de la famille, il ne s'agissait pas d'un endroit réservé au deuil. C'était quelque chose d'entièrement différent. C'était ce temple, et ce qu'il symbolisait, qu'elle souhaitait partager avec Dair.

Mais en attendant, elle se contenta de se joindre à son enthousiasme alors qu'il découvrait la clairière et ses temples pour la première fois. Il en était muet d'admiration, tout comme elle l'avait sans doute été quand elle avait fait cette découverte lors d'une de ses errances sur l'île, et que Geoffrey l'ermite l'avait surprise en train de s'y promener sans autorisation.

La clairière n'avait beau être qu'à cinq minutes à pied de la crique en passant par la forêt, Dair se dit immédiatement qu'ils avaient dû trouver le moyen de voyager dans le temps, revenant à l'ère de la mythologie. La clairière donnait une impression de rêve éveillé, de château dans le ciel, et il se demanda s'ils n'avaient pas traversé la toile d'une immense peinture murale représentant le mont Olympe, domicile des dieux. Il était tellement surexcité et intrigué qu'il déposa sa cargaison en bas des marches, à l'ombre d'un grand orme, avant de les monter en courant pour entrer dans le temple circulaire.

Rory ne le suivit pas, préférant soulager son pied à l'ombre. Même si elle avait réussi à parcourir le chemin sans ses chaussures spéciales, ruinant ainsi complètement une paire de bas blancs, sa cheville et ses orteils lui faisaient mal. Mais ce n'était pas grave. Elle était bien trop heureuse de se joindre à l'émerveillement de Dair dans sa découverte de ce nouvel endroit. Et quand il cria qu'il y avait des statues à l'intérieur du temple, comme si elle ne le savait pas, elle ne freina pas son enthousiasme, mais cria à son tour pour lui demander si elles étaient bien là toutes les huit et en bon état. Après quelques secondes, il répondit par l'affirmatif, et elle dut réprimer un éclat de rire pour qu'il ne pense pas qu'elle se moquait de lui.

Puisqu'il n'ajoutait rien de plus, elle entreprit d'étendre l'une des couvertures par terre et d'ouvrir le nécessaire de voyage. Elle en sortit un gobelet gravé pour le remplir d'eau. Elle était assoiffée. Mais cela n'était pas surprenant, et elle ne pouvait s'en prendre qu'à elle-même, après avoir voyagé dans un esquif sans ombrelle, vêtue seulement de sa chemise et de ses bas. À son réveil le lendemain, sa peau blanche aurait sûrement pris la couleur d'une fraise bien mûre.

Elle avait déballé une grande partie de la vaisselle et des couverts du nécessaire quand Dair sortit du temple. Il s'était absenté pendant cinq bonnes minutes, voire plus, et il arborait une expression difficile à déchiffrer qui poussa Rory à se demander ce qui, à l'intérieur, l'avait perturbé. Avant qu'elle ne puisse lui demander, il dit à voix basse :

— Je suis un abruti inconsidéré. J'aurais dû vous aider. Vous avez soif, en plus. Où puis-je trouver de l'eau ?

Elle désigna un endroit derrière les marches à l'avant du temple.

— Voyez-vous le bassin ? Il se remplit de l'eau d'une source. Mais l'eau la plus douce vient des fontaines, de la bouche des lions. C'est aussi là qu'elle est la plus fraîche. On ne les voit pas d'ici. Vous voyez ces deux grands vases perchés sur deux piédestaux, de chaque côté des marches ? Les lions sont face au bassin, l'eau sortant de leurs bouches tombe dedans. Il n'est pas profond et le sol est carrelé, vous pourriez donc… Que… Qu'y a-t-il ? demanda-t-elle soudain.

Elle avait les yeux rivés sur le bassin tandis qu'elle parlait, mais elle se rendit compte en se tournant vers Dair qu'il ne regardait pas dans la même direction. Il l'observait avec une vive attention.

— Vous semblez avoir vu un fantôme, reprit-elle avant de cligner des yeux et de pousser une petite exclamation de surprise. Ce... ce n'est quand même pas le fantôme de Geoffrey l'ermite, si ?

— Non. Aucun fantôme. Je suis entré dans le deuxième temple... Vous disiez avoir quel âge quand vous avez commencé à venir ici ? Quatorze ans ? Êtes-vous entrée dans ce deuxième temple quand vous aviez quatorze ans ?

Elle ne répondit pas immédiatement à sa question, préférant lui dire avec un sourire :

— N'est-il pas charmant ? Les tapisseries sont magnifiques, la moquette est si épaisse sous les pieds, et les dorures des panneaux en bois sont exquises. Il est tellement douillet quand un feu est allumé dans la cheminée et que les rayons du soleil passent par le vitrail de l'oculus. (Elle fronça les sourcils en pensant à quelque chose.) Ce doit être dû à l'ameublement, mais il semble bien plus petit que ce à quoi on pourrait s'attendre ; il fait la taille d'un salon intime. Ce sont sans doute les tapisseries, qui vont du sol au plafond sur trois murs, qui rapetissent la pièce... À votre avis, comment les ont-ils apportées sur l'île ? Sur une barge ?

— De la même manière, j'imagine, qu'ils ont déplacé du marbre, de la pierre et du bois jusqu'ici pour construire les temples et le bassin. Cela dit, je pense que les temples ont été construits avant que la terre autour ne soit inondée pour créer le lac.

— Ah, oui ! Cela semble logique. J'avais oublié que le lac n'est pas naturel, bien qu'il semble être là depuis toujours. Des bœufs auraient pu être utilisés pour traîner le marbre jusqu'ici... Mais les tapisseries ne sont pas aussi vieilles que l'île. Elles...

— Rory, peu importe comment elles sont arrivées là. Ces tapisseries... cette pièce...

— Attendez de la voir quand la cheminée et les chandeliers au mur sont allumés. Elle dégage quelque chose d'encore plus beau et intime à la lueur des bougies.

— Beau ? Intime ? Ah !

— Alisdair, qu'y a-t-il ?

Il passa une main sur sa bouche et prit une profonde inspiration. Il ne savait pas vraiment comment formuler ce qu'il voulait dire, il s'exprima donc de façon impulsive. Bien sûr, cette déclaration donna l'impression qu'il était en colère, énervé contre elle, ce qui n'était pas le cas. Ce qu'il avait vu dans le petit temple l'embarrassait parce qu'elle avait vu la même chose, à un âge bien plus jeune que celui qu'il avait lors de sa première expérience sexuelle. Il était plus choqué qu'il ne l'aurait cru possible.

— Rory... ces tapisseries... cette pièce... elles ne conviennent pas aux yeux d'une jeune fille.

— Je pensais... Je ne comprends pas... Ce devait être ma surprise pour vous.

— Surprise ? lâcha-t-il, croisant les bras sur son torse nu sans la regarder dans les yeux. Sacrée surprise, oui !

— Vous ne les avez pas aimées ? s'enquit-elle, déçue, en se relevant. Pourquoi ? Que leur reprochez-vous ?

Il la regarda alors et ne vit sur son visage qu'une réelle interrogation, ce qui ne fit que décupler sa gêne. Il était dans de beaux draps !

— Ce que je leur reproche ? Voulez-vous que je le dise à voix haute ?

— Oui. Oui, c'est ce que je veux, car il me semble à présent évident que le temple, les tapisseries et la pièce en elle-même vous ont réellement bouleversé, et je ne comprends pas du tout pourquoi. Surtout pour un homme avec autant d'expérience.

Il s'éloigna, passa les mains dans ses cheveux foncés, et revint vers elle.

— Et, d'après votre opinion inexpérimentée, que fabriquent les couples nus de ces tapisseries ? Non ! Ne répondez pas à cela. Cette question est sotte, tout comme moi !

— Il n'y a qu'un seul couple, dit-elle à voix basse. Un couple, dans de nombreuses... *situations* différentes.

— Situations ? répéta-t-il d'un air dubitatif que Rory trouva suffisant. Je suis resté dans cette pièce moins de cinq minutes, et croyez-moi, je sais reconnaître une-une orgie quand j'en vois une.

— Je n'en doute pas. Mais vous vous trompez.

— Rory, ce n'est pas ce que je...

Elle l'interrompit.

— Vous pensez que je ne devrais pas regarder ces tapisseries parce que je suis vierge. Vous pensez peut-être que toutes les femmes devraient être protégées de telles expressions de l'amour ?

Il fronça ses sourcils noirs au-dessus du bec qui lui servait de nez.

— L'amour ?

— Oui. L'amour. Ce n'est pas parce que je n'ai jamais *fait* l'amour que je n'apprécie pas la joie que l'amour physique doit apporter à un couple amoureux. Je vous prierai donc de ne pas vous adresser à moi comme si vous parliez à une sotte ignorante...

— Je ne…

— Je suis bien consciente, malgré mon manque d'expérience réelle, que certains se livrent à des relations sexuelles par pur plaisir…

— Aurora !

— … ce qui est entièrement différent du fait de faire l'amour. Et c'est cela qui est représenté sur ces tapisseries. Vous ne pourrez pas me convaincre du contraire.

Elle leva les yeux vers son visage empourpré et dit franchement :

— Faire l'amour vous effraie.

Il la fixa, horrifié, et elle sut qu'elle avait mis le doigt sur la corde sensible de la vérité.

— Oh, je sais que vous êtes un amant merveilleusement attentionné. J'ai entendu parler de vos… aptitudes et de-de vos… attributs. Vous seriez surpris de connaître les sujets de commérages des femmes qui se cachent derrière leur éventail, en particulier quand elles pensent que personne ne peut les entendre. Mais ce n'est pas de ces exploits que je parle, et je ne tiens pas non plus à en savoir plus que ce que je sais déjà. Ce qui m'importe, c'est la situation dans laquelle nous nous trouvons actuellement. Elle est inédite pour nous deux.

— Ah oui ?

— Vous n'avez jamais fait l'amour avec quelqu'un que vous aimez, et moi non plus. Sur ce point, nous sommes tous les deux inexpérimentés et, ajouta-t-elle avec un sourire timide, nous sommes juste un peu inquiets.

— J'imagine que quand vous le dites ainsi… répondit-il avec le même sourire timide. Mais même vous, vous ne pouvez pas nier qu'avec mon expérience, c'est sur mes épaules que repose pleinement la responsabilité de vous rendre heureuse.

— Oh, je vous en prie, ne niez pas ma responsabilité uniquement parce que je suis vierge, répondit-elle sérieusement. Je veux vous donner autant de plaisir que vous m'en donnerez, je vous l'assure.

Il partit d'un petit rire profond et secoua la tête.

— Que Dieu m'en soit témoin, mon délice, si quelqu'un m'avait dit il y a trois mois que j'aurais une discussion d'une telle franchise à propos du lit conjugal avec une jolie vierge aux cheveux blonds que j'aime et que j'idolâtre, je l'aurais pris pour un interné de Bedlam !

— J'espère que je ne me montre pas trop directe ? s'enquit-elle, momentanément soucieuse.

— Avec moi ? Non. Pas du tout. Cela me plaît.

— Cela ne vous dérangera donc pas que je dise ceci : si tout ce qui manque pour que vous… pour que *nous* soyons entièrement à l'aise l'un avec l'autre, c'est de faire l'amour, alors qu'attendons-nous ?

Il ne put ni cacher sa stupéfaction ni retenir son hilarité. Mais il n'était pas choqué ; ce qu'elle disait n'était pas dénué de vérité. Après s'être repris, il dit :

— Je ne vous mérite pas, mais je refuse de renoncer à vous. Vous savez exactement quoi dire pour que je me rende compte que ma tête est pleine de peurs et de doutes infondés, et vous êtes la seule à pouvoir les chasser. (Il caressa la joue de Rory.) Je ne pourrai jamais vous remercier assez de m'avoir sauvé de moi-même.

— Vous pouvez toujours essayer en me laissant vous montrer ces tapisseries, répondit-elle, sa fossette se creusant.

Il feignit l'indignation.

— Vous voulez que je retourne dans ce lieu de perdition avec vous ? Moi qui pensais que l'amour était inconditionnel.

— Alisdair James Fitzstuart, vous êtes bien prude ! Pour un homme qui peut défiler dans l'atelier d'un peintre vêtu d'un pagne et se donner en spectacle pour un troupeau de danseuses gloussantes…

— Un spectacle. C'était un *spectacle*. Je jouais la comédie. Je suis doué pour *jouer la comédie*.

— Ce n'est pas une excuse que je suis prête à entendre ! répondit-elle d'un air boudeur. Vous conviendrez qu'une inspection sommaire de cette pièce, qui ne durera que cinq minutes, ne sera rien comparée aux heures que j'ai passées…

— Des heures ?

— … à étudier et admirer ces tapisseries. Elles racontent une histoire…

— Une histoire ?

— … celle d'un mariage, un mariage d'amour. Et puisqu'il s'agit d'un mariage d'amour, il est tout à fait naturel que le couple fasse l'amour, à plusieurs reprises, sur les trois tapisseries. Chaque tapisserie représente une étape différente de leur mar… Oh ! Vous m'avez bien eue ! déclara-t-elle quand il se mit à ricaner. Vous faites le prude pour m'agacer ! Admettez-le.

— La seule chose que je veux bien admettre, c'est que je vous aime encore plus, si cela est possible, quand vous parlez avec tant d'ardeur de quelque chose qui vous intéresse. Je suis impatient de tout savoir sur la culture de l'ananas.

— Cette fois-ci, vous vous moquez de moi, dit-elle en faisant la moue.

— Jamais ! Je m'intéresse sincèrement à la culture de l'ananas.

— Je ne crois pas, pas même le temps qu'il faut à la trotteuse de votre montre à gousset pour avancer d'un cran, que vous vous intéressez un tant soit peu aux ananas ! Alisdair !

Elle poussa un petit cri effrayé quand il la souleva soudain dans ses bras.

— Que… qu'est-ce que vous faites ?

— Qu'est-ce que je fais ? répéta-t-il en la portant sans peine, descendant les marches du temple pour rejoindre le bord du bassin. Il est temps que nous nous abandonnions à ce paradis et que nous piquions une tête. De plus, j'ai promis d'aller vous chercher un verre d'eau il y a une demi-heure.

La surface de l'eau miroitait et ondulait tel un carré de satin blanc ondoyant dans la brise. De l'eau se déversait des bouches ouvertes de deux immenses têtes de lion ornant d'énormes frontons, de chaque côté d'un large escalier qui descendait vers le sol carrelé. Dair emprunta ces marches sans hésiter pour pénétrer dans l'eau froide et rafraîchissante par cette chaude journée ensoleillée. Lui et Rory prirent une brusque inspiration devant la morsure de l'eau froide sur leur peau brûlante.

— Laissez-moi vous prouver à quel point je suis sérieux à propos de la culture de l'ananas, ma future femme. J'ai engagé Bill Chambers pour qu'il conçoive une serre à ananas à Fitzstuart Hall.

— Chambers ? *Sir William Chambers ?* L'architecte suédois ? Pour construire une-une *serre à ananas* ? Sur le domaine de votre famille ? Pour-pour moi ?

Il s'avança jusqu'au milieu du bassin, Rory toujours dans ses bras ; au plus profond, l'eau lui arrivait juste au-dessus du nombril.

— Ce sera bientôt *notre* domaine, la corrigea-t-il avant de froncer les sourcils. Vous voulez bien une serre, non ? Je pensais que ce serait un excellent cadeau de mariage. La construction prendra peut-être un an ou deux, mais ce sera quand même un cadeau de mariage.

Elle se cramponna à lui et prononça des paroles étouffées inintelligibles contre son cou, ce que Dair interpréta comme un signe qu'elle était heureuse de son cadeau de mariage. Il essaya d'éloigner son bras afin de voir son visage, de la rassurer et de l'embrasser, mais elle restait agrippée à lui. Il fit donc la chose la plus naturelle au monde, quelque chose que n'importe quel bon nageur aurait fait, mais qu'il n'avait pas fait dans une grande étendue d'eau fraîche depuis de nombreuses années. Il échappa à son étreinte en plongeant sous l'eau. Une fois sous l'eau, voyant à quel point elle était transparente, il s'éloigna à la nage et refit surface au niveau des marches.

Rory lui adressa un signe de la main du milieu du bassin, auquel il répondit de la même manière avant de replonger sous l'eau et d'y disparaître. Elle suivit son exemple et plongea à son tour, sachant qu'ils jouaient à présent au chat et à la souris dans l'eau. Elle était au comble du bonheur, et ce bonheur n'avait rien à voir avec la serre qu'il lui avait promis en cadeau de mariage.

# VINGT-CINQ


Ils allaient faire l'amour, c'était inévitable.

Il aurait fallu, pour deux personnes profondément amoureuses et dans ce paradis isolé, la volonté combinée de tous les dieux de la mythologie pour résister au besoin irrésistible de partager physiquement un tel amour. Rien d'autre n'avait d'importance. Les mœurs, les attentes familiales et les normes sociétales leur dictaient d'attendre d'être unis légalement et spirituellement avant de consommer leur union. Par ailleurs, leurs fiançailles restaient secrètes et ils n'avaient pas encore reçu la bénédiction de leurs familles respectives, en particulier de la mère de Dair, la comtesse de Strathsay, et, plus important encore, la sanction de Lord Shrewsbury, le grand-père de Rory.

Toutes ces considérations n'étaient que de simples formalités. Les bénédictions et les sanctions étaient courues d'avance pour deux jeunes gens issus du même cercle social et qui étaient de lointains parents, comme tous les nobles l'étaient d'une façon ou d'une autre, et ce depuis la conquête normande. À l'évidence, leur union serait vue par tous comme l'incarnation de l'acceptabilité sociale, politique et économique. Mais pour ce couple heureux, en ce lieu, rien de tout cela n'avait aucune importance.

Cette clairière, isolée même du reste de l'île grâce à ses grands et épais rideaux d'arbres, avec ses temples fantaisistes et son bassin enchanté, avait quelque chose qui rendait les amants, à ce moment précis, invulnérables.

Les quelques heures qui menèrent à l'endormissement du couple, dans les bras l'un de l'autre, sous une couverture dans le petit temple,

furent gravées dans leur mémoire commune. Ils firent l'amour deux fois
dans la pièce contre laquelle Dair avait pesté, mais ce n'était pas leur
première fois, ni le seul endroit. La consommation de leur union eut
lieu à l'ombre d'un vieil orme, sur le tapis de pique-nique près du
bassin. En dépit de ses doutes personnels vu la nuit de noces désastreuse de ses parents, Dair s'était préparé à attendre, pour elle, parce
qu'il l'aimait. Mais Rory avait d'autres idées en tête, même si elle avait
absolument tenu à s'offrir à lui dans le temple, un endroit parfait. Mais
dans les affres d'une passion dévorante, la réticence et les plans les
mieux préparés n'avaient plus aucune importance. Plus rien n'avait
d'importance, à l'exception de l'amour qu'ils ressentaient l'un pour
l'autre et, dans ce paradis, de leur expérience partagée du plaisir
physique mutuel.

Bien plus tard, Dair porta Rory jusqu'au petit temple, alluma un
feu dans la cheminée et fit bouillir de l'eau pour le thé. Elle prépara le
thé pendant qu'il fumait un cheroot, silencieux tous les deux, les mots
n'étant pas nécessaires pour exprimer la joie et le soulagement qu'ils
ressentaient tous les deux après avoir découvert qu'ils partageaient un
plaisir sain à faire l'amour. Il était inutile de le dire, mais la nuit de
noces ne les effrayait plus à présent. Ils pouvaient avancer vers leur
nouvelle vie ensemble, avec assurance et optimisme. Et tandis qu'ils
buvaient le thé sur la couverture étendue sur l'épaisse moquette face à
la cheminée, Rory raconta à Dair l'histoire du couple tissé sur les trois
immenses tapisseries qui recouvraient trois murs.

Elle lui avoua que les tapisseries avaient encore plus d'importance à
ses yeux depuis que Geoffrey l'ermite lui avait raconté le conte de fées.
Non, pas dans cette pièce, rassura-t-elle rapidement Dair. C'était lors
de sa première visite sur l'île interdite, quand l'ermite l'avait surprise
dans le temple circulaire. Il l'avait autorisée à aller et venir sur l'île dès
qu'elle en avait envie, à condition qu'elle lui promette de ne pas mettre
les pieds dans le petit temple avant son dix-septième printemps. Elle
avait promis, malgré sa curiosité irrésistible, et il l'avait crue sur parole,
l'avertissant néanmoins qu'il la surveillerait pour s'assurer qu'elle hono-
rerait sa promesse.

Et comme il voyait bien que c'était une gentille fille au cœur pur, il
avait proposé de lui raconter un conte de fées lié à cette île, qui parlait
d'un esprit aux cheveux noirs, de sa nymphe féérique à la chevelure
dorée, et de trois tapis magiques. Comment aurait-elle pu résister ? Ce
ne fut que des années plus tard, quand elle avait enfin vu les tapisseries
(ce qu'il appelait les tapis magiques), qu'elle avait compris que ce conte
de fées était réel et immortalisé, grâce à des fils de soie tissés, sur ces

trois immenses tapisseries. Cette découverte avait rendu le récit simpliste de l'ermite sur la vie du couple encore plus poignant.

Geoffrey l'ermite vivait sur l'île depuis au moins dix ans quand, un jour, un couple était apparu au temple circulaire comme par magie. Ils y étaient restés deux nuits, puis ils avaient disparu. Il les avait observés à l'abri de la forêt, craignant qu'il s'agisse d'esprits maléfiques venus s'en prendre à lui. Mais en les observant s'éclabousser dans le bassin et se courir après dans le temple circulaire, jouant l'un avec l'autre, hilares, il avait su qu'ils ne lui feraient jamais de mal. Une fois par an, pendant les vingt-trois années suivantes, ils étaient revenus passer deux nuits sur l'île, où ils avaient continué à s'éclabousser dans le bassin et à se courir après dans le temple.

Il voyait bien qu'ils s'aimaient à en perdre la raison.

Une semaine avant le deuxième séjour du couple, des ouvriers étaient venus élaguer les arbres et tailler les buissons autour du temple, retirer les feuilles tombées dans le bassin, faire les poussières dans le temple et le débarrasser de ses toiles d'araignée. Ainsi, l'ermite savait précisément, chaque année, quand les esprits reviendraient sur l'île.

Juste avant leur septième séjour, les ouvriers avaient apporté un tapis magique qu'ils avaient accroché sur l'un des murs du petit temple. Quand les hommes étaient repartis, Geoffrey était allé l'observer ; il était réellement magique, tissé avec de la soie aux couleurs vives et des fils dorés, aussi éblouissant qu'une journée de printemps ensoleillée. Ses deux gentils esprits y étaient représentés, et il y avait remarqué un esprit plus petit, un fils. Il avait aussi reconnu le palais qu'il voyait de l'autre côté du lac, depuis son île, et il avait su où les esprits vivaient la plus grande partie de l'année, et qui ils étaient. En réalité, il s'agissait du roi et de la reine de ce domaine, et quand ils foulaient le sol de cette île, la magie les transformait en esprits, ce qu'il savait, car ils ne portaient pas de couronnes en or, n'amenaient pas de domestiques avec eux pour les servir et cuisinaient eux-mêmes. Leurs vêtements, en revanche, étaient faits de soie et de velours ; quand ils décidaient de porter des vêtements, mais cela arrivait rarement chez les esprits.

À partir de ce jour, chaque année, il avait rassemblé des fleurs et des plantes qu'il entrelaçait pour en faire des couronnes que les esprits pouvaient porter sur l'île, leur royaume féérique. Il les déposait en tant qu'offrandes dans le petit temple, juste avant leur arrivée. Il savait que les esprits appréciaient ses couronnes de fleurs, car il les voyait folâtrer en les portant.

Le deuxième tapis magique était arrivé juste avant le quinzième séjour du couple sur l'île. Ce tapis fait de couleurs aussi vives que le premier avait pour thème principal la famille. Il était composé de quatre panneaux. Sur le premier, les esprits étaient chaleureux comme jamais l'un envers l'autre. Sur le deuxième, ils étaient avec leur fils, devenu grand. Le troisième panneau représentait la famille d'esprits avec un autre couple, qui avait également un fils, et enfin, sur le quatrième panneau, une troisième famille avec une mère mais pas de père et trois enfants, deux garçons et une fille, avait rejoint les esprits et leurs amis qui avaient un fils. Ils étaient tous heureux et se tenaient la main.

Et lors de cette quinzième visite, Geoffrey avait constaté, surpris, que l'esprit féminin attendait un enfant. Le couple s'était baigné, comme à chaque fois, mais il n'avait pas couru entre les colonnades du temple circulaire ; au lieu de cela, ils avaient passé le plus clair de leur temps enfermés dans le petit temple. De sa maisonnette, il avait vu la fumée s'élever de la cheminée du temple. Et quand le dégagement de fumée avait cessé, il avait su qu'ils avaient quitté l'île et qu'ils étaient retournés dans leur palais.

Deux jours avant le vingt-troisième séjour du couple sur l'île, un troisième tapis magique était apparu sur le mur du temple. L'esprit masculin n'avait plus les cheveux noirs, il avait à présent une crinière d'un blanc pur, et il marchait en s'aidant d'une canne. Mais l'esprit féminin était aussi beau et plein de vie que la première fois qu'il avait été envoûté par sa beauté. Ce séjour serait différent des autres et resterait le plus mémorable aux yeux de Geoffrey. Le deuxième jour, au crépuscule, on avait frappé à la porte de sa maisonnette. Devant lui, bien plus petite que ce qu'il avait estimé, mais encore plus belle que ce qu'il aurait cru possible, se tenait la reine des fées. Elle avait des yeux verts absolument fascinants et elle portait sa couronne de fleurs sur ses longs cheveux dorés qui ondoyaient jusqu'à sa taille.

Elle lui avait demandé si elle pouvait entrer, et il lui avait laissé sa seule chaise pour qu'elle puisse s'asseoir à la chaleur de la cheminée. Il avait placé une tasse de thé au pissenlit devant elle, qu'elle avait bu par petites gorgées. Elle l'avait remercié pour les couronnes de fleurs, qui étaient toujours très accueillantes à leur arrivée. Elle l'avait également remercié d'être le gardien de leur île paradisiaque. Elle souriait, mais il voyait bien qu'elle était inconsolable. Ses yeux verts le lui révélaient. Il lui avait demandé ce qu'il pouvait faire pour faire disparaître sa tristesse. Elle lui avait dit qu'il n'y avait rien à faire, que c'était entre les mains de Dieu. Elle lui avait annoncé, d'une voix brave mais hésitante, que c'était la dernière fois qu'elle et le grand amour de sa vie venaient sur l'île. Elle lui avait dit qu'il n'avait pas à s'inquiéter, qu'il serait toujours chez lui sur cette île. Et quand son heure serait venue, il pourrait être enterré sur l'île et elle ferait en sorte qu'il ait une pierre tombale et que son nom soit gravé au-dessus du manteau de sa cheminée, pour que lui, le gardien de Swan Island, ne soit jamais oublié.

Ne voyant plus de fumée sortir de la cheminée du temple, Geoffrey avait su que les esprits étaient retournés dans leur royaume et qu'il ne les reverrait jamais. Rory lui avait demandé de lui décrire le troisième et dernier tapis magique. Il s'agissait d'une carte de l'île, remplie de toutes les choses extraordinaires qu'on pouvait y trouver et de tous les instants merveilleux que les deux esprits avaient partagés en ce lieu. Ils y étaient représentés, le roi aux cheveux blancs et la reine des fées à la chevelure dorée ondoyante, portant tous les deux ses couronnes de fleurs, et ils se montraient plus que jamais chaleureux l'un envers l'autre. Mais ce qui avait plu à Geoffrey l'ermite, ce qui lui avait fait monter les larmes aux yeux quand il l'avait raconté à Rory, c'était que sa petite maison était tissée sur cette carte de l'île et, regardant par l'unique fenêtre, lui aussi était là, souriant, avec sa longue barbe, sa moustache, et une fleur coincée derrière l'oreille.

Dair s'approcha alors de la troisième tapisserie, pour l'étudier et trouver la maisonnette. Elle était là, séparée des temples par la clairière, sur un lit de fleurs sauvages. Le nom de l'ermite était inscrit au milieu des fleurs : Geoffrey Swan. Les yeux toujours rivés sur la tapisserie, il lui demanda doucement ce qu'était devenu l'ermite. Deux ans plus tôt, lui dit-elle, elle s'était rendue sur l'île comme d'habitude, mais n'y avait pas trouvé Geoffrey. Souvent, c'était lui qui la trouvait. Elle était allée à sa maisonnette. Elle était vide, et à en juger par les toiles d'araignée et la poussière, elle n'avait pas été habitée depuis un moment. Elle avait trouvé sa tombe, près de la maisonnette, à un endroit ouvert et ensoleillé. Elle était indiquée par une belle pierre tombale et recouverte de fleurs sauvages. Près de la stèle, on avait placé une grande urne remplie de jolies fleurs en porcelaine de toutes les couleurs et de toutes les sortes, un ouvrage exquis. Rory s'était dit qu'elle avait été mise là pour que, chaque jour, Geoffrey l'ermite, gardien de Swan Island, puisse avoir des fleurs sur sa tombe, peu importe le temps qu'il faisait.

On les découvrit endormis dans les bras l'un de l'autre, sous une couverture, devant la cheminée du temple ; Dair percevait bien l'ironie de la situation. Si les personnages des tapisseries avaient été en mesure de se moquer de lui et de le traiter de prude hypocrite, c'était exactement ce qu'ils auraient fait alors qu'il remontait son caleçon avant de suivre Farrier à travers la fraîcheur du temple circulaire pour sortir sous le soleil de l'après-midi.

— J'demande pardon à Sa Seigneurie de l'avoir réveillée…

— Que faites-vous ici, Mr. Farrier ?

— Y'a une p'tite maison là-bas. Propre, bien rangée, avec un lit confortable. J'imagine qu'elle appartenait au gardien de Swan Island, Geoffrey l'ermite ; c'est ce qui est gravé au-dessus de la cheminée.

Dair passa sa main dans ses cheveux pour les dégager de ses yeux et accepta le cheroot que son officier d'ordonnance lui tendait.

— Par « ici », je ne voulais pas dire « sur l'île ». Que faites-vous *ici*, à me déranger ? Ne deviez-vous pas pêcher durant encore quelques jours ?

Farrier observa, entre les colonnes du temple, la forêt qui encerclait la clairière. Les feuilles, contre le ciel, étaient colorées par la lueur orangée du soleil de l'après-midi. Une volute de fumée s'éleva vers les nuages et sembla effleurer une nuée de canards qui volaient en formation. L'officier d'ordonnance resta de profil par rapport à son maître et tira sur son cheroot. Il ne répondit pas à sa question et ne put cacher son sourire en coin.

— Cette petite clairière est un vrai paradis, non ? Secrète, isolée… Personne ne pourrait savoir que vous êtes là… Le truc, c'est qu'aujourd'hui, il fallait que ce soit aujourd'hui, un garde-chasse a débarqué avec deux grands types agressifs. Ils ont cru entendre une bête sauvage, mais au lieu de venir directement ici, par chance, ils ont vu de la fumée et ils sont d'abord partis en reconnaissance vers la maisonnette. J'ai dû expliquer ce que j'faisais là. Puis on s'est mis à fumer et à boire une bonne tasse de thé, et j'les ai occupés jusqu'à… jusqu'à ce que le calme revienne. J'imagine que Sa Seigneurie se fiche pas mal de savoir que chaque chant d'oiseau, chaque craquement de brindille résonne dans la forêt…

— En effet, rétorqua Dair.

Il tira longuement sur le cheroot, comme s'il n'en avait pas fumé depuis une semaine, et releva son menton carré pour souffler la fumée dans les airs.

— Que voulez-vous ? s'enquit-il.

Farrier en vint au fait.

— Y'a une flottille à la recherche de vot' sirène aux cheveux dorés. Elle aurait laissé ses chaussures sur la jetée, avec autre chose, quelque chose dont elle peut pas se passer, et ça les a poussés à croire qu'il lui était arrivé une mésaventure…

— Bigre !

— … et donc on a envoyé le garde-chasse et les types vérifier si elle n'était pas là.

— Que leur avez-vous dit ?

Farrier jeta un coup d'œil à son maître et lui répondit d'un ton suffisant.

— J'leur ai rien dit, comme d'habitude. C'est pas mes affaires, non, si votre repas d'hier c'était de la poitrine de chanteuse d'opéra et celui d'aujourd'hui d'la croupe de sirène. Vos goûts sortent pas de l'ordinaire. Vot' barbe, par contre, elle me sidère. Mais bon, dans les bois et pour faire la bête à deux…

— Assez, Mr. Farrier ! gronda Dair, la férocité de sa demande faisant reculer l'officier d'ordonnance, stupéfait. Il ne s'agit pas de l'une de mes farces écervelées et je ne suis pas ici pour gagner un pari idiot ou satisfaire un caprice lubrique ! Compris ? Elle… Franchement, ce qu'elle est, ce ne sont pas vos oignons !

— Très bien, commandant, déclara Farrier en faisant un salut militaire à son supérieur. Je m'considère prévenu, m'lord.

Dair jeta le cheroot par terre et son officier d'ordonnance l'éteignit immédiatement sous son pied. Dair poussa un long soupir et leva une main d'un geste résigné.

— Écoutez, Mr. Farrier, je ne veux pas…

— Ma canne, l'interrompit Rory en s'avançant. J'ai laissé mes chaussures et ma canne sur la jetée. C'était idiot de ma part de les oublier. C'est ce qu'ils ont dû trouver. Je ne me rappelle pas les avoir mises dans le bateau…

Rory se tenait légèrement à l'écart, enveloppée du mieux possible dans la couverture ; elle la tenait fermement sur sa poitrine et relevait l'excès de tissu d'un bras pour éviter de trébucher. Ses cheveux clairs retombaient tel un rideau autour de son visage et sur ses épaules, jusqu'à sa taille. Elle avait entendu une grande partie de la conversation entre maître et fidèle domestique, s'étant réveillée juste après que Farrier eut sorti Dair d'un sommeil léger avec précaution, en le tapotant du doigt.

Aux yeux de Farrier, elle ressemblait moins à une sirène qu'aux sublimes jouvencelles médiévales qu'il voyait sur les vitraux des églises. Elle était plus jolie que ce qu'il attendait d'une beauté aux cheveux clairs, ses cils foncés encadrant des yeux bleus profonds, et elle avait une jolie bouche d'un rose foncé. Mais elle n'était ni aussi belle ni aussi voluptueuse que les femmes habituellement choisies par le commandant pour partager son lit. Et elle était bien plus jeune, ce qui poussa instantanément l'officier d'ordonnance à s'interroger sur la nature de la relation entre son maître barbu et cette fille. Cette interrogation fut de courte durée, car il eut sa réponse à l'instant où Dair se détourna en entendant la voix de Rory. Une lueur éclaira ses yeux foncés et ses traits s'adoucirent, toute colère et tout agacement s'évaporant. Farrier sut alors l'importance qu'avait cette femme dans la vie de son maître, et il poussa mentalement un long sifflement en baissant les yeux vers le bout poussiéreux de ses chaussures, où ils s'attardèrent.

Le couple échangea un sourire timide, et quand Dair s'approcha de Rory et lui tendit la main, elle la prit et il l'attira vers lui. Il déposa un baiser sur son front et lui dit doucement :

— Il vaudrait mieux que je vous ramène avant que votre grand-père ne soit frappé d'apoplexie ou que votre bonne ne soit forcée de partager sa crainte qu'il vous soit arrivé quelque chose de bien pire.

— Pire que la noyade ? Sûrement pas, dit-elle avec un sourire, s'appuyant contre son torse nu en relevant le menton vers lui. Il pense peut-être que la perte de ma vertu est un sort pire que la noyade, continua-t-elle dans un murmure. Mais pas moi. De toute ma vie, rien ne m'a jamais rendue aussi heureuse.

Il écarta délicatement les cheveux retombant sur sa joue.

— Marions-nous ici, à Treat, cette semaine. Je demanderai à Roxton de nous obtenir un certificat spécial.

— Oh ? Et cela prendra une semaine ?

Il rit et lui pinça le menton.

— Si cela dépendait de moi, nous serions mariés dès demain. Mais les archevêques doivent être prévenus à l'avance, pour qu'ils aient le temps de réfléchir et de se montrer importants... Cornwallis est néanmoins un homme sympathique, Roxton n'aura aucun problème à ce niveau-là.

— Une semaine suffira à faire venir une robe de chez moi... Et Grasby doit être présent...

— Oui. J'aimerais que Grasby soit présent, moi aussi. Dans ce cas, c'est réglé. (Il l'embrassa doucement sur la bouche.) Je suis impatient.

— Moi aussi... Il faut que j'aille m'habiller maintenant pour que vous puissiez me ramener à la maison douairière... Mais il faut d'abord que-que je prenne un bain...

— Bien sûr, l'interrompit-il rapidement pour la préserver de l'embarras. J'ai pris la liberté de préparer vos bas et vos vêtements près des marches du bassin, à portée de main.

— Oh ! C-c'était très attentionné de votre part. Merci, répondit-elle, la chaleur de ses joues s'intensifiant. J-je ne sais pas quand v-vous avez trouvé le temps…

— J'ai également rangé une grande partie du déjeuner, mais j'ai laissé les fraises sorties et il y a une pêche…

Sa gêne, au lieu de s'estomper, devint encore plus vive à chacune de ses interruptions tactiques. Il s'était donné la peine de préparer ses vêtements, sachant qu'elle voudrait prendre un bain. Mais bien sûr qu'il le savait. Ce n'était pas la première fois qu'il faisait l'amour. Pour une raison ridicule que seul son cœur comprenait, elle se sentait soudain mal à l'aise et bêtement maladroite avec lui, ce qui était loin d'avoir été le cas quand ils s'étaient trouvés nus, dans les bras l'un de l'autre.

Elle se souvenait que, après avoir joué à cache-cache dans le bassin, ils s'étaient séchés et avaient entrepris d'installer le déjeuner ensemble. Ils avaient tous les deux faim et, après avoir partagé un déjeuner paisible et une bouteille de vin, ils s'étaient allongés, rassasiés, sur la couverture de pique-nique pour observer le ciel et les nuages. Elle n'était pas sûre de l'enchaînement précis des événements qui avaient mené à ce qu'ils fassent l'amour. Certains moments étaient plus nets que d'autres dans ses souvenirs… Il avait délicatement retiré ses bas, dénouant les petits nœuds en soie qui maintenaient les jarretières en place et les bas au-dessus de ses genoux. Il avait fait rouler chaque bas humide le long de ses jambes et de ses pieds et en avait embrassé le dessus, accordant autant d'importance à chacun de ses deux pieds, tout en lui disant à quel point il l'aimait et la désirait ; elle n'avait pas bronché. Il s'était montré tellement patient, tellement doux quand nécessaire. Elle lui avait fait entièrement confiance.

Il l'aimait autant qu'elle l'aimait, et il s'agissait de quelque chose de merveilleux. Elle avait appris des choses extraordinaires à propos d'elle-même, de son propre corps, et de celui de Dair. Oh ! Il avait un corps magnifiquement masculin, et sa réaction à ses baisers et à ses caresses exploratrices avait été des plus extraordinaires. Elle était encore émerveillée par ce qu'il venait de se passer entre eux. Et maintenant qu'elle avait partagé l'expérience la plus intime au monde avec l'homme qu'elle aimait plus que tout, elle ne pouvait plus revenir en arrière. Elle était maintenant spirituellement liée à lui à jamais, et cela la comblait. Il ne leur restait plus qu'à célébrer leur union légale pour que leur bonheur soit complet.

Alors pourquoi, maintenant que son corps s'était refroidi et que son esprit s'était apaisé, avait-elle l'impression qu'une ombre planait encore sur leur bonheur ? Son cœur lui assurait qu'il n'y avait rien de plus naturel au monde que de faire l'amour avec celui qu'elle aimait. Cependant, il restait un soupçon de doute, de culpabilité, qui lui serrait le cœur et la troublait grandement. Elle n'y pouvait rien. Depuis qu'elle était petite, elle savait que la virginité d'une jeune femme était ce qu'elle possédait de plus précieux. Il ne fallait pas y renoncer à la légère, la donner à n'importe quel homme, et jamais, *jamais*, avant le mariage, ce qui enclencherait son déclin moral. Et même si elle croyait à cela, elle n'avait jamais sérieusement envisagé de se marier, et encore moins de faire l'amour dans une grotte magique avec le plus bel homme d'Angleterre.

Il lui avait donné une bague lui promettant son engagement avant de faire l'amour… Il lui avait assuré qu'ils seraient mariés grâce à un certificat spécial d'ici la fin de la semaine… C'était toute la garantie dont elle avait besoin, non… ?

Dair ressentit le malaise de Rory et remarqua qu'elle jouait inconsciemment avec la bague ornée d'un saphir lavande pâle à laquelle elle n'était pas encore habituée, la faisant tourner autour de son annulaire. Mais il n'avait aucune idée de ce qui la troublait, et il ne se rendait pas non plus compte de l'étendue de son tourment interne. Se disant que la présence de Farrier la mettait peut-être mal à l'aise, il passa un bras autour de ses épaules et la mena vers le bassin, loin de son officier d'ordonnance, qui fixait le sol comme s'il accaparait toute son attention.

Il laissa Rory prendre un bain en privé et revint vers Farrier, qui s'était avancé dans le petit temple et se rendait utile en éteignant le feu de cheminée et en rangeant la pièce. Dair remonta son haut-de-chausses et remit sa chemise et son gilet, mais il n'en ferma pas immédiatement les boutons. Il leva ses bottes de jockey et ses bas.

— Mr. Farrier ! Un coup de main, s'il vous plaît.

— Je peux donner un coup de main à Sa Seigneurie, mais d'une seule main !

Dair sourit.

— Une seule suffira.

Leur bonne entente retrouvée, Farrier s'autorisa à demander :

— Puis-je écourter mon congé et revenir à votre service, m'lord ?

Dair releva les yeux de la ceinture de son haut-de-chausses sur laquelle il s'affairait.

— Êtes-vous sûr ? Ce n'est pas nécessaire… Réflexion faite, oui ! Je vous en prie. Il faut que je me rase, dès cet après-midi. Reynolds est un bon valet à bien des égards, mais il est incapable de me raser ou de prendre correctement soin de mes rasoirs, et il n'a pas la moindre idée de comment préparer une pierre à aiguiser.

Farrier secoua la tête d'un air sérieusement soucieux.

— Pas étonnant que vous ayez le visage tout laineux, m'lord. J'aurais peur que Reynolds me tranche la gorge, moi ! Et il a deux mains qui fonctionnent pour faire ça, en plus. Laissez-moi m'en charger... Voilà ! ajouta-t-il avec satisfaction quand le commandant fut habillé et chaussé. Si vous avez plus besoin d'moi, je vais retourner à la maisonnette pour rassembler mes affaires. J'ai amarré mon esquif dans la crique, moi aussi.

— Mr. Farrier – Bill...

L'officier d'ordonnance s'arrêta sur le pas de la porte du temple et se retourna vers l'intérieur de la pièce.

— Oui, m'lord ?

Dair le regarda droit dans les yeux.

— Ma vie a pris une tournure inattendue mais bienvenue depuis que vous avez été enfermé dans la tour de Londres.

Farrier était entièrement d'accord. À son avis, l'aveu du commandant était un euphémisme colossal. Puisque Dair ne rentrait pas dans les détails, Farrier hocha la tête et partit. Il était persuadé que l'avenir s'annonçait intéressant... À la tombée de la nuit, même lui n'aurait pas pu prédire à quel point.

# VINGT-SIX

Antonia se releva lentement des coussins tissés de la méridienne et posa ses pieds chaussés de bas sur le tapis, le tout sans ouvrir les yeux. Ces derniers toujours fermés, elle chercha ses mules en soie turquoise brodées, dont elle s'était débarrassée plus tôt, du bout des pieds. Bien que l'après-midi touche à sa fin, elle portait encore son déshabillé matinal, une robe à la turque en soie marron clair, ample à l'exception de la large ceinture turquoise autour de sa taille. Et au vu de l'état dans lequel elle était, elle n'avait aucune envie de s'habiller pour dîner, même si elle recevait son cousin. Elle ne savait pas comment elle pourrait supporter le repas. La nourriture ne lui faisait pas envie.

Son corps ne voulait pas se sustenter et, pour une raison que seul ce dernier comprenait, elle supportait mieux les vagues de nausée quand elle fermait les yeux pour bloquer la lumière. Michelle lui avait proposé de fermer les rideaux, mais elle avait envie – non, elle avait *besoin* – de sentir la légère brise qui venait du lac. Et avec le soleil derrière la maison douairière et les fenêtres grandes ouvertes, la jetée, le lac et Swan Island baignaient dans le splendide rougeoiement doré de la fin de journée.

Une heure plus tôt, elle se tenait justement devant la fenêtre quand deux bateaux avaient glissé jusqu'à la jetée pour s'y amarrer. Ils avaient été accueillis par une demi-douzaine d'hommes, dont certains avaient participé à une fouille du lac plus tôt dans la journée. Elle s'était d'abord sentie soulagée que sa filleule soit saine et sauve. Puis elle avait été très intéressée par la personne qui accompagnait Rory. Son intérêt s'était accru quand elle avait découvert que la jeune femme avait fait du bateau sur le lac avec son cousin le commandant.

Elle avait observé les hommes décharger les deux embarcations avant de retourner à leurs occupations. L'un d'eux avait tendu sa canne à Rory. Puis, elle et le commandant avaient lentement remonté la pelouse en pente vers une carriole tirée par un poney qui attendait Rory pour la ramener au Gatehouse Lodge. En voyant la carriole, et plus précisément ce qu'il se passait juste derrière, Antonia chancela et agrippa le rebord de la fenêtre à deux mains ; sa bonne crut qu'elle était sur le point de s'évanouir. Le couple pensait-il réellement que personne n'allait les voir s'embrasser, alors qu'un manoir élisabéthain les surplombait ? Mais, à en juger par le genre de baiser qu'ils échangèrent, Antonia comprit que le couple ne réfléchissait absolument pas. Ils étaient tellement accaparés l'un par l'autre qu'ils en oubliaient tout le reste, et en particulier ce qui les entourait. Elle ne pouvait en conclure qu'une chose à propos de sa filleule et de son cousin le commandant, et cette conclusion lui inspirait des sentiments mitigés. Car si ce baiser la faisait sourire, il l'emplissait également d'une inquiétude dont elle ne parvenait pas à se débarrasser.

Elle pensait à ce baiser quand Michelle interrompit ses réflexions en lui annonçant que la salle à manger privée était prête et que, dans la cuisine, ils n'attendaient plus que son invité pour commencer à envoyer les plats. Madame la duchesse voulait-elle se changer pour le dîner ? Antonia secoua la tête, puis dans un rare accès d'impatience, elle attrapa le bout de la ceinture autour de sa taille, ouvrit les yeux et lâcha :

— S'il me suffisait d'enlever cette tenue et d'enfiler une nouvelle robe et une autre paire de chaussures pour me-me sentir *mieux*, ne pensez-vous pas que je le ferais ? Mon dieu, marmonna-t-elle pour elle-même, que m'arrive-t-il ?

Michelle aurait pu répondre à sa maîtresse, mais elle garda son avis pour elle-même. D'un geste de la tête en direction de l'ouverture, cachée par un rideau, qui menait plus loin dans les appartements privés de la duchesse, elle congédia les deux femmes de chambre, qui comprirent à l'expression de la dame d'honneur que les vêtements qu'elles avaient sélectionnés et préparés pour leur maîtresse pouvaient être rangés dans des boîtes pour un autre jour.

— Madame la duchesse, préféreriez-vous que j'envoie un message à Sa Seigneurie pour l'informer que vous êtes malade et...

Antonia secoua sa tête blonde.

— Non, répondit-elle en relevant les yeux vers Michelle, qui s'était avancée devant la méridienne. Cela ne m'aiderait pas non plus à me sentir mieux. Vous devriez peut-être l'emmener ici pour commencer. Et apportez-moi du thé. Sans lait. Et pourquoi pas une tranche de pain. Sans beurre. Cela apaisera peut-être ma nausée...

Son regard passa rapidement sur l'épais tapis étendu entre elle et la cheminée, recouvert de documents regroupés en piles soignées et rangées par ordre d'importance, de gauche à droite. Il y avait des documents légaux, des cartes indiquant des limites de propriétés, des plans de maisons, des factures et des reçus, les cartes de visite d'une multitude de commerçants et de marchands, et de la correspondance avec ces mêmes personnes. En plus de ces piles de documents bien rangés, il y avait *Le guide du tapissier, de l'ébéniste et de tous ceux qui travaillent en meubles*, dont plusieurs pages étaient marquées, des nuanciers de textiles et de peintures, et de nombreux échantillons de tapisserie. Il y avait même plusieurs dessins détaillés d'un fabricant de carrosses, pour deux nouveaux véhicules, un pour le voyage et un pour la ville. Et au bout de la méridienne, au-dessus d'une pile de livres qu'elle avait rapportés de la maison d'Hanover Square pour son temps libre, était posé son agenda. Il était ouvert et lui rappelait que Mr. Joseph Wright, le peintre, arriverait aux alentours de la semaine prochaine, descendant de Derby à sa demande, et resterait quinze jours pour réaliser les croquis préliminaires de son nouveau portrait. Une fois terminé, il serait envoyé au château de Leven où il serait accroché à côté du portrait du nouveau duc de Kinross, également commandé à Wright.

Tout cela, du plus petit reçu de commerçant à son agenda, était lié à sa nouvelle vie en tant que duchesse de Kinross et aux quatre maisons dont elle était maintenant maîtresse : la maison douairière, qui faisait maintenant partie du nouveau domaine Strang Leven ; la maison de maître d'Hanover Square, qui serait bientôt renommée Kinross House ; le château de Leven, ce château de style français du xvi$^e$ siècle sur le rivage du Loch Leven en Écosse ; et une maison de ville à Édimbourg. Son duc lui avait donné plein pouvoir sur toutes ces maisons, car il faisait entièrement confiance à son jugement et, elle le suspectait, pour qu'elle reste occupée pendant qu'il était au nord du mur d'Hadrien.

Mais comment pouvait-elle penser à s'occuper d'une maison, pire, de quatre maisons, ainsi qu'à commander deux nouveaux carrosses et à conseiller le nouvel homme d'affaires du duc sur plusieurs problèmes administratifs liés à ses domaines, alors qu'elle pouvait à peine se concentrer pour lire le dernier journal, et encore moins prendre des décisions primordiales. Et Jonathon n'étant pas là pour partager ces décisions avec elle, tout cela lui semblait étrangement de peu d'importance. Mais elle comptait bien remplir son devoir auprès de lui et, bien qu'elle ait elle-même encore du mal à l'accepter, auprès de cette minuscule vie qui grandissait en elle, qui hériterait de ses domaines, de sa richesse et de sa couronne de duc écossais.

ALORS QU'ANTONIA BUVAIT SON THÉ NOIR À PETITES GORGÉES ET grignotait une tranche de pain blanc nature, on fit entrer Dair dans son joli salon encombré qui donnait sur le lac. Il portait une tenue habillée, ce qui la surprit, d'autant plus qu'on le voyait souvent dans une redingote confortable, avec ses bottes de jockey habituelles et ses épais cheveux noirs négligemment attachés pour dégager son visage. Ce jour-là, il portait une élégante redingote en lin bleu nuit aux courtes basques brodées, aux manchettes serrées et retournées et dont les rabats des poches étaient décorés de gerbes de fleurs argentées et de paillettes, ainsi qu'un haut-de-chausses assorti en tricot ajusté au niveau des cuisses. Les deux étaient ornés de boutons en argent poli assortis à ceux d'un gilet en soie crème. Et pour la première fois depuis de nombreuses années, ses larges pieds étaient enfermés dans de simples chaussures en cuir noir montées sur un petit talon et décorées de simples boucles en argent. Ses cheveux, qui lui arrivaient aux épaules, étaient soigneusement coiffés vers l'arrière et attachés sur sa nuque par un ruban en soie crème.

Le plus surprenant était qu'il ne portait plus la barbe noire taillée de près avec laquelle Antonia l'avait vu cet après-midi même. À vrai dire, son menton puissant et sa mâchoire n'avaient pas été aussi lisses depuis de nombreuses années. Il portait toujours une barbe naissante, même lors des événements les plus officiels, comme s'il s'en moquait ou qu'il n'avait pas eu le temps de se raser soigneusement. Antonia s'était toujours dit qu'il s'agissait d'un simulacre, comme ses cheveux décoiffés et ses bottes de jockey. Des accessoires qu'il sortait de son sac d'acteur pour plaire à son public féminin admiratif et, selon ses soupçons, pour énerver sa mère ; la comtesse était à cheval sur les convenances, autant au niveau de l'apparence physique que de la tenue, qui devait toujours être correcte.

Ce ne fut pas son cousin désinvolte à l'attitude arrogante qui se pencha sur sa main tendue pour la saluer, mais un jeune gentleman affable, au sourire qui frôlait la timidité. Cette vision poussa Antonia à se redresser et à l'observer attentivement. Pour le taquiner, elle dit :

— Passer un mois dans la tour de Londres vous a changé, Alisdair.

Il haussa un sourcil.

— Vous et moi savons très bien, Votre Grâce, que j'ai passé ce mois au Portugal.

— Ah, ce n'est donc pas l'incarcération mais l'insolation qui vous a poussé à renoncer à vos bottes, hein ? (Elle reposa sa tasse.) Ce cousin que vous me présentez me semble bien plus sérieux que l'autre. Vous devriez vous passer de vos bottes de jockey plus souvent. Les bas blancs mettent bien mieux en valeur vos mollets puissants. Et, même si la barbe avait un certain charme, vous êtes bien plus beau sans.

— Merci, Votre Grâce...

— Votre Grâce ? Je vous complimente et vous restez cérémonieux avec moi ? Voilà que je vous fais rougir ! Qui aurait pu croire que c'était possible ? Mais je ne vous dis rien que vous ne savez pas déjà.

Dair lui adressa un grand sourire.

— Non, Votre... Non, ma cousine. Mais je vais prendre en considération vos conseils sur les bas et les chaussures.

— Julian sait que vous êtes là et vous a invité à un concert ce soir, peut-être ?

Dair secoua la tête.

— Non. Après avoir soupé avec vous, j'ai rendez-vous avec Lord Shrewsbury.

Les sourcils d'Antonia se haussèrent imperceptiblement, et il ajouta :

— Je dois lui faire le compte-rendu de mon voyage à Lisbonne. Mais avant de pouvoir faire cela, je dois discuter de quelque chose d'important avec vous...

— Avec moi ? l'interrompit-elle, se rappelant le baiser passionné qu'elle l'avait vu partager avec sa filleule.

Elle lui proposa de s'installer dans le fauteuil bergère près de sa méridienne et s'excusa du désordre sur le tapis quand ses grands pieds avancèrent difficilement entre les piles de papiers. Quand il fut assis, elle ajouta avec un sourire :

— Naturellement, je vais vous apporter toute l'aide dont je suis capable. Vous le savez, mon cher.

Il hocha la tête et, soudain ému, passa aisément au français natal de la duchesse.

— Oui. Oui, je le sais, ma chère cousine... Jamie adore son microscope, et votre visite aux Banks a donné à la famille et aux domestiques de quoi alimenter des semaines de discussions, tout en leur offrant une certaine notoriété dans leur petit coin du monde. Je vous soupçonne d'avoir su ce qu'il allait se passer avant de vous rendre à Chelsea en grande pompe… ?

Elle partit d'un petit rire cristallin avant de retrouver son sérieux.

— Les gens de notre statut se doivent d'être à la hauteur des attentes des autres, en particulier ceux dont la situation ou le statut ne leur donne pas l'opportunité de s'approcher de notre cercle social, et encore moins de s'y mêler. Comment aurais-je pu ne pas m'y rendre dans l'imposant carrosse de voyage noir, accompagnée d'éclaireurs, portant l'une de mes plus belles robes, ayant l'apparence d'une duchesse jusqu'au bout des ongles ? Quelle déception pour eux si j'étais arrivée dans cette tenue !

Dair rit et secoua la tête.

— Vous ne décevez jamais, madame la duchesse. Même si vous affirmez le contraire, vous êtes *toujours* une duchesse jusqu'au bout des ongles ; votre tenue n'est qu'un détail anodin.

— J'espère que cela restera vrai dans les mois à venir… murmura Antonia, se préparant pour se lever sans avoir la nausée quand un valet de pied apparut sur le pas de la porte du vestibule qui reliait le salon à la salle à manger privée. Cela ne vous dérange pas si nous dînons avant de discuter de cette affaire importante, si ? Pierre va s'arracher ce qu'il lui reste de cheveux si je ne fais pas au moins l'effort de goûter à ses plats alléchants. Je suis très contente que vous soyez avec moi, ajouta-t-elle avec un sourire quand Dair lui offrit son bras pour qu'ils s'avancent dans la salle à manger vers une table dressée avec de l'argenterie, du cristal délicat et des assiettes en porcelaine de Sèvres. Vu votre appétit, mon chef aura au moins le sentiment d'être apprécié…

Tandis que les cousins mangeaient de la longe d'agneau panée aux champignons, une salade composée, des feuilletés à la carotte, du concombre farci et du pudding à la pomme de terre, leur conversation tourna autour de sujets d'actualité, et non personnels. Ils discutèrent de la visite surprise de l'infirme Lord Chatham aux Lords dans sa chaise à porteurs et de l'échec de sa motion visant la cessation des hostilités dans les Amériques, après avoir obtenu soixante-seize votes contre et vingt-six votes pour. Ils étaient tous les deux d'accord pour dire que la publication du traité historique de Macpherson, dans lequel il condamnait l'avarice du premier duc de Malborough, était une attaque inutile, et que Macpherson n'avait aucun droit de s'en prendre au grand général de la reine Anne. Ils s'intéressaient tous les deux énormément aux raids menés par des navires corsaires américains sur les côtes écossaises et irlandaises. Antonia espérait que les caisses qui transportaient ses affaires personnelles, en provenance de son ancienne maison parisienne, étaient bien arrivées à l'abri d'un port anglais sans avoir été confisquées par des pirates traîtres. Dair s'empêcha immédiatement de lui dire que ces pirates traîtres recevaient l'aide et le soutien de ses semblables, les Français, qui dissimulaient encore leur relation traîtresse, hypocrite et patte avec les colons derrière une cape de cordialité envers les Anglais. Il savait qu'une guerre ouverte contre les Français était sur le point d'éclater, dans quelques mois tout au plus.

Antonia n'était pas distraite par sa nausée ou par la conversation au point de ne pas remarquer la tension soudaine dans la mâchoire puissante de son cousin quand ils évoquèrent les Français, elle éloigna donc habilement la conversation de la guerre en mentionnant une observation banale que lui avait faite Horace Walpole dans l'une de ses lettres, à propos de la dernière folie de la Société de Londres, qui allongeait de plus en plus ses soirées. Elle raconta à Dair que le cuisinier de Lord Derby l'avait prévenu qu'il allait se tuer à la tâche s'il devait préparer le souper à trois heures du matin, ce à quoi Lord Derby avait froidement répondu en lui demandant combien il devrait payer pour le tuer !

Ils rirent tous les deux et la cordialité fut rétablie, tant et si bien qu'à l'arrivée du dessert, Antonia, qui avait réussi à contrôler sa nausée en ne mangeant qu'un tout petit peu, put céder à une boule de glace à la pistache accompagnée d'une fine gaufrette parfumée à l'épine-vinette. Quant à Dair, il oublia la raison de son dîner avec sa cousine et épancha plutôt ses sentiments pour Miss Aurora Talbot.

Antonia dissimula son incrédulité et l'écouta sans faire de commentaire. Mais alors qu'elle terminait sa dernière cuillerée de glace à la pistache dans son grand verre en cristal, elle croyait entièrement en sa sincérité. Elle comprenait parfaitement, à présent, le changement qui s'était opéré en lui. Ce n'était pas tant qu'il avait changé, mais plutôt qu'il était devenu l'homme qu'il avait toujours été destiné à devenir. Si elle était secrètement stupéfaite que sa filleule soit la femme qui avait provoqué cela et en qui Dair avait investi tous ses espoirs et rêves pour l'avenir, ce n'était pas parce qu'elle ne voyait pas le potentiel de Rory à devenir le grand amour d'un homme bien. Ce qui la stupéfiait, c'était que son cousin, qui gravitait autour de Rory depuis des années, l'avait enfin remarquée et était tombé irrévocablement amoureux d'elle. Elle était on ne peut plus heureuse et supposait naturellement qu'il s'agissait là du sujet important qu'il souhaitait évoquer avec elle.

Ils retournèrent dans le salon pour le thé et les macarons. Le tapis en épais velours devant la cheminée avait miraculeusement été débarrassé de tout l'attirail nécessaire à l'aménagement et la rénovation de quatre maisons, soigneusement empilé sur une longue table en acajou poussée contre un mur. Avec le nécessaire à thé placé devant elle et le majordome qui s'occupait de verser la boisson dans des tasses en porcelaine, Antonia demanda si c'était à propos de ses fiançailles secrètes que Dair voulait s'entretenir avec elle.

La demande innocente de la duchesse sortit violemment Dair de sa rêverie, et il revint à la vraie raison pour laquelle il devait lui parler. Si cela était possible, il était encore plus réticent à s'exécuter. Avec cette nouvelle intimité qui était apparue entre eux, il était encore plus difficile pour lui d'aborder le sujet de l'identité de son contact à Lisbonne. Et pourtant, c'était inévitable. Confirmer l'identité de l'agent double permettrait à cet homme de revenir en Angleterre, et il pourrait ainsi révéler tout ce qu'il savait sur les relations que les Français entretenaient avec les rebelles américains et l'identité de l'agent double au sein des services secrets de Shrewsbury.

Antonia fut naturellement perplexe quand son cousin ramena la conversation à son séjour secret au Portugal.

— Vous souhaitez me parler de votre séjour à Lisbonne, à moi ?

Elle s'inquiéta et se dit que ce devait vraiment être sérieux quand Dair, après avoir accepté une tasse de thé, quitta son fauteuil bergère pour venir s'installer au bout de sa méridienne.

— Je me suis rendu à Lisbonne avec pour objectif principal de rencontrer un contact, un agent important, un agent double à vrai dire, qui travaille non seulement pour la France, mais plus important encore, qui travaille pour nous, contre les Français. Il détient des renseignements, des informations cruciales qui pourraient sauver la vie de milliers de soldats anglais. Il connaît également l'identité du traître au sein des services de Shrewsbury.

Antonia lui tendit le sucrier et observa Dair laisser tomber un petit morceau de sucre dans son thé au lait, à l'aide des pinces en argent.

— Avez-vous demandé à cet individu si votre frère était bien un traître, ce dont l'accuse Shrewsbury ?

Dair entendit la pointe de réprimande dans sa voix et prit le temps de remuer son thé avant de répondre d'une voix mesurée :

— Il pense, tout comme moi, que Charles est un intellectuel idéaliste, dont les idéaux ont été utilisés par des forces loyales au roi de France pour servir leurs propres intérêts.

— Je vois. Ainsi, cet individu que vous avez rencontré doit penser qu'il connaît bien Charles, aussi bien que vous, pour faire une telle observation, hein ?

— Oui, madame la duchesse, répondit Dair.

Il lui demanda de reposer sa tasse de thé, craignant que, surprise par ce qu'il s'apprêtait à lui dire, elle la renverse. Elle s'exécuta. Il y avait quelque chose dans ses yeux noirs et son utilisation de son titre qui fit palpiter son cœur. Ne lui laissant pas le temps d'ajouter autre chose, elle dit dans un murmure :

— Votre frère… Est-ce que Charles… Est-il en-en sécurité ?

— Oui. Oui, bien sûr. Lui et Sarah-Jane ont emménagé dans une maison dans la ville de Versailles, juste à côté du palais. Selon Charles, elle a un charmant jardin clôturé et elle est assez proche du palais pour qu'il puisse s'y rendre à pied si besoin.

Antonia hocha la tête et respira de nouveau.

— Oui. Oui. J'ai reçu une lettre de Sarah-Jane. Elle et Charles sont heureux dans leur nouvelle maison, ce qui nous fait très plaisir à moi et à son père.

— L'agent que j'ai rencontré à Lisbonne se fait appeler monsieur Lucian, monsieur Gaius Lucian. Mais il ne s'agit pas de son nom de naissance. J'admets que quand il m'a révélé sa véritable identité, je n'étais pas convaincu… Non, je-j'étais sous le choc. Un simple coup de plume aurait pu me faire tomber à la renverse ! Mais nous avons passé plusieurs jours ensemble et au final, je dois bien reconnaître que, sur certains points, il me faisait penser au jeune homme qu'il était jadis. Il est donc possible qu'il soit l'homme qu'il prétend être, mais ce n'est pas à moi de le déterminer. Après tout, je ne l'ai pas vu depuis plus de dix ans et, s'il s'agit bien de lui, il a beaucoup changé. Il ne m'a pas laissé de bons souvenirs. Son insolence maniérée m'a toujours donné envie de lui en mettre une. Seule l'intervention de Julian m'a empêché d'agir violemment envers ce crétin orgueilleux. Il virevoltait dans des talons plus hauts que ceux portés par n'importe quelle femme et avait un rire irritant qui ne devrait jamais sortir de la bouche d'un homme. Et il avait cette habitude agaçante et arrogante de transporter son alto partout avec lui. Il se lançait dans une composition dissonante, souvent assez près de moi pour que je l'entende, et qui me donnait envie de fracasser son instrument sur sa tête poudrée pour l'arrêter.

Antonia tapota la main de Dair, qui s'était fermée en un poing sur son genou.

— Je sais qui vous décrivez, mon cher, et je comprends votre agacement. Je l'aimais énormément, car c'était le fils de mes très chers meilleurs amis, et mon neveu. Mais, moi aussi, j'avais parfois envie de lui donner un petit coup d'éventail sur les doigts. Tout cela n'était qu'une façade, le savez-vous ?

— Oui. Oui, je m'en rends compte maintenant. Mais quand j'étais plus jeune, je ne voyais pas au-delà de cette performance extravagante.

(Il partit d'un rire sévère.) Vous imaginez ? Moi, l'acteur le plus talentueux des services secrets, incapable de voir le subterfuge de son cousin !

Antonia poussa un petit soupir attristé.

— C'est tellement triste… Une famille entière perdue… Je me réconforte à l'idée qu'Evelyn n'ait pas été vivant pour voir ses deux parents et monseigneur nous quitter d'une telle façon…

Dair fronça les sourcils.

— Mais la personne que je viens de décrire, le cousin que je ne supportais pas il y a plus d'une décennie, il s'agit du gentleman avec qui j'ai passé du temps à Lisbonne ; en tout cas, c'est ce dont il a essayé de me convaincre ! Monsieur Gaius Lucian prétend être Evelyn Gaius Lucian Ffolkes, votre neveu, héritier du comté de Stretham-Ely.

Antonia secoua la tête.

— Non. Non. Non. Cet homme, c'est un menteur ! Evelyn, nous l'avons perdu il y a des années de cela ! Il s'est enfui avec une fille très peu recommandable qui est morte quelques années après leur mariage, à Florence, je crois. Et après cela… continua-t-elle en levant les mains d'un geste impuissant, nous avons perdu tout contact avec lui. Monseigneur a dépensé une petite fortune pour le rechercher. Sa sœur, la mère d'Evelyn, comme vous pouvez l'imaginer, était éperdue de douleur ; une première fois quand il s'est enfui, puis lors de sa disparition. Elle n'avait pas d'autre enfant. Chaque jour, elle éclatait en sanglots à un moment ou un autre en pensant à lui. C'était tellement, tellement triste pour ma belle-sœur et son mari. Ainsi, quand monseigneur a reçu, de Cracovie, la nouvelle que son corps – le corps d'Evelyn – avait été repêché dans la Vistule, ses pauvres parents ont pu faire leur deuil. Bien sûr, aucun de nous ne pensait qu'il avait réellement disparu, et il restait une lueur d'espoir que ce corps ne soit pas le sien, car il était gravement mutilé. Mais quand nous avons reçu sa chevalière et que son père a affirmé qu'elle appartenait à son fils, nous avons su qu'il était vraiment mort. Et donc cet homme, ce monsieur Lucian, c'est un menteur, Alisdair.

Dair avait écouté le raisonnement de la duchesse, sans commentaire ni réaction. S'il n'avait pas passé du temps en compagnie de ce monsieur Lucian, s'il ne l'avait pas convaincu qu'il était bien l'homme qu'il affirmait être, il aurait été le premier à être d'accord avec elle. Mais il savait déjà tout ce qu'elle lui disait, et Gaius Lucian avait tout expliqué. Il insista donc pour la faire changer d'avis.

— Et si je vous disais que le corps repêché n'était pas le sien ? Et si la chevalière avait été envoyée pour enfin convaincre le duc et ses parents qu'il était bel et bien mort, car à ce moment de sa vie il aurait voulu être mort et ne voulait pas qu'on le retrouve ? N'est-ce pas plausible ?

Antonia haussa légèrement les épaules, mais ne contesta pas. Il posa sa tasse vide et continua :

— Je suis sûr qu'il ne m'a pas raconté toute l'histoire, mais je n'avais pas beaucoup de temps et ce n'était pas à moi d'agir en tant que confesseur pour cet homme. Je devais prendre contact avec notre agent double à Lisbonne, me procurer certaines informations, et les rapporter à Shrewsbury. Mais il semblerait que notre agent ait une idée précise de ce qu'il est prêt à révéler, et quand. Il s'exécutera seulement quand on l'aura ramené en Angleterre et, une fois dans le pays, quand on lui aura accordé l'immunité judiciaire. Il est donc impératif que je sois persuadé qu'il est bien qui il prétend être, et que Shrewsbury en soit persuadé aussi. C'est seulement dans ce cas que nous pourrons nous assurer que les informations qu'il nous donne sont avérées.

— Vous voulez que je vous dise que je pense que cet homme est mon neveu, revenu d'entre les morts ? C'est impossible, je refuse d'y croire. Pas tant qu'il ne se tient pas devant moi pour que je puisse regarder dans ses yeux bleus. Alors, je pourrai peut-être vous le garantir.

— Croyez-moi, ma cousine, j'étais tout aussi stupéfait et sceptique que vous quant à l'identité de cet homme. Après tout, il n'a rien à voir avec le coq orgueilleux dont je me souviens. Il ne sait même pas jouer de l'alto. Enfin, je ne crois pas que ce soit possible en tout cas. Il lui manque deux doigts à la main gauche. Je pensais qu'il avait à peu près mon âge, mais il a l'air d'en avoir dix de plus...

— S'il était vivant, il aurait trente ans.

— Cet homme a l'air d'avoir au moins quarante ans. Son cou et ses mains portent les cicatrices de la torture. Il est sec et émacié, comme s'il n'avait pas pu se nourrir correctement pendant longtemps. Il a bien les yeux bleus...

— Un piètre argument.

— ... et tout ce qu'il m'a dit – vraiment *tout* – à propos de sa famille, de son enfance à Paris et ici, à Treat, de monseigneur et vous, de ses années à Eton avec Julian, des leçons d'alto à la duchesse, et même certains événements incluant mon père... tout était correct.

— Imposteur ! Evelyn aurait pu raconter toutes ces histoires à un ami proche, voire un domestique, et c'est cette personne malintentionnée qui se fait passer pour mon neveu. Tout cela pour mettre la main sur l'héritage, je n'en doute pas une seconde !

Antonia agita la main d'un geste dédaigneux et chercha son éventail. Elle avait soudain besoin d'air. Pourquoi est-ce qu'on avait fermé les fenêtres et tiré les rideaux ? À sa demande, deux valets de pied se précipitèrent pour ouvrir les rideaux et les fenêtres en grand. Et Michelle, où était-elle passée ? Ou d'ailleurs, le reste de ses femmes de chambre ? Elle chercha du regard le paravent composé de six panneaux peints dans un style chinoiserie dans un coin de la pièce. Il cachait une chaise percée et un meuble de toilette avec un broc rempli d'eau et une bassine en porcelaine. Elle se demandait si elle pourrait atteindre la bassine à temps si la vague de nausée sur laquelle elle flottait la submergeait. D'habitude, Michelle ou une autre de ses femmes de chambre restait à proximité, prête à lui tendre la bassine si elle en avait besoin. Leur absence dans la pièce décupla sa panique. Et cette panique, cette impression qu'il lui faudrait peut-être se mettre soudain à courir pour aller vomir derrière le paravent, donna l'impression qu'elle était énervée contre son cousin.

— Pourquoi est-ce que vous n'allez pas déranger Julian avec cette histoire ? Il vous dirait la même chose. Il a été proche de son cousin pendant de nombreuses années, jusqu'à ce qu'il s'enfuie avec la fille d'un fermier général et qu'ils perdent contact. Je suis sûre qu'il pourrait également mettre la main sur les lettres que son père a écrites à de nombreux agents sur le continent quand nous recherchions des informations à propos d'Evelyn. Je suis désolée, Alisdair, mais ce monsieur Lucian est un imposteur.

— J'aimerais pouvoir en être aussi sûr que vous, madame la duchesse. J'aimerais ne pas avoir à vous déranger et pouvoir résoudre ce problème avec Roxton. Mais c'est impossible.

— Pourquoi ? Pourquoi ne pas en parler à mon fils ? demanda Antonia, qui avait réussi à rejoindre le coussiège, son visage face à la brise fraîche venant du lac. Ne trouvez-vous pas cela étrange que ce monsieur Lucian vous demande de me déranger plutôt que mon fils ?

Dair resta silencieux, se préparant à lui demander la confirmation dont il avait besoin, ce qui était d'autant plus difficile si ses soupçons à propos de l'origine du manque d'appétit de sa cousine étaient avérés. Il l'avait observée faire une mine dégoûtée devant des aliments qu'elle mangeait volontiers par le passé. L'élément le plus révélateur était son dégoût pour sa boisson préférée, le café, et sa nouvelle préférence pour le thé, une boisson qu'elle exécrait habituellement. Il s'agissait d'un signe flagrant qu'elle souffrait de nausées matinales. Et s'il était passablement choqué qu'une femme de l'âge de sa cousine attende un enfant, il savait que cela n'était pas rare. Par ailleurs, il était secrètement fou de joie pour elle et son nouveau duc. Un bébé était toujours bienvenu, et il savait que celui-ci serait d'autant plus précieux pour ce couple qui venait de se marier, et pour le duc de Kinross qui n'avait pas d'héritier masculin.

— Si je pouvais déranger Julian, je le ferais. Mais monsieur Lucian m'a confié une information qui pourrait prouver son identité, et elle vous est réservée. Il ne veut pas que le duc en entende parler et, quand vous aurez entendu ce que j'ai à dire, vous serez aussi d'avis qu'il vaut mieux que cela reste entre nous.

Antonia s'installa plus profondément sur le coussiège et observa Dair de ses yeux vert clair. Elle resta silencieuse pendant un moment, puis elle leva une main de ses genoux recouverts de tissu soyeux, une indication qu'il pouvait continuer et lui dire ce qu'il avait à lui dire ; elle n'allait pas protester plus longtemps. Si on lui demandait seulement de vérifier ou de contester le récit de ce monsieur Lucian, alors soit. Le plus tôt serait le mieux. Elle était persuadée qu'elle allait être malade d'un instant à l'autre.

— Cinq personnes seulement connaissent les détails de cet incident bouleversant – six, maintenant, avec moi. Deux de ces six personnes ne sont plus avec nous : monseigneur, et un certain Mr. Robert Thesiger. Les autres, Roxton – connu sous le nom d'Alston à l'époque –, monsieur Lucian et vous-même, à l'évidence, étiez les seuls membres de la famille à être présents le soir où Harry est né.

En entendant le nom de son fils de seize ans, Henri-Antoine, Antonia se redressa, soudain livide, mais elle resta silencieuse, et Dair continua :

— Je ne compte pas vous bouleverser en mentionnant les détails de cet incident, mais je peux le faire, si nécessaire. Monsieur Lucian a exprimé le regret de ne pas vous être venu en aide, de ne pas avoir au moins éloigné Alston. Mais, comme ses amis, il était excessivement ivre. Même s'il n'était pas en pleine possession de ses moyens et que de nombreuses années sont passées, il m'a raconté les événements de cette nuit-là en détail. Il m'a décrit le comportement choquant de votre fils aîné, qui vous a traitée de putain et vous a accusée d'avoir porté, presque jusqu'au terme, un bébé qui n'était pas celui de son père. Il vous a traînée hors de la maison et jusqu'à Hanover Square, où vous avez commencé le travail trop tôt, et c'est seulement le retour du duc, revenu au bon moment du White's Club, qui vous a sauvé la vie, à vous et au bébé. Les circonstances de la naissance prématurée d'Harry sont la raison pour laquelle il a souffert de crises paralysantes du mal caduc quand il était plus jeune...

— Assez ! Ces souvenirs sont trop douloureux ! Je ne peux pas. Je vous en prie, Alisdair. Ne dites plus un mot à ce sujet. Jamais. C'est compris ?

Dair était à côté d'elle sur son coussiège et lui avait pris la main avant qu'elle ne se soit arrêtée de parler, mais pas avant que les larmes ne commencent à rouler sur ses joues pâles. Il sortit rapidement son mouchoir en lin propre de la poche de sa redingote et il le plaça délicatement dans sa main.

— Jamais. Vous avez ma parole. Je ne voulais surtout pas vous bouleverser, croyez-moi, mais je ne pouvais pas mettre Roxton face à…

— Non. Vous avez bien fait de venir me voir. Julian ne doit jamais savoir que vous êtes au courant. Il doit assumer cette nuit-là et ses conséquences chaque jour de sa vie. Je pense qu'il ne s'est toujours pas pardonné, même si son père et moi l'avons pardonné il y a bien longtemps. Il s'en veut encore pour la maladie juvénile de son frère. Mais qui peut affirmer qu'Henri-Antoine n'aurait pas souffert du mal caduc malgré tout en naissant à terme ? Les médecins en sont incapables. Mais Julian se considère tout de même comme responsable. (Elle agrippa fermement la main de Dair.) N'en dites pas un mot à Shrewsbury. Promettez-le-moi.

— Pas un mot. Je dois seulement vérifier l'identité de monsieur Lucian auprès de vous, Shrewsbury s'en contentera.

Antonia soupira de soulagement et hocha lentement la tête.

— Ce monsieur Lucian doit bien être Evelyn… Je-je suis heureuse qu'il soit vivant, mais… comment a-t-il pu se montrer cruel et insensible au point de laisser croire à ses parents, monseigneur et moi, sa famille, qu'il était mort pendant toutes ces années ? Sait-il que ses deux parents sont morts ? Que monseigneur n'est plus avec nous non plus ?

— Il est au courant. Il m'a un peu raconté son histoire. Il m'a demandé de vous la rapporter, dans l'espoir que vous le compreniez mieux et, peut-être, le pardonniez un jour…

— C'est un imbécile ! Pourquoi ne lui pardonnerais-je pas ? C'est mon neveu.

Dair rit, puis il retrouva son sérieux et dit à voix basse :

— Il ne m'a pas expliqué comment il en était arrivé là, mais il a passé de nombreuses années en prison pour avoir commis des crimes contre l'État impérial russe. Il a perdu tout contact avec le monde extérieur. Quand on l'a enfin libéré, c'était un homme brisé et il ne voulait reprendre contact avec personne, surtout pas sa famille, lui ayant apporté beaucoup de déshonneur. Il s'est dit qu'il valait mieux que ses parents pleurent sa mort plutôt qu'ils sachent ce qu'il était et ce qu'il avait subi aux mains de la police secrète de l'impératrice Catherine.

Mais il vous dira cela et bien plus encore en ses propres termes et de vive voix à son retour en Angleterre et quand il aura reçu la permission d'entrer en contact avec vous.

— Mais bien sûr ! Une fois encore, il fait l'imbécile. Pourquoi refuserais-je ? Julian et Deborah seront aussi heureux de son retour, j'en suis certaine. Et je vous en prie, laissez-moi leur annoncer la nouvelle, d'accord ?

Dair exerça une petite pression sur la main d'Antonia et s'inclina devant elle.

— Bien sûr. Monsieur Lucian va être fou de joie en apprenant la nouvelle. Et maintenant, je vais vous laisser tranquille. Je suis déjà en retard pour mon entretien avec Lord Shrewsbury…

Les yeux humides d'Antonia s'illuminèrent.

— Vous allez lui demander la permission d'épouser ma filleule, n'est-ce pas ?

Dair hocha la tête, étrangement submergé par l'émotion en la voyant aussi enthousiaste.

— Je dois discuter avec lui du retour de votre neveu en Angleterre, et, ajouta-t-il sans pouvoir s'empêcher de rougir, ce qu'Antonia trouvait charmant, je vais lui demander la main de Rory. J'avoue que cette perspective me rend plus qu'un peu nerveux.

— Eh bien ! Mais, mon cher, il ne doit s'agir que d'une formalité, puisque Rory est assez âgée.

— Il s'agit peut-être d'une formalité, mais cela ne rend pas la tâche moins difficile. Rory aime son grand-père de tout son cœur, son assentiment est donc nécessaire.

— Il ne vous opposera aucun refus ! Comment le pourrait-il ? Et pourquoi le ferait-il ?

Elle descendit du coussiège et passa son bras sous celui de Dair. Au milieu du tapis, elle se tourna et lui tendit la main pour lui dire au revoir. Quand il se pencha sur sa main, elle l'attira vers elle pour déposer un baiser sur son front et poser une main sur sa joue.

— Venez me voir plus tard, à votre retour, pour tout me raconter, d'accord ? Je serai réveillée, je vous l'assure.

Comment Dair pouvait-il dire non face à un tel enthousiasme ? Il était impatient de partager avec Rory le bonheur qu'avait affiché sa marraine en apprenant leurs fiançailles.

— Madame la duchesse, monsieur le duc est arrivé, les interrompit le majordome.

Il envoya deux valets de pied dans le salon, un pour débarrasser le thé et l'autre pour disposer, à la place, un lourd plateau en argent sur lequel étaient posées une cafetière, des tasses sur leurs soucoupes et une assiette de biscuits aux amandes.

Une seule bouffée de l'arôme enivrant du café noir corsé fut suffisante.

Antonia plaqua une main sur son nez et sa bouche pour réprimer un haut-le-cœur, attrapa ses jupons en soie d'une main et traversa la pièce à toute vitesse avant de disparaître derrière le paravent.

# VINGT-SEPT

Le duc observa, bouche bée et ses yeux verts écarquillés, sa mère s'éloigner de lui en courant avec deux femmes de chambre dans son sillage, et disparaître derrière le paravent dans un coin de son salon. Puis sa dame d'honneur se mit à réprimander les deux valets de pied, sans accorder d'importance à ceux qui se trouvaient dans la pièce. Les domestiques tournèrent les talons dans leurs chaussures cirées et s'enfuirent par là où ils étaient arrivés, la vaisselle s'entrechoquant sur leurs plateaux en argent. Le majordome observa la scène, tout aussi stupéfait que le duc, mais pour des raisons différentes. Au-dessus de sa cravate blanche, il avait le visage cramoisi, bien conscient qu'il venait de commettre un impair dont il ne pourrait sûrement jamais se relever. Michelle s'emporta contre lui et le traita d'idiot, ne lui avait-elle pas dit que le café était maintenant interdit en présence de madame la duchesse ? Le majordome essaya de lui expliquer qu'il n'avait pas eu le choix. Après tout, c'était monsieur le duc qui avait demandé du café, et qui était-il pour s'opposer à un souverain sur son propre domaine ? Michelle répliqua que même si c'était Louis, roi de France, qui voulait prendre un café au lait avec sa maîtresse, elle s'en moquait et qu'il pouvait aller se faire pendre ! Ce fut seulement quand elle eut prononcé ces mots qu'elle remarqua que le duc se tenait à côté d'elle. Après avoir fait une rapide révérence et marmonné des excuses, elle se détourna elle aussi et s'enfuit derrière le paravent.

Habitué à évoluer dans un environnement discipliné et prévisible, avec des domestiques bien éduqués et discrets qui savaient se tenir qu'il soit là ou non, et où sa parole faisait loi, le duc trouvait cet environnement chaotique incompréhensible. Il n'avait jamais compris sa mère et il trouvait qu'elle ressemblait, au mieux, à un minuscule tourbillon de gaieté impulsive. Pendant une fraction de seconde, il se demanda si l'absence de son nouveau duc, qui était au nord de la frontière, l'avait de nouveau plongée dans la mélancolie qui s'était emparée d'elle pendant trois ans après le décès de son père. Sa réaction instantanée et sévère fut de regretter que Kinross ne l'ait pas emmenée avec lui en Écosse, plutôt que de la laisser à sa charge. Il chassa cette pensée dès qu'elle apparut, et elle fut remplacée par un sentiment de culpabilité tel qu'il se retrouva trois pièces plus loin avant de comprendre ce qu'il se passait, dans un petit vestibule derrière la salle à manger privée que sa mère utilisait comme bibliothèque.

Dair avait pris son cousin par le coude et l'avait mené là. Contrairement au duc, il avait trouvé cet épisode amusant, notamment la confusion totale qui était apparue sur les traits de Roxton quand sa mère avait pris la fuite devant lui, et la réaction dramatique de ses loyaux domestiques à sa situation délicate. Avant que le duc ne puisse lui poser la question, il sortit la tête dans le couloir et demanda au valet de pied de rapporter le café sur son plateau en argent, se disant qu'il y avait maintenant assez de distance entre eux et la duchesse. Le duc semblait avoir bien besoin d'une tasse de café corsé, voire de quelque chose de plus fort. Dair ouvrit ensuite les deux fenêtres au-dessus du coussiège, espérant que l'air frais aiderait à dissiper la forte odeur de café avant que la duchesse ne se joigne à eux.

— Je viens d'installer Shrewsbury au Gatehouse Lodge, et je me suis dit que j'allais passer voir si mère prenait ses marques, dit Roxton pour combler le silence et dissimuler son malaise. Je sais qu'elle n'est revenue qu'hier… Vous pouviez séjourner à la maison principale, vous y êtes le bienvenu. Deborah et les enfants seraient très heureux de vous voir.

— Merci, mon cousin, répondit Dair en français, peu surpris de voir le duc froncer les sourcils d'un air perplexe, ne s'étant pas rendu compte qu'il s'était adressé à Dair dans sa langue maternelle. La duchesse a eu la gentillesse de m'accueillir, continua-t-il en anglais. Je suis proche du Lodge, ce qui correspond aux attentes de Shrewsbury.

— Il me disait que vous deviez parler de certaines affaires… Votre récent séjour au Portugal… ?

— Oui, répondit Dair sans élaborer, soulagé d'être interrompu par un valet de pied qui revenait avec la cafetière.

Il refusa d'en prendre une tasse avec le duc, impatient de prendre congé. Ne voulant cependant pas sembler pressé ou impoli, il patienta quelques minutes de plus, se disant que la duchesse allait se montrer ou qu'on appellerait le duc pour qu'il se joigne à elle dans son salon. Dans un cas comme dans l'autre, il pourrait alors s'éclipser pour rejoindre le Gatehouse Lodge et en finir avec l'épreuve que représentait la demande de la main de Rory.

— Votre... votre séjour se passe-t-il bien ? s'enquit Roxton d'un ton qu'il espérait léger.

Dair comprit que c'était au sujet de sa mère que le duc s'interrogeait réellement. Sachant que son probe cousin n'aurait pas la moindre idée de l'état de sa mère et que jamais au grand jamais il ne s'attendrait à une telle éventualité – tel était le tempérament modéré de l'aristocrate –, Dair se dit qu'il avait besoin qu'on le pousse un peu dans la bonne direction. Il faisait également preuve d'un peu de malice ; il voulait voir la tête que ferait l'aristocrate quand les rouages de son cerveau se mettraient en route et qu'il comprendrait que la femme qui lui avait donné naissance plus de trente ans plus tôt, et qui s'était récemment remariée, était enceinte de son nouveau jeune mari.

— Parfaitement bien. Bien sûr, je n'ai pas besoin de vous le préciser, continua Dair sur le ton de la conversation, puisque vous avez quatre enfants et un cinquième qui arrive et devez donc parfaitement comprendre comment cela fonctionne. Sans nul doute, la duchesse a souffert de nausées matinales. Il n'est pas rare que les femmes, dans leurs premiers mois de grossesse, développent une aversion inexplicable pour les goûts et odeurs qu'elles aiment le plus...

Le duc battit des paupières d'incompréhension, mais quand Dair resta devant lui avec un grand sourire entendu, il recula en titubant comme si on l'avait frappé, tellement le choc était immense. Puis, sans un mot, il tourna les talons et s'élança vers le salon de sa mère, comme s'il venait d'apprendre que la maison brûlait. Dair le suivit.

— Roxton ! Julian ! Attendez ! Votre tasse ! Donnez-moi votre tasse !

Le duc s'arrêta, baissa les yeux vers la tasse de café dans sa main, qu'il donna brutalement à Dair, puis il tira sur le rideau en brocart d'un coup sec et disparut dans le salon de sa mère. Dair souriait encore en repensant à l'expression d'incrédulité totale sur le visage de son noble cousin en apprenant la grossesse de sa mère quand on lui ouvrit la porte du petit hall d'entrée du Gatehouse Lodge vingt minutes plus tard.

Rory l'attendait, assise sur l'avant-dernière marche de l'escalier.

LA PRÉSENCE DU MAJORDOME FORÇA LE COUPLE À FAIRE uniquement preuve d'une courtoisie polie l'un envers l'autre. Dair inclina la tête et Rory, qui avait posé une main sur la rampe lustrée, fit une révérence. Cependant, le regard et le sourire qu'ils échangèrent en disaient long. Ils étaient fous de joie et tendus par la surexcitation et une vive impatience. Ils s'étaient tous les deux habillés avec soin, voulant être à la hauteur de ce moment important. Après tout, ce n'était pas tous les jours qu'un couple se fiançait et, dans la Société à laquelle ils appartenaient, il était rare que ce couple soit profondément amoureux.

Quand le majordome disparut dans le bureau pour voir si Sa Seigneurie était prête à recevoir son invité, ils se retrouvèrent seuls un instant et saisirent tous les deux cette opportunité. En deux enjambées, Dair était en bas des marches. Il attira Rory vers lui et elle enroula ses bras autour de son cou.

Dair était incapable de se souvenir d'un jour où il aurait été aussi heureux que ce jour-ci. Toutes ses anciennes craintes à propos du mariage, sa peur de ne pas trouver la bonne personne avec qui partager son avenir, et encore moins son âme sœur, s'étaient évaporées grâce à la divine créature dans ses bras. Il n'avait aucun doute. Il espérait que c'était aussi son cas. Il s'inquiéta donc quand, après avoir partagé un baiser, le sourire sur le visage de Rory, empourpré et penché vers l'arrière, se fit boudeur.

— Est-ce… Êtes-vous… Tout va bien ?

— Je n'en suis pas sûre… Il faut que vous m'embrassiez de nouveau. Je ne suis pas sûre de vous aimer sans votre barbe.

Dair réprima un éclat de rire et se détendit instantanément. Il lui murmura à l'oreille :

— Moi qui vous offrait l'opportunité d'embrasser un autre gentleman… Vous pourriez ensuite me dire avec lequel des deux vous préféreriez partir en lune de miel.

Elle poussa une exclamation de surprise avant de glousser.

Il lui prit les deux mains et fit un pas en arrière pour la regarder de haut en bas. Il aimait beaucoup la tenue qu'elle portait. Par-dessus une chemise en lin crème de premier choix, avec un large volant au niveau de l'ourlet et un volant similaire sur chacune des manches, elle portait une robe à la française en soie chatoyante couleur lavande. Elle épousait sa silhouette agile, de sa petite poitrine à sa minuscule taille, et s'ouvrait sur ses hanches, découvrant ses jupons en lin crème. Ses cheveux blonds, qui lui arrivaient à la taille, avaient également été soigneusement coiffés vers l'arrière, attachés de façon lâche sur le dessus de sa tête grâce à des épingles et ornés de rubans, ses longueurs retombant dans son dos. Et ses chaussures, bien évidemment, étaient assorties à sa robe. Somme toute, elle était belle et radieuse, et Dair se disait que c'était exactement à cela qu'une mariée devait ressembler le jour de son mariage. Si seulement ils avaient pu être sur le point de s'avancer devant le pasteur.

Il déposa un rapide baiser sur le dos de l'une de ses mains, puis sur l'autre en entendant la porte derrière lui s'ouvrir, avant de la relâcher en lui disant à voix basse :

— Vous êtes magnifique. Ne faites pas envoyer d'autre robe. Portez celle-ci pour notre mariage. La couleur s'accorde parfaitement avec le saphir que je vous ai donné.

Rory rayonnait de bonheur, à tel point que ses yeux bleus se remplirent de larmes. Elle put seulement sourire et hocher la tête quand il lui demanda :

— Vous m'attendez ici… ?

Tandis que Dair suivait le majordome dans le bureau de son grand-père, Rory se rassit sur la marche pour l'attendre, sans se rendre compte qu'elle jouait avec la bague de fiançailles au saphir lavande pâle, à laquelle elle n'était pas encore habituée, mais dont la présence était rassurante.

L'entretien dura bien plus longtemps que ce à quoi Rory s'était attendu. Plus d'une fois, le majordome lui demanda si elle voulait qu'il aille lui chercher un verre de vin ou une tasse de thé et un biscuit. Mais Rory était trop nerveuse pour avaler quoi que ce soit. Elle essayait de ne pas prêter attention au moindre petit bruit et il était impossible d'entendre des voix ou des bribes de conversation, mais une fois ou deux un puissant éclat de rire traversa les panneaux en chêne de la porte. Puis elle n'entendit plus rien pendant un si long moment qu'elle s'assoupit. Il était maintenant très tard, et sa journée sur Swan Island avait été tellement importante et capitale que, dans l'obscurité de la fin de soirée, elle avait presque l'impression de l'avoir rêvée.

Elle dormait, affalée contre la rambarde quand, alors qu'elle était dans un état de semi-conscience, la porte du bureau de son grand-père s'ouvrit soudain violemment et que l'homme qu'elle aimait s'avança dans le hall d'entrée à grandes enjambées. Son grand-père le suivait de près. Pourquoi n'arrivait-elle pas à se réveiller ? Sa tête était tellement lourde. Son grand-père lui adressa la parole, mais bien qu'elle ait entendu ses mots et fait instinctivement ce qu'il lui avait demandé, elle ne se souvenait pas exactement de ce qu'il avait dit. Elle se leva et il lui tendit le bras. Mais quand il l'éloigna de l'escalier, elle aperçut son futur mari. Il se tenait au milieu de la pièce, et la porte d'entrée était grande ouverte. Elle voulait franchir le petit espace qui les séparait, mais son grand-père la maintint à son côté, coinçant son bras comme dans un étau. Elle se rendit alors compte qu'elle n'était pas du tout en train de rêver. Elle était bien réveillée, et rien ni personne ne semblait sensé.

Près d'une heure plus tôt, quand le majordome avait annoncé l'arrivée du commandant Lord Fitzstuart à Sa Seigneurie, Lord Shrewsbury avait salué son meilleur agent de sa façon habituelle, avec une bonne humeur avenante. Il était toujours réellement heureux de voir le jeune homme, et il était soulagé qu'il soit sorti indemne de sa dernière mission. Il était au courant d'une grande partie des événements qui s'étaient déroulés à Lisbonne grâce au rapport codé de Dair, qu'il lui avait envoyé dès qu'il avait débarqué à Portsmouth. Il savait aussi que les informations les plus cruciales ne seraient pas transmises par écrit, mais de vive voix. Ce qu'il désirait le plus, c'était le nom de l'agent double au sein de ses propres services secrets ; un nom que le commandant était allé chercher au Portugal.

Il fut donc amèrement déçu quand Dair lui dit sans ménagement qu'il ne pouvait pas lui fournir de nom, mais qu'il pouvait lui fournir la personne qui pourrait le lui donner, à certaines conditions. Comme d'habitude. Shrewsbury accepta.

Les deux hommes dégustèrent du porto de première qualité dans des verres en cristal ; porto dont le commandant avait rapporté plusieurs caisses de Lisbonne. En même temps, Dair relata tout ce qu'il avait appris de son contact, monsieur Lucian. Shrewsbury fut tout à fait surpris et intrigué de découvrir que ce monsieur Lucian était en fait revenu d'entre les morts, qu'il s'agissait de l'héritier du comté de Stretham-Ely et du plus proche cousin du duc de Roxton. Il était encore plus intéressé de savoir que cet héritier perdu avait lui-même été espion, et il se demanda s'il pourrait lui transmettre quelques informations, et si oui lesquelles, sur la cour de l'impératrice Catherine. Bien sûr, il accepta les conditions de cet homme pour son retour en Angleterre et dit à Dair qu'il veillerait à ce que Watkins obtienne un laissez-passer pour que monsieur Lucian rentre chez lui.

L'allusion à William Watkins éloigna la conversation de Lisbonne pour la ramener en Angleterre. Par politesse, Dair prit des nouvelles du nez cassé du Putois, ce à quoi Shrewsbury rit de bon cœur et dit qu'il était temps qu'on fasse disparaître l'air suffisant sur le visage de son secrétaire d'un bon coup et qu'on le remette à sa place, dans l'ombre, au milieu d'une montagne de papiers, où il pouvait faire le moins de mal. Pendant un instant, Dair eut de la peine pour le secrétaire, mais ce sentiment disparut quand il se rappela pourquoi il lui avait donné un coup de poing. Shrewsbury pensait à la même chose et surprit Dair, qui se dit qu'il devait lire dans ses pensées, quand il déclara sans ménagement :

— Je vais vous demander d'oublier la raison pour laquelle vous avez cassé le nez de Mr. Watkins. Il vaut mieux que les gens pensent qu'il s'agissait simplement d'une dispute entre deux hommes à cause d'un pari quelconque – je me moque des détails, tant que le nom de ma petite-fille n'est jamais mentionné.

— Jamais, monsieur.

Le vieil homme continua à fixer Dair, comme s'il s'attendait à ce qu'il en dise plus sur l'incident, mais Dair resta silencieux, et Shrewsbury lui dit à voix basse :

— Grasby m'a raconté tout ce qu'il s'était passé au jardin botanique. Il m'a aussi dit qu'il avait dû se tromper quand il avait cru vous voir très proche de ma petite-fille. Bien sûr, nous étions tous les deux d'accord pour dire que cela n'avait aucun sens. Grasby pense que le soleil l'a ébloui et lui a joué des tours… (Shrewsbury examina Dair de haut en bas et souffla ostensiblement.) Vous êtes peut-être un coureur de jupons avec des danseuses, des putains et les épouses indisciplinées d'autres hommes – et je vous souhaite bonne chance –, mais s'il y a bien une chose sur laquelle nous étions tous les deux d'accord, c'est que vous ne séduisez pas les jeunes…

— Monsieur, je…

— … femmes innocentes de bonne famille…

— Monsieur, je…

— … en particulier les sœurs de vos plus proches amis, même si Watkins a essayé de nous convaincre du contraire. Mon secrétaire vous a toujours pris pour un misérable libidineux et sans cervelle, et je serais affligé de constater que son estime de vous est basée sur des faits. Mais vous ne m'avez jamais déçu par le passé, et je sais que vous n'allez pas me décevoir maintenant. Vous avez bien tout oublié de l'incident dans l'atelier de Romney et je sais que vous allez faire la même chose cette fois-ci et oublier la tentative idiote de Watkins de demander ma petite-fille en mariage. (Shrewsbury secoua la tête.) La pure idiotie de cet homme me dépasse. À quoi s'attendait-il ? Quelle réponse attendait-il de la part de ma petite-fille ? Comment a-t-il pu se convaincre qu'il était digne d'elle ?

Il s'agissait à l'évidence de questions rhétoriques qui n'exigeaient pas de réponse, Dair resta donc silencieux. Quand Lord Shrewsbury souleva la carafe, Dair secoua la tête et l'observa remplir son verre avant de reposer la carafe sur le plateau près de lui. Il se disait qu'il valait mieux le laisser s'exprimer, dans l'espoir qu'après s'être défoulé sur le comportement pathétique du Putois, il serait plus favorable à la demande en mariage de Dair. Et après tout, lui et le Putois étaient comme le jour et la nuit, à tous niveaux !

— Quel dommage qu'il me soit indispensable pour construire et déconstruire des codes secrets, sans quoi je me serais débarrassé de lui dès que j'ai entendu parler de son comportement répréhensible, avoua Shrewsbury, l'esprit toujours échauffé à ce sujet. Il a beau être le beau-frère de Grasby, cela ne lui donne pas le droit ne serait-ce que de *penser* à ma petite-fille de quelque façon que ce soit ! Et même si je voulais lui trouver un mari, Billingsgate serait le dernier endroit où j'irais chercher ! Son grand-père était poissonnier, pour l'amour du Ciel ! Tandis que celui de Rory – *moi-même* – est un comte ! Si sa sœur n'avait pas eu une dot de cinquante mille livres, elle sentirait encore le poisson, elle aussi ! En parlant d'elle, mon petit-fils et sa chère épouse doivent arriver demain. Je leur ai dit de ne pas laisser de place à Watkins à l'intérieur de leur carrosse ; il mérite de rester dans le froid. Une punition légitime pour sa prétention répugnante. Par ailleurs, si célébration il doit y avoir, elle sera réservée à la *famille*.

Les yeux du vieil homme s'illuminèrent et il se frotta les mains de jubilation. Il ne pouvait pas dissimuler l'enthousiasme dans sa voix.

— Grasby a une nouvelle à nous annoncer… Une nouvelle ! Il ne voulait pas la mettre par écrit. Il dit qu'il doit me l'annoncer en personne. Je vous le dis mon garçon, je prie Dieu pour que sa femme soit enceinte – *enfin* ! Je ne rajeunis pas, et l'épouse de mon petit-fils non plus ! Ils sont mariés depuis trois ans et ils n'en ont rien tiré. Si vous deviez vous marier, je parie que votre femme tomberait enceinte au bout d'un mois, voire une semaine ! Vous avez déjà prouvé que vous pouvez vous reproduire. Mais je ne rejette pas la faute sur Grasby. C'est elle que je tiens pour responsable. Une créature nerveuse et volage… Si vous voulez un conseil, épousez une veuve qui a déjà des enfants. Une jolie petite veuve, mais qui a des enfants pour être sûr qu'elle peut en faire. Si j'avais pris le temps d'y réfléchir et que je n'avais pas laissé ce poissonnier prendre mon cerveau en otage et m'embrouiller l'esprit, j'aurais trouvé une bonne veuve fertile à mon petit-fils…

Quand le chef des services secrets marqua une pause pour prendre une petite gorgée de porto, Dair jaugea que c'était le bon moment, que Shrewsbury était dans le bon état d'esprit, pour aborder le sujet de son propre mariage.

— Il se trouve, monsieur, que j'ai moi-même une nouvelle importante à partager avec vous.

Le vieil homme se redressa, tout ouïe, et Dair se surprit à se racler la gorge. Il parvint cependant à faire en sorte que sa voix grave reste mesurée et impassible.

— J'ai décidé qu'il était temps de suivre l'exemple de Grasby et de me marier.

Un grand sourire apparut sur le visage de Shrewsbury et, de délectation, il frappa son genou vêtu de soie.

— Par Jupiter, il s'agit en effet d'une excellente nouvelle, mon garçon ! Une *excellente* nouvelle !

— Merci, monsieur. Votre soutien est d'une importance capitale à mes yeux – à *nos* yeux. J'ai écrit à Lord Strathsay et à son homme d'affaires pour leur annoncer la nouvelle et leur demander de prendre les dispositions nécessaires pour que j'assume la gestion des domaines familiaux. Ma mère a été mise au courant de mes intentions et du fait qu'elle doit quitter Fitzstuart Hall pour s'installer dans la maison douairière. Pas dans l'immédiat, bien sûr, mais il faut prendre certaines dispositions pour que mon épouse puisse assumer son rôle de maîtresse de maison.

— Le mariage n'est donc pas une idée récente ? Vous y pensez depuis un moment ?

— C'est difficile à dire. Si à mon retour de la guerre, vous aviez voulu parier avec moi que je serais marié dans l'année, je n'aurais pas risqué un centime sur cette éventualité. (Il haussa les épaules avec un sourire gêné.) Mais la vie, heureusement, n'est pas dictée par un livre de paris, n'est-ce pas, monsieur ? Ce qui me pousse à vous demander de me libérer de mes obligations vis-à-vis des services secrets. Je suis sûr que vous conviendrez qu'une fois que j'aurai une épouse, une famille et des domaines à gérer, je ne pourrai pas continuer à travailler en tant qu'agent secret.

— En effet. C'est tout à fait compréhensible. Le mariage inclut un ensemble d'obligations et de responsabilités, surtout pour un homme de votre statut, qui héritera un jour du titre de son père. Je suis infiniment heureux que vous preniez cette institution au sérieux. Certains, dans notre cercle, traitent le mariage avec trop peu de dignité. Non pas que je préconise que vous preniez vos vœux au pied de la lettre. Vous n'avez pas besoin de devenir un prêtre ennuyeux après le mariage ; loin de là. Mais je vous conseille de ne pas perdre de temps et de ne pas féconder votre maîtresse tant que votre épouse n'est pas enceinte. Une fois que vous aurez fait ce que vous avez à faire, vous pourrez retourner auprès de votre maîtresse ou d'une pouliche sur laquelle vous aurez craqué en ayant la conscience tranquille, car vous aurez accompli votre devoir. Si votre épouse est une créature raisonnable et docile – et je ne doute pas que vous ayez bien fait votre choix à ce niveau-là –, elle sera soulagée que vous la laissiez tranquille. De qui s'agit…

— Je vous demande pardon, monsieur, mais je tiens à vous assurer que je compte bien prendre mes vœux de mariage très au sérieux, car quel est l'int…

Le vieil homme rejeta le souhait de fidélité de Dair d'un geste dédaigneux de la main.

— Les jeunes hommes sont pleins de bonnes intentions, mais croyez-en mon expérience, nous restons rarement, voire jamais, fidèles. C'est contraire à notre nature. Et pour le dire franchement, pourquoi rester fidèle ? Ce sont les femmes qui portent le fardeau de devoir faire pousser notre graine, ce sont donc elles qui doivent absolument nous rester fidèles. C'est ainsi que Dieu a créé Adam et Ève, et cela clôt le débat.

— Monsieur, ce n'est pas le genre de mariage que je compte avoir. Le duc de Roxton est un mari fidèle, et son père l'était avant lui. Ils me servent de modèle en matière de bon mari, de bon père et de mariage qui en vaut la peine.

Shrewsbury restait dédaigneux.

— Dans les deux cas, c'est une aberration ! Et laissez-moi vous dire quelque chose : avant de tomber sous le charme de cette divine créature qu'il a épousée, le vieux Roxton était un débauché libidineux ! On l'appelait le noble satyre pour une bonne raison, mon garçon, et j'en sais quelque chose. Il culbutait toutes les jolies poupées sur lesquelles il posait les yeux depuis nos années à Eton.

Il se pencha vers l'avant dans son fauteuil bergère, comme s'il ne voulait pas être entendu, et lâcha un petit gloussement entendu avant de continuer :

— D'après ce que j'ai entendu de vos escapades sous les draps, vous êtes un très bon héritier du vieux Roxton. Donc à moins que vous vous soyez trouvé une beauté rare et magnifique telle que votre cousine Antonia à épouser, ce dont je doute réellement, je ne me tourmenterais pas à propos d'une broutille comme la fidélité. Et croyez-moi, votre épouse ne s'en inquiétera pas non plus. (Il se redressa.) Alors, qui est cette chanceuse créature ? Une héritière, sans doute. L'une des filles Spencer, ou une parente Cavendish de Deborah Roxton ? À moins que vous ayez anticipé mes conseils et vous soyez trouvé une jeune veuve fertile. Inutile de faire vos preuves, n'est-ce pas ? Combien de morveux cette maîtresse que vous avez vous a-t-elle donnés maintenant ? Quatre ? Cinq ? Que des fils en bonne santé, par ailleurs. Connaissant votre chance, vous mettrez la nouvelle épouse enceinte avant même la fin de la nuit précédant le mariage !

— J'ai un seul fils naturel, monsieur, lui dit Dair d'une voix mesurée, agrippant les accoudoirs tapissés du fauteuil bergère pour garder son calme, car il était furieux. Sa mère est mariée depuis presque neuf ans, et fidèle. Ses quatre plus jeunes fils sont de son mari.

— Oui. Oui. Si vous le dites, mon garçon. Je ne suis pas du genre à chicaner sur une descendance bâtarde. Si cela réconforte son mari de penser que les morveux sont...

— Monsieur ! Milord ! Mrs. Banks n'est pas une femme adultère et je ne suis pas un menteur !

Dair s'était relevé d'un bond. Seule l'estime qu'il avait pour le chef des services secrets l'avait poussé à contrôler sa colère jusque-là. Il n'avait pas voulu l'offenser. À présent, il s'en moquait complètement.

— Je ne suis pas venu ici pour recevoir une leçon sur l'institution du mariage, ou sur le comportement que je devrais adopter en tant qu'époux. Je n'ai pas besoin de vos conseils, et je me moque pas mal de votre opinion, car celle que vous avez de mon tempérament n'est pas bonne du tout ! J'ai été témoin de l'enfer qu'ont vécu mes parents, je sais donc tout à fait comment ne *pas* me comporter en tant que mari et père. Mais je sais aussi reconnaître une union pleine d'amour quand j'en vois une et, avec l'aide de la femme que j'aime, je compte bien construire le genre de mariage et devenir le genre de mari et de père qui rendra fiers ma femme et mes enfants. J'aime votre petite-fille de tout mon cœur et je ne ferai ou ne dirai jamais rien qui pourrait gâcher son bonheur ou notre mariage. C'est la garantie que je vous donne, et je vous la donne en toute honnêteté. C'est dans l'intérêt de Rory que je sollicite votre bénédiction pour notre union. J'espère que vous me l'accorderez ouvertement et la rendrez heureuse. Elle attend dehors, dans le hall d'entrée. Devrais-je aller la chercher pour que vous puissiez lui dire vous-même... ?

Lord Shrewsbury se releva lentement de sa bergère près de la cheminée au milieu du discours sincère de Dair, surpris par cet emportement peu caractéristique du jeune noble, mais prêt à lui pardonner pour la même raison ; le garçon ne s'était jamais montré aussi discourtois. Mais il n'était pas prêt à entendre le nom de Rory sortir aussi familièrement de la bouche du commandant et il retomba dans son fauteuil, sous le choc.

Jamais au grand jamais il n'aurait imaginé que sa petite-fille puisse être liée romantiquement à n'importe quel homme, et encore moins à celui-ci. Pourquoi ne l'avait-il pas vu venir ? Pourquoi n'avait-il pas guetté les signes avant-coureurs d'un attachement clandestin ? Pourquoi est-ce que ses domestiques, ses agents ou même le frère de Rory n'avaient rien vu et ne l'avaient pas prévenu ? La seule personne qui avait fait allusion à l'intérêt du commandant Lord Fitzstuart pour Rory était William Watkins, et il avait bêtement rejeté ces insinuations, considérant qu'elles étaient ridicules et alimentées par la jalousie.

Incrédule, il n'arrivait pas à y croire.

Comment est-ce qu'un homme d'action, un soldat décoré, un espion, un homme qui risquait sa vie comme si elle n'avait aucune importance à ses yeux – un homme dont la virilité pouvait faire s'évanouir les femmes qui le voyaient –, comment est-ce qu'un tel homme pouvait s'intéresser à sa petite-fille ? Sa Rory adorée était une estropiée naïve qui s'était rarement aventurée hors du jardin familial. Elle avait une certaine beauté bien à elle, entre les cheveux clairs de sa mère norvégienne et ses yeux à lui d'un bleu foncé, mais elle n'était pas belle au point d'attirer le regard libidineux de cet homme au sang chaud qu'était le commandant Lord Fitzstuart. Elle n'avait rien d'une Antonia Roxton Kinross, rien d'une nymphe voluptueuse qui pouvait faire bouillir le sang d'un homme d'un seul regard.

Tout cela n'avait aucun sens à ses yeux, ce qu'il dit à Dair en ces mots, bien que son discours soit parfois hésitant et confus. Néanmoins, son incrédulité était flagrante, tout comme son opposition aux fiançailles du couple. Il s'y opposait. Il refusait de donner sa bénédiction. Selon lui, Rory était mentalement et physiquement incapable d'épouser qui que ce soit. L'idée que ce robuste coureur de jupons puisse coucher avec sa petite-fille innocente le rendait physiquement malade. Il comptait bien faire en sorte que Rory reste vierge, à ses côtés pour le restant de ses jours et vieille fille jusqu'à sa mort.

Dair était tout aussi incrédule face à la violente opposition de Shrewsbury, non seulement à ce que Rory l'épouse, mais à la simple idée qu'elle se marie. Il sembla bientôt évident que le vieil homme avait subi un tel choc qu'il était inutile de continuer à en discuter ce soir-là. Mais il s'attendait à ce que Shrewsbury fasse bonne figure pour ne pas décevoir sa petite-fille. Peu importe ce qu'il pensait de ces fiançailles, Dair allait épouser Rory, avec ou sans sa bénédiction.

— Après tout, elle a vingt-deux ans et n'a pas besoin de votre assentiment, déclara Dair d'un ton monotone. Nous pouvons nous marier sans votre bénédiction, mais pour son bonheur à elle, je préférerais que vous nous la donniez.

Il était impossible d'apaiser Shrewsbury. Le choc laissa place à la colère et à la rancœur. Il frappa violemment les accoudoirs de sa bergère, se releva d'un bond et resta debout cette fois-ci.

— Je refuse de vous la donner ! Je ne vous la donnerai jamais. Vous ne pensez pas sérieusement me faire croire que vous voulez l'épouser ? Ah ! Ce doit être une blague ! Une très mauvaise blague, mais une blague quand même ! Quelle somme d'argent pouvez-vous gagner en réussissant à me duper ? Hein ?

Quand Dair fit une grimace de dégoût à cette idée, Shrewsbury partit d'un rire discordant.

— Vous n'avez jamais aussi bien joué la comédie, Fitzstuart ! Mais je ne me laisserai pas berner ! Je sais tout de votre pari révoltant selon lequel vous devez trousser une infirme. Watkins m'a dit…

— Je vous demande pardon ? Je n'ai jamais…

Dair s'arrêta. Il ne pouvait pas nier l'affirmation excentrique de Shrewsbury, car elle était vraie. Il avait bel et bien accepté un tel pari, mais il était ivre mort et c'était des années plus tôt. Il essaya de se rappeler les circonstances exactes dans lesquelles il avait accepté un défi aussi méprisable. Il était avec d'autres officiers dans un bordel de Covent Garden, ou alors aux bains turcs ? Avait-il dix-neuf ou vingt ans ? Peu importe, il se souvenait seulement qu'ils étaient si bêtement débauchés qu'il aurait accepté tous les paris qu'on lui proposait, peu importe à quel point ils étaient diaboliques ou invraisemblables. Il ne pouvait tout simplement pas décevoir ses compagnons de l'armée. Il s'était, d'une manière ou d'une autre, retrouvé inscrit dans le livre de paris du White's Club. Il soupçonnait William Watkins d'y être pour quelque chose. Mais tout cela était arrivé tant d'années auparavant…

— Cela n'a rien à voir avec la situation actuelle, fulmina-t-il. Je regrette profondément d'avoir accepté un pari aussi grotesque, mais si vous en connaissiez les circonstances…

— Cela ne fait aucune espèce de différence. Vous vous en êtes vanté devant témoins, et c'est tout ce qui compte. Peu importe si vous comptiez le mener à bien ou non. Je m'en moque complètement, mais cela sera très important aux yeux de ma petite-fille.

Dair était trop horrifié pour parler.

Shrewsbury semblait suprêmement satisfait de sa réponse.

— Annulez ces fiançailles ridicules et je ne lui parlerai pas de ce pari...

Dair essaya une dernière fois de faire entendre raison à Shrewsbury.

— Monsieur, j'aime Rory de chaque fibre de mon être. Je veux l'épouser, prendre soin d'elle et la chérir pour le restant de mes jours...

Le vieil homme n'était pas convaincu. Il ne comprenait pas les couples qui se mariaient par amour. Son père lui avait choisi une épouse, et il avait choisi celle que son petit-fils épouserait. Les parents étaient mieux placés pour choisir un partenaire à leurs enfants. Son fils avait été assez sot pour se marier par amour et cela avait tourné au désastre pour tous ceux qui étaient impliqués. Rory était ce qu'il avait de plus précieux au monde, il ne la soumettrait jamais à la douleur et au chagrin d'un mariage d'amour et il ne renoncerait jamais à elle. Il déclara cela à Dair, indifférent à la déclaration franche et honnête que le jeune homme venait de faire de ses sentiments.

Dair soupira d'incompréhension et leva une main d'un geste impatient.

— Un jour je deviendrai compte de Strathsay, et elle, ma comtesse. Cela doit assurément avoir de l'importance à vos yeux, même si tout ce que j'ai dit d'autre n'en a pas, non ?

— En effet. Cela aussi joue en votre défaveur. Elle n'est pas armée pour être mise en avant dans la Société en tant qu'épouse d'un noble. Elle fait déjà assez tourner les têtes, et pas d'une bonne manière, quand elle entre dans une pièce en boitant. Imaginez-la à votre bras. Quel spectacle ! Quelle-quelle *mascarade*. Elle ne peut même pas danser, pour l'amour du Ciel ! Vous feriez d'elle un sujet de moquerie, et je ne vous laisserai pas faire. Cela briserait mon cœur, et le sien.

Dair secoua la tête d'incrédulité.

— Vous avez tellement peu d'estime pour elle et ce dont elle est capable que vous ne parvenez pas à voir plus loin que les évidences. Elle n'a rien d'un diamant impur qu'il faudrait conserver dans une boîte en velours par peur qu'on ne voie que cette minuscule imperfection. C'est un joyau magnifique et unique qu'il faut laisser briller pour pouvoir montrer tout ce qu'elle vaut. Laissez-la prendre place à mon côté et regardez-la étinceler. Elle ne mérite rien de moins dans la vie. Et cette vie, elle doit la vivre avec moi.

Shrewsbury restait incrédule face à l'audace de ce jeune homme. La rage de se voir faire la leçon à propos de la personne qu'il aimait le plus au monde donna à son visage une teinte cramoisie.

— Briller ? Balivernes ! cracha le vieil homme. Elle ne va pas briller, elle va se faner et mourir, j'en suis certain, comme je suis certain que vous retournerez à vos putains et à vos habitudes insouciantes quand vous en aurez assez d'elle ! Dieu seul sait quel démon pervers et lubrique vous pousse à vouloir épouser une créature qui peut autant monter l'escalier de l'autre côté de cette porte que voler ! Je connais les hommes dans votre genre. Personne ne s'en doute, mais au fond de vous vous avez des désirs, des penchants et des besoins anormaux, et quand vous les laissez remonter à la surface, ils causent des dégâts indicibles et irréparables ! Je ferai en sorte que cela n'arrive plus, et pas à elle. Trouvez-vous une boiteuse ailleurs. Il y a un bordel à Covent Garden qui satisfait ce genre de perversion…

— Assez ! gronda Dair, se détournant brusquement de la cheminée devant laquelle il se tenait, tête baissée, agrippant le manteau pour s'empêcher d'étrangler Shrewsbury. Je n'en peux plus de vos balivernes salaces ! Si vous n'étiez pas son grand-père, je vous ferais fermer votre sale bouche d'un coup de poing !

Il prit une profonde inspiration, se rappelant que Shrewsbury avait soixante-dix ans et que c'était à cause de son amour pour sa petite-fille qu'il se déchaînait et proférait des déclarations irrationnelles et absurdes. Il était inutile de continuer à discuter avec lui tant qu'il était dans un tel état émotionnel. Il se dit que le vieil homme avait besoin de temps pour se faire à sa demande. Il espérait qu'à l'aube, Shrewsbury se rendrait compte que sa bénédiction à leur union était ce qu'il y avait de mieux pour le bonheur futur de Rory. Et si le vieil homme restait inflexible, le mariage aurait lieu sans lui, et le plus tôt serait le mieux.

Il ne pouvait rien faire de plus dans l'immédiat. Cependant, la simple idée de sortir du bureau et de voir Rory sur la marche, un sourire heureux aux lèvres, ses yeux bleus pleins d'espoir, était presque trop difficile à envisager. Il aurait voulu sortir par une fenêtre et se sauver en traversant le parc, tel un voleur s'enfuyant dans la nuit. Cependant, il n'était pas lâche. Mais comment pourrait-il apaiser son désarroi naturel quand elle apprendrait que son grand-père avait refusé sa demande ? Il devait lui dire, d'un mot ou d'un regard, et avant d'être reconduit à la porte, qu'il était déterminé à l'épouser et qu'il ne tolérerait aucune opposition.

— Je vous souhaite une bonne nuit, dit-il calmement. Mais je reviendrai demain matin…

— Cela ne serait pas très judicieux, et vous ne seriez pas bien reçu.

— Je viendrai quand même.

— Non.

— Vous ne pouvez pas m'en empêcher.

Shrewsbury ricana d'un air supérieur.

— Vraiment ? Il y a quelque temps, j'ai réquisitionné ce fameux livre de paris du White's Club dans l'intérêt de la nation. Je montrerai le pari incriminé à Rory s'il le faut. Mais j'espère ne pas avoir à en arriver là. Vous devez bien comprendre que je ferai n'importe quoi pour préserver son innocence et son bonheur. Si je dois l'enfermer, je le ferai. Regardez-moi, Fitzstuart : je suis extrêmement sérieux.

Dair le croyait. Mais lui aussi pouvait jouer à ce petit jeu, et il comptait bien revenir à l'aube pour enlever Rory s'il le fallait. Puisqu'il n'avait plus rien à ajouter, il s'inclina poliment devant le vieil homme et le suivit hors du bureau, dans le hall d'entrée, où le majordome patientait près de la grande porte.

Et Rory était là, endormie, recroquevillée sur la marche, la tête posée sur son bras, ses cheveux blonds retombant sur sa joue empourprée.

Dair fit un pas vers l'avant pour s'approcher d'elle, mais Shrewsbury plaça une main sur sa manche en lin pour l'arrêter. Puis il le dépassa et, telle une sentinelle, se plaça entre eux deux, cachant Rory à la vue de Dair. Le vieil homme fit un signe de tête au majordome et ce dernier ouvrit la porte d'entrée sur l'air nocturne.

Dair hésita, serrant et desserrant les poings de frustration. Même s'il voulait vraiment rejoindre Rory, la prendre dans ses bras et partir avec elle, il ne pouvait pas le faire en sachant que le vieil homme était entièrement capable de provoquer une situation éprouvante. Il tourna donc les talons et partit.

Il fit le calcul : il restait un peu moins de huit heures avant le lever du soleil.

# VINGT-HUIT

Quand Antonia réapparut enfin de derrière le paravent, Alisdair Fitzstuart n'était plus là et le duc était perché sur le coussiège, observant le paysage. Elle s'était passé de l'eau sur le visage et avait arrangé ses cheveux, attachant ses boucles blondes emmêlées qui lui descendaient jusqu'à la taille avec un ruban en soie crème. Ses femmes de chambre la suivirent dans la pièce, mais elle leur indiqua d'un geste qu'elles pouvaient partir puis adressa un hochement de tête à Michelle pour qu'elle parte également et la laisse seule avec monsieur le duc. Elle reprit ensuite sa place sur la méridienne comme si son comportement n'avait rien d'inhabituel et jeta un regard en coin à son fils silencieux avant de lui dire, en français – la langue qu'ils utilisaient toujours quand ils n'étaient que tous les deux – et sur le ton de la conversation :

— Vouliez-vous me parler de quelque chose en particulier, Julian ?

Roxton se détourna de la fenêtre.

— Rien de particulier. Shrewsbury a passé la journée à la maison principale et je viens de le déposer au Lodge. Je me suis donc dit que je pouvais pousser mon cheval un peu plus loin pour vous demander comment s'était passé votre voyage pour revenir de Westminster.

Antonia haussa une épaule.

— Sans incident. Merci de me poser la question.

Roxton réprima un sourire.

— Ce ne devait pas être aussi tranquille que d'habitude, si ?

— Je ne comprends pas ce que vous voulez dire.

— Je me disais que vous aviez peut-être trouvé le mouvement du carrosse désagréable cette fois-ci. Et que vous aviez dû vous arrêter plus souvent que d'habitude… ?

Antonia fronça les sourcils.

— Comment… commença-t-elle avant de changer de sujet. Comment vont les enfants ? Pourrais-je les voir bientôt ?

— Ils demandent constamment de vos nouvelles. Je leur ai dit qu'ils pourraient recommencer à venir chez vous deux fois par semaine pour le thé, et ils se sont mis à courir dans la nursery en hurlant de joie ! Je n'avais jamais rien entendu de tel. Les oreilles de la nurse sifflaient encore une heure après. (Il pencha la tête sur le côté.) Mais nous devrions peut-être repousser leurs visites pour quand vous vous sentirez…

— Non. Non. Ne faites pas cela. Laissez-les venir. Cette sensation va finir par disparaître, je le sais. Comment va Deborah ?

Cette fois-ci, le duc ne put réprimer son sourire.

— Très bien. Elle pense qu'elle attend peut-être encore des jumeaux.

— Mon Dieu. Il n'y a pas de quoi sourire ainsi, Julian. Je ne pourrais pas le supporter !

Le sourire du duc disparut.

— Vous n'avez pas à le supporter, mère. Et Deborah est autant aux anges que moi. Nous voulons tous les deux une grande famille.

— Oui, bien sûr. C'était peu charitable de ma part. Pardonnez-moi. Je ne suis pas moi-même. C'est à cause de-de la chaleur, ajouta-t-elle après lui avoir lancé un nouveau regard en coin avant de baisser les yeux sur ses mains, serrées sur ses genoux.

Le duc la fixa longuement d'un regard intense, puis il fit quelque chose de totalement inhabituel quand il était avec elle. Il partit d'un rire incontrôlable. Au début, Antonia se sentit offensée, puis elle se mit à glousser. La mère et le fils rirent jusqu'à en avoir les larmes aux yeux.

— Oh, mère ! Ne changez jamais ! déclara Roxton quand il retrouva enfin l'usage de la parole, tout en s'essuyant les yeux. Je vous aime vraiment de tout mon cœur.

Antonia prit quelques inspirations haletantes avant d'éclater en réels sanglots, bouleversée par sa déclaration sincère. Après s'être reprise, elle tapota la place à côté d'elle sur la méridienne et le duc s'installa volontiers auprès d'elle. Puis elle fit sonner sa petite cloche pour appeler Michelle, qui était installée dans la pièce juste à côté avec sa broderie, et lui demanda d'aller lui chercher la plus petite des deux boîtes à bijoux en écaille avec lesquelles elle voyageait toujours.

Antonia ouvrit la boîte grâce à la petite clé en argent attachée à sa châtelaine en or émaillé et en sortit un petit boîtier en ivoire sculpté qu'elle plaça dans la main de son fils en lui disant de l'ouvrir. Après avoir jeté un coup d'œil à ce qu'il contenait, il releva les yeux vers elle avec un air interrogateur.

— Je voulais vous donner ceci, mais j'attendais le bon moment, expliqua-t-elle avec un doux sourire. L'émeraude ducale aurait dû vous revenir il y a bien longtemps. Elle a toujours été transmise d'un duc à l'autre. C'est l'ordre naturel des choses. Votre père voudrait que vous la portiez. Je sais maintenant pourquoi monseigneur a préféré me la confier plutôt que vous la donner. Il vous l'a possiblement expliqué lui-même…

Roxton hocha la tête, mais il était trop ému pour parler, ce qui ne surprit pas Antonia. Bien sûr, monseigneur avait confié ses intentions à son fils. Elle préféra tout de même le dire à voix haute :

— Il s'inquiétait, n'est-ce pas, que je ne sois pas assez forte pour continuer sans lui. Il m'a fait promettre de donner cette bague à Frederick pour son vingt-et-unième anniversaire. Ainsi, il savait qu'il m'empêcherait de faire quelque chose de… *stupide*. Votre père il… il a pensé à moi jusqu'à… jusqu'à son… jusqu'à son… dernier souffle.

— Oui, mère.

Le duc glissa la bague sur un doigt de sa main droite et s'émerveilla du résultat. Il la connaissait bien et se souvenait que son père ne la quittait jamais. L'émeraude carrée qui ornait le fin anneau doré était imposante et de la même couleur que les beaux yeux de sa mère, de la même couleur que ses yeux à lui.

— Vous avez les mêmes doigts longs et élégants que votre père, mon chou, dit Antonia, comme si elle lisait dans ses pensées. Je trouve qu'elle vous va bien. (Elle poussa un petit soupir de bonheur.) Prions pour que Frederick soit vieux et qu'il ait les cheveux gris quand ce sera à son tour de la porter, n'est-ce pas ?

Le duc l'étreignit et déposa un baiser sur sa main.

— Merci, ma très chère mère. Je ne l'enlèverai jamais…

Alors qu'il tenait encore la main d'Antonia dans la sienne, il lui dit avec un sourire en coin :

— Y a-t-il quelque chose en particulier que vous aimeriez me confier ?

Antonia posa une main sur sa joue, soudain mélancolique.

— Je ne sais pas si je me suis assez faite à l'idée pour en parler à qui que ce soit. Je ne l'ai pas encore dit à voix haute, comme si le dire pouvait rendre cela encore plus réel que maintenant. Les femmes qui m'accompagnent sont au courant, bien sûr, et parfois je les surprends à me regarder comme si j'avais perdu la tête. Mais je ne veux pas y prêter attention, car c'est plutôt choquant pour une femme de mon âge. J'ai quarante-neuf ans. J'ai moi-même du mal à y croire. C'est incroyable, non ?

— J'admets que ce n'est pas habituel, mais ce n'est pas la première fois qu'une femme d'un *si grand âge* tombe enceinte.

Antonia se redressa, la tête haute, les yeux écarquillés par l'affront.

— Grand âge ? Ai-je l'air sénile, Julian ?

— Loin de là, répondit le duc avec un sourire. Mais il est vrai que vous avez toujours été unique à tout point de vue, mère. Alors, dites-moi : quand allez-vous annoncer cette merveilleuse nouvelle à la *chaleur* ? Kinross va être sur un petit nuage.

Antonia ne put s'empêcher de sourire, faisant apparaître sa fossette.

— Jonathon affirmait catégoriquement que nous aurions un enfant, et moi je le pensais fou. Mais il semblerait que ce maudit homme ait eu raison. Et où est-il quand j'ai une nouvelle aussi retentissante à lui annoncer ? À des centaines de kilomètres ! Il devrait être ici, avec moi, pour voir ce que je dois traverser pour lui donner un héritier. Non ! Ce que je dis est peu charitable, une fois de plus. Je le sais. Ce que je ne comprends pas, c'est que pendant un instant je suis heureuse à l'idée que nous allons bientôt avoir un enfant, et l'instant d'après je suis malheureuse, car monseigneur n'est pas là pour partager mon bonheur. Mais comment serait-ce possible ? Cette idée n'est-elle pas ridicule ?

Le duc secoua la tête, les yeux rivés sur l'imposante émeraude qu'il portait à présent.

— Non. Pas du tout, dit-il doucement. Père serait heureux pour vous – pour vous deux. Tout ce qu'il a toujours voulu, c'est votre bonheur – que vous soyez de nouveau heureuse.

Antonia prit une profonde inspiration et poussa un long soupir. Puis elle se reprit et dit avec un petit rire :

— Je dois lui rendre visite pour lui annoncer la nouvelle, vous savez ce qu'il va dire ? Que je suis une diablesse et que je reçois ce que je mérite après avoir épousé un homme aussi jeune. (Elle haussa une épaule.) C'est très étrange d'être de nouveau enceinte. Mais j'ai eu mes deux premiers bébés avec quinze ans d'écart, et celui-ci arrive à son tour quinze ans plus tard... Je vous en prie, Julian, ne dites rien à personne tant que je ne suis pas sûre que cela arrive vraiment. Dans deux semaines, le danger aura disparu et le bébé sera bien installé. Alors, j'écrirai à Jonathon pour lui annoncer qu'il va de nouveau être père.

— Je ne dirai pas un mot. Mais je partagerai la nouvelle avec Deborah.

Antonia couvrit la main de son fils de la sienne et le regarda dans les yeux.

— Je suis désolée d'être un fardeau pour vous deux. Vous avez maintenant deux femmes enceintes pour lesquelles vous inquiéter, mon cher.

Le duc embrassa derechef sa main et sourit en soutenant son regard.

— Il n'y a pas de meilleure source d'inquiétude, mère. Et Henri-Antoine ? Allez-vous lui dire ? Lui et Jack arrivent bientôt. J'ai fait préparer leurs anciens appartements, mais si vous préférez qu'ils séjournent avec vous...

— Julian, mon cher, faites ce qui vous convient le mieux. Ne vous posez pas de questions sur ce que je veux ou pense. Il serait plus approprié que les garçons soient hébergés à la maison principale avec vous et Deborah. Que feraient-ils ici avec moi alors que je souffre de ces maudites nausées matinales ? La maison principale a toujours été leur foyer et vous êtes leur gardien. Et si vous voulez la vérité, ajouta-t-elle avec un sourire attristé, depuis l'ultime maladie de monseigneur, vous êtes devenu un père pour Henri-Antoine...

— Mère, je vous en prie, je...

— C'est la vérité, je vous l'assure ! Et votre père serait d'accord avec moi. Je suis certaine qu'Henri-Antoine le pense aussi. Arrêtez donc de me consulter, sauf bien sûr quand il sera temps pour lui de se marier, et je voudrai alors tout savoir de la fille bien avant les fiançailles !

— Très bien, mère. Si vous voulez bien m'excuser, un bureau recouvert de correspondance m'attend. Ce qui me fait penser ; les caisses sont arrivées de Paris hier, celles avec vos effets personnels de l'Hôtel. Je vais les entreposer en attendant que vous veniez pour vérifier leur contenu et décider de ce que vous comptez rapporter ici, et quels objets et livres vont partir à Londres et au château de Leven.

Quand sa mère se contenta de hocher la tête, distraite – il s'était attendu à ce qu'elle soit folle de joie à l'idée de retrouver ses effets personnels de l'Hôtel Roxton –, il se prépara à prendre congé, se levant pour déposer un baiser sur son front. Mais alors, elle attrapa sa main et lui dit, comme s'il n'avait même pas évoqué les caisses :

— Julian, il faut que vous écriviez à Frederick Cornwallis dès ce soir pour lui demander un certificat de mariage spécial, dites-lui que nous en avons besoin sans tarder ; dans la semaine. Envoyez un messager le chercher s'il le faut.

Le duc releva les basques de sa redingote d'équitation marron et reprit patiemment sa place sur la méridienne. Il essaya d'adopter un ton désinvolte.

— Un autre certificat spécial ? Sa Grâce l'archevêque va commencer à se demander si je ne vends pas ces certificats. Ce serait le deuxième en deux mois. Mais je doute que Cornwallis soit plus surpris que quand il a signé un certificat pour que vous épousiez…

— Nous n'avons pas de temps pour la légèreté, Julian. C'est mon cousin Alisdair qui doit épouser ma filleule, Aurora, le plus rapidement possible.

— *Dair* et-et Miss *Talbot* ?

— Oui. C'est bien ce que j'ai dit. Et je vous dis dans la plus stricte confidence, à vous et à personne d'autre, pas même à Deborah, qu'après avoir dîné avec Alisdair et sachant qu'ils ont passé l'après-midi sur Swan Island…

— *Swan Island ?*

— Oui, Swan Island. Il l'a emmenée là-bas à la rame.

— Sur Swan Island ? Mais elle est strictement interdite d'accès.

— Néanmoins, c'est là-bas qu'ils sont allés.

Le duc serra la mâchoire.

— Il doit savoir qu'il n'a pas l'autorisation d'aller là-bas, et pourtant il y est allé quand même !

Antonia compta jusqu'à cinq avant de reprendre, patiente :

— Julian, quand vous étiez petit, et peut-être avec Evelyn, ne vous êtes-vous pas faufilés jusqu'à Swan Island pour y jeter un coup d'œil et satisfaire votre curiosité ou, dans le cas d'Evelyn, juste pour faire une bêtise ?

Roxton était offensé.

— Du vivant de père ? Jamais ! Je lui ai donné ma parole que je ne me rendrai jamais sur l'île, et je tiens mes promesses.

— Vous avez toujours été un garçon sage, dit Antonia en riant avant de l'embrasser sur la joue. Merci d'avoir tenu cette promesse. Votre père serait fier de vous ; il l'a toujours été. Vous avez visité l'île depuis que-que monseigneur nous a quittés, non ? demanda-t-elle d'un ton qu'elle espérait léger.

Le duc sembla gêné pendant un instant et, quand il fut incapable de croiser le regard de sa mère, Antonia comprit qu'il avait non seulement visité l'île, mais également le petit temple, et qu'il avait vu les tapisseries. Elle savait qu'il était au courant qu'elle et son père y passaient deux nuits chaque année pour célébrer leur mariage, et elle était certaine que le cadre bachique, avec le temple, le bassin et les tapisseries, avait été une épreuve douloureuse pour le tempérament prude de son fils. Mais elle le mit encore plus mal à l'aise en attendant qu'il réponde à sa question.

— Oui. Oui, j'y suis allé. Avec les arpenteurs, dit-il, détournant la conversation vers un sujet moins intime. Apparemment – et je comptais vous en parler à vous et à Kinross, à son retour –, avant que les terres autour ne soient inondées par le quatrième duc pour créer le lac, la limite séparant les terres des Strang Leven et le siège ducal de Treat traversait le terrain surélevé qui est devenu Swan Island. Ainsi, la moitié de l'île fait partie du domaine de Treat, et l'autre moitié appartient aux terres des Strang Leven qui sont rattachées à cette maison et qui font maintenant partie de l'héritage ducal de Kinross.

La fossette d'Antonia se creusa et elle dit d'un ton malicieux :

— J'espère que les temples sont de mon côté… ?

Le duc n'entendit pas la note taquine dans la voix de sa mère tant il était mal à l'aise de discuter de l'île tout court ; il leva une main en l'air et répondit sans ménagement :

— En ce qui me concerne, vous et Kinross pouvez récupérer l'île dans sa totalité ! Et c'est ce que j'ai dit aux arpenteurs au moment de tracer les nouvelles limites. Ce sera donc à vous et Kinross, et non à moi, de décider si l'île reste interdite d'accès aux gens comme Fitzstuart et Miss Talbot.

— Merci. Cette île, elle est très importante à mes yeux…

Roxton hocha la tête et sourit.

— Oui, mère. Je sais. Je suis heureux qu'elle vous revienne.

Antonia poussa un petit soupir.

— Mais même si je maintenais le décret de monseigneur pour que l'île reste interdite d'accès, je ne pense pas qu'Alisdair prêterait attention à cet avertissement. Certaines personnes, ou plutôt la *plupart* des personnes, ne sont pas comme vous, mon chou. Ils considèrent que les avertissements et les décrets sont des indications, pas des absolus. Et notre cousin Alisdair a un tempérament à considérer ces décrets comme un défi plutôt que comme une barrière.

— C'est la raison pour laquelle il s'attire toutes sortes de problèmes, répondit Roxton, agacé. S'il ne s'infiltre pas dans l'atelier d'un peintre respecté, il est en train de casser le nez du secrétaire de Lord Shrewsbury ! Et maintenant j'apprends qu'il a l'insolence de conduire Miss Talbot à la rame sur une île interdite à tous sauf au duc, et c'est moi le duc !

— Bien sûr que c'est vous, Julian. Et, oui, il l'a conduite sur l'île à la rame, répéta Antonia, espérant qu'il comprendrait bientôt que leur cousin s'était élancé sur cette étendue d'eau dans une barque, et l'importance de ce détail.

Elle sourit quand Dair la regarda du coin de l'œil.

— Lui, il l'a emmenée là-bas à la rame ?

— C'est bien ce que j'ai dit. Il l'a emmenée là-bas à la rame. Vous voyez donc à quel point c'est sérieux entre eux.

— Lui, il a ramé ? Il s'est aventuré sur l'eau dans le seul but d'emmener Miss Talbot sur l'île ?

— Julian, avez-vous besoin d'un cornet acoustique ?

— Certainement pas !

— Alors faites un effort ! Oui, il l'a emmenée là-bas à la rame de son plein gré. C'est ce que j'ai dit, c'est ce qu'il a fait. Ce n'est pas tout. Ils ont nagé dans le bassin.

— *Nager ?* Alisdair est allé nager ? Ensemble ? Ils ont nagé ensemble dans le bassin ? Il vous a dit cela ?

Roxton ne l'aurait pas cru si ce n'était pas sa propre mère qui était en train de le lui dire.

— Il m'a dit qu'ils avaient nagé, répondit Antonia avec un petit sourire espiègle. Il ne faut pas une grande vivacité d'esprit pour en déduire qu'ils se sont baignés ensemble.

— Seigneur ! Que va en penser Shrewsbury en apprenant que sa petite-fille…

— Julian, Shrewsbury est un homme fier, tout ce qui lui importera c'est de savoir que sa petite-fille va épouser l'héritier d'un comté ! Il faut que vous alliez envoyer cette demande à Cornwallis maintenant. Alisdair peut revenir d'une seconde à l'autre, il est parti demander la permission d'épouser Rory à Shrewsbury.

— Ses intentions sont vraiment sincères, alors.

— Oui. C'est ce que je vous dis. Mais je ne pense pas qu'ils devraient attendre les trois dimanches nécessaires à la lecture des bans. C'est très incommodant…

— … mais c'est ce qu'il y a de plus convenable. Et Shrewsbury voudra peut-être…

— Ce que veut Shrewsbury n'a aucune importance. Et puisque vous êtes assez riche et puissant pour que l'archevêque de Canterbury vous obéisse et vous donne ce certificat spécial, pourquoi est-ce que le couple devrait attendre ?

— Mère, ce ne sont que trois dimanches…

— Julian, je suis très fière de vous et vous êtes le fils parfait pour succéder à monseigneur en tant que duc, mais parfois je m'interroge sur votre capacité à saisir des opportunités. Ils sont amoureux, ils ont passé l'après-midi seuls sur Swan Island et ils se sont baignés ensemble. Dois-je vous expliquer le reste en détail ?

Quand son fils fronça les sourcils et s'empourpra, elle l'embrassa rapidement sur la joue et conclut, avec un petit rire :

— Je pense que votre souhait d'avoir une maison remplie de bébés va se réaliser, et ce d'ici Noël !

Antonia attendit que son cousin rentre du Gatehouse Lodge. Quand il ne vint pas, et comme elle n'arrivait pas à dormir et qu'il faisait bon dehors, elle décida d'aller se promener, au clair de lune, jusqu'à son pavillon au bord du lac. Un valet de pied éclairait son chemin grâce à un flambeau. Michelle la suivit, un châle en laine sur le bras, refusant de laisser la duchesse y aller seule. Et si madame la duchesse avait besoin de quelque chose ? Et si elle se tordait la cheville sur les marches en pierre ? Monsieur le duc de Kinross ne lui pardonnerait jamais de ne pas avoir rempli son devoir auprès de sa duchesse et de son enfant. *Je suis désolée, madame la duchesse, mais même si vous refusez de le dire, je vais le faire, car d'après mes calculs, quatorze semaines et non dix se sont écoulées depuis vos dernières menstrues, et c'était deux semaines avant votre première fois avec monsieur le duc...* Antonia l'arrêta là. Elle en avait assez entendu, et elle interdisait à sa femme de chambre de prononcer une syllabe de plus. Michelle fut aisément réduite au silence. En évoquant à voix haute des détails aussi intimes à propos de sa maîtresse, elle s'était choquée elle-même au point d'en perdre l'usage de la parole.

Antonia demanda au valet de pied et à Michelle de l'attendre en bas des marches du pavillon qu'elle gravit toute seule. La lumière de la lune suffisait à éclairer son chemin. Sur la dernière marche, elle s'immobilisa quand un souvenir la fit frissonner. L'arôme agréable d'un cheroot allumé lui rappela tellement Jonathon qu'elle ressentit un vide aussi douloureux qu'un coup de couteau, comme si elle l'avait perdu de la même façon qu'elle avait perdu son premier mari. Mais elle se débarrassa rapidement de cette mélancolie. Son second mari, son second duc, était on ne peut plus vivant, en bonne santé, et fort comme un bœuf. Il serait de retour auprès d'elle dans quelques mois, elle en était certaine.

Perdue dans ses pensées, elle hésita assez longtemps pour qu'une voix masculine familière, dans l'ombre, lui propose d'éteindre son cheroot. Elle secoua la tête.

— Non. Cette odeur, heureusement, me plaît encore. Elle me rappelle mon mari...

Alisdair ne répondit pas et elle s'avança vers la soudaine lueur rougeâtre du cheroot qui s'aviva. Elle découvrit son cousin en manches de chemise, une épaule appuyée contre une colonne en marbre. Il avait le visage tourné, pour souffler sa fumée se dit Antonia. Mais puisqu'il ne se tournait toujours pas vers elle, continuant à observer la lumière argentée qui tombait sur la surface paisible du lac, elle s'approcha et lui dit à voix basse :

— Vous n'êtes pas venu me voir, Alisdair…

Enfin, lentement, il tourna la tête. La lumière de la lune fendit son visage, illuminant ses yeux foncés. Ils étaient brillants et vitreux, et éclairés d'une telle manière qu'elle remarqua qu'ils étaient remplis de larmes. Il détourna les yeux, déglutit avec difficulté et tira une bouffée de son cheroot. Choquée par le changement qui s'était opéré en lui depuis le dîner, Antonia garda son sang-froid et attendit qu'il parle, se demandant ce qui s'était mal passé lors de sa visite au Gatehouse Lodge.

— Vous m'avez dit un jour que je me cache derrière une façade ; que je joue le rôle d'un vantard qui se moque de tout et de tout le monde depuis tellement d'années que je n'arrive plus à faire la différence entre le vrai moi et celui que j'ai imaginé. Mais vous avez tort, ma cousine, dit-il en baissant de nouveau les yeux vers elle. C'est justement parce que je sais exactement qui je suis, d'où je viens et ce que je dois devenir que je choisis de me cacher. C'était mon seul moyen de supporter l'amère déception de mon père – votre oncle – en voyant que je n'étais pas l'héritier studieux dont il rêvait. C'est ainsi que j'ai enduré le mariage empli de haine de mes parents. Cette façade – ce masque – que vous avez tournée en dérision m'a aidé à survivre à de nombreuses années sanglantes dans l'armée, et elle m'a aidé à me sortir de bien des situations périlleuses en tant qu'agent de la couronne. Mais je n'ai jamais perdu de vue qui j'étais ou ce que je voulais dans la vie…

Il se détourna rapidement et plaqua la manche de sa chemise sur son visage pour se sécher les yeux, avant de se retourner vers Antonia avec un sourire en coin et de reprendre :

— Vous serez surprise d'apprendre que ce que j'ai toujours voulu dans la vie, c'est ce que vous aviez avec monsieur le duc, ce que Roxton a avec Deb, ce que je ne pensais jamais pouvoir obtenir – un mariage heureux, épouser l'amour de ma vie, et avoir des enfants à élever. Est-ce trop demander ?

— Non. Non, ce n'est pas trop demander.

— Vous souvenez-vous m'avoir dit, dans l'escalier d'Hanover Square, qu'être amoureux peut-être terrifiant ?

Elle hocha la tête et il continua :

— Vous disiez qu'être amoureux peut-être plus effrayant que n'importe quoi d'autre, si l'on doute que cet amour soit réciproque ou qu'un obstacle empêche un dénouement heureux… Vous souvenez-vous avoir dit cela, ma cousine ?

— Oui, mon chou. Bien sûr. Je maintiens mes propos.

Dair hocha la tête et prit une profonde inspiration tremblotante. Il baissa les yeux vers le cheroot qui se consumait entre ses doigts puis les releva vers le visage d'Antonia, en partie dissimulé dans l'ombre, et planta son regard dans ses yeux verts. Antonia ne se détourna pas. Quand il reprit enfin la parole, sa voix était à peine audible, mais elle y entendit le tourment comme s'il l'avait crié sur tous les toits.

— Ma cousine… je… je suis *terrifié*.

# VINGT-NEUF

Dair se retrouva assis sur la plus haute marche à l'entrée du pavillon, sur un châle en laine, un cheroot – il s'agissait peut-être de son deuxième – entre les doigts, à épancher tout ce qu'il avait sur le cœur auprès d'Antonia, avant même de comprendre où il était ou ce qu'il faisait. Son agonie le dévorait et il ne savait pas comment sortir de cette situation. Antonia n'interrompit pas son autoflagellation révélatrice, et ses domestiques étant assez perspicaces, il avait suffi d'un regard et d'un signe de leur maîtresse pour qu'ils partent et reviennent avec du thé chaud pour elle et une bouteille de quelque chose de bien plus fort pour le commandant Lord Fitzstuart.

Ses mains tremblaient et il avait la gorge sèche. Apercevant un gobelet rempli de spiritueux sur la marche juste en dessous de la pointe de sa chaussure, il s'en empara et le but d'une traite, le liquide ayant à peine le temps de lui brûler la langue. Il reposa son gobelet en cristal, et un valet de pied sortit de l'ombre pour le remplir avant de disparaître derechef dans la nuit.

Antonia l'écouta sans émettre de commentaire, de critique ou de question jusqu'à ce que Dair reprenne sa respiration et tende de nouveau la main pour attraper le gobelet. Ce fut seulement quand il déclara qu'il n'y avait qu'une seule solution, enlever Rory et fuir à Gretna, qu'elle se dit qu'il était temps d'intervenir.

Elle voyait bien qu'il était dans un tel état de désarroi qu'il était incapable de réfléchir rationnellement. Il pensait seulement à éloigner Rory de son grand-père assez longtemps pour se justifier. Il avait besoin de temps pour lui expliquer qu'il n'était pas un monstre libidineux, un séducteur ; que ses intentions étaient honorables et sincères.

N'importe qui, sauf Antonia, aurait été dérouté par son besoin désespéré d'apaiser les craintes de Rory à propos de ses intentions. Après tout, il lui avait fait sa demande et elle avait dit oui, et la bague ornée d'un saphir lavande pâle était la preuve tangible qu'il comptait l'épouser. Ils avaient tous les deux dépassé l'âge légal et pouvaient se marier, peu importe les objections soulevées par Shrewsbury à cette union. Mais Antonia savait que le couple avait passé la journée sur Swan Island. C'était une île réservée aux amants, un endroit mystique mais sensuel où elle et monseigneur avaient pu profiter librement l'un de l'autre dans tous les sens du terme et sans interruption. À présent, pour elle, cette île était un endroit triste, empli de souvenirs d'heureux moments révolus, d'une autre vie. S'y rendre maintenant que son bien-aimé n'était plus auprès d'elle entraînerait sûrement une dégradation de son bien-être mental. Mais pour un jeune couple profondément amoureux, l'île isolée, avec sa *tholos* fantaisiste, son bassin et son petit temple aux murs recouverts de tapisseries, était un endroit magique pour faire l'amour et s'aimer.

À l'évidence, Dair et Rory avaient fait l'amour sur Swan Island ; Antonia en était convaincue. C'était pour cette raison que son cousin était désemparé à en perdre la raison. Légitimement. Si Shrewsbury parlait à Rory de ce pari ridicule, elle commencerait sûrement à douter des intentions réelles de Dair et, plus important encore, de son vrai caractère. Quel genre d'homme pouvait accepter un pari aussi répugnant ?

Un garçon irréfléchi, arrogant et idiot, Antonia en était persuadée. Ce pari détestable ne reflétait en aucun cas le caractère de l'homme assis à côté d'elle, la tête penchée en avant. Ce pari ne valait même pas le papier sur lequel on l'avait inscrit. Mais s'il était facile pour elle de ne pas accorder d'importance à un tel pari, ce serait bien plus difficile pour Rory. D'autant plus qu'elle avait donné sa virginité à Dair avant le mariage, ce qui devait peser sur sa conscience. Il serait alors logique qu'elle se demande quel genre d'homme séduit sa femme avant la nuit de noces, s'il compte réellement l'épouser. Entre l'insistance de son grand-père sur la gravité du pari et son opposition à une union avec le célèbre et beau vaurien qu'était le commandant Lord Fitzstuart, la vision que Rory s'était soigneusement formée de l'homme aimant qu'elle pensait épouser commencerait inévitablement à s'effriter.

Antonia entendait presque le vieil homme remplir les petites oreilles de Rory de toutes sortes de commérages bouleversants à propos de l'homme qu'elle aimait, afin de semer le doute, d'engendrer la méfiance et le malheur, pour s'assurer à tout prix que Rory reste célibataire et auprès de lui pour le restant de ses jours. Antonia, elle, ne l'entendait pas de cette oreille ! Son cousin et sa filleule étaient amoureux et ils méritaient un « ils vécurent heureux et eurent beaucoup d'enfants ». Elle ferait en sorte que cela arrive, même si elle devait pour cela invoquer un secret que monseigneur lui avait confié et dont elle ne devait se servir que dans les circonstances les plus désespérées. Elle savait qu'il comprendrait et lui pardonnerait. Lorsqu'elle lui rendrait visite au mausolée le lendemain, elle lui expliquerait tout et lui annoncerait sa nouvelle capitale et surprenante : elle allait avoir un bébé à la nouvelle année. Mais cette visite aurait lieu après celle qu'elle allait rendre au chef des services secrets anglais.

Dair était convaincu qu'il ne pourrait sortir de ce mauvais pas qu'en passant à l'action, en enlevant Rory sous le nez de Shrewsbury. Ainsi, quand Antonia lui assura qu'un enlèvement n'était pas nécessaire et qu'il ne devait pas s'inquiéter, que tout serait rentré dans l'ordre le lendemain après-midi, sa première réaction fut l'incrédulité, et il lui dit insolemment que si elle comptait aller taper de son joli pied auprès de Shrewsbury, il s'agissait d'une interférence dont il se passerait bien. Elle ne releva pas sa réponse impolie. Après tout, elle ne comptait pas clarifier ses réflexions et ses méthodes, et il était sous une considérable contrainte émotionnelle. Elle se contenta de lui dire d'une voix énigmatique en se remettant sur ses pieds chaussés de mules en soie et en secouant les plis de sa robe de chambre en satin brodée :

— Tous les hommes ont des choses à cacher, Alisdair. Même les chefs des services secrets. Et celui-là, il a plus de choses à cacher que la moyenne. Mais je ne vous en dirai jamais plus. Allez vous coucher maintenant, essayez de dormir. Demain, après le petit-déjeuner, je rendrai une visite surprise à Shrewsbury. Vous viendrez avec moi, mais vous attendrez dans le carrosse jusqu'à ce qu'on vous appelle.

Elle lui sourit alors qu'il se relevait lentement après avoir écrasé son cheroot sous le talon de sa chaussure.

— Dites à votre homme de rassembler vos affaires et de les transporter à la maison principale dès votre réveil, continua-t-elle. Vous y séjournerez jusqu'au mariage…

— Mariage ? Vous voulez que j'aille à la maison principale ?

— Oui. Les futurs époux ne doivent en aucun cas habiter sous le même toit avant le mariage, et comme Rory sera ici avec moi…

— Rory va venir ici ? A-avec vous ?

— Oui. En attendant votre mariage, dans la chapelle près de la maison principale. Ce soir, je vais rédiger une lettre pour inviter votre mère et votre sœur...

— Une lettre pour Mary ? Et pour ma mère ?

Antonia soupira.

— Pourquoi les jeunes hommes ont-ils des problèmes d'audition ces jours-ci ? Avez-vous tous besoin de cornets acoustiques ? Non ! Ne répondez pas à cela, et ne m'interrompez plus. Contentez-vous d'écouter...

Dair lui adressa un grand sourire et lui fit une petite révérence, convenablement assagi.

— Oui, madame la duchesse... Pardonnez-moi... Je suis légèrement engourdi... Ah ! Et voilà que je vous ai encore interrompue.

— En effet, mais ce n'est pas grave, répondit-elle doucement en observant son air morose s'estomper, heureuse de le voir enfin sourire. Je répète : votre mariage aura lieu dans la chapelle Roxton. En attendant que ce soit organisé – et croyez-moi, des dispositions sont déjà en train d'être prises –, vous séjournerez à la maison principale, avec votre mère et votre sœur. Charlotte ne s'attendra à rien de moins de la part de son fils. Et je suis désolée, Alisdair, mais je ne peux pas supporter que Charlotte vienne chez moi. D'autant plus si Rory séjourne ici. (Sa fossette se creusa.) Il vaut mieux que votre promise passe le moins de temps possible en compagnie de sa future belle-mère, non ? C'est mon fils et son épouse que vous devrez remercier pour-pour...

— ... pour tout, l'interrompit-il à voix basse, ses yeux foncés brillants et humides. Mais c'est vous que je remercie surtout...

Il attrapa sa main et y déposa un baiser avant de la regarder dans les yeux et de dire d'une voix mal assurée :

— Si vous arrivez à faire en sorte que ce miracle devienne réalité, je vous en serai éternellement redevable. Je ne pourrai jamais assez vous remercier...

— Cela suffit, Alisdair ! l'interrompit brusquement Antonia, car ses yeux commençaient également à se remplir de larmes. Naturellement, je ferais n'importe quoi pour vous. N'est-ce pas le même sang qui coule dans nos veines ? Ne sommes-nous pas cousins germains, descendants du grand roi Stuart, Charles II ? N'avons-nous pas le devoir de donner à notre ancêtre royal les héritiers légitimes qu'il n'a pas eus, pour qu'il puisse perdurer à travers nous ?

Elle rit alors et toucha la joue empourprée de Dair avant de continuer :

— Je fais preuve de tant de suffisance ! Mais votre grand-père, que vous n'avez jamais rencontré, mais avec qui j'ai vécu pendant les dernières années de sa vie, il était fier d'être le fils de Charles II, d'avoir du sang royal dans les veines. Son seul regret était de ne pas avoir été élevé au rang de duc comme les autres fils naturels de son royal père. Mais c'était la faute de sa mère, et je vous raconterai cela une autre fois. J'ai des lettres à écrire et il faut que vous alliez dormir, ajouta-t-elle d'un ton joyeux forcé. Demain matin, après le petit-déjeuner, vous et moi nous nous rendrons au Gatehouse Lodge et tout s'arrangera.

Ils se retirèrent pour la nuit, sans qu'aucun dise ce qu'ils avaient tous les deux en tête : l'espoir que Shrewsbury avait accordé une soirée tranquille à Rory, et qu'ils arriveraient au Gatehouse Lodge avant que le chef des services secrets n'ait eu le temps de réduire en miettes les espoirs et les rêves de sa petite-fille. En fin de compte, ils arrivèrent presque trop tard.

ANTONIA ENTRA DANS LE GATEHOUSE LODGE ET LE MAJORDOME annonça son arrivée dans un salon où la tension crépitait encore plus que le feu dans la cheminée. Tout en retirant ses mitaines en soie et un joli châle indien de ses épaules nues, elle se demanda pourquoi on avait allumé un feu par une journée aussi chaude. Elle tendit mécaniquement la main dans les airs pour se débarrasser de ses affaires, et sa dame d'honneur les récupéra rapidement ; elle accompagnait la duchesse, mais elle avait sa propre tâche à accomplir. Dès qu'elle en aurait l'opportunité, Michelle devait s'éclipser et chercher la bonne de Rory pour que les affaires personnelles de Miss Talbot soient rassemblées et prêtes à être envoyées à la maison douairière sur la colline.

Antonia, noble hôte venue rendre visite aux occupants de son pavillon d'entrée, s'avança sur le seuil dans un bruissement de jupons. Sa tenue convenait mieux à une soirée dans la demeure palatiale de son fils qu'à une visite matinale à un logis rural. Sa robe à la française était en somptueux coton perlé indien, elle portait des chaussures assorties ornées de boucles endiamantées, et son décolleté était tellement plongeant sur sa poitrine généreuse que tous les hommes de la pièce avaient rivé leur regard admirateur sur son buste légendaire.

Trois hommes étaient présents : Lord Shrewsbury, Lord Grasby et Mr. William Watkins. Antonia s'arrêta pour étudier ce dernier, ses sourcils arqués se haussant légèrement quand elle vit le nez tordu du gentleman dégingandé et ses yeux cernés de bleus qui s'estompaient. La seule femme présente était la jolie Lady Grasby, avec ses cheveux auburn, et elle fut interrompue en pleine phrase quand le majordome annonça l'arrivée de Sa Grâce la duchesse de Kinross.

Antonia n'en était pas certaine, mais elle avait l'impression que c'était Lord Grasby et son grand-père qui étaient les plus tendus. Elle se demanda si leur état avait le moindre rapport avec Rory, ce dont elle aurait la confirmation plus tard. Mais en attendant, le différend qui opposait les deux hommes, peu importe sa nature, fut mis de côté en sa présence.

Tous ceux qui étaient dans la pièce se relevèrent immédiatement d'un bond, s'inclinèrent ou firent la révérence, et restèrent poliment silencieux en attendant que la duchesse prenne la parole. Après un échange de politesses et quelques commentaires ineptes sur le temps qu'il faisait, Antonia demanda d'un ton léger, en parcourant la pièce confortable du regard pour renforcer son effet :

— Je ne vois pas ma filleule. J'espère que Rory va bien ?

— Très bien, Votre Grâce, répondit rapidement Shrewsbury. Voudriez-vous une tasse de café ? Nous venons d'en finir une cafetière et cela ne poserait aucun problème d'en faire venir une autre…

Cette seule idée poussa Antonia à fermer les yeux, et elle refusa d'un geste de la main.

— Il semblerait que ma petite sœur ait pris l'habitude de se lever tard depuis qu'elle est à la campagne, proposa Lord Grasby, d'un ton qui suggérait qu'il n'y croyait pas un instant.

Antonia remarqua le coup d'œil qu'il jeta à son grand-père en ajoutant :

— Je pensais qu'elle serait levée et qu'elle attendrait notre arrivée, surtout que ma lettre laissait entendre que nous avions une grande nouvelle à lui annoncer…

— Lady Grasby a fait de nous tous les plus heureux des hommes, annonça fièrement Lord Shrewsbury avec un grand sourire. Pour la nouvelle année, je vais devenir arrière-grand-père, Grasby sera père, et Mr. Watkins, un fier oncle.

Lady Grasby partit d'un rire léger derrière son éventail agité et se confia inutilement à Antonia :

— Je pensais que c'était la chaleur intolérable qui me rendait irritable. Puis je me suis rendu compte que je n'étais pas moi-même depuis quelques mois déjà. Une visite du médecin a confirmé ce que j'espérais, la vraie raison derrière mon état lamentable, mais à laquelle je n'osais même pas rêver.

Elle posa une main sur son épaule et son mari, qui se tenait derrière sa chaise, la prit fermement. Elle leva les yeux vers lui avant de reporter son regard sur Antonia, avec un sourire semblable à celui du chat qui a trouvé la réserve de crème.

— Même si de nombreuses années se sont écoulées depuis votre dernière grossesse, Votre Grâce se souvient sans doute de ce sentiment d'euphorie totale à l'idée de satisfaire les espoirs et les rêves de toute une famille.

— Grands dieux, encore un bébé en route. Ce doit être contagieux, marmonna Antonia avant de sourire au couple heureux, de lui présenter ses félicitations et d'ajouter d'un ton énigmatique : Croyez-moi, Lady Grasby, ce sentiment d'euphorie dont vous parlez date d'hier pour moi. Vous avez fait le bonheur de votre famille, en particulier celui du grand-père de votre mari. Je prie pour que vous ayez un fils, mais ce qui compte, c'est que vous ayez un enfant en bonne santé. Où se trouve Rory ? continua-t-elle d'un ton interrogateur étudié, la tête légèrement penchée sur le côté. Vous n'avez pas attendu que toute la famille soit réunie pour partager cette très grande nouvelle ?

— C'était ce que je voulais, mais…

— Au vu des circonstances, Lord Shrewsbury a estimé qu'il valait mieux ne pas attendre, déclara William Watkins, coupant la parole à Lord Grasby tout en échangeant un regard furtif avec Lord Shrewsbury, ce qui avertit Antonia que les deux hommes en savaient bien plus que les Grasby sur les raisons de l'absence de Rory.

Les yeux verts d'Antonia s'écarquillèrent.

— Les circonstances, monsieur Watkins ? Quelles sont ces circonstances qui excluent un membre aimé de la famille d'une annonce aussi capitale que l'arrivée d'un bébé ? On m'a dit que Rory allait bien… ?

— C'est bien ce que j'ai dit, Votre Grâce, confirma Grasby en regardant William Watkins d'un air circonspect. Après tout, Rory va devenir tante, et personne ne pourrait être aussi enthousiaste qu'elle à cette idée ! Je ne comprends pas pourquoi nous ne pouvions pas attendre que…

— Elle va bien, Votre Grâce, déclara Lord Shrewsbury, coupant son petit-fils non seulement par ses paroles, mais également d'un regard réprobateur.

Il reporta rapidement son attention sur son invitée et lui dit avec un sourire forcé :

— Mais vous pouvez comprendre que la femme de mon petit-fils était impatiente de me le dire. Il s'agissait d'une nouvelle tant attendue. Nous nous apprêtions à boire à la santé de madame et du bébé, et nous serions honorés que vous vous joigniez à nous.

— Bien sûr, dit Antonia, les yeux à présent rivés sur le vieil homme. Quand Rory se joindra à nous. Allez la chercher Edward, je vous prie.

— C'est impossible, Votre Grâce.

— J'ai l'immense désir de voir ma filleule. C'est la raison pour laquelle je suis ici.

— Si vous reveniez demain, alors peut-être...

— Non. Cela ne me conviendrait pas du tout. Ce serait tout à fait incommode. Je suis ici maintenant. Je veux la voir, tout de suite.

Lord Shrewsbury fit un pas vers elle.

— Votre Grâce, comme je le disais, je crains que ce soit impossible.

Antonia regarda, au-delà de la manche en velours du vieil homme, Lord et Lady Grasby qui échangeaient un regard perplexe, tandis que Mr. William Watkins restait étrangement calme.

— Je suis certaine que son frère voudrait que Rory se joigne à cette célébration. Harvel, auriez-vous l'obligeance d'aller chercher votre sœur ?

En entendant qu'on l'appelait par son prénom, Lord Grasby accorda toute son attention à Antonia et il répondit sans hésitation :

— C'est vrai, j'aimerais que Rory soit présente quand nous porterons le toast, Votre Grâce. Elle devrait être ici avec nous. Je vais aller la chercher, et nous pourrons...

— Non ! J'ai dit non, rugit Lord Shrewsbury en serrant les dents, avant de prendre une profonde inspiration qui l'aida à retrouver sa courtoisie habituelle. J'interdis à qui que ce soit de s'approcher de sa chambre ! Est-ce bien clair ? Grasby ? C'est clair ?

Le regard de Grasby passa de sa femme à son beau-frère, puis à la duchesse, pour venir enfin se poser sur son grand-père.

— Pourquoi, grand-père ? Pourquoi ne puis-je pas voir ma sœur ? Q-que se passe-t-il ?

— Edward, j'ai un mot à vous dire. Seul à seul, ordonna Antonia.

On ne lui demanda pas de s'expliquer. Lord et Lady Grasby s'inclinèrent devant cette personne de rang supérieur et quittèrent silencieusement la pièce. Antonia désigna la porte d'un geste de sa tête surmontée d'une coiffure relevée, et Michelle fit la révérence avant de partir exécuter ses ordres. Mr. William Watkins hésita sur le pas de la porte, comme s'il n'était pas visé par ces ordres impérieux en tant que secrétaire de Lord Shrewsbury. Antonia haussa ses sourcils arqués d'un air hautain ; il s'inclina et disparut, laissant le chef des services secrets et la duchesse seuls dans le salon à l'atmosphère ardente.

— Je suis trop souffrante pour consacrer de l'énergie à vos vérités déformées, je vais donc en venir au fait, déclara Antonia dans sa langue maternelle. Ensuite, Edward, vous ferez ce qu'il y a de mieux pour Rory. Me comprenez-vous ?

— Ce que je comprends, madame la duchesse, répondit poliment Shrewsbury, c'est que vous interférez dans une histoire de famille qui ne vous regarde absolument pas.

— Ne me regarde-t-elle pas ? Vous me sous-estimez infiniment si vous pensez que monseigneur et moi ne nous sommes pas intéressés au bonheur des deux enfants laissés à votre charge depuis le décès tragique de leurs parents.

Là-dessus, le chef des services secrets perdit patience et leva un bras au ciel.

— Pour l'amour du Ciel, Antonia, pourquoi choisir ce jour particulier pour évoquer une histoire aussi tragique, alors que je viens d'apprendre que je vais devenir arrière-grand-père ? Laissez mon fils et son épouse reposer en paix, et laissez-moi profiter de cet instant. C'est un jour de fête.

Antonia se déplaça dans la petite pièce encombrée pour s'éloigner de l'odeur de café froid qui s'élevait du plateau contenant le nécessaire à café sale. Cherchant de l'air frais, elle souleva le loquet d'une fenêtre à meneaux et l'ouvrit avant de se tourner pour faire face à Shrewsbury.

— Je suis heureuse que Drusilla puisse donner un héritier au comté de Shrewsbury et je ne souhaite rien de plus que de laisser votre fils et sa femme reposer paisiblement dans leurs tombes. Mais vous, Edward, vous ne méritez pas le bonheur après avoir privé la fille de Christina du sien.

— Je l'ai privée de son bonheur ? J'ai épargné à Rory une vie entière de chagrin. Je vais vous répéter ce que j'ai dit à Fitzstuart : Rory n'est pas armée pour être au centre de l'attention de la Société en tant qu'épouse d'un noble, et il ne ferait pas un époux convenable pour elle. Je ne donnerai pas ma bénédiction à une telle union, et je ferai tout ce qui est en mon pouvoir pour les séparer. Rory m'appartient. Il n'y a rien que vous puissiez dire ou faire qui me ferait changer d'avis. Ma décision est prise. Donc, je vous en prie, madame la duchesse, je comprends que vous soyez venue ici avec les meilleures intentions, et sans doute sur ordre de Fitzstuart, mais c'est inutile. Vous pourrez lui dire ceci de ma part : s'il s'obstine, je n'hésiterai pas à montrer le livre de paris du White's Club à Rory, une preuve tangible que ses intentions étaient uniquement lascives.

— Savez-vous qu'il l'aime de tout son cœur et de toute son âme ?

— C'est ce dont il a essayé de me convaincre ! fulmina Shrewsbury, incrédule.

Antonia plissa ses yeux verts.

— Vous n'avez jamais été amoureux, Edward, comment pourriez-vous le savoir ?

Il se mit à rire comme si elle venait de lui dire quelque chose d'extrêmement amusant. Puis ses yeux bleus devinrent froids, et il osa la parcourir du regard comme un homme parcourt du regard une femme pour qui il a du désir, mais qui est inatteignable. Ses yeux se posèrent finalement sur son décolleté.

— Peut-être pas. Mais je sais ce qu'est le désir, et je sais comment le satisfaire.

— C'est une tentative pathétique d'intimidation, même pour vous. Détachez vos yeux de ma poitrine et regardez-moi en face, Edward, et écoutez-moi ! Vous ne m'effrayez absolument pas. Voilà ce que vous allez faire : jetez au feu la page du livre de paris du White's Club sur laquelle ce défi ridicule a été gribouillé par des garçons idiots et accepté par un garçon encore plus idiot. Je ne doute pas que dans leur état d'ébriété, ils aient trouvé cela très amusant ! Et vous donnerez votre bénédiction à Rory pour qu'elle épouse l'homme qu'elle aime. Si vous ne vous exécutez pas immédiatement, j'irai voir mon fils et je lui dirai ce que je sais à votre propos.

— Aller voir Roxton ? Pour lui dire quelque chose que vous, vous savez à-à propos de *moi* ? demanda Shrewsbury, les épaules secouées d'un rire silencieux. Oh, qu'est-ce que j'aime vous voir aussi fervente. Seigneur, vous avez dû épuiser mon vieil ami sous les draps ! (Son sourire disparut.) Je ne céderai à aucune de ces demandes ridicules. Maintenant, je vous en prie, madame la duchesse, cessez de taper de votre joli pied et mettez fin à ces absurdités mélodramatiques.

— Je ne pense pas être mélodramatique si je dis que vous avez énormément de respect pour mon fils, car c'est un homme d'une très grande moralité, et le fait qu'il soit le duc le plus puissant d'Angleterre y est aussi pour quelque chose. Roxton a également beaucoup d'affection pour vous. Vous ne voudriez pas perdre le respect qu'il a pour vous ou pire, qu'il vous force à vous retirer en disgrâce de votre poste de chef des services secrets.

Shrewsbury rit derechef, mais d'incrédulité cette fois-ci.

— Seigneur, Antonia, vous me menacez, moi ? Je suis plus excité que jamais !

Antonia fit une grimace de dégoût et plissa son petit nez.

— Ce ne sont pas des menaces. C'est ce qui arrivera si vous ne m'obéissez pas.

Le vieil homme secoua la tête et posa son menton dans sa main, lassé des plaisanteries.

— Je vous en prie, allez raconter vos histoires à Roxton. Je pense que vous vous apercevrez que les sensibilités morales de votre fils seront bien plus ébranlées par le comportement de Fitzstuart et son pari de trousser une infirme que par ce que vous pourriez possiblement lui dire à mon propos.

Antonia prit une profonde inspiration et essaya une dernière fois de faire entendre raison à Shrewsbury :

— Edward, vous préféreriez réellement briser le cœur de Rory plutôt que de la voir dans un mariage heureux avec un homme qu'elle aime et qui l'aime en retour ?

— Oui. C'est pour son bien.

Les épaules d'Antonia s'affaissèrent. Mais, déterminée, elle redressa le dos et joignit ses mains devant elle.

— Dans ce cas, vous ne me laissez d'autre choix que d'utiliser contre vous la promesse que monseigneur vous avait faite. Nous ne sommes pas devenus les parrains de Rory parce que vous nous l'avez demandé, mais parce que sa mère me l'a demandé avant la naissance de son bébé. Oui. Cela vous surprend. Vous oubliez peut-être que votre belle-fille et moi avons le même âge, ou aurions eu le même âge si elle était encore en vie. Nos fils sont également d'âges rapprochés. Nous nous retrouvions au parc, puis nous avons commencé à prendre le thé toutes les deux et nous observions nos enfants jouer ensemble.

À l'évidence, le vieil homme apprenait tout cela.

— Que diable auriez-vous pu avoir en commun avec la fille bâtarde d'une couturière ? Elle venait de Norvège, parvenait à peine à écrire son prénom, et elle parlait encore moins anglais.

— Je vous l'ai dit. Nous avions le même âge et des fils d'âges rapprochés. Que fallait-il de plus ? Nous parlions français. L'anglais n'avait aucune importance. J'ai compris ! Vous pensez qu'en tant que duchesse, j'aurais dû la repousser à cause de ses origines modestes ? C'était l'épouse de votre fils héritier, et de ce fait, elle était devenue Lady Grasby. Par ailleurs, elle avait le plus doux des tempéraments et c'était la plus gentille des personnes, tout comme sa fille Rory. Elles se ressemblent beaucoup, même si Christina était plus jolie. Notre ressemblance était telle que, lorsque nous nous promenions sur le Mall, on nous prenait souvent pour des jumelles. Nous portions parfois des tenues similaires pour que ce soit encore plus flagrant, et riions derrière nos éventails quand les gens se retournaient sur notre passage…

Antonia balaya tout ceci d'un geste de la main et reprit le contrôle de ses émotions avant que ces souvenirs doux-amers ne la submergent. Elle reprit :

— Tout cela n'a plus aucune importance. Ce qui importe, c'est le bonheur de Rory, et que je connaisse la vérité : Christina a mis fin à ses jours, car elle ne pouvait plus vivre avec la honte qu'elle ressentait après vous avoir laissé faire ce que vous lui avez fait.

Pendant une pause imperceptible, Antonia crut voir le masque arrogant de Shrewsbury se fissurer, mais il redevint rapidement maître de lui-même et répondit d'un ton bourru :

— *Moi ?* Elle s'est jetée d'un balcon quelques heures seulement après avoir donné naissance à sa fille. Quel genre de mère abandonne son nouveau-né, le laisse seul ? Et son fils de six ans a perdu sa mère par la même occasion !

— C'est vrai, mais ce n'est pas à cause de sa fille qu'elle s'est suicidée. Votre fils a également mis fin à ses jours, de chagrin, car il aimait sa femme, et de honte, car il savait que vous, son père, étiez un monstre dépravé et qu'il n'avait rien fait pour vous empêcher d'abuser de sa femme.

— Un monstre ? Dépravé ? fulmina Shrewsbury avec un sourire dédaigneux. Ce sont des balivernes saugrenues ! J'admets que le chagrin a poussé mon faible fils à la folie. Des quantités incroyables d'absurdités non fondées peuvent sortir de la bouche des fous. Aucune déclaration de ma belle-fille ne résisterait à un examen minutieux.

— Mais monseigneur n'était pas fou et il n'a jamais raconté aucune absurdité, je crois donc ce qu'il m'a dit. Il estimait que vous étiez un monstre, lui aussi. Mais il voulait épargner aux enfants de Christina la souffrance qui les accablerait en apprenant ce que leur grand-père avait fait à leur mère et la vérité à propos de la mort de leurs parents. Et il ne pouvait pas vous laisser tomber en ruine sociale, car ils seraient tombés avec vous, si l'ignoble réalité de vos actes était devenue publique. Monsieur le duc a donc accepté d'emporter votre secret répugnant dans la tombe. Mais avant, il m'a tout dit, ajouta Antonia en osant esquisser un petit sourire.

— Il vous a tout dit ? Je ne vous crois pas !

— Monsieur le duc ne vous a jamais promis de ne rien me dire. Il a donc tout partagé avec moi, car il ne vous faisait pas confiance, et il savait qu'une telle information pourrait devenir utile si le chef des services secrets anglais décidait de devenir un ennemi de ma famille. (Elle fronça les sourcils.) Il n'a pas aimé me le dire. Ce fut douloureux pour lui de devoir me parler de votre comportement inadmissible, mais il savait que je préférerais être au courant. Il savait aussi que cela ne changerait pas ce que je ressentais pour ma filleule. Cependant, cela a changé à jamais ce que je pense de *vous*. Monseigneur a fait preuve de beaucoup d'intelligence en me le disant, car cela signifiait que si un jour j'avais besoin de protéger ma famille du mal, de la protéger de *vous*, votre secret serait l'arme parfaite. Et ce jour est arrivé, Edward. Je compte bien protéger ma famille, vous allez donc faire ce que je vous demande, sinon j'irai voir mon fils.

Le vieil homme eut soudain l'air malade. Il tenta néanmoins une dernière fois de mettre Antonia au pied du mur.

— Mon vieil ami d'école ne trahirait jamais la confiance d'un ami, pour personne.

Antonia poussa un petit soupir.

— Je me répète, mais il semble évident que vous n'avez jamais connu l'amour. Quand on aime quelqu'un, on ferait tout et n'importe quoi en son pouvoir pour assurer leur bonheur et leur bien-être, dit-elle en s'éloignant de la fenêtre. Maintenant, je vais aller chercher mon cousin et vous, vous pouvez aller chercher votre famille et Rory, et nous pourrons tous porter un toast à la grossesse de Lady Grasby et au mariage imminent entre votre petite-fille et mon cousin.

Avant qu'elle n'ait pu atteindre la porte, Shrewsbury l'attrapa par le haut du bras et la fit tourner pour qu'elle soit face à lui. Elle était si choquée d'être ainsi malmenée qu'elle leva les yeux vers son visage, incapable de parler ou de bouger.

— Je pourrais tordre votre joli cou ici et maintenant, murmura-t-il, la tête baissée vers elle. Tous les petits secrets insignifiants enfermés dans votre jolie tête disparaîtraient alors à jamais, et vous pourriez rejoindre votre précieux monseigneur plus tôt que prévu.

— Cela ne vous sauverait pas, monsieur, répondit Antonia, sa proximité et son haleine chaude lui donnant instantanément la nausée.

Elle libéra son bras et s'éloigna pour mettre de la distance entre eux, frottant le délicat volant en dentelle de sa manche comme pour se débarrasser de sa puanteur. Elle en profita également pour se calmer. Après tout, il venait de menacer de la tuer. Mais une vague de nausée lui permit de retrouver toute sa concentration. Elle savait qu'elle devait aller au bout de cet entretien, pour le bien de son cousin et de sa filleule. Elle voulait en finir le plus rapidement possible. Elle chassa sa nausée matinale et reprit d'une voix claire et assurée :

— Je ne vous connais que trop bien, je sais de quoi vous êtes capable. Une lettre scellée est posée sur ma coiffeuse. Elle est adressée à mon fils. J'ai demandé qu'elle soit envoyée à monsieur le duc de

Roxton s'il devait arriver quelque chose de fâcheux à sa mère. Mes domestiques…

— Malin !

— … ils ne failliront pas à leur devoir. Si vous me tuez, vous êtes ruiné. Votre petit-fils et sa famille le seront aussi, ce qui causerait un chagrin éternel à votre fille…

— Ma petite-fille, vous voulez dire.

— Ne me prenez pas pour une imbécile, monsieur ! J'ai dit exactement ce que je voulais dire. Rory est votre petite-fille, mais c'est également votre fille. N'est-ce pas ? Vous vous êtes montré insistant envers sa mère, votre belle-fille, et l'avez violée ainsi que le caractère sacré de son mariage par voie de menaces et d'intimidation. Vous êtes un monstre, un violeur, et si ce n'était pas pour ma filleule, je ne voudrais plus jamais avoir affaire à vous !

Shrewsbury recula en titubant, comme si les mots d'Antonia l'avaient violemment frappé au visage. Choqué de se l'entendre dire de façon aussi brutale et virulente, il perdit momentanément l'usage de la parole. Antonia ne lui accorda aucun répit.

— Christina vous a supplié encore et encore d'arrêter de lui rendre visite dans ses appartements. Mais vous n'avez pas arrêté. Vous prétextiez rendre visite à votre petit-fils, mais c'était une ruse. Vous avez envoyé votre fils, son époux, à La Haye en mission diplomatique inutile pour pouvoir occuper son lit sans interruption. Elle a enduré vos sévices pendant sept longs mois, et c'est seulement quand vous l'avez mise enceinte que vous avez fait revenir votre fils du continent, par peur que la vérité éclate au grand…

— Non ! C'est faux ! Je n'ai jamais été aussi heureux que quand Christina m'a dit qu'elle portait mon enfant. C'était ce que nous voulions tous les deux…

— *Menteur*, l'interrompit Antonia en le regardant comme s'il était fou. Bien sûr qu'elle voulait un enfant. Elle se disait qu'une grossesse vous arrêterait ! Et ne me parlez pas de votre-votre *bonheur*. Vous avez transgressé la loi que Dieu a transmise à Moïse en faisant de votre belle-fille votre maîtresse, et vous avez l'audace de me dire en face que la mettre enceinte vous a rendu *heureux* ? Vous… vous me *dégoûtez* !

Shrewsbury en avait assez entendu. Il leva une main, comme si cela pouvait empêcher Antonia d'agiter la vérité sous son nez. Il pensait que cet épisode de sa vie était enterré depuis longtemps, dissimulé sous deux décennies de vie. Il avait presque réussi à se convaincre que ce n'était jamais arrivé. Il s'était accroché au fait que Rory était sa petite-fille et avait soigneusement refoulé le fait qu'elle était également sa fille.

Qu'on lui rappelle aussi franchement son désir charnel et irrésistible pour sa belle-fille et les conséquences de ses actes lui donnait soudain la nausée.

Lui, gardien des horribles petits secrets des autres, qui n'avait aucun remords quand il s'agissait d'utiliser ces secrets pour arriver à ses fins en tant que chef des services secrets, avait été pris à son propre jeu, et par la veuve de son meilleur ami. Dans un moment d'extrême faiblesse, il s'était confié à l'ancien duc de Roxton. Il avait été soulagé de purger sa conscience, sans se rendre compte que son horrible petit secret serait mis de côté, mais toujours à portée de main en cas de besoin. Ses épaules s'affaissèrent ; il savait que ce jour était arrivé. Mais s'il admettait sa défaite, il lui restait assez de foi arrogante en lui-même pour essayer de justifier ses agissements.

— Il faut que vous compreniez. Christina m'a ensorcelé. Je savais que ce n'était pas bien. J'avais honte, mais je ne pouvais rien – *rien* – faire pour m'en empêcher ! Les hommes ne sont que de faibles créatures face à la beauté divine. C'est u-une maladie…

— Taisez-vous ! Je ne veux rien entendre de plus ! Pas étonnant que la pauvre créature ait sauté pour mettre fin à ses jours. Mon Dieu, je ne sais pas comment monseigneur a pu s'empêcher de vous percer avec sa rapière en entendant votre confession pathétique !

— Monsieur le duc connaissait intimement l-l'*agonie* que l'on ressent quand on se retrouve dans l'étau d'une passion dévorante pour une femme magnifique et bien plus jeune. Il vous a épousée quand vous aviez la moitié de son âge, et vous êtes la plus divine…

Antonia poussa une exclamation horrifiée. Puis son visage devint cramoisi et ses yeux verts brillèrent d'une colère qu'elle avait rarement ressentie.

— Comment osez-vous… comment *osez-vous* comparer votre abjection au grand amour que monseigneur et moi partagions ! Vous ne savez *rien* de l'amour ! Ne me parlez plus *jamais* de lui. Je ne peux même pas me résoudre à imaginer à quoi ressemble votre esprit tordu. Cela me donne la nausée !

Elle prit une profonde inspiration et se força à retrouver son calme, à se rappeler pourquoi elle s'imposait cette épreuve désagréable. Néanmoins, elle ne pouvait s'empêcher de se demander comment elle avait pu supporter la présence de cet homme odieusement détestable. Mais monseigneur l'avait protégée de l'horrible vérité à propos des origines de Rory et de la mort de Christina et de son mari jusqu'à ce que sa vie à lui prenne presque fin. La révélation était survenue quelques semaines seulement avant sa mort. Mais elle avait été tellement rongée par le chagrin quand elle avait perdu l'amour de sa vie, incapable de supporter que son bien-aimé la quitte, que tout le reste avait fait pâle figure, lui avait semblé insignifiant en comparaison.

Trois ans plus tard, mariée à un homme qu'elle aimait, qu'elle idolâtrait, elle était revenue dans le royaume des vivants, forte et déterminée, et elle voulait que tous les membres de sa famille étendue mènent des vies heureuses et épanouissantes. Si elle avait le moindre soupçon de compassion pour Shrewsbury, c'était uniquement parce qu'il avait été un grand-parent aimant pour Harvel et Rory.

L'ironie suprême était que, puisqu'il avait élevé Rory en lui apprenant que sa faiblesse était simplement une de ses caractéristiques, et non un obstacle dans son existence, il lui avait involontairement fait le don de la confiance en soi. Mais il avait, à tort, supposé qu'aucun homme ne voudrait l'épouser, et donc qu'elle ne le quitterait jamais. Elle l'accompagnerait merveilleusement dans ses vieilles années. Il n'avait jamais envisagé qu'elle puisse tomber amoureuse, et encore moins de l'héritier d'un comté, et que ce gentleman ne serait autre que Lord Fitzstuart, le commandant à la beauté brute.

Mais cela ne changeait rien à l'opinion d'Antonia sur Shrewsbury, ni au fait qu'elle était convaincue qu'il passerait l'éternité en enfer pour ce qu'il avait fait à Christina. En l'observant, elle voyait bien que son discours passionné lui avait arraché toute envie de se battre. Ayant repris la main sur la situation, elle dit d'une voix bien plus calme :

— Je vais vous accorder un instant pour retrouver votre calme, et pour que vous trouviez un moyen de faire disparaître la page incriminée du livre de paris du White's Club. Ensuite, vous réaliserez la performance de votre vie en vous montrant heureux pour le couple fiancé. Après les toasts, Rory viendra chez moi jusqu'au jour du mariage, qui aura lieu dans une semaine à compter de demain. Il se déroulera dans la chapelle privée de monsieur le duc, en présence de la famille. Si vous tenez à son bonheur et à l'amitié de son mari, vous viendrez.

Shrewsbury la fixait avec rancœur, mais il approuva docilement d'un hochement de tête. Quand il reprit la parole, sa voix se fit douce et implorante :

— Promettez-moi que vous ne direz rien de tout cela, à personne. Promettez-moi, pour le bien de Rory et de ma famille, que vous brûlerez la lettre adressée à votre fils.

Antonia feignit de réfléchir à sa demande. En vérité, il n'y avait aucune lettre. Jamais au grand jamais elle ne coucherait par écrit les vraies origines de Rory et la triste histoire derrière la mort de ses parents. Elle l'avait dupé, ce qui avait heureusement fonctionné, car elle n'avait pas élaboré d'autre plan au cas où Shrewsbury n'aurait pas cru à son histoire et à ses menaces.

— Pour le bien de ma filleule, de mon cousin et de votre famille, d'accord. Je ferai ce que vous me demandez. Mais seulement quand ils seront passés devant le pasteur et auront été déclarés mari et femme.

Shrewsbury hocha la tête, satisfait. Il s'avança vers la cheminée et attrapa un volume banal à la reliure en cuir qui était posé près du pied de son fauteuil bergère. Il l'ouvrit à une page cornée. Il plia la feuille en trois vers la marge avant de déchirer délicatement la page incriminée du livre. Il la froissa et jeta la boule de papier dans l'âtre, sur les bûches ardentes. Les yeux verts d'Antonia s'écarquillèrent quand le feu reprit vie et que la boule de papier se consuma dans les flammes. Il n'eut pas besoin de lui préciser que la page était extraite du livre de paris du White's Club, et que le pari aberrant n'était plus.

Elle avait posé une main sur la poignée de la porte quand Shrewsbury l'interpella. Elle regarda par-dessus son épaule nue, mais ne bougea pas.

— Vous vous trompez, madame la duchesse. Je sais comment aimer. J'aime ma fille. Je l'aime plus que ce que les mots peuvent exprimer.

— Bon. Dans ce cas, en tant que père aimant, vous serez fou de joie qu'elle fasse un bon mariage, un mariage d'amour qui plus est. Oh, une dernière chose, Edward, si vous osez me déshabiller du regard une nouvelle fois, je veillerai à ce que mon mari vous fasse perdre la vue.

# TRENTE

La duchesse était dans le Gatehouse Lodge depuis à peine quinze minutes, ayant laissé Dair à l'extérieur, dans son carrosse, quand il considéra que cela faisait dix minutes de trop. Il détestait être enfermé, mais il détestait encore plus être inactif. Il fallait qu'il fasse quelque chose, n'importe quoi, plutôt que de rester assis les bras croisés en attendant qu'on vienne le chercher. L'une de ses jambes bottées était incapable de se tenir tranquille, tandis que l'autre était étendue sur les coussins en soie, tapotant le capitonnage de la porte du bout du pied. Pour s'occuper, il regarda une nouvelle fois le cadran en perle de sa montre à gousset argentée, constata que la grande aiguille avait avancé de trois minutes tout au plus, et la glissa de nouveau dans une poche de son gilet en soie. Puis il plongea la main dans une poche de sa légère redingote en lin, y trouva sa boîte à cheroots argentée et sa petite boîte à amadou gravée, qu'il ne se rappelait pas avoir mise là, et se dit qu'il en avait assez de fixer les somptueuses parois en soie moirée bleu foncé du carrosse qui lui servait de prison.

Il s'empressa de sortir dans l'air frais, passant par la porte du côté opposé au Gatehouse Lodge, et s'éloigna légèrement, marchant vers de grands rosiers à fleurs blanches, veillant à ce que le carrosse reste entre lui et la maison pour ne pas être vu par les fenêtres. Accroupi, il utilisa le contenu de sa boîte à amadou pour allumer un cheroot. Il resta dans cette position pour fumer, ses yeux foncés se plissant à la lumière éblouissante du soleil alors qu'il observait ce paysage paisible et ordonné qui lui était familier depuis l'enfance : l'allée de gravier débouchait, juste après le portail, sur une route sinueuse qui longeait le lac, se transformait en une longue avenue luxuriante bordée d'ormes majestueux, traversait un large pont en pierre à trois travées, puis la route, toujours tortueuse, montait vers le magnifique palais des ducs de Roxton, qui dominait le deuxième point culminant du domaine. Seul le mausolée familial offrait un poste d'observation encore plus élevé. Mais ce jour-ci, il prêtait à peine attention à cette vue. L'esprit du commandant Lord Fitzstuart débordait de possibilités et de scénarios à propos des événements en cours dans le Gatehouse Lodge.

Il était habitué à prendre les choses en main, à considérer tous les aspects et tous les défis logistiques d'un problème, à mettre en œuvre un plan adapté. Mais il avait promis à sa cousine qu'il attendrait jusqu'à ce qu'on l'appelle, qu'il ne ferait rien d'irréfléchi. Elle lui avait d'ailleurs ordonné de ne pas « jouer les héros », ce par quoi, il en était certain, elle entendait qu'il ne devait pas enfoncer les portes, ni utiliser une corde ou un tuyau d'écoulement pour grimper jusqu'aux appartements de Rory et briser une fenêtre pour y entrer de force, à défaut de faire preuve de discrétion. Il avait sérieusement envisagé toutes ces possibilités jusqu'à ce qu'Antonia lui fasse promettre de ne rien faire de tel.

Il en était donc réduit à aller et venir, caché par le carrosse, entre le siège du cocher et la plateforme du valet de pied, son cheroot entre les doigts. Rapidement, son esprit s'égara de nouveau vers la perspective de prendre d'assaut la chambre de Rory. Après tout, il devait être préparé au cas où la visite de sa cousine ne se passerait pas comme prévu. Il se dit que finalement, la chambre de Rory ne devait pas se trouver à l'étage, mais au rez-de-chaussée. Il avait remarqué l'étroit escalier et ses marches qui disparaissaient subitement dans un virage la veille au soir. Certes, elle l'avait attendu en s'asseyant sur la première marche, mais il était persuadé qu'elle n'utilisait pas l'escalier tous les jours.

Il en vint à ruminer sur sa maison ancestrale, Fitzstuart Hall, son grand escalier en particulier, et les appartements privés du premier étage qu'il allait faire réaménager et agrandir pour son épouse. Il y avait d'autres modifications qu'il comptait faire faire pour rendre la maison la plus confortable possible pour elle, à commencer par l'installation d'une chaise élévatrice comme celle que Shrewsbury avait dans sa maison de Chiswick. Il en ferait peut-être installer deux, une dans chaque aile, afin qu'elle puisse descendre sans avoir à revenir sur ses pas et bénéficier également d'un accès plus aisé à toutes les pièces de la maison. Et bien sûr, il faudrait faire construire une serre où sa femme pourrait faire pousser des ananas, des oranges, des citrons et des citrons verts, et éventuellement des fleurs exotiques si elle en avait envie.

Ces considérations l'occupèrent tandis qu'il faisait les cent pas, s'arrêtant de temps à autre pour fumer et faire tomber de la cendre qu'il écrasait dans les graviers de l'allée du bout de sa botte de jockey.

Pour cette visite, il avait enfilé une tenue confortable : haut-de-chausses en tricot, bottes de jockey, chemise blanche et simple redingote en lin bleu de Prusse. Et s'il avait autorisé Farrier à le raser la veille, il avait refusé ce matin-là. Il s'agissait en partie d'un choix superstitieux. La seule fois où il avait fait l'effort d'être tiré à quatre épingles, son visage aussi lisse que les jolies fesses d'une nymphe, Shrewsbury l'avait rejeté sur-le-champ en tant qu'époux convenable pour sa petite-fille. Mais surtout, c'était avec cette apparence négligée qu'il se sentait le plus à son aise, maintenant qu'il n'avait plus besoin de faire bonne impression. Cette fois-ci, il s'attendait à ce que Shrewsbury l'accepte. Mais il se moquait totalement de cette issue. Tout ce qui comptait, c'était que Rory soit heureuse et qu'il l'épouse sans attendre. Il était grand temps que ce jour arrive !

Plus il arpentait l'allée en fumant, plus il s'inquiétait que sa cousine ait autant de succès que lui la veille – jusqu'à ce qu'un valet de pied vienne le chercher pour le faire entrer.

L'anticipation rendait Dair tellement nerveux que chacun de ses muscles était aussi tendu qu'une montre qu'on aurait trop remontée. Il dépassa le valet de pied en entrant dans la petite maison, prêt à en découdre avec n'importe qui. Il pénétra dans le salon en relevant son menton puissant, les deux poings serrés. De ses yeux foncés, il parcourut rapidement la pièce à la recherche du seul beau visage qui importait. Elle était absente. Pourquoi était-elle absente ? Avant qu'il ne puisse poser la question, on plaça une coupe de champagne en cristal dans sa main et, au milieu des bavardages et des rires, il entendit le bruit sec des bouteilles que l'on ouvrait.

Alors seulement, il se rendit compte qu'on l'accueillait chaleureusement dans une pièce pleine de visages souriants, tandis que deux valets de pied se hâtaient de servir le champagne.

— Vous arrivez juste à temps ! annonça Grasby en s'avançant pour saluer son meilleur ami. Quelle chance que vous arriviez maintenant, alors que nous nous apprêtons à porter un toast pour fêter notre annonce. Je suis désolé de ne pas vous avoir écrit pour vous le dire, mais Silla voulait attendre de l'avoir dit à grand-père. C'était la bonne façon de procéder. Cela dit, ajouta-t-il sur le ton de la confidence en se faufilant jusqu'au commandant pour murmurer à son oreille, si j'avais su où vous étiez ces deux dernières semaines, je vous l'aurais dit quand même. Quelle chance que vous séjourniez chez le duc.

— Que se passe-t-il, Grasby ? demanda sèchement Dair avant de boire son champagne d'une traite, sans même en sentir le goût – il ne s'était pas rendu compte qu'il était assoiffé. Où est votre sœur ?

— Du calme ! Nous n'avons pas encore porté le toast ! Tenez, prenez mon verre, insista Grasby, tendant la main pour qu'un valet de pied lui en donne un autre. Vous êtes blanc comme la neige, on dirait que vous êtes tombé nez à nez avec un spectre. Tout va bien, mon cher ami ?

— Parfaitement bien. Votre sœur, où disiez-vous qu'elle se trouve ?

— Grand-père vient de partir la chercher. Elle est souffrante. Il semblerait qu'elle ait passé une sale nuit…

Les sourcils de Dair se froncèrent d'inquiétude et il serra la mâchoire, sa colère frémissant juste sous la surface de son masque de sympathie. Si Shrewsbury avait causé le moindre désarroi à Rory, il le payerait très cher. Son poing gauche se serra derechef.

— … mais nous ne pouvons tout de même pas fêter l'arrivée d'un nouveau Talbot sans sa tante, n'est-ce pas ? palabra Grasby. Oh, bigre ! Je viens de gâcher la surprise. Vous ne direz pas à Silla que je vous l'ai dit, hein ?

— Que dites-vous, Grasby ? Un nouveau Talbot ?

Dair oublia suffisamment ses préoccupations colériques pour sourire à son ami et lui donner une tape dans le dos.

— Je ne dirai rien, mon cher ami ! Félicitations. Je suis heureux pour vous ! Il était temps. Rory sera folle de joie à l'idée de devenir tante.

— Entre vous et moi, je désespérais de devenir père un jour après le désastre dans l'atelier de Romney, lui confia Grasby en levant les yeux au ciel et en soupirant de soulagement. Au moins, maintenant que Silla attend un enfant, elle est prête à oublier cette épouvantable soirée…

— Épouvantable ? Sûrement pas épouvantable pour vous… ?

Grasby renâcla d'embarras.

— Du calme ! Pas si fort !

Quand Dair haussa un sourcil, il leva de nouveau les yeux au ciel et admit :

— Oh, très bien, pas épouvantable pour moi ! Elles étaient charmantes, non, ces filles… ?

— Très.

— Mais il ne faut pas oublier ce qui est important dans la vie, et être autorisé à dormir dans le lit conjugal, c'est important.

Dair éclata de rire en rejetant la tête en arrière, ce qui provoqua une pause dans les conversations et fit tourner les têtes vers eux.

— Parbleu, Grasby ! Vous arrivez toujours à relativiser !

Grasby afficha un grand sourire niais.

— C'est vrai ? Oui, c'est vrai ! Bien sûr que c'est vrai ! Oh, et vous serez ravi d'apprendre que madame vous a également pardonné.

— Je mérite difficilement une telle munificence. Quand Lord Shrewsbury est-il parti chercher Rory ? demanda Dair en parcourant la pièce du regard.

Il aperçut la duchesse près d'une fenêtre ouverte, en train de s'éventer, le visage tourné vers l'air frais, et il ne put donc pas attirer son attention. Il se serait bien joint à elle, mais Lady Grasby, suivie de près par William Watkins, coupa court à sa solitude et lui offrit une coupe de champagne.

— Ne prenez pas trop vos aises, l'avertit Grasby. Silla étant Silla, elle a immédiatement retiré son pardon en apprenant que vous aviez mis un pain à son frère et que vous lui aviez cassé le nez. (Cette fois-ci, Grasby renâcla d'hilarité.) Mon Dieu, c'est un sacré coup que vous lui avez mis ! Je n'en avais jamais vu d'aussi beau, et c'est ce que j'ai dit à Cedric et aux autres, qui ont instantanément parié une jolie somme que vous recommenceriez avant la fin de l'année.

— On arrête les paris, Harvel, déclara Dair, donnant une tape sur l'épaule de son ami quand Grasby s'en décrocha la mâchoire. Désolé de vous décevoir, mais ce sera ainsi à partir de maintenant. On arrête les échanges qui manquent sérieusement d'égards et on n'écrit plus rien dans le livre de paris du White's Club. J'en ai marre d'être un crétin irréfléchi. J'imagine que ce n'est pas une mauvaise chose pour vous non plus, puisque vous allez bientôt devenir père. Pensez-vous que Rory va mettre encore longtemps ?

— Écoutez, Dair. C'est la troisième fois que vous appelez ma sœur par son prénom, grommela Grasby. Si vous avez l'intention de la détourner du droit chemin, c'est moi qui vous cognerai…

— Pas du tout, mon cher ami. Bien au contraire.

— Hein ?

Grasby était perplexe, mais le sourire de Dair n'avait rien d'obscène. À vrai dire, il semblait satisfait de lui-même d'une façon sympathique et heureuse qui soulagea les craintes de Grasby.

— Bon, reprit-il. Très bien. Il fallait seulement que je vous en parle, car le Putois a lancé des insinuations assez graves à Silla à propos de vos intentions envers Rory. Et je peux vous le dire, s'il n'était pas mon agaçant beau-frère et si vous ne lui aviez pas déjà cassé le nez, je me serais chargé de lui en mettre une !

— Ne vous en privez pas. Mais faites-moi le plaisir d'attendre qu'il ait entièrement guéri avant de lui mettre la main dessus. Vous m'excuserez de ne pas avoir été aussi ouvert avec vous à propos de notre nouvelle, mais il sera bientôt évident…

— Vous excuser ? Ouvert ? Évident ? De quoi parlez-vous ? *Notre nouvelle ?* La nouvelle de qui ? Dair ? Dair !

— Excusez-moi, Grasby, marmonna Dair avant de dépasser son ami, distrait par la porte du salon qu'on ouvrait en grand.

Soudain, il n'entendait plus les questions de son ami et avait perdu toute vision périphérique, il ne vit donc pas Lady Grasby et son frère traverser la pièce pour se présenter à lui ; le sourire suffisant de Lady Grasby se réduisit à un pincement de lèvres qui manquait de dignité quand Dair ne lui prêta pas attention. Il ne voyait que l'embrasure de la porte et n'entendait que le sang battre dans ses oreilles. Il se rendit compte qu'il était toujours aussi tendu qu'une montre à gousset et il crut que l'anticipation de voir Rory et de ce qu'il se passerait ensuite allait lui faire perdre connaissance.

Lord Shrewsbury apparut en premier puis, enfin, elle était là, sa douce, au bras de son grand-père et appuyée sur sa canne. Elle avait les yeux fatigués, mais à tous les autres égards, c'était sa magnifique bien-aimée. Inconsciemment, il fit un grand sourire et s'avança. Et comme il l'avait fait en entrant dans le salon, elle regarda rapidement autour d'elle, comme si elle aussi avait perdu quelque chose ou quelqu'un.

Puis elle l'aperçut.

Juste avant d'entrer dans le salon, Rory avait repensé avec effarement au tourbillon d'émotions ressenties ces dernières vingt-quatre heures, du comble du bonheur divin et débridé à un plongeon dans les profondeurs du désespoir le plus sombre, dont elle avait eu l'impression de n'avoir aucun moyen de s'extirper, avant d'être de nouveau hissée dans la félicité d'une satisfaction amoureuse qui faisait palpiter son cœur.

S'étant vivement attendue à une réponse positive de son grand-père quand Dair lui avait rendu visite pour lui demander solennellement sa main, elle avait été déroutée quand elle s'était retrouvée seule dans le hall d'entrée, Dair étant parti sans un mot. Puis était apparu un désespoir paralysant quand son grand-père lui avait dit, d'un ton détaché, à quel point il admirait la bravoure du commandant Lord Fitzstuart, qui avait accepté une mission qui le renvoyait dans les colonies par le premier bateau disponible, pour infiltrer un réseau rebelle d'espions en périphérie de New York, un bastion loyaliste.

Rory avait immédiatement refusé de croire son grand-père. Elle avait voulu envoyer un domestique après le commandant, pour qu'il revienne. Il fallait qu'elle lui parle. C'était une affaire de la plus haute importance, qui ne pouvait pas attendre. Elle voulait entendre l'annonce de son départ de la bouche du commandant, et de personne d'autre.

Son grand-père avait été totalement incapable de comprendre son désarroi. Il s'était patiemment assis avec elle dans l'escalier et lui avait demandé de lui expliquer pourquoi une telle nouvelle la bouleversait autant. Mais comme elle était effondrée à l'idée que le commandant n'avait pas dit à son grand-père qu'ils étaient fiancés et qu'il avait accepté de partir en mission d'espionnage de l'autre côté de l'Atlantique – comme si rien ne le retenait en Angleterre –, elle avait à peine été capable de formuler un mot cohérent, et encore moins une phrase pour s'expliquer. Il lui avait tendu son mouchoir et l'avait tenue dans ses bras tandis qu'elle sanglotait jusqu'à en avoir mal aux côtes. Il avait insinué qu'elle s'était épuisée en nageant au soleil ce jour-là, et même qu'elle souffrait d'une insolation. Il avait remarqué, lors du dîner, que son visage et ses bras avaient pris des couleurs. Une bonne nuit de sommeil allait tout arranger. Ils pourraient en reparler le lendemain matin.

Mais Rory savait que tout ne serait pas réglé au matin. Il fallait qu'elle voie le commandant le soir même. Il fallait que son grand-père comprenne. Le lendemain était bien trop loin. Il fallait qu'elle le voie immédiatement, ce soir-là, sur-le-champ.

Son désarroi était tel qu'elle avait refusé de rejoindre ses appartements, exigeant une fois encore que son grand-père envoie un domestique chercher le commandant dans la nuit. Il séjournait chez sa cousine la duchesse, à seulement dix minutes de marche en suivant le chemin. Il avait encore patiemment refusé, disant qu'il ne dérangerait pas le foyer de la duchesse à une telle heure et qu'elle se montrait anormalement déraisonnable en formulant une telle demande. Elle avait alors déclaré qu'elle rendrait elle-même visite au commandant, et sans tarder.

Alors seulement, son grand-père s'était mis en colère. Il l'avait traitée d'égoïste. Elle devait immédiatement cesser de se comporter de façon aussi inconvenante. Avait-elle oublié qui elle était, la petite-fille du comte de Shrewsbury ? Prendre les manières d'une poissonnière, devant des domestiques en prime, était inacceptable. Il ne laisserait pas sa propre descendance agir ainsi. Il avait conclu sa remontrance sur l'espoir sincère qu'elle n'avait pas perdu la raison pour quelqu'un comme le commandant.

Il l'avait éduquée de sorte qu'elle soit perspicace, qu'elle connaisse sa valeur et qu'elle agisse en conséquence. Ce n'était pas une moins-que-rien écervelée et près de ses sous, prête à s'offrir corps et âme à n'importe quel noble, dans l'espoir de le piéger dans un mariage. Ne faisait-elle preuve d'aucun discernement ? En effet, le commandant hériterait un jour d'un noble titre. Mais lui, Shrewsbury, le connaissait mieux que personne. Le commandant était le dernier homme sur terre qu'il autoriserait n'importe quelle femme de sa connaissance à épouser. C'était un séducteur notoire, un homme téméraire qui mettait sa vie en danger, et la vie de n'importe qui si cela servait ses objectifs. Il avait des enfants bâtards disséminés dans pratiquement tout le pays. Ne comprenait-elle pas qu'on l'appelait Dair le Diabolique pour une bonne raison ?

Mais ce qui avait arrêté ses sanglots, l'avait momentanément empêchée de respirer, c'était la prédiction prononcée à voix basse par son grand-père, de façon presque pitoyable, selon laquelle il en aurait le cœur brisé et que sa santé ne s'en remettrait jamais s'il apprenait qu'elle avait autorisé le commandant ne serait-ce qu'à baiser sa main. Par ailleurs, elle pouvait chasser de sa jolie tête l'idée ridicule qu'un homme comme lui pouvait l'aimer et la demander en mariage. À vrai dire, il était exactement le genre de libertin sans scrupule qui pouvait lui faire des courbettes dans le seul but de gagner un pari absurde lancé entre jeunes hommes semblables au commandant. Mais il était persuadé qu'elle avait assez de raison et de sensibilité pour y voir clair dans ce genre de manigance.

Incapable de respirer, Rory s'était évanouie.

Elle s'était réveillée dans les bras d'un valet de pied, qui la menait non pas dans sa chambre au rez-de-chaussée, mais à l'étage, où il la déposa sur le lit de la petite chambre réservée aux invités, au-dessus de l'entrée principale. Edith était venue, son grand-père aussi. Elle était restée allongée, léthargique et frigorifiée. Elle s'était sérieusement demandé si cela valait la peine de respirer, tant le martèlement dans sa tête était intense et tant son cœur la faisait souffrir.

Dans le brouillard de son désespoir, elle avait entendu son grand-père dire à Edith qu'il fermait la porte à clé. Il ne voulait pas que sa petite-fille commette une imprudence durant la nuit, comme s'enfuir pour aller à la maison douairière. Il rouvrirait la porte à une heure raisonnable le lendemain matin, espérant qu'une bonne nuit de sommeil aurait permis à Rory de retrouver ses esprits.

Le regard de Rory avait dû se poser sur la fenêtre, car il avait ajouté qu'il était impossible, pour une raison ou une autre, de l'ouvrir. Et puisqu'elle était à une hauteur considérable et que, si elle voulait briser la vitre et l'escalader pour sortir, il n'y avait rien entre la fenêtre et l'allée de gravier pour amortir sa chute, elle se casserait assurément tous les os, si elle ne se tuait pas.

Il avait ensuite déposé un baiser sur son front en lui disant qu'elle était tout pour lui et qu'il l'aimait énormément. Quand la clé avait tourné dans la serrure, elle avait éclaté en sanglots et avait pleuré jusqu'à ce qu'elle soit épuisée et tombe dans un sommeil agité. Elle s'était réveillée à l'aube et avait trouvé Edith endormie sur une chaise au pied du lit, dans une position des plus inconfortables et frissonnant de froid, le châle qui la recouvrait étant tombé par terre. Le feu de cheminée s'était éteint, la fille de cuisine n'ayant pas pu accéder à la pièce pour l'entretenir pendant la nuit. Le cœur de Rory était si mal en point qu'elle ne sentait rien à l'exception de la bague à son doigt…

La bague ! La bague ornée d'un saphir lavande pâle qu'Alisdair avait glissée à son doigt après l'avoir demandée en mariage. Pourquoi n'y avait-elle pas pensé avant ? Avec un émerveillement naissant, elle avait regardé la belle pierre précieuse dans la lumière grisâtre du matin jusqu'à ce que ses yeux s'assèchent, craignant qu'elle disparaisse, craignant de se réveiller d'un rêve si elle clignait des yeux. Mais elle restait à son doigt, cette bague qui lui appartenait, délicatement taillée et aux magnifiques nuances lavande. Elle était devenue son talisman d'espoir et de foi.

Elle avait alors su que si Alisdair était parti sans lui dire un mot, ce n'était pas parce qu'il l'avait abandonnée. Il l'aimait bel et bien. Il voulait bel et bien l'épouser. Cette bague en était la preuve. Mais peut-être que son grand-père avait considéré qu'il ne ferait pas un époux convenable pour elle – une possibilité qu'il avait évoquée la nuit précédente – et que, dépité, Alisdair n'avait pas eu le courage de lui annoncer une telle nouvelle. Mais elle était persuadée que s'il était parti, c'était uniquement pour élaborer un plan, et qu'il ne quitterait pas l'Angleterre pour rejoindre l'Amérique sans elle. Si elle devait s'enfuir avec lui dans les colonies ravagées par la guerre, ainsi soit-il. Rien ni personne ne pourrait l'arrêter !

Se sentant bien mieux et persuadée que cette nouvelle journée lui ramènerait Alisdair, avec un plan pour l'avenir, Rory avait remonté le châle sur Edith et l'avait également couverte avec l'une des deux couvertures du lit pour s'assurer que sa bonne n'ait pas froid. Puis elle s'était blottie dans son lit et s'était instantanément endormie tant elle était épuisée. À son réveil, on lui avait apporté un petit-déjeuner tardif sur un plateau et elle avait surpris Edith en mangeant avec appétit et en déclarant qu'elle allait prendre un bain puis enfiler sa robe à l'anglaise en soie vert pâle aux jupons brodés. Elle avait également demandé une compresse froide pour atténuer le gonflement de ses yeux. Ensuite, Edith pourrait la coiffer, lui faire des tresses et des boucles.

Quand Lord Shrewsbury avait demandé à Edith si sa maîtresse tenait le coup après les événements de la veille au soir, Edith avait pu lui répondre que quand elle avait laissé Rory dans son bain, elle chantonnait ; c'était comme si le mélodrame de la nuit précédente n'avait jamais eu lieu. Loin de sembler satisfait, le froncement de sourcils du vieil homme s'était accentué. Il se demandait ce que manigançait sa petite-fille pour se voir réunie avec le commandant. Il avait ordonné au valet de pied de veiller à ce qu'elle reste enfermée dans la chambre à l'étage, et de ne permettre qu'à sa bonne d'y entrer ; un valet de pied devait monter la garde devant la porte à tout instant.

Rory était dans son bain quand Edith lui avait annoncé que Lord et Lady Grasby étaient arrivés de Chiswick, accompagnés de Mr. William Watkins. Après l'annonce de cette nouvelle, on l'avait de nouveau enfermée à clé dans la chambre, sans avertissement et sans explication cette fois-ci ; elle s'était inquiétée des raisons qui poussaient son grand-père à l'enfermer, à l'empêcher de voir les membres de sa propre famille.

Puis le commandant Lord Fitzstuart était bel et bien revenu ! Elle était habillée, prête à descendre, quand un deuxième carrosse s'était avancé dans l'allée. Edith était à la fenêtre et l'avait appelée juste à temps pour voir la porte du carrosse, du côté qui ne donnait pas sur la maison, s'ouvrir en grand et l'amour de sa vie apparaître. Rory aurait pu s'évanouir tant elle était heureuse de le voir. Elle avait appuyé ses mains et son petit nez contre la vitre pour mieux l'apercevoir quand il s'était accroupi pour allumer un cheroot, se demandant s'il l'entendrait si elle criait. Mais elle s'était dit que le reste de la maison l'entendrait aussi, il valait donc mieux qu'elle reste silencieuse et s'apprête à fuir quand il enfoncerait la porte. Il fallait peut-être qu'elle élabore un plan pour l'aider quand il viendrait la secourir. À cette fin, elle avait demandé à Edith de l'aider à enlever les bougies de leurs chandeliers en cuivre, puis elle les avait soupesés, cherchant la meilleure façon d'en tenir un pour s'en servir avec force. Edith avait chancelé d'inquiétude en voyant la passion pour la violence dont sa jeune maîtresse faisait preuve pendant sa démonstration de l'utilisation d'un chandelier comme arme.

Mais elle n'avait pas eu besoin de détourner le chandelier de son utilisation. Et la porte n'avait pas été enfoncée. Elle avait été ouverte par un valet de pied qui avait fait entrer une petite femme qui se tenait bien droite, et qui s'était présentée en français en tant que dame d'honneur de madame la duchesse de Kinross. Elle venait transmettre des ordres à Edith, qui devait préparer les bagages de mademoiselle Talbot et les faire charger dans le carrosse de la duchesse stationné dans l'allée. Mademoiselle Talbot passerait la semaine chez sa marraine pendant les préparatifs de son mariage au commandant Lord Fitzstuart. Edith, qui ne comprenait pas le français, s'était tournée vers Rory pour la traduction. Mais en entendant « préparatifs de son mariage au commandant Lord Fitzstuart », Rory s'était de nouveau retrouvée en état de choc et avait oublié de respirer, s'effondrant comme une masse, faisant gonfler ses jupons.

Rory avait repris connaissance dans un état de conscience aiguë ; partagée entre le soulagement et l'incrédulité, son cœur s'emballait autant que son cerveau. Quand Edith s'était absentée avec la dame d'honneur de la duchesse pour superviser la préparation des valises, le valet de pied avait encore une fois enfermé Rory dans la chambre, lui présentant ses excuses ; il ne pouvait pas la libérer tant que Sa Seigneurie ne lui avait pas dit de le faire.

Enfin, son grand-père était venu la chercher en lui annonçant que tout le monde attendait son arrivée dans le salon. Il n'avait pas évoqué les événements de la veille, et même s'il lui restait beaucoup de questions sans réponses, Rory n'avait pas pu se résoudre à les lui poser. Il semblait avoir vieilli pendant la nuit. Il avait le dos voûté et ses mains avaient contracté un léger tremblement. Le pire, c'était l'air hagard dans ses yeux bleus. Il n'arrivait pas à croiser le regard de Rory et parlait d'une voix frêle ; son ton assuré avait disparu.

Comment pouvait-elle rester en colère contre lui ? Elle l'avait embrassé sur la joue, avait passé ses bras autour de lui et lui avait dit qu'elle le pardonnait et qu'elle l'aimerait toujours. Il s'était effondré, avait demandé qu'elle le pardonne d'être trop protecteur et, dans un revirement, lui avait dit que le commandant était en effet un homme bien, digne d'elle. Ils avaient tous les deux versé une larme. Ayant suffisamment retrouvé leur calme, ils étaient descendus bras dessus bras dessous, Shrewsbury résigné à être spectateur, Rory prête à accueillir le premier jour du reste de sa vie.

En deux enjambées, Dair se retrouva devant elle. Elle leva la tête vers lui en souriant. Il baissa la tête vers elle, tout sourire lui aussi. Ils étaient tellement heureux de se voir qu'ils gloussèrent. Rory lâcha le bras de son grand-père et lui tendit sa canne. Quand elle se tourna derechef vers Dair, quand elle vit qu'il était encore bien là devant elle, elle fut submergée par un tel soulagement qu'elle s'effondra. Une main tremblante sur la bouche, des larmes dans les yeux, elle sanglota.

Dair la prit immédiatement dans ses bras et la serra contre lui, le visage blotti dans ses cheveux, silencieux, sentant les violents frissons de soulagement parcourir son corps mince. Mais il se rendit ensuite compte que les frissons ne venaient pas que d'elle. Il ne dit rien, se contentant de l'étreindre et de la laisser pleurer jusqu'à ce qu'elle s'arrête d'elle-même. Quand elle bougea entre ses bras, il la relâcha. Il lui donna son mouchoir, et quand elle eut séché ses yeux, il essuya rapidement les siens et fit disparaître le mouchoir.

Le temps reprit son cours après cela, mais ils n'auraient pas su dire qui l'avait remis en marche. Elle était de retour dans ses bras, sur la pointe des pieds, le menton relevé pour l'embrasser. Il se pencha et écrasa sa bouche sur la sienne, toute contrainte sociale abandonnée. Ils étaient trop soulagés, trop euphoriques, trop amoureux pour se soucier des conventions et de la bienséance. Tout ce qui importait, c'était qu'ils étaient ensemble et qu'ils allaient se marier le plus rapidement possible. Autour d'eux, tout et tous disparurent dans un brouillard de mouvements et de bruits sans importance.

Ils auraient pu rester ainsi, bloqués dans une étreinte passionnelle, mais Rory reprit conscience de ce qui l'entourait quand un verre se fracassa par terre.

Lady Grasby avait poussé une exclamation choquée en voyant le couple s'étreindre et s'embrasser, et elle avait laissé tomber son verre, le champagne éclaboussant la ruche en soie de son corsage. Jamais, de toute sa vie, elle n'aurait pu prévoir une telle issue. Elle n'en croyait pas ses yeux. Elle jeta un regard en coin à son frère qui, avec sa mâchoire décrochée, semblait aussi choqué qu'elle. Mais ce fut son mari qu'elle observa plus intensément. La première réaction de Lord Grasby reflétait la sienne, mais un changement survint en lui, et les coins de sa bouche se relevèrent en un sourire idiot. Il serra ses bras autour de lui, comme s'il avait besoin de contenir sa joie, et il rentra la tête dans les épaules, sa stupeur laissant place à la compréhension puis à la pure délectation en voyant sa sœur et son meilleur ami si heureux dans les bras l'un de l'autre. Les yeux de Lady Grasby s'emplirent de larmes et ses lèvres se pincèrent, ce qui n'était pas un signe de sentimentalité. Son heure de gloire, le moment où elle devait briller de mille feux à la lueur des bougies, était déjà terminée ; le bonheur débridé du couple l'avait remise dans l'ombre.

La casse provoqua une agitation générale ; des valets de pied se précipitèrent pour ramasser tous les éclats, et on entendit Mr. William Watkins faire remarquer qu'il n'était pas surpris que madame ait lâché son verre. Même les esprits les plus libéraux de l'assistance devaient être choqués par un spectacle aussi indécent, de voir un couple céder, en plein jour, à un comportement aussi indigne en présence de personnes aussi glorifiées. Il s'attendait à ce que le commandant présente immédiatement ses excuses à Sa Grâce et à Sa Seigneurie.

— Monsieur ! Vous avez la sensibilité d'une vieille tante célibataire, les manières d'une blanchisseuse et la tête d'un chasseur de rats, déclara Antonia sans ménagement, regardant de bas en haut le secrétaire grand et maigre comme un roseau, partant de ses chaussures à boucles polies à l'extrême pour remonter sur sa perruque à la mode mais excessivement bouclée. Il semblerait que vous ayez cette tête justement à cause de votre sensibilité et de vos manières. Je n'ai donc aucune compassion. Maintenant, monsieur, ordonna-t-elle en pointant son éventail fermé vers Mr. William Watkins, je vous demanderai de vous taire et de faire comme si vous n'étiez même pas là. Lord Shrewsbury va porter les toasts. Chaque côté de la famille pourra pareillement s'émerveiller de l'annonce de l'autre. Je ne doute pas que ces nouvelles vont alimenter les conversations de certains pour le reste de la semaine. Mais ma filleule et Lord Fitzstuart seront dispensés de ces discussions animées, car je dois les conduire à un rendez-vous avec mon fils et son chapelain pour préparer la cérémonie de mariage à laquelle vous êtes tous invités la semaine prochaine. Voilà ! Je vous ai annoncé la nouvelle sans le vouloir. Milord, les toasts, je vous prie. Monsieur le duc ne tolère pas le manque de ponctualité.

Cependant, quand on la fit monter dans son carrosse, la duchesse ne demanda pas au cocher de la mener à monsieur le duc de Roxton, mais de la conduire au mausolée. Il fallait qu'elle partage la nouvelle du couple et son annonce encore plus surprenante avec monseigneur avant de se rendre à la maison principale.

LA LUMIÈRE DU SOLEIL S'ENGOUFFRAIT PAR L'OCULUS EN VERRE dans la crypte opulente de la dernière demeure des ducs de Roxton et de leurs proches, illuminant le sol en marbre italien et indiquant le chemin pour s'engouffrer plus profondément dans ce mausolée caverneux.

Un valet de pied et Dair entrèrent en portant des urnes remplies de roses blanches. Le domestique posa la plus petite urne au pied d'un sarcophage en marbre noir, dont le couvercle était surmonté de statues en marbre blanc représentant un homme et une femme endormis : la dernière demeure du comte et de la comtesse de Stretham-Ely, connus une grande partie de leur vie en tant que Lord et Lady Vallentine, le beau-frère et la belle-sœur bien-aimés d'Antonia et parents d'Evelyn Gaius Lucian Ffolks qui, selon Dair, se faisait maintenant appeler monsieur Lucian.

Dair déposa la grande urne de roses blanches au pied de la tombe imposante du cinquième duc de Roxton. La statue du noble, en marbre blanc, le représentait de façon tellement fidèle que, du haut de sa chaise, son regard descendait le long de son nez comme s'il surveillait tout ce qu'il se passait devant lui avec le même dédain arrogant dont il avait fait preuve de son vivant avec tout le monde à l'exception des membres de sa famille. Pour Dair, le duc avait été un deuxième père, sévère mais aimant malgré tout. Ainsi, après avoir déposé l'urne, il recula et resta un instant immobile, la tête baissée, avant de rejoindre Rory sur le banc en marbre face aux tombes. Il lui tendit la main sans détacher son regard du duc et quand il sentit ses doigts s'entrelacer avec les siens, il sourit et se tourna vers elle. Elle l'observait fixement, et quand il leva ses sourcils foncés en un questionnement silencieux, elle posa la main sur son épaule pour qu'il la baisse, lui permettant ainsi de murmurer près de son oreille, pour ne pas déranger la duchesse :

— Quand j'avais six ans, monsieur le duc m'a dit que je pourrais avoir son nez en bec d'aigle quand je serai grande… Il a tenu parole… Vous avez le même nez.

Dair se redressa en fronçant les sourcils, la regarda et leva les yeux vers la statue de son cousin – il faisait non seulement partie de la famille d'Antonia par leur ancêtre commun, leur grand-mère, mais de celle du duc, qui avait été le cousin germain de cette grand-mère. Mais jusque-là, il n'avait jamais réellement pensé aux liens du sang qu'il partageait avec le duc. Et pourtant, en l'observant, il lui semblait maintenant évident qu'il avait en effet hérité de son nez proéminent. Que l'ancien duc ait prédit à l'amour de la vie de Dair qu'elle épouserait un homme possédant le même nez aquilin que lui n'était qu'une coïncidence, mais il sentit quand même un frisson parcourir son dos et une boule se former dans sa gorge. Il serra la main de Rory un tout petit peu plus fort.

Puis le couple demeura assis en silence, attentif à la duchesse qui restait debout devant la tombe de son premier mari, disposant d'abord les fleurs à sa convenance, puis levant les yeux vers lui, une main posée sur le bout de sa chaussure à boucle comme si elle avait besoin du contact avec le marbre froid pour se sentir un peu plus proche de lui, pour combler le gouffre infranchissable entre les vivants et les morts. Et même si elle ne prononça pas un seul mot à voix haute, Rory était persuadée que sa marraine communiquait avec son bien-aimé. Cela fut confirmé quand la duchesse vint enfin s'asseoir sur le banc, posant légèrement ses mains sur ses genoux.

— Je lui ai annoncé votre nouvelle, dit-elle doucement. Je sais qu'il est ravi pour vous deux. Maintenant, si vous voulez bien me laisser et aller vous tenir la main dans le carrosse, j'aimerais rester seule cinq minutes avec monseigneur. Ensuite, nous pourrons nous rendre à la maison principale pour partager votre heureuse nouvelle avec mon fils, Deborah et les enfants.

Elle observa le couple quitter le mausolée, main dans la main, puis elle se détourna et leva les yeux, souriante, vers la statue en marbre de son premier mari, une main posée sur sa gorge empourprée.

— J'ai quelque chose à vous dire, vous allez secouer la tête et rire de moi…

Elle regarda la tombe devant laquelle était posée la deuxième urne de fleurs et dit :

— Vous aussi, Vallentine et Estée. Vous allez me réprimander sévèrement, mais je vous assure que c'était inévitable. (Elle se tourna derechef vers son bien-aimé.) Vous serez heureux pour moi, je le sais. Mais vous me direz que c'est tout ce que je mérite après avoir épousé un homme viril et à peine plus vieux que notre fils…

À son retour au carrosse, Michelle l'attendait à l'extérieur. Antonia comprit pourquoi, et remercia sa femme de chambre d'avoir offert au couple l'intimité du véhicule. Elle trouva son cousin et sa filleule blottis ensemble dans un coin, endormis. Cela ne la surprit pas, après les événements émotionnellement épuisants des douze dernières heures — elle était elle-même fatiguée. Elle donna un petit coup de sa main gantée au panneau au-dessus de sa tête, et le carrosse se mit en route ; elle se blottit également dans un coin, Michelle auprès d'elle, et somnola jusqu'à ce que la porte soit ouverte par un valet de pied officieux portant la livrée du foyer de son fils.

Prenant la main du valet de pied, recouverte d'un gant blanc, elle sortit dans l'air frais et fit une découverte très agréable. Elle n'avait plus mal au cœur. Sa nausée matinale avait disparu comme elle était arrivée ; rapidement et sans prévenir. Michelle devait avoir fait les bons calculs depuis le début. Mais elle aimait à croire que l'amélioration de son état n'était pas une coïncidence ; monseigneur venait de lui donner, dans le mausolée, sa bénédiction pour la nouvelle vie qui grandissait en elle. Le soir même, elle écrirait à Jonathon pour lui annoncer la nouvelle. Il serait fou de joie et la houspillerait sans doute, avec beaucoup d'amour, lui rappelant qu'il lui avait bien dit !

D'une démarche assurée, Antonia, duchesse de Kinross, fit irruption dans l'immense hall d'entrée de son ancienne maison. Ses quatre petits-enfants descendirent précipitamment le grand escalier incurvé pour la saluer, criant et gloussant de joie, suivis de près par leurs nurses, domestiques et tuteurs. Elle se baissa vers le sol en marbre dans un nuage de soie, ouvrit grand les bras et les accueillit tous dans son étreinte pleine d'amour.

# TRENTE-ET-UN

La duchesse de Roxton et la duchesse de Kinross s'occupant ensemble de chaque détail du mariage de Rory et Dair, de la liste des invités aux plats qui seraient servis au banquet, Rory n'avait plus qu'à profiter de chaque jour qui la rapprochait de la cérémonie avec une grande impatience, comme dans un rêve.

Elle n'eut même pas à vivre l'indécision dramatique liée au meilleur choix de robe. Sa belle-sœur essaya de la convaincre qu'une robe en soie ivoire ou jaune citron conviendrait le mieux à une mariée, mais aucune n'allait avec le teint pâle de Rory. Par ailleurs, elle avait promis à Dair qu'elle mettrait la robe à la française en soie lavande et les chaussures assorties qu'elle portait quand il l'avait vue dans l'escalier du Gatehouse Lodge. Edith savait exactement comment coiffer ses cheveux, même si Silla soutenait qu'elle avait plus d'expertise dans ce domaine. Quant aux bijoux, Rory se contenterait parfaitement de sa bague de fiançailles au saphir lavande pâle, dont la couleur allait à merveille avec la robe qu'elle avait choisie. Une fois encore, Silla lui assura que cela ne conviendrait pas du tout. Elle trouverait quelque chose de convenable pour le décolleté et les poignets de Rory. Intérieurement, Rory espérait que cette recherche serait vaine.

Le lendemain matin, Lord et Lady Grasby parcoururent la distance qui séparait le Gatehouse Lodge de la maison douairière à pied, pour prendre le thé avec Rory sur la terrasse. Savourant leur deuxième tasse de thé, ils donnèrent à Rory un écrin plat et carré. À l'intérieur, nichés sur du velours, se trouvaient un ras-de-cou composé de quatre rangées de perles lumineuses et un bracelet assorti. Cette parure avait appartenu à la mère de Rory, qui l'avait portée le jour de son mariage, à Oslo, et elle revenait maintenant à Rory, un cadeau de mariage de la part de son frère et son épouse. Rory en eut les larmes aux yeux, surprise que Silla se sépare de telles perles.

Cette dernière ruina cet instant en révélant qu'elle possédait un ras-de-cou bien plus onéreux, composé de cinq longues rangées de perles et d'un fermoir en or et diamant, avec deux bracelets assortis et une paire de boucles d'oreilles. Cette parure lui avait été offerte par ses parents lors de son mariage avec un Talbot. Rory se contenta de dire qu'elle était persuadée que les perles de Silla étaient très belles, ce à quoi Silla répondit que Rory les verrait de ses propres yeux quand elle les porterait pour la cérémonie de mariage deux jours plus tard.

Rory échangea un regard avec son frère ; il leva simplement les yeux au ciel, se mordit la langue pour s'empêcher de répliquer et but son thé en silence. Mais à peine cinq minutes plus tard, Silla se surpassa dans l'indélicatesse de sa réponse, quand Grasby demanda innocemment à Rory quelle canne elle avait choisi d'utiliser pour cette grande occasion. Le choix de Rory s'était porté sur sa canne en jonc de Malacca dont le pommeau en ivoire avait été sculpté en forme d'ananas. D'ailleurs, il lui avait offerte lors de son vingt-et-unième anniversaire, ne s'en souvenait-il pas ? Il s'agissait également de la canne qu'elle avait avec elle lors de cette soirée fatidique dans l'atelier de Romney. Grasby rit, confirma qu'il s'agissait du choix parfait et se demanda à voix haute si son meilleur ami se souvenait de l'accessoire incriminé.

Silla trouvait qu'il n'y avait pas de quoi rire. D'ailleurs, elle s'alarmait de penser que Rory comptait se marier avec une canne. Elle posa sa tasse sur sa soucoupe et dit sans ménagement et sans se rendre compte que ses mots étaient, au minimum, blessants :

— Rory ne peut tout de même pas se marier avec sa canne, Grasby. Avez-vous déjà vu une mariée avec une canne ? Non. Cela ne conviendra pas du tout. Vous devrez vous appuyer sur le bras du commandant. Cela sera bien plus approprié et totalement acceptable de la part d'une jeune mariée. Les gens penseront simplement que vous êtes émotionnellement épuisée par la cérémonie, ils n'y verront que du feu…

— Silla ! Comment pouvez-vous dire…

Grasby fut interrompu.

— Puisque je vais me marier en présence de ma famille, Silla, tout le monde a déjà remarqué que j'utilise une canne, répondit Rory sans animosité. Et je ne suis pas faible au point de m'évanouir à mon propre mariage. (Sa fossette se creusa.) Je suis plus susceptible d'arborer un grand sourire idiot, qu'il me faudra tempérer si je ne veux pas passer pour une imbécile. (Elle posa la main sur le revers de la manche de son frère.) Vous me le signalerez, d'une façon ou d'une autre, si je me mets à sourire telle une internée de Bedlam, d'accord ?

— Mais, très chère, vous n'avez jamais été au centre de l'attention auparavant, répliqua Silla. Et vous n'avez jamais dansé. Vous êtes toujours restée assise à l'écart lors des réceptions. Il est possible que certains ne sachent même pas qui vous êtes ! Croyez-moi, avoir les regards de tous braqués sur soi est plus angoissant que ce que vous pouvez imaginer.

Rory réprima son sourire face à la suffisance de sa belle-sœur et dit d'une voix mesurée, mais avec une ironie apparente :

— Raison de plus pour utiliser ma canne à cette occasion. Après tout, je deviendrai un jour comtesse de Strathsay, il faut que je m'habitue à être au centre de l'attention, et le plus tôt sera le mieux. N'êtes-vous pas d'accord, Grasby ?

— Naturellement. En ce qui me concerne, je suis impatient que vous soyez au centre de l'attention, ma chère sœur.

Le frère et la sœur se mirent à rire, mais Silla n'y trouvait rien d'amusant. Après une sérieuse considération, elle dit :

— J'imagine que c'est vrai, Rory. Et puisque de nombreux parents titrés seront présents, nous ne pouvons pas risquer que la mariée s'étale de tout son long.

— Non. Non, en effet, approuva Rory.

Son frère lui adressa une grimace dans le dos de sa femme, et Rory gloussa dans sa tasse de thé. Quand elle eut retrouvé son calme, elle ajouta :

— Notre mariage commencerait sous de bien mauvais auspices si je devais trébucher, tordre ma bonne cheville et m'étaler de tout mon long ! Pauvre Alisdair !

Silla toussa discrètement et de façon guindée dans son poing ganté.

— Très chère, vous ne pourrez l'appeler Alisdair que quand vous serez mariés, et en privé, articula-t-elle d'un ton condescendant. Vous devez *toujours* l'appeler Fitzstuart quand vous avez de la compagnie, et milord devant les domestiques et autres subalternes.

Sidérée par une réprimande aussi injustifiée, Rory ne trouva rien à répondre, elle entreprit donc d'organiser le nécessaire à thé, ne sachant pas vraiment si elle devait être en colère ou embarrassée.

Grasby, qui perdait patience, intervint. Sa femme était enceinte et on l'avait prévenu qu'il ne devait pas ébranler ses nerfs délicats à un stade aussi précoce de sa grossesse, mais il ne comptait pas rester sans rien faire pendant que son épouse dictait sa conduite à sa sœur, ce qui ne la regardait absolument pas. Agacé au point de céder à la colère, il dit ce que Rory avait sur le bout de la langue, mais que les bonnes manières l'empêchaient d'exprimer à voix haute.

— D'où sortez-vous l'idée remarquable que vous pouvez nous faire la leçon, à *nous* ? Ma sœur est une Talbot, et les Talbot savent comment se comporter, peu importe avec qui ils sont. Par ailleurs, elle peut dire ce qui lui plaît – et même appeler son mari Rover ou-ou Spot si cela lui convient à lui, je n'en ai strictement rien à faire ! À propos, où se trouve Rover… hum… l'heureux futur marié ? s'enquit-il, redescendant d'un cran et se tournant vers la droite puis vers la gauche sur sa chaise, comme s'il s'attendait à ce que son meilleur ami bondisse de derrière une statue pour lui faire une peur bleue, ce qui était déjà arrivé. Je pensais qu'il serait ici, avec vous.

— Pas avant le déjeuner aujourd'hui, leur dit Rory. Il avait quelque chose à voir avec le duc.

— Je pensais que nous avions réglé le contrat et le reste hier, fit remarquer Grasby.

Quand Rory fronça les sourcils, il expliqua :

— Grand-père, Roxton, Dair et moi, nous nous sommes occupés du contrat de mariage, de votre dot et de votre enveloppe financière. (Il sourit comme s'il était très satisfait de lui-même.) Cela ne me gêne pas de vous dire, chère sœur, qu'on va prendre bien soin de vous et que toutes les éventualités ont été envisagées.

— Les éventualités ?

Rory ne savait pas du tout de quoi il parlait.

— Vous savez… Si quelque chose devait arriver à Dair… Non pas que ce soit probable ! lui assura-t-il rapidement en voyant qu'elle fronçait encore plus les sourcils. Il arrête de jouer les espions… Voilà quelque chose que j'ignorais à son propos, alors que c'est mon meilleur ami ! Un espion, pendant toutes ces années ! Rory, je vous en prie. Ne me regardez pas ainsi ! Je n'en avais pas la moindre idée. Mais il laisse tomber tout ce qui est obscur et périlleux. Il le fallait, maintenant qu'il va se marier. Il a d'autres responsabilités – vous êtes sa responsabilité principale, et c'est ce que je lui ai dit ! Mais je n'ai pas à m'inquiéter, n'est-ce pas, puisqu'il s'est pratiquement greffé à vos jupons ! dit-il pour taquiner sa sœur. Et s'il n'est pas collé à vous, il reste à proximité, dans l'ombre, toujours présent. Le pauvre ne peut même pas détacher son regard de vous. Je dirais qu'il est atteint…

— Comment ? De quoi est-il atteint ? demanda rapidement Silla, une main posée sur son corsage. Ce n'est pas contagieux, si ? Le bébé…

Lord Grasby haussa une épaule en faisant la moue.

— C'est difficile à dire…

— Oh, cessez vos taquineries, Harvel ! l'admonesta tendrement Rory, les joues rouges d'embarras. Votre bébé ne court aucun danger, Silla.

Lady Grasby poussa un long soupir de soulagement et s'éventa, comme si elle pensait réellement que le commandant Lord Fitzstuart était atteint de la peste.

— Dieu merci ! Deb Roxton a fourni tant d'efforts pour votre mariage, elle qui est également enceinte, dit Silla d'un ton théâtral. Quelle déception pour elle et Sa Grâce de Kinross si, après toute cette organisation, tout leur dur labeur, il fallait annuler le mariage parce que le commandant était frappé de la grippe !

— Mais bien sûr ! Ne décevons pas la duchesse – *les* duchesses, d'ailleurs, se moqua Lord Grasby en reposant sa tasse et sa soucoupe. Tant pis pour la déception de la mariée !

Quand Rory l'observa avec de grands yeux, il sut qu'il était allé trop loin dans la réprimande de sa femme, et il fit son possible pour modérer son agacement. Ce n'était pas seulement Silla qui lui avait ôté sa bienveillance. S'il était honnête avec lui-même, il était de mauvaise humeur depuis qu'il avait appris que sa sœur était fiancée à son meilleur ami. Égoïstement, il ne voulait pas la voir quitter le cocon familial. Il ne comprenait pas totalement pourquoi elle séjournait chez la duchesse de Kinross avant son mariage, et non au Gatehouse Lodge avec sa famille proche. En guise d'explication, son grand-père lui avait dit que le Lodge était petit, et que comme William Watkins y était, il valait mieux que Rory soit ailleurs.

Cela étant, la veille, William Watkins était parti pour Londres dans des circonstances mystérieuses. Grasby n'avait pas eu droit à une vraie explication, on lui avait seulement dit que le Putois était attendu en ville pour une affaire liée à la couronne. Grasby savait qu'il ne s'agissait que d'une partie de l'histoire. L'autre partie, il l'avait distinctement entendue à travers les murs fins du Lodge, alors qu'il était assis par hasard juste à l'extérieur du bureau, sur la première marche de l'escalier, pour lire la *Gazette*.

Le Putois accusait Dair de traîtrise – rien de nouveau, il essayait constamment de discréditer le commandant, ce qui était devenu une blague récurrente entre Grasby et son grand-père. Mais cette fois-ci, le Putois avait assuré en avoir la preuve, une lettre de la main du commandant pour son frère Charles. Elle était arrivée entre les mains du Putois par un moyen mystérieux qu'il n'était pas prêt à révéler. Il y avait ensuite eu un long échange houleux entre le Putois et le chef des services secrets, dont Grasby n'avait pu comprendre que quelques mots. En conclusion, le Putois avait hurlé à Shrewsbury de ne pas jeter la lettre incriminée au feu.

Mr. William Watkins était ensuite sorti du bureau, avait jeté un coup d'œil à Grasby et avait lâché que la Chambre des Lords pullulait de rossards, et que plus tôt elle serait dissoute, mieux ce serait pour le pays ! Ce à quoi Grasby avait répondu doucement que de telles paroles étaient traîtresses et que s'il voulait vraiment faire une différence quelque part, il y avait une révolution en cours dans les colonies américaines. Il était persuadé que les patriotes accueilleraient un homme avec les aptitudes et les penchants philosophiques du Putois à bras ouverts. Il avait ensuite repris sa lecture de la *Gazette* tandis que le Putois le dépassait d'un pas lourd dans l'escalier pour aller faire préparer ses bagages.

Le souvenir de cet échange fit réapparaître un sourire sur le visage de Grasby et il se sentit plus charitable envers le monde à l'idée que le Putois allait peut-être se ranger du côté d'un groupe de révolutionnaires et s'enfuir en Amérique, les laissant tranquilles, lui et sa femme.

— Il n'y a aucun problème avec Dair, dit doucement Grasby à sa femme. À vrai dire, notre commandant va très bien. Il est simplement amoureux de ma sœur, ce dont je me réjouis ! (Il sourit à Rory.) Je suis on ne peut plus heureux pour vous deux. J'aurais dû m'en douter quand je vous ai vu près du muret chez les Banks. (Il se recula dans sa chaise en adressant un clin d'œil à Rory.) Si Dair n'a pas d'obligation ici, Cedric et moi viendrons le chercher demain matin. Nous partons faire de la chasse au vol avec Roxton et d'autres aristocrates du coin, qui viennent tous fêter les dernières heures de liberté du pauvre gars, avant qu'il ne soit mis aux fers pour la vie et qu'il ne puisse plus jamais se déplacer sans que sa femme l'interroge sur sa destination.

Silla, qui n'avait pas vu le clin d'œil de Grasby, se redressa, le dos bien droit. Mais avant qu'elle ne puisse se lancer dans un nouveau sermon, l'objet de leur discussion apparut, sortant des écuries et s'approchant de la maison.

Vêtu d'une redingote d'équitation et de bottes de jockey, ses cheveux mi-longs ébouriffés par le vent, Dair était venu de la maison principale à cheval. Il était, comme toujours, légèrement débraillé et il n'avait pas pris la peine de se raser, d'autant plus beau avec sa barbe naissante. Il s'agissait là de l'opinion de Rory, et ses yeux bleus s'éclairèrent quand il monta les marches en pierre d'un pas léger pour les rejoindre. Son frère était du même avis ; il observa la peau de sa sœur prendre une teinte rosée en voyant son meilleur ami, et sa femme s'avancer sur sa chaise et lever les yeux vers lui d'un air envieux manifeste – elle aussi voulait que le commandant la remarque. Mais Grasby ne faisait preuve d'aucune malveillance, et il secoua simplement la tête, en réaction non seulement à l'effet que la masculinité négligée du commandant avait sur le sexe faible, mais aussi parce que lui-même ne semblait pas se rendre compte de l'effet qu'il avait sur les femmes.

— Il faut que je vous prévienne, deux carrosses arrivent de la maison principale, leur annonça Dair en venant se placer près de la chaise de Rory.

Il retira ses gants et posa délicatement une main nue sur son épaule ; les doigts de Rory trouvèrent immédiatement ceux de Dair, et elle s'y accrocha.

— L'un est rempli d'enfants, et le deuxième de leurs domestiques, continua-t-il. La duchesse les a invités à pique-niquer pour le déjeuner. J'ai pu venir ici à cheval, mais Cedric n'a pas eu la même chance. Les jumeaux de Roxton se sont entichés de lui, et on l'a poussé dans leur carrosse avant que je ne puisse le secourir.

— Ah ! Je parie que vous n'avez même pas essayé ! Le pauvre, dit Grasby sans compassion, tout en reculant sa chaise dans un raclement. Cela lui apprendra à être aussi haut qu'un arbuste. On l'a peut-être même pris pour un morveux. Venez, ma femme ! Il vaut mieux que je vous ramène à la maison. Vous devez vous reposer, et on ne peut pas risquer que le bébé soit exposé à des marmots qui toussent et qui ont le nez qui coule, même si ces marmots sont ceux d'un duc.

Lady Grasby ne souleva aucune objection. D'ailleurs, elle était impatiente de mettre le plus de distance possible entre elle et la maison douairière. Elle descendit les marches de la terrasse devant son mari, qui s'était arrêté pour dire un dernier mot au couple :

— Je ne vous abandonne pas. Je reviendrai dès que j'aurai calmé Silla, confia-t-il en soutenant le regard de Rory. Nous pourrons peut-être avoir une vraie discussion à propos de ce que nous avons évoqué hier...

Quand Rory hocha la tête, Grasby prit congé. Mais même quand son frère fut hors de portée de voix et qu'elle se retrouva seule avec Dair, elle ne lui donna pas plus de détails sur cette phrase cryptique. Dair n'avait pas besoin de connaître le sujet de cette discussion pour comprendre que quelque chose de sérieux pesait sur l'esprit de Rory. Ses pensées n'auraient pas dû être troublées par quelque chose de plus grave que sa robe de mariée ou les préparatifs de dernière minute pour leurs noces imminentes.

Il n'aimait pas la voir aussi solennelle. Et s'il ne pouvait pas l'aider sans connaître la source de son tracas, il savait qu'il pouvait régler le problème immédiat. Sans prévenir, il la souleva dans ses bras et traversa la pelouse en courant, vers le bateau pirate dans les arbres. Tandis qu'elle hoquetait et poussait de petits cris hilares, il la fit basculer sur son épaule comme si elle n'était pas plus lourde que sa redingote. Puis il grimpa à l'échelle fixée sur un chêne tricentenaire, qui menait à un monde magique, une cabane dans les arbres de deux étages qui imitait la plage arrière d'un bateau pirate.

Dair hissa Rory sur les planches et elle s'éloigna de l'échelle et de la distance impressionnante qui la séparait du sol en rampant, pour laisser de la place à Dair afin qu'il la rejoigne. Quand il fut en sécurité, elle se redressa sur ses genoux et jeta un coup d'œil au paysage par-dessus le garde-corps peint.

— Oh ! C'est merveilleux ! On voit tout, de la terrasse au pavillon d'été et jusqu'à la jetée. J'aurais aimé venir ici plus tôt. Cela dit, ce bateau semble être apparu de nulle part. Il n'était pas là l'été dernier. C'est peut-être une bande de fées pirates qui l'a coincé ici, après avoir navigué sur les nuages ? Qu'en pensez-vous ?

— C'est seulement la deuxième fois que je monte à bord. Kinross l'a fait construire pour les petits Roxton, juste après Pâques. Mais je préfère votre explication.

Il se joignit à elle et appuya légèrement ses bras croisés sur le garde-corps.

— Les garçons vont bientôt arriver, reprit-il. Ils vont immédiatement se précipiter vers l'échelle et la grimper pour monter à bord. Ils ne parlent que de ce bateau pirate !

Il tourna le dos au paysage et s'assit, appuyé contre le garde-corps, ses longues jambes bottées étendues devant lui. Quand elle le rejoignit, s'asseyant en face de lui, il s'empara de ses doigts et appuya délicatement ses lèvres sur le dos de sa main. Il afficha un sourire mélancolique.

— Nous n'avons pas eu un instant à nous depuis que votre grand-père a porté un toast à notre bonheur futur, n'est-ce pas ? Nous sommes constamment entourés par une véritable frénésie, et j'imagine que cela ne se calmera pas tant que nous ne pourrons pas nous enfuir ensemble après le mariage. Je sais que j'ai été occupé puisque je devais passer en revue notre contrat de mariage ainsi que des documents liés au domaine, et que j'ai découvert l'étendue du désordre que mon père a laissé à la charge de l'ancien duc puis de Roxton en s'enfuyant à la Barbade ! Mais vous ? Lady Grasby semble s'être remise du terrible évanouissement dont elle a été victime en apprenant notre nouvelle...

— Oh, mais nous devons avoir de la compassion pour la position dans laquelle elle se retrouve, dit Rory avec un sourire qui reflétait celui de Dair. Elle est enfin enceinte, un événement que la famille attendait avec beaucoup d'impatience, et il a fallu que nous gâchions son moment de gloire en annonçant nos fiançailles. Elle devrait encore savourer toute l'attention, mais finalement, son bébé passe après notre mariage. J'ai de la compassion pour elle. En revanche, je pourrais me passer des conseils dont elle m'abreuve à propos de mon rôle de mariée. (Son sourire se fit malicieux.) Le seul sujet qu'elle n'a *pas* abordé est celui de la nuit de noces, et je suis certaine que sa retenue n'était due qu'à la présence de mon frère. Le pauvre Harvel en défaillirait d'humiliation s'il soupçonnait seulement qu'elle puisse oser me conseiller à ce sujet-là.

— Je n'imagine même pas ce qu'elle pourrait bien vous confier, commenta-t-il avec un petit rire.

Elle rougit, ayant mal interprété ce qu'il voulait dire.

— Je suis sûre qu'il me reste beaucoup de choses à apprendre...

— Je parlais de ses conseils, mon délice.

— Oh ! Je vois...

Il s'approcha pour relever son menton, afin qu'elle le regarde dans les yeux.

— Que se passe-t-il ? Vous n'êtes pas vous-même depuis hier. Regrettez-vous...

— ... de vous épouser ? *Jamais !*

— ... de vous être offerte à moi sur l'île ? Vous auriez peut-être préféré attendre notre nuit de noces ?

— Oh, non ! répondit-elle, catégorique. Comment pouvez-vous penser cela ? Je n'oublierai jamais cette journée. (Elle afficha un sourire embarrassé.) Je suis sûre que toutes les filles rêveraient que leur première fois soit aussi merveilleuse que la mienne. Et c'est vous qui avez fait en sorte qu'elle ait été merveilleuse.

— Merci. Ce que vous dites a une importance capitale à mes yeux. *Vous* avez une importance capitale à mes yeux.

— Et vous aux miens...

Elle se pencha vers l'avant pour l'embrasser délicatement, à commencer par le dessous de son menton, sur sa barbe naissante, puis sa gorge, remontant sur sa mâchoire carrée, sa joue, l'arête de son nez puissant et enfin son large front. Elle évita sa bouche exprès pour le provoquer. Elle ponctua ces baisers légers comme des papillons de phrases tout aussi taquines :

— S'il s'avère que Silla veut me donner des conseils, je lui dirai poliment que je n'ai pas besoin de sa sagesse de bonne épouse, car je suis impatiente de *refaire* l'amour. Mais cette fois-ci, avec mon *mari*. Elle va encore s'évanouir sur-le-champ, mais je n'y peux rien, car je ne compte pas mentir. D'ailleurs, je trouve cela très pénible que vous séjourniez à la maison principale et moi ici. Je vois Swan Island de la fenêtre de ma chambre, et il s'agit d'un rappel constant du temps que nous y avons passé tous les deux. Je revois alors les souvenirs les plus indécents de quand nous faisions l'amour ; vous, sur le dos, par terre dans le temple, les yeux levés vers moi, à califourchon sur vous. Je reste allongée au milieu des coussins de mon lit, seule, incapable de dormir tant j'ai de désir pour vous. Si vous séjourniez ici, nous pourrions y aller en barque en pleine nuit, sans qu'aucun occupant de la maison soit au courant, et nous pourrions…

Il prit le visage de Rory entre ses mains et l'embrassa passionnément, incapable de supporter une seconde de plus la torture que représentaient ses baisers trop légers, son badinage et l'odeur délicieuse, sucrée et vanillée de sa peau. Les souvenirs de leur étreinte dans le temple, elle à califourchon sur lui, jouissant de lui, ses longs cheveux blonds retombant sur ses épaules, puis l'image qu'elle avait évoquée, d'elle étendue dans son lit, seule, nue, pleine de désir pour lui, tout cela était trop. Il en perdit la raison. Il fallait qu'il lui fasse l'amour, qu'il la goûte, qu'il la comble, sans attendre. Il n'accordait plus aucune importance au fait qu'ils s'étaient introduits dans la cabane des enfants, et que ces enfants pouvaient prendre l'échelle d'assaut à tout instant. Il était sûr d'avoir assez de temps.

Mais bien que Rory lui rende ses baisers et veuille qu'il lui fasse l'amour, elle n'était pas perdue dans le feu de l'action au point d'en oublier où ils étaient, et la possibilité de se retrouver dans une situation scandaleuse. Ce fut donc elle qui interrompit leur baiser ardent, et il s'arrêta immédiatement.

Il la fixa, le souffle court, se demandant ce qu'il avait fait, mais en quelques secondes, il reprit conscience de ce qui les entourait. Il était non seulement extrêmement embarrassé de s'être laissé aller dans le feu de l'action dans un tel endroit, mais il lui faudrait en plus un moment avant que son corps échauffé ne retrouve son équilibre, son état au repos. À cette fin, il se dit qu'il valait mieux mettre un peu de distance entre eux ; il se recula contre la paroi du bateau. Il dégagea ses cheveux décoiffés par le vent de son visage et pensa aux livres comptables de Fitzstuart Hall, aux importants revenus des plantations sucrières de son père qui s'étaient accumulés depuis des années ; la veille de son mariage, il se retrouvait excessivement riche, une nouvelle surprenante qui était la bienvenue. Il devait bien saluer son père, qui avait fait preuve de prévoyance quand il avait décidé d'attendre qu'il soit marié pour lui donner accès à son héritage, et Rory, qui avait donné sens et joie à sa vie.

— C'est ma faute, s'excusa Rory, gênée. Je n'aurais pas dû vous séduire de façon aussi vulgaire et idiote…

— Ce n'était pas vulgaire, l'interrompit-il, revenant au moment présent, la frustration physique lui donnant un ton sec. Et ce n'est jamais idiot. Nous devrions toujours rester taquins l'un envers l'autre. Mais vous avez eu raison de m'arrêter. Ce n'est pas le bon endroit. Bien, ne voulez-vous pas me dire ce qui vous préoccupe ? Cela suffira peut-être à refroidir mes ardeurs ? À moins, bien sûr, que vous ayez de l'eau froide sous la main ! dit-il avec un petit rire.

Rory fronça les sourcils.

— De l'eau froide… ?

Il détourna le regard, rougissant immédiatement, et les yeux bleus de Rory s'écarquillèrent de stupéfaction. Elle soupira, compréhensive.

— C'est très différent pour les hommes, non ? Nous, les femmes, nous pouvons plus facilement cacher notre frustration pour que personne ne sache rien, mais pour les hommes… Est-ce douloureux si vous ne pouvez pas vous soulager ?

Entre son embarras profond et le sérieux de sa question, il éclata de rire.

— Oh, mon délice, je vous aime tellement ! Oui. En un sens, c'est douloureux. Mais c'est surtout gênant, et assez embarrassant si ce n'est pas réglé rapidement. Il a tendance à n'en faire qu'à sa tête, surtout quand je vous vois ! Donc, si cela ne vous embête pas, je préférerais qu'il ne reste pas sur le devant de la scène. Y a-t-il quelque chose qui vous préoccupe et dont nous devrions parler avant notre mariage ? (Il lui donna une petite chiquenaude sous le menton.) Nous devons partager nos inquiétudes autant que nos joies. C'est la seule façon de faire fonctionner un mariage.

Elle hocha la tête.

— Oui. Oui, vous avez raison. Je suis quelque peu dans l'embarras.

Elle s'avança pour s'asseoir de nouveau devant lui, coinçant ses couches de jupons sous ses genoux, faisant disparaître la distance qu'il avait mise entre eux.

— Grasby devait m'aider à trouver une solution pour m'éviter de vous embêter avec cela. Vous avez été tellement débordé par les affaires, et je sais à quel point vous détestez être à l'intérieur, vous n'avez pas besoin de plus de contrariétés…

— Rory, laissez-moi vous arrêter tout de suite. Premièrement, je ne serai jamais débordé, que ce soit par les affaires ou par n'importe quoi d'autre, au point que vous devriez avoir l'impression que vous ne pouvez pas m'interrompre. Deuxièmement, vous ne me contrarierez jamais. Troisièmement, je comprends que vous ayez l'habitude de vous tourner vers Grasby quand vous avez besoin d'aide et de conseils, c'est votre frère après tout. Mais maintenant que nous sommes fiancés, et bientôt mariés, j'aimerais que vous soyez assez à l'aise pour venir me voir d'abord. (Il afficha un sourire en coin.) On dirait que je suis jaloux de Grasby, non ? Pour être honnête, je le suis, un peu. Mary – ma sœur – ne penserait jamais à venir me demander des conseils. J'imagine que c'est parce qu'elle est plus vieille que moi et qu'elle a été mariée quand j'étais encore à Harrow… Laissez-moi deviner ce qui vous met dans l'embarras… Vous êtes inquiète à propos de votre grand-père, et vous vous demandez comment nous allons tous fonctionner à partir d'aujourd'hui, maintenant que votre allégeance me revient…

— Comment avez-vous… ? l'interrompit Rory.

— Parce que je vous connais. Et puisque je ne veux pas que vous vous inquiétiez, Shrewsbury et moi avons fait la paix. Je respecte le fait qu'il vous aime énormément et qu'il ne veut que ce qu'il y a de mieux pour vous. Il a fini par se rendre compte que lui et moi partageons cet objectif commun. Je sais aussi que vous êtes préoccupée par la visite royale de la serre de votre grand-père, qui aura lieu une semaine après notre mariage, quand nous devrions profiter du début de notre lune de miel. J'imagine que vous cherchiez le bon moyen de me l'annoncer ?

Rory ouvrit grand ses yeux bleus.

— Comment… ?

Ce fut au tour de Dair de l'interrompre, avec un sourire satisfait. Mais il ne pouvait pas entretenir l'illusion de son talent d'oracle bien longtemps, et il secoua la tête en voyant son air émerveillé.

— Votre grand-père également. Nous discutions contrat de mariage et détails du même genre avec Roxton et deux hommes d'affaires mornes, et je devais m'agiter sur ma chaise. Croyez-moi, mon délice, ces trois heures coincé dans une bibliothèque, entouré de livres qui recouvraient tous les murs, ont failli causer ma perte ! J'étais prêt à me jeter par une fenêtre fermée ou à escalader les étagères, tout pour retrouver l'air frais ! Shrewsbury me connaît bien. Il m'a donc proposé une promenade sur la terrasse pour fumer un cheroot pendant que le duc s'occupait de son arpenteur qui nous avait interrompus. Votre grand-père m'a poliment demandé la permission pour que vous assistiez à la présentation de l'ananas Talbot à Leurs Majestés. Après tout, c'est vous qui l'avez cultivé...

Il laissa sa phrase en suspens, attendant qu'elle réagisse et ajoute quelque chose à la discussion, mais quand Rory resta silencieuse, attendant qu'il poursuive, il leva une main vers le ciel et l'attira vers lui.

— Seigneur, Rory. Que pensiez-vous que j'allais répondre ? Non ? Après les mois et les mois de dur labeur pendant lesquels vous avez fait pousser cette chose incroyable ! Hormis Speechly, le jardinier de Portland, qui est la plus grande cultivatrice de ce fruit majestueux dans le royaume ? Vous, et seulement vous. Je sais à quel point cet ananas est important pour vous, et pour votre grand-père, qui vous a observée vous occuper de cette serre corps et âme. Lors de notre deuxième rencontre, vous avez fait tomber un traité sur le jardinage à mes pieds...

— Vous vous souvenez de cela ?

— Si je m'en souviens ? Ce souvenir est gravé ici, dit-il en tapotant sa tempe du bout du doigt. J'avais promis à votre grand-père que je ferais semblant de ne garder aucun souvenir de notre rencontre fortuite dans l'atelier de Romney. Je me suis donc retrouvé à vouloir vous prendre dans mes bras tant j'étais heureux de vous avoir retrouvée, mais je devais me forcer à faire comme si je n'avais aucune idée de qui vous étiez. Je me souviens même du titre du livre. Une première pour moi. *Un traité général de l'élevage et du jardinage* de Richard Gradey...

— *Bradley.* Richard Bradley.

— Oui, voilà, lui. À l'évidence, je sais donc à quel point vous tenez à présenter l'ananas Talbot à Leurs Majestés. Vous serez présente ; nous serons présents tous les deux. Par ailleurs, ajouta-t-il avec un petit rire, qui mieux que vous pour le présenter ; Lady Fitzstuart, épouse d'un descendant de Charles II, qui était le premier monarque à qui un ananas a été présenté...

— ... par John Rose. J'ai vu le tableau de Danckerts.

— Oui. J'ai conseillé à votre grand-père de faire lui aussi immortaliser cet événement mémorable par Romney et de faire remettre une copie du tableau à Sa Majesté. Shrewsbury a trouvé qu'il s'agissait d'une idée merveilleuse. J'en ai commandé une copie également, pour l'accrocher dans la salle principale de Fitzstuart Hall. Ma mère sera impressionnée.

Quand elle se jeta à son cou, il l'embrassa rapidement, mais ne se laissa pas distraire par la sensation qu'elle lui procurait en étant dans ses bras. Il s'écarta d'elle à contrecœur, ayant encore des choses à lui dire avant le grand jour et avant que la nichée de Roxton n'arrive avec Cedric et ne monte à bord.

— Il faut que nous nous mettions d'accord sur un aspect important de notre union, Rory. Par le mariage, le mari et la femme ne deviennent plus qu'une seule personne spirituellement et légalement, et cette personne, c'est le mari. Mais ce n'est pas ainsi que nous nous comporterons en tant que mari et femme. Comprenez-vous ? J'ai été témoin de ce genre d'union qui se révèle dégradante et destructrice. Vous resterez vous-même et moi, eh bien, vous devrez me supporter comme je suis ! Et nous prendrons les décisions importantes *ensemble*. C'est vous qui m'avez dit ce que vous considérez comme important dans un mariage. L'amour. Le respect. L'amitié. L'honnêteté. La confiance. Et j'y crois sincèrement. Comprenez-vous ?

Rory se blottit dans ses bras et acquiesça d'un hochement de tête, ajoutant d'une voix douce et insolente :

— Bien sûr, milord. Tout ce que vous voudrez, milord.

— Cessez cela, vicieuse créature !

Il déposa un baiser sur le haut de sa tête avant d'ajouter :

— Je vais vous le dire immédiatement pour que vous soyez détendue et puissiez profiter de la cérémonie et du banquet sans vous inquiéter ou vous poser de questions à propos de notre lune de miel reportée. Nous passerons nos deux premières nuits en tant que mari et femme sur Swan Island.

Rory poussa une exclamation de surprise.

— Vraiment ? Comment pourrons-nous y aller après le banquet sans que notre famille le sache ? Sans que le duc le sache ? Vous devez avoir un plan !

Il secoua la tête avec un grand sourire.

— Non. Non. Non, mon cœur. Rien d'aussi fourbe. Cela dit, je reconnais que la perspective de vous emmener en escapade sur une île interdite est une idée bien plus romantique. Non, mon délice. Il s'agit d'un cadeau de ma cousine, votre marraine.

Soudain, l'émotion eut raison de lui ; il déglutit difficilement et prit le temps de se reprendre avant de continuer :

— Elle… Son cadeau de noces est de nous louer l'île une semaine par an pendant toute notre vie. Elle était ravie quand je lui ai dit que nous serions honorés de perpétuer la tradition qu'elle et le cinquième duc ont instaurée. Et elle a accepté que, quand le moment nous semblera venu, notre histoire soit tissée et accrochée au-dessus de la cheminée, sur le quatrième et dernier mur du temple.

Rory était trop bouleversée pour parler. Mais les mots étaient inutiles. Ils étaient tous les deux émerveillés par un tel cadeau. Puis Dair entendit de l'agitation, et le crescendo distinct et aigu de l'enthousiasme débridé dont seuls les enfants pouvaient faire preuve. Il se mit en mouvement pour partir et aida Rory à se lever.

— Il est temps pour nous de quitter le navire, mon délice, avant qu'ils n'embarquent et ne nous fassent prisonniers. Louis et Gus sont de féroces pirates ; c'est ce qu'ils me répètent sans cesse. Louis a même menacé de me faire subir le supplice de la planche s'il m'attrapait.

— Vous devriez le laisser faire. Rien ne rendrait ce petit garçon plus heureux.

— Oui. Oui, vous avez raison, bien sûr. C'est ce que je vais faire. (Dair lui adressa un clin d'œil.) Mais je ne vais pas lui faciliter les choses. (Il l'attira dans ses bras.) Ce que nous obtenons difficilement et avec beaucoup d'efforts est d'autant plus précieux…

Ils entendirent plusieurs paires de pieds se battre pour gravir l'échelle. Des murmures et des gloussements suivirent. Puis une jeune voix lâcha :

— *Pouah* ! Ils s'embrassent. Gus ! *Gus.* Regarde ! C'est dégoû… dégoû… c'est *horrible* !

— Louis ! Pousse-toi ! ordonna Frederick à son petit frère avant de se faufiler sur l'échelle pour le dépasser.

L'aîné et héritier du duc de Roxton passa ensuite la tête dans la cabane, regarda autour de lui, aperçut les deux personnes que sa grand-mère recherchait, puis il se faufila de nouveau et dépassa Louis pour redescendre la moitié de l'échelle. Pendant ce temps-là, Gus le croisa pour rejoindre son jumeau, Louis, qui avait monté un barreau de plus et était déterminé à entrer dans la cabane malgré la scène dégoûtante sous ses yeux. Les jumeaux se hissèrent sur la plage arrière et dégaî-nèrent les coutelas en bois peint qui étaient attachés à une ceinture en soie colorée autour de leur taille. Gus avait même un œil bandé. Ils braquèrent tous les deux leur arme vers les deux prisonniers.

— On les a trouvés, Mema ! cria Frederick en se penchant vers Antonia, qui était en bas de l'échelle avec une demi-douzaine de domestiques de haut statut et sa sœur, Juliana, dans les bras ; tous les yeux étaient levés en l'air, vers les épaisses branches du vieux chêne. Ils sont là, Mema ! Ils s'embrassent ! Et Louis va vomir !

# TRENTE-DEUX

La cérémonie de mariage du commandant Lord Fitzstuart, héritier du comté de Strathsay, et de Miss Aurora Talbot, petite-fille du comte de Shrewsbury, devait commencer dans à peine trois heures. Chaque occupant de la maison ducale de Roxton, de Sa Grâce à la fille de cuisine, ainsi que chaque habitant du domaine et du village, était dans un état de vive impatience. On lustra l'argenterie et les boiseries jusqu'à obtenir le plus bel éclat. On récura les sols et les enfants. On fit couler des bains chauds pour la famille et les invités. Valets et femmes de chambre pomponnèrent leurs maîtres et maîtresses ; bonnes et valets de pied, telles des fourmis, montaient et descendaient à la hâte les escaliers des domestiques pour satisfaire des demandes de dernière minute. Bouquets de fleurs et fruits estivaux remplirent les urnes en porcelaine des salons et des salles d'apparat, on dressa les tables pour le banquet de mariage à venir et on décora la chapelle Roxton de guirlandes.

Rien ni personne n'avait été laissé au hasard sous la supervision experte de la duchesse de Roxton et de la duchesse de Kinross, qui avaient déployé tous leurs talents d'organisation. Rien, à l'exception de la mère et de la sœur du marié. Il était presque onze heures, et on ne savait toujours pas où se trouvaient la comtesse de Strathsay et Lady Mary Cavendish. La dernière fois qu'on avait eu de leurs nouvelles, c'était dans une missive qui annonçait qu'elles comptaient arriver deux jours avant le mariage. Ces deux jours étaient passés. Si le commandant s'inquiétait, c'était pour leur bien-être. Mais à l'exception d'un accident ou d'une mort, le mariage aurait lieu sans elles. Rien ni personne ne l'empêcherait d'épouser Rory le jour spécifié et à l'heure spécifiée.

Ce fut donc un immense soulagement pour toute la maisonnée quand elle reçut la confirmation que le carrosse non identifié qu'on avait repéré sur la route menant à Treat transportait bien madame la comtesse et sa fille. Un domestique extérieur avait lancé son cheval à fond de train pour venir le leur confirmer. Le carrosse était couvert de poussière, les chevaux semblaient vieux et harnachés depuis trop longtemps, et il y avait seulement deux éclaireurs. Quand des valets de pied en livrée aidèrent la comtesse, sa fille et leurs femmes de chambre respectives à rejoindre la terre ferme, elles étaient dans un tel état de fébrilité qu'on entendit leurs lamentations du haut du large escalier de l'entrée, jusque dans le salon Vert d'eau au premier étage. Dans ce salon, les invités qui venaient de loin et qu'on avait installés au Bull & Feather à Alston pour la nuit participaient à une réception pré-mariage. Mais l'agitation fut telle que plusieurs invités se regroupèrent près des fenêtres à guillotine pour voir ce qui provoquait un tel tapage en ce jour si particulier.

On les accompagna dans l'un des salons du rez-de-chaussée, où on leur proposa un rafraîchissement pendant qu'on préparait leurs chambres et qu'on faisait couler leurs bains, et la duchesse de Roxton les accueillit à bras ouverts, heureuse qu'elles soient arrivées à bon port, et juste à temps ! On fit savoir au commandant que sa mère et sa sœur étaient bien arrivées. Mais les deux ladies mirent un certain temps à retrouver suffisamment leur calme pour formuler une phrase intelligible, et Mary se chargea de parler pour elles deux, la comtesse s'écroulant sur un canapé avec à peine assez de force pour lever le poignet et s'éventer.

De ce que Deb Roxton put en déduire, leur voyage du Buckinghamshire au Hampshire avait été semé d'embûches avant même le départ. La fille de Lady Mary, Theodora, souffrait d'un accès de fièvre qui ne voulait pas se calmer. Mary avait donc hésité à laisser sa fille aux soins de sa nurse, mais le médecin de la comtesse l'avait finalement convaincue qu'il n'y avait pas de quoi s'inquiéter. Lady Mary et la comtesse s'étaient donc enfin mises en route pour le Hampshire. Mais ce n'était que le début des ennuis.

Après une quinzaine de kilomètres seulement, un essieu de leur carrosse s'était cassé. Elles avaient dû passer la nuit dans une auberge bondée en attendant qu'on leur envoie un carrosse de second choix. Le charron de ce village était lui-même trop souffrant pour accomplir son devoir. Tandis qu'on déchargeait leur carrosse et qu'on fixait leurs bagages sur le deuxième, elles avaient été détroussées, et ce en plein jour ! La comtesse avait dû céder une broche et des épingles à cheveux en diamant, et Lady Mary avait dû se séparer de ses boucles d'oreilles en saphir. Heureusement, elles avaient réussi à cacher leur boîte à bijoux et leurs guinées dans un coffre-fort secret caché sous un siège. Et comme si cela n'avait pas été assez éprouvant, une quinzaine de kilomètres plus loin, la route était bloquée par un chariot à bœufs qui s'était renversé. Elles avaient ensuite subi encore d'autres contretemps et d'autres drames.

La duchesse écouta patiemment ce récit ponctué de tant de détails inutiles qu'il lui fallut un bon moment pour séparer l'anodin de l'important. Elle parvint néanmoins à avoir toutes les réactions de préoccupation appropriées et elle avait réussi à calmer les deux ladies quand un valet de pied vint lui annoncer que les chambres de la comtesse et de Lady Mary étaient prêtes. On avait fait couler des bains, on défaisait leurs bagages et on préparait leurs tenues avec l'aide de plusieurs bonnes dont on pouvait momentanément se passer au rez-de-chaussée. La cérémonie n'étant que dans quelques heures, la duchesse leur dit qu'il n'y avait pas une minute à perdre. Elle-même devait s'absenter. Il restait encore tant à faire.

La comtesse reprit vie à cet instant et bondit du canapé comme si elle avait vu une souris ou senti une araignée courir sur son poignet charnu. Elle exigea de voir son fils *sur-le-champ*. Elle avait du courrier qui nécessitait son attention urgente. Elle avait également une lettre pour le duc, du même expéditeur. Il n'y avait pas de temps à perdre. En effet, elle était d'avis que son fils, quand il aurait lu la lettre, serait possiblement obligé de remettre le mariage à plus tard, et peut-être à une date indéterminée.

Pour souligner l'urgence de sa demande, elle chercha la fente dans ses jupons qui lui donnait accès à la poche nouée autour de sa taille. L'ayant trouvée, elle sortit difficilement non pas une, mais deux lettres, dont une était plutôt épaisse. Elle les leva vers le ciel, comme si elle exhibait un faisan de choix qu'elle aurait abattu.

Lady Mary n'était pas non plus au courant de l'existence de ces lettres, ce qui était évident à son air ahuri.

— Mère ? Je n'arrive pas à croire que vous ayez attendu jusqu'à maintenant pour divulguer ceci. Pourquoi n'avez-vous rien dit dans le carrosse ? D'ailleurs, pourquoi ne m'avoir rien dit quand nous étions encore à Fitzstuart Hall ?

La comtesse agita son éventail vers sa fille comme s'il s'agissait d'un moucheron agaçant.

— Pourquoi vous en aurais-je parlé, Mary ? Ces lettres ne vous regardent pas. Elles sont pour Fitzstuart et le duc. (Elle montra les lettres à la duchesse comme si elle les lui offrait.) Il faut leur transmettre immédiatement. Elles arrivent des Indes, j'en suis sûre, vu…

— Merci, ma cousine, dit calmement Deb Roxton, bien que son cœur tressaille étrangement et se mette à battre la chamade.

Malgré son envie de lui arracher les lettres des mains, elle les récupéra lentement avant que la comtesse ne puisse protester et les reprendre. Sans les regarder, elle glissa les deux enveloppes entre les plis soyeux de ses jupons bleus damassés, puis dans sa poche.

— Je vais les donner à Sa Grâce sur-le-champ, dit-elle.

— En tant que mère de Fitzstuart, ce devrait être à moi de…

— Oh, non, ma cousine. Cela ne conviendrait pas, affirma la duchesse avec gravité. Il serait contrariant et plutôt déplacé que la mère de l'époux dérange son fils si peu de temps avant la cérémonie. Il est avec ses amis, qui veillent sur lui pendant ses dernières heures d'homme non marié. Moi-même, je n'ose pas m'approcher de cette partie de la maison. Seuls les domestiques masculins et les hommes de la famille sont autorisés à s'y rendre. Je suis sûre que vous comprenez, Charlotte. Votre fils a sans doute commencé à se préparer. Bien sûr, je vais lui transmettre l'annonce de votre arrivée, continua-t-elle en prenant délicatement la comtesse par le coude pour la guider hors de la pièce, vers le double escalier incurvé. Vous et Mary avez fait un voyage si long et éprouvant, je suis sûre que vous apprécierez d'avoir un peu plus de temps pour vous installer dans vos chambres. (Elle adressa un signe de tête à un valet de pied qui quitta son poste pour s'approcher.) James va vous accompagner. Nous vous préviendrons quand il sera temps de nous rassembler pour rejoindre la chapelle familiale à pied. Elle a été rénovée très récemment, et je suis sûre que le duc aimerait connaître votre opinion sur les finitions du banc familial et de la chaire. Il a lu votre longue lettre dans laquelle vous le conseilliez sur la question et il l'a montrée à l'architecte.

L'attention de la comtesse fut immédiatement détournée.

— Roxton a montré ma lettre ? Il veut mon avis ? Dans ce cas, je ne manquerai pas de le lui donner lors du banquet. Mais comment pourrais-je me faire un avis sur le nouvel intérieur alors que j'ai les nerfs à vif, entre le traumatisme du voyage et mon fils aîné qui se marie sans que moi, sa mère, aie pu ne serait-ce que jeter un coup d'œil à son épouse ! (Elle agrippa le bras de Deb.) Est-ce que tout a été fait pour s'assurer qu'elle ne l'a pas contraint avec ses ruses féminines – que le mariage est bien ce qu'il veut, lui ? Tant de femmes inconvenables ont essayé d'attraper Fitzstuart dans leurs filets. Il faut rester vigilante pour les repousser. Les hommes ne se rendent pas compte qu'ils sont entourés de vilenie, une vilenie déguisée pour les séduire et les piéger. J'ai déjà perdu un fils, pris au piège dans un mariage avec la fille d'un nabab…

— Charles n'a pas été pris au piège, mère. Il s'est enfui avec Miss Strang. Et son père n'est pas un nabab, c'est un duc écossais, et il est marié à notre cousine la duchesse.

— Mary ! Je sais très bien qui est cet homme et ce qu'il est. Je ne me suis pas encore remise du remariage choquant d'Antonia avec une brute bronzée qui est non seulement d'un rang inférieur, mais qui en plus est bien plus jeune qu'elle. C'est tout simplement scandaleux !

Lady Mary écarquilla ses yeux bleus ; sa mère n'était pas du tout consciente qu'elle calomniait la belle-mère de Deb en présence de cette dernière. Mais celle-ci était habituée aux remarques souvent acerbes de la comtesse, qui manquait de tact. Et si ces remarques l'énervaient, elle n'avait pas le temps de prendre la peine de se lancer dans un plaidoyer animé, qui ne servirait qu'à retarder le moment où madame la comtesse suivrait le valet de pied à l'étage. Par ailleurs, elle savourait par anticipation la réaction encore plus scandalisée de la comtesse quand elle apprendrait que la duchesse de Kinross était enceinte de l'héritier de son mari bien plus jeune qu'elle – elle était impatiente de voir cela.

Mais Deb avait de l'empathie pour Lady Mary, qui semblait dépenaillée et éreintée après avoir passé une semaine en compagnie de sa mère, puis trois jours enfermée avec elle dans un carrosse. Ainsi, quand la comtesse fut enfin persuadée qu'elle avait besoin d'un bain chaud et d'une tasse de thé tout aussi chaude dans ses appartements, suivant le valet de pied à l'étage, Deb retint Mary en posant une main sur son bras.

— Je regrette que Teddy ne puisse pas être avec nous. Peut-être que quand elle ira mieux, vous pourriez venir toutes les deux pendant environ un mois ?

Les yeux de Lady Mary s'éclairèrent à cette perspective.

— Êtes-vous sûre ? Et le bébé qui arrive ?

Deb passa une main sur son ventre arrondi.

— Oh, il ou elle, ou les deux…

Lady Mary poussa une exclamation de surprise.

— Encore des jumeaux, Deborah ? En êtes-vous sûre ?

— Non. Nous verrons bien. Votre venue à vous et Teddy n'y changera rien. Réfléchissez-y sérieusement, d'accord ?

Lady Mary hocha la tête, les yeux soudain remplis de larmes. Elle embrassa la joue de sa belle-sœur.

— Merci. Vous et Roxton vous êtes montrés tellement généreux depuis la mort de Sir Gerald. Je ne sais même pas par où commencer pour vous remerc…

— Mary ! *Chut !* Ne nous remerciez pas. Je vous en prie. Vous étiez mariée à mon frère. Vous êtes la cousine de Julian. Vous et Teddy faites partie de la famille. Allez donc vous préparer pour le mariage de votre frère, nous pourrons parler plus longuement demain, quand toute l'agitation sera retombée.

Lady Mary hocha la tête, renifla pour retenir ses larmes et se força à sourire. Son mari était mort deux ans plus tôt lors d'un accident de chasse ; on murmurait que les circonstances de sa mort étaient mystérieuses, ce qu'elle refusait d'accepter. Un point ne faisait lui aucun doute : en l'absence d'un héritier masculin, elle et sa fille avaient perdu le domaine, finissant pratiquement miséreuses. Mais elle ne s'appesantit pas sur sa situation. Ce qui occupait toutes ses pensées, c'était son frère, et surtout la femme qu'il allait épouser. Elle posa donc la main sur la manche en soie de la duchesse et lui demanda sur le ton de la confidence :

— Deborah, dites-le-moi franchement : est-elle digne de mon frère ? Il est vrai que c'est une Talbot, ce qui a son importance, mais cela ne vaut rien à mes yeux si elle n'est pas amoureuse de lui.

— Elle lui convient parfaitement. Vous allez l'adorer, Mary, comme nous tous. Ils s'aiment énormément.

— Dans ce cas, je suis heureuse pour eux, et je l'accepte volontiers comme sœur.

La duchesse et Lady Mary s'embrassèrent de nouveau sur la joue et Lady Mary suivit sa mère à l'étage, tandis que la duchesse se dépêchait d'aller chercher son époux. Quand elle avait quitté le duc, il discutait avec sa mère dans la bibliothèque. Elle priait pour que les lettres dans sa poche n'apportent pas de mauvaises nouvelles. Peu importe le contenu de ces pages pliées, Deb était déterminée à ne pas les laisser gâcher le grand jour de Dair et Rory.

Dair observait son reflet d'un œil critique. Son valet se tenait d'un côté du long miroir, et ses deux meilleurs amis, silencieux, de l'autre. Ils le dévisageaient tous les trois. Il lui avait fallu du temps pour s'habiller pour son mariage, et il s'était exécuté dans un silence solennel. Lord Grasby et Mr. Cedric Pleasant étaient habillés, prêts, et quand on les avait fait entrer dans la garde-robe de leur ami, ils l'avaient trouvé ainsi ; presque prêt, devant le long miroir.

Le marié avait choisi un costume en soie en or brun foncé qui tirait sur le chocolat selon la lumière, avec un haut-de-chausses, un gilet et une redingote assortis. L'avant du gilet, les rabats des poches, les revers et le col de la redingote, les bandes resserrées au niveau des genoux du haut-de-chausses et les boutons recouverts de tissu des trois pièces de sa tenue étaient lourdement brodés d'une composition délicate de lavande, romarin, œillets et feuilles d'arum.

Cet ensemble éblouissant était complété par des bas blancs brodés sur ses mollets musclés, des chaussures en cuir noir polies à l'extrême et à petits talons, des boucles ornées de diamants sur ses chaussures et son haut-de-chausses et, autour de ses poignets fermes, des ruches de dentelle assortie à celle de la cravate blanche qui entourait son cou puissant.

En plus d'être anormalement rasé de près, le marié avait les cheveux coiffés vers l'arrière avec de la brillantine, ce qui dégageait ses yeux. Son valet avait choisi un large ruban en soie blanc pour lui attacher les cheveux, mais Dair avait prévu autre chose. Il donna à Reynolds un ruban bien plus fin, en soie lavande, que le valet noua docilement en un nœud soigné, sans ciller ; il supposa correctement que ce ruban avait autrefois appartenu à l'épouse de son maître. Et s'il n'était pas aussi élégant que le ruban en soie blanc qu'il avait choisi, ce geste romantique lui mit la larme à l'œil.

Dair n'avait plus qu'à enfiler sa redingote, glisser à son doigt la chevalière en or qu'il portait rarement à l'exception des grandes occasions, et rassembler les divers accessoires de gentleman dans ses poches : montre à gousset argentée, mouchoir en lin blanc monogrammé et boîte à amadou en argent.

Mais il s'attardait devant son reflet en ajustant la dentelle sous son menton rasé comme s'il n'était pas entièrement satisfait.

— C'est un peu trop, non ?

Le valet semblait inquiet. Lord Grasby et Mr. Cedric Pleasant, tout sourires, secouèrent la tête.

— Pas du tout, mon cher ami. Vous vous mariez. C'est normal que vous ressembliez à un coq de combat primé.

— Un coq de combat ? Ah ! Un paon, plutôt. Et je me sens aussi faible qu'un blanc-manger !

— Tout ceci est parfaitement naturel, répondit Grasby, toujours tout sourire.

Il souriait ainsi depuis le petit-déjeuner. Il avait arboré un large sourire pendant une rapide partie de billard avec le duc, Dair et Cedric, pour détendre le marié et lui faire oublier ce qui l'attendait. Il avait gardé ce grand sourire pendant les toasts improvisés, et même en fumant un cheroot, son premier. Il ne pouvait tout simplement pas s'en empêcher. Si son visage n'était pas douloureux, il avait mal à la gorge après avoir absorbé trop de cognac et de fumée de tabac, et ce avant midi. Il était tellement heureux que son meilleur ami et sa sœur deviennent mari et femme.

— Et alors que mes membres me semblent aussi branlants qu'un château de cartes, j'ai l'impression que ma tête va exploser, grommela Dair. C'est comme si je venais d'apprendre que je dois aller à la potence, et non à la chapelle. Ce n'est pas du tout ainsi que j'ai envie de me sentir.

— Oui. Oui. Tout ceci est normal, lui assura Grasby en donnant un coup de coude dans les côtes de Mr. Cedric Pleasant pour qu'il le rassure à son tour.

— Comment ? Oh ! Euh, oui, tout est parfaitement normal, ajouta Cedric Pleasant. Non pas que je me sois déjà retrouvé dans votre situation désespérée – enfin, euphorique –, Dair. Mais je sais de source sûre qu'il est parfaitement naturel qu'un homme se sente horriblement mal le jour de son mariage.

Dair tourna vivement la tête vers ses deux meilleurs amis, leur lança un regard noir et grogna :

— Vous vous amusez bien, hein ?

Cedric Pleasant commençait à secouer la tête quand Grasby éclata de rire.

— Oui ! En effet ! Et pourquoi pas ? Les rôles se sont inversés, mon cher ami. J'ai déjà donné. Et qui mieux que mon meilleur ami, qui va très bientôt devenir mon beau-frère, pour vivre la terreur absolue de la cloche qui sonne la dernière heure de liberté du marié. J'étais absolument pétrifié, je n'ai pas peur de vous le dire !

— Ne vous inquiétez pas, Dair, le rassura Cedric. Grasby et moi serons juste à côté de vous pendant toute la cérémonie, nous vous soutiendrons si vous devez vaciller.

— Je ne vacillerai pas, et je n'aurai pas besoin de soutien. Et je ne suis pas terrifié ! Je veux épouser Aurora. Je l'aime. Vous le savez tous les deux, hein ?

Ses deux meilleurs amis perdirent leurs sourires et hochèrent la tête.

— Oui. Bien sûr.

— Oui. Nous le savons. Je ne vous laisserais pas épouser ma sœur sinon. Allez, enfilez votre redingote et descendons, ajouta Grasby en adressant un signe de tête au valet qui s'avança en ouvrant grand la redingote. Le duc doit commencer à se demander où nous sommes…

Dair hocha la tête. Il se glissa dans sa redingote en soie sans protester et resta docile pendant que Reynolds ajustait le vêtement sur ses épaules et tirait délicatement sur les basques pour que la soie fasse de jolis plis. Il l'autorisa même à l'inspecter une dernière fois, du ruban dans ses cheveux aux boucles de ses chaussures, avant de tourner le dos au miroir.

— Merci, John, je vais pouvoir me débrouiller maintenant, dit-il doucement à son valet, qui hocha la tête et, après s'être incliné, se retira derrière la coiffeuse.

— Je l'ai, dit Grasby quand Dair se mit à tapoter les poches de sa redingote comme s'il avait perdu quelque chose.

Grasby tapota la poche intérieure de son gilet argenté, paré de paillettes et de broderies. S'y trouvait un petit écrin en velours dans lequel était nichée l'alliance en or de Rory.

— Et j'ai votre étui à cheroots, ajouta Cedric avec un sourire chaleureux. Après la cérémonie, pendant le banquet, si jamais vous avez besoin de vous faufiler à l'extérieur…

Les trois gentlemen se tournèrent vers la porte quand on frappa d'un unique coup sec. Farrier passa la tête dans la pièce.

— C'est juste votre sentinelle, m'lord. Je viens vous prévenir que c'est vraiment le dernier appel aux armes. Votre détachement – Sa Grâce, Lord Alston, Lord Henri-Antoine et Sir John Cavendish – vous attend en bas de l'escalier pour vous accompagner à la chapelle.

Les gentlemen sortirent un à un des appartements, en silence. Sur le palier, Dair fit partir Grasby et Cedric devant pour pouvoir s'entretenir discrètement avec Farrier. Ses meilleurs amis ne comptaient pas l'abandonner. Ils descendirent quelques marches de l'escalier incurvé, mais seulement assez pour être hors de portée de voix tout en gardant Dair à l'œil.

— Vous êtes très élégant, Mr. Farrier.

L'officier d'ordonnance, vêtu d'un nouveau costume en beau lin bleu que son maître lui avait offert, s'inclina devant lui et leva son crochet argenté avec un sourire.

— Tout astiqué et reluisant, m'lord.

Dair sourit et, d'un geste qui poussa l'officier d'ordonnance à ravaler sa vive émotion, il serra le bras de Farrier en lui disant :

— Vous avez toujours été là pour moi, Mr. Farrier. Que ce soit pour traverser une pluie de tirs ennemis, m'aider à m'échapper de l'atelier d'un peintre, ou me voir passer devant le pasteur. Merci.

— Toujours, m'lord.

— Je voulais vous rassurer. Ce n'est pas parce que je vais me marier et partir vivre à la campagne, dans la ferme familiale, que je n'aurai pas besoin de vous. J'aurai un domaine à gérer et il me faudra quelqu'un qui me connaît, à qui je peux faire entièrement confiance. Un intendant, en quelque sorte, qui pourrait diriger mon foyer privé. Veiller à ce que madame la comtesse et moi ayons tout ce dont nous avons besoin. Quelqu'un pour s'assurer que notre famille – et j'inclus Jamie et les Banks dans ma définition du mot – pourra jouir de l'intimité dont nous avons besoin. Madame et moi sommes d'accord à ce sujet, et nous voulons tous les deux que vous acceptiez ce poste. S'il vous intéresse, bien sûr, ajouta Dair avec un sourire. Si vous ne pensez pas vous ennuyer en exerçant un tel travail.

— Ce serait un honneur et un privilège, m'lord. Je me suis toujours imaginé prendre ma retraite à la campagne un jour.

Dair rit, hocha la tête et retrouva son sérieux. Quelque chose d'autre le préoccupait.

— Gardez un œil sur le garçon et ses grands-parents pour moi. Un accueil chaleureux leur sera réservé, mais certains n'apprécieront pas de les voir ici.

Il pensait en particulier à sa mère et aux formalistes rigides dans son genre. Farrier savait que Sa Seigneurie parlait de son fils naturel, Jamie, et des grands-parents du garçon, Mr. et Mrs. Banks.

— Vous inquiétez surtout pas, m'lord. Je suis passé les voir hier soir. Ils étaient bien installés au Bull & Feather. Et Sa Grâce, ce matin elle leur a envoyé un carrosse pour qu'ils viennent ici, et je suis venu avec eux.

— Vraiment ? C'était très gentil de sa part. Et de la vôtre. Merci.

— Et Sa Grâce et moi, on s'est concertés à propos du plan de table...

— Sa Grâce de Roxton et-et vous... vous vous êtes *concertés*... ?

— J'demande pardon à Sa Seigneurie – la duchesse de Kinross. Sa Grâce voulait pas vous déranger. Elle disait que vous aviez assez de choses à penser. On a donc décidé que je m'installerai avec maître Jamie et ses grands-parents dans la chapelle et, après, que je m'installerai avec les Banks pour le banquet et que maître Jamie mangerait avec Sa Grâce de Kinross à la même table que Lord Henri-Antoine, Sir John Cavendish et Lord Alston.

Dair était surpris, mais également soulagé.

— Bien, dans ce cas je n'ai pas de quoi m'inquiéter...

— Pas de quoi du tout, m'lord. Détendez-vous et profitez de ce moment avec madame. C'est tout c'que vous avez à faire. (Farrier lui adressa un grand sourire.) C'est pas comme si vous alliez faire ça deux fois dans vot' vie !

— Vous avez bigrement raison, Bill !

Farrier se mit au garde-à-vous et salua son commandant. Puis il lui tendit son unique main.

— Je vous souhaite tout le bonheur du monde à tous les deux, m'lord.

Dair le salua en retour et serra fermement la main de son officier d'ordonnance.

— Merci, Mr. Farrier.

— Dair ! Dair ? Hé ! Fitzstuart !

Les cris venaient de Grasby et Mr. Cedric Pleasant, sur le palier du premier étage.

— Pour l'amour du Ciel, Alisdair ! Dépêchez-vous, sinon la mariée arrivera avant nous !

Cette dernière exclamation venait du duc, et en l'entendant, Dair, suivit de son officier d'ordonnance, descendit les marches quatre à quatre sous les applaudissements de son escadron de mariage.

# TRENTE-TROIS

Plus tôt, avant que le duc de Roxton ne rejoigne le marié et son groupe pour prendre le chemin de la chapelle, il profitait d'un moment de tranquillité avec sa mère dans la splendeur de sa bibliothèque, sa pièce préférée dans ce palais ancestral.

Le duc trouvait un certain réconfort au fait d'être entouré de livres à la reliure en cuir, du sol au plafond, et de tout l'attirail qui complétait un décor aussi somptueux : le plafond en plâtre peint, les deux gros globes jumeaux, l'un représentant la terre et l'autre les corps célestes, le grand bureau en acajou, les canapés et les fauteuils confortables, et les tapis moelleux. Tout cela lui rappelait son enfance heureuse, son père installé derrière le grand bureau en acajou pour écrire tandis que sa mère était lovée dans une bergère ou étendue sur la méridienne, toujours au milieu d'un nuage de jupons soyeux, sans ses chaussures, et toujours en train de lire.

Ce jour-là ne dérogeait pas à la règle. Antonia avait relevé ses jambes vêtues de bas sur la méridienne où elle sirotait un thé dilué ; une vraie vision de rêve, dans sa robe à l'anglaise en délicat coton indien. Mais jamais au grand jamais Roxton n'aurait pu imaginer sa mère dans ce décor, enceinte de l'enfant d'un autre duc, à son âge. Il pensait qu'elle resterait mariée à son père toute sa vie… L'esprit acerbe de son père, son œil omniscient et sa compagnie lui manquaient. Il se demandait ce qu'il penserait de tout cela. Surtout en ce jour, alors que leur cousin Alisdair allait épouser, dans la chapelle familiale, la petite-fille de son meilleur ami d'Eton. Il était persuadé que son père approuverait ce mariage entre sa filleule et le commandant, et il lancerait sûrement malicieusement qu'elle l'avait fait trébucher avec sa canne et que leur cousin était tombé, tête la première, amoureux de cette petite beauté.

Il chassa ces idées sentimentales quand un valet de pied fit entrer sa duchesse. Un grand sourire apparut sur son visage quand il la vit remonter la pièce de son habituelle démarche assurée, resplendissante dans ses jupons bleus damassés, ses cheveux auburn foncé relevés au-dessus de sa jolie nuque et ornés de rangées de perles. Elle ne manquait jamais de paraître majestueuse et, à l'image de sa démarche, accueillait chaque nouvelle grossesse avec assurance. Chaque jour, il remerciait le Seigneur que ses grossesses se passent bien et que ses accouchements soient aisés (si tant est que les accouchements pouvaient être aisés) ; sa vie perdrait certainement tout son sens s'il la perdait en couches, ou dans n'importe quelle autre circonstance.

— Votre expression reflète remarquablement bien ce que vous pensez, Votre Grâce, le taquina Deborah avant de l'embrasser. Je n'ai pas commencé le travail prématurément en m'occupant de Charlotte et Mary, si c'est bien la question qu'exprime votre regard. Et j'ai réussi à les envoyer se changer sans que Charlotte demande à vous voir. Pour cela, je mérite un autre baiser… Merci. En revanche, je vais devoir m'asseoir un peu avant que nous ne partions pour la chapelle.

Elle quitta les bras de son mari pour aller s'installer dans la bergère la plus proche. Roxton plaça rapidement un repose-pieds devant elle, leva ses jambes, retira ses chaussures et s'assit sur le bord du repose-pieds pour la masser à travers ses bas.

— Merci, mère, dit-elle à Antonia quand elle lui tendit une tasse de thé, que Deb sirota en se redressant contre les coussins, avec un sourire pour le duc. Et merci à *vous*, très cher. Vous devriez reprendre une tasse de thé vous aussi, ou peut-être quelque chose de plus fort. J'ai invité Mary et Teddy…

— Quand et pour combien de temps ? l'interrompit Roxton.

— … pour un mois, dès qu'elle pourra le prévoir. Teddy est restée à Fitzstuart Hall, elle a de la fièvre. Rien de grave.

— Un *mois* ? Je pense que je vais prendre quelque chose de plus fort ! Mais je suis soulagé que Teddy ne coure aucun danger. C'est dommage qu'elle n'ait pas pu se joindre à nous…

Belle-fille et belle-mère échangèrent un sourire aux dépens du duc en l'observant se servir un petit verre de brandy.

— C'était gentil de votre part, Deborah, dit Antonia, ajoutant avec une naïveté étudiée pour taquiner son fils : Mais est-ce qu'un mois suffira… ?

— Oui ! Oui, cela suffira, mère. Avec le bébé qui doit arriver d'ici deux mois… Oh ! Que c'est amusant ! ajouta-t-il quand les deux femmes gloussèrent derrière leurs éventails.

— Mon chou, je suis sûre que l'engouement de Mary pour vous appartient au passé.

Deb jeta un coup d'œil au duc, mais s'adressa à sa belle-mère :

— Je n'en serais pas si sûre, mère. Parfois, quand elle pense que personne ne l'observe, Mary le regarde comme ceci.

Elle ouvrit grand les yeux et battit des cils de façon exagérée, ce qui fit glousser Antonia.

— P-pauvre Mary !

— Arrêtez, toutes les deux ! exigea Roxton, rougissant, avant de siffler son brandy et de reposer le gobelet. La pauvre femme a perdu son mari, elle est pratiquement indigente. Le moins que nous puissions faire, c'est lui offrir un peu de réconfort ici.

— Quelle idée merveilleuse, mon amour, approuva Deborah en échangeant un sourire entendu avec Antonia. Dans ce cas, je vais prendre les dispositions nécessaires et dire à Mary que vous l'invitez.

— Vous pourriez lui proposer de rester après le mariage et de faire venir Theodora quand elle ira mieux… ? suggéra Antonia, reposant sa tasse sur sa soucoupe et relevant les yeux vers son fils. Je vais proposer à Mary de séjourner chez moi pendant quelques jours, et quand nous apprendrons que sa fille est en route, je vous la renverrai.

— C'est une proposition généreuse, mère.

— Ce n'est rien de la sorte, Julian, le corrigea Antonia avec un petit rire. Je suis seule et je m'ennuie, même la compagnie de Mary vaut mieux que cela !

— J'ai fait installer les cibles de tir à l'arc pour les enfants sur la pelouse juste derrière la terrasse, leur dit Deb sur le ton de la conversation. Ils seront remontés comme des pendules après la cérémonie, autant qu'ils se dépensent pendant que nous dégusterons le banquet. (Elle se tourna vers Antonia.) Je me disais que Jack et Harry pourraient peut-être nous faire l'honneur de veiller sur eux.

— Après toutes les années que j'ai passées à les surveiller pendant qu'ils tiraient leurs flèches, Dieu sait sur quoi et sur qui ! Qu'ils essayent de refuser ! intervint le duc, ne plaisantant qu'à moitié. Nous devrions nous préparer à y aller, dit-il en jetant un coup d'œil à l'horloge sur le manteau de la cheminée, puis à sa montre à gousset en or. Je sais bien qui est remonté comme une pendule en ce moment même ; Dair. Le pauvre est pétrifié de stress. Je ne serais pas surpris qu'il s'évanouisse pendant la cérémonie.

— C'est souvent le cas pour les hommes imposants et vigoureux, ajouta Antonia, soupirant quand un souvenir lui revint. Votre père était pareil…

— Comment ? Père était pétrifié de peur à l'idée de vous épouser ? Je n'y crois pas !

Antonia se redressa.

— Julian, pensez-vous que je mentirais sur un tel sujet ? Je vous dis que votre pauvre père était comme un gros bloc de glace !

Roxton éclata de rire et secoua la tête.

— Mon Dieu, j'aurais aimé être là pour le voir !

Les yeux verts d'Antonia pétillèrent et elle afficha un petit sourire mystérieux en disant à voix basse :

— Vous étiez là, en quelque sorte, mon cher.

— Oh ! J'ai failli oublier ! s'exclama spontanément Deborah, brisant le silence qui s'était installé entre la mère et le fils, permettant au temps de reprendre son cours et faisant disparaître le froncement de sourcils du duc.

Elle venait de se souvenir des deux lettres dans sa poche, qu'elle aurait préféré oublier. Elle les donna à son mari et alors que Roxton s'installait à son bureau et plaçait les deux enveloppes cachetées devant lui, elle dit en jetant un coup d'œil inquiet à Antonia :

— Je vous en prie, Julian, dites-moi que ces lettres ne changeront rien ni aux dispositions prises pour aujourd'hui ni au bonheur des futurs mariés.

Les deux lettres venaient des Indes, et elles étaient toutes les deux adressées au duc de Roxton. Il ne pouvait qu'essayer de deviner pourquoi elles avaient toutes les deux été envoyées à Fitzstuart Hall dans le Buckinghamshire et non ici, à Treat, dans le Hampshire. Elles étaient très différentes. L'une des lettres était fermée par un sceau en cire rouge portant les armoiries des comtes de Strathsay, et il reconnaissait l'écriture qui était celle de son grand-oncle, Theophilus, comte de Strathsay. Il ouvrit cette lettre sans aucune hésitation. Il en lut les deux pages pendant que son épouse et sa mère attendaient patiemment, bien qu'anxieusement, qu'il en partage le contenu.

Elle était bel et bien de la part du comte, qui l'avait écrite quelque six semaines plus tôt. Roxton survola les mots, à la recherche du moindre signe avant-coureur du contenu de l'enveloppe au cachet noir. Mais il n'évoquait aucune maladie, aucun symptôme, rien qui pourrait laisser penser que son état de santé sortait de l'ordinaire.

Après l'avoir lue, il la donna à Antonia pour qu'elle la lise à son tour.

Il donnait des nouvelles de la plantation sucrière, de ses deux enfants naturels, expliquait à quel point il était fier de son fils et de son maniement de la batte de cricket, et de sa fille qui devenait une belle femme accomplie. Il évoquait même un voyage en famille prévu sur le continent, quand les jumeaux seraient un peu plus vieux, notamment pour visiter l'Italie.

Un paragraphe seulement était dédié à sa famille légitime, et il ne parlait que de son fils cadet, Charles, et de sa fuite en France avec une riche héritière. Il n'évoquait même pas Dair. À vrai dire, il avait utilisé plus d'encre pour décrire l'imminente saison des ouragans et la nouvelle inquiétante, venant du port, qu'un bateau tout juste arrivé annonçait qu'une importante dépression se dirigeait vers eux, que pour parler de sa famille en Angleterre. Et puisqu'il ne mentionnait pas le futur mariage de Dair, Antonia supposa que cette lettre avait croisé celle où Dair en informait son père.

Ce fut la deuxième enveloppe qui troubla le plus le duc, assez pour qu'il la tourne et la retourne plusieurs fois avant de la lever pour la montrer à sa mère. Cette lettre n'était pas de la main de son grand-oncle et elle était adressée à Fitzstuart Hall, pour Roxton et Alisdair Fitzstuart. Elle n'était pas scellée avec de la cire rouge, mais par un sceau noir comme de l'encre portant une empreinte que le duc ne reconnut pas immédiatement, ce qui ne voulait généralement dire qu'une chose : qu'il y avait eu un mort dans la famille.

En voyant le cachet noir, Antonia se releva du canapé d'un bond, le poing sur la bouche comme pour s'empêcher de crier. Le regard de Deborah passa de son mari à sa belle-mère, et elle dit à voix haute ce qu'ils pensaient tous les deux :

— Vous pensez que c'est Lord Strathsay qui-qui est *mort*, mère ?

— Julian ! Rangez cette lettre dans un tiroir et oubliez-la immédiatement ! exigea Antonia. Ne l'ouvrez pas. N'y pensez pas pour l'instant. Je ne veux rien savoir et, si c'est bien vrai, Dair ne mérite pas d'apprendre une nouvelle aussi affreuse en ce jour si particulier. Vous ne pouvez pas lui faire cela !

Roxton garda les yeux rivés sur la lettre au cachet noir tellement longtemps que Deborah se releva doucement et rejoignit Antonia devant le bureau du duc.

— La duchesse mère a raison, mon amour. Dair et Rory méritent de passer une journée joyeuse et festive.

— Et qu'en est-il de demain, et après-demain ? Ils méritent sûrement que ces jours-là soient également joyeux, non ? s'enquit Roxton.

Si je ne brise pas le sceau de cette lettre aujourd'hui, ni demain, quand devrais-je le faire ? Voyez-vous mon dilemme ?

— Admettons que vous ne l'ouvriez pas. Et alors ? demanda Deborah d'une petite voix. Vous la rangez dans un tiroir et vous l'oubliez pendant une-une semaine, qu'est-ce qu'une semaine dans la vie de Dair ?

— Une semaine ? souffla Roxton. Dans une semaine, les jeunes mariés seront en route pour Fitzstuart Hall. Devrais-je lui dire à son retour de Swan Island, après la présentation de l'ananas Talbot à Leurs Majestés par sa femme, ou bien juste après, avant leur départ pour Fitzstuart Hall ?

— Julian ! Vous êtes affreusement tatillon ! déclara Antonia sur un ton furibond. Pas dans une semaine. Dans un mois. Ouvrez-la dans un mois. Quand la lune de miel d'Alisdair et Rory sera terminée. Vous pouvez leur accorder ce temps. Et vous pouvez penser que je n'ai pas de cœur, mais qu'est-ce qu'un mois, si mon oncle est bel et bien mort ? Il sera encore mort dans un mois ! Ce sont des vivants que nous devons nous préoccuper.

Le duc s'empêcha de rétorquer que moins de six mois plus tôt, sa mère ne pensait qu'aux morts ; elle lui demandait maintenant de se concentrer uniquement sur les vivants ? Il voulut récupérer la lettre, mais elle la prit avant lui.

Antonia s'apprêtait à exiger qu'il mette la lettre sous clé quand elle remarqua que l'enveloppe ne contenait pas seulement un parchemin. Elle tint la lettre pendant un instant, la soupesa dans ses deux mains, puis elle parcourut l'enveloppe du bout des doigts, sentant la cordelette qui refermait la lettre et maintenait la large bosse en place. Un objet petit et lourd était emballé à l'intérieur et, à en juger par sa forme, elle était prête à parier qu'il s'agissait d'une bague.

S'il s'agissait bien de la bague à laquelle elle pensait, alors elle la connaissait bien. Elle l'avait vue sur le doigt de son grand-père. Surnommée « Feu et Glace des Fitzstuart », la bague en or était surmontée d'un imposant rubis et d'un diamant de taille similaire. Son grand-père n'était encore qu'un bébé dans son berceau quand il l'avait reçu en cadeau de la part de son père Charles II, un cadeau à transmettre à l'héritier masculin qui lui succéderait. Le rubis représentait le sang royal, et le diamant était incassable, symbole que le lien sanguin qui unissait le père et le fils, ainsi que la lignée masculine, ne pouvait être brisé, malgré ses origines illégitimes.

Ce fut seulement à cet instant, quand elle sentit le poids de la bague, que l'énormité du contenu de l'enveloppe la frappa avec une telle force qu'elle dut s'asseoir. Elle sut alors, avec autant de certitude que si elle l'avait lu noir sur blanc, que son oncle, le frère de sa mère, petit-fils de Charles II, était mort. Elle ne savait pas comment ni pourquoi, ni même quand, mais Theophilus James Fitzstuart, deuxième comte de Strathsay, n'était plus.

Mais elle le pleurerait plus tard. Pas en ce jour, qui devait être un jour de fête pour célébrer l'union de deux personnes profondément amoureuses. Pour ce qu'elle en savait, son oncle était mort plus d'un mois plus tôt ; il fallait du temps aux nouvelles pour voyager entre les Indes et l'Angleterre. Quel était donc l'intérêt de faire de cette journée un jour pour pleurer sa mort ? Et ensuite ? Le mariage devrait être annulé, ou au moins repoussé, et Alisdair, que devrait-il faire alors ? Voyager jusqu'à la Barbade pour s'assurer que son père était bien mort, ou attendre sept ans que sa mort soit légalement déclarée ? Était-ce une façon de commencer un mariage, une nouvelle vie en tant que mari et femme ?

Antonia expliqua tout ceci à son fils et son épouse.

Elle s'attendait à ce que son fils affirme que dissimuler une telle nouvelle à leur cousin était immoral. Qu'en tant que chef de famille et gardien du patrimoine des Fitzstuart, il avait l'obligation de faire ce qui était convenable, peu importe les conséquences. Et la solution convenable était de prévenir la famille le plus rapidement possible. Le couple comprendrait, les invités aussi. Dair, mais aussi la comtesse et sa fille, avaient tous le droit de savoir que le deuxième comte de Strathsay était mort ; que Dair avait hérité du titre, qu'il était maintenant le troisième comte de Strathsay et le troisième vicomte Fitzstuart.

Mais le duc surprit sa mère.

— Tenez, mère, dit-il doucement en lui tendant une petite clé en cuivre émaillé attachée à une courte chaîne en or.

Antonia la prit sans s'en rendre compte tant elle était préoccupée. Quand elle comprit qu'elle tenait une clé, elle releva les yeux vers lui en fronçant les sourcils, se demandant ce qu'elle était censée faire avec.

— Je vous la confie, lui dit-il. Dans un mois, apportez-la-moi, et alors j'ouvrirai le tiroir de mon bureau et je briserai le sceau de cette lettre. Je ferai alors ce que je dois faire. Êtes-vous d'accord, chère mère ?

Antonia hocha la tête et glissa ses pieds dans ses mules. Accompagnée de son fils et son épouse, elle quitta la bibliothèque, la clé glissée en sécurité dans une poche sous ses jupons en fin coton indien.

Le duc prit la direction de la chapelle avec le marié et ses suivants masculins. La duchesse rejoignit les invités rassemblés dans le salon Vert d'eau. Antonia jeta un coup d'œil dans la pièce où se trouvait la mariée pour voir comment se passaient les préparatifs de dernière minute. La lettre au sceau noir fut oubliée alors que le groupe entier observait, l'œil humide et le sourire aux lèvres, la magnifique mariée rejoindre son bel époux devant l'autel de la chapelle Roxton.

* * *

Rory était plus belle que jamais dans ses jupons en soie rose lavande, ses cheveux blonds relevés, joliment coiffés et parés d'épingles et de rubans, une cascade de boucles retombant sur une de ses épaules dénudées. Elle portait le ras-de-cou et le bracelet en perles de sa mère, et sa bague de fiançailles ornée d'un saphir lavande pâle. Elle n'avait changé qu'un détail de sa tenue par rapport au soir où Dair l'avait vue assise dans l'escalier du Gatehouse Lodge : ses chaussures. Elle avait fait envoyer de la maison de son grand-père à Chiswick sa paire de chaussures en soie faites sur mesure, avec des ananas brodés sur le dessus et sur le talon. Elles étaient assorties à sa canne et au petit sac en forme d'ananas qu'Edith lui avait fait au crochet pour son vingt-et-unième anniversaire et qui pendait à son poignet.

Quand son grand-père la mena devant Dair pour qu'elle se place près de lui, elle se demanda s'il était aussi nerveux qu'elle. Mais elle ne pouvait pas se résoudre à le regarder. L'importance de cet événement pesait très lourd sur elle. Et le fait de se marier devant leurs pairs, qui avaient tous les yeux rivés sur eux, et en particulier sur elle, lui donnait le tournis. Elle garda les yeux fixés droit devant elle, serrant si fort le pommeau en ivoire de sa canne qu'elle sentait à peine ses doigts. Et si elle entendait le chapelain du duc parler, le sifflement dans ses oreilles était si fort qu'elle n'avait aucune idée de ce qu'il disait. Elle doutait de pouvoir tenir jusqu'à la fin de la cérémonie sans incident.

Puis, en quelques secondes seulement, tout changea. Elle n'était plus ni nerveuse ni inquiète.

Dair chercha sa main et serra légèrement ses doigts.

Rory eut enfin le courage de relever les yeux pour lui jeter un coup d'œil nerveux.

Il lui adressa un sourire et un clin d'œil.

Elle comprit alors qu'il était tout aussi nerveux qu'elle, mais qu'il avait fait l'effort de la mettre à l'aise. Et tandis qu'elle conservait une apparence solennelle, ce qui était attendu d'une mariée dans cette situation, un tel bonheur l'envahit qu'elle ne pouvait s'arrêter de sourire intérieurement.

Un peu plus tard, elle osa lever derechef les yeux vers lui. Cette fois-ci, elle remarqua sa redingote en soie couleur bronze au joli col brodé, les ruches de dentelle sous son menton rasé de près et sa coiffure très soignée, si différente du Dair qu'elle connaissait. Mais son regard s'attarda pendant plusieurs longues secondes sur le ruban noué dans ses cheveux. Puis elle détourna rapidement les yeux, une main posée sur sa bouche pour retenir un sanglot, ne pouvant cependant pas empêcher les larmes de couler.

Il portait le ruban en satin lavande qu'il lui avait pris comme butin de guerre le soir où ils étaient entrés en collision dans l'atelier de Romney. Elle avait complètement oublié ce ruban, mais pas lui. Elle eut du mal à respirer face à ce geste qui venait du plus profond de son cœur.

Avant qu'elle ne sache ce qu'il se passait, elle sentit qu'on plaçait un mouchoir dans sa main. Mais elle était dans un tel état émotionnel qu'elle resta perplexe, sans savoir ce qu'elle était censée en faire. Puis, comme par magie, on leva son menton et on sécha ses joues en les tapotant. Dair rangea son mouchoir dans une poche de sa redingote. Il redressa ensuite les épaules et indiqua d'un hochement de tête que le chapelain pouvait continuer. Tout ceci se déroula avec un minimum d'agitation, et au son du soupir collectif des femmes de l'assistance.

Les mariés survécurent à la cérémonie sans autre incident. Aucun des deux ne se trompa pendant les déclarations. Ils échangèrent leurs vœux d'une voix claire. Le marié parvint à ne pas lâcher l'alliance que Lord Grasby lui tendit. Il glissa aisément le mince anneau doré au doigt de Rory. Ce fut seulement à ce moment qu'il y eut un nouvel écart dans la cérémonie. Dair ne put s'en empêcher. Après lui avoir passé la bague au doigt, il leva la main de Rory et embrassa l'anneau doré, lui adressant de nouveau un sourire et un clin d'œil avant de relâcher ses doigts et de se retourner vers le pasteur. Il y eut non seulement un nouveau soupir collectif de la part des femmes de l'assistance, mais l'une d'elles éclata en sanglots et continua à pleurer bruyamment pendant toute la bénédiction.

Quand les deux parties eurent signé le registre devant les témoins, les jeunes mariés se tournèrent vers leur famille et leurs connaissances, le sourire aux lèvres et les joues empourprées. Ils saluèrent le duc et la duchesse de Roxton d'une révérence, puis ils firent de même devant la duchesse de Kinross, qui leur envoya un baiser. Ensuite, ils se tournèrent pour faire la révérence à la comtesse de Strathsay, qui reniflait pour contenir ses larmes et avait le visage à moitié enfoui dans son mouchoir bordé de dentelle. Dair fit un pas en avant et embrassa la joue de sa mère, puis celle de sa sœur, avant de rejoindre sa femme pour recevoir les félicitations souriantes de tous en avançant dans l'allée centrale, vers les portes ouvertes et la foule qui attendait patiemment de les voir. À l'extérieur de la chapelle familiale, ils recevraient d'autres vœux de bonheur de la part de la famille, des amis, de la maison ducale et d'une majorité des habitants du village, qui étaient venus à pied pour apercevoir les mariés dans toute leur splendeur.

Mais le couple ne s'était pas beaucoup avancé dans l'allée qui menait aux portes quand la nouvelle Lady Fitzstuart s'arrêta et leva la tête vers son mari avec un sourire. Ceux qui suivaient les mariés se demandèrent pourquoi. Dair le savait. Il embrassa rapidement la main de sa nouvelle épouse puis il s'avança pour étreindre son fils. Jamie s'accrocha tellement fort à son père que Dair sut que le garçon était bouleversé, alors il lui accorda un instant. Puis il déposa un baiser sur le haut de ses boucles auburn, lui chuchota un mot à l'oreille et, quand Jamie hocha la tête, le relâcha. Il tendit ensuite la main à Mr. Banks et le vieil homme, ému qu'on lui accorde cette attention, serra fermement la main de Dair. Pendant tout ce temps, Mrs. Banks pleurait de bonheur dans son mouchoir humide, et quand Dair se pencha pour l'embrasser sur la joue et lui dire quelque chose à l'oreille pour que personne n'entende, ses sanglots redoublèrent et elle tomba dans les bras de son mari.

Certains dans l'assemblée jugèrent ce comportement inouï et se tournèrent vers le duc de Roxton pour voir ce qu'il en pensait. Mais le duc, comme tous ceux impliqués dans cette scène pleine d'émotions, se moquait complètement de savoir ce que les autres pensaient. Ils étaient tous tellement heureux. Et les plus heureux de tous, c'étaient les mariés.

Dair et Rory sortirent de la chapelle, et ces deux âmes à présent unies s'avancèrent bras dessus bras dessous dans la lumière d'un avenir radieux et plein d'amour.

# NOTE DE L'AUTEURE

Lors de mes recherches sur le handicap au xviii^e siècle, et notamment sur les soldats qui revenaient de la guerre avec un ou plusieurs membres invalides ou amputés, je suis tombée sur un petit traité remarquable, *Dissertation sur la meilleure forme des souliers*, écrit par un homme tout aussi remarquable, Mr. Petrus Camper (1722-1789), professeur, médecin, chirurgien et anatomiste à Amsterdam et à Groningue.

Ce qui est aujourd'hui évident (mais qui reste largement méconnu par de nombreux consommateurs) était une révélation pour la plupart des gens au xviii^e siècle. Camper avait conclu que les chaussures étaient fabriquées sans préoccupation pour l'anatomie et pour la croissance des pieds, selon les absurdités dictées par la mode du moment. Il utilisait l'expression « victimes de la mode » pour décrire les personnes qui portaient une forme particulière de chaussures, non pour leur confort, mais parce qu'elles étaient en vogue. Il avait exprimé l'espoir que les parents éclairés éviteraient de faire subir cette « torture » (mot utilisé par Camper) à leurs enfants en les laissant porter des chaussures confortables adaptées à leurs pieds et encensait ceux qui autorisaient leurs enfants à se déplacer pieds nus à la maison, laissant donc le pied en pleine croissance se former naturellement.

Le traité de Camper inclut un chapitre sur les pieds bots. Grâce à des observations et des conclusions scientifiques, il en avait déduit qu'une telle déformation apparaissait sur le fœtus pendant son développement dans l'utérus, et qu'il était peu probable qu'elle puisse se corriger en utilisant les engins de correction en bois et en acier qui existaient alors (une conclusion erronée mais éclairée pour l'époque) ; les chaussures, comme celles pour les pieds normaux, devaient être fabriquées sur mesure pour correspondre à la forme du pied.

Les conclusions de Camper étaient tellement remarquables pour l'époque que le traité *Dissertation sur la meilleure forme des souliers* fut traduit presque instantanément en plusieurs langues européennes et considéré comme digne de réimpression pendant les cent années suivantes.

Explorez les lieux, objets et évènements historiques évoqués
dans *Dair le Diabolique* sur Pinterest.
www.pinterest.com/lucindabrant

De l'idée à la couverture – costumes, bijoux, modèles et séance
photo. Découvrez la création de la couverture. *Lisez l'histoire
complète de la création de la couverture ici…*
www.youtube.com/lucindabrantauthor
www.lucindabrant.com/blog/dair-devil-cover-reveal